現代語訳

源氏物語

四

紫式部

窪田空穂［訳］

作品社

目次

橋姫

その頃、世間ではその数にお入れ申さない老宮がいらせられた。母方などもひどく貴くいらせられて、東宮におなりになれそうな支援もおありになったのであったが、時勢が移って、世間から軽く扱われになるような風向きになると、零落の度が却《かえ》ってひどく、御後見《おんうしろみ》であった人々も、すべてがっかりして、それぞれの縁故を頼って次《つ》ぎ次《つ》ぎに世を背いて立ち去ってしまって、宮は公《おおやけ》にも私《わたくし》にも拠《よ》り所がなく、島流しになられた様である。北の方も、昔は大臣《おとど》の御娘であったので、しみじみと心細く、親達のお心積りになっていられた様をお思出《おもいだし》になられると、云いようもなく悲しい事が多くあるが、深い御宿縁のこの上もないばかりを憂世《うきよ》の慰めにして、互《たがい》に心底から頼みにし合っていらせられた。

何年も経つのに、御子がおありにならなくて、頼りない気がなさるので、淋しく徒然《つれづれ》な慰めに、何《ど》うかして可愛らしい児《こ》をほしいものだと、宮は時々仰せになっていられると、珍しくも、女君のひどくお美しい方がお生れになった。その御子を限りなく可愛《かわ》ゆく思ってお育てしていらせられると、又続いて御妊娠になられたので、今度は男であればとお思いになっていると、同じ様に女で、御平産ではあったものの、まことにひどく御煩《おわずら》いになって、お亡くなりになられた。宮は呆れ返ってお歎きになられる。世を過して行くにつけては、ひどく恥ずかしく、堪え難い事の多いこの世であるが、見捨て難く哀れな北の方のお有様やお心持が、引留められる絆《ほだし》になって過して来たのであったが。一人生き残って一段と面白くないことであろう、幼い人々を一人で育ててゆくにも、格式のある身分とてひどく見《み》ともなく、恰好の悪い事もあろう、とお思い立ちになって、出家をしたいとお思いになられたが、御子《みこ》を任せる人もなくて、残してお置きになることをひどく悲しくお思いになりつつ、年月を過していると、何方《どちら》もお育ちになるにつれて勝《まさ》って来る様容貌《かたち》の、美しく申分《もうしぶん》のないのを明暮れのお慰めにして、自然にお過しになっているのである。後にお生れになった君の方にお仕えしている女房達まで、「何《ど》うも悪い時にお生れになって」など呟《つぶや》いて、身にしみてお扱い申さなかったが、北の方が臨終の様で、何事もお分りにならなかった時であるが、この君をひどく可哀そうにお思いになって、「唯《ただ》この君を形見だと御覧になりまして、お可愛ゆがり下さいまし」とだけ、唯一言をお云い遺《のこ》しになったので、前世の因縁も怨《うら》めしい場合ではあるが、然《しか》るべき廻《めぐ》り合せであろうとお諦めになって、最期と見える時までひどく哀れに思って、気懸《きがか》りにして仰《おっ》しゃったのにとお思出しになりつつ、この君の方をひどくお可愛ゆがりなされる。容貌《かたち》は誠にひどく美しく、気味悪いまででいらっしゃる。大姉君は、心持が静かに控え目な方で、見た所も振舞《ふるまい》も、気高く奥ゆかしい様をしていらせられる。可憐で気高いところは此方《こちら》が勝《まさ》っていて、何方《どちら》をもそれぞれにお冊《かしず》きになられるが、心に任せぬ事が多くて、年月《としつき》と共に、宮の内の有様が物さびしくなり増《ま》さってゆく。お仕えしていた人も、頼りない気がするので、我慢がしきれず、次ぎ次ぎに暇をいただいて散って行きつつして、若君の御乳母《おめのと》も、あした騒ぎの際で、確《しっか》りした人を選んでいる暇がなかったので、身分相応の心浅い者で、幼い方をお見捨て申したので、唯宮の御手だけでお育てになられる。

流石《さすが》に広く面白い宮であるが、池山の景色だけが昔に変らないだけで、まことにひどく荒れまさって行くのを、宮は徒然《つれづれ》とお眺めになられる。家司《けいし》なども重立《おもだ》った人がなかったので、手入れをする人もないままに、草が青く繁って、軒の忍草《しのぶぐさ》だけが所を得たように青く生え続いている。その折々の花紅葉の色や香も、北の方が同じ心にお愛《め》でになったので、慰むことも多かったのであるが、今は一段と寂しくて、心の寄せる所のないままに、持仏の御飾りだけ特別に立派になされて、明暮れ御勤行をなされる。こうして御子方の絆《ほだし》に拘《かか》ずらえているのでさえも、心外に残念なことで、自分の心ながらも思うままにならぬ因縁であるとお思いになっているので、まして何で世間の人並みらしく、今更《いまさら》後妻などをとばかりお思いになり、年月《としつき》につれて世の中を思い離れつつ、心だけは聖《ひじり》になりきってしまって、北の方のお亡くなりになられてから此方《こちら》は、世間並みの心持などは、戯《たわむ》れにもお思出しになられないのであった。「何だってそのようにまでなさいますのですか、別れた当座の悲《かなし》みは、世に又とない事のように思うもののようですが、月日がたちますとそれ程まではないもので。やはり世間並みのお気持になられまして、このようにひどく見苦しく、乱雑になっております宮の内も、自然取締りの附くようになさいませんでは」と、人は御非難申上げて、あれこれと似合わしい御縁談を申出る事も、御関係ある範囲には多くあるけれども、宮はお聞入れにならなかった。

御念誦《ごねんず》の合間合間には、その御子達の相手をし、次第に大きくおなりになると、琴を習わせ、碁を打ち、扁《へん》つきをするなど、果敢《はか》ない遊び事をするにつけて、その御性分を御覧になられると、姉君はひどくお器用で、考え深く、重々しくお見えになる。妹君は、おおようで可愛らしい様をして、物を内輪にしている御様子が、ひどく愛らしく、それぞれ異《ちが》っていられる。春の麗《うら》らかな日ざしに、池の水鳥どもが羽根を交し合いつつ、めいめい鳴いている声などを、平常は何でもないものに御覧になったが、番《つが》い離れずにいるのを羨《うらや》ましくお眺めになって、姫君達にお琴をお教えなされる。ひどく可愛ゆらしく、お小さいなりをして、それぞれにお鳴らしになる琴の音が、哀れに面白く聞えるので、宮は涙をお浮べになられて、

打捨てて番ひ去りにし水鳥のかりの此《こ》の世に立ち後《おく》れけむ▼1

「気苦労の多いことですよ」と、お目をお拭いになる。容貌《かたち》のひどくお美しく入《い》らせられる宮である。

年頃の御勤行で痩せ細られていらせられるが、その為《ため》に却って上品に艶《なまめ》かしくなって、姫君達をお扱いになるお心持から、直衣《なおし》も萎《な》えたようなのをお召しになって、取繕《とりつくろ》わずにいらせられる御様のよさは、見ると気の置かれるほどである。姉君はお硯《すずり》をそっとお引寄せになって、手習をするように、その陸《くが》の所へ物をお書きになっていると、「これへお書きなさい。硯へは書かないものです」と云って、紙をお上げになると、姫君は極《きま》り悪《わ》るげにしてお書きになる。

いかでかく巣立《すだ》ちけるぞと思ふにもうき水鳥の契りをぞ知る▼2

良くはない歌だが、その折には哀れなことであった。手蹟《て》は、将来の思われるもので、まだよくはお続けになれない頃である。「若君もお書《かき》なさい」と仰しゃるので、も少し幼げに、手間を取ってお書き出しになる。

泣く泣くも羽根打着《うちき》する君なくば我ぞ巣もりになるべかりける▼3

姫君達のお召物は萎えかかっていて、御前《おまえ》には他に人はいず、ひどく寂しく徒然《つれづれ》なようなので、それぞれひどく可愛ゆらしげにしていらせられるのを、宮は何で哀れに心苦しく思わずにいらせられよう。宮は経を片手にお持ちになって、それをお読みになったり唱歌をしたりなさる。姉君には琵琶を、妹君には箏《そう》のお琴をお教えになると、まだ幼いけれども、常に合せつつお習わせになるので、聞きにくくはなくて、ひどく面白く聞える。

父帝《ちちみかど》にも母女御にも、早くお別れになって、しっかりとした御後見《おんうしろみ》で、これという人もいられなかったので、学問などは深くはお修めになれない。まして世の中を巧みに渡るお心構えなどは、何で御存じになろう。貴い方という中でも、呆れる程に、上品におおような女のようでいらせられるので、古い時代の御宝物、祖父大臣《おとど》の御遺産など、何だ彼《か》だと尽きそうもない程にあったが、跡方《あとかた》もなく果《は》敢《か》なく消え失せてしまって、御道具だけが特に立派な物が多いことである。お伺い申して、心をお寄せ申す人とてもない。徒然《つれづれ》なままに、雅楽寮《うたづかさ》にいる音楽の師などいったようなもので、その道に勝《すぐ》れた者をお召しになりつつ、はかない御遊びに心を入れてお過しになられたので、その方面はひどくお上手で勝れていらせられる。源氏の大臣《おとど》の御弟で、八の宮と申上げたが、冷泉院が東宮にいらせられた時、朱雀院《すざくいん》の御母大后《おおきさき》が、横様《よこざま》な御計画を立てられて、この宮をお世嗣《よつ》ぎにお立て申上げようとして、御自分のその時の勢いをもってお計らいになられた騒ぎの為に、根こそぎ、彼方《あちら》の方の御関係者からはお棄《す》てになられたので、益々源氏の御血統の方々ばかりになってしまった世には、御交りもお出来にならない。それに又この年頃、こうした聖《ひじり》になっておしまいになったので、今は我世は限りであると、一切をお思い捨てになっている。

こうしている中《うち》に、お住みになっている宮が焼けてしまった。それでなくてさえも辛い世に、浅ましいまでに拠りどころがなくなって、お移りになるべき所で相応な所もなかったので、宇治という所に、趣《おもむき》ある山荘をお持ちになっていたのにお越しになられる。思い捨てた世ではあるが、今はと京を離れるのを哀れにお思いになる。そこは網代《あじろ》▼4の物音が近く、耳やかましい河のほとりで、静かにとお思いになるお心には叶わないこともあるが、さて何としよう。花紅葉や水の流れも、気晴らしの頼りであるとして、一段と眺め入られるより他のこととてない。このように世の中と関係を絶って籠《こも》っている野山の末でも、昔の人がもし生きていらせられたならばと、お思出しにならない折とてはなかった。

見し人も宿も煙《けぶり》となりにしをなどて我が身の消え残りけむ▼5

生きている甲斐《かい》もなくお思いあこがれになることであるよ。

幾重にも山の重なっての御住処《すみか》には、一段とお伺い申す人もない。賤《いや》しい下衆《げす》だの、田舎《いなか》びた山賤《やまがつ》ばかりが、稀《ま》れには馴れ参ってお仕え申上げる。峰の朝霧の晴れる折もないお心で明し暮していらせられると、この宇治山に仙人めいた阿闍梨《あざり》が住んでいた。学問はまことに深くて、公《おおやけ》の覚えも軽くはないが、殆《ほとん》ど公事《おおやけごと》には出てお仕え申さずに籠っていたが、この宮がこのように近い所にお住みにな

橋姫

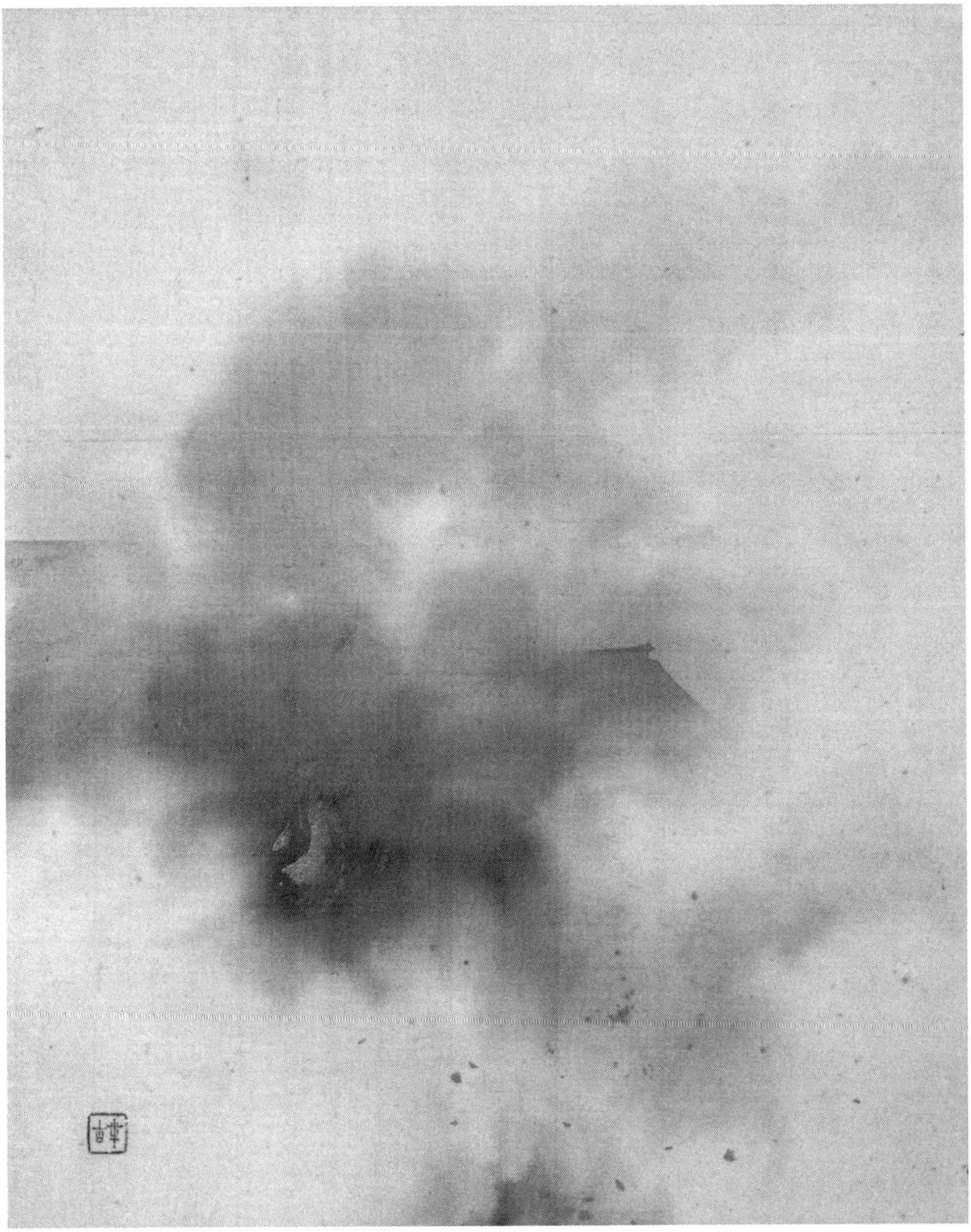

って、寂しい御様で、尊い行《おこない》をなされつつ、経文をお読み習いになっていらせられるので、お尊み申して常に伺う。年頃学び知っていられる事の、深い心を解いてお聞かせ申し、いよいよ此の世の仮初《かりそめ》のもので、味気ない事を申し知らせると、宮は、「心だけは蓮の上に上《のぼ》って、濁りのない池に住んでいるようですが▼6、このようにひどく幼い人々を見捨てますことが気懸りで、一途に容貌《かたち》を変えることは出来ません」と、隔《へだ》てなくお話しになられる。

この阿闍梨は、冷泉院にも親しく侍《さぶら》って、御経などをお教え申上げる人なのである。京へ出た序《ついで》に参って、例の然るべき経文を御覧になって、お尋ねになられることのある序に、「八の宮は、まことに有難《ありがた》くも、経文のお学問もお悟りも深くいらせられますことです。法師もおなりになるべき人としてお生れになられた方でございましょうか。心深くお思い澄ましになっていられます所は、本当の聖《ひじり》の手本だとお見えになります」と申上げる。「まだ容貌《かたち》はお変えにはなりませんか。俗聖《ぞくひじり》とかいうお名を、あの若い人々は附けていますが、哀れなことです」と仰せになる。宰相中将▼7も御前《おまえ》に侍っていられて、自分こそは世の中をひどく面白くないものだと思い知りながら、勤行なども人の目を留める程には勤めず、残念に思って暮していた、と内々思いつつ、俗のままで聖《ひじり》になられる心の持方というのは、何《ど》のようなものであろうかと、耳を留めてお聞きになる。阿闍梨は、「出家のお志は以前からおありになりましたが、つまらないことの為に延び延びになり、今となりましては、お気懸りな女の御子《おこ》の上が思い捨てられないと、お歎きになっていられますことです」と奏す。流石に音楽を好んでいる阿闍梨なので、「ほんに又、あの姫君達が琴を弾き合せてお遊びになっていらっしゃいますのが、何風と競って聞えて来ますのは、ひどく面白くて極楽が思いやられることでございますよ」と、古風な愛《め》で方をするので、帝はおほほ笑みになられて、「そうした聖《ひじり》の側で育って、この世の事は分るまいと推《お》し量られるのに、面白いことです。気懸りで思い捨て難くて、持ち悩んでいらっしゃる人を、若《も》し暫《しばら》くでも私が後《あと》に残っている間は、お任せにならないでしょうか」と仰せになられる。この院の帝は、桐壺の帝の第十皇子《みこ》でいらせられたのである。朱雀院が故六条院にお預け申された、入道の宮の例《ためし》をお思出しになられて、その姫君達をそのようにしたいものである、徒然《つれづれ》でいる遊び相手にしようなどお思いになるのであった。中将の君の方は却って、親王《みこ》の思い澄ましていらせられるお心持を、対面してお見上げ申したいものである、と思う心が深くおなりになったことである。阿闍梨の山に帰って行くにつけても、「必ず参って物をお習い申したいので、先《ま》ず内々お願い申上げて下さい」とお話しになる。帝は、御口状としても、哀れなお住まいを人伝《ひとづ》てに聞いたことでと仰せになられて、

世を厭《いと》ふ心は山に通へども八重《やへ》立《た》つ雲を君や隔つる▼8

阿闍梨は、その御勅使を先に立てて、かの宮に伺った。普通な身分の、然《しか》るべき人の使《つかい》でさえも稀れな山蔭《やまかげ》なので、ひどく珍しがってお喜びになり、場所につけての肴《さかな》を設けて、田舎風におもてなしになる。御返歌、

跡絶えて心澄むとはなけれども世をうぢ山に宿をこそかれ▼9

聖《ひじり》の方面は卑下して、申し繕われたので、院は、やはり世に未練が残っていることであったと、気の毒に御覧になられる。阿闍梨は、中将の君が道心深そうにいらせられることなどお話し申して、

「法文《ほうぶん》を心得たいと思います志は、幼少の時から深く思っておりながら、遁《のが》れられずに世におります間は、公《おおやけ》私《わたくし》の事で暇もなく明し暮しておりまして、態《わざ》と閉じ籠って習い読みまして、大体はかばかしくもない身でいながら、世を背き顔にすることも、憚《はばか》るべきではありませんが、自然退屈もし、取紛れ勝ちに過していますので、誠に有難いお有様を伝え承りましたので、このように心に懸けてお頼み申上げますなど、懇《ねんご》ろに仰せになりました」とお話し申す。宮は、「世の中は仮初《かりそ》め事だと思い取って、厭う心の附き初《そ》めますのは、自分の身に嘆きのある時に、世の中の大方が怨めしいものに思い知る初めがあって、道心も起ることのようですのに、年が若く世の中が思い通りになり、何事も不足はなかろうと思われます身で、そのように又、後生の事までも知ろうとなさるのは、奇特なことです。

私は、そうした因縁でしょうか、唯世を厭い離れよと、態と仏などが勧めておさせになるような有様で、自然に静かな心に向って行ったのですが、残り少ない気のする齢《とし》になりますのに、確《しっか》りした所もなくて終りそうなので、来し方も行末《ゆくすえ》も、全く分っている所がないと思い知られますので、却って此方《こちら》が恥ずかしい気のする法《のり》の友でいらっしゃることです」と仰しゃって、互にお消息《たより》を交し、中将御自身もお伺いになられる。

ほんに聞いたよりもまさって哀れで、お住みになっている有様を初めとして、全く仮の庵《いおり》であると思い做《な》して、簡略にしてある。同じく山里とはいっても、それとして心の留まるような、長閑《のどか》な所もあるのに、ここはひどく荒い水の音や波の響《ひびき》で物忘れさせられ、夜などは打解けて夢も見られそうにもない程に凄《すご》く鳴り渡っている。聖《ひじり》めいている方の御為には、このような所こそ、世に心の留まらない催しにもなろうが、女君達は何《ど》んな気分でお暮しになっているだろうか、世間並みの女らしい物柔かな方には遠いのであろうかと、推し量られるお有様である。宮のいらせられる仏の御間とは、襖《ふすま》だけを隔てにして入らせられるようである。好色心《すきごころ》のある人だと、気分を見せて近寄って、そのお心持をも知りたくなるような、流石《さすが》に何んなであろうかと、ゆかしくなる其方《そなた》の御様子である。しかしそうした方面を思い離れようとする願いから、山深くお尋ね申した本意を失い、戯れめいた事をするのも如何《いかが》であろうか、とお思い返しになり、宮のお有様のひどく哀れなのを懇ろにお見舞い申上げ、たびたび参り申しつつ伺うと、願った通りに、俗体ながら行う道の深い心持や経文などを、態《わざ》と勿体《もったい》を附けるところがなく、まことによくお教え知らせになる。聖《ひじり》めいた人や学問のある法師は多くあるが、これは余りにもぎごちなく、寄りつきにくい高徳の僧都《そうず》や僧正の階級は、これは暇がなくて無愛想で、道の真髄を問いただすには、仰々しい気がなさる。又それ程ではない仏の御弟子は、戒律を守っているというだけの尊さはあるが、様子が卑しく言葉は訛《なま》って、無骨で馴れ馴れしくするのがひどく厭わしくて昼は、公事《おおやけごと》の為にその暇がなく過しつつ、物静かな宵の間や、気安いお枕元などに召入《めしい》れてお話をなさるには、流石にひどく工合《ぐあい》の悪い者ばかりであるのに、宮はひどく上品に、お気の毒な様をして、仰せ出されるお言葉も、同じ仏の御教でも、耳馴れた喩《たとえ》を引いて混ぜ、まことにこの上もない御悟りというではないが、貴い人は仏の心をお会得になる方も、まことに格別でいらせられるので、次第にお逢い馴れ申す度毎《たびごと》に、常にお逢い申したくなって来て、暇がないなどで時の立ってゆく時には、恋しくお思いになる。

この中将がこのようにお尊び申すので、冷泉院からも常に御消息《おたより》があるので、年頃便りを申上げる者も殆《ほとん》どなく、ひどく寂しかった御住処《すみか》に、次第に人の見えることが時々ある。何らかの折には院より御見舞を下さることも厳《いか》めしく、この中将もまた、先ず然るべき機会のあるにつけて、風流な様にも、実用の様にしても、御保護を申すことが三年程になった。

秋の末頃、宮は四季に当てつつなされる御念仏を、この河岸《かわぎし》の家では、網代《あじろ》の浪も、この頃は一段と耳やかましく静かでないからと云って、あの阿闍梨の住む寺の堂にお移りになって、七日間をお勤めになる。姫君達はひどく心細く、徒然《つれづれ》も増さってお眺めになっていられた頃、中将の君は、久しく参らないことであるとお思出しになったままに、有明の月がまだ夜深くて出る頃にお出懸けになって、ひどく忍んで、お供の人も多くはなくて、窶《やつ》れてお越しになった。宮の御邸は河の此方《こちら》側なので、船の面倒もなくて、御馬で入らせられたのである。辿《たど》り入るにつれて、霧が立ち塞《ふさ》がって、道も見えない深い木立の中を分けて行かれると、ひどく荒い風に争って、ほろほろと落ち乱れる木《こ》の葉の露の、身に散りかかるのもひどく冷たく、お心柄とていたくお濡れになった。こうしたお出歩きも殆どなさらない御気分には、心細くも面白くもお思いになった。

山おろしに堪へぬ木の葉の露よりもあやなく脆《もろ》き我が涙かな▼10

山賤《やまがつ》の日を覚ますのもうるさいとて、随身に物もお云わせにならず、柴の籬《まがき》を分けつつ、いう程ではない水の流れを踏みしだく駒の足音をも、やはり忍んでと御注意になったが、隠れない御匂いが風に伴って薫るので、主《ぬし》の知れない香《か》だと目を覚ます寝覚めの家々もあることであった。

御邸に近くなる所まで来ると、何の音《ね》とも分らない楽《がく》の音が、ひどく凄げに聞えて来る。何時《いつ》もこのように御遊びになるとは聞いているが、序《ついで》がなくて、親王《みこ》の御琴の音の評判の高いのも、まだ聞かれないことである、よい折であろうと、思いつつ入って行かれると、それは琵琶の声の響なのであった。黄鐘調《おうじきじょう》に調べていて、世の常の合奏ではあるが、所柄《ところがら》からであろうか、耳馴れない気がして、すくい撥《ばち》の音もすっきりとしていて面白い。箏の琴は、哀れに艶《なまめ》いた声で、絶え絶えに聞える。しばらく聞いていたいので忍んでいらしたが、御様子をそれと嗅ぎつけて、宿直人《とのいびと》の男の頑固らしいのが出て来た。そして、「これこれで、籠って入らっしゃいます。御消息《おたより》を申上げましょう」と申上げる。

「それには及びません。そのように日限のある御勤めの中を、お妨げ申しては済みません。このように濡れに濡れて参って、無駄にして帰ります愚痴を、姫君の方に申上げて、気の毒にと仰せになりましたら、慰むことでしょう」と仰しゃると、宿直人は醜い顔に笑んで、「申させましょう」と云って行くのを、「暫《しばら》く」とお呼び寄せになって、「年頃人伝てにばかり聞いて、ゆかしく思っていますお琴の音《ね》なので、嬉しい折です。暫く少し隠れていて聞かれるような隠れる場所がありましょうか。出しぬけに出過ぎて申上げましては、何方《どなた》もお止《や》めになったのでは、ひどく不本意でしょう」と仰しゃる。御様子や顔容貌《かおかたち》が、そうした卑しい者の気分にも、ひどくお立派に貴く思われるので、「人の聞きません時には、明暮れこのようにお遊びになりますが、下人《しもびと》でも、京の方から来た人が雑《ま》じっております時には、物音もお立てになりません。大方、このように女君達のいらっしゃいますことを、誰にもお知らせ申すまいと思召《おぼしめ》して、仰しゃり附けてでございましょう」と申すと、中将は笑って、「つまらないお隠し事です。そのようにお隠しになっていられますが、誰もみんな、珍しくお美しい方の例《ためし》にお噂を申しているようですのに」と仰しゃって、「やはり案内をなさいよ。私は好色《すき》好色《ずき》しい心はない者です。このようにしていらっしゃるお有様が、何《ど》うしたものかほんに一とおりの方とはお思え申せないのです」と、心細かに仰しゃるので、「まあ怖ろしいことで。心ない事だと後にお叱りを蒙《こうむ》るかも知れません」と云って、彼方《あちら》の御前《おまえ》の方は、竹の透垣《すいがい》で仕切って、すっかり隔てが別になっていることを教えて、お寄せ申上げた。お供の人は、西の対《たい》へ呼んで坐《すわ》らせ、この宿直人《とのいびと》があしらいをする。君は、彼方《あちら》へ通うようになっているらしい透垣の戸を、少し押開けて御覧になると、月が面白い程度に霧に霞《かす》んでいるのを眺めて、簾を短く捲《ま》き上げて、人々が坐って居た。簀子《すのこ》に、ひどく寒そうに体の細い、萎えばんだ物を著《き》た女童が一人、同じ様をした大人《おとな》など居た。奥の方にいる人は、一人は柱に少し隠れて、琵琶を前に置いて、撥《ばち》を手まさぐりにしつつ居たが、雲隠れをしていた月が、俄《にわか》にひどく明るく出て来たので、「扇でなくて、これでも、月は招けるものでしたね[11]」と云ってさし覗いている顔は、云いようもなく可愛ゆらしくて匂やかなようである。物に凭《よ》り臥《ふ》している人の方は、琴の上に傾き懸かって、「入る日を呼び返す撥はあったのですが[12]。異った事を思いお及ぼしになったものですね」と云って笑っている様子は、今少し重々しくて、奥ゆかしげである。「及びませんでも、これも月に縁のないものでしょうか[13]」と、果敢《はか》ないことを打解けて仰しゃり合っている御様子どもは、更《さら》に余所《よそ》で思いやっていたのには似ていず、ひどく哀れになつかしく優しい。昔物語などに語り伝えてあって、若い女房などが読んでいるのを聞くと、必ずこの姫君達のような事を云っているが、そんな事はなかったことだろうと、悪く推し量っていたが、ほんに哀れな隠れた事もありそうな世の中だと、君の心も変ることであろう。霧が深いので、はっきりとは見えそうにもない。又月が出てくれると好いとお思いになっている中《うち》に、奥の方からお人が入《い》らしたとお知らせ申す者があるのだろうか、簾を下してみんなお入りになった。驚いた風ではなく、穏やかに振舞って、静かに隠れた御様子で、衣《きぬ》ずれの音もさせない、そのひどく物柔かで痛々しくて、至って上品に雅《みやび》やかなのを、君は哀れにお思いになる。

　静かにお立ち出《い》でになって、京へ、お車を持って参るように人をお走らせになった。以前の宿直人《とのいびと》に中将は、「折悪い時に参りましたが、却って嬉しく、思うことも少し慰めまして、このように伺っていることを申上げて下さい。ひどく濡れました愚痴をお聞きに入れたいものです」と仰しゃるので、奥へ参って申上げる。そのように隙見《すきみ》をされようとは思いも寄らずに、打解けてした奏楽をお聞きになりはしなかろうかと、姫君達はまことに云いようもなく極りが悪い。不思議に香ばしく匂う風が吹いたのに、思いも懸けない時だったので、気の附かなかったのは迂闊《うかつ》であったと、心も乱れて極り悪がっていらっしゃろう。お消息《たより》を取次ぐ人も、ひどく物馴れない人のようなので、場合に随《したが》って何事もと思って、君は、まだ霧が籠めている時なので、以前の御簾の前へ歩んで行って、膝を突いていらっしゃる。山里風の若い女房どもは、御返事を申す言葉も知らず、お褥《しとね》を差出す様も分らないようである。君は、「この御簾の前では、居心地の悪いことでございます。卒爾《そつじ》な浅い心だけでは、このようにお尋ねして参れそうにもない山の崖路《がけみち》だと存じますのに、変なお扱いでございまして。このように露ぽい旅を重ねておりますので、それにしても御覧じ知っていただけようと、頼もしゅうございます」とひどくまじめに仰せになる。若い女房共で、調子よく物の申上げられる者もなく、ぼんやりして恥ずかしそうにばかりしているのが見かねるので、女房の奥深くいるのを起して参る間が久しくなって、座の白けるのも心苦しくて、大君は、「何事も弁《わきま》えません有様で、物知り顔に何《ど》うして申せましょう」と、嗜《たしな》み深い上品な声で、引き入れ声になりながらほのかに仰しゃる。中将、「一方では知っていながら、憂きを知らない振りをしますのも、世の習わしだとは承知しておりますが、あなたのような御方が、余りにもお紛らわしになられますのは、残念なことでございます。珍しくも一切をお思い澄ましになっておられまするお住まいに、お添い申されて入らっしゃいますお心の中《うち》は、何事もお悟りになって入らせられることと推量いたされますので、やはり私のこのように忍び余っております心の深さ浅さの程も、お分り下さいましてこそその甲斐がございましょう。世の常の好《す》色き好《ず》色きしい心とは、異《ちが》っているとお思い下さいまし。そのような事は、態《わざ》と勧める人がございましても、靡《なび》くべくもない心強さでございます。自然お聞き合せになりますこともございましょう。徒然《つれづれ》にばかり過しております世間話も、お聞かせ所とお頼み申上げ、又このように世離れてお眺めになって入らっしゃいますお心の紛らわしの相手に進んでお便りを下さいます程にお馴れ申せましたならば、何《ど》んなにか本望でございましょう」など、多くを仰せになるので、気がひけて返事がしにくくて、起した老女房の出て来たのにお譲りになったことである。その女房は譬《たと》えようもなく出過ぎていて、「まあ失礼な。見かねます御座《おまし》の様でございますこと。御簾の内にお入れ申すべきで。若いお人達は、物の程を知らないようでございまして」など、はきはきという声の、年寄っているのをも、聞きかねることに姫君達はお思いになる。「まことに怪《け》しからぬことには、世の中にお住みになって入らっしゃいます人数《ひとかず》でもないようなお有様でございまして、お見舞申さなくてはならないお人達でさえ、然るべくしてお尋ね申上げます方は、お見えにならないようにばかりなって行くようでございますのに、お珍しいお志の程は、数でもございません手前共の心にも、不思議な程にお思い申上げておりますので、お若いお心持にもお分りになりながら、申上げにくいのでございましょうか」と、ひどく遠慮なく物馴れているのが、何だか憎いような気がするものの、様子はまことに尋常で、嗜みのある声なので、君は、「ひどく頼りない気がしていましたのに、嬉しい御様子で。何事もよくお分りになっていられる頼みの、心強いことです」と云って、君の物に凭《よ》っていらっしゃる様を、女房共は几帳《きちょう》の側《そば》から見ると、曙《あけぼの》の明りで次第に物の色が分って来るにつれて、ほんにお窶《やつ》しになっていると見える狩衣姿が、ひどく濡れ湿っていて、何とも此の世の外の匂いかと思われる匂いが、怪しいまでに薫り満ちている。

　その老女房は泣いた。「出過ぎますお咎《とが》めがあろうかと存じまして、我慢をしておりましたが、しみじみした昔のお話で、何《ど》ういうか序《ついで》に口へ出してお聞きに入れ、片端だけもほのめかしてお知らせ申上げたいと、年頃念仏の序にも混ぜて祈り続けておりました験《げん》でございましょうか、嬉しい折ではございますが、先立って溢れ出します涙に暮れまして、申上げられないのでございます」と、身を慄《ふる》わせている様子が、誠に云いようもなく悲しく思っている様子である。大体年寄った人は、涙脆《なみだもろ》いものだとは見聞きしていられるが、ひどくこのようにまで思っているのを君は怪しくお思いになって、「此方《こなた》にこのように参りますことも、度《た》び重なりましたが、そのように哀れを知っている人もいませんので、露ぽい道の間を、自分だけで濡れていたことです。嬉しい序《ついで》のようですから、お言葉をお残しなさいますな」と仰しゃると、女房は、「こうした序と申してはございますまい。又ございましょうとも、今夜をも分らない命で頼むべきではございませんので、それでは唯、こうした年寄が世にいたというだけをお知り下さいまし。三条の宮にお仕え申しておりました小侍従は、果敢《はか》なくなったとほのかに聞きました、その頃睦《むつ》ましく思いました同じ年頃の人は、多く亡くなりました命の末に、遥《はるか》な世界から辿って上《のぼ》って参りまして、この五六年の間を、ここにこのようにお仕え申しております。御存じはございますまい、この頃藤大納言と申される方の御兄で、衛門督《えもんのかみ》でお亡くなりになられました方は、何かの序に、その御上《おんうえ》だとしてお聞き伝えになられることもございましょうか。お亡くなりになりまして、何れ程《ど》も隔たらない心持ばかりしておりまして、その折の悲しさも、まだ袖の乾く折もなく思われますのに、指を折って数えますと、このように大人《おとな》におなりなさいましたお齢《とし》の程で、夢のようでございます。その故権大納言の御乳母《おめのと》でございました者は、この弁の母でございました。朝夕にお仕え馴れ申しておりましたので、人数《ひとかず》でもない身でございますが、人にお知らせにならず、お心にも又余りましたことを、折々ほのめかして仰しゃいましたが、今は御臨終となられました御病の末に、私を召し寄せて、聊《いささ》か仰せ置きになる事がございまして、お聞きになるべきいわれのある事が一事《ひとこと》ございますが、これだけ申上げますので、残りをと思召すお心がございましたら、ゆっくりとお聞き尽しになるべきでございます。若いお人達が聞きかねて、出過ぎていると突《つ》つき合っておりますようなのも、尤《もっと》もなことでございます」と云って、流石《さすが》に云い続けなくなった。君は不思議で、夢占《うらな》い、巫女《かんなぎ》などいったような者の、問わず語りをするようで、珍しくお思いになるが、哀れに疑わしくお思い続けになっている事の筋を申すので、ひどく奥ゆかしくお思いになるが、ほんに人目も多く、思い懸けない昔話にかかずらって、夜を明し切るのも無骨に思われるべきことなので、「これと云って思い当ることもありませんけれど、昔の事と聞きますと物哀れです。それでは屹度《きっと》その残りを聞せて下さい。霧が晴れてゆきますと、きまりの悪い窶れ姿で、恥ずかしく御覧じ咎めになられそうな様ですから、心に任せての長居もできませんで、残念なことです」と云って、お立ちになると、宮の籠っていらせられる寺の鐘の声が、幽《かす》かに聞えて来て、霧が深く立ち渡っている。『峰の八重雲』▼[14]の思いやる隔ての多いのが哀れなのに、猶《なお》この姫君達のお心の中《うち》もお気の毒で、何事のお歎き残しになることがあろうか、このようにひどく引込み思案で入らせられるのも、御尤もであるとお思いになる。

朝ぼらけ家路も見えず尋ね来《こ》し槙《まき》の尾山《おやま》は霧籠めにけり▼[15]

「心細いことですよ」と、立ち返って躊躇していらせられる様は、都の目馴れている人でさえも、やはりひどく格別にお思い申上げるのに、まして何《ど》うして珍しく見なかろうか。女房が御返事を伝えにくそうに思っているので、大君は、例《いつも》のひどくつつましげにして、

雲のゐる峰のがけ路《ぢ》を秋霧のいとど隔つる頃にもあるかな▼[16]

少しお歎きになっている姫君の御様子が、君には浅からず哀れである。何《ど》れ程の面白いことも見られない辺りであるが、ほんにお気欝なことの多いにつけても別れにくいが、明るくなって行ったら、流石に直接に顔を見られるような気がして、「生中《なまなか》にと思います程に、承りかけになっておることの多くあります残りは、今少しお馴れ申した上で、お怨み申すべきでしょう。しかし世間並みの者のようにお扱いになりましたのは、案外物がお分りになっていなかったことと、怨めしゅうございます」と云って、宿直人《とのいびと》の設備をしている西面《にしおもて》へ入らしてお眺めになられる。

「網代《あじろ》に人が騒がしいようでございます。ですが氷魚《ひお》は寄らないのでしょうか、面白くない様子でございます」と、お供の人々が様子を見知っていて云う。怪しげな船どもに柴を刈り積んで、めいめい

様々な世の営みに行き交わす様が、はかない水の上に浮んでいるのを見ると、誰の身も思えば同じような無常な世である。自分は浮んではいず、玉の台《うてな》に静かにしている身だと思うべき世であろうか、と思い続けられる。硯をお召しになって、姫君に申上げられる。

橋姫の心を汲みて高瀬さす棹の雫《しずく》に袖ぞ濡れぬる▼17

「お眺めになることでしょう」

と云って宿直人《とのいびと》にお持たせになった。寒そうに惣毛立った顔をして持って参る。御返事は、紙に焚きしめた香が一とおりの物では極りが悪いようだが、疾《はや》いのがこうした折にはと思って、

さし帰る宇治の川長朝夕《かはをさあさゆふ》の雫や袖をくたし果つらむ▼18

「身までも涙に浮びまして」

と、ひどく面白くお書きになった。立派に見よくお書きになったと、君は心が留まったが、「お車を持って参りました」と、お供の人々がお騒がし申すので、宿直人だけを召し寄せて、「宮がお帰りになられた頃に、必ず参りましょう」と仰しゃる。濡れた御衣《おんぞ》共は、皆この人に脱いでお遣《つか》わしになって、取りにやった御直衣《おんなおし》にお召換えになった。

老女房の話が、心に懸っていて思出される。姫君の思っていたよりは遥《はるか》に勝《まさ》って、おおように美しかった御様子どもが、眼先に見え通して、やはり思い捨て難い世であることだと、心弱く思い知られる。姫君にお文を差上げられる。懸想風のものではなく、白い色紙の厚いのに、筆は択《え》って繕って、墨継ぎを面白くしてお書きになる。

「率爾なようであろうかと、心ならずも差控《さしひか》えられまして、申上げ残したことの多くありますのが苦しいことでございます。片端は申上げて置きましたように、これからは御簾の前も、気やすくお許し下されたいものです。御山籠りのお果てになります日数《ひかず》も承り置きまして、いぶせかった霧の深さも晴らしとうございます」

など、ひどく生《き》まじめにお書きになられた。右近の将監《ぞう》である人をお使にして、「その老女房を尋ねて、文をおやりなさい」と仰しゃる。宿直人《とのいびと》の寒そうにしていたことを哀れにお思いになって、大きな檜破子《ひわりご》のようなものを沢山《たくさん》にお遣わしになる。別の日に、その御寺にもお差上げになる。山籠りをしている僧共が、この頃の嵐にはひどく心細く苦しいことであろうから、お出でになっている間の布施を下さるべきであろうとお思いやりになって、絹や綿などが多いことであった。御勤めが終って、お帰りになる朝だったので、行人《おこないびと》どもに、綿、絹、袈裟、衣など、すべて一領ずつを、いる程の大徳達に下される。宿直人は、あのお脱ぎ棄ての、艶《えん》に立派な狩の御衣《おんぞ》や、たまらず好い白の綾の御衣の、柔かに云いようもない匂いのしているのを、匂いごと自分の身に移して著《き》て、体の方は何《ど》うにも変えられぬものなので、似合わしくない袖の匂いを、人毎《ひとごと》に咎められ愛でられて、却って窮屈がっていたことである。心任せに気やすく身が扱えず、ひどく気味の悪いまでに人の驚く匂いを、消したいものだと思ったが、貴い人の御移り香で、濯《すす》ぎ切れないというのは余りのことであるよ。

君は姫君の御返事のひどく見よくて幼めいているのを、面白いと御覧になる。宮にも、このような御消息《おたより》がありましたと女房達が申上げて御覧に入れさせると、宮は、「何ということもない物です。懸想風なものにお扱いになっては、却って変でしょう。世間の若い人には似ないお心のようですから、私の亡い後もと、一言ほのめかしましたので、そのように思って心を留めたのでしょう」と仰しゃった。宮御自身も亦《また》、様々のお見舞物で、山の岩屋には余る程だったなどお申しやりになったので、君はお伺いしようとお思いになって、三の宮が、あのように奥まった所に、見勝りする女を見出《みい》だすのは面白いことであろうと、空想として仰しゃっていられるので、誇張してお話して、お心をお騒がせ申そうとお思いになって、長閑《のどか》な夕暮にお伺い申した。例の様々のお話をなされ合う序《ついで》に、宇治の宮の事を話し出して、隙見をした暁のことを委《くわ》しくお聞かせすると、宮はまことに心から面白いとお思いになった。案の定だと御様子を見て取って、一段とお心の動くようにお云い続けになる。「その来たという御返事は、何だってお見せにならなかったのです。私であったらきっと」とお怨みになられる。「そうですよ。ひどく様々な物を御覧になるらしいその片端さえも、お見せにはなりません。あの方々は、このようにひどく引込み思案の者が包みきって置くべき御様子の方ではありませんから、是非御覧に入れたいと思いますが、何としてお尋ね寄りになどなれましょう。軽い身分の者こそ、好色《す》きたいと思いますれば、自由にそれの出来る世の中でございます。女という物は目に着かない所に幾《いく》らでもいるようですね。申したように見所のありそうな女で、人恋しげにして隠れています住処《すみか》は、山里めいた所には自然多いようです。今お聞きに入れます辺りは、ひどく世間離れした聖風《ひじりふう》な人で、無骨なことであろうと、年頃思い侮《あなど》りまして、耳にさえも留めなかったことでございます。ほのかな月影に見ましたのが見劣りしませんでしたら、立派なものですよ。様子有様などもまた、あしたのが中分のない者と思われることです」などお話し申す。最後には宮は、本当に妬《ねた》ましくなって、好いかげんな女には心を移しそうにもない人が、このように深く思っているのは、つまらない女ではなかろう、とゆかしくお思いになることが限りなくなった。「この上とも又々よく様子を御覧なさい」と、相手をお勧めになって、制限のある御身分の仰山《ぎょうさん》なのが、厭わしいまで煩《うる》さくお思いになったので、君は面白くなって、「さあ、手前にはつまらないことでございます。暫《しばら》くも世の中に心を留めまいと思う仔細のあります身で、女に冗談を云うのも憚《はばか》っておりますのに、我が心ながら始末のつかない心が起り初めましたら、大きに思うことに違うことでございましょう」と申されると、「いや何《ど》うも仰々しい。例《いつ》の仰山な聖詞《ひじりことば》で、成行きを見極めたいものですね」とお笑いになる。君は心の中では、あの老女房のほのめかして云った事に、一段と刺戟《しげき》されて、物哀れなので、面白く見える者も、見よさそうだと聞く者も、何《ど》れ程も心には留まらないのであった。

　十月になって五日六日の頃に中将は宇治へお伺いになる。「網代がこの頃は御覧時で▼19ございましょう」と申す人々があるが、「何だってその蜉蝣《ひおむし》と果敢《はか》なさを争う身で、網代へなど立寄ろう」と見限られて、手軽な網代車《あじろぐるま》で、縑《かとり》の御直衣指貫《さしぬき》を縫わせて、態《わざ》と質素にお召しになった。宮はお待ち喜びなされて、所につけての御饗応を懇ろ《ねんご》にお設けになる。暮れたので大殿油《おおとなぶら》を近く寄せて、先々お見さしになっている経文の深い心を、阿闍梨も請じ下して、その意義をお問いになる。君は少しもお眠りになれず、河風がひどく荒いのに、木の葉の散りかわす音、水の響などで、哀れも過ぎて、物怖しく心細い所の様である。明け方近くなったろうと思われる頃に、前《さき》の東明《しののめ》が思出されて、君は琴の音《ね》の哀れなことを序《ついで》を拵《こしら》えて云い出して、「この前の時、霧に迷わされました曙に、ひどく珍しい物の音《ね》を、一声承りました残りが、却ってひどく心に懸りまして、飽かず思われますことでございます」と申される。宮は、「色も香も捨てました後は、昔聞きました音も皆忘れまして」と仰しゃったが、人を召してお琴を取寄せて、「全く不似合になってしまいましたよ。手引きする物の音につけて思出せる位のものです」と、琵琶をお取寄せになって、客人《まろうど》をおそそのかしになる。君は取ってお調べになる。「全くほのかにお聞きいたしましたのと、同じ物だとは思われないことでございます。お琴の音柄《ねがら》のせいかと思いましたのに」と云って、心解けてはお弾きにならない。宮は、「いや何《ど》うもお口のお悪いことで。そのようにお耳に留まるような手などは、何処《どこ》から此処《ここ》へ伝わって来ましょうか。あるまじき御事です」と云って、琴をお鳴らしになられる。ひどく哀れに心凄い。一部分は峰の松風が引き立てるのであろう。ひどくたどたどしくおぼめかしくお弾きになって、渋い手一つだけでお止めになった。宮は又、「この辺りで、思い懸けなく、折々ほのめくことのあります琴の音は、心得ているのかと思って聞く折もございますが、気を留めて聞くこともなくて久しくなりましたことです。心任せに銘々が掻鳴《かきな》らしますようなもので、河浪だけが合せることでしょう。無論物の役に立つ拍子などは持っていないと思われます」と云って、「お鳴らしなさいまし」と、姫君達に申されるが、姫君は、「思い寄りもしませんでした独語《ひとりごと》をお聞きになられましたのさえ、ひどく恥ずかしゅうございますのに、ましてお恥ずかしくて」と、尻込みをなされつつ、何方《どちら》もお聴《きき》にならない。度々《たびたび》お勧め申すが、とやかくとお遁《に》げになられて止《や》みそうなので、君はひどく残念にお思いになる。それにつけても宮は、このように怪しく、世間知らずの者と思いやられて過す有様を、不本意なことと極り悪くお思いになった。そして宮は、「世間の人にさえも何《ど》うか知らせまいと思って、哺《はぐく》んで過しておりますが、今日明日も分らない身で、残り少《すくな》いことなので、さすがに行末の長い人は、落ちぶれて迷うことだろうと、それだけが全く、世を離れます際の絆《ほだし》でございます」とお話になられるので、中将はお気の毒にお見上げ申す。中将は宮に、「改めての御後見《おんうしろみ》立《だ》った、確《しっか》りしての筋ではございませんでも、疎々《うとうと》しくはお思い下されないようにと存じ上げております。暫くでもながらえております命の中は、一言でもこのように仰せになられましたことは、違えまいと存じます」と申されたので、宮は「真に嬉しいことで」と仰せになる。

さて暁方、宮が御勤めをなされる間に、その老女房を召出《めしだ》してお逢いになった。姫君の御後見《おんうしろみ》としてお侍《さぶら》わせになっている。弁の君と云っていた。年は六十に少し足りない程だが、雅《みやび》やかで嗜《たしな》みある様子をして、物を申す。故権大納言が命ある限り物を歎きつづけて、病気づいてお亡くなりになった様をお話し申し出して、泣くことが限りもない。ほんに余所《よそ》の人の事として聞いてさえ哀れであるべき昔話であるのに、まして中将は年頃よくは分らず知りたく、事の初めは何《ど》のようであったであったろうと、仏にもこの事を定かにお知らせ下さいと念じて来た験《しるし》があって、このように哀れな昔話を、思い懸けぬ序《ついで》に聞きつけたことであろうかとお思いになると、涙が留め難いのであった。君、「それにしてもこのように、その頃の事情を知ってる人もお残りになっていたのに、珍しくも極り悪くも思われますこの事を、まだこのように言い伝える人が他にもあるのでしょうか、年頃全く聞き及びませんでしたが」と仰しゃると、「小侍従と弁とを除《の》けましては、外《ほか》に知っています者はございますまい。　言たりとも、又他の方には口外しておりません。このようにつまらない、数ならぬ身分の者ではございますが、夜昼そのお側にお附き申しておりましたので、自然その御様子もお見知り上げ申し初めましたので、お心に余ってお思いになりました時々は、唯二人の中の者が、たまさかのお消息《たより》の通いもいたしました。恐れ多いことですから委しくは申上げません。今わの閉じ目におなりになりました時、聊《いささ》かお申し遺しになる事がございましたが、こうした身には処置に迷い、気懸りに致し続けまして、何《ど》うしたらばお申し伝えが出来ようかと、はかばかしくもない念誦の序にも、そのことをお思い申しておりましたが、仏は世にいらせられることだと思い知りましてございます。御覧になるべき物もございます。今は何うしよう、お焼き捨て申そう、このように朝夕の命も知られない身で、残してお置き申したならば、落ち散るようなこともありましょうかと、心懸りに思い続けておりましたが、この宮辺りも時々お立寄りになりますのを、お待ち申せるようになりましたので、少し頼もしくなりまして、こうした折もあろうかとお念じ申しておりましたのに、力も出てまいりましたことでございます。決してこれはこの世だけの御縁ではございますまい」と、泣く泣く細かに、お生れになった時のこともよく覚えていつつ申上げる。「空しくおなりになりました騒ぎに、母でございました人は、すぐに病いづきまして、幾程もなく亡くなりましたので、一段と歎き沈みまして、藤衣を重ねて裁《た》ちまして、悲しいことに思っております中《うち》に、年頃良くない人で心を懸けておりました者が、私をたぶらかしまして、西の海の果てまで連れて行きましたので、京の事までも分らなくなりまして、その人も其方《そちら》で亡くなりました後、十年余りで、異《ちが》った世の気がして上《のぼ》って参りましたが、この宮は父方の縁▼20に附けて、童の時から参り通う関係がございましたので、今はこのように世の中にまじるべき様でもございません所から、冷泉院の女御殿の御方▼21などは、昔はお声もお聞き馴れ申しました所で、参り寄るべきでございましたが、恰好悪く思いまして、お縋《すが》り申せませんで、このように深山隠れの朽木になっておりますのでございます。小侍従は何時《いつ》亡くなりましたのでしょうか。その頃若盛りだと見ました人は、数少くなってしまいました末の世に、多くの人に後れました命を悲しく思いまして、流石に生きておりますことでございます」など申している中に、例のように夜は明けきった。「それだけでよい。それではこの昔話は尽せるものではありません。又、人の聞かない気やすい所で伺いましょう。侍従と云った人は、ほのかに覚えていますのは、五つ六つ位の時でしたろうか、急に胸を病み出して亡くなったと聞いています。こうした対面がなければ、罪の重い身で過ぎることでした」と仰しゃる。女房は小さく巻き合せた反故《ほご》どもで、黴臭《かびくさ》くなったのの、袋に縫い入れてあるのを、取出して君に差上げる。「御前《みまえ》でお焼き下さいまし。自分はやはり生きられそうもなくなりましたと仰しゃいまして、この御文を取集めて下さいましたので、小侍従に又逢いました序《ついで》に、確かに彼方様《あちらさま》へお届け申そうと思っておりましたのに、直《す》ぐに別れてしまいましたので、私事《わたくしごと》ではなくて悲しく思っていることでございます」と申す。君は何気ない様で、受取って隠した。このような年寄は、問わず語りに、珍しい事の例に云い出すこともあろうかと、苦しくお思いになるが、女房は返す返す漏らさぬことを誓った。それにしてももと君は又お思い乱れになる。御粥強飯《おかゆこわいい》などを召上がる。昨日は暇な日であったが、今日は内裏《うち》の御物忌《おんものいみ》も明《あ》くであろう、院の女一の宮の御悩みになる御見舞にも、必ず参るべきだので、かたがた暇がなくいらせられるから、又この頃を過して、山の紅葉の散らない中《うち》に参るべき由《よし》を君は申される。宮は、「このように屢々《しばしば》お立寄り下さいます光で、山の蔭も少し明るくなったような気がいたしますことで」など、喜んで申される。

君は帰られて、先ずとその袋を御覧になると、唐《から》の浮線綾《ふせんりょう》を縫った物で「上《じょう》」という文字が上に書いてある。細い組袋で口の方を括《くく》ったのに、その御方の名の封が附いている。開けるのも怖ろしい気がなされる。色々の紙で、たまさかにお通わしになった御文《おんふみ》の返事が五六通ある。さてその方の御手蹟で、「病いは重く限りになりましたので、又ほのかに物を申すことも難くなりましたのに、ゆかしく思うことは添って来ました。御容貌《おかたち》も変っていらっしゃいましょうが、いろいろと悲しいことで」と、陸奥紙《みちのくがみ》五六枚に、ぽちぽちと怪しい鳥の足跡のように書いて、

目の前にこの世を背く君よりも余所《よそ》に別るる魂《たま》ぞ悲しき▼22

また端の方に、

「珍しく聞いておりますニ葉《ふたば》のことは、不安にお思い申す所はございませんが」

命あらばそれとも見まし人知れず岩根に留めし松の生ひ末▼23

書きかけのようで、ひどく乱れて、「侍従の君に」と書き附けてあった。紙魚《しみ》という物の住処《すみか》になって、古めいて黴臭くなりながら、字の形は消えず、たった今書いたにも違わない言葉が、こまごまとはっきりしているのを御覧になると、ほんにこれが落ち散っていたならばと、気がかりに、御二方にお気の毒なことでもある。こうした事が又と世にあろうかと、心一つに一段と歎かわしさが添って来て、内裏《うち》へ参ろうとお思いになったのも、お出懸けになれない。母宮の御前《おまえ》に参られると、宮は全く何心もなく、若やかな様をなされて、経を読んでいらせられたが、極り悪げにそれをお隠しになった。何だって知ってしまっていると知られることなどしようかと思って、お心の中に籠めて、さまざまに物を思っていらせられた。

▼1　相手を捨てて、番いであったのを別れて去ってしまった水鳥の雁の、その仮りのこの世に、何だって一人立ち後れて残っていることであろうぞ。「かり」は、鴨、鴛鴦（おしどり）などまでも籠めての称で、「仮り」に懸けて、初句から三句までは序詞の形にしたもの。「かり」を自身に喩えて、妻の死後、何を楽（たのし）みにして、この仮りの世に生きていることかと、身を果敢なんだ心。

▼2　何のようにしてこれまで育って来たのかと思うにつけても、憂き水鳥の不運さを知ることであるよ。「憂き」に「浮き」を絡ませ、「水鳥」を自身に喩えて、子は母に育てられるものであるのに、母亡き身の父に育てられて生長した感謝と哀れさを云ったもの。

▼3　寂しさに泣く泣くも、羽根を打懸けてはぐくんで下さる父君がなかったならば、我が身は巣守りとなってしまうべきであったことよ。「巣守り」は、卵が孵化せずに、そのまま朽ちてしまうことで、父君を、

母君なき後の鴻鳥（こうのとり）に喩えて、哺育（ほいく）の恩を謝した心。

▼4　宇治河に産する氷魚（ひお）という小さな魚を捕える為に、河の中に、網の代りとして竹で編んだ簾（すだれ）のようなものを仕懸（しか）けた物の称。氷魚の捕れるのは、秋から冬へかけてである。

▼5　相逢っていた妻も、我が家も、焼けて煙となってしまったのに、何だって我が身は、消え残っているのであろうぞ。「消え」は、死ぬ意の語で、ここも生き残る意であるが、「けぶり」に対照させて同じく煙となって消えずにいる意を持たせたもの。生を厭（いと）う心。

▼6　仏説として、極楽浄土には、七宝の池があり、八功徳水という清浄な水が満ちており、その中に、大きさ車輪の如き蓮花が咲いている。後生のよい人は、その上に乗って永久に生きるというのである。

▼7　薫大将。

▼8　世を厭う心は、我も山に通っているが、八重と深く立っている雲で君が隔てて、行かせないのであろうか。宮がゆかしいので、尋ねて行きたいが行けないとの御心で、儀礼として云ったもの。

▼9　世間との交渉を絶ちまして、それで心の澄むというのではありませんが、世を憂き物と思うという名を持ったうじ山に、宿を借りていることでございます。贈歌に対させて、卑下してのお心。

▼10　山おろしの風に争いかねて散る木の葉の露よりも、物哀れさに誘われて、訳もなく脆く散りこぼれる我が涙であることよ。

▼11　仏典の「摩訶止観」に、「月隠㆓重山㆒兮、挙㆑扇喩㆑之。風息㆓大虚㆒兮、動㆑樹教㆑之」とあるに依ったもので、この当時は、こうした事が、日常の話柄になっていたのではないかという。気の利いた洒落（しやれ）として云ったものである。

▼12　舞の「還城楽」に、陵王が撥をもって入る日を招き返すという事があり、それに依ったもので、同じく洒落。

▼13　琵琶には、撥を収める所が附いており、名を隠月という。それに因んで、これも月に縁があるといったので、同じく洒落。

▼14　「思ひやる心ばかりはかはらじを何隔つらむ峰の八重雲」（後撰集）

▼15　明け方を、帰ってゆくべき家への路も見分けられない。尋ねて来たここの槙の尾山は、霧が立ち籠めていることである。所の哀れさと、帰途の佗しさを云ったもの。
▼16　雲の絶えず懸っています峰の崖路を、秋霧が一段と立ち隔てている頃でございます。帰途の困難を思いやっていたわった心。
▼17　橋姫の心持の哀れさを察して、浅瀬を漕ぐ棹の雫に袖の濡れたことであるよ。「橋姫」は、宇治橋の下に祀ってある姫神で、伝説は一様ではないが、恋の哀れを尽された神となっている。「袖ぞ濡れ」は舟人がその哀れさを思って、涙で袖を濡らしたことを云ったもの。一首は、眼前に見える光景を捉え、舟人に代って詠んだ形とし、心は「橋姫」を姫君達に喩え、哀れさを所のさみしさよりのものとして、いたわりの心を云ったもの。
▼18　船を漕いで往きかえりしている宇治河の船頭は、朝夕の棹の雫で、その袖を腐らせ尽すことでしょうか。「川長」は、船頭で、これも宇治河の光景を見て、思いやった形のもの。心は「川長」を自身に、「雫」を涙に喩えて、日々の寂しさを歎いたもの。
▼19　「蜉蝣」は、かげろうで、朝生れて夕には死ぬという、命果敢ない代表としていたもの。「氷魚」と名前が通じているところから、氷魚も同じく果敢ない物と見做して云っているので、言葉の洒落である。
▼20　弁の父の左中弁は、宮の北の方の御父とは兄弟で、弁と北の方とは従姉妹。
▼21　女御は衛門督の妹なので、間接ながら縋るべき関係のある方。
▼22　生きながらこの世を背く君よりも、余所ながら別れてゆく我が魂は、一層悲しいことであるよ。
▼23　命があったならば、我が植えた物と見よう。岩の上に、我が人に知られずに植え留めて置いた若松の行末を。「岩根」を宮に、「松」を若君に喩えて、深い悲しみの中に我が子を祝った心のもの。

椎本《しいがもし》

二月の二十日頃に、兵部卿宮は初瀬《はつせ》に御詣《もう》でなされる。古い御願《ごがん》であったが、お思立《おもいた》ちにならずに年頃となったのを、宇治の辺りの御中宿《なかやどり》のゆかしさから、大体はその御気になられたのであろう。怨《うら》めしいという人もあったその里の▼1名を、何となく睦《むつ》ましくお思いになられる訳も、甘いことであるよ。上達部《かんだちめ》がひどく多勢お供を申上げる。殿上人は改めて云うまでもなく、残る者は少《すくな》くお供を申上《もうしあ》げられた。六条院から伝わって、左の大殿《おおいどの》の御領となっている所が、河の彼方側《あちらがわ》に、ひどく広く景色の面白くあるので、そこで御饗応をなされた。大臣《おとど》もお帰りのお迎いに参ろうとお思いになっていたが、俄《にわか》に御物忌《おんものいみ》で、深く御慎《おつつし》みになるようにと陰陽師が申したので、参れない由《よし》のお詫びを申された。宮は何だか面白くなくお思いになっていたが、宰相中将が今日のお迎いに参ったので、却って気安くて、あの辺りへのお近附きも、この人を介して言い寄ろうと御満足であった。大殿《おおどの》の御子の君達《きんだち》は、右大弁、侍従の宰相、権中将、頭少将、蔵人《くろうど》の兵衛《ひょうえ》の佐《すけ》など、すべてお侍《さぶら》いになる。帝も后も格別に思召《おぼしめ》して入《い》らせられる宮なので、世間のお気受けもまことに限りがなく、まして六条院の方の御方々は、次《つ》ぎ次《つ》ぎの人までも、皆私《わたくし》の君として心を寄せてお仕え申上げている。場所に関係させての御設けを面白く取賄《とりまかな》って、碁、双六、弾碁《だき》▼2の盤などを取り出して、心々に遊んでお暮しになった。宮は、お馴れにならない旅のお歩きで、悩ましくお思いになって、此処《ここ》にお泊りになろうとのお心が深いので、夕方からお琴を取寄せてお遊びになられることである。

例の、このように世離れた所は、水の音も引き立てる物となって、楽《がく》の音《ね》も澄み増《ま》さる気がするのに、かの聖《ひじり》の宮は、直《す》ぐ行かれる程の近さなので、追風に吹かれて来る響《ひびき》をお聞きになると、宮は昔の事をお思出しになられて、「笛をひどく面白く吹き切っていることである。誰が吹くのだろう。昔、六条院の笛の音《ね》を聞いたのは、ひどく面白くて愛嬌のある音をお吹きになったことであった。これは澄み昇って、仰々しい所の添っているのは、致仕《ちじ》の大臣《おとど》の御一族の笛の音《ね》に似ていることである」と、独言《ひとりごと》に云っていらせられる。「哀れに久しくなったことです。あのような遊びなどもせずに、生き甲《が》斐《い》もなく過して来た年月《としつき》が、流石《さすが》に多く数えられるのも甲斐ないことです」と仰《おっ》しゃる序《ついで》にも、姫君達のお有様が惜しくて、こうした山懐に引籠《ひきこも》らせては終らせたくないものだ、とお思い続けになられる。宰相の君は、同じことならば、近い御縁の方としてお逢いしたいように思うが、それ程までにはお思い寄りにならないのであろう、まして当世風の、心の浅い人などは何《ど》うして聟になどとお思い乱れになって、徒然《つれづれ》とお眺めになっていられる所は、春の短夜《みじかよ》もひどく明かし難いのに、お心やりをしていられる旅寝の宿では、酔いの紛れにひどく早く明けてしまった気がして、飽かずに帰ることだろうかと宮はお思いになる。

遥々《はるばる》と霞《かす》み渡っている空に、散る桜があれば、今咲き初《そ》めるのなど、色々が見渡されるのに、川添《かわぞえ》柳《やなぎ》の起き伏しして靡《なび》く水影など、浅からず面白いので、見馴れられない人はひどく珍しくて、見捨て難いものにお思いになる。宰相は、こうした序を遁《の》がさず、あの宮にお伺いしたいとお思いになるが、大勢の人目を避けて、一人で漕ぎ出す船渡りは、軽々しいことであろうかと躊躇していられる中《うち》に、彼方《あちら》からお消息《たより》がある。

山風に霞吹き解く声はあれど隔《へだ》てて見ゆる遠《をち》の白波▼3

草書でひどく面白くお書きになってあった。宮は、お思いになっている辺りからの物と御覧になっ

て、ひどく面白くお思いになって、「この御返事は私がしよう」と仰しゃって、

遠近《をちこち》の汀《みぎわ》の波は隔つともなほ吹き通へ宇治の河波▼4

中将はお伺いなされる。遊びに熱心になっている君達《きんだち》を誘って、船をお漕ぎになる間、酣酔楽《かんずいらく》を遊んで、水に覗いている廊から、造り下しにしてある橋の趣《おもむき》など、そうした方でひどく心深く、嗜《たしな》みのある宮なので、人々は心づかいして船からお下りになる。邸内は又様子が異《ちが》っていて、山里めいた網《あ》代《じろ》屏風など、態《わざ》と質素にした、見どころある御装飾を、そのおつもりで掃除をし、ひどくよくお整えになっていた。昔の楽器など、まことにこの上もない弾き物どもを、態と用意したようではなくて取出してあるのを、客人《まろうど》は次ぎ次ぎに弾き出されて、壱越調《いちこつじょう》の弾き方で桜人《さくらびと》をお遊びになる。主《あるじ》の宮の御琴《きん》を、こうした序《ついで》にと人々はお思いになったが、箏の琴だけを、お心も入れず折々お合せになる。耳馴れない所のあるせいであろうか、ひどくお心深い面白いものだと、若い人々は身に沁みて思った。所につけての御饗応をひどく面白くなされて、余所《よそ》で思った程とは異《ちが》って、なま孫王《そんおう》めいた賤《いや》しくない女房が大勢、又王《おおきみ》の四位の、古風な人などが、このように来客のあるべき折はと思って、予《かね》てお気の毒に思い申していたせいであろうか、然《しか》るべき人の限りが集り合っていて、瓶子《へいし》を取って酌をする人も汚なげではなく、然るべく古風に、品位を持っておもてなしになった。客人《まろうど》達は、御娘達のお住みになっているお有様を思いやりつつ、心を尽している人もあることだろう。かの宮はまして、気安くは振舞《ふるま》えない御身分をさえ窮屈なものにお思いになっていたので、せめてこうした折にでもと、お怺《こら》えになりかねて、面白い桜の枝をお折らせになり、お供をしている上童《うえわらわ》の、可愛いのをお使《つかい》として差上げられる。

山桜にほふあたりを尋ね来て同じ挿頭《かざし》を折りてけるかな▼5

「『野をむつまじみ』▼6」

とあったのであろうか。御返事は、何《ど》うして書けましょうと、申上げ憎《にく》くお思い煩《わずら》いになる。「こ

うした折の物は、改まったようなお扱いをして、時の立ちますのは、却ってよくない事にしておりますよ」と、老女房などが申すので、中の君にお書かせ申される。

挿頭《かざし》折る花のたよりに山がつの垣根を過ぎぬ春の旅人▼7

「野を分けてでしも」

と、ひどく面白げに、器用にお書きになった。ほんに、河風も心に隔てを附けない様で、吹き通《かよ》って来る物の音も面白くお遊びになる。御迎いに、藤大納言が、仰言《おおせごと》を蒙《こうむ》ってお参りになった。人々も大勢参り集って、物騒がしく威勢よくお帰りになられる。若い人々は飽き足らずに顧みばかりされたことであった。宮は又然るべき序にとお思いになる。花盛りで、四方《よも》の霞も眺めやるだけの見どころがあるので、唐《から》の詩も大和の歌も多くあったが、うるさいので尋ね聞かぬのである。

物騒がしくて、思うままにはお言いやりになれなかったのを、飽き足らず宮はお思いになって手引きはなくても御文《おんふみ》は常にあった。八の宮は、「やはり御返事はなさい。気を附けて、懸想《けそう》めいた風にはお扱いなさいますな。却って気の揉めることになりましょう。ひどくお好色《すき》な親王《みこ》なので、こういう人がとお聞きになると、やはり捨てては置けない浮気心からのことでしょう」と、お勧めになる。折々中の君が御返事を申上げられる。大君は、そうした事は戯《たわむ》れにもなさらないお慎《つつし》み深さであった。

八の宮は何時《いつ》ということもなくお心細いお有様で、春の徒然《つれづれ》を一段と暮し難くして眺めをなされる。姫君達の整い勝《まさ》ってゆく御様容貌《かたち》はいよいよ勝って来て、申分なくお美しいのも、却って、お心苦しくて、もし不器量でいらしたならば、勿体《もったい》なく惜しいと思う歎きは薄らぐことであろうか、など明暮れお思い乱れになる。大君は二十五、中の君は二十三におなりになったことである。

宮は今年は重くお慎みになるべき年なのであった。心細くお思いになって、御勤めは何時《いつ》もよりも怠《おこた》りなくなされる。この世にはお心をお留《と》めにならないので、後生願いばかりしていらせられるので、極楽の道へもお向いになるべきであるが、唯《ただ》姫君達の御事がひどくお可哀そうで限りないお心強さてはいらせられるが、必ず今はとお見捨てになる時のお心は乱れることであろうと、お見上げする人も御推量申しているので、宮は、お思い通りという程ではなくても、何《ど》うやらという人で、人聞きが残念なまでではなく、我慢の出来そうな身分の人で、真底から後見《うしろみ》をしようと、心を寄せて申込む人があったら、知らん顔をして許そう。何方《どちら》かお一方《ひとかた》、御縁の定まる所があったなら、そこをお任せ所と慰めにして往《い》けようが、それ程の深い心でお尋ね申す人もない。極稀《ごくま》れにちょっとした手懸《てが》かりで好色事《すきごと》を申す人などは、まだ若々しい人のそぞろ心からで、物詣《ものもうで》の中宿《なかやどり》とか往来《ゆきき》の序《ついで》の仮初事《かりそめごと》にその心持を見せて、内心ではこのようにお眺めになっていられる有様を推量して、侮りがましく振舞うのは、怪《け》しからぬことで、型だけの返事さえおさせにならない。三の宮だけが、やはり逢わなくては止《や》めまいとのお心の深いことであった。然るべき御因縁がおありになってのことであろうか。

宰相中将は、その秋中納言におなりになった。一段と御衣《おんぞ》の色のお勝りになっての世の営みにつけても、お思いになる事が多くある。何ういう事であろうかと、心ふさがってお思い続けになっていた年頃よりも、お心苦しくて世をお去りになられた昔の御様が思いやられるので、その罪の軽くおなりになる程の勤行《ごんぎょう》もしたいものとお思いになる。あの老女房を哀れな者にお思い留めになって、目立つ様ではなく、ああこうと紛らしつつ、心を寄せて物を賜《たまわ》りなどする。宇治に参らずに久しくなることだと思い出して、お伺いになった。七月頃になっていた。京にはまだ入り込んでいない秋の様子が、音羽山近くなると、風の音もひどく冷たくて、槙の尾山も僅《わずか》に色づいていて、猶《な》お深く尋ね入ると、面白くも珍しくも思われるので、宮はまして、何時《いつ》もよりお待ち喜びになって、今度はお心細そうなお話をひどく多くなされる。「亡くなりました後は、この君達《きんだち》を、然るべきお序にはお尋ね下さいまして、思い捨てない者の中にお加え下さいまし」など、話をそちらへ持って行って申されるので、君は、「一言でも承って置きましたので、決してお忘れ申すまいと思っております。世の中に心を留めまいと、事を省《はぶ》いておりますす身で、何事も頼もしげのない先々の少い者ではございますが、そのような者として生きております限りは、変らない心持をお目に懸けようと思っております」と申されるので、宮はひどく嬉しくお思いになった。

夜深い月が明らかに出て来て、山の端が近い気がするのに、宮は念誦《ねんず》をひどく哀れになさって、昔話をなされる。「この頃の世は何《ど》のようになっていましょうか。昔は宮中などで、かような秋の月に、御前《おまえ》での御遊びの折に侍《さぶら》い合ったことがあります者の中で、物の上手と思われます者の限りが、それぞれに打合《うちあわ》せます拍子の仰々しいのよりも、嗜《たしな》みがあると思われています女御更衣のお局《つぼね》お局から、銘々《めいめい》では競争心を持ち合って、表面だけの情を交わしているだけでしょうが、夜深くなって人気《ひとけ》なくひっそりして来ますと、心悩ましく調べ出しまして、ほのかに漏らし出します物の音《ね》は、聞きどころのあるのが多いことでした。何事につけましても、女は玩《もてあそ》びの材料にする、物の役に立たないものではありますが、人の心を動かす種になるものでございます。だから罪が深いのでしょうか、子を思う道の闇を思いやりましても、男はたいして親の心を乱さないものでしょうか。女は、思うにも限りがありまして、銓《せん》のない者として諦めるにしましても、やはりひどく心苦しいものです」など、大方のことにつけて仰しゃるのも、何《ど》うしてそう思わずにいられようかと、お気の毒に思いやられる御心中である。君は、「何事も誠に先程申上げましたように、思い捨てておりますせいでございましょうか、自分の事といたしまして、如何《いか》にも深く知っている事とてはございませんのに、ほんに果敢《はか》ない事ですが声を賞《め》でます事だけは捨て難いことでございます。賢く聖《ひじり》めいた迦葉《がよう》▼8も、それであればこそ立って舞ったのでございましょうか」と申して、飽き足らずも一声聞いた姫君のお琴の音を、切にゆかしがられるので、宮は、疎々《うとうと》しくはしない手初めのこととお思いになるのであろうか、御自身彼方《あっち》の間へお入りになって、切にお勧めになる。すると、箏の琴をひどくほのかに掻き鳴らして、お止《や》めになったことである。一段と人気が絶えて、哀れな空の様子や、所の様の為《ため》に、態《わざ》とではない御遊びが、君はお気に入って面白くお思いになったが、打解けては何うして合奏などはなさろうか。「私がこれ

程でも馴らし初めました残りは、お若い人達にお任せ申しましょう」と仰しゃって、宮は仏の御前《みまえ》にお入りになられた。宮、

われ亡くて草の庵《いほり》は荒れぬともこの一言は枯れじとぞ思ふ▼[9]

「こうした対面も、今度が終りであろうかと思いまして、心細さから怺えかねまして、偏屈な間違い言《ごと》が多くなったことです」と、お泣きになられる。客人《まろうど》は、

いかならむ世にか枯れせむ長き世の契り結べる草の庵は▼[10]

「相撲など公事《おおやけごと》に取紛れます頃を過しましてお伺いいたしましょう」と申される。君は姫君達の間で、あの問わず語りをした年寄を召出《めしだ》して、残りの多い話をおさせになられる。入り方の月は隈《くま》なく射し入って来て、簾《すだれ》を通しての透影《すきかげ》が艶《なまめ》かしいのに、君達は奥まっていらせられる。世間並みの懸想めいたのではなく、慎み深くお話を落着《おちつ》いてしつづけて入らせられるので、姫君も然るべき御返答はなされる。君は三の宮がひどくゆかしくお思いになっていたのにと、お心の中《うち》では思出しつつ、我が心ながらやはり人には異《ちが》っていることである。あのように進んでお許しになっている事だのに、さして急ごうともしないことであるよ。さりとて嫌って、有るまじき事とは思ってはいない。このようにして物を云い交わして、折節の花紅葉につけて、哀れも情も通わすのを憎くはなくお思いになる御辺りではあるが、御縁がなくて、余所《よそ》の方におなりになるのは、流石《さすが》に残念であろうと御思いになって、御自分の物という気がしていられた。

まだ夜深い中《うち》にお帰りになった。宮の心細く、残り少ないようにお思いになっていた御様子を、思出し申しつつ、騒がしい頃を過して参ろうとお思いになる。兵部卿宮も、この秋の中《うち》に紅葉を見にお出でになろうと、然るべき序《ついで》をお思いめぐらしになる。御文は絶えずお上げになられる。姫君は、本気にお思いになっていようとはお思いにならないので、煩《うるさ》いことにはなされず、何ということもなき様《さま》にしつつ、折々に御返事をなされる。

秋が深くなって行くにつれて、宮は云いようもなく心細い気がなされたので、例の静な所で念仏も心紛れなくしようとお思いになって、君達《きんだち》にも心得て置くべき事どもを申される。「この世の常として、最後の別れは遁《のが》れられないことでしょうが、心を慰める事があってこそ、悲しさも紛らせるようです。他に任せる人もなくて、心細そうな貴方達《あなた》を打捨てますのが何とも悲しい事です。ですが、それ程の事に妨げられまして、永い来世の闇にまで迷うのはつまらないことです。現にお世話を申している間でさえも諦めていますす世なので、居なくなりました後《あと》の事は分ろうはずはありませんが、私だけの事ではありません、お亡くなりになりました人の恥にもなりますから、軽々しいお心は出しなさいますな。確《ちが》かな頼りがなくて、人の云う事に随《したが》って、この山里をお捨てなさいますな。唯このように、人とは異った因縁を持った身だと思い做《な》して、ここで世を終ろうと御決心をなさい。一心に思い込みますと、格別な事もなくて過ぎてゆく年月《としつき》なのです。まして女は、そのように我慢して引籠りまして、人目に立つような可哀そうな世間の非難を受けないのが好いことなのです」など仰せになる。姫君達は、何《ど》うこうと御自分の身の成行《なりゆ》きまではお思い及ぼしになれず、唯何うして、お後《おく》れ申したならばこの世に片時でも生きていられようか、とお思いになっているので、このように心細い様の御予想言《ごと》に、云いようもなくお心の乱れることである。宮は心の中《うち》でこそ姫君達のことはお諦めになっていたろうが、明暮れお側にお馴らし申して、俄《にわか》にお別れになろうとするのは、辛いお心ではないが、ほんに怨めしくお思いになるべきお有様と申すべきである。明日は山寺へお入りになろうとする日は、宮は例《いつ》になく彼方此方《あちらこちら》を立ち留まって見てお歩きになる。ひどく簡素に、仮初の宿としてお過しになったお住まいの有様で、我が亡くなった後は、何うして若い人が怺えて籠って過すだろうかと、涙ぐみつつ、念誦をしていらせられる様は、まことに清げである。大人《おとな》らしい女房を召出して、宮は「私が安心の出来るようにお仕えなさい。何事でも、もともと気安な、世間の噂に上りそうもない身分の人は、子孫の衰えは当り前のことで、紛れてゆくもののようです。こうした身分の者になりますと、人は何とも思わないでしょうが、まわり合せ悪く、零落してゆきます不運は勿体ない、お可哀そうな事が多くなることでしょう。もの寂しい、心細い世を送るのは、当り前のことです。生れた家相応に、格式通り振舞ってゆくのが、人の聞き耳にも、自分の心持にも、咎《とが》なく思われることでしょう。賑やかに人数《ひとかず》らしくしようと思ったからとて、思い通りにゆきそうもない事だったら、決して軽々しく、善くない方へはお扱いなさいますな」と仰しゃる。まだ暁の中《うち》にお出懸けなさろうとしても、姫君のお居間にお越しになって、「私が亡くなりました後も、心細がって萎《しお》れなどなさいますな。心持だけは楽しく持って、お遊びなどもなさいませ。何事も思うようにならない世ですから、お考え過しはなさいますな」と仰しゃって、顧みがちにしてお立出《たちい》でになった。お二方は一段と心細く歎き続けられて、起き臥《ふ》しお話合いになりつつ、「もし何方《どちら》か一人いなくなりましたら、何《ど》うして暮してゆけましょう。今も行末《ゆくすえ》も定めない世なので、もしお別れするようなことがありましたなら」など、泣きつ笑いつして、戯れ事もまじめな事も、一つ心になって慰め合って過していられる。

　宮の行わせられる三昧《さんまい》は、今日お済みになるであろう、早くお帰りになればとお待ち申される夕暮に、お使が参って、「今朝から悩ましくて、帰れません。風邪《かぜ》だろうと思って、何かと手当をしているところです。しかし例《いつも》よりは対面が心もとない気がしまして」と申させられた。姫君達は胸を突かれて、何《ど》んなで入らっしゃろうかとお歎きになり、御衣《おんぞ》など綿を厚くして急いで拵えさせて、差上げなどなさる。二三日は山をお下りにならない。如何《いか》で如何でと人をお遣《つか》わしになると、「格別なたいしたことではありません、何処《どこ》となく苦しいものです。少し快《よ》くなりましたら、追って我慢してなりとも」などと、口上で申される。阿闍梨《あざり》はじっと、お附きしてお世話を申していた。そして、「かりそめの御悩みと見えますが、御最期の度《たび》のものでございましょう。君達《きんだち》の御事は、何でお歎きになることがございましょう。人はそれぞれ因縁というものが異《ちが》っておりますから、お心にお懸けになるべきではございません」と、益々世をお思い離れになるべき事をお教え申しつつ、「今更《いまさら》ここをお出なさいますな」とお諫め申すのであった。

八月の二十日の頃なのであった。大方の空の様子も一段と哀れな頃、姫君達は、朝夕の霧のようにお胸の晴れる間もなく、歎きつつお眺めになっている。有明の月がひどく華やかにさして来て、水の面もはっきりと澄んでいるので、そちらの蔀《しとみ》を上げさせてお見やりになっていると、鐘の音が微《かす》かに響いて、夜が明けたことだと聞える時に、人が来て、「この夜中頃にお薨《かく》れになりました」と泣く泣くお知らせ申す。心に懸けて、如何《いか》に如何にとは絶えずお案じ申上げてはいたが、お聞きになると、呆れて、何もお分りになれない気がして、格段のこのような事には、涙も何所《どこ》へ行ってしまったのであろうか、唯俯伏《うつぶ》しに伏していらせられる。死別の悲しみも目の前に見て、覚束《おぼつか》なくないようにするのが世の常である。覚束なさが添ってのことであるから、お歎きになるのも道理である。暫くの間でも、お後れ申して世に生きていられようとはお思いにならないお心の方達とて、何《ど》うしてお後れ申そうとお泣き沈みになられるが、定命《じょうみょう》のことにて何のかいもない。阿闍梨は年頃お約束申してあった通りに、後の御事を万事お扱い申上げる。姫君達は、「亡き人におなりになられました御様容貌《かたち》だけでも、今一度お見上げ申しましょう」と仰せになったが、阿闍梨は、「今更に何でそのようなことをなさることがあるべきでしょう。日頃も、再び姫君達にお逢いにはならないようにとお止め申したのですから、今はまして、互《たがい》に心をお留めにならないようなお心構えをお持ちになるべきでございます」とばかり申す。御寺《みてら》にいらせられた中の御有様をお聞きになるにも、阿闍梨の余りに賢いひじり心を、憎くも辛くもお思いになったことである。出家の御本意は、昔から深くお持ちになっていらせられたが、このようにお任せする人のない姫君達が見捨て難いので、生きている限りは明暮れお離れになれずお世話申すのを、心細い世の慰めにもして、世を離れ難くしてお過しになったのであるが、限りのある道では、お先立ちになる方も、お慕い申すお心にも、ままにならぬものなのである。

中納言殿はお聞きになって、ひどく飽《あ》っけなく残念で、今一度心のどかにお話し申上げるべき事が多く残っている気がなされて、大方の世の無常なこともお思い続けになられて、ひどくお泣きになる。「またお逢いすることはできないかも」と仰しゃったが、やはり平常のお心にも、朝夕の隔ても知れない世の果敢《はか》なさを、人よりも深くお思いになっていたので、耳馴れていて、昨日今日ともお思いにならなかったので、返す返す飽っけなく悲しくお思いになる。阿闍梨の許《もと》にも、姫君達の御見舞をも、お心細やかになされる。そうしたお見舞など、他にはお便りを申上げる人さえもないお有様なので、物もお分りにならなくなっているお心の方々も、年頃のお心持のおやさしかったようなことまでお思い知りになる。世の常の死別でさえも、その事にぶつかると、他には類《たぐ》いもないことのようにばかり、何びとも思い惑うものらしいのに、慰める術《すべ》もなさそうな御身達なので、何《ど》のような気がして入らせられようか、とお思いやりになりつつ、後の御法事など、なさるべき事どもを推し量って、阿闍梨にも御見舞をなされ、此方《こちら》へも、老女房どもにかこつけて、御誦経《みずきょう》などの事も思いやってお見舞いなされる。

明けない夜のような気持ながら、九月にもなった。野山の様子は、一層に袖の時雨《しぐれ》を促し勝ちで、ともすると、争って落ちる木の葉の音も、河水の響も、涙の滝も、一つ物のようにかき昏《く》れ歎くので、このようでは何《ど》うして御寿命も、暫くも保とうかと、お仕え申す女房共は心細くて、しんからお慰め申上げつつ歎き惑っている。此方《ここ》にも念仏の僧がお仕え申して、宮のいらせられた間は、仏を御形見とお見上げ申しつつ、時々参ってお仕え申した人々で、御忌《おんいみ》に籠っている限りの者は、哀れにお勤めをして過している。

兵部卿宮からも、度々《たびたび》御見舞を上げられる。そのような御返事などは申上げる気もなさらない。宮は手応《てごた》えがないので、中納言にはこんなではないようなのに、自分の方はやはり嫌っていられるのだろう、と怨めしくお思いになる。紅葉の盛りに、文など作らせようとてお出懸けにはなったが、このように此《こ》の辺りの御逍遥は、都合の悪い頃だったので、思い止まったのを残念に思っていらっしゃる。

四十九日の御忌《おんいみ》も終った。悲しみも限りのあるものなので、涙の絶間もあろうかとお思いやりになって、ひどく長々とお書きになった。時雨勝ちな夕方で、

牡鹿啼《な》く秋の山里いかならむ小萩が露のかかる夕暮▼11

「唯今の空の様子を、お思い知りにならないような風をなさるのは、余りにも心ないことでございましょう。枯れてゆく野辺も、別して眺められる頃です」

などとある。大君は、「ほんにひどく余りにも、物を思い知らないようで度々になりましたから、やはり御返事をなさいまし」と、中の君をそそのかしてお書かせ申される。中の君は今日まで生きていて、硯など近く引寄せて見《み》ようなどと思ったことであったろうか、心憂くも生きて来た日数《ひかず》であるよ、とお思いになると、又涙に目が曇って、物も見えないような気がなさるので、硯を押し遣《や》って、「やはり書けそうもないことでございます。次第にこのように起きていられなどしますのが、ほんに悲しみも限りのあることだと思われまして、恨めしく心憂くて」と、いじらしい様で泣き暮れていらせられるのも、大君はひどく心苦しい。夕暮頃に出て来たお使は、宵少し過ぎて着いたことである。「何《ど》うして帰って参れましょう。今夜は旅寝をして」とお云わせになったが、「直《す》ぐに帰って参りましょう」と急ぐので、可哀そうで、我ひとり賢く落《おち》ついているのではないが、見るに見かねられて、大君、

涙のみ霧《き》りふたがれる山里は籬《まがき》に鹿ぞ諸声《もろごゑ》に啼く▼12

黒い紙へ、夜のこととて墨継ぎもたどたどしいが、よく書こうともせず、筆に任せて書いて、押包んでお出しになった。お使は、小幡山《こばたやま》の路《みち》など、雨の夜でひどく怖ろしそうであるが、そのような物《もの》怖《お》じをしない者をお選《え》りになったのであろうか、気味悪げな『篠《ささ》の隈《くま》』▼13を、駒を引き留める間もなく急がせて、片時で参り着いた。御前《みまえ》へ召すと、ひどく濡れて参ったので、禄を賜わる。前々《さきざき》御覧になったのとは異《ちが》った手蹟《て》で、大人《おとな》びて上手で、ゆかしげな書き様をしているので、何方《どちら》が何《ど》うなのであ

ろうかと、下にも置かず御覧になりつつ、直ぐには御寝《ぎょしん》にならないので、「待つと云って起きていらせられ、又御覧になる間の久しいのは、何れ程《ど》お心に沁むのでしょうか」と、御前にいる人々はささやき合って、お憎み申す。眠たいからの事であろう。まだ朝霧の深い朝の中《うち》に、急いでお起きになって、御文を差上げられる。

朝霧に友まどはせる鹿の音《ね》を大方にやは哀れとも聞く▼14

「諸声はお劣り申さないことで」

とあるが、余り情を知っているようにするのは面倒である、父宮御一方《おひとかた》の御蔭《みかげ》に隠れていることを頼みにして、何事も気楽に過して来たが、意外にも生きながらえていて、思い寄らない間違いが少しでもあったならば、御不安げにばかりお思い遺《のこ》しになったらしい、亡き御魂《みたま》にまでも疵《きず》をお附け申すことになろうかと、何事も慎ましく怖ろしいので、御返事は申上げない。この宮などを、軽々しく一とおりの方にはお思い申上げない。かりそめに走り書きをなさるのお筆づかいもお言葉も、面白い様に艶《なまめ》いている趣《おもむき》は、大勢の人のは御存じないが、これこそは愛《め》でたい方であろうと御覧になりながら、その奥ゆかしく情のあるお仕打ちに言葉をお混ぜ申すのは、似合わしくない身の有様なので、かまわぬ、唯このように田舎者《いなかもの》らしい有様で過そうとお思いになる。

中納言殿への御返事だけは、彼方《あちら》からもまじめな様に申されるので、此方《こちら》からもひどく厭《いと》わしくはないようにしてお通わしになる。御忌《おんいみ》が終って、自身お参りになられた。姫君達は東の廂《ひさし》の間の一段と低くなった居間に、喪服でいらせられるので、近くお立寄りになって、老女房をお召出しになった。闇にお迷いになっている御辺りへ、ひどく極りの悪いまでに匂いに満ちて入っていらしたので、居るに居かねて、御返事さえもお出来にならないので、君は、「このようにお扱いにはなりませんで、昔の方のお心向けにお従いになる様になさいました方が、申上げ承るにも甲斐のあることでございましょう。物柔かに心ありげな振舞《ふるまい》は存じておりませんので、人伝《ひとづ》てで申上げますのでは言葉も続けられません」とあるので、大君は、「浅ましく今までながらえております様ではございますが、覚ましようもない夢に迷っておりますことで、心なく空の光を見ますことも憚《はばか》られまして、端近くには身動きもいたせません」と、申されるので、君は、「何事につけましても、限りないお慎み深さです。月日の光は、御自分から進んで晴れ晴れしく御覧になりましたのでは、咎《とが》もございましょう。取り着き所がなく鬱陶しく存じます。又お歎きになりますお心の端々《はしばし》でも、お慰め申上げたいものです」と申されると、「ほんに、まことに類《たぐ》いのないようなお有様を、お慰め下さるお心持は浅くはないことで」と、女房達は御注意申す。大君御自身の御気持も、そうは云っても、次第にお心も鎮まって、いろいろと御分別が附いていられるので、以前のことをお思いになって、このようにまで遠い野辺を分けてお入りになられたお志なども、お思い知りになることであろう。少し居ざり出された。君は姫君のお嘆きの程、又故宮とお約束なされた事などを、ひどく細々《こまごま》とお話しになって、悪く雄々《おお》しい御様子などお見せにならない人なので、姫君も厭わしく極り悪くなどはないが、知らない人にこのように声をお聞かせ申し、そぞろに力に頼んでいる風を見せるのは、過ぎた日頃を思い続けると、流石《さすが》に苦しくて気が引けるが、ほのかに一言ぐらいの御返事を申される様が、ほんに何事も思い呆けていらせられる御様子なので、君はひどく哀れにお聞き申す。黒い几帳《きちょう》を通しての透影が、ひどくお気の毒でいらせられるので、まして有りようのお姿や、ほのかに見た暁暗《あけくれ》の様などが思い出されて、

色変る浅茅《あさぢ》を見ても墨染にやつるる袖を思ひこそやれ▼15

と独言《ひとりごと》のように仰しゃると、

色変る袖をば露の宿りにてわが身ぞ更《さら》に置き所なき▼16

『はつるる袖』▼17と、末の方は云い消して、まことにひどく怺えられない御様子で、奥へお引込みになった。引留めるべき間もないので、君は飽つけなく哀れにお思いになる。老女房が、かけ離れた代人に出て来て、昔今と取集めて、悲しいお話を申上げる。珍しく浅ましいことを見て来ている人なので、

君はこのように怪しく衰えている人をとお思い捨てにはなられず、ひどくなつかしくお話しになる。君、「幼なかった時に、故院にお後れ申しまして、悲しい物はこの世であると思い知りましたので、人となってゆく齢につれて、官位《つかさくらい》も、世の中の栄華も、何とも思わなくなりました。唯《ただ》こうした静かなお住まいが気に入っていましたのに、このように果敢《はか》なくお見做し申しましたので、いよいよ悲しくて、仮初の世だと思い知らされる心も起りますが、お気の毒な様でお残りになっていらっしゃいます御方々に、絆《ほだし》などと申しては懸想めきますが、生きながらえて、あのお言葉を違《たが》えませず、お話相手になりたさからのことです。しかし思懸《おもいが》けない昔話を聞きましてからは、一段と世の中に跡を留めようとも思わなくなっていることです」と泣きながら仰せになるので、老女房はましてひどく泣いて、物も申上げられない。君の御様子が、唯その方かと思われるので、年頃忘れていた昔の御事までが一緒になって、申上げようもなくて、涙にくれていた。この老女房は、故大納言の御乳母《おめのと》の子で、父はこの姫君達の御母北の方の母方の叔父で、左中弁で亡くなった人の子なのである。年頃遠い国へさ迷って行っていて、御母北の方がお亡くなりになった後、彼方《あちら》の殿にも疎遠になったのを、この宮に尋ね取って住ませているのであった。人柄はひどく重々しくはなく、宮仕えに馴れてもいるが、物の分らなくはない者に宮はお思いになって、姫君達の御後見《おんうしろみ》めいた人におさせになったのである。その昔の御事は、年頃このように朝夕にお見上げ申し馴れて、心に隔てるところなくお思い申している姫君達にも、一言も云い出す序《ついで》もなく隠し切っているのであるが、中納言の君は、年寄の問わず語りをするのは、皆普通なことなので、誰にでも無暗《むやみ》に云い拡げることなどはしなくても、ひどく極り悪く思っている姫君方は、お聞き置きになっていることであろう、と推量されるのが、憎くもお気の毒にも思われるので、この姫君と無関係にはなるまいと思わせられる種になることであろう。今はここに旅寝をするのも極りが悪い気がして、お帰りになるにも、「これが最後でも」と宮の仰しゃったのに、何だってそのような事がと頼んで、それきりお見上げ出来ぬようになってしまった、その秋が変ったのであろうか、多くの日数《ひかず》も隔てない中《うち》に、居らせられた所も分らないとは、あっけないことであるよ。殊《こと》に俗の人のような御設備もなく、ひどく簡素でいらせられたようだが、ひどく清らかにお掃除になって、一体に趣《おもむき》あるものにしていらしたお住まいも大徳達が出入りして、彼方《あちら》と此方《こちら》の隔てを附けつつ、御念誦の道具だけは変らない様であるが、仏は残らずあの寺へ移そうと申上げているとお聞きになるにつけ、ああした様の人さえも居なくなった時、ここに留《と》どまってお思いになるであろうお心持をお察し申上げると、ひどく胸が痛く思い続けられることである。「ひどく暮れてまいりました」とお供の者が申すので、眺めさしてお立ちになると、雁が鳴いて渡る。

秋霧の晴れぬ雲居にいとどしくこの世をかりと言ひ知らすらむ▼18

兵部卿宮に対面なさる時には、中納言は先《ま》ずこの君達《きんだち》の御事を話の種になされる。宮は今はそれにしても気やすいからとお思いになって、懇《ねんご》ろに物を申された。ちょっとした御返事も、申上げにくく憚るべきことに女方《おんながた》はお思いになった。世間にひどく好色の御評判が広がって、浮き浮きと派手な御気風なようなので、このようにひどく深い葎《むぐら》の下から差出す手つきは、何《ど》んなに恥ずかしく古風なものだろうかと、卑下していらした。

「ああ、浅ましくも明かし暮らしてゆける月日ですね。このように頼み難いものだったお命なのに、昨日今日とも思いませんで、唯大方に定めない果敢なさだけを、明暮れの事にして見聞きしていましたが、悲しさのあることまでは思っていましたろうか。過ぎ去った時を思い続けましても、何の頼もしげなところのある世でもありませんでしたが、唯何時《いつ》ともなく長閑《のどか》に眺め過しまして、物怖ろしい気の引けることもなくて過して来ましたのに、この頃は風の音も荒くて、いつも見ない人が連れ立って来て案内を頼みますと、先ず胸が突かれて、物怖ろしく侘《わび》しく思えることまでが添って来まして、何とも怺えられないことですよ」と、お二方でお話しになりつつ、涙の乾く時もなく過していらせられるのに、その年も暮れて行った。雪や霰《あられ》の降り積る頃は、何処《どこ》もこのように吹く風の音ではあるが、今初めて辿《たど》り入って来た山住みのような気がなされる。女房共は、「ああ年が更《かわ》ろうとしています。心細く悲しかったことの、改まるような春にしたいものですね」と、諦めずに云う者がある。出来ない事だと姫君達はお聞きになる。向いの山へも、時々の御念仏でお籠《こも》りになられたが為《ため》に、人も参り通《かよ》ったのだが、阿闍梨も、如何《いかが》でございますと、一通りに稀《ま》れにはお尋ねになられるが、今は何の為にちょっとでも参られようか。一段と人目の絶え果てるのも、当然の事と思いながらも、ひどく悲しいことである。何とも御覧にならなかった山賤《やまがつ》も、宮のいらせられなくなった後に、たまさかにも立寄って来るのは、珍しくお思いになる。この頃のこととて、薪や木《こ》の実を拾って来る山人《やまびと》どももある。阿闍梨の室《むろ》から、炭などの物を差上げるとて、「年頃の習いとなっておりますに宮仕えを、今はと止めますのが心細うございまして」と申上げた。必ず冬籠りの山風を防ぐべき綿衣《わたごろも》を遣《つかわ》したのをお思出しになって、お遣わしになる。法師どもや童などの山へ登ってゆくのも、見えつ隠れつしてひどく雪の深いのを、泣く泣く立ち出て御覧になる。「御髪《みぐし》などお下しになりましても、そうした方として世にいらっしゃいましたら、このように通って来る人も自然に多いことでしょう。何《ど》んなに哀れで心細くても、お逢い申上げることが、まるきりないことがありましょうか」などお話しになる。大君、

君なくて岩のかけ路絶えしより松の雪をも何とかは見る▼19

中の君、

奥山の松葉に積る雪とだに消えにし人を思はましかば▼20

羨《うらや》ましくも、又も雪は降り添うことであるよ。

中納言の君は、新年にはちょっとはお訪ね申せなかろうとお思いになって、お越しになった。雪も一段と深いので、一とおりの人でさえも見えなくなっているのに、お立派な御様子をなさって、軽々しく入らせられたお心持が、浅からず思い知られるので、姫君は例《いつも》よりは鄭重《ていちょう》に御座《みまし》をお繕《つくろ》わせになる。黒染色ではないお火鉢を、物の奥から取り出させて、塵《ちり》を払いなどするにも、宮のお待ち喜び

になられた御様子を、女房共は申し出す。対面なさることは、大君はつつましくばかりお思いになったが、「思いやりのないようにお思いになっていらっしゃるので、何としよう」と云って、御応対をなさる。打解けるというではないが、前々《さきざき》よりは少し言葉を続けて、物を仰しゃる様が、ひどく見よく気が置かれるようである。君はこのようにしてばかりは、お止めにはなれそうもないお心にお変りになるのは、ひどく唐突なお心であるよ、やはり移り変ってゆく世であるよと思っていらした。「三の宮がひどく怪しくお恨みになることがおありになりますよ。哀れなお一言を承り置きましたことなど、事の序《ついで》に漏らしてお聞きに入れたのでしょうか、又はひどく隙《す》きのないお心柄なので、御推量になったのでございましょうか、手前が何の道よいようにお取做《とりな》しするだろうと頼みにしているのに、情《つれ》ない御様子なのは、お邪魔を申すからであろうと、度々《たびたび》お恨みになりますので、心ならぬこととは思っておりますが、『里の知道《しるべ》』▼21は、どこまでもはお抗《あらが》い申しませんのに、何だってひどくそのようにまでお扱いなさるのでしょうか。好色でいらせられるように人は申し做すようですが、心の底は怪しく深くいらっしゃる宮です。かりそめ言を仰しゃる辺りが、心が軽く靡《なび》き易《やす》いなどで、珍しくない者にお蔑《さげす》みになるからのことかと聞くこともございます。何事もその時の事情に従って、我《が》を立てることがなく、大《おお》ようにしています人は、唯男のもてなしに従って、とかくの事がありましてもいい加減に見做しまして、少し心に違う事があっても、何としようこうした因縁であろうと思い做せましょうから、却って縁の続いてゆく例《ためし》になることもあります。仲《なか》が破れ初めますと、濁った評判を立てて、まるで縁が切れて名残もなくなるようなことも、何方《どなた》も入り混じって来るもののようです。宮は心の深くお沁みになられますようなお心様を持って、格別に背く事が多くなくいらっしゃる人でしたら、決して軽々しく、始めと終りの違うような事はお見せになるまじき御様子でいらっしゃいます。人のお見知り申さないことを、手前はひどくよく見知っておりますので、もし似つかわしく、そうもしようかとお思寄りになりますのでしたら、そのお取持ちは手前が心の限りを尽してお仕え申しましょう。

御中道の間の無駄脚《むだあし》は痛むことでございましょう」と、ひどくまじめにお云い続けになるので、姫君は、御自身のことだとはお思懸けにもならず、人の親らしくして御返事を申そうとお思いめぐらしになるが、やはり云うべき言葉もない気がして、「何と申上げましたものですか、情合いに絡《から》んでのことを仰せ続けになられますので、なかなか申上げますことも分りませんで」とお笑いになるのも、大ようでいらっしゃるものの、御様子がなつかしく聞える。「必ず御自身の事としてお聞きになるべきだとはお思い申しません。そちらの方は、雪を踏み分けて参ります志だけを、御覧じ分け下さる御姉君心でお過し下さいまし。彼方《あちら》のお心寄せは、又異っているようでございます。ほのめかして仰しゃることもございましたようですが、さあ、それも何方《どちら》とも聞き分けかねますことです。御返事は何方《どちら》がなさいましたか」とお尋ねになられるにも、よくも戯《たわむ》れにも申上げなかったことである、何という事もないが、このように仰しゃるにつけても、何《ど》んなにか極り悪く胸もつぶれることであろうと思うと、御返事もお出来にならない。大君は、

雪深き山のかけ橋君ならで又ふみ通ふ路を見ぬかな[22]

と書いてお差出しになったので、「お言いわけをなさるので、却って心の置かれることでございます」と仰しゃって、

つらら閉ぢ駒踏みしだく山河《やまがは》を知道《しるべ》しがてに先づや渡らむ[23]

「そうなりましたならば、『影さへ見ゆる』[24]しるしも、浅くはございますまい」と申されると、大君は案外で、厭わしくなって、殊に御返事もなさらない。きっぱりと、ひどく立ち離れた取澄ました様はお見せにならないが、当世風の若い女達のように、艶《なまめ》かしげにもなされず、ひどく見よく落ついた心持であろうと推し量られる御様子である。このようであってほしいものだと思っているのに違わない気がなされる。事に触れて心持を見せて言い寄るが、分らない振りばかりしていらせられるので、君は極りが悪くなって、昔話などをまじめに申される。「暮れきりますと、雪が一段で、空も曇りそ

うでございます」と、お供の人々が御催促をするので、お帰りになろうとして「お気の毒に見まわされますお住まいの様でございます。手前の邸《やしき》は唯山里のようにひどく静かな所で、人も行きまじらない所でございますから、もしお思い寄りになりましたならば、何《ど》んなに嬉しいことでございましょうか」と仰しゃると、ひどく結構そうなことでと、片耳に聞いて笑顔になる女房共のいるのを、中の君は、ひどく見苦しいことで、何でそのようなことが出来ようぞと見聞きしていらした。御菓子《おくだもの》を趣あるようにして差上げ、お供の人々には、肴《さかな》など見よくして、土器《かわらけ》をお差出しになられた。あの御移り香で騒がれた宿直人《とのいびと》は、鬘鬚《かつらひげ》とかいう顔で、気味わるくしている。頼りない御頼もし人であると御覧になって、召出した。「何《ど》うですか。いらせられなくなった後は、心細いことだろうね」とお尋ねになる。泣顔になりつつ、心細そうに泣く。「世の中に頼みにする寄る辺もございません身で、お一《ひと》方《かた》のお蔭を蒙《こうむ》って、三十余年を過してまいりましたので、今はまして、野山に混じりましても、何んな木蔭が頼めるものでございましょう」と申して、一段と恰好の悪《わ》ろげな顔をする。宮のいらせられたお部屋をお開けさせになると、塵がひどく積って、仏だけが花の御飾りが衰えず、御勤めをなされたと見える御床《ゆか》も取去って、片附けてあった。君は出家の本意が遂げられたならば、御弟子にと御約束申上げたことをお思出しになって、

立ち寄らむ蔭と頼みし椎《しひ》が本《もと》むなしき床《とこ》になりにけるかな▼25

と仰しゃって、柱に凭《よ》り懸っていらせられるのをも、若い女房共はお愛《め》で申す。日が暮れたので、近い所々の御荘に仕えている人々の所へ、御秣《まぐさ》を取りにやってあったのを、君は御存じがなかったのに、田舎びた人々が仰々しく打連れて参ったので、君は変な工合《ぐあい》の悪いことだと御覧になったが、老女房に逢いに来たのだとお紛らわしになった。何時《いつ》もこのようにして此方《こなた》にお仕え申すようにと仰せ置きになってお帰りになった。

年が更《かわ》ったので、空の様子が麗《うら》らかに、汀《みぎわ》の氷の解けてゆくのにつけても、姫君達は今まで生きて

いたのも案外な気がしてお眺めになる。聖《ひじり》の許《もと》から、「雪消《ゆきげ》に摘んだ物でございます」と云って、沢の芹《せり》、峰の蕨《わらび》などを差上げた。精進の御膳部として参らせたのである。「場所につけて、こうした草木の様子で、移ってゆく月日のしるしの見えますのは、面白いことです」など女房の云うのを、何が面白いのだろうと姫君達はお聞きになる。大君、

君が折る峰の蕨と見ましかば知られやしまし春のしるしも▼26

中の君、

雪深き汀の小芹《こぜり》誰《た》が為に摘みかはやさむ親なしにして▼27

など、はかない事をお話しになり合いつつ、明かし暮らしていられる。中納言殿からも、宮からも、折を過さずお訪《とぶら》いを申される。うるさい、何という程もない事が多いようだが、例のように書き漏らしたのであろう。

花盛りの頃に、宮は去年の『挿頭《かざし》』▼28をお思出しになって、その折見聞きをした君達《きんだち》なども、「ひどく趣の深かった親王《みこ》のお住まいを、あれきり見なくなった事で」と、一とおりの哀れを口々に申すので、宮はひどくゆかしくお思いになった。宮、

つてに見し宿の桜をこの春は霞《かすみ》隔てず折りて挿頭《かざ》さむ▼29

と、好い気持になって仰しゃって来た。あるまじき事をと中の君は御覧になりながらも、ひどく徒《つれ》然《づれ》な時なので、見どころのある御文《おんふみ》を、表面だけはお認め申そうと思って、

いづくとか尋ねて折らむ墨染に霞籠めたる宿の桜を▼30

やはりこのように懸け離れて、情《つれ》ない様子ばかり見えるので、宮は本当に心憂いことだとお思い続けになる。

心にお余りになると、宮は唯中納言を、ああこうとお責めになられるので、中納言は面白くお思いになりながら、ひどく確《しっか》りした後見《うしろみ》のようにお相手を申して、宮の浮気らしいお心持を見顕《みあらわ》す時々に

は、「何《ど》うしてそのようでいらしては」などと申されるので宮も御用心なさることであろう。そして「気に入った所をまだ見附けない間のことですよ」と仰しゃる。大殿《おおいどの》の六の君をお思い入れにならないのを、生怨《なまうら》めしいように大臣《おとど》にはお思いになっていた。けれど宮は、「ゆかしげのない間柄という中でも、大臣《おとど》は事が仰々しくて面倒で、何《ど》んな物紛れの事でも見咎めそうなのがうるさいことだ」と、内々に仰せになって御承知なさらない。

その年、三条の宮が焼けて、入道の宮も六条院にお移りになり、何くれと物騒がしいのに紛れて、中納言は宇治の辺りを久しくお尋ねにならない。生《き》まじめな人の心は、又ひどく異《ちが》ったものなので、自分の物だとは頼みながらも、女の心がお打解けにならない限りは、戯れめいた情ない様はお見せしまいと思いつつ、昔の宮の御心を忘れない所を、深くお見知りになれとお思いになっている。

その年は例年よりも暑いのを、人々が悩んでいるので、君はあの河辺の家は涼しいことであろうよとお思出しになって、俄《にわか》にお参りになられた。朝涼《あさすず》の中にお出懸けになったが、生憎《あいにく》にさして来る日の光が眩《まば》ゆいので、君は宮のいらせられた西の廂《ひさし》の間に、宿直人《とのいびと》をお召出しになっていらっしゃる。そちらの母屋《おもや》の仏の御前の間に、姫君達はいらせられたが、近過ぎない方へとお思いになって、御自分のお居間の方へお移りになろうとする御様子が、忍んではいるが、自然身動《みじろ》きをなされる音が聞《きこ》えて来るので、君はじっとしては居られず、此方《こちら》の間《ま》との間《あいだ》の襖《ふすま》の端の方に、掛金のある所に、穴が少し開いていることを見てお置きになったので、襖の此方《こなた》に立ててある屏風を片寄せて覗いて御覧になる。襖に添えて几帳が立ててあるので、ああ残念なと思って、引返そうとする折柄《おりから》、風が強く簾《すだれ》を吹き上げそうにするので、「露《あら》わですこと。あの御几帳を押出しまして押えに」という女房がある。君は間の脱《ぬ》けたことと思うものの嬉しくて、又御覧になると、高い几帳も低い几帳も二つとも、次《つ》ぎの間の簾に押し寄せて、此方《こちら》の襖と真向いの、彼方《あちら》の開いている襖から、お居間の方へ通って行こうとなされるのであった。先《ま》ず一方《ひとかた》はお立出でになって、几帳から覗いて、そのお供の人々が、あちこちと行き違って、涼み合っているのを見ていらせられるのであった。濃い鈍色《にびいろ》の単《ひとえ》に、萱草色《かんぞういろ》の袴《はかま》が引《ひき》立《た》って、却って様が変って花《はな》やかに見えるのは、著《き》なしていられる御人柄からであろう。掛帯《かけおび》をかりそめにして、珠数を隠して持っていらっしゃる。丈がひどくすらりとした、様体の好い人で、髪は袿《うちぎ》の丈に少し足りない程に見えて、末の方まで少しの乱れもなく、艶々《つやつや》とふっさりとして美しいようである。横顔か、ああ可愛いいと見えて、匂やかで柔らかでおっとりとしている様子は、院の女一の宮もこのようでいらっしゃることだろうと、ほのかにお見上げしたのが思い較《くら》べられて、溜息《ためいき》がつかれる。又、お一方がいざり出して、「あの襖は露《あら》わなことです」と、此方《こちら》の襖を見よこされた御用心は、打解けていない御様子で、お心深いように思われる。頭《かしら》つき、髪の様子などは、前の方よりも今少し上品で、なまめかしい様である、「彼方《あちら》には屏風を添えて立ててございます。急いでお覗きもなさいますまい」と若い女房共は何の心もなく云う者がある。「そんなことがあっては大変ですよ」と、気懸りそうにしていざってお入りになるところは、気高くて奥ゆかしい様子が勝《まさ》って見える。黒の袷《あわせ》の一襲《ひとかさね》に、前の方と同じような色合《いろあい》を著ていらせられるが、この方《かた》の方《ほう》が懐かしくなまめいていて、哀れそうでいたいたしく思われる。髪はさばさばする程に脱《ぬ》けたのであろう、末の方は少し細って、色とか呼んでいるらしい、翡翠《ひすい》めいた色をしているのがひどく美しく、絹糸を撚《よ》って掛けたようである。紫色の紙に書いた経を片手に持っていられる手つきが、前の方よりも細さが勝《まさ》って痩せ痩せしているのであろう。立っていた姫君も、襖の入口の所にいて、何を云っているのであろうか、此方《こちら》を見よこして笑っているのが、ひどく愛嬌がある。

▼1　「世を宇治山」という喜撰法師の歌の語に依ったもの。「宇」に「憂」を懸けて、世を憂という名を持った宇治山の意。

▼2　中高の盤の両端に碁石を並べ、指で弾いて、相手の石に当てて勝負を競う遊び。

▼3　山風が霞を吹き解く声は、ここに聞えているが、隔たって見えることであるよ、その山風の立てる河浪の方は。楽の音を、「霞吹き解く声」に喩え、御一行を「河浪」に喩えて、我が方へは親しくして下さらないと、恨みを云われたもの。

▼4　彼方の岸と此方の岸との浪は、隔てをつけていようとも、やはり双方へ吹き通えよ、宇治の河風は。宮を「宇治の河風」に喩えて、隔てなくお親しく願うとの意を云って答えたもの。

▼5　桜花の色美しく咲いている辺りへ尋ねて来て、君と同じ桜を挿頭に折ったことであるよ。「挿頭」は、酒宴の時にする物。「桜花」に姫君を絡ませて、姫君をなつかしむ心を訴えたもの。

▼6　「春の野に菫（すみれ）摘みにと来し我ぞ野をなつかしみひと夜寝にける」（万葉集）

▼7　挿頭の花を折る序に、山賤の垣根のほとりを通り過ぎられた春の旅びとよ。八の宮自身を「山がつ」に、宮を「春の旅びと」に喩えて、卑下と恨みの心とを一つにして答えられたもの。

▼8　釈尊の第一の弟子。「大樹緊那羅経」に、「緊那羅於二仏前一弾二瑠璃琴一、奏二八万四千音楽一。迦葉尊者忘二威儀一而起坐」とあるに依る。

▼9　我が世に亡くなって、この草の庵は荒れて行こうとも、今仰せになった一言は、枯れて失せまいと思っていることです。「枯れじ」は「草の庵」の「草」に応じさせたもので、お忘れにはなられまいの意。「言」に「琴」を絡ませている。後の事を引受けてくれた喜びの心。

▼10　何時の世に枯れることがありましょうか、枯れはしません。永い世に亘（わた）っての契りを結んだこの草の庵は。「枯れ」は草に照応させ、「結べる」は「草の庵」に照応させたもので、永久に今日のお約束は忘れませんと、誓われた心のもの。

▼11　牡鹿の啼いている秋の山里の哀れは何（ど）んなであろうか。その牡鹿に萩の花のこぼれかかる、かかる夕暮には。宇治の哀れさを思いやっていたわったものであるが、その哀れを云うに、牡鹿が妻恋いをして、花の咲いている萩原に啼いていることを思いやって現しているもので、「牡鹿」を自身に絡ませたもの。「小萩が露の」は、「懸かる」と続け、「斯かる」に転じさせて、序詞の歌としたもの。

▼12　悲みの涙で、目が霞んでばかりいますこの山里では、籬にこのように、姉妹声を合せて泣いているこ

とです。「しか」は、「然」と「鹿」とを懸け、一方では、鹿が、私共と声を合せて啼いていることでございますとして、宮と同じ鹿を捉えて、異った意に云い返したもの。

▼13「篠の隈檜（ひ）の隈川に駒とめて暫し水飼へ影をだに見む」（古今集）

▼14 朝霧の深さにその友を見失ったさみしさに啼いている鹿の声を、我も一とおりの哀れさと聞いていようか、いはしない。「友まどはせる鹿」は、父宮を喪った姫君を喩えたもの。

▼15 秋の色に変っている浅茅を見ても、墨染の喪服にやつれていられるあなたの哀れなさまが、思いやられることです。

▼16 紅（くれな）いに色の変る袖を、涙の露の宿りとしまして、我が身の方は全く身の置き所もないことでございます。「色かわる袖」は、悲（かなし）みが極まると、涙が血となるという意から、紅いに色が変る意。「袖」は、その涙を拭う物としての意。「置き所なき」は、悲みの極まっていることを具体的に云ったもので、「置き所」は、上の「宿り」と対させたもの。

▼17「藤衣はつるる糸は佗び人の涙の玉の緒とぞなりぬる」（拾遺集）

▼18 秋霧の晴れないのと同じく心も晴れずにいるその空の上に、一段と、この世は仮りだと、雁が鳴いて知らせるのであろうか。「秋霧の晴れぬ」は、眼前の景であると共に、悲みに心の結ばれている意を云っているもの。「かり」は、雁はそのように鳴くものだとしていたので、懸詞である。

▼19 父君が亡くなられて、御寺への路の、岩の崖路の往復が絶えてから、そこの松に降り置く雪を、君は何と御覧になるのであろうか。一入（ひとしお）哀れに見える心を訴えたもの。

▼20 奥山の松の葉に降り積る雪とだけでも、消え失せられた君を思うことが出来るものであったならば。「消えにし」は、雪の消える意と、人の死ぬ意とを懸けたもので、雪の消えたのは又積ることがあるので、死んだ人もそれと同じく、再び見られるものであったならと嘆いた意。

▼21「蜑（あま）の住む里のしるべにあらなくにうらみむとのみ人の云ふらむ」（古今集）を踏んだもので、ここは取持役の意。

▼22 雪の深いこの山里へのかけ橋は、君でなければ又、踏み通って来る人は見ないことでございます。

「ふみ」は、「踏み」と、文通とを懸けたもので、「ふみ通ふ」は、文を通わせる意で、此方を主としたもの。
▼23　氷が閉じていて、乗る駒がそれを踏み砕いて渡る山の河を、案内をしがてら、私の方が先ず渡りましょうか。「河を渡る」は、恋を遂げる意の成語で、宮よりも先に、私の恋の方を遂げたいものですと、大君に訴えたもので、この方を主にした心のもの。
▼24　「浅香やま影さへ見ゆる山の井の浅き心をわが思はなくに」（万葉集）に依ったもので、ここは、国司の接待振りに不満を感じていられた葛城王が、前の采女のこの歌で機嫌を直された故事に依って、取持役の甲斐もあるの意で云っているのである。この歌も故事も、当時は誰も知っているものだったのである。
▼25　立ち寄る蔭と頼んでいたこの椎の下の修道の座は、導く人が亡くなって、空しい床となってしまったことであるよ。「椎が本」は、仏法を修める人は、身を雲水の如くし、樹下石上を修道の座とするものだと云われているので、その樹下の意で云っているもので、故宮を慕い悲しむ心。
▼26　亡き父宮が生きていらして、折る峰の蕨だと見ることが出来たならば、それに依って知られもしよう、楽しい春の来たしるしも。父宮が出家して山にお籠りになっていられでもしたら、嬉しいことであろうが、悲しみに閉ざされていて、春の来たことも分らないの意。
▼27　雪の深い汀の小芹を、父宮ならぬ誰の為に摘んで愛でようか、我は親無しの身であって。
▼28　宮が去年、「同じ挿頭を折りてけるかな」と詠んだ歌に依ったもの。
▼29　余所（よそ）ながら見た宿の桜を、今年の春は、霞を隔てずに、直接に折って、挿頭としよう。「桜」は、中の君に、「挿頭さむ」は我が物としようの喩。
▼30　何処にあるものとして尋ねて折れましょうか、折れはしません。墨染色に霞が籠めていますこの宿の桜は。「墨染に」は、一年間の喪に服して、墨染の衣を著（き）ている意を云っているもので、喪中とて、そのようなことが出来ましょうかと、強く拒んだ意。

総角《あげまき》

何年もお聞き馴れになって来た河風も、この秋はひどくだしぬけに、物悲しいものにお聞きになって、姫君達は故宮の一周忌の御法事をお準備になっている。大体の為《す》べき事は、中納言殿と阿闍梨《あざり》とがお仕え申したことである。此方《こなた》では御布施の法服の事、経に添える飾り、細かい御業《みわざ》を、女房の申《もうし》上《あ》げるに従ってなさるのも、ひどく頼りなく哀れで、そのような余所《よそ》の御後見《おんうしろみ》がもしなかったならばと見えた。中納言は御自身お参りになられて、今はと御喪服をお脱ぎ捨てになられる折の御見舞を、浅からず申上げられる。阿闍梨もそこへ参った。名香《みようこう》の糸を引き乱して、「このようにしても過してゆけた月日で」など、姫君達のお話しになっている時なのであった。結び上げた糸のたたりに懸《か》かっているのが、簾《すだれ》の端から、几帳《きちよう》の綻《ほころび》をとおして見えたので、君はその事をなされているのだと分って、『我が涙をば玉に貫《ぬ》かなむ』とお誦《ず》しになっているので、伊勢の御《ご》もこのようでおありになったのだろうと、面白く聞《きこ》えるが、御簾の内の人は、聞き知っている風に御応対をするのも慎ましくて、『物とはなしに』とか貫之が、此《こ》の世ながらの別れにさえも、心細い筋に云い懸けたことであったなど、ほんに故事《ふるごと》は人の心を慰める頼りになるものだと、お思出《おもいだ》しになることである。故宮の御為《おんため》の御願文《ごがんぶん》を作って、経仏を御供養になるべきお心持を、お書きになった硯《すずり》の序《ついで》に、客人《まろうど》は、

総角《あげまき》に長き契《ちぎり》を結びこめ同じこころによりもあはなむ

と書いてお見せ申すと、大君は例のと、うるさい事にお思いになるが、

貫《ぬ》きもあへず脆《もろ》き涙の玉の緒に長き契をいかが結ばむ▼6

とお返しになったので、君は『逢はずば何を』▼7と思って、怨《うら》めしげに眺めていらせられる。

君は御自身の事は、このようにそれとなく断られて、極《きま》り悪げに、はきはきとはお言寄《いいよ》りになれないので、宮の御事を本気になって申される。「さ程深くお思込みにならない事でも、このような事に少しお好きな御性分なので、お云い出《だし》にもなったからの負けじ魂からではないかと、様々に御様子をお見上げしております。全く御懸念には及ばないようですのに、何だってそのように達《たっ》てお避けになるのでございましょうか。世間の有様をお分りにならないようにはお見上げ申しませんのに、余りにも隔《へだ》てがましくなさいますので、このように心からお頼みに申上げております私の心とは食い違いまして、お怨めしいことです。何《ど》うなれこうなれ、御分別の程をはっきりと伺いたいものでございます」とひどく本気になって申されるので、大君は、「お心に違うまいと思いますればこそ、このように世に怪しい例《ためし》にもなるような有様で、隔てなくいたしておりますことでございます。それをお分り下さいませんでしたのは、浅いところもまじって入《い》らっしゃるお心のような気がいたされます。ほんにこのような住まいをしますと、心ある人ですと、考え残すこともなかろうと思いますが、何事も後《おく》れております中《うち》にも、このお話になりますようなことは、亡くなられました方も、少しもその事に触れましては、こういう時にはああいう時にはなどと、後々《のちのち》の心得事の中にも取りまぜて、仰せ置きになることもございませんでしたので、私はやはりこのような有様でおりまして、縁組のことは諦めるようにお志《こころざ》しになって入らしたことも思い合わされますので、何とも申上げようもございませんですが、併《しか》し、少し生《お》い先があります齢《とし》で、深山《みやま》隠れにして居ますのは気の毒に見られますお人の方は、全くこのように朽木《くちき》にはしてしまいたくないものだと思いまして、内々何《ど》うにかしてやりたいとは思っておりますが、何うなりゆくものでございましょうか」と、打歎《うちなげ》いて思い乱れていらっしゃる御様

子は、ひどく哀れげである。

はきはき大人《おとな》ぶっても、何《ど》うして御自分の縁談のことはお云えになろうかと、君は大君のお話を尤《もつと》もに思って、例《いつも》の老女房をお召出《めしだ》して御相談なさる。「年頃はただ、後世《ごしよう》の事を伺おうと、進んで参り初《そ》めたのですが、お心細くおなりになったらしい御末の頃に、あの姫君方を私の心に任せてお扱い申すようにと仰せになりお引受け申しましたが、お立てになりました御趣意とは違って、お心持が一段と悪く強情におなりになっていらっしゃいますのは、何ういう御了簡があってのことだろうかと、疑わしい心持までも添って来ます。自然お聞き伝えにもなっていることもありましょう。私はまことに怪しい性分で、世間に執着を持つことがなかったのですが、然《しか》るべき御因縁があってのことでしょうか、此方《こちら》にはこのようにまでお馴れ申上げてしまったのです。世間の人も次第に噂に立てているらしいので、同じ事でしたら故宮とのお約束もお違《たが》え申さず、私もあの方も世間並みに打解けて物を云い合うようにしたいと思い寄りますのは、似合わしくない事にしましても、そのような例のないことでもないでしょう」と仰《おつ》しゃり続けて、「宮の御事も、私がこのように申上げますので、懸念は要《い》るまいと、お打解け下さる御様子でないのは、内々で此《こ》のようにとお思い寄りになっていることがおありなのでしょう。それとも何うなのです」と、歎きつつ仰しゃるので、一とおりの碌《ろく》でもない女房などだと、こうした事には、悪く利口振って、取繕《とりつくろ》ったことを云いたがるものであるが、さしてそのようにはせず、心の中では、結構な御事だと思うが、「もともとあのように、人とは違ったお癖の方々でございましょうか、全くもう世間並みに、何うこうとお思寄りになります御様子はございませんのです。このようにお仕え申しておりますそれこれも、この年頃でさえ、何という頼もしげのある木蔭の隠れ場所でもございませんでした。身を捨て難く思います者の限りは、それ相当の縁故をたよって御暇をいただいて散ってゆき、昔からの古い御縁故の人さえも、大方はお見捨て申上げております所に、まして今では暫《しばら》くも立ち留まれないように当惑して居りまして、故宮がいらっしゃいました時にこそ、御身分があって、不似合なお有様はお可哀そうだと、昔風の御格式から御斟酌《ごしんしゃく》になられましたが、今はこのように他に頼みのない御身どもで、たとい何《ど》のように世間にお従いになりましょうとも、達てお譏《そし》り上げます人は、却《かえ》って物の道理の分らない、取るに足りないことでございましょう。何のような人だからとて、何でこのようにして世をお過しきれになれましょうか。松の葉を食べて修行をしております山伏でさえ、生きている身が捨て難いところからこそ、仏の御教《みおしえ》をも、道々に別れて行いをしているのでございます、などというような善くもないことをお知らせ申しまして、若いお心のお乱れになりそうなことが多くございますが、大君にはお志を曲げそうにもなさいませず、中の君だけを、何《ど》うかして世間並みにしてお上げ申したいとお思いになっていらっしゃるようでございます。このように山深くお訪ね下さいますお心も年が積りまして、お見上げ申し馴れました御様子も疎《おろそ》かならずお思いになりまして、今ではとやかくと細かい事も御相談になられますようなので、中の君をそのようにお望み下さいましたならばと、お思いになっているようでございます。宮からの御《おん》文《ふみ》があるようでございますが、決して御本気のことではなかろうとお思いになっていられるらしゅうございます」と申上げると、君は、お気の毒なお一言を伺い置きましたので、はかない世に拘《かか》ずらっております限りは、お世話を申そうと思っていますので、何方《どちら》に御縁を結びましても同じ事のようですから、そのようにまでお思い寄り下さいますのは嬉しいことですが、心を牽《ひ》く方というものは、これ程諦めた世でも、やはり残っているものなのですから、改めてそのようには思い直せそうもないことです。私の望むのは世間並みの浮いた事ではありませんよ。唯《ただ》このように物を隔てて、心残りのある様でなく、さし向って、とやかくとこの定めないこの世の有様を隔てなくお話して、お包みになるお心の隈《くま》のないようにお扱いいただきたい、兄弟などでそのように睦《むつ》ましい者もなくて、ひどく寂しくしていますので、世の中で思うことで、哀れにも、面白くも、愁《うれ》わしくも、時につけての有様を、心に籠《こ》めて過してばかりいます身なので、流石《さすが》にたよりない気がしますので、疎《うと》くないようにしていただきたい、とお頼み申すのです。后の宮には又、馴れ馴れしく、そのような取りとめのない、思いの儘《まま》のごたごたした事を、申し出すべきではありません。三条の宮は、親ともお思い申せそうにもない御若々しさですが、親子のこととて、たやすくはお馴れ申せないことです。その外《ほか》の女は、ひどく疎《うと》く気が置けて怖ろしい気がして、心柄で、たより所がなく心細いのです。かりそめの戯《たわむ》れにしましても、懸想《けそう》めいたことはひどく極りが悪くて仕《し》たことのない、恥ずかしい武骨者でして、まして心に思い込んでいます方々のことは、云い出すことも出来ませんで、怨めしくももどかしくもお思い申していいます様子をさえもお目に懸けられないのは、我ながら限りもなく頑固なことです。宮の御事も、それにしても悪くは謀《はか》ろうまいと、何《ど》うしてお任せ下さらないでしょうか」と仰せになる。老女房も又、このようにまでも心細いのに、そうなれば結構なお有様なのにと、心からそうおさせ申したいが、何方《どちら》の方も気の置かれるようなお有様なので、思うままには申上げられない。

今夜はお泊りになって、お話など落ちついて申上げたくて、ぐずぐずして日をお暮しになった。際立ってではないがお怨み勝ちな御様子が、次第にひどくなって来るので、大君は煩《わずら》わしくて、打解けて物を申上げるのがいよいよ苦しいのであったが、大体としては珍らしく哀れなお心なので、ひどいお扱いは出来なくて、対面をなされる。御仏のいらせられる間と此方《こなた》の間の中の戸を開けて、御灯火《みあかしび》を明るく掻き立てさせて、簾に屏風を立て添えていらせられる。君の方にもお灯《あかり》を差上げたが、君は、「悩ましく無礼なさまをしていますのに、露《あら》わで」とお止《お》めになって、物に凭《よ》り臥《ふ》していられた。御菓子《くだもの》など態《わざ》とではなくして差上げられた。お供の人々にも、亦《また》結構な肴《さかな》を設けて、酒をお出しになった。廊めいた所に集って戴《いただ》かせていて、此方《こちら》の御前《みまえ》は人けの遠いようにして、しみじみとお話をなされる。大君は打解けそうにもないものの、懐かしげに愛嬌があって、物を仰しゃる御様子が、一方《ひとかた》ならず君はお気に入って、心苛《こころい》られなさるのも果敢《はか》ない。このように何程でもない隔てに妨げられて、焦《じ》れたい気をさせつつ過していているのろまさは、余りにも愚かしいことであると思い続けられるが、さりげなくして、大方の世間の事を、哀れにも面白くも様々に聞きがいのあるようにお話しになられる。奥の方では誰も近くにと仰せ置きになったが、女房は余り隔てをお附けにならない方がと思っているらしく、さして見守りをいたさず、皆引き下りつつ物に寄り臥していて、仏の御灯明《みあかし》を掻き立てる者もない。大君は不安心で、そっと人をお召しになるが目を覚まさない。「気分が乱れて悩ましゅうございますから、休みまして、明け方に又お逢い申しましょう」と、奥にお入りになろうとする様子である。君は、「山路《やまみち》を分けて参りました者は、ましてひどく苦しいのですが、このように物を申上げ承るのを慰めにしているのです。捨ててお入りになりましたならば、ひどく心細いことでしょう」と云って、屛風を静かに押し開けお入りになった。ひどく気味が悪くて、半分ほどお入りになったのを、引き留められて、ひどく口惜《くや》しく辛いので、「隔てがないとは、こうしたことを云うのでしょうか。珍しいことでございます」とお恥かしめになる様がますます可愛らしいので、君は「隔てない心をまるでお分りになりませんので、お知らせしようとしてのことです。珍しいことと仰しゃるのは、何《ど》んな事をお思い寄りになってのことでしょう。仏の御前《おまえ》で誓《ちかい》も立てましょう。何です、そのようにお怖がりなさいますな。お心を破るまいと思い初《そ》めておりますので、人はこのようだとは推量しますまいが、普通とは違った愚者《おろかもの》になって過しておりますのですよ」と仰しゃって、ほのかな灯影《ほかげ》で、大君の御髪《みぐし》のこぼれかかっているのを、掻き上げつつ御覧になると、大君の御様子は、申分なく匂やかにお美しい。このように心細く手薄な御住家《すみか》に、好色の男だと妨げる物はなさそうなので、ひょっと自分以外に尋ねて来る者があったならば、それで終局となるであろう、何んなに口惜《くや》しいことであろうと、今までの気長さまでも危い気がなさるが、大君が云う甲斐《かい》もなく辛いと思って泣いていられる御様子が、ひどくお可哀そうなので、こんなではなくて、自然お心弛《こころゆる》びのする時もあろう、とお思い及びになる。遣瀬《やるせ》ない御様子なのがお気の毒で、体《てい》よく御機嫌をお取りになる。大君は、「こんなお心持だとは思いも寄りませんで、怪しいまでにお馴れ申してしまいましたのに、忌《いま》わしい袖の色までも、お見顕《みあら》わしになりますお心浅さに、私の身の賤《いや》しさも思い知られまして、様々に慰めようもございませんで」とお怨みになって、何の用意もなくやつれていらっしゃる袖を灯影に見られたのを、ひどくはしたなく佗《わび》しいことに思い乱れていらっした。君は、「ひどくそれ程までにお思いになりますのは、私を嫌っていらっしゃるからのことと、恥ずかしくて申上げようもありません。袖の色を口実になさいますのは、御尤もではございますが、永い間御覧じ馴れました私の志の験《しるし》には、それ程の忌《いみ》も致さなくてならないというのは、今始めたことのようにお思いになるのでしょうか。余りに過ぎたお弁《わきま》えです」と云って、あの琴の音を聞いた有明の月影から始めて、折々に思う心が忍び難くなって来た次第を、ひどく多くお話しになるので、大君は極り悪いことであったと疎ましくて、そうしたお心持でありながら、さりげなくまじめなようにしていらしたよと、お聞きになることが多くある。君はお側にある低い几帳を、仏の御方に立て隔てて、仮初《かりそめ》にお添臥《そいぶ》しになった。仏前の名香《みょうこう》がひどく香ばしく匂って、樒《しきみ》がひどく際《きわ》やかに薫《かお》って来る様子も、人一倍仏をお思いになるお心には気になって、墨染の衣でいられるのを今更《いまさら》に、折節の心苛られからの様な振舞《ふるまい》をしては、心浅く、思い初《そ》めた心にも違うことなので、こうした忌でない時に、このお心も、それにしても少しはお撓《たわ》みになることであろうなどと思って強いて落《おち》ついた心におさせになる。秋の夜の様子は、こうした所でなくても、自然哀れの多いものであるのに、まして峰の嵐も籬《まがき》の虫も、心細くばかり聞き渡される。君は無常な世のお話をなさると大君の折々御返事をなさる様が、ひどく見どころが多くて見よい。眠がっていた女房達は、そうだったのかと様子で気取《けど》って皆奥へ入った。大君は故宮の仰しゃったことをお思出しになると、ほんに生きながらえていると、思いの外《ほか》にこのような有るまじき目も見るべきであると、物悲しくばかりなって、涙は流れの音に添って流れるような気がなさる。

はかなく明方になってしまった。お供の人々は起きて、御催促の声作《こわづく》りをし、馬の嘶《は》えるのも、旅の宿の有様として人の話すのが思出されて、君は面白くお思いになる。光の見えて来た方の襖《ふすま》をお開けになって、空のあわれな様を大君と御一緒に御覧になる。大君も少しいざり出されると、程もなく軒が近いので、忍《しのぶ》の露も次第に光り出してゆく。互《たがい》にひどく艶《えん》な様容貌《かたち》で、君は、「何ということはなく、唯このようにして月も花も同じ心で玩《もてあそ》んで、はかない世の有様も話し合って暮したいことです」と、ひどく懐かしい様子をして申されるので、大君も次第に怖しさも紛れて、「こんなにひどく直接《じか》ではなくて、物越しにお話しましたなら、ほんとうに心の隔ては一段となかろうと存じます」とお答えになる。明るくなって行って、群鳥《むらどり》の飛びまわる羽根風も近く聞える。夜深い鐘の音がかすかに響いて来る。大君は、「せめて今でも。ひどく見苦しゅうございますから」と云って、又何《ど》うにもひどく恥かしくお思いになった。君は、「その事がありでもしたように、朝露を分けては帰れますまい。又、人は何《ど》のように推量するでしょう。普通の夫婦のように安らかにお扱い下さって、実際はそれとは違った事にしまして、これから後も只《ただ》このようにして下さいましよ。決して不安な心は持っていまいとお思い下さい。これ程一心になっております心の程を、哀れだとお分り下さらないのは甲斐ないことです」と仰しゃって、お出懸けになる様子もない。大君は、「浅ましく、見《み》っともない事です」と云って、「これから後は、それだとお扱いになるとおりにいたしましょう。今朝は又申上げるのにお随《したが》い下さいまし」と云って、ひどくやり切れなくお思いになっているので、「ああ苦しいことです。暁の別れですね。『まだ知らぬ』▼8ことで、ほんに惑いもしそうです」と歎きがちである。鶏も、何処《どこ》からであろうか、ほのかに聞えて来るので、君は京をお思出しになる。君、

山里の哀れ知らるる声声にとり集めたる朝ぼらけかな▼9

女君、

鳥の音《ね》も聞えぬ山と思ひしを世の憂きことは尋ね来にけり▼10

君は大君を襖口までお送り申されて、昨夜入った戸口から出て行って、お臥《やす》みになったが眠れない。名残が恋しくて、ひどくこれ程までに思うのだったら、月頃も今まで呑気《のんき》でいられようかと思って、

お帰りになるのも物憂い気がされる。

　姫君は、女房の思うことの恥かしさに、直《す》ぐにはお臥《やす》みになれなくて、頼もしい人がなくて世を過す身は辛いことで、ここにいる女房供も、良くない事を何や彼《か》やと、次《つ》ぎ次ぎに云い出すようなので、案外な事のありそうな世の中のようだと、お思いめぐらしになるにつけ、あの方の御様子有様は疎ましくはなく、故宮も、そのようなお心持があったらばと、折々仰しゃりもし、お思いにもなっていたようであるが、私はやはりこのままで過して行こう、私よりも様容貌《かたち》も盛りで、勿体《もったい》ないように見える中の君を、世間並みにしてやれたら嬉しいことであろう。人の上の事としてなら、心の及ぶ限りは心配もし後見《うしろみ》もしよう。自分の身の上の世話は、誰が見てくれようか。あの方の御様が、一とおりの目にも立たない程であったならば、このようにお馴染《なじみ》になっている年頃の甲斐に、お従いする気にもなるであろうが、極りが悪いようにお目に懸《かか》るのも気づまりな御様子は、却ってひどく遠慮がされるので、私の身はこのようにして過してしまおうと思い続けて、涙勝ちに夜をお明かしになると、その後《あと》がひどく悩ましいので、中の君の臥《ね》ていられる奥の方に添臥しをなされる。何時《いつ》になく女房共がひそひそ話をしていた様子も変だ、と思いつつ中の君は寝ていられて、このように大君が入らしたので嬉しくて、御衣《おんぞ》をお著《き》せ申すと、そこら一面に御移り香が紛れるべくもなく薫りかかる気がするので、宿直人《とのいびと》が持て悩んでいた香《か》が思い合せられて、本当のことであろうとお可哀そうで、眠った振りをして物も仰せにならない。客人《まろうど》は、弁のおもとをお呼出しになって、細やかにお話し置きになり、大君への御消息《おたより》はまじめな様に申し置いてお出懸けになった。大君は、総角《あげまき》▼11の歌を戯れに詠《よ》み交したのも、我が心から『一尋《ひとひろ》ばかり』▼12の隔てを置いて、あの君と対面したことと、この君もお思いになっていようと、ひどく極りが悪いので、気分が悪いと云って、悩んでお暮らしになった。女房共は、「日が残りなくなりました。確《しっか》りしたことは、ちょっとした事さえも出来ます者が居りませんのに、折悪い御悩みでございます」と申上げる。中の君は糸の組みなどをしておしまいになって、「心葉《こころば》▼13など私には思い附けませんと、強いて申されるので、大君は暗くなった紛れにお起きになって、御一緒に結びなどなされる。

中納言殿から御文があったが、「今朝からひどく悩ましくて」と仰しゃって、人伝《ひとづ》てで御返事をなされる。「それでは見苦しく、若々しゅうございます」と、女房共は呟《つぶや》いて申上げる。御喪服の時期が終って、お脱ぎ捨てになるにつけても、片時もお後れ申そうとは思わなかったのに、何という程のこともなくて過ぎた月日の程を思うと、何とも案外な憂き身であることよと、泣き沈んでいられる御様どもは、まことにお気の毒である。月頃、黒色にお馴らしになっていたお姿を、薄鈍色《うすにびいろ》になられたので、ひどく艶《なまめ》かしくて、中の君はほんに今を御盛りで、御髪《みぐし》を洗って繕わせてお見上げすると、世の嘆きも忘れるような気がして、お美しいので、大君は、内々お考えになっていることが叶って、あの君にお逢わせ申しても、それにしても見劣りして御覧になることはあるまいと、頼もしく嬉しくて、今では外《ほか》に任せる人もないので、親心になって冊《かしず》き立ててお世話をなされる。

かの君は、御遠慮になっていらした喪服を、お召替えになられる九月までは、落ちついてお待ちになられずに、又お越しになった。例のようにお話を申そうと、又御消息《おたより》をすると、「気分が悪うございまして」と、とやかくと言い草をつけて御対面をなさらない。「案外につらいお心ですこと。女房達も何《ど》う思うでしょう」と御文で申上げられた。大君は、「これ迄《まで》と思って脱ぎ捨てました折の悲しさでございましょうか、却って心が沈みまして、物も申されませぬ」と御返事がある。君は怨み佗びて、例の老女房を召してさまざまに仰しゃる。云いようもない心細さの慰めには、この君だけを頼みに申している女房達なので、お望み通りになられて、世間並の御住家にお移りになられることを、ひどく結構なことに云い合って、姫君の御臥所に御案内申そうと皆して相談してあった。姫君はその様子は、深くは御存じないが、君があのようにああした者を、取分けて人がましゅうお懐《なつ》けになっているようなので、好い気になって良くない心を出していることでもあろうか。昔物語にも、女が自分から進んで、何《と》うこうする事も、ああある事などなかったようである。油断の出来ないのは人心のようである、とお心附きになって達《た》って怨みが深いようであったら、あの君を押出《おしだ》そう。劣り様《ざま》の者であってさえ、そのようにして逢い初《そ》めたならば、浅はかに扱うようなことはしない心のようであるのに、ましてちょっとでも逢い初めたならば、満足することであろう。口へ出しては、何だって、ふとそれでも良いと云う人があろうか、本意ではないと云って、不承知のような様子を見せるのは、半分は私の思わくをかねて、それ程でない、浅い心からの事と取られようかと、遠慮されるからのことであろう、とお思い構えになるが、妹君にその気《け》ぶりさえお知らせ申さないのは、罪になることであろうかと、御自分の身に引き当ててお可哀そうなので、様々の事をお話しになって、「昔の方のお心向けも、世の中をこのように心細くて過してしまおうとも、生中《なまなか》に人笑いになるような軽々しい心は起すなと、お申し置きになりましたし、御在世中の御絆《ほだし》で、行いのお心をお乱し申した罪さえも深いことでしたろうに、御最期に、あのように仰しゃった一言だけでも違えまいと思っておりますので、心細いなどとは格別思っていませんが、あの人々が、変に強情な者だと憎んでいるらしいのは、ひどく無理なことです。ほんにこのように、あなたも同じ様《さま》な者になってお過しになりますのも、明かし暮らしてゆく月日に添えて、あなたの御事ばかりが、勿体ない心苦しい悲しいことにお思い申せますので、せめてあなただけでも世間並におさせ申して、そうした私の身の有様も面目が立ち、慰みになる程にお見上げしたいものです」と申されると、中の君は、何うお思いになってのことかと辛くて、「一人だけが、そのようにして世をお通しなさいと仰しゃったのでしょうか。確《しつか》りした所のない身の心許《こころもと》なさは、私の方が多いようにお思いになっていらしたようでした。心細いお慰めには、このように朝夕お見上げするより外《ほか》に、何ういう事があるのでしょうか」と、怨めしげにお思いになるので、ほんにとお可哀そうで、「やはり皆の者が、私を変に偏屈な者のように云ったり思ったりしているらしいのにつけて、思い乱れているのですよ」と、お云いさしになった。

日が暮れてゆくのに、客人《まろうど》はお帰りにならない。姫君はひどくうるさくお思いになる。弁が参って、君からの御消息《おたより》を取次いで、お怨みになるのもお尤もだと、ぽつぽつ申上げるが、御返事もなさらずお歎きになって、何《ど》う扱ってゆくべき我が身であろうか。片親だけでも入らせられたならば、何うなれこうなれ、然るべき人のお扱いに任せて、宿縁だということにして、我が身を気にもしない習わしなので、すべて普通のことにして、人笑われの咎《とが》も隠れることである。ここにいる限りの者は皆が年寄で、利口らしくめいめいは思いつつ、「好い気になって、それ相応なことを云って聞せるが、みんな丁度《ちょうど》な事でなどあろうか、人らしくもない心の者ばかりで、只一方《ただいっぽう》のことだけを云っているのだと御覧になるので、手を取って引動かすほどに申上げ合うが、ひどく心憂く疎ましくて、心をお動かしにならない。同じ心に何事も御相談になる中の君は、そうした筋のことは今少しお分りにならずおおようでいらせられて、何ういうこととも御分りにならないので、怪しくも頼る者のない身であるよとお思いになって、奥の方へ向いていらせられる。「普通《あたりまえ》の色の御衣《おんぞ》にお換え遊ばせ」と、おそのかし申しつつ、皆がそうした事の用意をするらしい様子なので、姫君は浅ましくて、ほんに誰が妨げようか、手狭なこうした御住まいの甲斐なさは『山梨の花▼14』で、お隠れ場所とてもないことである。客人《まろうど》は、そのように露《あら》わに、誰かれに口を出させず、忍びやかにして、何時《いつ》からあり初《そ》めたこととも分らないようにと、お思いになってのことなので、「お心がお解けにならないのでしたら、何時《いつ》までもこうしたさまで過しましょう」と仰しゃるのを、この老女房共は、めいめいで相談し合って、露わにささめき合っている。何といっても、心深くなるであろうか、年寄の頑《かたく》な心からであろうか、ひどくはしたなく見えることである。姫君は御思案に余って、弁が参ったのに仰しゃる。「年頃も、人には似ないお心寄せでとばかり、仰せ続けになったのをお聞き置き申し、今となっては、何事も残りなくお頼み申上げて、怪しいまで打解けていますのに、思っていましたとは違う様《さま》のお心持がまじっていて、お恨みになるのは御無理なことです。もし人めいて過したいと思う身でしたら、こうした仰せごとを何でお断りなどいたしましょう。ですが以前から、縁には附くまいと思い切っています心なので、ひどく苦しいのですが、この姫君の盛りをお過ぎになろうとするのは残念です。ほんにこうした住まいも、唯この君の為にだけ不足に思っていますので、本当に以前をお思い下さるお志があるのでしたら、同じ事だとお思い做《な》し下さいまし。身を分け合っています心の中では、皆譲ってお世話を申上げたい気がしていることです。猶《な》おこのように宜《よろ》しいように繕って申上げなさい」と、極り悪くはなさるものの、云うべきことを仰せ続けになられると、弁はひどく哀れにお見上げする。「そのように、前々《さきざき》から御心持をお察し申上げてばかり居りますので、よくよく申上げましたが、そのように思い改められそうもないことだ、兵部卿宮のお恨みも深くなってゆくようだから、よくよくお後身《うしろみ》を申上げよう、と仰しゃるのでございます。それも望ましい御事でございます。御両親ともお揃いで入らせられまして、殊更《ことさら》に深くお心を尽してお冊《かしず》きになられましても、このように世にも珍しい御事どもの揃いますことは、おありになれまいと思います。恐れ多いことでございますが、このようにまことに頼りないお有様をお見上げいたしますと、何《ど》のようにおなりになってしまうことかと心もとなく悲しくばかりお見上げいたされますので、後のことは知りかねますが、お立派な結構な御宿縁だと、かつがつお思い申します。故宮の御遺言をお違えになるまいと思召《おぼしめ》すのは、御尤もでございますが、それは、然るべき人がおありにならず、御身分不相応なことがあろうかとお思いになりまして、お誡《いまし》めになりましたことだろうと存じます。あの殿に若《も》しそのようなお心持がおありになったら、一方《ひとかた》を気安く御覧じ置きになれて、何《ど》んなにか嬉しかろうと、折々仰せでございましたものを、身の程々につけまして、頼む人に後れました人は、高いも低いも、心にもなく、あるまじき様にさすらいます人さえも多いようでございます。それもみんな普通のことなので、悪くいう人もございません。ましてこのように、殊更に拵《こしら》え出したいようなお有様の人が、お心深く珍しい程に仰せになりますのを、達ってお断りになりまして、御決心のように、行いの本意をお遂げになりましても、それにしても雲や霞《かすみ》を食べて」などと、すべて事を多く云い続けるので、姫君はひどく憎く厭《いや》なことにお思いになって、俯伏《うつぶ》しにおなりになった。中の君は、云いようもないお可哀そうな御様子であるとお見上げ申しているので、御一緒に例《いつも》のように御寝所にお入りになった。気懸りで、何《ど》のようにしたものだろうかとお柔かに思いになったが、態《わざ》とらしく閉じ籠《こも》ってお隠れになるべき物蔭さえもないお住いなので、大君は、美しい御衣《おんぞ》を妹君にお懸けになられて、まだ暑い気のする頃なので、少し転《まろ》び退《の》いてお臥《やす》みになった。

弁は仰しゃった様を客人《まろうど》に申上げる。君は、何だってそのようにまで、ひどく世を思い離れられるのだろう、聖《ひじり》めいていらせられた御辺りで、世を常ないものにお思い知りになられたせいであろうかとお思いになると、一段と御自分の心に似通う気がなされるので、賢ぶった憎さはお思いにならない。

「それでは、物越しにお逢いになることも、今はあるまじきことだとお厭《いと》いになっていることであろう。今夜だけ、お臥《やす》みになっている所へ、忍んで連れ込んで下され」と仰しゃるので、その積《つも》りで人を早く寝しずまらせ、その事を承知している者は心構えをする。宵少し過ぎる頃から、風の音が少し荒く吹いて、はかない様である蔀《しとみ》などはひしひしと鳴って紛らすので、人のお忍びになる振舞は、お聞き附けになれないだろうと思って、そっと導いてお入れする。同じ所にお臥《やす》みになっていられるので、弁は心許なくは思ったが、それはふだんのことなので、別々にとは何《ど》うして申上げられよう。君も御様子は、覚束《おぼつか》なくお見知りになっていられることであろうと思っていたが、大君はおまどろみもなされないので、直ぐお聞きつけになって、そっとお起きになった。素早くお隠れになられると、中の君の何心なく寝入っていられるのが、ひどくお可哀そうで、何うしたものであろうかと胸がつぶれて、一緒にお隠れになりたいと思うが、その為に引返しもされず、慄《ふる》え慄《ふる》え御覧になっていると、灯影の仄《ほの》かなのに、君は袿姿《うちぎすがた》で、ひどく物馴れた風で、几帳の帷子《かたびら》を引上げて入って入らしたので、中の君がひどくお可哀そうに、何《ど》んな気がなさることだろうと思いながら、汚い壁の面《おもて》に、屏風を立て添えてある後ろの、むさくるしい所にいられた。予想事《あらましごと》としてお話した時でさえ辛くお思いになったのに、まして何《ど》んなにかひどいことをするとお疎みになることだろうと、ひどく心苦しいにつけても、すべて確《しっか》りした後見がなくて落ちぶれて生き残っている身の悲しさをお思い続けになると、故宮の今はと山にお入りになった夕べの御様が、今目に見るような気がして、云いようもなく恋しく悲しくお思いになる。

中納言は、一人で寝ていられるので、そのお積りからの事であったろうかと、ひどく嬉しくて、心躍りがされるのに、次第にその方ではなかったのだと見ると、何方《どちら》でも同じことながら、美しく可愛いい御様子は、此方《こちら》がまさっているのではないかという気がされる。中の君の浅ましさげに呆れ返っていられるのが、ほんに事情を御存じなかったのだと見えるので、ひどくお可哀そうでもあり、又裏をかいて、お隠れになった大君の辛さが本気に恨めしく残念なので、このお方も余所《よそ》の物とはお諦めになれそうもないが、やはり本意の違うのが残念で、気まぐれな浅い心であったとは大君に見られまい、その場合はやはりこのままに過して、結局宿縁が遁《のが》れられないならば、此方《こちら》に変えるとしても、何で他人のようではあろうかと心を鎮めて、例のように面白く懐かしい様にお話をしてその夜を明かした。

老女房どもは、仕そんじたと思って、「中の君は何処《どこ》にいらっしゃいますでしょうか。変なことですね」と云って、捜し合った。「それにしても、何か子細がありましょう」などという。「大体何時《いつ》でも、お見上げすると老の皺《しわ》も延びる気がする、お立派で哀れでお逢いしたくなる御容貌《おかたち》有様ですのに、何だってひどくお嫌い申すのでしょう。きっと、あれは世間の人の云っていますような、怖ろしい神がお憑《つ》きになっているのでしょうか」と、歯が疎《まば》らにぬけて、愛嬌げなく云い做す女もある。又、「まあ縁起の悪いことを。何んな神がお憑《つ》きになりましょう。唯世間離れしてお育ちになられたようですから、こうした事を、工合《ぐあい》よくお扱い申す人がなくていらっしゃいますので、極り悪くお思いになってのことでしょう、追って自然お逢い馴れになりましたら、お思い申上げることでしょう」など話し合って、「早くお打解けになって、お思い申すようなお有様になって、いただきたいものです」と云い云い、寝入って、鼾《いびき》など聞きかねるようにする者もある。

『逢ふ人から』▼15というではない秋の夜であるが、君は程もなく明けたような気がして、何方《どちら》とも差別も附けるべくもない、艶《なま》めかしい御様子なので、我が心柄から飽《あ》っけない気がして、中の君に、「思い合って下さいよ。ひどく辛いお方の御様を、お見習いなさいますなよ」と、後の逢瀬を約束してお出ましになる。我ながら怪しく夢のような気がするが、やはり情《つれ》ない方の御様を、今一度見極めようとの心から、思い鎮めつつ例のように此方《こなた》の間でお臥《やす》みになられた。弁が姫君の方へ参って、「ひどく変なことで、中の君は何方《どちら》にいらっしゃるのでしょうか」というので、中の君はひどく恥かしく、思い懸けないお心地で、何《ど》うした事であったろうかと思って臥《ね》ていらした。昨日仰しゃった事を思出して、姫君を辛くお思い申上げる。明けて来る光につけて、壁の中の蟋蟀《きりぎりす》は這《は》い出して来られる。中の君のお思いになることがお可哀そうなので、互に物もお云いになれない。ゆかしげもなく何方《どちら》も顔を見られて心憂いことであるよ、今から後も油断すべくもない世の中であると、お思い乱れになった。

　弁は君の方へ参って、呆れ返った大君のお心強さを初めて知って、まことに余りにも深い、憎いお仕打ちであったことだと、お気の毒でぼんやりしていた。君は、「これまでの辛さは、それでも余地のある気がしまして、様々に思い慰めていましたが、昨夜《ゆうべ》こそ本当に恥ずかしくて、身も投げてしまいたいような気がします。故宮が捨て難いものにお思いになりましたお気の毒さをお思い申しますと、一途に身を捨てもされません。懸想のことは、何方《どちら》にもいたしますまい、この憂さ辛さも、かたがたお忘れ申せないことでしょう。宮などが押し強く物を申上げていらっしゃるようですが、同じことならば、心高く振舞おうとお思いになるところが、殊におありになるようだとよく分りましたので、いかにも御尤もで極りが悪くなりまして、又参ってお人々にお逢いすることも口惜《くや》しいことです。ままよ、こうした愚かしい私の事は誰《だ》れにも漏らして下さいますな」と怨みを云い置いて、いつもより急いでお帰りになった。「何方《どなた》の御為にも、お気の毒なことで」と女房達は囁《ささや》き合った。大君も、何としたものであろうか、もし君がお見捨てになるお心をお出しになったならばと、胸がつぶれて心苦しいので、すべて心持のくいちがっている女房達の賢立《かしこだ》てを憎くお思いになる。いろいろと思い悩んでいらせられると、君から御文があった。何時《いつ》もよりは嬉しい気のなさるのも、且《か》つは変である。秋の景色も知らぬ振りに、青い楓《かえで》の枝の、片枝だけはひどく濃く紅葉しているのに結び附けて、

同じ枝《え》を分きて染めける山姫に何《いず》れか深き色と問はばや▼16

さして怨んでいる様子もなく、言葉少なに書いて、口をつぐんでいられるので、何という事もなくごまかして、打切ってしまおうとなさるのだろうかと御覧になると、お心が騒いで、耳やかましく女房が「御返事を」と催促するので、お書きなさいと中の君に謀《はか》るのも変な気がして、さすがに書きにくくて、お思い乱れになる。

山姫の染むる心は分かねども移ろふ方や深きなるらむ▼17

何事もないようにお書きになっているのが、面白く見えるので、君はやはり怨みきってはしまえない気がなさる。

同じ身を分けた者だからと云って、お譲りになる心持は度々《たびたび》見せたけれども、聞き入れないのに当惑して、ああいうことを工夫なされたのであろう、その甲斐もなく、このように以前と変らぬ態度でいては、お可哀そうに情のない者にお思いになって、益々《ますます》初めの思いの叶い難いことになろうか、あこうと取次ぎをしているらしい老女房の思わくも軽々しく、何彼《なにか》につけて思い初《そ》めたことさえも残念で、こうした世の中を、思い捨てようとした心に我ながら叶わないことであるよと、様悪さが思い知られるので、まして世間並の好色者《すきもの》の真似をして、同じ辺りを返す返す漕《こ》ぎ廻《まわ》るのは、いい人笑いの『棚無《たななし》小《お》舟《ふね》』▼18めいたことであろう、と中納言は夜どおしお思い明かしになって、まだ有明の空の面白い頃に、兵部卿宮の御方にお参りになられる。三条の宮が焼けての後は、六条院にお移りになって

いたので、近間になってからは常にお参りになるのを、宮もお望み通りになった気持がしていらした。物あざやかな申分のないお住まいに、御前《みまえ》の前栽《せんざい》も余所《よそ》の物とは似ず、同じ花の姿も、木草《きぐさ》の靡《なび》きざまも格別な物に見做されて、遣水《やりみず》に澄んでいる月影までも、絵に書いたようであるのに、思ったに違わず宮は起きておいでになった。風に乗って吹いて来る匂いが、ひどくはっきりと薫るので、宮はふとそれとお気附きになって、御直衣《おんなおし》を召して、乱れない様に取繕ってお出ましになる。君は御階《みはし》を昇り切らずに膝を突いておいでになると、「もっと上に」とも仰しゃらずに、宮も勾欄《こうらん》にお凭《よ》りかかりになって、世の中のお話をなさり合う。宇治の辺りのことも、宮は事の序《ついで》にお思出しになって、様々にお恨みになるのは困ったことである。君は自分の事さえも叶い難くているのにと思い思い、そのようにおさせ申そうかと思い附いていることもあるので、何時《いつ》もよりは本気になって、これこれになされたならばなど申される。明け暗《く》れの頃で、生憎《あやにく》に霧が一面にかかって、空の様子が冷やかであるのに、月は霧に隔てられて、木の下は暗くなまめいている。君は山里の哀れな様をお思出しになる。宮は、「近い中《うち》に必ずお連れ下さいよ」と仰せになると、君はやはり面倒がるので、宮、

女郎花《をみなへし》咲ける大野を防ぎつつ心狭《せば》くや標《しめ》を結《ゆ》ふらむ▼19

とお戯れになる。

霧深きあしたの原の女郎花心を寄せて見る人ぞ見る▼20

「並大抵のお心では」とお懊《じ》らし申すと、「何という匆体ぶりです」と、宮は終《しま》いにはお腹をお立ちになった。年頃このように仰しゃるが、中の君のお有様を何《ど》んなであろうと、不安に思っていたのに、容貌《かたち》も見劣りをなさりそうもなく、推量《おしはか》られる心持も、近劣《ちかおと》りすることがなかろうかと、危く思い続けていたのに、何方《どちら》も残念にはいらっしゃらないようだと思われるので、大君がお可哀そうに、内々に思い企《たく》らんでいられることを、違えるようにするのは情のないようではあるが、それかと云って、そのようには又御自分の心を改められそうもない気がするので、先《ま》ず中の君を宮にお譲り申上げて、

何方《どちら》の恨みも受けないようにしようなど、心の底に思い構えていることを宮は御存じなく、心狭くとお取りになっているのが可笑《おか》しいけれども、「例《いつ》もの浮気なお心持で、苦労をおさせになっては可哀そうなことです」と親気取りになって申される。「まあ、見ていて下さい。これ程思い込んだことはこれ迄《まで》なかったのです」と、ひどく本気に仰しゃるので、「彼方《あちら》では何方《どなた》も、そうだろうかとお靡《なび》きしそうな様子は見えないことでございます。いたしにくいお宮仕えでございますよ」と云って、お出《い》でになるべき様を細《こ》ま細《ご》まとお教え申される。

二十八日は彼岸の果てで、日が好かったので、君は内々心づかいをして、ひどく忍んで宮をお連れ申す。后《きさい》の宮がお聞き込みになられたなら、宮のこうしたお出歩きは厳しく制していらせられるので、ひどく面倒であるが、宮が達《た》ってお思いになっていることなので、さりげなく計らうのも迷惑なことである。船渡りをなさると目立つので、仰々しい御宿などもお借りにならず、姫君の御邸にすぐ近い、君の御荘園の者の家に、ひどく忍んで、宮をお下し申上げて置いて彼方の御邸へ入《い》らした。お見咎め申す人もないのだが、宿直人《とのいびと》の僅《わずか》に出て歩くのにも気振《けぶ》りも知らせまいとするのであろう。御邸では例の中納言殿がお越しになられたとてみんな忙しがる。姫君達は小面倒な事だとお聞きになったが、中の君の方へお換えになるようにと匂わして置いたのだからと、大君はお思いになる。中の君は又、君のお思いになっている人が異《ちが》っていたようだったから、ああそれにしてもと思いながらも、厭《い》やな事のあった後は、以前のように姉君をお思い申さず、隔てを附けていらっしゃる。君と姫君とは何だ彼《か》だとお取次の口上があるばかりなので、何《ど》うなる事であろうかと、女房共は心苦しがっている。君は宮をば御馬で、闇に紛れて此方《こちら》へお連れ申して、弁をお召出しになって、「大君に唯一言《ただひとこと》申上げなければならないことがありますが、お嫌いになる様をお見上げしましたのでまことに恥ずかしいのですが、黙りきりでは済まされませんので、今少し更《ふ》けてからに、この前のように案内して下さいましようか」と、他意なく仰しゃると、何方《どちら》にしても同じことだと思って、弁は大君の所へ参った。これこれでと申上げると、それではお心が移ったのだと嬉しくて、心が落着《おちつ》いて、其方《そちら》へお入りになるべき道ではない廂《ひさし》の間の襖《ふすま》を、ひどく堅く閉め切って、君に御対面になった。「一言申上げたいのですが、他の者に聞えるような大声で申しますのは工合が悪うございますから、少しお開け下さい。ひどく鬱陶しいことです」と申されるが、「これでもよく聞えましょう」と云ってお開けにならない。これ迄を限りとして心を移そうとするので、黙ってはすまないと思って云うのであろうか、何も、普通とは異《ちが》っての対面ではない。憎い御返事は申さずに、夜も更かすまいと思って、大君は此処《ここ》までもお出《いで》になったのであるのに、君は襖の隙間からお袖を捉えて、引寄せて、ひどくお怨みになるので、本当にいやなことをなさる、何だってお聞入れしたのであろうかと口惜《くや》しく煩《わずら》わしくお思いになるが、賺《すか》して彼方へ遣ろうとお思いになって、中の君を他人と思って差別をお附けにならないようにと、かすめてお話になるお心持は、まことに哀れである。

宮はお教え申上げた通りに、君の前夜の戸口に寄って、扇をお鳴らしになると、弁が参ってお導き申す。宮は、前々《さきざき》から馴れていての道案内だと、可笑しくお思いになってお入りになったのをも、大君は御存じがなくて、君を賺して其方《そちら》へ入れようとお思いになっている。君は可笑しくもお可哀そうにも思えて、内々にその事情をお知らせ申さなかったという恨《うらみ》を持たれたのでは、申訳《もうしわけ》のない気がしそうなので、「宮が中の君をお慕いになりますので、お断りの申しようもなくて、此方《こちら》へお越しになっているのです。そっと奥へお紛れ込みになられたことです。あの小ざかしそうな女房が、お仲立を申したのでしょう。私は中途半端で笑い物にされることでございます」と仰しゃるので、大君は全く思いも寄らぬことなので、目先も暗《くら》く気まずくなって、「このようにいろいろと変なことをなさるお心とも知りませずに、腑甲斐《ふがい》のない心幼さをお目に懸けて来ました油断から、お侮《あなど》りになりましてのことで」と云いようもないこととお思いになった。「今は何とも詮《せん》のないことです。お詫びを返す返す申上げましても足りませんのでしたら、抓《つね》りも捻《ひね》りもなさいまし。貴方《あなた》のお心は貴い方にお寄りになっていらっしゃるようですが、宿縁とかいうものは全く心に任せないもののようで、宮のお志は貴方《あなた》とは異《ちが》った方でございますので、お気の毒にお思い申しますのに、叶わない私の身は、置き所もなく辛いことです。やはり何《ど》うにもしようがないとお思い弱りなさいまし。このお襖の固めだけはひどく強くても、本当に無関係な仲だと御推量申す人はございますまい。私を案内にお誘いになりました方のお心にも、私が正《まさ》にこのように胸が塞《ふさ》がって明かそうなどとは、お思いになりましょうか」と云って、襖も引破りそうな御様子なので、姫君は云おうようもなく気にくわないが、賺《すか》そうとお心を鎮めて、「その仰しゃいます宿縁とやらいうものは、目にも見えないもので、何とも何とも思い辿れません。『知らぬ涙▼21』で眼が霞み塞がる気がいたしております。これは何うなさろうとしてのことかと、夢のように浅ましゅうございまして、後の世の例《ためし》に云い出す人がありましたならば、昔物語に、殊更にばからしく作り出してあります譬《たとえ》にもなりそうなことでございます。宮もこのようにお思い構えになりましたお心の程を、何ういう次第からのことであったろうと、お推量になりましょう。この上ともこのようにひどく怖ろしく辛いことを、取集めてお惑わし下さいますな。思いの外《ほか》に存命《ながら》えておりましたならば、心も少しは鎮まって物も申上げられましょう。心持がすっかり暗くなったようで、ひどく悩ましゅうございますから、ここで休みますのをお許し下さいませ」と、ひどく辛がっていらっしゃるが、君は流石《さすが》に理《ことわり》はひどくよく仰しゃるので、君は極り悪くも可愛《かわ》ゆくも思われて、「貴方《あなた》や、お心に従いますことが類《たぐ》いないので、このようにまで頑《かたくな》な者になっているのでございます。云いようもなく憎く厭《い》やな者にお思いになっていらっしゃるようですから、申上げようもございません。益々世間には留っていられない気がいたします」と云って、「それでは隔てながらでもお話をいたしましょう。まるきり捨てては下さいますな」と云って、捉えていたお袖をお放ちになると、大君は彼方《あちら》へお入りになろうとして、さすがに入っておしまいにもなれないのを、君はひどく可愛ゆくお思いになって、「これ程の御様子を慰めにして、明かしましょう。決してこれ以上は」と申して、お臥《やす》みにはならない。一段と高く聞える流れの音に目が冴えて、夜中の嵐に、雌雄《めお》別れて宿るという山鳥のような気がして、明かしかねていらせられる。

例《いつも》のように夜が明けてゆく様子で、鐘の声が聞えて来る。宮はよく寝ていられて、お起きになる様子もないことだと、君は気が揉めて、咳払いをなさるのも我ながら憎らしい仕ぐさである。君は、

しるべせし我やかへりて惑ふべき心もゆかぬ明暗《あけぐ》れの道▼22

「こうした例が世にあったでしょうか」と仰しゃるので、大君、

かたがたにくらす心を思ひやれ人やりならぬ道に惑はば▼23

と、ほのかに仰しゃるのを、君はひどく飽っけない気がするので、「何《ど》のように深い隔りがあるというのでしょうか。余りにひどいことで」など、いろいろとお恨みになりつついると、ほのぼのと明けてゆく頃に、宮は昨夜《ゆうべ》お入りになった方からお出ましになった。ひどく物柔かにお振舞になられる御衣《おんぞ》の匂いは、艶なおめかし心から云いようもないまでに焚き染められたものである。老女房共は、まことに変な、合点のゆかぬことに思い惑われたが、それにしても君が悪いお計らいをなさる筈《はず》などあろうかと思って慰めていた。

お二方は暗い中《うち》にと急いでお帰りになる。宮は道程《みちのり》も帰りにはひどく遠い気がされて、気安く通うことも出来なかろうと、今からひどく苦しくて『夜をや隔てむ』▼24とお思い悩みになるようである。まだ人騒がしくない中《うち》に六条院にお着きになった。廊にお車を寄せてお降りになる。異様な女車の様で、忍んで奥へお入りになると、何方《どなた》もお笑いになって、君は「並々ならぬ御奉公と存じますよ」と仰しゃる。案内役の方のばからしさは、ひどく羨《うらやま》しいので、零《こぼ》しも申されない。

宮は急いで御文を差上げられる。山里では、何方《どなた》も何方も現《うつつ》な気がなされず、思い乱れていらせられた。中の君は、いろいろとお思い構えになっての事を、御様子にもお見せにならなかったことだと、疎ましく辛く姉君をお思いなされて、目もお見合せにならない。大君は御自分の知らなかった事でも

はっきりとはお打明けになれなくて、御尤もにお気の毒なことだとお思いしていられる。女房共も、「何《ど》うした事だったのでしょうか」と思って御様子をお見上げするが、ぼんやりとした様をして頼みにする方がいらっしゃるので、変な事だと思い合った。宮の御文を引き解いてお目に懸けるが、更にお起き上りにならないので、「ひどく長くなりました」とお使《つかい》は当惑した。

世の常に思ひやすらむ露深き道の笹原分けて来つるも▼25

お書き馴れになった墨継ぎなど、格別に艶なのも、無関係で御覧になった時には、面白い気もしたが、大君は気がかりに心配で、我とさし出て御返事をするのも、ひどく遠慮されるので、本気になって、お書きになるべき事を、ひどくお責めになってお書かせになる。紫苑色《しおんいろ》の細長一襲《ひとかさね》に、三重襲《みえがさね》の袴《はかま》を添えてお使に禄《ろく》として下さる。お使は苦しげにしているので、物に包ませて、供をしている人にお持たせになる。改まってのお使ではなく、何時《いつ》もお遣わしになる上童《うえわらわ》である。宮は、人に様子を漏らすまいとお思いになっていたので、昨夜案内をした差出者《さしでもの》の老女の計らいであろうと、不快にお聞きになった。

宮はその夜も、あの知道《しるべ》をした人をお誘いになったが、君は、「冷泉院に、何《ど》うでも参上しなければならないことがありまして」といって、お残りになった。例《いつも》の、何ぞの折には面白くなさそうにこうした事をなさると、宮は憎くお思いになる。大君は、何としよう、不本意な事だったからといって、疎略《そりやく》には出来ようかと、お心が弱くなって、御装飾など揃わないお住まいの様ではあるが、それ相応に趣《おもむき》あるようにして、お待ち申上げた。遠い御道中を急いでお越しになったのも、嬉しいことにお思いになるのも、一方では怪しいことである。御本人は正気ではないような御様子で、御装いをさせられるままに、濃い紅《くれない》の御衣《おんぞ》の袖がひどく涙に濡れるので、大君もお泣きになりつつ、「私は世に久しくとは思えませんので、明暮れの眺めにも、ただ貴方《あなた》の事ばかり気懸りにお思い申していますのに、あの女房どもも、結構な御縁だと聞き憎いまでに云い聞かせますようなので、年をした者の心は、それにしても世の中の道理を知っていることだろう、考《かんがえ》の足りない私の心を立てて、このようにしてばかりお置き申すべきではないのであろうと、心持の変るところもありましたが、唯今このように、さし当って極り悪いことでお心乱れをおさせしようとは、全く思い懸けませんでしたのに、これがほんに人の云っています、遁れ難き御縁だったのでございましょうか。本当に苦しいことです。少しお心が落着けましたら、私は知らなかったことをお話ししましょう。憎くはお思いなさいますな。罪になりますよ」と、御髪《おぐし》を撫《な》で繕いながらお聞かせになると、御返事もなさらないが、さすがにこのように仰しゃるのは、不安な悪いこととはお思いになってのことではなかろうに、人笑われの見苦しいことが添って、姉君に御心配を懸けることがあっては悲しいことだと、様々にお思いになっていた。

姫君が、昨夜はそのようなお心もなく、お呆れになっていた御様子さえ一とおりならずお美しかったのに、まして今夜は少し世間並に物柔らかになっていらっしゃるので、宮はお志が増《ま》さるのに、容易《たやす》くはお通いになれない山道の遠さを、胸の痛む程にお思いになって、お心深そうにお話しになりお頼ませになるが、姫君は哀れだとも何ともお分りにはならない。云いようもないまでに冊《かしず》かれている姫君でも、少し世間並の人情に近く、親だ兄だと云いつつも、女との関係を見馴れていられる人は、極り悪さも一とおりであろうか。家におあがめ申す人こそないが、このように山深い所なので、人に遠く慎しみ深くし馴れていらっしゃる心持から、思い懸けない有様がつつましく極り悪く、何事も普通の人には異《ちが》って、変に田舎《いなか》びていることだろうと思われて、ちょっとした御返事さえもなされ方が分らず、遠慮していらした。しかしこの姫君の方が、器用で才気の点では姉君に勝《まさ》っていらしたことである。

三日に当る夜は、餅を差上げるものでございますと、女房共が申上げるので、大君は、殊更にそのような祝いをするものであろうとお思いになって、御前《おまえ》でお拵えさせになるのもたどたどしくて、それに又、大人《おとな》になってお指図になるのも、女房共の見る目が極り悪くて、顔を赤らめていらせられる様もひどくお可愛らしい。惣領心というのか、鷹揚《おうよう》に気高くていらせられるものの、人の為には思いやり深く人情ぽくていらせられることである。中納言殿から御文があって、

「昨夜は伺おうと存じましたが、宮仕《みやづかえ》の労も甲斐のなさそうなお心持なので、お恨みに存じましてのことで。今夜は雑役《ぞうやく》でもいたそうかと思いますが、宿直所《とのいどころ》の極り悪うございました乱れ心が、一段と苦しゅうございまして、躊躇されております」

と、陸奥紙《みちのくがみ》へ一続けにお書きになって、今夜の中の君のお召物など、細かには縫ってなかった物を、色々と押巻きつつ、御衣櫃《みぞびつ》の幾《いく》つかを懸子《かけご》に入れて、老女房の許へ、「人々の料に」として下された。母宮の御許におありになったに任せて、ひどく多くはお取集めになれなかったのであろうか、錬《ね》りも染めもしない綾や絹などで、下の方に入れて隠しつつ、御料と思われる二領《ふたくだり》は、ひどく清らかな物にして、単衣《ひとえ》の御衣《おんぞ》の袖に、古風なことではあるが、

小夜衣《さよごろも》著《き》て馴れきとはいはずともかごとばかりは懸《か》けずしもあらじ▼26

と、大君をお威《おど》し申してあった。ほんに御姉妹ともお顔を見られてしまった事の極り悪さを、この御文で一段と御覧になって、御返事も何《ど》う申そうかと書憎《かきにく》くしている間に、お使の一人は逃げて隠れてしまった。卑しい供人を掴まえて御返事を下さる。

隔てなき心ばかりは通ふともなれし袖とは懸けじとぞ思ふ▼27

気忙しく思い乱れていらした名残で、一段と平凡な歌も、お思いになったままの物と、待ち受けて御覧になる人は、唯哀れにお思い做しになる。

宮はその夜内裏《うち》へお参りになられて、御退出になれそうもないので、内々心も空に歎いていらせられると、御母中宮が、「まだこのように独身《ひとりみ》でいらして、世間に好色の評判が次第に立ちますのは、猶宜《なおよろ》しくないことでございます。何事にも好きに凝《こ》るお心はお出しなさいますな。主上《おかみ》もお心懸《こころがか》りのように仰《おっ》しゃってでございます」と、里住み勝ちにしていらっしゃるのをお諫《いさ》め申されるので、ひ

どく苦しくお思いになって、お居間へお下《さが》りになって、御文《おんふみ》を書いて宇治にお上げになられて、その後でもひどく歎かわしくていらっしゃると、中納言の君がお参りになった。彼方《あちら》の方人《かたうど》だとお思いになると、何時《いつ》もよりは嬉しくて、「何《ど》うしたものでしょう、このようにひどく暗くなってゆくようなので、心も乱れまして」と、歎かわしげにお思いになっていた。よくお心を見極めようとお思いになって、「幾日振りかでこのようにお参りなさいましたのに、今夜お侍《さぶら》いになりませんで、急いで御退出になりましては、一段とお宜しくないことに思召《おぼしめ》されましょうか。台盤所《だいばんどころ》の方で承りましたところでは、内々面倒なお宮仕えをいたしましたので、ひどい御勘気を蒙《こうむ》ることかと、顔色が変りましたことです」と申されると、宮は、「ひどく聞き憎《にく》く思召して仰しゃるのです。多くは人の告口《つげぐち》からでしょう。世間から咎《とが》められるようなことは、何をしたというのでしょう。何事もこうした窮屈な身分は、却《かえ》って迷惑なものです」と、本当に厭《いと》わしいものにさえお思いになっていた。君はお気の毒にお見上げなされて、「同じように何方《どちら》からかお騒がれになることです。私が今夜の罪にお代り申して、身をも棄てることにいたしましょう。『木幡《こばた》の山に馬▼28』は、如何《いかが》でございましょう。不体裁の方がいっそ目立たなくはないでしょうか」と申上《もうしあ》げると、ただ暮れに暮れて更《ふ》けてしまった夜なので、お迷いになった果てに御馬でお出ましになった。君は、「お供は却っていたしますまい。お後見《うしろみ》の方を」と仰しゃって、この君は内裏《うち》にお詰めになる。中宮の御殿へお参りになられると、「宮はお出懸けになりましたね。浅ましく可哀そうな御様ですよ。何《ど》のように人がお見上げすることでしょう。主上がお聞きになりまして、お諫めしないのがいけないと仰しゃるのが困ります」と仰しゃる。多くの宮達がこのように大人《おとな》びお整いになっていらっしゃるが、益々お若くお美しさが添っていることである。女一の宮もこのようにいらせられることであろう、何ういう折があったら、これ程お近くて、お声だけでもお聞き申せようかと、哀れな気がなされる。好色《す》いている人の、思うまじき心を起すのも、このような御間柄で、さすがに疎《うと》くはなく、立ち入って思う儘《まま》にもならない折のことなのであろう、自分のように偏屈な心の者が、又と世間にあることだろうか、それでさえも、心の動き初《そ》めた人には、やはり我慢の出来ないことだ、と思っていらした。お仕え申している女房の限りは、容貌《かたち》も心持もどれといって悪い者はなく、見よくてそれぞれに美しい中にも、上品に立ち勝《すぐ》れていて目に着く者もあるが、決して決して乱れ初めまいと思う心から、君はひどく素っけなく扱っていらした。殊更《ことさら》に目に着こうとしてちらつく者もある。大体気の置ける落着《おちつ》いていられる辺りなので、表面だけはそのつもりで落着いているが、心々の世の中なので、色めかしい方へ進んでいて、その下心《したごころ》の漏れて見える者もあるが、君は、いろいろに面白くも哀れであることよと思って、立っても居ても、世の無常な様を思っていられる。

　宇治では、中納言殿が事々しげに仰せ越しになったのに、宮は夜更《よふ》けるまでお越しにならずに、お断りの御文があったので、案じた通りであったと胸がつぶれて入《い》らっしゃると、夜中近くなって、荒立って来た風の勢いに伴って、ひどく艶《なまめ》かしく清らかな匂いをさせてお越しなされたので、大君は何で疎《おろそ》かにお思えになろう。中の君も聊《いささ》かはお心が解けて、宮の仰しゃったことをお思い知りになることであろう。中の君は云いようもなくお美しくお盛りに見えて、お装いになられた御様は、まして類《たぐ》いはないことであろうと思われる。あれ程美しい人を多く御覧になっている宮の御目にさえ、悪くはなく、容貌《かたち》を初めとして、多くの点で近勝《ちかまさ》りしたとお思いになるので、山里の老女房どもは、まして醜い口つきに笑みを浮べつつ、「このような勿体《もったい》ないお有様を、身分低い人を聟君にしたら、何《ど》んなに残念なことだったでしょう。思い通りの御縁で」と申しつつ、大君の、お心を変に偏屈にお働かせになるのを、声をひそめて悪く申す。年寄った恰好の者どもが、派手な花《はな》やかな色々の絹を縫って著《き》つつ、不似合な取繕《とりつくろ》いをしている姿どもの、我慢のできる者の居ないのをお見渡しになって、大君は、自分も次第に盛りの過ぎてゆく身である、鏡を見ると痩せ痩せになってゆくのに、銘々《めいめい》は、あの女房どもでも、自分は醜いと思っている者があろうか、後姿は知らず顔で、額髪で面隠《おもかく》しをしつつ、化粧しての顔づくりを上手にして、立ち振舞っているようである。私の身は、まだあれら程にひどくはなく、目も鼻も当り前だと思われるのは、心の思い做《な》しからであろうかと、気懸《きがか》りになって、外を見やって臥《ね》ていらした。極りの悪い気のする人に逢うことは、いよいよ工合《ぐあい》悪く、今一二年したならば衰えの加わるであろう、張合いのない身の有様だのにと、御手つきの細くか弱く、哀れなのを差出して見て、世の中をお思い続けになっている。

　宮は、今日の得難かったお暇のことをお思いめぐらしになると、やはり気安くは通えないことだろうと、ひどく胸も塞《ふさ》がるようにお思いになった。御母中宮の仰せになられたことを中の君にお話しになって、「思いながらも御無沙汰になることがありましょうが、何《ど》んな心からだろうかとはお思いなさいますな。かりにも疎略《そりゃく》に思いましたら、こうまで無理をしては参りますまいに、心の程が何んなだろうと疑って、お思い乱れになるのがお可哀そうなので、身を捨てて参ったのです。何時《いつ》もこのようには歩けますまい。然《しか》るべき様にして、近間へお移し申上げましょう」と、ひどくお心深く仰せになるが、中の君は、無沙汰をするように仰せになるのは、噂に聞いているお心が確かにあるからなのだろうかと気が置かれて、御自分のお身柄を思われると、様々と歎かわしくお思われになることである。明けてゆく頃の空を、宮は妻戸をお押開けになって、姫君を御一緒に誘い出して御覧になると、霧の立ち濺っている様が、所柄あわれが深く添っていて、例の柴を積んだ舟の、微《かす》かに行きかわしての跡の白浪が、目馴れない住まいの様であるよと、宮は華奢《きやしや》なお心に面白くお思い做しになる。山の端の光が次第に見えて来ると、姫君の御容貌《おかたち》の明《あか》らさまにお美しそうに見えて、限りなくお冊《いつ》き申上げている姫君でも、これ位のものであろう、気のせいで御自分の御兄弟の姫君もひどくお美しいのである、細かな美しさなど、打解けて見たくなり、却って勝《まさ》っている気がなさる。流れの音は懐かしくはなく、宇治橋の古びて見渡されるなど、霧が晴れてゆくと、ひどく荒々しい岸の辺りなので、宮は、「こうした所に何《ど》うして年をお過しになるのでしょうか」などと涙ぐまれるので、姫君はひどく極り悪くお聞きになる。男の御様は限りなく艶《なまめ》かしく清らかで、現世だけではないと約束をしてお頼ませになるので、姫君は思いも寄らなかったこととはお思いになりながらも、却ってあの目馴れて来た中納言に対しての極《きま》り悪《わ》るさよりはと、なつかしくお思いになる。あの方はお心持が変っていて、まことにひどく取り澄ましている様子が、お目に懸りにくく極りが悪かったのに、この方は余所《よそ》でお思い申していた時は、中納言にもましてひどく懸け離れていて、一行《ひとくだり》お書きになる御返事さえも、気が引けたのであったが、今は久しくと絶えをなされたならば、心細いことだろうと思い做されるのも、我ながら変なことだとお思い知りになる。お供の人々がひどく声《こわ》づくりをして御催促申すので、京にお着きになる時の工合の悪くない時刻にと、ひどくお心忙しげにして、心ならぬ夜離《よが》れのことを、返す返す仰しゃる。宮、

中絶えむものならなくに橋姫の片敷く袖や夜半《よは》に濡らさむ▼29

出にくそうに、引返しては躊躇なさる。姫君、

絶えせじのわが頼みにや宇治橋の遥けき中を待ち渡るべき▼30

口には出さないが、歎かわしげな御様子を、宮は限りなく可哀そうにお思いになった。若い女の心に染みそうな、類い少なげな朝明《あさあけ》のお姿を見送って、中の君は名残に留まっている御移香なども、人知れず懐かしくお思いになるのは、洒落《しゃ》れたお心であるよ。今朝は、物の差別《けじめ》も見える時刻なので、女房共は覗いてお見上げする。「中納言殿は、懐かしく極り悪くなるような様がお添いになっていることです。思い做しが今一段とお高いせいでしょうか、此方《こちら》の御様は格別で」とお愛《め》で申す。

宮は、道すがらも、お可哀そうだった御様子をお思い出しになりつつ、引返したく、恰好の悪いまでにお思いになるが、世間の聞《きこ》えを憚《はばか》ってお帰りになると、それからは容易にはお出《いで》になれない。御文は夜が明ける毎《ごと》に、何べんとなくお上げになられる。疎略には思ってはいないのだろうかと思いながらも、覚束《おぼつか》ない日数《ひかず》の積ってゆくので、ひどく気苦労な、こうした様は見まいと思って来たのにと、

御自身のことにも勝《まさ》って心苦しいことであるよと、大君はお歎きになられるが、一段と妹君の思い沈まれることだろうと、平気を装って、自分だけでもこの上こうした歎きを加えまいと、いよいよ深くお思いになる。

中納言の君も、宇治では待ち遠にお思いになることだろうと思いやって、御自分の過ちからのこととお気の毒で、宮にお参りしつつ、絶えず御様子を御覧になると、まことに深くお思込《おもいこ》みになっている様なので、それにしてもと安心していた。九月十日頃のことなので、野山の景色のあわれさも思いやられるのに、時雨《しぐれ》めいて深く曇って、空の雲が恐ろしげな夕暮に、宮は一段と落着きかねて眺めていらせられて、何《ど》うしたものだろうかと、お心一つではお出懸けになりかねていられる折を、推量して中納言はお参りになった。君は「『ふるの山里いかならむ』▼31でございます」と申上げられる。宮はひどく嬉しくお思いになって、一緒にとお誘いになるので、例《いつも》のように一つ車でお越しになる。お分け入りになるにつれて、まして眺めをしていられるであろう中《うち》の君のお心が、一段とお思いやりになられる。道の間も嘸《ただ》その事の心苦しさを宮はお話しになられる。夕暮時の云いようもなく心細いのに、雨が冷たく降り濺《そそ》いで、秋の終る景色が凄いのに、雨に湿ってお濡れになられたお二方の匂いは、世の物とは異《ちか》って艶で、お連れ立ちになっているのを、邸内の人々は何で心惑いせずにいられよう。女房どもは、日頃ぶつぶつ云っていた名残もなくにこにこして、御座所を設けなどする。京の然るべき所に散って行っていた老女房の娘とか、姪といった者を、二三人尋ね呼んでお仕え申させていた年頃この御邸をお侮《あなど》り申していた新京の人々は、珍しい客人《まろうど》がと思って驚いた。大君も折が折とて嬉しいことにお思いになるものの、賢立《かしこだ》てをする人の添っていらっしゃるのを、極り悪くもありそうであり、生煩《なまわずら》わしくもお思いになるが、お心持ちの長閑《のどか》で、慎しみ深くいらせられる点は、ほんに他の人はこのようにはいらせられないことだとお見較《みくら》べになって、珍しいお人だとお思い知りになられる。

宮の方を、こうした所としては、ひどく鄭重《ていちょう》に扱ってお入れ申上げ、この君の方は主人側《あるじがわ》として気安くお扱い申すものの、やはり客座敷の仮初《かりそめ》な方に遠ざけてお置き申したので、君はひどく辛くお思いになった。お恨みになるのもさすがにお気の毒なので、大君は物越しで対面をなされる。君は、「憎い戯れごとでございますよ、このようにしてばかりでは」と、ひどくお恨みを申される。姫君も次第に御尤《ごもつと》ものことだとお分りになったが、妹君の御上でも、ひどくお歎き沈みになって、益々そうしたことは憂いものだと思い果てになって、自分は一こくにして、あのように打解けることはしまい、哀れと思う人のお心も、必ず辛く思うようになる事柄のようである、自分もお人も、情の醒《さ》めることがなく、今の心を変らせずに終らせたいものだ、という御用心を深くしていらした。君は宮のお有様をお訊ね申すと、姫君はそれとなく、なる程とお悟りになるように申上げるので、君はお可哀そうに思って、宮のお思いになっている様、自分の御様子に気を附けて見ていることなどをお話しになる。姫君は何時《いつ》もよりは可愛《かわ》ゆくお話をなされて、「やはりこのように心配の増しております間を過しまして、心が落着きましてからお話を申上げましょう」と仰しゃる。憎らしく隔てを附けはしないものの、襖《ふすま》の固めはひどく固い。強いて破ったならば、辛がり悲しがろうとお思いになるので、そのようになさる訳があろう、軽々しく他の男にお靡《なび》きになるようなことは決してあるまいと、心長閑《こころのどか》な人は、そうは云っても、ひどくよくお思い鎮めになられる。君は、「何《ど》うにもひどく覚束なくて、物を隔てていましては、胸の晴れない気がしますので、前の時のようにして申上げましょう」とお責めになるが、「ふだんにも増して顔が見《み》ともない頃でございますから、疎ましいものに御覧になろうかと、流石《さすが》に心苦しく思いますのは、何うしたのでございましょう」と、ほのかにお笑いになる御様子など、妙に懐かしく思われる。君は、「そうしたお心に緩められまして、結局何うなります身でございましょうか」と歎き勝ちにして、何時《いつ》ものように遠山鳥で夜を明かした。宮は、君がまだ独寝《ひとりね》であろうとはお思いにならないので、「中納言は主人側《あるじがわ》で、心長閑な様子にしていられるのが羨ましいことです」と仰しゃるので、女君は変なことをとお聞きになる。

無理をしてお越しになっては、間もなくお帰りになるのが飽《あ》っけなく苦しいにつけ、宮も深くお歎きになっていらせられるお心の中《うち》を御存じないので、姫君達は、何《ど》んなお心であろう、笑われ物になるだろうかと、お歎きになっているので、ほんに気のもめる苦しそうな御関係だと見える。京にも中の君を隠してお移し申すような所とては流石にない。六条院には、左の大殿《おおいどの》が片方に住んでいらして、あれ程に是非にとお思いになった六の姫君の御事を、宮はお思い寄りにならないので、生恨《なまうら》めしくお思い申すことであろう。宮の好《す》色き好《ず》色きしい御様を容赦なくお譏《そし》りなされて、内裏あたりへも御縁組のことをお歎きになられることであろうから、宮は益々気受けのない姫君を連れ出して、嫡妻《むかひめ》としてお据えになられることは、憚《はばか》りの多いことである。一とおりにお思いになる身分の者は、宮仕えということにして、却って気安く扱える、そのような並々の者にはお思いにならず、若《も》し世の中が変って、帝や后のお思い構えになっている儘《まま》な御身分におなりになったならば、他の者より高い地位にしようなどと、さし当っては、ひどく花やかにお心に懸っているので、お扱いする方法がなくて、苦しいことである。中納言は、三条の宮を造り終えて、然るべき様にして大君をお移し申そうと思っている。君は心の中で、ほんに平人《ただびと》は気やすいことである、宮がそのようにひどくお気の毒なお心持でありながら、安からず忍んでいらせられるから、互《たがい》に思い悩んでいられるらしいのもお気の毒なので、忍んでそのようにお通いになる事を、中宮にも漏らしてお聞きにお入れ申して、暫《しばら》くお騒がれになるのはお可哀そうでも、女方《おんながた》の御為《おんため》には咎《とが》にもなるまい、全くあのように夜の間さえも明かしきれないのは苦しげなことである、うまくお計らい申して上げたいものだ、などお思いになって、達《た》って人目を隠そうともせず、更衣なども、碌《ろく》には誰が扱う者があろうかとお思いになって、御帳台《みちょうだい》の帷子《かたびら》、壁代《かべしろ》など、三条の宮を造り終えて、大君のお引移りになられる時の準備としてお置きになったのを、「先《ま》ず然るべき御用もございましょう」と、ひどく内々に申してお贈りになられる。様々な女房の装束なども、御乳母《おめのと》などに仰せになりつつ、態々《わざわざ》お作らせにもなった。

十月の一日頃は、網代《あじろ》の面白い頃でございましょうと、中納言の君は宮をお勧め申して、宇治の紅葉を御覧になるようにお取りきめになる。親しい宮人《みやびと》ども、殿上人の睦《むつ》まじく思召すだけの者と限って、極内々でとお思いになったが、盛んな御勢いのことなので、自然と事が広がって、左の大殿《おおいどの》の御子の宰相の中将もお供をなされる。公卿ではこの方と中納言殿とだけがお仕え申す。身分低い者は大勢である。中納言は彼方《あちら》へは、「無論中宿りをなさいましょうから、そのお積りで入らっしゃいませ。前年の春、花見に尋ねて参りました者の誰彼は、時雨の紛れにお見顕《みあら》わし申すこともある事でしょう」と、こまごまと申上げた。御簾を掛け替え、そこ此処《ここ》を掃除をし、岩隠れに積っている紅葉も少し掃き、遣水《やりみず》の水草を取らせなどなさる。良い菓物《くだもの》や肴《さかな》、然るべき人など君からお遣《つか》わしになった。大君は一方では、手許《てもと》を見すかされるようではあるが、何《ど》うしよう、これも然《そ》うなるべきことであろうと我慢をなされて、御準備をなされた。

御一行は、船で上り下りして、面白く御遊びをなさるのが聞えて来る。ほのかにお有様の見えるのを、そちらへ出て行って、若い女房共はお見上げする。宮のお有様はそれと見分けられないが、紅葉を葺《ふ》いた船が錦のように見えるのに、声々に吹き立てる楽《がく》の音《ね》が、風につれて恐ろしいまでに聞える。世の人の靡《なび》いてお冊《かしず》き申上げる様は、このようにお忍びになっていられる所でもまことに格別で、厳《いか》めしいのをお見上げ申すと、ほんに七夕程の逢瀬であろうとも、こうした彦星の光をこそお待ち申そうなど思われた。文《ぶん》を作らせようとのお積《つも》りから、博士どももお供をさせていた。黄昏時《たそがれどき》に御船を岸にさし寄せて御遊びになりつつ、文をお作りになる。紅葉を濃く薄く挿頭《かざし》にして、海仙楽《かいせんらく》という曲を吹いて、各々楽しい様子であるのに、宮は『近江の海』の気持がして、遠方人《おちかたびと》のお怨《うら》みが何《ど》のようであろうかとばかりお思いになり、お心も空である。時に関しての題を出して、嘯《うそぶ》いて誦《ず》し合っている。人々の騒ぎを少し鎮めてお越しになるようにと、中納言もお思いになって、そのように宮へ申上げている中に、内裏《うち》から御母中宮の仰言《おおせごと》で、宰相の御兄の衛門督《えもんのかみ》が、仰々しくお供をお連れになって、

改まった御服装でお越しになった。このような御出歩きは、お忍びになろうとしても、自然に事が広がって、後々の例ともなることであるのに、重々しい人を大勢お連れにならずに、俄《にわか》にお出ましになったのを、聞し召《きこ》しお驚きになられて、殿上人を大勢引連れて参ったので、事が工合悪くなった。宮も中納言も苦しくお思いになって、事の興もおなくなりになった。お心の中《うち》をも知らずに人々は酔い乱れて遊び明かした。

今日はこうして遊んでもとお思いになっていると、又中宮の大夫《たいふ》と異った殿上人の大勢をお迎いとしてお遣わしになられた。宮はお心が慌《あわただ》しく、残念で、お帰りになられる空もない。彼方《あちら》へは御文をお上げになられる。面白いことなどはなく、ひどく真面目に、お思いになったことを細々《こまごま》とお書きになったが、人目の多いことだろうと、御返事はない。中の君は、物数でもない身では、結構な御辺りにお交わりになることは、甲斐《かい》ないことであるよと、一段とお思い知りになる。余所《よそ》に隔たっていての月日は、覚束ないのも尤もで、それにしてもなどと思ってお慰めにもなるが、近い所に騒いでいらして、知らぬさまにお過しになられるのは、辛くも口惜《くや》しくもお思い乱れになる。宮はましてお心が結ばれ遣瀬《やるせ》なくお思いになることが限りもない。網代の氷魚《ひお》も宮にお仕え申して、いろいろの紅葉と混《まざ》り合っているのを弄《もてあそ》んで、下人《しもびと》などはひどく面白いことに思ったが、人附合いをしての、楽しいお出歩きに、御自身のお心持は胸がすっかり塞がりきって、空ばかりお眺めになると、かの古宮《ふるみや》の梢《こずえ》は、紅葉がまことに格別に面白くて、常磐木《ときわぎ》に這《は》いまじっている蔦《つた》の色なども、奥深げに見えて、遠目にさえぞっとする程なので、中納言の君も、なまなかにお待ち申させたのをお気の毒のことであったとお思いになる。去年の春お供を申した君達《きんだち》は、その時の花の色を思い出して、父宮にお後れになって眺めていらせられるお心細さを云う。そのように忍び忍びでお通いになっていると、ほのかに聞いている者もあろう。事情を知らない者もあって、大凡《おおよそ》に何だ彼《か》だと、人の身の上は、こうした山隠れではあるが白然に伝わるものなので、「ひどくお美しくいらっしゃることです。箏の琴が上手で、故宮

が明暮れにお教えになったので」など、口々に云う。宰相中将、

いつぞやも花の盛りに一目見し木《こ》の本《もと》さへや秋はさびしき▼[32]

そちらの方として詠《よ》み懸けたので、中納言、

桜こそ思ひ知らすれ咲き匂ふ花も紅葉も常あらぬ世を▼[33]

衛門督、

いづこより秋は行きけむ山里の紅葉の蔭は過ぎ憂きものを▼[34]

宮の大夫《たいふ》、

見し人もなき山里の岩垣に心長くも這へる葛《くず》かな▼[35]

その中では年老いた人で、お泣きになる。親王《みこ》のお若くいらした世の事などを思い出したのであろう。宮、

秋果ててさびしさ増《ま》さる木《こ》のもとを吹きな過ぐしそ峰の松風▼[36]

とお詠みになって、ひどく涙ぐんでいらせられるので、ほのかに事情を知っている人は、ほんに深くお思いになっていらせられるのである、今日の序《ついで》をお見過しになるのはお気の毒なこととお見上げする人もあるが、事々しくお供をお連れになって、お寄りになることも出来ない。作った文《ぶん》の面白い所々を誦《ず》すもの、倭歌《やまとうた》も事に触れてのものが多くあるが、こうした酔泣きの紛れの物に、まして立派なものなどあろうか。一部分を書き留めたものさえ見苦しい物である。

彼処《かしこ》では、お立ち帰りになる御様子を、遠くなるまで聞える前駆《さき》追う声々でお知りになり、云い難い気がなされる。心設けをしていた女房共も、ひどく残念に思った。大君はまして、やはり噂に聞いている通りの『月草の』▼[37]の色の移り易《やす》いお心なのであった、ほのかに人の云うのを聞くと、男という者は虚言《そらごと》をひどく上手に云うもので、思ってもいない女を思っているように云い繕う言葉の多い者だと、ここにいる人数《ひとかず》でもない女房共が、昔物語にかこつけて云うのを、このような賤《いや》しい者の中には、

怪《け》しからぬ心の者もまじっていよう、何事も身分の高い人になると、世間の人の聞いたり思ったりすることを憚られて、物堅いものであると思っていたのは、間違いだったのである、浮気ぽい方でいらせられるように故宮もお聞き伝えになって、このように打解けたことまでは、お思い寄りにならなかったのに、中納言の君の、怪しいまでに心深そうに云い続けになり、思いの外《ほか》に御縁を結ぶことにさえなったにつけ、身の不運を思い深めることになったのは、味気ないことであるよ、このように見劣りのするお心を、一方ではあの中納言も何《ど》うお思いになっていることであろう、此処《ここ》には格別極り悪く思う人はまじってはいないが、めいめいの思っていることも、人笑われの愚かしい事であるよと、お思い乱れになると、御気分が悪くなって、ひどく悩ましいお気がなさる。中の君は、たまさかに対面なされる時は、限りなく深い頼みをお約束になるので、それにしても丸きりお心の変ることはあるまいと、頼りなくはあるが、余儀ない障《さわ》りがおありなのであろうと、心の中でお思い慰めになるところもある。お越しなく久しいのが御心配にならなくはないのに、生中《なまなか》でお立ち帰りになってしまわれたので、辛くも口惜《くや》しくも思われるので、一段と物あわれである。耐《こら》え難い御様子なので、人並に扱うことができて、身分相応の住まいであったならば、このようにお扱いにはなるまいなど、姉君は一段と可哀そうだと御覧になる。私も世にながらえていたならば、このような目に逢うことであろう、中納言の君がとやかくとお言い寄りになるのも、人の心を見ようとしてのことなのである、心だけは懸け離れていようとも、云い遁《のが》れをするにも際限がある、ここにいる女房共が性懲《しょうこ》りもなく、こうした向《むき》の事ばかりを、何うかしてと思っているようなので、心にもなく、終《しま》いにはそう扱われてしまうのであろう、これこそは、返す返すと、云うような心持で世を過せと故宮の仰せ置きになったのは、こうした事もあろうかとの誡《いまし》めだったのである、何とも運の悪い私達で、お頼み申すべき人々にお後れ申したからと云って、揃って同じようにと、人笑われになる事が添う有様であって、亡い御方々までもお悩まし申すのは悲しいことである、やはり私だけでも、そうした歎きには沈まず、罪などもひどく深くならない前に、何《ど》うか死んでしまおう、とお思い沈みになると、御気分も本当に苦しいので、食物は全く召上《めしあが》らず、唯《ただ》亡くなった後の予想を、明暮れお思い続けになると、心細くて、妹君をお見上げするのもひどく心苦しく、私までが亡くなってしまったら、何《ど》んなにかまるで慰めようもないことであろう、勿体なくお美しい様を、明暮れの見る物にして、何うか人並みらしくお見做し申そうと思い扱うことを、人知れず行先きの頼みに思っていたが、相手が限りない人でいらせられようとも、このように人笑われな目に逢った人が、世の中に立ちまじって、普通の人のようにお過しになるのは、類い少ない心憂いことであろう、などお思い続けになると、生きがいもなく、この世には少しの慰めもなくて過して行くべき御自分共なのだろう、と心細くお思いになる。

　宮は、引返して例《いつも》のように忍んでと思って、お出ましになったのを、内裏《うち》へ、「こうしたお忍び事があるので、山里へのお出歩きを、不意にお思い立ちになるのでございます。軽々しいお有様だと、世間の人も心の中でお譏《そし》り申しております」と、衛門督が漏らして申上げなされたので、中宮も聞召《きこしめ》し歎きになり、主上も一段と許さない御気色《ごけしき》で、「大体心任せにしていられる御里住みが悪いのです」と、厳しいお取締が出て来て、内裏にじっとお侍《はべ》らせにならせられる。左の大殿《おおいどの》の六の姫君を、御不承知にお思いになった事であるが、強いて参らせられるように皆お定めになられる。中納言殿はお聞きになって、手の施しようもなくなる。自分が余りに変なことをしたからの事だ、然るべき因縁があってのことだろうか、親王《みこ》の気懸りにお思いになった様が哀れで忘れ難く、あの君達《きんだち》のお有様御様子もお悪いところはなくて、世に衰えて行かれるのが、惜しく思われる余りに、人並みになられるようにお扱い申したいと、怪しいまでにお世話を申しているに、一宮が生憎《あいにく》に一途にお責めになられたので、自分の思う人の方は異《ちが》っているのに、お譲りになられる有様もつまらなくて、あのように取持ったのだと思うと、変な事をしたことであった、何方《どちら》を自分の物としてお逢いしても、咎めるべき人もないことだ、取返しの附くことではないが、愚かしいことだと、心一つに思い乱れていらっしゃる。

宮はまして、お心に懸からない折はなく、恋しくも気懸かりにもお思いになる。中宮は、「お気に入った人があるのでしたら、此処《ここ》へ参らせて、普通にして落着いていらっしゃいませ。格別の御身にとお思い申していますのに、軽やかなことをなさるように人の申すらしいのは、まことに残念なことです」と、明暮れにお申しになられる。

時雨がいたく降って長閑《のどか》な日に、宮は女一の宮の御方にお参りになると、御前《みまえ》に女房が大勢はお附き申していず、しめやかに御絵を御覧になっている時であった。御几帳《みきちょう》だけを隔てにしてお話をなされる。限りなく上品に気高くいらせられるが、物柔かにお可愛ゆいお様子を、年頃並びないものにお思い申上げて、他にこのお有様に較べられる人が世の中にあろうか、冷泉院の姫宮だけは、院の御覚えの程、内々の御様子も、奥ゆかしいのであるが、お言寄りになる折がなくて思い続けになっているのに、あの山里の人は、可愛ゆらしく上品な点は、お劣りになりそうもないことである、と先《ま》ずお思い出しになると、一段と恋しさの増《まさ》って来る慰めに、御絵を数多《あまた》取乱《とりち》らしてあるのを御覧になると、面白そうな女絵▼38で、恋をする男の住家《すみか》などを描《か》きまぜ、山里の趣《おもむき》ある家など、いろいろと男女の関係を描いてあるので、思いよそえられることが多くて、お目にお留まりになるので、少し分けて戴《いただ》いて、彼処《あすこ》へ差上げようとお思いになる。在五《ざいご》の物語を描《か》いて、妹に琴《きん》を教える所に、『人の結ばむ』▼39と云ってあるのを見て、何《ど》うお思いになるのであろう、少し御身近くお寄りになって、「昔の人も、兄弟の間では、隔てなく馴れ合っていたものでございます。ひどく余所余所《よそよそ》しくお扱いになられますことで」と、そっと申されるので、姫宮は何《ど》んな絵かとお思いになると、宮はお巻きになって、御前《おまえ》へお差入れになったので、俯伏《うつぶ》しになって御覧になると、御髪《みぐし》が靡《なび》いて、こぼれ出した一部分だけが、ほのかにお見上げ出来るが、見飽かずお美しくて、少しでも血筋の遠い人と、お思い申せるのであったらとお思いになると、怺《こら》え難くなって、

若草のね見むものとは思はねど結ぼほれたる心地こそすれ▼40

御前《おまえ》にいた女房共は、この宮をば殊《こと》に極り悪い方にお思い申して、物の蔭に隠れていた。姫宮は、云うこともあろう、ひどく変なことをと、お思いになるので、物も仰せにならない。宮は、それも御道理で、『うらなくものを』▼41と云った姫君も、洒落《しゃ》れていて憎くお思いになる。紫の上の取分けて、このお二方を手にお掛けになったので、数多の御兄弟の中でも、隔てなく思い交していらせられた。中宮には又となくこの姫宮をお冊《かしず》きになられて、お仕えしている女房達も、十分でなく少し飽き足りない所のある人は、居にくいようである。貴い人の御娘などもまことに多くいる。宮は、お心の移り易さから、珍しい人々に果敢《はか》ない関係をお附けになりなどしつつ、宇治のことはお忘れになる折はないものの、お便りをなされずに日頃が過ぎた。

　宮をお待ち申している山里では、絶間の遠い気がして、やはりお見捨てになったのであろうと、心細く嘆いていらせられると、中納言がお越しになった。大君が悩ましくしていられると聞いて、お見舞に入らしたのである。ひどく心持の乱れる程の御悩ではないが、病気にかこつけて対面はなされない。君は、「驚きながら遠い道を参ったので、やはりそのお悩みになっていらっしゃるお側近くへ」と、心から不安にお思いになって申されるので、姫君の打解けてお住みになっている居間の御簾の前へお入れ申上げる。ひどく工合悪いことだと姫君はお苦しがりになるが、厭《い》やな風はなされず、御頭《みぐし》を持上げて御返事を申される。君は、宮の不満足でお立ち帰りになった有様をお話し申して、「気安くお思いなさいませ。心苛《こころい》られしてお恨みなさいますな」とお教え申すと、「妹君はとやかくは申さないようでございます。世に亡い方のお誡《いまし》めは、こういう事があるからのことだと見ますだけが、ひどく気の毒でございます」と云って、お泣きになる様子である。君はひどく気の毒で、御自分までが極り悪い気がして、「世の中は何《ど》の道同じ様で過すことはでき難いものですが、何事も御経験のない御方々には、ひたすらに怨めしくお思いになることもございましょうが、強いてもお取鎮《とりしず》めなさいまし。御心配になることは決してなかろうと思っております」と、人の御上までも取持つのを、一方では変な気がなされる。大君は、夜々はまして苦しそうになさるので、親しくない気のされる人の側近いのを、中の君は苦しいようにお思いになったので、「やはり何時《いつ》ものように彼方《あちら》へ」と女房共が申上げるが、「まして此《こ》のようにお煩《わずら》いになっていらっしゃる時の心許なさを、嘆きながら伺いましたのに、お遠ざけになるのはひどく御無礼です。こうした時のお扱いを、誰がはかばかしくお仕えできるのですか』と、仰しゃって、弁のおもとにお話になられて、御修法《みずほう》を始めるべきことをお命じになる。大君はひどく見苦しく、態《わざ》とでも捨てたい身であるのに、とお聞きになるが、思い遣《や》りなくお断りになるのも良くないので、流石《さすが》に生きていようとお思いになるお心持も哀れである。翌朝は、君は、「少しはよろしいようにお思いになりますか。昨日のようにしてでもお話いたしましょう」とあるので、大君は、「日数が重なっているせいでございましょうか、今日はひどく苦しゅうございます。それでは此方《こちら》へ」とお云いつけになった。君はひどく哀れで、何《ど》んな御様子でいらっしゃるのであろうか、前よりはなつかしい御様子なのでと、胸がつぶれる気がなさるので、近く寄っていろいろの事を申される。大君は、「苦しくてお話が出来ません。少し休みまして」と云って、ひどく幽《かす》かに哀れな御様子なので、限りなく心苦しく歎いていらした。しかし茫然とこうしてはいらせられないので、ひどく気懸りではあるが、お帰りになられる。君は、「こうしたお住まいは、やはり苦しいことです。処《ところ》をお変えになるということにかこつけて、然るべき処へお移し申上げましょう」とお云い置きになって、阿闍梨《あざり》にも、御禱《おいの》りにお心を入れるように仰せになって、お出懸けになった。

　この君のお供の人で、早くもこの若い女房と関係を結んだものがあった。二人の間での話に、「あの宮はお忍び歩きをお制しになられまして、内裏《うち》にばかり籠っていらせられることです。左の大臣殿《おおいどの》の姫君をお娶《みあわ》せになられるとかいう事ですが、女方《おんながた》は年頃の御本意なので、お滞りになるところがなく、年の内に御婚礼があるようです。宮は渋々にお思いになって、内裏《うち》でも唯好色《すき》がましいことにお心をお入れになりまして、帝や后の御誡めでもお鎮まりにならないようです。我が殿だけはやはり、不思議にも人とお異《ちが》いになって、余りにも真面目で、人に厄介がられていらっしゃいます。ここへ此《こ》のようにお越しになりますことだけは、呆れたことで一とおりのことではないと人が申していいます」などと話したのを、女は、「このように云いました」と朋輩の中で話すのを大君はお聞きになって、一段と胸がお塞がりになって、今はこれまでの事である、貴い方にお決りになる間のかりそめのお慰みに、あれ程にお思いになったのだが、流石に中納言の思わくをお憚りになって、お言葉だけお心深くしていらしたのであったと、お思い取りになると、何《ど》うこうと宮のお辛さはお思い知りになられず、一段と身の置き所もない気がして、しおれて臥《ね》ていらせられた。弱くなったお心持は、一段と世に生き永らえていられそうにもお思えにならない。極りの悪い程の人々ではないが、思わくも苦しいので聞かない様をして寝ていらせられると、中の君は、歎きのある時の仕ぐさだと聞いた、転寝《うたたね》をしている御様がひどく可愛らしく、肱《ひじ》を枕にして寝て入らせられると、御髪《みぐし》の畳《たた》まっているのが、珍しいまで美しいのを見やりつつも、親の誡められた言葉が、返す返す思い出されて悲しいので、故宮には、罪の深い人の行く地獄にはよもやお沈みにはなられますまい。どこにでも、いらせられる所へお迎え下さいまし、このようにひどい歎きをする者共をお棄《す》てになられて、夢にさえお見えになって下さいませんことでとお思い続けになる。夕暮の空の様子はひどく物凄く時雨《しぐ》れて来て、木下を吹き払う風の音も云いようもなくて、過ぎ去った方行く先が思い続けられて来て、中の君に添い臥《ぶ》していらせられる様は、上品さが限りなくお見えになる。白い御衣《おんぞ》に、髪は梳《くしけず》ることもなされずに程経《ほどへ》たが、からみ合った筋もなく後ろにうち遣られて、日頃よりも少し青みを帯びていらせられるのも、艶《なまめ》かしさが加わって、外を眺めやっていらせられる御目つき額つきなども、物の分る人に見せたい程である。昼寝をしていた君は、風の音の荒いのに目を覚して起き上られた。山吹薄紫などの華やかな色合の御衣に、お額は態《わざ》と染め匂わしたように、ひどく美しく花《はな》やかで、少しも物思いをしそうな様をしていらっしゃらない。中の君は、「故宮が夢にお見えになりましたが、ひどく物思いをなされる御様子で、この辺りにお見えになりました」とお話になると、大君は一段と悲しさが増《ま》さって来て、「お亡くなりになってから、何《ど》うかして夢にでもお見上げしたいと思いますのに、少しもお見えになりません」と云って、お二方ともひどくお泣きになる。この頃は明暮れお思出《おもいだ》し申すので、お見えになるのであろうか。何うかしていらせられる所にお尋ねして参ろう。罪の深そうな者どもでと、後の世までもお思いやりになる。外国にあったという香の煙を、ひどく欲しいものにお思いになられる。

すっかり暗くなる頃に、宮からお使《つかい》がでる。折柄《おりから》とて少しお嘆きの慰めになることであろう。中の君は直《す》ぐには御覧にならない。「やはり素直におとなしい御返事をお上げなさいまし。このようで私が果敢《はか》なくなりましたら、今よりももっと辛いお扱いをする人が、出て来はしないかと気懸りになりますが、たまにでもあの方がお思出し下さいましたら、そうした不埒な心を起せる人はあるまいと思いますので、辛いながら頼みにはなることでございます」と申されると、中の君は、「後にお残しになろうとお思いになっているのは、ひどいことでございます」といよいよ顔を衣《きぬ》にお引入れになる。「定命《じょうみょう》がありますので、片時も故宮にお後れしまいと思いましたのに、長らえていたことだと思うのですよ。明日も知れない身でさすがに歎かわしいのは、貴方《あなた》の為《ため》に惜しい命だからですよ」と云って、大殿油《おおとなぶら》を召してお文を御覧になる。例《いつも》のようにこまごまとお書きになって、

眺むるは同じ雲居をいかなれば覚束なさを添ふる時雨ぞ▼42

『かく袖ひづる』▼43などいうこともお書きになっていたであろうか、有りふれた言葉を、やはり黙っているよりはとの事と見るにつけても、怨めしさはお増さりになる。宮のあれ程までに世に珍しいお有様容貌《かたち》を、一段と何うかして人に愛《め》でられようと、好ましく艶《えん》にお振舞《ふるまい》になっていられるので、若い中の君の心をお寄せ申すのも尤もなことである。中の君は時の立つにつけても宮が恋しく、あれ程までに大したお約束をなされたので、それにしても、まるきりこれだけでは終いにはなるまい、とお思い直しになる心が常に添って来ることであった。御返事は、お使が、「今夜参りましょう」と申すの

で、それこれの者がお勧めするので、唯一言だけ、

霰《あられ》降る深山の里は朝夕に眺むる空もかきくらしつつ▼[44]

このように云うのは、十一月の晦日《みそか》なのである。月も隔ててしまったことだと、宮は落《おち》つきなくお思いになって、今宵は今宵はとお思いになりつつ、『障り多み』▼[45]でいる中《うち》に、五節《ごせち》が早く出て来る年で、内裏《うち》あたりは賑わしく取紛れがちであって、態《わざ》とするではないが日が立ってゆくので、彼方《あちら》では浅ましいまでに待ち遠である。宮はかりそめに女にお逢いになるにつけても、反対に中の君がお心から離れる折がない。左の大臣殿《おおいどの》のあたりの事を、御母中宮も、「やはりそうした安心のできるお後見《うしろみ》をお設けになりまして、その外《ほか》にもお逢いになりたいとお思いになります人がありましたら呼び寄せて、重々しくしていらっしゃいませ」と申されるが、「暫《しばら》くの間。思っていることもありますので」とお否《いな》びになって、本当に中の君に辛い目が見せられようとお思いになっている、そのお心を知らないので、宇治では月日に添えて歎いてばかりいらせられる。

中納言も、宮は、見ていた程よりは軽いお心である、まさかにと思って中の君にあのように申したこともひどくお気の毒でと、心からお思いになりつつ、宮の御許へも殆《ほとん》ど参らない。山里の方へは、如何《いかが》で如何《いかが》でとお見舞をなさる。この月になってからは、少しおよろしくいらっしゃるとお聞きになったのに、公《おおやけ》私《わたくし》共に事の多い頃で、五六日人を差上げないので、何《ど》うであろうかとお案じになって、余儀ない御用の多いのも打捨ててお参りになる。祈禱は御全快になるまでとお命じ置きになったのに、快《よ》くなったと云って、阿闍梨をもお返しになられたので、ひどく人少なで、例の老女房が出て来て、お有様を申上げる。「何処《どこ》といってお苦しい所もなく、恐ろしいお悩みではございませんのに、物をまるきり召上りません。もともと人とはお異《ちが》いになって、お弱い体でいらっしゃいますのに、あの宮の御事が始まりましてからは、一段と御心配の御様子で、ちょっとしたお菓子《くだもの》さえもお見向きもなさらなかったのが積りましたせいでしょうか、浅ましくお弱くおなりになりまして、全く頼みないよう

にお見えになります。世を心憂くいたしました私の身が命が長うございまして、こうした事をお見上げいたしますと、何《ど》うかお先立ち申したいと思い入っております」と、云いも終らず泣く様がまことに尤もである。「何だって、こんなだとお知らせにならなかったのですか。院にも内裏《うち》にも呆れる程に御用の多い頃で、日頃もお伺い出来ませんでした不行届で」と云って、以前の居間へお入りになる。お枕元近くで物を申されるが、お声も立たないようで御返事がお出来になれない。「このように重くなられますまで、誰も誰もお知らせ下さらなかったのが辛く、お案じ申す甲斐もないことで」と恨んで、例の阿闍梨、大方の世間に験《げん》があると聞えている人の限り、大勢をお招きになる。御修法《みずほう》、読経などを、明日からお始めになるというのでと、君の殿の人が大勢参り集って、上下《かみしも》の人が立騒いでいるので、心細さは跡方《あとかた》もなく頼もしげである。

暮れてしまったので、女房は、「何時《いつ》ものように彼方《あちら》の間で」と申上げて、御湯漬《おゆづけ》を差上げようとするが、君は、「せめて近い所で御介抱しましょう」と云って、南の廂《ひさし》の間は僧の座なので、東面《ひがしおもて》の今少しお近い間に、屏風を立てさせて入っていらせられる。中の君は苦しくお思いになったが、この御仲《おんなか》はやはり離れてはいらせられないのだと、皆の者が思って、疎《うと》くお扱いして隔てはお附け申さない。初夜から始めて法華経を不断にお読ませになる。声の貴い者ばかり十二人でのことで、ひどく尊い。灯は君のいられる南の間に点《とも》して、女大君のいられる間は暗いので、君は几帳の帷子《かたびら》を引揚《ひきあ》げて、少し居ざり入って御覧になると、老女房が二三人お附きしている。中の君は、ふとお隠れになったので、ひどく人少なで、大君は心細くして臥《ね》ていられるので、君は、「何うしてお声だけでも聞《きか》せて下さらないのですか」と、お手を取ってお驚かしすると、大君は、「心持ではそのつもりでおりますが、物を云いますのがひどく苦しゅうございまして。日頃お越し下さいませんので、お目に懸れずにお別れ申すのであろうかと、残念に存じておりましたことでございます」と、聞えないような声で仰しゃる。君は、「そのようにお待ち下さる位まで、参りませんでしたことで」と、しゃくり上げてお泣きになる。大君は御頭《みぐし》など少し熱くなっていらした。君は、「何の罪があってのお悩みでしょうか、人の恨みの報《むくい》を受けます者がこのようになるものでございます」と、お耳に口を当てて多くを仰しゃるので、大君はうるさくも極り悪くもお思いになって、お顔をお隠しになった。一段となよなよと、弱々しく臥《ね》て入らせられるので、このまま空しくなったらば何《ど》んな気がしようかと、胸も拉《ひし》げるような気がなさる。君は中の君に、「日頃御介抱をなさいますお心持は、お苦しいことだったでしょう。今夜だけでもお心安くお休みなさいませ。宿直人《とのいびと》になってお附きいたしましょう」と申上げると、気がかりではあるが、事情のあることであろうとお思いになって、少しお退《さが》りになられた。君は真正面からではないが、這《は》い寄りながら御覧になられるので、大君はひどく苦しく極り悪くはあるが、こうなるべき宿縁があったことであろうとお思いになって、この上もなく悠長に気の許せるお心を、あの今お一方《ひとかた》と比較して御存じになられたので、哀れだとお思い知りになっていた。亡くなった後の思い出にも、強情な察しのない者とはなるまいとお慎しみになって、はしたなくお隔てすることはお出来になれない。君は夜どおし女房共に指図して、お薬湯をお上げになるが、少しでも召上る御様子がない。困ったことである、何《ど》うしてお取り留めすべきであろうかと、云いようもなく歎いていらせられた。不断経の明方の、交代をしての声がひどく尊いのに、阿闍梨も夜居《よい》をお仕えして睡《ねむ》っていたのが、目を覚まして陀羅尼《だらに》を読む。老い嗄《しゃが》れた声であるが、ひどく老功で、頼もしく聞える。阿闍梨は、「何《ど》のようで昨夜はいらっしゃいましたでしょうか」などいう序《ついで》に、故宮の御上を申し出して、鼻を屡々《しばしば》かんで、「何のような所にいらっしゃいますのでしょうか。何にしても涼しい方にとお思いやり申していますのに、先頃夢にお見えになられましたことです。俗の御かたちで、世の中を深く厭《いと》い棄てていましたので、心の残る事はなかったのですが、聊《いささ》か思っていたことに心が乱れまして、唯暫《ただしばら》くですが願う処に往けずにいると思いますのが、ひどく残念です、極楽往生を勧める功徳の事をしてくれと、ひどくはっきりと仰せになりましたが、直《ただ》ちにお仕え申すべき事が思い浮びませんので、身に叶うに任せまして、行いをいたしております法師共五六人で、なにがしの念仏をいたさせましてございます。その外《ほか》には、思い附いたところがございまして、常不経《じょうふぎょう》▼46を額《ぬか》ずかせておりますことでございます」と申すと、君もひどくお泣きになる。大君も、あの世にまでもお邪魔を申上げる罪の程を、苦しい御気分に、一段と消え入る程にお思いになる。何《ど》うぞして故宮のまだ未来での場所のお定まりにならない先に参って、同じ所にいたいものと、お聞きになって臥《ね》ていらせられた。阿闍梨は言葉少なにして立った。その常不経を、その辺の里々、京までも歩いて勤めていた者が、暁の嵐に悩んで、阿闍梨のお仕え申している所を尋ねて来て、御邸の中門《ちゅうもん》の下にいて、ひどく尊く額《ぬか》ずいている。回向の言葉の終りの方の心持は、ひどく哀れである。客人《まろうど》もその方面には進んでいるお心なので、哀れさがお怺《こら》えになれない。中の君は、姉君がひどく御不安で、奥の方に立ててある几帳の後ろに寄っていらせられる御様を、君はお聞き取りになって、しゃんと居ずまいを正されて、中の君に向って、

「不経の声を何うお聞きになったでございましょうか。重々しい道には行わないものでございますが、尊いことでございます」と云って、君、

霜冴《しもさ》ゆる汀《みぎは》の千鳥うち佗《わ》びて鳴く音《ね》悲しきあさぼらけかな▼47

と、言葉のようにして申される。君は情《つれ》ない人の御様子に似通っていて、思い較べられはするが、答えにくくて、中の君は弁を代りとして申される。

暁の霜うち払い鳴く千鳥もの思ふ人の心をや知る▼48

似合わしくない御代りではあるが、君は趣《おもむき》なくはないとお聞き做《な》しになる。君は、こうした果敢《はか》ない事も、大君は慎ましげにするものの、懐《なつか》しく趣あるさまにお取做しになるのに、今はとお別れ申したならば、何《ど》んな気がすることであろうかと、お思い惑いになる。故宮の夢にお現れになった様を思い合せると、このようにお気の毒なお有様どもを、天翔《あまかけ》って何《ど》のように御覧になることであろうと推し量られて、故宮の入らせられた御寺にも、御誦経《みずきょう》をおさせになる。諸所に御禱《おいの》りの使をお差立てに

なり、公《おおやけ》にも私《わたくし》にも御暇《おいとま》をお願いになって、祭祓《まつりはらい》と様々に、至らぬところなくなさるが、神仏の咎めめいた御病ではないので何の験も見えない。大君御自分の身でも御平癒になろうと、仏を御念じになるようであったら未《ま》だしも、やはりこうした序《ついで》に何《ど》うか死にたい、この君がこのように添っていて、すっかり隔てがなくなっているので、これからは引き離れる方法がない、そうかといって、このように頼もしく見える心持が見劣りして、我も人も添ってゆくのは、心安くなく辛いことであろう、もし命が達《た》って続くようであったら、病いにかこつけて形を変えよう、そうすることだけが、変らない心持で、互《たがい》に最後まで逢ってゆかれることであろうと、しみじみお思いになって、何方《どちら》にしても、何うかこの出家のことはしたいとお思いになるが、それ程までに賢ぶったことは仰しゃることが出来ずに中の君に、「気分が益々頼りないように思われますので、戒を受けるとひどく験《しるし》があって、命が延びるものだと聞いていますので、そのように阿闍梨に仰しゃって下さい」と申されるので、皆の者は泣き騒いで、「それはとんでもないことでございます。あのようにお思い嘆きになっていらっしゃる中納言殿も、何《ど》んなにか飽っけないことにお思いになりましょう」と、不似合なことに思って、お頼みする方にもお取次申さないので、残念にお思いになる。

　このように中納言が籠っていらっしゃるので、聞き伝えつつお見舞に態々《わざわざ》来る人もある。疎《おろそ》かにはお思《おもい》になっていらっしゃらないこととお見上げするので、殿の人々や親しい家司《けいし》などは、それぞれいろいろの御禱りをさせてお歎き申す。豊明《とよのあかり》は今日であると、君は京をお思いやりになる。風がひどく吹いて、雪の降る様が慌《あわただ》しくて荒れ狂う。京ではこのようではなかろうと、お心柄から心細くて、疎《うと》いままで終ってしまうであろうかと思われる宿縁は辛くはあるが、恨むことも出来ない懐しく可愛ゆいおもてなしなので、唯暫《しばらく》の間だけでも平常の御様にして、思っていた事などをお話ししたいものだと、思い続けて眺めていらっしゃる。日影は見えなくて暮れてしまった。

かき曇り日かげも見えぬ奥山に心をくらす頃にもあるかな▼49

唯このようにして君のいらせられるのを頼みに、皆々思っていた。君は例の大君のお側近い居間にいらせられると、御几帳の帷子を、風が露《あら》わに吹きあげるので、中の君は奥にお入りになる。見苦しい老女房共も恥ずかしくて隠れている時に、ひどく大君の身近にお寄りになって、「何《ど》んな御気分ですか。一心になってお案じしておりますのに、お声さえ聞かれなくなりましたので、ひどく佗しいことです。後《あと》にお残しになりましたら、何んなに辛いことでしょう」と、泣く泣く申される。意識もなくなられたようであるが、顔はひどくよく隠していらっしゃる。大君は、「少し快い時がありましたら、お話し申したいこともございますが、唯気が遠くなるようにばかりしておりますのは、残念でございます」と、ひどく物哀れにお思いになっている様子なので、君は御涙が益々堰《せ》きとめ難くなって余りにひどく心細そうにしているとは見せまいとお慎しみになるが、泣き声も止められない。何《ど》ういう宿縁で、限りなくお思い申しながらも、辛いことばかり多くてお別れしなければならないのであろうか、少しでも厭《い》やな所をお見せになったならば、思い醒ます廉《かど》にもしようと見守ると、いよいよ可愛ゆく勿体なく、趣あるお有様ばかりが見える。肘《ひじ》などもひどく細くなって、影のように弱げになっているものの、色合いは変ってはいず、白く美しくなよなよとしていて、白い御衣《おんぞ》の萎《な》えて柔らかなのを著《き》て、夜具を押除《おしの》けて、その中に体のない雛《ひな》を臥《ね》せてあるような気がして、御髪《みぐし》はひどく煩《うる》さくはないようにかき遣っているが、枕からこぼれ落ちている辺は、艶々《つやつや》と愛《め》でたく美しいのも、これが何うおなりになることだろうか、お生きになれるものではなかろうと見えるので、惜しさが限りない。まことに久しい悩みで、身嗜《みだしな》みもなさらない御様子が、用意深く人目を極り悪く思い、限りなく飾った人よりも遥かに勝《まさ》っていて、細かく見るにつれて、魂の取鎮めようもない。君は、「何うしてもお捨てになりますのでしたら、暫くも世に残ってはいられそうにありません。もし定命があって残るようでしたら、深い山へさすらいましょう。只《ただ》ひどくお気の毒な様でお残りになられます方の事がお思い申せます」と、御返事をおさせ申そうとして、中の君の御事に触れて云うと、大君は顔をお隠しになっているお袖を少しお除けになって、「このように果敢ない身でございましたのに、思いやりのないようにお思いになりましたのが詮もないので、あのお残りになります人を、同じ事にとほのめかして申上げましたのに、もしお聞入れ下さいましたならば、安心なことだったろうと、これだけが怨めしいことで、後《あと》に念が残りそうに思われます」と仰しゃるので、君は、「このようにひどく物思いをするべき身でございましたろうか。如何《いか》にも如何《いか》にも、他の人に心を寄せてゆく気にはなれませんでしたので、お志にお随《したが》い申せませんでした。今になって残念にお気の毒に思います。ですが、お心懸りにはなさいますな」と賺《すか》して、ひどく苦しそうになさるので、修法の阿闍梨どもをお召入れになり、様々に験のある限りの加持をしてお上げ申す。御自分も仏を念じられることが限りもない。世の中を格別にも厭《いと》い離れよとお勧めになられる仏の、まことにこのように深く物をお思わせになるのであろうか。見る見る物の枯れてゆくように、お亡くなりになってしまったのは悲しいことではある。引留めようもなく、足摺りもしたく、人が愚痴だと見ることもお思えになれない。最期と御見上げなされて、中の君は後《おく》れまいとお歎きになるさまも道理である。生きてもいられないようにお見えになるのを、例の小賢《こざか》しい女房どもは、今はここにいらせられるは不吉のことだと、お引離し申す。中納言の君は、それにしても、こんなという事はあるまい、夢ではないかとお思いになって、灯火を近く掲げて御覧になると、お隠しになっている顔も、唯眠っていられるようで、変ったところもなく可愛ゆらしくお臥《やす》みになっていらせられるので、このままで、虫の抜殻のようにして見ていることが出来たものならばとお惑いになる。最後の作法をするにつけて、御髪《みぐし》をかき遣ると、さっと匂って来るのも、唯生きていらした時の匂いで、懐かしく芳《かん》ばしいのも珍しくて、何《ど》の点につけてこの人を、少しでも悪かったとして思い醒《さ》まそう、本当にこの世を捨ててしまう知道《しるべ》だというならば、怖ろしく厭わしいことの悲しさで、思い醒ませる廉だけでもお見せ下さいと、仏をお念じになるが、一段と思い鎮められないことばかりなので、詮方《せんかた》なくて、一思いに煙にでもしてしまおうとお思いになって、あれこれと定まった作法にするのは浅ましいことである。君は空を歩むようにふらふらしつつ、限りのお有様までも果敢なげで、煙も多くはお立てにならなかったのも張合いないことだと、呆れてお帰りになられた。

　御喪に籠っている人の数が多くて、心細さは少し紛れそうではあるが、中の君は、人々の見たり思ったりするところも極りの悪いお辛さから、歎き沈まれて、又亡い人になりそうにお見えになる。宮からはお弔いをひどく繁々となされる。思いの外《ほか》にもお辛いお心であったとお思いになった大君のお心持が、お直りにならずに終ったことをお思いになると、まことに心憂い御縁《おんゆかり》である。中納言は、このように世の中のひどく厭わしく思われる序《ついで》に、御本意を遂げようとお思いになるが、三条の母宮のお思いになるところを憚り、中の君のお気の毒さにお思い乱れになって、あの方の仰しゃったようにして、御身代りとしてお逢い申すべきであったのに、心の中では身をお分けになった方としても、心移りがしそうにもなかったが、このようにお歎きをおさせ申すよりは、唯お話相手にして、尽きぬ慰めにお見上げして通いもしようものを、などお思いになる。ちょっとでも京へはお出にならず、全く心を慰める術《すべ》もなくて籠っていらせられるので、世間の人も疎《おろそ》かならずお思いになっていらしたのだと見聞きして、内裏《うち》を御初めに、お見舞の人が多くある。

　果敢なくて日頃が立ってゆく。七日《なぬか》七日の法事をひどく尊くなされつつ、鄭重に御供養なさるが、制限のあることなので、御衣《おんぞ》の色は平常と変らないが、かの御方に心寄せの深かった女房共の、ひどく黒い色の喪服に著《き》かえているのを、ほのかに御覧になるにつけても、

▼51 **紅《くれなゐ》に落つる涙もかひなきは形見の色を染めぬなりけり** ▼50

　許しの色の紅《くれない》の、擣《う》ち目の艶《つや》のよいのの御涙に濡れたさまは、氷の解けたのかと見えるのに、一段と濡らし添えつつ眺めていらせられる様は、ひどく艶《なまめ》かしく清らかである。女房共は覗きつつお見上げ申して、「詮のない御事の悲しさは申すまでもないことで、あの殿をこのようにお見馴れ申上げま

して、今は余所《よそ》にお思い申上げますことは、惜しく残念なことです。案外な御宿縁でいらしたことでしたね。このように深いお心ですのに、何方《どちら》もお背き申されましたことで」と泣き合った。君は中の君に、「昔のお身代りとして、今は何事も御相談相手になろうと思っております。疎々《うとうと》しくお隔て下さいますな」と申されるが、中の君は、何事も憂い身であったことだと慎ましくお思いになって、まだ対面して物なども申されない。この君ははきはきしていらせられる方で、亡い御方よりは今少し幼なげで、気高くいらっしゃるものの、懐しくゆかしいお心様の方は、大君より劣っていらしたと、君は事に触れてお思いになる。

雪がかき暗し降っている日に、終日を眺《なが》めくらして、世の人のすさまじい物にする十二月の月の、曇りなく出たのを、簾《すだれ》を捲《ま》きあげて御覧になっていると、向いの寺の鐘の声が、『枕を欹《そばだ》て▼[52]』『今日も暮れぬ▼[53]』と幽《かす》かに鳴るのをお聞きになって、

後《おく》れじと空行く月を慕ふかな遂《つい》に住むべきこの世ならねば▼[54]

風がひどく烈《はげ》しいので、蔀《しとみ》を下させられると、四方《よも》の山の鏡かと見える汀の氷が、月の光でまことに面白い。京の家の限りなくと思って磨いているのも、このようにはなれないことであると思われる。大君が僅《わず》かにでも生きていらせられたならば、一緒にお話が出来ようにと思い続けると、胸に余る気がすることである。

恋ひ侘びて死ぬる薬のゆかしきに雪の山にや跡を消《け》なまし▼[55]

半分の偈《げ》▼[56]を教えたという鬼を見たいものである、かこつけて此《こ》の身を捨てようとお思いになるのは、心きたない聖心《ひじりごころ》ではある。

女房共を近くお呼び出しになって、お話などなさる御様子の、まことに申分なく、悠長にお心が深いので、お見上げする人々は、若い者は身に沁みて愛《め》でたいとお思い申上げる。年寄った女房は残念に悲しいことを一段と思う。そして、「お心地が重くおなりになりましたのは、唯あの宮の御事を、

思いの外《ほか》だったとお見上げになりまして、人笑われな悲しいことにお思いになりましたようですが、流石《さすが》にあの中の君には、そうお思いになっているとお知られ申すまいと、唯お心一つに御仲を恨んでいらっしゃいますようでしたが、その中《うち》に、ちょっとした御菓子《おくだもの》も召上らず、唯弱りにお弱りになりましたようでございました。表面《うわべ》には、少しも事々しくお心深そうにはなさいませんで、お心の中では限りなく、何事もお思いになるようでございまして、故宮のお誡《いまし》めにまでも違ったことだったと、むやみに中の君の御上をお思い悩みになり初めたのです」と申上げて、折々に仰しゃった事などを云い出しつつ、誰も誰も泣き惑うことが尽きない。君は、我が心から、味気ないことを大君にお思わせ申したことであったと、取返したくお思いになり、大方の世の中も辛いので、念誦《ねんず》をひどく哀れになされて、微睡《まどろ》む程もなくお明かしになると、まだ夜深い頃の雪の様子がひどく寒そうなのに、人々の物云う声が多くして、馬の音も聞える。何《ど》ういう人がこうした夜中に雪を踏み分けるのであろうかと、大徳達も驚いていると、宮が狩の御衣にひどく窶《やつ》れて、濡れに濡れて入って入らせられたのである。戸をお叩きになる様に、それであろうとお察しになって、中納言は隠れた方の間にお入りになって、忍んでおいでになる。七七の御忌《おんいみ》は日数が残っていたが、宮は心許なくお案じ佗びになって、夜一夜《ひとよ》雪に迷わせられてお越しになったのであった。日頃の辛さも紛れそうな程であったが、中の君は対面なさろうとする心持もせず、亡い御方のお思い歎きになっていた様が極り悪かったのに、そのままお見直しにならずにしまったので、今から後のお心の改まるのは、甲斐のないことだとお思い沁みになっていられるので、誰も誰もひどく道理をお教え申しつつ、物越しで、宮の日頃の言訳《いいわけ》を繰返し仰せられるのを、つくづくと聞いていらせられる。この方もまことに有るか無いかの様で、お後《おく》れにならないのではないかと聞える御様子がお気の毒なので、気がかりに悲しいことだと宮もお思いになった。今日は御身を捨ててお泊りになった。宮は「物越しでなんて」と、ひどく佗しがられるが、中の君は、「今少し正気な時でございましたら」とばかり申上げて、情《つれ》ないので、中納言も様子をお聞きになって、然るべき女房を召し出して、「貴方《あなた》のお有様とは違って、宮はお心浅いようなお扱《あつかい》で、何時《いつ》も何時《いつ》もお辛かった月頃の咎は、そのようにお思いになりそうなことではございますが、憎くない様にお咎めなさいまし、このようなお扱いはまだお見知りにならないお心から、苦しくお思いになることでしょう」と、忍んで御注意なさると、中の君は益々この君のお心も極り悪くて、お聞入《ききい》れになれない。宮は、「呆れ返った辛いお心でいらしたことでした。お約束したこともすっかりお忘れになったことで」と、深くもお歎き続けになった。夜の様子は一段と烈しい風の音に、お心がらで歎いて臥《ね》ていらせられるのも流石にお気の毒で、前のように物を隔ててお話をなさる。『千々《ちぢ》の社』▼57を証人にして、行先長いことをお誓《ちかい》をなさるのも、何《ど》うしてこのようにお口馴れになったのだろうと、中の君は厭わしくはあるが、余所《よそ》にいて情《つれ》ない時の疎ましさに較べると、お美しく心も柔らぎそうなお有様を、一方では疎み切れないことであると思って、唯つくづくとお聞きになって、中の君、

来し方を思ひ出《い》づるもはかなきを行末かけて何頼むらむ▼58

とほのかに仰しゃる。君は、逢っての方が却って気が揉めて心もとない。

行末を短きものと思ひなば目の前にだに背かざらなむ▼59

「何事もこのように、見る程もない短い世ですから、罪深くはなさいますな」と、様々にお賺《すか》しになるが、中の君は、「気分も悩ましゅうございまして」と云って、奥へお入りになった。宮は人の見る目もひどく様悪く、お歎き明しになる。恨むのも尤もな無沙汰ではあったが、余りにも憎い扱いで、と辛い涙が落ちるので、まして女君は何《ど》んなに思ったことだろうかと、様々哀れにお思い知りになる。中納言が主人方《あるじがた》で住み馴れていて、人々を気楽に呼んで使い、人も大勢して物を差上げなどなされるのを、哀れにも見好くも御覧になる。まことにひどく痩せて青んで、呆《ほ》け呆《ぼ》けしいまでに物を思っているので、気の毒に御覧になって、心からのお悔みをなさる。中納言は過ぎ去ったことなど、甲斐のない事ではあるが、この宮にこそ御話申上げようとお思いになったが、云うにつけても、ひどく心弱

く、愚痴に見られるのを憚って、言葉少なである。泣きに泣きばかりして日数《ひかず》を経たので、顔変りがしているのも、見苦しくはなくて、益々清げに艶《なまめ》いているので、宮は自分が女であったならば、必ず心移りがするだろうと、怪《け》しからぬお心癖《こころぐせ》からお思い寄りになると、何だか気懸りなので、何《ど》うかして人の譏《そし》りも恨みも無いように、女君を京に移らせようとお思いになる。女君はこのように情《つれ》ないものの、内裏《うち》あたりでこの事を聞召《きこしめ》して、御気色《みけしき》がひどく悪かるべきことをお思い佗びになって、今日はお帰りになられた。深く言葉をお尽しになるが、情《つれ》ないのは苦しいものだと、一節《ひとふし》をお思い知らせ申したくて、女君はお心が解けずにしまった。

年の暮には、こうした処《ところ》でなくてさえ、空の模様がふだんにはちがうのに、荒れない日もなく降り積む雪を、眺めつつ明し暮ししていられる中納言のお心持は、何時《いつ》までも夢のようである。御法事も厳めしくおさせになる。宮からも御誦経など仰々しいまでにおさせになられる。このようにしてばかり、新しい年までも歎き過せようか、此処彼処《ここかしこ》からも、心許なく閉じ籠っていらせられることをお咎め申すので、今はとお帰りになろうとするお心持も、云いようもない。このようにいらせられ馴れて、人出入りの繁かったことの名残もなくなるのを、嘆き佗びる女房共は、お亡くなりになった折のさし当って悲しかった騒ぎの時よりも、静まっての今の方が悲しい気がする。女房共は、「時々折節の面白そうな時にお通いなさいました年頃よりも、このようにゆっくりとお過しになられました日頃の、お有様御様子のお懐しくお情深くて、かりそめの事にも大事な事にも、思いやり深いお心持を、今は限りにお見上げ申しそうなことで」と、涙に溺れ合った。かの宮からは、「やはりあのようにして参ることはひどくむずかしいので、当惑して、近い辺りにお移し申すことを考え出しました」とお申しになられた。后の宮が聞召《きこしめ》し附けられて、中納言があのように疎くはなく思い呆《ほ》れていられるのは、ほんに一とおりに思い難いことに宮も思われるのであろうと、気の毒にお思いになって、二条院の西の対《たい》へお引取りなされて、時々にお通いになるようにと、内々宮に申されたので、女一の宮の御方に、女房という名にしてのことではなかろうか、とお思いになりながら、御不安のなくなるのが嬉しくて、中の君に仰せになるのであった。この様子を中納言もお聞きになって、三条の宮を造り終って大君をお移し申そうと思っていたのに、あの方の御身代りに準《なぞら》えてお逢い申すべきであったのになど、引返してお思いになって心細い。宮の中の君についてお思い寄りになったらしい筋は、ひどく似気《にげ》ないことに思い離れて、大方の後見《うしろみ》は自分でなくて誰がしようかとお思いになっているとか。

▼1　仏前に供える香を載せる香机の四隅に、飾りとして結び垂らす五色の組糸の称。
▼2　糸を繰る台の称。方形の台の上に柱を立てた物。
▼3　女房の伊勢が、七条の后の薨去の時に詠んだ、「より合せて泣くなる声を糸にしてわが涙をば玉に貫かなむ」（伊勢集・古今六帖）で、今、それと同じことをされている所からの聯想。
▼4　紀貫之が、その友の旅立の餞別に詠んだもので、「糸による物とはなしに別路の心細くも思ほゆるかな」という歌。姫君達の心。
▼5　君がする総角結びのように、我も末長い約束を君と結んで、同じ所に寄り合いたいものである。「総角」は、糸の組方の称で、それを比喩として懸想の心を云ったもの。「長き」、「結び」、「よりもあはなむ」は、糸の扱方と恋との双方へ懸けた詞。
▼6　緒に貫こうとしても貫き終えずに脆くも砕ける涙の玉の、それに縁（ちな）みある、短く思われる我が玉の緒であるのに、末長い約束など、何うして結べようか。同じく糸を比喩としての心であるが、それを「緒」と云いかえ、「涙の玉」の「玉」と、「玉の緒」の「玉」とを懸詞にし、「長き」、「結ばむ」は、前の歌と同じく、「緒」と恋とを懸けたもの。一首は、深い悲しみの為に、命も保ち難く思われているのに、末の約束などは思えようかと、懸想の心を拒んだもの。
▼7　「片糸を彼方此方（かなたこなた）によりかけて逢はずば何を玉の緒にせむ」（古今集）

▼8　「まだ知らぬ暁起きの別れには路さへ惑ふものにぞありける」（花鳥余情）
▼9　山里の哀れの知られる声々の鳥の声を、取り集めている夜明け方であることよ。「とり集め」の「とり」は、「鳥」を懸けたもの。
▼10　鳥の声さえも聞えない、世離れた山里だと思っていたのに、世の中の憂い事が尋ねて来たことであるよ。「世の憂きこと」は、薫の懸想を云ったもの。
▼11　この巻の最初に出ている薫との贈答の歌を指したもの。
▼12　催馬楽「総角」の句で、尋は今も用いている丈（たけ）の称で、五六尺。
▼13　飾りの心（しん）にする作り花の称。
▼14　「世の中を憂しといふとも何処（いづこ）にか身をば隠さむ山梨の花」（古今六帖）
▼15　「長しとも思ひぞ果てぬ昔より逢ふ人からの秋の夜なれば」（古今集）。相手次第の意。
▼16　同じ枝を、差別を附けて染めたところの山姫に、何方（どちら）が深い色であると尋ねて見ようか。「山姫」は、紅葉を染める山の女神の意で、ここは大君に擬して、御兄弟で同じ枝のようなものだと、中の君をと云われたが、我はそのような気にはなれないとの意を、極めて婉曲に云ったもの。
▼17　山姫の心は分らないが、色の変っている方が、心深く思うているのであろうか。「山姫」を、逆に薫に擬し「移ろふ方」を、中の君に心が移ったこととして、中の君の方を深くお思いになるのであろうかとの意を、これまた極めて婉曲に云ったもの。
▼18　「堀江漕ぐ棚なし小舟漕ぎ返り同じ人にや恋（こ）ひ渡りなむ」（古今集）。ここは、堀江に、運送船として用いている小舟で、同じ事を繰返して行う比喩。
▼19　女郎花の多く咲いている大野に、人を寄らせまいと防ぎつつ、心狭くも標を結うのであろうか。「女郎花」は、女の比喩で、ここは宇治の姫君達。「大野」は、名所で、ここは宇治の比喩。「標」は、我が所有の意を示す為に縄を張りめぐらすことの称。我を宇治に連れて行かないのは、心狭いことだと恨みをあざけりの形にして云ったもの。
▼20　霧の深く立ち籠めている、あしたの原の女郎花は、心を寄せて見る人にだけ見えることである。「女

郎花」は、前と同じ。「あしたの原」は、名所。心を寄せることの浅いあなたには見られないと、浮気なことを咎めて断ったもので、前と同じく戯れをまじえたもの。
▼21　「行く先を知らぬ涙の悲しきは只目の前に落つるなりけり」（後撰集）
▼22　道案内をした自分の方が、却って帰りに迷うことであろうか。気も晴れずに帰る明方の暗い道であるよ。「かへりて」、「ゆかぬ」は、「道」の縁語。
▼23　我が身と妹君と、それこれを案じて、心を暗くしている私の心を察して下さい。御自分の心柄からの道に迷われるならば。
▼24　「若草の新手枕（にいたまくら）をまき初（そ）めて夜をや隔てむ憎からなくに」（万葉集）
▼25　世間並みのことと思っているのであろうか。露の深い、道の笹原を分けて来たことであるに。後朝（きぬぎぬ）の歌として、心の真実を訴えたもの。
▼26　夜の衣を著ての夫婦寝をし馴れた間だとは云わなくても、或る程度の関係のある間だというかこつけ言くらいは、云うまいと思ってはいない。「馴れ」は、「萎（な）れ」の意で、「衣」の縁語。女が男に顔を見られることは、夫婦関係を結んでの後のことなので、「かごと」はそれを云っているもので、強いても我が心に従わせようと、いやがらせを云ったもの。
▼27　隔てのない心は、夫婦同様通っていようとも、共寝の床に著馴れた袖だとは云うまいと思っていることである。「なれし」は、前と同じ。「袖」は、衣。我はあなたの云うようには思っていないと、拒んだ意。
▼28　「山城の木幡の里に馬はあれど徒歩（かち）よりぞ来る君を思へば」（万葉集・古今六帖・拾遺集）。「徒歩より」は、徒歩で。
▼29　関係の絶えることはないことであるのに、橋姫は、我を待つ独寝の袖を、夜は涙で濡らすことであろうか。「橋姫」は、上に出た。ここは中の君を喩えたもの。「片敷く袖」は、独寝ということを具象的に云ったもので、自分の衣だけを敷いて寝る意。無沙汰をしつつ、相手をあわれむ意。
▼30　絶えることはなかろうと、我が頼みを力にして、宇治橋の長く続くように、長く隔てているあなたを、待ち続けてゆくことであろうか。「宇治橋の」は比喩。「遥けき」は、長く。

▼31　「初時雨ふるの山里いかならむ住む人さへや袖の濡るらむ」（新千載集）。「ふる」は、地名。懸詞になっている。
▼32　何時ぞやも、桜の盛りに一目見た、あの木の下の宮までも、秋はさびしいことであろうか。
▼33　桜こそは、思い知らせていることである。色美しく咲く花も紅葉も、永久の物ではないこの世であるという事を。
▼34　何処をとおって、秋は過ぎて行ったのであろうか。山里の紅葉の下蔭は、我は通り過ぎ難くしているのに。
▼35　昔お逢いした人も世にいらせられないこの山里の岩垣に、心長くも這っていた葛であることよ。「心長く」は、気ながく、又丈も長くの意でのもの。
▼36　秋が過ぎてしまって、寂しさの加わって来た木の下を、吹き過ぎて行くことはするなよ、峰の松風よ。「木のもとを」に、姫君達の住まいを思い寄せて、その寂しさをあわれんだ意。
▼37　「いで人は言《こと》のみぞ好き月草の移し心は色ことにして」（古今集）。下句は、月草の花を衣に摺った色は、格別によくての意。
▼38　女の風俗を画いた絵。
▼39　伊勢物語にある、同腹の兄が、妹に詠みかけた歌の、「うら若み寝よげに見ゆる若草を人の結ばむことをしぞ思ふ」とあるもの。
▼40　若草の根を見ようとは思わないが、その根は、結ばれている気のすることである。というが表面で、裏面は、兄弟のこととて、共寝をして見ようとは思わないが、その美しさを見ると、なつかしさに心が結ぼれたように思われることであるの意で、こちらを主として云っているもの。その上では、「若草の」は、若い妹、「結ぼれ」は、「草」の縁語である。
▼41　伊勢物語の、上の歌の返しとして、妹の詠んだ歌の、「初草のなど珍しき言の葉ぞうらなく物を思ひけるかな」の心で、下句は、同胞の兄のこととて、他意なく、一すじに信じていたことよの意。
▼42　眺めているのは同じ空であるのに、何ういう訳で時雨は、恋しさを増させるのであろうぞ。

▼43 「神無月いつも時雨は降りしかどかく袖湿（ひ）づる折はなかりき」（河海抄）

▼44 霰の降っている深山の里は、朝夕絶えず眺めている空までも、心と共に暗くなりとおしです、時雨ぐらいではありませんの意。

▼45 「湊入りの蘆分け小舟障り多みわが思ふ人に逢はぬ頃かな」（拾遺集）

▼46 仏法の一つの勤行の称で、法華経不経品の中にある「我深敬汝等」云々の偈（げ）を唱えて、広い範囲に亘（わた）り、多くの人にぬかずいて歩くこと。

▼47 霜に冴えている汀にいる千鳥の、寒さに佗びて鳴いている声の悲しく聞える夜明けであることよ。法師の常不経の偈を唱える声の哀れさを、宇治川の千鳥の声に寄せて云ったもの。

▼48 明け方の、羽根に置く霜を払って泣いている千鳥の声よ、歎きをしている私の心を推し知って鳴いているのであるか。

▼49 空が曇って、日影も見えない奥山に、心を暗くしている頃であるよ。「日影」は、「日蔭のかづら」を絡ませてある。宮中の豊明に、五節の舞姫が舞をする時には、礼装として日蔭のかずらを身につけるので、その舞を現したもの。「くらす」は「暮らす」すなわち日を送っている意を懸けてある。一首は、悲しみにとざされて、豊明をゆかしみつつ過している意。

▼50 くれないの色に変って落ちる涙も、その甲斐のないのは、喪服のつもりで著ている我がくれないの衣を染めぬことである。「くれなゐ」は、悲しみが極まると涙が血となる意で、成語。「形見の色」は、亡き人の形見として著る喪服の色で、本来は黒。薫は大君とは夫婦でなかったので、喪服は著なかったが、それを不本意としての心。

▼51 ここは、薄い紅色。服色には定めがあって、薄い紅色は猥（みだ）りに著ることを禁じられており、宮中よりの許しがあって著られたからの称。

▼52 白氏文集の、「遺愛寺鐘欹枕聴、香炉峰雪撥レ簾看」に依ったもの。

▼53 「山寺の入相（いりあい）の鐘の声毎に今日も暮れぬと聞くぞ悲しき」（拾遺集）

▼54 我も後れまいと、空を渡ってゆく月を慕うことであるよ。永久に住んでいるべきこの世ではないので。

「月」を、大君に譬えたもの。
▼55 恋に苦しみぬいて、今は死ぬ薬がなつかしくなったので、それのあるという雪山に入って、この世との関係を絶とうか。「雪の山」は、仏典にある、釈尊の籠った雪山。
▼56 釈尊が、雪山童子であった時、夜叉に法を求められると、夜叉は、「諸行無常、是生滅法」の前半を教え、後半は我餓えていて、物を云うことが出来ないと云ったので、童子は、我が身を汝に与えて食わせようと約束して、「生滅滅巳、寂滅為楽」の後半を教えられ、約束の如くその身を夜叉の口に投じたという故事で、このことを半偈捨身と呼んでいる。
▼57 「誓ひつることの数多になりぬれば千々の社も耳馴れぬらむ」（河海抄所引）
▼58 過ぎ去った時を思出して見ても、あてにはならなかったのに、行末のことなど何で頼めようか。
▼59 行末の世を短いものと思うのであったら、せめて目の前のことだけでも、背かずにいてもらいたいものである。「行末」の意を変えて云い返して、訴えの意としたもの。

早蕨《さわらび》

藪をも差別つけずに立ち返って来る春の光を御覧になるにつけても、中の君は、何《ど》うしてこのようにながらえて来た月日であろうかと、夢のような気ばかりなされる。行き代る季節季節に随《したが》って、花の色鳥の声も、同じ心で起き臥《ふ》し見聞きをしつつ、つまらぬ歌も、本末《もとすえ》と分けて詠《よ》み合い、心細い世の憂さつらさも、話し合い聞かせ合っていたからこそ、慰みになることもあったのだが、今は面白い事もあわれな節《ふし》も、話して分る人もないままに、万《よろ》ずのことに胸が閉《とざ》され心一つを砕いて、父宮のいらっしゃらずなってしまった時の悲しさよりも、稍々《やや》打勝《うちまさ》って姉君の恋しく侘《わび》しいので、何うしたらよかろうかと、明け暮れするのも分らずに途方にくれていられるが、この世に生きている間は定まりのあるものなので、死なれないのも浅ましい。阿闍梨《あざり》の許《もと》から、

「年が改まりましてからは、何《ど》のようでいらせられましょうか。御禱《おいの》りは怠《おこた》りなく勤めております。今では君御一方《おひとかた》の上を、お念じ申上げております」

など申上げて、蕨《わらび》と土筆《つくし》とを面白い籠《かご》に入れて、「これは童《わらべ》が手前に供養いたしました物の初穂《はつほ》でございます」と云って差上げた。手跡はひどく悪くて、歌は強いて詠んだらしく、一字一字離して書いてある。

君にとて数多《あまた》の年を摘みしかば常を忘れぬ初蕨なり▼1

早蕨

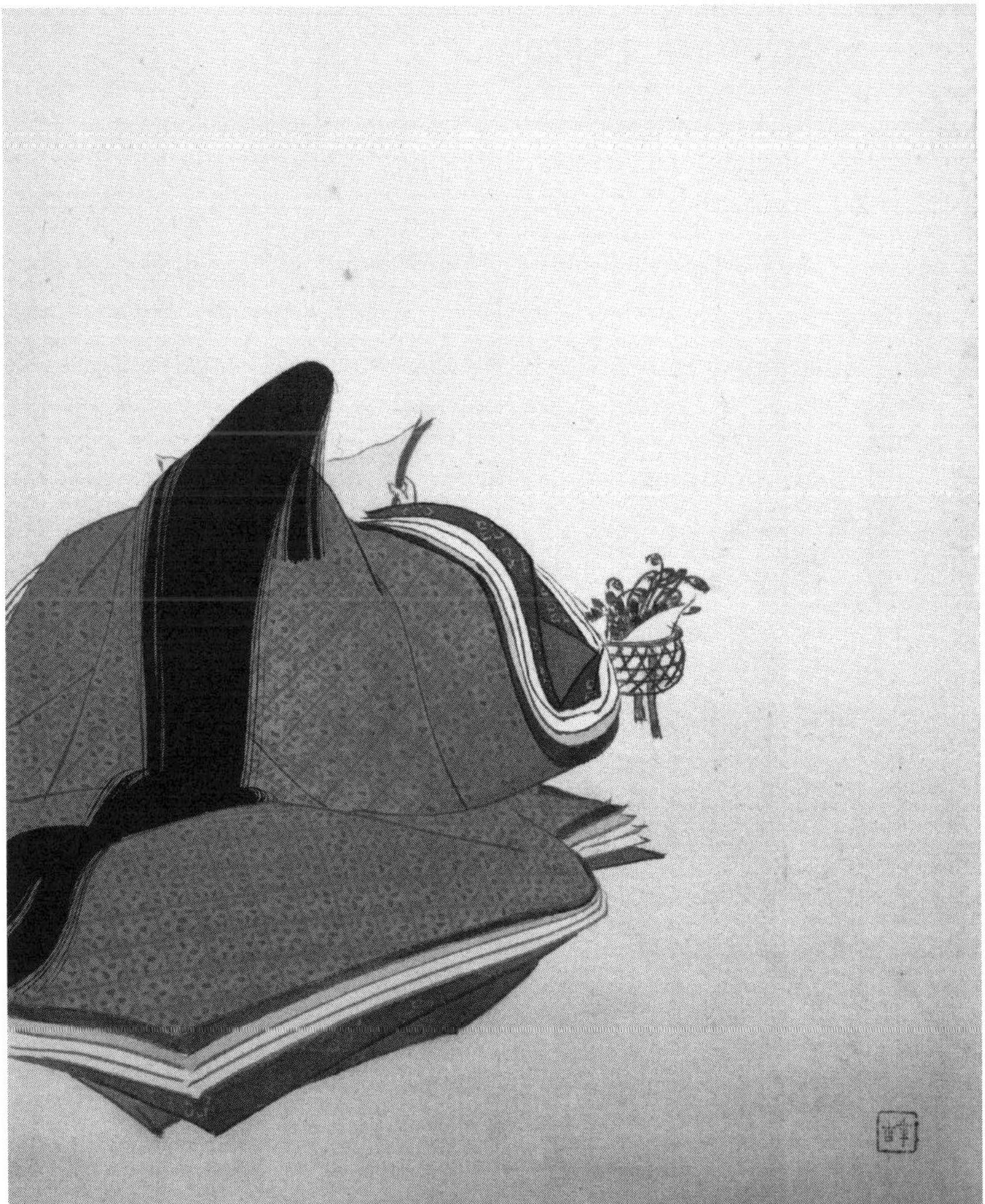

御前《おまえ》でお読み申して下さい。

とあった。大仕事だと思い廻《まわ》して詠んだことであったろうと、中の君はお思いになると、歌の心持もひどく哀れで、いい加減にそれ程にはお思いになっていなかろうと見える言葉を、上手に見る目よくお書き尽しになられる宮のお文よりは、くらべ物にならないまでにお目に留まって、涙もこぼれるので、返事をお書きになられる。

この春は誰にか見せむ亡き人の形見に摘める峰の早蕨《さわらび》▼2

使《つかい》には禄をお遣《つか》わしになられる。

今を盛りにお美しさの多くいらせられる方が、さまざまのお歎きで少し顔痩せしていらせられるのが、ひどく上品に艶《なまめ》かしい御様子がお添いになって、お亡くなりになった方に似ていらせられる。お並びになっていらせられた時は、それぞれのお美しさで、少しも似ていらせられるとは見えなかったのに、忘れては、ふとその方かと思われるまでに似ていらせられるので、「中納言殿が、せめてお亡《なき》骸《から》だけでも留めて置いてお見上げ出来るものならと、朝夕にお慕い申されるようですのに、同じ事ならと思いますが、御一緒になられる御縁ではなかったのですね」と、お見上げ申す女房共は残念がっている。殿の御辺りの人の通《かよ》って来る序《ついで》に、お有様は絶えずお聞《きこ》え交《かわ》しになっていらした。中納言は何時《いつ》までも歎き呆けていらせられて、新しい年だとも云わず、涙がちになっていらっしゃるとお聞きになるにつけても、ほんに一時のお心浅さではなかったのだと、一段と今になって哀れ深くもお思い知りになることである。宮はお越しになることがひどく御窮屈でお出来にならないところから、姫君を京にお移し申そうとお思立《おもいた》ちになった。

内宴《ないえん》などでお忙しい頃を過して、中納言の君は、心にお余りになっていることも、外《ほか》の誰に話す者があろうかとお思いになって、兵部卿の宮の御方に参られた。しめやかな夕暮なので、宮は外をお眺めになって、端近くいらした時である。箏の御琴を鳴らしつつ、例のお心寄せの梅の香を愛《め》でていら

せられる。中納言が梅の下枝を押し折ってお参りになられた匂いが、ひどく艶《えん》に愛でたいので、折面白くお思いになって、宮、

折る人の心に通ふ花なれや色には出《い》でず下に匂へる▼3

と仰しゃるので、中納言、

見る人にかごと寄せける花の枝《え》を心してこそ折るべかりけれ▼4

「煩《うるさ》いことを」と、戯《たわむ》れ合っていらせられるのは、まことに親しい御仲《おんなか》である。細かいお話に移ると、あの山里のことを、先《ま》ず何《ど》んなだろうと宮はお尋ねになる。中納言も、過ぎ去った方の限りなく悲しいこと、最初から終りまで歎きの絶えないこと、折々につけて哀れにも面白くもあったことを、泣きみ笑いみとか云っているようにお話しになると、ましてあのように色めかしく涙脆《なみだもろ》い御癖の宮とて、人の御上でまでも、袖を絞る程におなりになって、話し甲斐《がい》のあるおあしらいをなされるようである。空の模様もまた、ほんに哀れ知り顔に霞《かす》み渡っている。夜になって烈《はげ》しく吹き出して来る風の模様は、まだ冬めいていてひどく寒く、大殿油《おおとなぶら》も消えつ消えつして、『闇はあやなき▼5』たどたどしさであるが互《たがい》に聞きさしにはお出来になるべくもなく、尽きぬお話を十分になされない中《うち》に、夜もひどく更《ふ》けた。

中納言の、世に例《ためし》のあり難かった大君との間の睦《むつ》びを、宮は、「さあ、それにしても、まるきりそうばかりでは無かったでしょう」と、話し残りがありそうにお訊《たず》ねになるのは、押し強いお心癖からのことであろう。それながらも宮は、物がお分りになっていて、歎かわしい心の中《うち》も晴れる程に、一方では慰め、又哀れも諦めさせ、さまざまにお話しになられる御様のよいのに賺《すか》されて、中納言は、ほんに心に余るまでに思い結ぼれていることも、少しずつお話し申上《もうしあ》げたので、云いようもなく胸にゆとりの出来た気がなされる。宮も、中の君を近い中《うち》にお移し申そうとしていることをお話しになるので、中納言は、「まことに嬉しいことでございます。心の足りない私の過ちからだったとお思い申しております、あの諦められませぬ亡くなられた方の形見としまして、他にお尋ね申す人もございませ

んので、一とおりの関係では、何事につけましてもお心寄せ申すべきだと思っておりますが、もしや不都合に思召《おぼしめ》しましょうか」と云って、あの他人だとは思って隔《へだ》てるなとお譲りになられたお心持を、も少しはお聞かせしたが、一緒にお明かしになった夜のことは云い残したことであった。お心の中《うち》では、このように慰め難い形見にも、ほんに自分こそそうしたお扱いもするべきであったと、残念な心が次第に増しては来るが、今となっては甲斐のないことなので、何時《いつ》もこのように未練にばかり思っていたならば、有るまじき心も起って来ることであろう、それでは誰の為《ため》にも味気ない、ばかげたことになろう、と諦められる。さて中の君のお移りになるにつけては、本当に心からお世話を申す者は、他に誰があろうかとお思いになるので、お移りについての用意をなされる。

宇治では、顔のよい若い女房や女の童《めわらわ》などを抱えて、女房達は楽しそうにお引移りの用意をしていたが、中の君は、今はこれまでと、この『伏見』▼6を荒し切ってしまうのは、云いようもなく心細いので、お歎きになられることが尽きないが、そうかと云って又、強いて強情を張って、我慢して籠《こも》っていても甲斐もなさそうなことで、宮も、「浅くはない御縁も、絶え果ててしまいそうなお住まいですのに、何《ど》うするお積《つも》りですか」とばかりお恨みにばかりなるのも、少しは御道理なので、何うしたものであろうかとお思い乱れになっていられる。二月の朔《ついたち》頃にというので、その日が近くなるにつれて、花の木々が萌《きざ》しを見せるのも、残りゆかしく思え、峰の露の立つのを見捨てることも、常世に帰る▼7のでさえもない旅寝のこととて、何《ど》んなに工合《ぐあい》の悪い人笑いのことも起ることだろうかと様々に気おくれがして、心一つに思い明し思い暮していらせられる。御喪服も期限のあることなので、お脱ぎ捨てになるにつけても、心浅い気のなされることである。御母君は、お見上げ申さなかったので恋しいとはお思いにならない。その御代りにも、姉君の衣は色深く染めようと、お心にはお思いになったが、流石《さすが》にそうするべき理由もないことなので、飽き足らず悲しいことが限りない。中納言殿から、御迎いの車、御前駆の人々、祓《はらえ》の事を扱う博士などをお遣わしになった。

はかなしや霞の衣たちしまに花の紐解く折も来にけり▼8

　ほんにいろいろの品をひどく清らかにしてお上げになった。御身の廻りの人々への賜わり物など、事々しくはないものの、品々お心細かにお思いやりになりつつ、ひどく多かった。女房達は、「折につけて、昔をお忘れにならない様でのお心寄せのあるは珍しいことで、兄弟でも、このようにはなされないものでございます」と、姫君にお教え申す。じみな老女房の心には、こうした方面がしみじみと思われて云った。若い女房達は、「時々にお見上げ申し馴れまして、今はと異《ちが》った様におなりになりますので、おさみしくて、何《ど》んなにか恋しくお思いになられましょう」と云い合った。

　中納言御自身は、お移りになるのは明日という日の朝早く、お越しになった。例《いつも》の客亭《まろうどい》の方にいらせられるにつけても、今は次第に物馴れて来て、自分こそは人よりも先に、このようにしようと思い初《そ》めていた事だのにと、大君の世にあられた時の様、仰しゃったことなどをお思出しになりつつ、流石にお嫌いになって、格別に恥《は》じをお掻かせになることはなさらなかったのに、我が心から怪しくも隔てを附けてしまったことであったと、胸の痛くなるまでお思い続けになる。垣間見をした襖《ふすま》の穴も思出されたので、寄って御覧になったが、それと中間の簾《すだれ》が下し籠めてあるので、全く甲斐がない。内の方でも女房達は大君をお思出し申上げつつ、泣顔《なきがお》をし合っていた。中の君は、まして催されて来る涙の流れに、明日のお引越しのこともお思えになれず、呆《ほ》け呆《ほ》けしたようになって眺めて臥《ね》ていらせられるので、中納言は、「月の重なりますのも、何ということもございませんが、気が塞《ふさ》いでおりますので、片端でも打明けて申上げまして、慰めとうございます。例《いつも》のようにはしたなくお隔て下さいますな。一段と異《ちが》った世界のような気がいたします」と申されたので、中の君は、「はしたないとお思われ申そうとは思いませんが、さあ、気分も例《いつも》のようではなく、乱れつづけておりますので、一層つまらぬ間違いでも申してはと、御遠慮されまして」と云って、苦しげになされたが、「お気の毒」でとそれこれの女房が申上げるので、中の襖の口で対面をなされた。まことに極《きま》り悪く思われるまでに艶《なまめ》いて、又今度は整い増《ま》さっていらっしゃると、見る目も驚かれる程にお美しさが多く、人とは異《ちが》った御用意など、ああお立派な人だとばかりお見えになるので、姫君は、面影の離れずにいる亡き方の御事までもお思出しになられて、まことに哀れに御見上げなさる。中納言は、「尽きないお話も、今日は言忌《こといみ》をいたすべきでしょうか」とお云いさしになった。「お移りになります所の近くへ、私も今暫《いましばら》くいたしますと移ることにしておりますので、夜中暁《よなかあかつき》でと親しい者同士はと云っておりますようで、何事のあります折にも隔てなく仰せ下さいましたら、世に居ります限りは、お受け申上げて過したいと存じておりますが、何《ど》う思召《し》しましょうか。人の心はそれぞれな世の中でございますから、何《ど》んなものかとも存じまして、お強い申そうとも思われませんことです」と申されると、姫君は、「宿を離れまいと思います心は深うございますが、近くへなど仰《おっ》しゃいますにつけましても、さまざまに心が乱れまして、物の申上げようもございませんで」と、ところどころ云い消して、ひどく物哀れにお思いになっている御様子など、亡き御方にひどくよく似ている気がなさるので、我が心柄から、余所《よそ》のものにしてしまったと思うと、ひどく悔しくお思いになるが、甲斐もないので、あの夜の事には触れて云わず、忘れてしまったのかと見えるまでにさっぱりとお振舞《ふるまい》になっていた。御前《みまえ》近い紅梅が、色も香もなつかしいのに、鶯《うぐいす》さえも見過しかねるように鳴いて渡るようなので、まして『春や昔の』▼9とお心の乱れ合う同士のお話には、物哀れである。風がさっと吹き込んで来ると、花の香も客人《まろうど》の御匂いも、橘のそれではないが昔の思出される種である。徒然《つれづれ》の紛らしにも、世の憂い時の慰めにも、姉君はお心を留《と》どめて御覧になられたのになど、お心に余られるので、中の君は、

見る人もあらしに迷ふ山里に昔覚ゆる花の香ぞする▼10

云うともなく仄《ほの》かな声で、絶え絶えに申されるのを、中納言は懐しそうに誦《ず》して、返し、

袖触れし梅はかはらぬ匂ひにて根ごめ移ろふ宿や異《ことな》る▼11

怺《こら》えられぬ涙を様よく拭い隠して、中納言は言葉多くはない。「又々やはりこのようにして、何事

も申上げることでございます」とお云い置きになってお立ちになった。お引越しについて注意するべき事を、女房達にお云い置きになる。ここの宿守《やどもり》には、あの髯《ひげ》がちな宿直人《とのいびと》がお仕え申すべきなので、ここの近くの御荘園の者などに、その監督の事を仰せになるなど、実務上の事までもお定めになる。

弁だけは、こうしたお供は思い寄らずに、「命の長いのをひどく辛く思っておりますのに、人も気味わるく思いましょうから、今は生きている者とも人に知られますまい」といって、容貌《かたち》を替えて尼になったのを、中納言は、強いて召出《めしだ》して、ひどく哀れだと御覧になる。例《いつも》の昔話などをおさせになって、「ここへはやはり折々来ましょうが、ひどく頼りなく心細いので、このように残っていられますのは、まことに哀れな嬉しいことです」と、云い続けもされずにお泣きになる。弁は、「厭《いと》いますと勢いづいて延びて参ります命がつろうございますのに、又何《ど》うしろとお思いになってお捨てになりましたことかと姫君がお怨《うら》めしくて、大方の世を歎き沈んでおりますのは、罪障も何《ど》んなに深いことでございましょう」と、思っていた事をお訴え申上げるのが、愚痴ぽくはあるが、中納言はひどくよくお云い慰めになる。ひどく年は寄ったが、昔は美しかったらしい名残の髪を剪《き》り捨てたので、額の辺りの様が変って、少し若くなって、それとして雅《みや》びている。中納言は嘆き侘《わ》びたお心から、何だって大君を、このような様にお替え申さなかったことであったろうか、その為にお命の延びることがあったかも知れない、それだったら何んなにか心深くお話をしていられることであろう、など一方《ひとかた》ならずお思われになって来て、この人までが羨《うらや》ましくなったので、隠れている几帳《きちょう》を少し横へ寄せて、濃《こま》やかにお話しになる。ほんに、すっかりと呆《ほ》けている様ではあるが、物を云っている様子、用意など悪くはなく、身分ある人の名残が見えた。弁、

先に立つ涙の川に身を投げば人に後《おく》れぬ命ならまし▼12

と泣き顔で申上げる。中納言は、「それもひどく罪の深いことです。極楽へ往《い》かれることもありますが、そうは決められませんで、地獄へ沈むことになるのもつまりません。すべて何事も空しいもの

だと悟るべき世です」など仰しゃる。中納言、

身を投げむ涙の川に沈みても恋しき瀬々に忘れしもせじ▼13

何《ど》ういう世に、少しでも慰むことがありましょうか」と、恋しさの果《はて》しない気がなされる。帰ってゆく所もないように眺められて、日も暮れてしまったが、みだりに旅寝をするのも宮の咎《とが》めることだろうかと、つまらないので、お帰りになった。

中納言の仰せになったことを、中の君にお話し申して、弁は一段と慰め難く涙にくれていた。皆の者達は皆楽しい様子をして、物を縫いつつ、老い歪《ゆが》んでいる容貌《かたち》も知らずに、繕《つくろ》い立てているのに、弁は益々窶《ますますやつ》して、

人は皆急ぎ立つめる袖の浦にひとり藻塩を垂るるあまかな▼14

と愚痴を申上げると、中の君、

塩垂るるあまの衣に異《こと》なれや浮きたる浪に濡るるわが袖▼15

彼方《あちら》に住みつくことは、ひどく覚束《おぼつか》ないことに思われますから、様子に依《よ》っては、ここを離れ切るまいと思っていますので、それだと対面も出来ますが、暫くの間でも、心細くして留まっていられるのを残して行きますのは、一段と心の進まないことです。そうした容貌《かたち》の人も、必ず引籠りきりになっているものでもないようですから、やはり普通のことだとお思い做《な》しになって、時々は出て入《い》らっしゃい」と、ひどく懐《なつか》しくお話しになる。亡くなった方のお使いになった然《しか》るべきお道具などは、すべて此《こ》の人にお残し置きになって、「そのように他の者よりも深くお歎きになっているのを見ますと、前世にも格別の御縁があったのだろうかとさえ思いまして、親しく哀れなことです」と仰しゃると、弁は益々童の恋《こ》い泣きをするように、心の鎮めようもなく涙に溺れていた。

座敷を皆掃除し、万事の支度をして、御車を寄せると、御前駆の人々には、四位五位の人がひどく多かった。宮は御自身も、ひどく入らせられたかったが、仰々しくなって、却《かえ》って悪そうなので、唯《ただ》

内々の様にお扱いになって、待ち遠にお思いになっている。中納言殿からも、御前駆の人々を多くお遣わしになった。大体の事は、宮からお指図があったが、細かな内々の事は、唯この殿から、思い寄らない所もなくお仕え申上げる。日が暮れましょうと、内からも外からも御催促申上げるので、姫君はお気忙しく、何方《どこ》へ行くのだろうかと思うとひどく果敢《はか》なく悲しい気ばかりなさるのに、御車に乗っている大輔《たいふ》の君という人が申上げる。

あり経《ふ》れば嬉しき瀬にも逢ひけるを身を宇治河に投げてましかば▼16

と笑顔になっているのを、弁の尼君の心持とはひどくも異《ちが》っていることだと、気まずく御覧になる。

今一人の女房は、

過ぎにしが恋しきことも忘れねど今日はた先《ま》づもゆく心かな▼17

何方《どちら》も年をした人々で、皆あの御方に心をお寄せ申していたようであったのに、今はこのように心を変えて言忌《ことい》み▼18をするのも、厭《い》やな世の中だとお思いになるので、姫君は物もお云いになれない。

道のりが遠く、峻《けわ》しい山路《やまみち》の有様を御覧になると、辛いとばかり思い做されていた方の、御仲の通いに絶間のあったのも道理であったと、少しお分りになられた。七日の月のさやかに出ている光が、面白く霞んでいるのを御覧になりつつ、ひどく遠い路にはお馴れにならず苦しいので、眺められて、姫君、

眺むれば山より出でて行く月も世にすみ侘びて山にこそ入れ▼19

境遇が変って、終《しま》いには何《ど》うなることだろうかと、危くばかり思え、将来が不安なので、年頃で嘆いていたことだったろうと、以前に立ち戻りたいことであるよ。

宵を過ぎて二条院にお著《つ》きになられた。見も知らない有様で、目も輝くような気のする殿造《とのづくり》が、三棟四棟ほど立ち続いている中に御車を引き入れて、宮は早く来ればと待っていらしたので、御車の側に御自身お寄りになられて、下してお上げになる。室内のお飾りなど、出来る限りのことをして、

女房の部屋部屋までお心をお留めになった程が明らかで、まことに申分《もうしぶん》のない様である。何《ど》のようなお扱いをお受けになるだろうかとお見えになっていた有様が、急にこのように御本妻としてお定まりになったので、並々ならずお思いになっていらせられることであろうと、世間の人までも奥ゆかしく思って驚いた。

　中納言は、三条の宮へ、この二十日頃にはお移りになろうとして、此頃《このごろ》は日々にそちらへお出《い》でになって御覧になっていて、此方《こちら》の院に近い所なので、御様子を聞こうと、夜更けるまでそちらにいらしたが、お遣わしになった御前駈の人々が帰って参って、有様を申上げる。宮がひどくお心を入れてお扱いになっていることをお聞きになると、一方では嬉しいものの、流石《さすが》に、我が心ながらもばかばかしくて胸がつぶれて、『物にもがもや』▼[20]と返す返す独言《ひとりごと》が云われて、

　　しなてるや鳰《にほ》の湖《みづうみ》に漕ぐ船のまほならねども逢ひ見しものを▼[21]

と、けちを附けてやりたいことである。

　左の大殿《おおいどの》は、六の姫君を宮にお差上げになることは、この月とお思い定めになっていたのに、そのように意外な人を、この時よりも前にとお思い顔にお冊《かしず》き据えになられて、此方《こちら》には寄り附かずにいらせられるので、大殿がひどく気まずくお思いになっているとお聞きになって、宮は気の毒なので、御文《おんふみ》は時々六の宮にお上げになる。姫君の御裳著《おんもぎ》の事も、世間に響いての御用意であったが、お延ばしになるのも人笑いになることであろうと、二十日余り人にお著《き》せになる。近い血族で珍しげはなくても、あの中納言を余所人《よそびと》に譲るのは残念なので、彼《あれ》を聟にしようか、年頃内々の者にして思っていた人を亡くして、心細く歎いてもいるのでと、お思寄《おもいよ》りになって、然るべき人を介して申入れをなされたが、中納言は、「世の中の果敢《はか》なさを目に近く見まして、ひどく心憂く我が身も厭《いと》わしく思っておりますので、たとい何方《どなた》でもそのようの有様は物憂くございまして」と、気のない由《よし》をお聞きになって、大殿は、「何だってあの君までが、本気になって云い出すことを、辛く扱うことであろうか」

とお恨みになったが、親しい御間柄ながらも、人柄がまことに気の置けるようにいらせられるので、強いてお勧めになることもお出来になれなかった。

　花盛りの頃、中納言は二条院の桜をお見やりになると、住む人のない宿の桜が先《ま》ずお思いやられになるので、『心安うや』▼22と独語に云うに余って、宮の御許《おんもと》にお参りになった。宮は此方《こちら》勝ちにお暮し著《つ》きになって、ひどく好くお住み馴れになっていらせられるので、安心なことだとはお見上げするものの、例の何《な》んとなく気にかかる思いの添って来ているのは怪《け》しからぬことである。しかし本当のお心は、ひどく哀れに安心なことだとお思い申上げている。宮と何くれとお話をなされて、夕方、宮は内裏《うち》へお参りになるとて、御車の装いをして、人々が多く参り集りなどするので、中納言はお立ち出でになって、対《たい》の女君の方へお参りになった。山里での御様子とは引き変えて、御簾の内の奥ゆかしくお住みになっていて、美しそうな女《め》の童《わらわ》の透影《すきかげ》がほのかに見えるのに取次がして、お消息《たより》を申上げると、御褥《みしとね》を差出して、昔の事を知っている女房であろう、出て来て御返事を申上げる。中納言は、

「朝夕の隔てもなさそうに思われますお近間ではございますが、これと申すこともなくて伺いますのは、却って狎《な》れ狎《な》れしいお咎めもあろうかと御遠慮申しております中《うち》に、世の中が変ってしまったような気ばかりいたしますことでございます。御前《おまえ》の桜が霞を隔てて見えますので、哀れなことが多うございます」と申して、お眺めでいらせられる御様子が、お気の毒なので、女君は、ほんに姉君がいらせられたならば、繁々と往復して、互に花の色、鳥の音なども、その折につけつつ愛《め》でて、少しは心楽しく過せる世であるのにと、お思出しになるにつけては、一途に辛抱して籠っていたお住まいの心細さよりも、飽き足らず悲しく残念なことは、今の方が一段と増していることである。女房達も、

「世間並に余所余所《よそよそ》しくお扱いなさいますな。限りない御深切《ごしんせつ》な程を、今こそお分りになっていらっしゃいます様をお目に懸けるべきでございます」と申上げるが、女君は取次ぎでなく、直接に差出て物を申すことは、やはり気が置けるので、躊躇していらっしゃる中《うち》に、宮はお出ましになろうとして、

挨拶にと此方《こちら》へお渡りになった。ひどく清らかに繕って化粧していらして、見る甲斐のある御様である。中納言は此方《こなた》にいらせられたのだと御覧になって、「何だって、ひどく隔てを附けてお据えしているのですか。貴方《あなた》には、余りで怪しいと思う程に、行届いてお世話をなすって下さったので、私に取っては愚かしい事でもありはしないかという気もしますが、流石にむやみに隔てを多くなさるのは、罪をお受けになることです。お近寄りになって、昔話でもなさいまし」と仰しゃるものの、「それにしましても、余り油断するのも、又何《ど》んなものでしょうか。疑わしい内々のお心もありますよ」と、引き変えて仰しゃるので、女君は一方《ひとかた》ならず煩《わずら》わしくはあるが、御自分のお心でも哀れ深く思い知られていたお心を、今になって疎《おろそ》かにするべきではないので、この方の仰しゃっているように、亡き姉君方のお代りにお擬《なぞら》え申して、そのように思っておりますと、お知らせ申したいものだと、お思いにはなるが、流石に宮がああこうと、様々に気にして仰せになるので、苦しくお思いになっていた。

▼1　御邸に献じようと、数多の春摘むことを積み重ねて来ましたので、その仕来りを忘れずにする初蕨でございます。贈物の説明で、型となっていたもの。「摘み」に「積み」を懸けている。

▼2　この春は、誰に見せましょうか。亡い人になされた事の形見として、籠（かたみ）にお摘みになりました峰の早蕨を。「かたみ」は、籠の称でもあるので、それを懸けてある。

▼3　折り取る人の心に似通っている花なのであろうか。表面には出さずして、内心に匂いを包んでいることである。「折る人」を薫に、「花」を中の君に喩えて、関係を結んでいないながら、素知らぬ風を装っていると、内々気をまわしていることを婉曲に云ったもの。

▼4　見ている人に、そのようなこじ付け事を思わせていた花の枝を、我もその積りで、早く折ってしまうべきであった。「見る人」を宮に、「花」を中の君に喩え、あなたがそんな気でいたのだったら、私もそうするべきであったと、云い返したもの。

▼5 「春の夜の闇はあやなし梅の花色こそ見えね香やは隠るる」（古今集）

▼6 「いざここに我が世は経なむ菅原や伏見の里の荒れまくも惜し」（古今集）。「伏見」は故里の意で云ったもの。

▼7 雁は、常世の国の鳥であるとされていた。

▼8 はかない事であるよ。霞の衣を裁（た）ったと見ると、早くも花の紐を解く折が来たことである。「霞の衣」は、春を掌る山姫の衣で、「裁ち」は、「立ち」を懸けてあり、二三句は、霞が立ったの意であるが、それに婉曲に喪服の意を持たせたもの。「紐解く」は、咲く意の成語で、ここは、平常の花やかな衣の意を持たせている。これは「裁ち」と共に衣の縁語。

▼9 「月やあらぬ春や昔の春ならぬわが身一つはもとの身にして」（古今集）

▼10 見る人もあるまいと思われる、嵐に吹き迷わされている山里に、以前を思わせる花の匂いのすることである。「あらし」は、「あらじ」と「嵐」とを懸けたもの。

▼11 亡い人の袖を触れた梅は変らずにあるのに、住んでいる人は根こそぎに皆移ってゆくので、この宿は異（かわ）ったものになるのであろうか。「根ごめ」は、全部の意を、「梅」の縁語として云ったもの。

▼12 何にも先立ってこぼれる老の涙の川に、身を投げたならば、思う人に後れない命であったろうに。

▼13 身も投げられるような我が涙の川にこの身は沈んでも、恋しい多くの事は忘れることはなかろう。「瀬々」は、多くという意で、「恋し」は、小石の意で、共に「河」の縁語。

▼14 人は皆急いで裁っているらしい衣の袖の、その名の袖の浦に、我ひとりは、藻塩の雫を衣から垂らしている海女（あま）であるよ。「袖」は、衣の意と、出羽の国の名所で、懸けたもの。「藻塩」は、製塩の料で、涙の比喩の「あま」は、「海女」と「尼」とを懸けたもの。

▼15 塩を垂らしている海女の衣に異（かわ）ろうか、異りはしない。浮き立っている浪の為に濡れるところの我が袖は。「浮きたる浪」は、心が浮いていて、頼みにならない宮の譬。「濡るる」は、それを悲しむ涙に濡れる意で、その移り気の心細さを、婉曲に比喩化したもの。

▼16 生きていれば、今度のような嬉しい事にも逢うものだのに、身を憂いものにして、宇治河に身を投げ

ていたのであったら。「う」は、「憂」と、「宇治」の「宇」とを懸けたもの。
▼17 亡くなったお方の恋しいことも忘れないが、今日はそれとは違って、又先ず楽しいことであるよ。
▼18 縁起の悪いことは云うまいとして避けることで、ここは、亡くなった大君のことは云わない意。
▼19 眺めていると山から出て空を渡ってゆく月も、世には住み悩んで、又山にはいってゆくことであるよ。「すみ」は、「澄み」に「住み」を懸けたもの。中の君が自身を月に喩えての思いやり。
▼20 「取り返す物にもがなや世の中をありしながらの我が身と思はむ」（伊行釈）
▼21 琵琶湖を漕いでいる船の真帆の、そのまほではないが、我は既に相逢っているものを。「しなてるや」は、「にほ」の枕詞。「鳰の湖」は、近江の琵琶湖。「まほ」は、一ぱいに張った帆で、同時に、「十分」の意を持った語、初句から三句までは「まほ」の序詞。「まほならねども」は、夫婦寝をしたのではないが。「逢ひ見し」は、男女直接に顔を合せるのは、夫婦関係を結んでの後のことなので、夫婦同様であったものをの意。宮に対して、妬（ねたま）しさからいやがらせを独語したもの。
▼22 「浅茅はら主（ぬし）なき宿の桜ばな心やすくや風に散るらむ」（拾遺集）

宿木《やどりぎ》

その頃藤壺の女御と申上《もうしあ》げているのは、故大臣殿の御娘であらせられた。主上《おかみ》がまだ春宮《とうぐう》と申された時に、他の人よりも先に参られたので、睦《むつ》ましく哀れな方の御思いは、格別であらせられたが、その証《しるし》と見える御勢いもなくて年をお過しになられるのに、中宮には、宮達までも多く、揃って大人《おとな》びていらせられるようなのに、そのようなことも少《すく》なくて、唯《ただ》女宮御一方《ひとかた》だけをお持ちになっていらせられた。御自分がひどく残念にも、人に圧倒されていらせられる御運を歎げかわしく思われる代りに、せめてこの宮だけでも、何《ど》うか行末《ゆくすえ》心の慰められる程にしてお見上げ申そうと、お冊《かしず》き申すことが疎《おろそ》かではない。御容貌《おかたち》もまことにお可愛《かわ》ゆらしくいらせられるので、帝も可愛ゆい者にお思いしていらせられた。中宮の御腹の女の一の宮を、世に類《たぐ》いなく御冊《おかしず》きになっていらせられて、大方の世間の覚えの高いには及びようもないが、内々での御有様は殆《ほとん》どお劣りにならない。父大臣《おとど》の御勢いの盛んであった名残が、ひどく衰えてはいないので、女御も格別御不足なこともなくて、お仕え申す女房共の姿を始めとして、油断なくその時々につけつつ、好みをして整えて、派手に故々《ゆえゆえ》しい様にもてなしていらせられた。

宮が十四におなりになる年で、御裳著《おんもぎ》をおさせ申そうとして、春から始めて、専念に御準備になって、何事も普通ではないようにとお思い設けになる。昔から里の家に伝わっている宝物を、こういう折にこそはと捜し出しつつ、限りなくお営みになるのに、女御は夏頃物《もの》の怪《け》でお煩《わずら》いになって、ひどく飽《あ》っけなくお亡くなりになった。云う甲斐《かい》なく残念なことと、内裏《うち》でも御歎きになられる。お心持が情深く、懐かしいところのあった御方なので、殿上人共も「申しようなく心さみしくなりそうなことです」とお惜しみ申す。大方の身分低い女官などまでお偲《しの》び申さない者はない。宮はまして若いお心持で、心細く悲しくお歎き入りになっていると聞召《きこしめ》して、帝は心苦しく哀れに思召《おぼしめ》されるので、御四十九日が過ぎると共に、忍んで内裏《うち》へお参らせになられた。▼[1]日々に宮の御方へ渡らせられて御覧になられる。黒い御衣《おんぞ》に窶《やつ》れていらせられる様は、一層可愛ゆらしく上品な様子が増《ま》さっていらした。お心様もひどくよく大人《おとな》びていらして、母女御よりも、今少しお静かに、重々しい御様子は勝《まさ》っていらせられるので、帝は安心だとはお見上げになるが、実際としては、御里方と云っても、後見《うしろみ》としてお頼みになられるべき、御伯父などといった確《しっか》りした人もない、僅《わずか》に大蔵卿、修理大夫《すりのかみ》などいうのは、女御には異腹《はらちがい》なのである、格別世の覚えも重そうでもない、貴くもない人々を、頼もし人にしてお過しになられるのは、女は心苦しいことが多そうなことで、可哀そうなことだなど、帝はお心一つの事のようにお扱いになるのも、お楽ではないことである。

　御前《おまえ》の白菊が衰え果てて美しい盛りである頃、空の模様が哀れに時雨《しぐ》れて来るにつけても、主上には先《ま》ずその御方にお渡りになられて、亡き女御の事などをお話しになられると、御答《いらえ》はおおようではあるものの幼くなく申上げるので、お可愛ゆくお思いになられる。このような御様を見知ることが出来そうな人で、大切にお扱い申しそうな人が何で無いことがあろうか、朱雀院《すざくいん》が姫宮を、六条院に御譲りなされた折の定めなどをお思出《おもいだ》しになられると、暫《しばら》くの間は、さあ、飽き足りない気のすることである。そのようにはなさらない方がよかろうとお思い申すこともあったが、源《げん》中納言が、人とは格別な有様で、あのように万事を御後見《おんうしろみ》申上げるので、その当時の御覚えも衰えず、貴い御様でお続きになっていらせられるようである。それでなかったら、心にもない事が出て来て、自然人にお軽しめになられることもあったろうなど、お思い続けになって、とにかく御在位の中《うち》に思い定めようと、お思い寄りになる人は、やがてその順序のままに、その中納言の外《ほか》には、よさそうな人は他に無いのであった。姫宮達の御傍らに並べて見ても、何事も劣る点はなかろうし、以前からの思う人を持っていたとて聞きにくいことなど混ぜることはなさそうなのに、結局は嫡妻《むかいめ》を迎えない訳にはゆくまい、そうした事のない前に、そのように仄《ほの》めかそうなど、折々に思召された。

主上は女二の宮と御碁をお打ちになって、暮れてゆくにつれて、時雨《しぐれ》がおもしろい程に降り、菊の色も夕映しているのを御覧になって、人を召して、「唯今《ただいま》殿上には誰々がいるか」とお尋ねになると、侍臣は、「中務《なかつかさ》の親王《みこ》、上野《かんずけ》の親王《みこ》、中納言源《げん》の朝臣《あそん》がお詰めでございます」と奏す。主上は、「中納言を此方《こなた》」と仰言《おおせごと》があって、中納言はお参りになった。ほんにこのように取分けてお召出しになるかいがあって、遠くから薫って来る匂いを始めとして、人とは格別な様をしていらした。主上は、「今日の時雨は、何時《いつ》もより格別長閑《のどか》ですが、遊びなどはふさわしくない折で、ひどく徒然《つれづれ》なので、むだに日をつぶす戯《たわむ》れにはこれが好いことでしょう」と仰《おっ》しゃって、碁盤をお取寄せになり、御碁の相手に召し寄せる。何時《いつ》もこのように、お側近くお馴らし纏わしになるのに馴れているので、今日もそれだと思っていると、主上は、「よい賭物《かけもの》はあるべきですが、これは軽々しくは渡せない物ですから、何にしましょうか」と仰せになる御気色《みけしき》が、中納言には何《ど》のように見えるであろうか。一段と心づかいをしてお勤め申す。さてお打ちになると、三番に二番をお負けになられた。主上は「残念なことだ」と仰しゃって、「先《ま》ず今日はあの花を一枝許す」と仰せになるので、お答を申上げないで、御《み》階《はし》を下りて面白い枝を折ってお参りになった。中納言は、

世の常の垣根ににほふ花ならば心のままに折りて見ましを▼2

とお奏しになる用意は、浅くなく見える。主上は、

霜《しも》にあへず枯れにし園の菊なれど残りの色は褪《あ》せずもあるかな▼3

と仰せになる。このように折々お仄めかしになる御気色《みけしき》を、人伝《ひとづ》てではなく承りながら、例の心癖なので、急いでとも思われない。さあ私の本意でもない、それぞれお気の毒な方々の御事も、全く聞き流しながら年を過して来たのに、今更聖《いまさらひじり》めいた者が世の中に立ち戻るような気のすることだったと思うのも、聊《いささ》か変なことである。殊更《ことさら》に心を尽す人もある事柄であるとは思いながら、后腹《きさきばら》の方でいらしたならばという気のするのは、余りにも身に過ぎたことであった。

この事を左の大殿《おおいとの》は仄かにお聞きになって、六の君はああは云っていてもこの君にこそ遣《や》ろう、渋々であろうとも、本気になって恨み寄ったならば、最後には断りきるまいと思っていたのに、案外な事が起って来そうになったと、妬《ねた》ましくお思いになられたので、兵部卿の君は又、態《わざ》とのことではないが、その折々につけつつ、心あるさまに仰せになることが絶えなかったので、ままよ、たとい等《なお》閑《ざり》の御好色事《おすきごと》であろうとも、然《しか》るべき御縁があって、お心の留まるようなことも何で無いことがなかろうか、水も漏らないように思い込んだとしても、身分低い者と縁を組み下げることは又、ひどく人目が悪く、不足な気がするだろうと、お気が変って来た。女の子の始末は気が気でない末世で、帝でさえも聟をお捜しになるらしい世に、まして常人《ただびと》の娘で盛りの過ぎるのは困り者だ、など悪口らしく仰しゃって、中宮に本気にお恨み申されることが、度《た》び重なったので、中宮もお聞き苦しくなって、宮に、「お気の毒に、あのように本気になって、お思込みになって年も経っていますのに、生憎《あいにく》にお遁《に》げになられますのは、情のないことのようです。親王《みこ》達は、御後見《おんうしろみ》次第で、いろいろになるものです。主上の御代《みよ》も終りになって来たとばかり仰しゃっていらっしゃるようですのに、常人《ただびと》こそ、本妻が定《きま》りますと、他に心を分けることはむずかしいようですが、それでさえ、あの大臣《おとど》がひどくまじめらしくしていながら、彼方此方《あちらこちら》羨《うらや》みのないように扱っていらっしゃるではありませんか。まして貴方《あなた》は、主上のお望みになっていらっしゃいます事が叶いましたなら、何人お侍《さぶら》わせになりましても何てことがありましょうか」と、何時《いつ》になく言葉を続けて、尤《もっと》もなようにお話になられると、宮は御自身のお心にも、もともと厭《い》やだともお思いにならないことなので、達《た》っては、何であるまじき様には申されようか。唯《ただ》ひどく几帳面《きちょうめん》らしい辺りに取籠《とりこ》められて、気楽にお暮し馴れになっている有様が窮屈になる事を、何となく苦しくお思えになるので、それが物憂いのであるが、ほんにあの大臣《おとど》に、余り怨《うら》まれきってしまうのも工合《ぐあい》が悪かろう、など次第にお心が弱って来たことであろう。浮気なお心なので、あの按察《あぜち》の大納言の、紅梅のお部屋の方もまだお思い切りにはならず、花紅葉につけて物をお云い続けになって、何方《どちら》をもゆかしくお思いになっていた。しかしその年は変った。

　女二の宮も御喪服のことが終ったので、一段と何事に御遠慮がいろうか。「そのように御申出《おもうしい》でになればと思召していらっしゃる御気色《みけしき》でございます」と、お告げする人々もあるので、中納言は余り知らぬ顔をしているのも、偏屈なようで失礼なことであると心をお引き立てて、然るべき機会を見て、その気《け》ぶりを申上げる折々もあるが、はしたない様などには何でなさろう。その頃にと御予定になっていられるようであると人伝てにも聞き、自身にも御気色を見たが、心の中では、やはり飽っけなくお亡くなりになってしまった人の悲しさばかりが、忘れられる時もなく思われるので、つまらぬことだ、あのように縁深くいらした人が、それでいて何であのように疎《うと》く終ったのであろうかと、解らぬことに思い出される。卑しい身分の者であろうとも、あの方のお有様に少しでも似ているような人には、心が留まることであろう、昔の世にあったという香《こう》の煙につけてでも、今一度見たいものである、とばかり思われて、貴いお方《かた》の方《ほう》へは、早くなど急ぐ心もない。

　左の大殿では御婚儀を急いで、八月頃にと申上げられた。二条院の対《たい》の御方は、その事をお聞きになると、思った通りである、何でそういう事がなくていよう、物数《ものかず》でもない身分だから、きっと人の笑い物になる時があろうと、思い思い過して来た仲である、浮気なお心であると聞き通して来たので、頼もしげなく思いながらも、お逢いしていると、格別辛そうなところも見えず、しみじみと深い約束ばかりなされるので、俄《にわか》にお変りになる当座は、何で安らかな気など出来よう、常人《ただびと》の間柄のように、すっかり名残もなくなる事などはなかろうが、何《ど》んなにか苦しげな事が多くなろう、やはりひどく不運な身であろうから、結局は山住みに帰るべきであろう、などお思いになるにつけても、あのまま続いて山住みになっていたよりも、山賤《やまがつ》の待ち取る者も笑い物にする事であるとお思いになり、返す返すも、故宮のお言い遺《のこ》しになった事を違えて、草の中を離れて来た軽率さを、極《きま》り悪くも辛くもお思い知りになられる。故姉君は、ひどく取りとめなく、もの果敢《はか》ないようにばかり、何物をもお考えになっていたが、心の底の確《しっか》りしたところは、この上なくていらしたことであった、中納言の君が、今でもお忘れになる時がなく、歎き続けていらせられるようだが、若《も》し姉君が世にいらしたならば、又このようなお思いをなさる事があったかも知れない、それをひどくお心深く、何《ど》うかしてそのようにはなるまいとお思い入りになって、ああもこうもとお遁げになることをお思いになって、お姿をも変えようとなされたのであった、必ずそうした様におなりになっていられることであろう、今になって思うと、何という確《しっか》りした御決心であったろう、亡き御霊《みたま》達も、私を何というこの上もない軽率者だと御覧になるであろうかと、極りわるくも悲しくもお思いになるが、何になろう、無駄な事であるから、こうした気持はお見せ申すまいと、お怺《こら》え返しつつ、お聞きにもならない様をして過していられる。

宮は平常よりも、優しく懐《なつか》しく起き臥《ふ》しお話をしお約束をしつつ、この世だけではなく、後の世の事までも頼みにおさせになる。それというがこの五月頃から、女君は普通ではない様で悩ましくなさることがあったからである。ひどくお苦しがりにはならないが、平常よりも召上《めしあが》り物が一段と少《すくな》く、臥《ね》てばかりいらせられるのを、まだ懐胎した人の有様など、よくはお見知りにならないので、唯暑い頃なのでこのようにいらせられるだろうとお思いになっていることである。流石《さすが》に変だとお咎《とが》めになることもあって、「何《ど》んな風なんです。妊娠している人はそのように悩むものですが」と仰しゃる折もあるが、女君はひどく極りわるそうにして、さりげない様ばかりをしていらっしゃるのに、差出《さしで》て申出す女房もないので、確かには御存じになれない。

八月になると、女君は婚礼の日取などは余所《よそ》から伝え聞かれる。宮は、隔《へだ》てを附けようとではないが、それを云い出すのが心苦しく可哀そうに思われて、そうとも仰しゃらないのを、女君はそれをまで心憂くお思いになる。内々の事ではなく、世間全体が知っていることだのに、その日取さえお話にならないことを思って、女君は何《ど》うして怨めしくないことがあろう。女君が此方《こちら》へお移りになっての後は、宮は特別の事がなければ内裏《うち》へお参りになっても夜泊ることはなされずここかしこの御夜泊《よどま》りなどもなかったので、俄のお独寝《ひとりね》を女君は何《ど》うお思いになろうかと、宮は心苦しさの紛らわしに、この頃は時々は、御宿直《おんとのい》と仰しゃって内裏《うち》へおん参りなどされつつ、予《かね》てからお馴らし申すのをも、女君は唯辛い方にばかりお取りになることであろう。

中納言殿も、中の君がまことにお可哀そうなことだとお聞きになって、移気《うつりぎ》にいらせられる宮のことなので、女君を可愛ゆいとお思いになろうとも、新しい方にお心の移ることであろう、大殿《おおいどの》は、ひどく手厳しくなさる家風なので、斟酌《しんしゃく》なくお引留めなさったならば、女君には、月頃そのようにはお馴れにならないので、待つ夜の多くお過しになるのは、お可愛そうである、などお思い寄りになるにつけても、つまらない我が心であるよ、何だって宮にお譲り申したことだろう、亡き君に心を打込んでの後は、大方の世間のことは思い捨てた澄みきった方面の心は濁り初めたので、唯あの方の事ばかり、ああこうと思いながらも、流石にあの方が得心なさらないことは、初めから思った本意に違うことだろうと憚《はばか》りつつ、唯何うかして少しでも哀れだとお思いになって、お打解けになった御様子を見ようと、将来の予想ばかり思い続けていたのに、あの方は思うようではない扱いをされて、流石にさっぱりと刎《は》ねつけることもお出来になれなさそうに、同じ身だと云い做《な》して、本意ではない方をお向けになられたのが、口惜《くや》しく怨めしかったので、先《ま》ずその計画を違えようと思って、お取持《とりもち》をした事であったなど、無理にも女々しく物狂わしく宮を連れて歩いてお誑《たぶら》かし申したことを思出すと、まことに怪《け》しからぬ心であったと、返す返すも悔しいことである。宮も、それにしてもあの時の事をお思出しになったならば、私の聞くところも少しは御遠慮にならないということがあろうか、と思うと、さあ今では、あの時の事などは、てんでお云い出しにもならないようである、やはり浮気な方が勝ち、心の移りやすい人は、女の為《ため》ばかりではなく、頼もしげがなく、軽々しい事も起りそうであると、宮を憎く思い申上げる。御自分の誠に余りにもお一方《ひとかた》に凝《こ》っている性分から、人はひどく云いようもなく浮気に見えるのであろう。あの御方《おんかた》を空しい人にお見做しした後の心には、帝の御娘を賜わろうと思召しになられることも、嬉しくはなく、中の君を得られたならばと思う心が、月日に連れて募って来るのは、唯あの方の御由縁《ゆかり》だと思うので、思い離れ難いからである。姉妹という中でも、限りなく思い合っていらしたので、最期となられた果てにも「残っている人と私と同じことだとお思い下さい」と云われて、「何事も気に入らないことはありません、唯あの思い込んでいましたことをお変えになっただけが、残念な怨めしいことで、この世に念の残ることです」と仰しゃったものを、御《み》霊《たま》は天翔《あまかけ》っても、このような有様につけても、一段と辛く御覧になることであろうと、つくづくお心からの独寝をなさる夜々は、ちょっとした風の音にも目ばかり覚めつつ、過ぎ去った人行先《ゆくさき》の人の上までも、味気ない世を思いめぐらされる。仮初《かりそめ》の慰めに物を云い懸け、側近く使い馴らしていられる女房の中には、自然憎くなくお思いになる者もあることだろうか、真から心に留まっているもののないのは、さっぱりしたものである。しかし、あの君達《きんだち》の御身分に劣りそうもない階級の人々も、時世に随《したが》いつつ零落して、心細そうな住み方をしている者を、尋ね取りつつお使いになっているのも、ひどく多くあるが、今はと世を背き離れる時に、この人だけはと取り分けて、心に留まる絆《ほだし》になる程のことはなくて過ごそうと思う用意が深かったのに、ああこのように悪く、我が心ながら埒《らち》もなくなっていることであるよ、など、平常にも増《ま》さって全く微睡《まどろ》みもせずにお明かしになった朝《あした》に、霧の籬《まがき》に、花のいろいろが面白く見渡される中に、朝顔のはかなげにして混じっているのが、やはり格別に目に留まる気がなされる。『明くる間咲きて』[4]とか云って、無常な世に擬《なぞら》えるのが、心苦しく思われるからであろう。格子を上げたままで、ひどく仮初な様でお臥《やす》みになりつつお明かしになったので、この花の開くところをも、唯一人で御覧になったことである。

人を召して、「北の院[5]に参るから、仰々しくない車を出させなさい」と仰しゃると、「宮は昨日から内裏《うち》にいらせられますことです。昨夜お車を持ち帰りました」と申す。「それでもいい、あの対の御方がお悩みになっているのを、お見舞申そう。今日は内裏《うち》へ参るべき日だから、日の闌《た》けない前に」と仰しゃって、御装束をなされる。お出ましになると共に、下りて花の中に立ち交られた御様は、格別に艶《えん》めいた色めかしい御様子はなさらないが、不思議にも、唯見るからに艶《なまめ》かしく極り悪く思われて、ひどく様子ぶる色好みなどに擬《なぞら》えるべきではない。自然に美しくお見えになることである。朝顔を引寄せられると、露がひどくこぼれる。

今朝の間の色にや愛《め》でむ置く露の消えぬにかかる花と見る見る[6]

「果敢《はか》ないことよ」と独言《ひとりごと》を云って、折ってお待ちになった。女郎花《おみなえし》の方は見過ごしてお出になられたことである。明け離れるにつれて、霧の立ち満ちている空が面白いのに、女房共はしどけなく朝寝をしていられるであろう、格子や妻戸を叩いて案内を頼むのは初々しいことである。早朝に早くも来たことであると思いながら、お供の人を召して、中門《ちゅうもん》の開いている所からお見せになると、「お格子はみんな上っているようでございます。女房の起きている様子でございました」と申すので、御車から下りて、霧の深い中を様よくお入りになって行くのを、女房は、宮が忍んでの所からお帰りになったのであろうかと見ると、霧に湿っていられる薫が、例のひどく人とは異《ちが》って匂って来るので、「やはりひどく目ざましくいらっしゃることです、お心を余りに引締めていらっしゃるのが憎いことですね」など、埒《らち》もなく若い女房などは云い合った。女房は驚いた様子もなく、程よく衣ずれの音をさせて、お褥《しとね》を差出しなどする様も、ひどく見よい。中納言は、「これに居よとお許しになりますことは、人並の者のような気がいたしますが、やはりこのように御簾《みす》の外に、お隔てになります憂わしさから、度々《たびたび》は伺えないことです」と仰しゃるので、女房は、「それでは何《ど》のようにいたせば宜《よろ》しゅうございましょうか」と申上げる。「奥の方などその隠れた所です、私などのような年寄に似合わしい休息所は。それも又唯お心次第のことですから、お訴え申すべきではありません」と云って、長押《なげし》に押懸《おしかか》っていらせられるので、例の女房共は女君に、「やはり彼所《あすこ》までは」と、おそそのかし申す。以前から逸《はや》り立って男らしくなどはないお人柄なのに、愈々《いよいよ》しめやかに振舞《ふるま》って落ちついていらせられるので、今は御自身物を申されることも、次第に悪く気の置けたのが次第に少しずつ減って来て、面《おも》馴《な》れなされて来た、悩ましくなされる様を、中納言は「何《ど》んな御様子で」とお尋ねになるが、中の君は捗々《はかばか》しくは御返事申さず、平常よりも沈んでいられる御様子のお気の毒なのが、哀れに推量されるので、中納言は細々《こまごま》と夫婦関係でお心得になるべき事を、兄弟などの間でするように、教えたり慰めたりなさる。中の君の声なども格別姉君に似ていられるとは思わなかったのだが、不思議なまでに唯そっくりに思われるので、人目が見苦しくさえなかったならば、簾《すだれ》も引きあげて、さし向いで物も申したく、悩んでいられるお顔も見たく思われるのも、やはり世の中に物思いをしない人は、あり得ないのであろうかと、お思い知りになることである。中納言は、「他人に引けを取りませず栄華に暮せる方は出来ませんでも、心に不足を持ち、歎かわしく身をもて悩むようなことはなくて過して行かれる世の中だと、自分では思っておりましたが、心柄で、悲しいことも、愚かしく口惜《くや》しい物思いも、それこれ安からずいたしておりますことはまことに埒もないことでございます。官位《つかさくらい》などいいまして、大切にしております当然のことにつけて歎きをします人よりも、此方《こちら》の方が今少し後生の罪の深さが多いのではなかろうかと思われます」など云いつつ、お折りになっていた花を扇の上に置いて見ていらしたが、次第に萎《しお》れてゆくのが、却《かえ》って色の調子が面白く見えるので、そっと簾の内へ差入れて、中納言、

よそへてぞ見るべかりける白露の契りか置きし朝顔の花▼7

を、態《わざ》と心して扱ったのではないのに、露を落さずに持っていらしたのだと思うと、中の君には、面白く見えるが、露のまま枯れてゆく様子なので、中の君、

消えぬ間に枯れぬる花のはかなさに後《おく》るる露は猶《なお》ぞ勝《まさ》れる▼8

「何を頼りにしまして」と、ひどく忍んで言葉も続けずに、慎ましげにして、お云い消しになるところが、やはりひどく大君に似ていらっしゃることだと思うと、中納言には先ずそれが悲しいことである。中納言は、「秋の空はふだんよりも一段と寂しさが勝りますことで、徒然《つれづれ》の紛らしにもと思いまして、先頃宇治へ行きましたが、庭も籬もまことに一段と荒れ果てておりましたので、堪《たま》らないことが多うございました。故六条院▼9のお薨《かく》れになった後、二三年程の晩年を、世を背いていらせられました嵯峨《さが》の院も、六条の院も、さし覗きます人は、悲しさに心の鎮めようもなかったことでございました。木草の色につけましても、水の流れに添えましても、涙にくれてばかり帰ったことでございました。あの御辺りにお仕え申していた人は、上下《かみしも》共心の浅い人はないことでございました。そちこちの御殿に集まっていらっしゃいました御方々も、みんな方々《ほうぼう》に別れ散りまして、それぞれ世を捨てたお暮しをなされたようなので、はかない身分の女房も又、まして心の鎮めようもない気がしますままに、分別も附かない心に任せまして、山や林に入りまじり、何ということもない田舎者《いなかもの》になりますなど、可哀そうに惑い散ってゆく者が多いことでございました。さて却って皆荒らし切りまして、忘れ草が生えました後に、あの左の大殿《おとど》がお移りになって住み、宮達も方々お住みになりましたので、昔に立ち帰ったようでございます。そのような世に類いなく悲しいことに見ました事も、年月《としつき》が立ちますと、諦めのつく時の出て来るものだと見ますと、ほんに悲しみも限りのあるものだと見えましたことでございます。こうは申しますものの、その昔の悲しさは、まだ物ごころの附きません頃だったので、ひどくそれ程には身には沁まなかったのでございましょうか。やはりあの近い頃の夢の方が、覚ますべ

き術《すべ》もないように思われますのは、同じように、世の無常な悲しみですが、罪障の深い方は勝《まさ》っているのではないかと、それさえも辛いことでございます」と仰しゃって、お泣きになる様が、まことにお心深そうである。亡くなられた姉君をさして深くはお思い申さない人でも、この君のお思いになっている御様子を見たならば、そぞろに尋常ではいられなかろうに、まして御自分も心細くお思い乱れになっているにつけて、一段と平常よりも、御面影が見えて恋しくお思い申す心なので、今少し涙を催されて、物もお云いになれず、涙を抑えかねていられる御様子を、互《たがい》にひどく哀れをお思い交しになる。女君は、『世の憂きよりは』▼10など人の云いましたのも、そのように思い較《くら》べます心も格別なくて、年頃は過しておりましたが、今はやはり何《ど》うか静かな様で過したいと思いますが、流石《さすが》に思うようにもならないらしゅうございますので、弁の尼が羨《うらやま》しいことでございます。この二十日過ぎには、あの近間の寺の鐘の声も聞きたい気がいたしますが、忍んでお連れ下さいませんでしょうかと、お伺いしたいと思っておりました」と仰しゃるので、中納言は、「荒すまいとお思いになりましても、何うしてもそれが手軽に動けます男でさえ、ひどく往来《ゆきき》に骨の折れます山道なので、思いながら月日も隔てております。故宮の御忌日は、あの阿闍梨《あざり》に、然るべきようにみんな云い置きましてございます。あの御邸《おやしき》はやはり尊い寺にお変えなさいましよ。時々見ますにつけて、心惑いの尽きないのも詮ない事ですから、罪障を消す形に変えたいと存じますが、他に何か思召《おぼしめし》がございましょうか。何方《どちら》なりともお決めになりますに随って扱いましょう。いたすべきように仰しゃって下さいまし。何事も隔てなく承りますのが本懐でございます」と、まじめな方面のことを申される。経仏などのことを、姫君にはその上にも御供養なさることであろう、このような序《ついで》にかこつけて、姫君はそっと彼処《あすこ》に籠《こも》ろうとお志《こころざ》しになる様子なので、中納言は、「とんでもないことです。やはり何事も心のどかにお思いなさいませ」とお教え申上げる。日が出て来て、人々も参り集まって来るので、余り長居をするのは疑われそうなことなので、お帰りになろうとして、中納言は、「何処《どこ》へ参りましても御簾の外には居馴れませんので、工合の悪い気がいたしますことで。追って又このようにしてでもお目に懸りましょう」と云ってお立ちになった。宮が、何だって自分の居ない折に来たろうかと、お思いになりそうなお心なのも面倒なので、侍所《さむらいどころ》の別当である左京の大夫を召して、「昨夜《ゆうべ》御退出になったと承って参ったのですが、お留守の間であったのが残念ですから、内裏《うち》へ参りましょうか」と仰しゃると、「今日は御退出になりましょう」と申すので、「それでは夕方にでも」と云ってお出になった。

猶《な》お中納言は、中の君の御様子やお有様にお接しになる度毎《たびごと》に、何だって自分はお亡くなりになった方のお志に背いて、思いやりしないことをしたのであろうと、後悔する心ばかり募って、心に懸って気むずかしく、何という自由にならぬ心だろうかと、お思いかえしになる。その時から続けていまだに精進で、一段と勤行ばかりをされつつ、明し暮していられる。母宮はまだひどく若くおおようで、しどけないお心にも、殿のこうした御様子を、ひどく危く気味悪くお思いになって、「私はこの先幾《いく》らもありますまいから、お見上げ出来ます間は、甲斐のある様をお見せ下さい。世の中をお捨てになりますのも、こうした身をしていてはお妨げ申すべきではありませんが、この世にいます中《うち》は、張合いのない気のする歎きから、一段と罪を得ましょうか」と仰しゃるのが、有難《ありがた》くもお気の毒でもあって、殿は何事も思い消しになりつつ、御前《おまえ》にいる時は物思いのない様を装っていらっしゃる。

左の大殿《おおいどの》では、六条院の東の大殿を磨き飾って、限りなく万端を整えてお待ち申しているのに、十六夜《いざよい》の月が次第に上って来るまでも宮がお越しにならないので、深くはお気に入らない御縁組とて、何《ど》んなであろうかと不安にお思いになって、御催促をなさると、「この夕方内裏《うち》から御退出になられまして、二条院においでてございます」と人が申す。お思い人がいらせられるのでと、気が揉めるが、今夜を過しては人笑われになることなので、御子《おんこ》の頭中将《とうのちゆうじよう》を使《つかい》として申上げる。大臣《おとど》、

大空の月だに宿るわが宿に待つ宵過ぎて見えぬ君かな▼11

宮は、決してこれから行くのだとは対《たい》の君に見られまい、気の毒だとお思いになって、内裏《うち》においい

でになったが、対の君に御文《おんふみ》をお遣《つかわ》しになった、その御返事が何《ど》のようなものであったろうか、やはりひどく哀れにお思いになられたので、忍んでお帰りになったのであった。可愛らしい有様を見捨てて、お出懸けになれそうな気もなさらず、お可哀そうなので、様々にお約束事をなさりつつ、慰めかねて、一緒に月を眺めていらせられた時であった。女君は日頃から様々にお思いになることが多くあったが、何《ど》うか気振《けぶ》りには出すまいと、いろいろに怺《こら》え返しつつ、平気な様をしていらせられたことなので、このお使を格別聞き咎めもなさらない様に鷹揚《おうよう》に振舞っていられる様が、宮にはひどく哀れである。中将のお参りになるのをお聞きになって、宮は流石にそちらもひどく気の毒なので、お出懸けになろうとして、女君に、「やがて直《す》ぐ帰って来ましょう。一人で月を御覧になりますなよ。ぼんやりしていられるのでひどく苦しいことです」とお云い置きになって、何だか工合が悪いので、物蔭の方から寝殿へお越しになる御後姿を、女君は見送るにつけ、とやかくとは思わないが、唯枕も涙に浮きそうな気がするので、思う儘《まま》にならぬものは心であることだと、我ながら思い知られる。幼い頃から心細くあわれな御身共であって、世の中を心に留めている様でもいらせられなかった父宮御一方《おひとかた》を頼みになされて、ああした山里に年を過したが、唯何時《いつ》ということもなく徒然《つれづれ》で物凄くはあるものの、ひどくこのように身に沁みて世の中を憂いものだとは思いも知らなかったので、打続いての呆れた御事共を歎いていた頃は、世に生き残って片時もいようともお思いにならず、恋しく悲しいことでは類いもあるまいと思ったのに、命が長くて今まで長らえていると、他人の思っていた程度よりは人《ひと》数《かず》にも入るような有様になったので、長続きすることは思わないが、お逢いしている間は憎くはなさそうなお心持やお扱いなので、次第に歎きも薄らいで過して来たのに、今度の事についての身の辛さは譬《たと》えようもなく、これが最後と思われる事柄なのである、まるきり世にお亡くなりになった方々に較べると、そうなったにしても、この方は時々は何でお目に懸れぬことがなかろうと思うべきであるが、今夜このように見捨ててお出になられる辛さに、後前《あとさき》が皆かき乱されて、心細さが云おうようもないので、我が心ながら紛らしようがなく、心憂いことであるよ、自然生き長らえていたならばなどと、慰めになることを思うと、一段と『姨捨山の月』[12]ばかり澄み登って来て、夜の更《ふ》けるにつれてさまざまにお思い乱れになる。松風の吹いて来る音も、あの荒々しかった山下しに思いくらべると、ひどく落着《おちつ》いた懐しいお住まいであるが、今夜はそうもお思いになれず、椎の葉の音よりも劣った気がする。

山里の松の蔭にもかくばかり身にしむ秋の風はなかりき[13]

過ぎ去った方はお忘れになってのお歌であろうか。老女房共は、「もうお入りなさいませ。月を見るのは縁起のわるいことでございますから、ほんのちょっとしたお菓物《くだもの》さえも召上りませんので、何《ど》うおなりになることでございましょう。まあ見かねますことで。気味わるく思い出されますこともございますので、ほんとに堪《たま》らないことでございます」という。若い女房共は、「辛い世の中です」と歎いて、「さああの御事ですよ。それにしても、このまま疎《おろそ》かにはよもやなさりきりますまい。何をしましても、前《もと》から深く思い初《そ》めました仲は、跡かたなくはならないものです」など云い合っているのも、いろいろで聞きにくくて、女君は、今は何うあれこうあれその事については云ってもらいたくない、なさるままにして見ていようとお思いになるのは、人には云わせまい、唯一人でお恨み申していようとするのであろうか。女房は、「さあ、中納言殿の、あれ程哀れなお心深さでしたのに」と、その頃の人々は云い合って、「人の御縁は不思議なものでしたね」と云い合った。

宮は、ひどく心苦しくお思いになりながらも、色めかしいお心は、何うか愛《め》でたい様に思われようと心ときめきして、たまらぬまでに香《こう》を焚きしめられた御装いは、申しようもない。お待ち受けになっていられる方のお有様も、ひどく美々しいものであった。姫君のお体は、小柄で可愛らしくなどいうのではなく、程よく発育している気がなさるので、何《ど》んなであろうか、仰々しくてきっぱりとしていて、心持なども、柔《やわら》かなところはなく、誇らしげでもあろうか、それだと厭《い》やなことであろうなどお思いになったが、そのような御様子ではなかったのか、お心疎かにはお思いにならなかったことであった。秋の夜ではあるが、更けてから入《い》らした故か、程もなく明けた。

宮は、お帰りになっても、対へは直ぐにはお渡りにならず、暫《しばら》くお臥《やす》みになって起きてから、後朝《きぬぎぬ》の御文をお書きになる。「御機嫌がお悪くはないようですね」と、御前《おまえ》の女房共は突つき合う。「対の御方はお気の毒なことです。いかに公平なお心にしましても、自然お気圧《けお》されになることもございましょう」など、一とおりならず、皆馴れてお仕えしている人々なので不安に思って云う事などがあって、すべて皆くやしいことを云うことであった。宮は、六の君の御返事は此方《こちら》で見ようとお思いになったが、一夜《ひとよ》の隔ての不安も、平常の隔てとはちがって何《ど》んなであろうかと気の毒なので、急いでお渡りになる。宮は寝くたれてのお容貌《かたち》が、ひどく愛《め》でたく見所があってお入りになられると、女君は臥《ね》ているのも変なので、少し起き上っていらせられると、涙に赤らんでいられる御顔の色など、今朝は格別にも美しさが勝《まさ》ってお見えになるので、宮は訳もなくに涙ぐまれて、暫くそのお顔を見守っていらせられると、女君は極りがわるくお思いになって、俯伏《うつぶ》しにおなりになられると、髪のかかり工合、頭の恰好など、やはりひどく稀《ま》れなもののようである、宮も、何となく工合が悪くて、細々《こまごま》しいことは、直ぐにはお云い出しになれない、てれ隠しからであろうか、「何《ど》うしてそのように悩ましい御様子ばかりなのでしょう。暑い間のことだとか仰しゃったので、早く深くなればと待っていましたのに、やはり晴れ晴れしくならないのは見かねることですよ。様々させていることも、不思議にも験《げん》のない気のすることです。それにしても、祈禱は又延ばした方がよいでしょう。験《げん》のある僧がほしいのですね。某《なにがし》僧都《そうず》を夜居《よい》にお附け申すべきでした」というような、真面目なことを仰しゃると、こうした方にも口前《くちまえ》の好いのを、面白くなくお思いになるが、まるきり御返事を申さないのも悪いので、「以前も、妙に人と違った有様で、こうした折がございましたが、自然《ひとりで》に治りましたので」と仰しゃると、宮は、「ひどくよく綺麗な物云いをなさいますね」と笑って、懐かしく愛嬌のあることは、このお方に並ぶ者はなかろうと思いながら、やはり又早くゆかしいお人に逢おうとの心焦《こころい》られの立ち混じって来られるのは、お心持の疎かではないのであろう。しかしこうしてお逢いになる間は、心変りの差別もないのであろうか、後の世までもと誓って頼みにおさせになる事が尽きないので、女君はそれを聞くにつけて、「ほんに此《こ》の世は、ひどく短かそうな命の、尽きるのを待っていますその間さえも、辛いお心は見えそうなので、後の世のお約束は違わない事もあろうかと思いまして、やはり懲りずに、又も頼みにされる事でございましょう」と云って、一心にお耐《こら》えになっているようであるが、耐えきれないのであろうか、今日はお泣きになった。日頃も、何《ど》うかこのように思っていたとはお見せ申すまいと、様々に思い紛らしていたのであったが、いろいろとお思い集めている事が多かったので、それ程までは隠せないのであろうか、涙がこぼれ初めると直ぐにはお止めになれないのが、ひどく極りがわるく当惑して、すっかり彼方向《あちらむき》になられると、宮は強いて此方《こちら》へお向きなされつつ、「申す通りになる、優しいお有様だと思っていましたのに、まだ隔てのあるお心持でいらしたのでしたね。それでなければ一晩の中《うち》にお心が変ったのですか」と云って、我がお袖で涙をお拭きになると、女君は、「夜の間の心変りは、仰しゃるお言葉につけて推量されることでございます」と云って、少しおほほ笑みになった。宮は、「ほんに貴方《あなた》や、幼いお物云いですよ。ですが本当に私には、心やましいことがないので、ひどく気安いことです。何《ど》んなに上手に言い繕《つくろ》って申しましても、はっきり解るべきことです。まるきり世間の道理をお知りにならないのは、可愛ゆいことですが困ったことです。仮に私の身になって考えて見て下さい。自分の身が自分の思い通りにならない有様なのです。もし思っているような世が来ましたら、他の人に勝《まさ》ってお思い申していた志の程を、お知らせ申すべき一事があります。容易《たやす》く云い出すべき事ではありませんから、命だけが頼みで」など仰しゃっている中《うち》に、彼処《あちら》へお遣わしになったお使が、まことにひどく酔い過ぎたので、少し遠慮すべきことも忘れて、あらわに此方《こなた》のま正面に参った。海人《あま》の刈る珍しい玉藻《たまも》▼14を被《かず》いて身も埋もれているので、六の君へのお使であろうと女房共は見る。いつの間に宮は急いでお書きになったろうかと思うと、気安くはなかったことであろう。宮も達《た》ってお隠しになるべきではないが、差当ってはやはりお気の毒なので、少しは用意すべきだと、何だか工合が悪いが、今は何《ど》うすることも出来ないので、女房に云って御文を取入れさせる。同じことならば隔てない様に振舞おうとお思いになって、お披きになると、継母《ままはは》の宮の御手跡のようだと見えるので、今少し気安くなって下にお置きになった。代筆にしても彼処《あちら》の女君は迷惑なことであるよ。

「差出がましいことで工合が悪うございますから、御自分でと唆《そその》かしましたが、ひどく悩ましげにしておりますことで」

女郎花《をみなへし》しをれぞまさる朝露のいかに置きける名残なるらむ▼15

上品に上手にお書きになっていた。宮は、「恨みがましいのも煩《うるさ》いことだ。本当は、気楽にして暫《しばら》くは居ようと思っていた夫婦関係だのに、思いの外《ほか》になったことですよ」と仰しゃるが、女は唯一人なのを当り前なことに思い馴れている平人《ただびと》の間でこそ、こうした事の恨めしさなども、見る人は気の毒にも思おう、思えばこの宮にはまことに難いことである。結局こうなるべき御事である。宮達と申上げる中でも、お身柄が格別だと世の人がお思い申しているので、幾人も幾人もお持ちになることも、非難はすまじきことなので、人もこの御方をお可哀そうだとは思っていないことであろう。宮がこれ程までに物々しくお冊《かしず》き申して、おいたわり方も疎《おろそ》かならずお思い申しているのを、女君はお幸せでいらせられると申していることである。女君御自身のお心にも、宮が余りにも大切にお馴らし申して、俄《にわか》にはしたないようになさるのが、歎かわしいのであろう。女君はこうした男女の道を、何だって浅くないものに人々は思うのだろうと、昔物語を見るにも、他人の上などでも不思議なことに聞いたり思ったりしたが、ほんに疎かではない事なのだったと、我が身のことになって、何事もお思い知りになったことである。宮は、何時《いつ》もよりも哀れに打解けた様にお扱いになって、「まるきり物を召上らないのはひどく悪いことです」と仰しゃって、由《よし》あるお菓子《くだもの》を召し寄せ、又然るべき賄人《まかないにん》を召して、殊更《ことさら》に調理させなどしつつ、女君にお唆《そそのか》しになるが、まるきり箸をつけようともなさらないので、「見かねることですね」とお歎きになるが、暮れたので、夕方は寝殿へお渡りになった。風が涼しく大方の空も面白い頃だのに、宮は華やかな方に傾いていられるお心なので、一段と艶《えん》であるのに、物思わしい人のお心の中《うち》は、様々に忍び難いことばかり多いことであった。蜩《ひぐらし》の鳴く声にも、山の蔭ばかりが恋しくて、

大方《おほかた》に聞かましものを蜩の声うらめしき秋の暮かな▼16

今宵はまだ更《ふ》けない中《うち》に宮はお出ましになるのである。御前駆《ごぜんく》の声の遠くなるままに、女君は海人の釣をする程に御涙に濡れるのを、我ながら厭《い》やな心であると、思う思う聞いて臥《ね》ていらした。宮の最初からお歎きさせになった有様などを思出すのも、疎《うと》ましいまでに御自分が思われる。この悩ましい懐胎も、何《ど》うなって行くことであろう。ひどく命の短い一族なので、こうした事の序《ついで》に、果敢《はか》なくなることであろうか、我が身を思うと、惜しくはないが、それは悲しいことであり、又ひどく罪障の深いことでもあるのになど、微睡《まどろ》まれないままにお歎き明かしになる。

その日は、后の宮が悩ましげにいらせられると云って、誰も誰も参り集われたが、聊《いささ》かの御風邪でいらしたので、格別な事もおありにならないと云って、大臣《おとど》は昼に御退出になられた。中納言の君をお誘いになって、一つ車で、御退出になったことである。今夜の三つ目の祝儀は何《ど》のような清らを尽そうかとお思いになることであろうが、それは限度のあることであろう。この中納言は極りわるい人ではあるが、親類としては、我が身寄に他に然るべき人はいられず、その席の光とするには、格別な人でいらせられるからであろう。中納言は例《いつ》になくひどく急いで退出なされて、姫君を他人の物に見做したことを残念とも思われず、何やかやと大臣《おとど》と同心になって扱われるので、大臣《おとど》は内々何だか口《く》惜《や》しいようにお思いになった。

宮は宵少し過ぎる頃にお越しになった。寝殿の南の廂《ひさし》の間の、東寄りに御座《おんざ》を設けた。御台《おんだい》は八つで、例の御皿も、立派で清らであって、別に小さい台二つに、花足《けそく》の皿などを当世風になされて、祝いの餅をお上げになった。珍しくもない事を書いて置くのは憎いことである。大臣《おとど》がお渡りになって、「夜がひどく更けましたので」と、女房を取次ぎにして、女君の方にいらせられる宮をおそのかし申すが、宮はひどく打解けていて、直ぐには出て入らせられない。席には北の方の御兄弟の、衛門《えもんの》督《かみ》や藤《とう》宰相ばかりがいらせられる。ようようのことでお出でになられた宮の御様は、まことに見る甲斐のある気持がする。主人《あるじ》役の頭中将は、宮の御前《おまえ》にお盃を差上げて御台を侑《すす》める。次《つ》ぎ次《つ》ぎの御土《おんかわ》器《らけ》も二度三度召上る。源中納言がお盃をひどくお勧めになると、宮は少しお微笑《ほほえ》みになった。「煩《うる》さい辺りなので」と、御自分には似合わしくないと思って云われたことを、思出したのであろう。しかし中納言は気の附かない様をしてひどく真面目である。中納言は東の対へお出になって御供の人々をおもてなしになられる。身分高い殿上人がひどく多くいる。四位六人には、女の装束に細長《ほそなが》を添えて、五位十人には、三重襲《みえがさね》の唐衣《からぎぬ》で、添えての裳の腰飾りの紐はそれぞれ差別のある物であろう。六位四人には、綾の細長に袴《はかま》などで、数に制限のあることを飽き足らずお思いになったので、色合い仕立方などで清らをお尽しになったことである。取次役、舎人《とねり》などの方へは、例を乱すまでに数多くなされたことであった。ほんにこのように賑やかに花《はな》やかな事は、見るかいのあることなので、物語などでも、云い立てるのであろうか。しかし、委《くわ》しくは数え立てられなかったとかいうことである。

中納言殿の御前駆の中に、生待遇《なまもてなし》で好くされない者が、暗い所に立ちまじっていたのであろうか、殿へ帰って来て歎息して、「我が殿は、何だって素直に、あの殿の御婿にはおなりにならなかったことでしょうか。味気ないお独住《ひとりず》みですよ」と、中門《ちゅうもん》の下で呟《つぶや》いていたのを、殿はお聞きつけになって、可笑《おか》しくお思いになったことであった。夜が更けて眠たいので、あの大切にされていた宮のお供の人々は、気持よく酔い乱れて、物に凭《よ》って臥《ね》ていることだろうと、羨《うらやま》しいのであろう。

君はお居間へ入ってお臥《やす》みになって、極りわるそうな事であるよ、仰々しい様をした親が出て居て、離れられない間柄ではあるが、それこれが灯《ひ》を明るく掻き立てて、お勧め申す盃を、ひどく見好くお扱いになったようであったことだ、と宮のお有様を見好くお思出し申上げる。ほんに自分としても、好いと思う女の子を持っていたとしたら、あの宮を外《ほか》にしては、内裏《うち》にさえもお上げ申さないことであろう、とお思いになると、誰も誰も、宮にお上げ申そうと志している娘は、やはり源中納言の方にと、とりどりに口癖にしているのは、自分の覚えも残念ではないものであろう、しかし自分は余りにひどくは色気がなく、古風であるのに、など心驕《こころおご》りもされる。内裏《うち》で御婿にとの御気色《みけしき》のあることは、誠に思召していらっしゃるのであったら、このように億劫《おっくう》にばかり思えたならば、何《ど》うしたら可《よ》かろうか、面目なことではあろうが、何《ど》んなものであろうか、何んな御方であろう、故君にひどくよく似ていらしたならば嬉しいことであろう、と思い寄られて行くのは、流石《さすが》に厭《い》やではないお心なのであろう。例のように寝覚めがちにする徒然《つれづれ》さから、按察《あぜち》の君と云って、他の女房よりは少し勝《まさ》って思っていられる人の局へ入らして、その夜はお明かしになった。明け過ぎたからとて、人が咎めるべきでもないのに、苦しげに急いでお起きになるのが、女は気になることであろう。按察、

打渡し世に許しなき関川を水馴《みな》れ初《そ》めけむ名こそ惜しけれ▼17

可哀そうなので、君、

深からず上は見ゆれど関川の下《しも》の通ひは絶ゆるものかは▼18

深いと仰しゃってさえも頼もしげのないのに、この上の浅さは、一段と張合いなく思われることであろう。君は妻戸を押開けて、「本当は、この空を御覧なさいよ。何うしてこれが知らん顔して明かせましょうか。艶《えん》な人真似《ひとまね》ではなくて、一段と明かし難くなってゆきます夜々の寝覚には、この世のこと後の世のことまで思いやられまして哀れなのです」など、云い紛らしてお出《いで》になる。格別に情らしい事の数を尽すのではないが、君の様の艶《なまめ》かしいからの見做しでもあろうか、情なくなどとは、人

にお思われにならない。かりそめの冗談でも云い初《そ》めた女は、せめてお側近くでお見上げしたいとばかり思うからであろうか、逢っても、世をお捨てになっていられる尼宮の御方へ、縁を求めつつ参り集まってお仕えするのも哀れなことで、身分身分につけつつ多いようである。

宮は女君のお有様を、昼御覧になると、一段とお志が増《ま》さって来た。体の大きさが良い程の人で、様態《ようだい》はひどく清らかで、髪の垂れ工合頭《かしら》つきなどは、人よりは格別で、ああ好いとお見えになることである。色合いは余りなまでに艶《つや》が好くて、物々しく気高《けだか》い顔でいて、目もとは極りわるく思われるまでに可愛らしく、すべて何所《どこ》も整っていて、容貌《かたち》の好い人というに不足な所とてはない。二十歳《はたち》を一つ二つ越していられた。幼い程ではないので、未発育な飽き足りない所がなくあざやかで、盛りの花とお見えになる。限りなくお冊《かしず》きになっているので、行き届かない所はない。ほんに親としては、夢中におなりになることであろう。唯物柔かで愛嬌があって可愛ゆらしいことでは、あの対の御方が先ず思出されることであった。物を仰しゃる御返事なども、極りわるそうにはなさるが、又余り心許なくはなく、すべてひどく見所が多く、才がありそうである。身分のよい若い女房が三十人ほど、女《め》の童《わらわ》六人ほどいるが、悪い者とてはなく、装束なども、一とおりの立派な物は、見馴れた物にお思いに[19]なろうというので、引き変えて、合点のゆかないくらいな好みをしていられる。三条殿腹の[20]大君《おおいぎみ》を、東宮に参らせられたよりも、この姫君を、ひどく格別にお思いになっているのも、御母宮の御覚えや有様からのことであろう。

こうなっての後は、宮は二条院にも気安くはお渡りになれない。軽い御身ではないので、お思いになる儘《まま》には、昼の間でもお出ましにはなれないので、早速南の町に、御幼少の頃いらしたようにお住みになって、暮れると又、女君の所を通り過ぎてお渡りになることも出来ずなどして、対の御方にはお待遠《まちどお》な折々があるが、このようであろうとは思いもしたが、直ぐにこれ程までに名残もなくなさるべきではない、ほんに物の分った者であったら、人数《ひとかず》でもない身を弁《わきま》えずに、立ちまじるべき世の中ではなかったのだと、返す返すも、山路《やまみち》を分けて出て来たことが、正気のこととも思われず悔しくも悲しいので、やはり何《ど》うかして忍んで彼処《あすこ》へ行こう、まるきり宮に背くようではなくても、暫く心を慰めたい、憎らしいように振舞《ふるまい》をしたならば、悪くもあろう、など心一つに思い余ったので、極りがわるいが中納言殿に御文を差上げられる。

「その日の御事は、阿闍梨が伝えて来ましたので、委しく承りました。そのようなお心が名残なくなっておりましたならば、何《ど》んなにか亡き人がお気の毒であったろうと思いますにつけましても、疎からず存じ上げます。然るべくはお目に懸りました上で」

と申上げた。陸奥紙《みちのくがみ》に取繕《とりつくろ》わずまじめにお書きになっているのであるが、ひどくお見事である。故宮の御忌日に、何時《いつ》もの事をひどく尊くおさせになられたのを、お喜びになられた様が、仰々しくはないが、しんからお思い知りになられたのであろう。何時《いつ》もは、此方《こちら》から差上げる消息《たより》の御返事さえも、打解けずつつましそうにお思いになって、はかばかしくはお続けにならないのに、「お目に懸って」とまであるのが、中納言は珍しくも嬉しいので、心躍りもすることであろう。宮が新しい人にお打込みになっている頃で、此方《こちら》には無沙汰をしていらしたのを、ほんにお気の毒に推し量られたので、ひどく哀れで、面白いことなどはない御文を、下にも置かず繰り返し引き返して見ていらせられた。御返事は、

「拝見いたしました。その日は、聖《ひじり》めいた様で、殊更に忍んで参りましたのも、そのようにすべきだと思う頃だったからでございます。名残と仰せになっていますのは、私の心が少し浅くなったように思召してのことかと、恨めしく存ぜられます。万事はやがてお伺いいたしまして。あなかしこ」

と、実直な筆つきで、白い色紙のごわごわしたものに書いてある。

中納言は、その翌日の夕方にお越しになったことである。内々に中の君を思う心が添っているので、訳もなくお心遣《こころづかい》がひどくされて、柔かな御衣どもを、一段と匂わし添えられたのは、余りに仰々し

いまでであるのに、丁子染《ちょうじぞめ》の扇の、お使い馴らしになっている移り香でさえも、譬《たと》えようもなく愛《め》でたい。女君も怪しかった宇治での一夜のことを、お思い出しになる折々がないではないので、真実に哀れなお心持の、宮には似ずにいらっしゃるのを見るにつけても、この方に添っていたらばとお思いになりもしようか、幼いお齢《とし》ではないので、怨めしい人のお有様に思い較《くら》べると、何事も一段と勝《すぐ》れているとお思い知りになられるからであろうか、平常は隔て多くしているのもお気の毒で、物思いを知らない者のようにお思いになるだろうか、などと思って、今日は御簾《みす》の内にお入れ申して、母屋《もや》の方の簾に几帳を立て添えて、御自身は少し引き入って対面をなされた。君は、「態《わざ》とお召しがあったのではございませんが、例《いつ》になくお許しのあった嬉しさに、直ぐに参りたいと存じましたが、宮がお渡りになっていらっしゃると承りましたので、折が悪かろうかと、今日にいたしましたことでございます。それにしましても、年頃の験《しるし》も次第に現れたのでございましょうか、隔てが少し薄らぎましての御簾の内で。珍しいことでございます」と仰しゃるので、やはりひどく極りがわるくて、云い出す言葉もない気がするが、「先日嬉しく承りましてございます心の中《うち》を、何時《いつ》ものように唯包みながら過しておりましたのでは、思い知ります片端だけも何で御存じ下さろうと残念でございますので」と、ひどくつつましげに仰しゃるが、ひどく遠くて、絶え絶えに仄《ほの》かに聞えるので、君は頼りなくて、「ひどく遠いことでございますね。真面目に申上げ伺いもしたい世間話もございますのに」と仰しゃるので、女君はほんにとお思いになって、少し身動《みじろ》ぎをして寄って来られる様子をお聞きになるにも、君はふと胸がつぶれるが、さりげなく一段と落着《おちつ》いた様をして、宮のお心持が、思いの外《ほか》に浅くていらしたとお思いになるらしく、一方では疎《うと》みもし、又慰めもして、それこれを静かに申上げつついらせられる。▼21 女君は、宮のお怨めしさなどは、口へ出して云うべきことではないので、唯『世やは憂き』と云っているように思わせて言葉少なに紛らしつつ、山里へ暫くの間お連れ下さいとお思いになっていることを、ひどく深く思って仰せになる。君は、「そのことは、私の心一つに任せては、お仕えしかねることでございます。やはり宮に御機嫌を損ぜぬようにお申上げになりまして、その御気色《みけしき》に随《したが》うのがよろしゅうございましょう。それでないと、少しの事の行き違いがありまして、軽率なことをとお思いになりますようですと、ひどく悪うございましょう。それでございませんでしたら、道中の御送り迎えも、お引受け申してお仕えいたしますに、何の憚《はばか》りがございましょう。安心の出来る人に似ない心の程は、宮は皆御存じでございます」など云いながら、折々は、過ぎ去った以前の悔しさは忘れる折がなく、『物にもがなや』▼22と取返したい様などを仄《ほの》めかしつつ、次第に暗くなって行くまでいらっしゃるので、女君はひどく煩《うるさ》くお思いになって、「それでは、気分も悩ましゅうございますので、又宜《よろ》しく思われます時に、何事も」と仰しゃって、お入りになる御様子なのが、君はひどく残念なので、「それにしましても、何時頃《いつごろ》お思立ちになりましょうか。ひどく繁って来ました道の草も、少しは掃《はら》わせましょう」と機嫌取りに申上げるので、女君は暫く入るのを止《や》めて、「この月は過ぎますようですから、朔《ついたち》頃にと思っております。唯ひどく忍んでの事が宜しゅうございましょう。何も宮のお許しなど仰々しくは」と仰しゃる声が、云いようもなく可愛ゆいことよと、平常よりも昔が思い出されるので、君は我慢がしきれなくなって、凭《よ》りかかっていらっしゃる柱のもとの、簾の下からそっと手を伸ばして、女君のお袖を捉えた。女君は、そうだったのかまあ厭《い》やな事をと思うので、何が云われようか、物も云わないで、一段とお入りになると、君はそれに連れてひどく物馴れ顔に体半分を簾の内へ入れて女君に添臥《そいぶ》しをされた。男君は、「間違いでしたか、忍んでならば好い事のようにお思いになったと伺います嬉しさは僻耳《ひがみみ》であったかと伺おうとしてのことです。疎々《うとうと》しくお思いになるべきではありませんのに、心憂い御気色《みけしき》ですよ」とお怨みになるが、女君は返事をする気もせず、案外で憎く思って来たが、強いて思い鎮めて、「思いの外《ほか》のお心の程でございました。人の思う所もあります。浅ましいことを」と辱《はずか》しめて、泣きそうな御様子なのが、君は少しは尤《もっと》もなので、気の毒であるが、「これが咎められる程のことでしょうか。これ程の対面は、以前の事もお思い出しなさいまし。亡くなった方のお許しもありましたのに、飛《と》んでもない事のようにお思いになるのは、却っていけないことです。好き好きしい不埒な心はあるまいと、気安くお思いなさいまし」と云って、ひどく落着いていらせられるが、月頃の悔しく思い続けている心が、苦しいまでになって来る様を、ぽつぽつと云い続けられて、許しそうな様子にもないので、女君はする術《すべ》もなく困ったというのも世の常の云い方である。却ってまるきり心を知らない人よりも、極りが悪く気まずくて、お泣きになるのを、男君は、「それは何《ど》うしたというのです。まあ若々しい」と云いながらも、云いようもなくお可愛ゆらしくて、お気の毒ではあるものの、用意深く極り悪く思わせる御様子などが、以前逢った時よりも、云いようもなく整い増さっていらっしゃるのを見るにつけ、我が心柄で余所《よそ》のものとしてしまって、このように安からぬ物思いをする事だと、悔しさからも又ほんにひどく泣かれることであった。近くお附きをしていた女房が二人ほどいたが、見知らない男でも入って来たのであれば、まあ何とした事ですと参り寄りもしよう、あのように親しく物を云い合っていらせられる御仲であるから、然るべき仔細のあることだろうと思うと、工合悪いので、見ない振りをしてそっと引下《ひきさが》ってしまったのも、お気の毒なことである。男君は以前を悔いる心が堪《こら》え難いことも、ひどく鎮め難くていられるようであるが、以前の時でさえも珍しいまでの御心用意だったので、やはりひどくはお思いの儘のお扱いはなさらなかったことだ。このような方面は、細かには書き続けることは出来ないことである。その甲斐はないものの、人目の不体裁を思うので、君は様々に思い返してお出ましになった。

　まだ宵の中《うち》と思っていたが、明方近くなっていたので、見咎める人もあろうかと気になるのも、女君の御為《おんため》にお可哀そうだからである。悩ましげだと聞き続けていた女君の御気分は御尤もなことなのである、ひどく極り悪くお思いになっていた腰の帯▼23で、大体はお気の毒に思って止《や》めたことである、何時《いつ》ものもどかしい心癖であるよと思うが、情の無いことをするのは、やはりひどく不本意であろう、又一時の我が心の乱れに任せて、無理な心を出した後は、気安くてはいられない事なので、無闇な我慢をして暮してゆくのも心尽くしのことで、女君もまたそれこれと思い乱れることであるよ、など分別らしく思うにも堰《せ》き止められずに、今の間も恋しいのは当惑のことである。この上とも逢わずにはいられない気のなさるのも、返す返す生憎《あいにく》な心であるよ。女君は以前よりは少し痩せたようで、上品に可愛《かわ》ゆらしかった様子に、離れているとも思えず、身に附き添っている気がして、全く他の事は思えなくなって来た。宇治へひどく移りたく思っていられるようなので、そのように移らせて上げたいと思うが、何で宮がお許しになろうか、そうかと云って、内々でするのはひどく不都合であろう、何《ど》うしたならば、人目が悪くなくて、思う心も晴らせようかと、心が上の空になって眺めをしては臥《ね》ていられた。

まだひどく朝の早い中《うち》に、男君から御文《おんふみ》があった。何時《いつ》ものように、表面は、ひどくさっぱりとした立文《たてぶみ》にして、

いたづらに分けつる道の露繁み昔覚ゆる秋の空かな▼24

「御様子の心憂いのは、道理を弁《わきま》えない心からの辛さばかりでございまして、申上《もうしあ》げる言葉もありません」

とある。御返事をしないのは、女房共が何時《いつ》にないことと見咎《みとが》めそうなので、ひどく苦しいけれども、

「拝見いたしました。ひどく悩ましくて、何も申上げられません」

とだけお書きになってあるのを、余りにも言葉少なのことであるよと、さみしくて、お可愛ゆかった御様子ばかり恋しく思い出されることである。少し夫婦仲もお知りになったせいであろうか、あれ程浅ましく無体なこととはお思いになっていたものの、無暗《むやみ》に迷惑がりなどはなされずに、ひどく物馴れた此方《こちら》が極《きま》り悪くなるような御様子が添っていて、さすがにうまく云い抜けなどをして送り出されたお心持などを思い出すと、妬ましくも悲しくも、様々に心に懸《かか》って、侘《わび》しく思われる、何事も、

以前よりはひどく立ち勝《まさ》って思い出されて来る。何《ど》うせ、あの宮が絶えておしまいになれば、私を頼みの者になされることであろう、そうなっても、表立って気安い様にはお逢い出来ないことであろうが、忍びつつ他には思い増す者のない、心の留まり所にはなることであろうよなどと、唯《ただ》その事ばかりが、じっと思われているのは、怪《け》しからぬ心であるよ。あれ程心深そうに賢がっていられたが、男という者は厭《い》やなものであることよ、亡くなられた人に対してのお悲しみは、それが詮ないことであるのに対しても、ひどくこのように苦しいというまではないことであった。これは、万事に思い廻《めぐ》されての悲しみであった。「今日は宮が渡らせられました」など人の云うのを聞くと、後見《うしろみ》の心はなくなって、胸がつぶれて、ひどく羨《うらや》ましい気がされる。

宮は、無沙汰が日頃になったのは、御自分のお心までも恨めしくお思いになって、俄《にわか》に二条院へお越しになったのであった。女君は、何で心隔《こころへだ》てをしている様《さま》になどお見せ申せようか、山里にと思い立つにしても、頼みに思う人に、疎《うと》ましい心がお添いになっているのである、と御覧になると、世の中がひどく窮屈に思われて来て、やはりひどく運の悪い身なのであると思い、唯命の尽きない間は、成行きに任せて、穏やかにしていようと決心して、ひどく可愛ゆらしく、機嫌よい様に振舞《ふるま》っていらせられるので、宮は一段と哀れにも嬉しくお思いになって、日頃の無沙汰の言訳《いいわけ》を、限りなく仰せになる。女君の御腹は少し大きくなっているのに、あのひどく極りのわるい物になされる懐胎の験《しる》しの帯を引結んでいるところなど、ひどくにあわれで、まだこうした人を身近くは御覧にならなかったので、珍しくさえお思いになった。打解けない所にお馴れになって、此所《ここ》はすべてのことが気楽で、懐かしくお思いになられるままに、疎《おろそ》かではない事を繰返《くりかえ》し約束して仰せになるのを聞くにつけても、女君は、男はこのようにばかり口上手なものであろうかと、無体であった人の御様子までも思い出されて、あの君は、年頃哀れなお心持だとは思い続けて来たが、ああした方面では、哀れも無くなることだと思うと、宮の行く先の御頼ませ事も、何《ど》んなものだろうかと思いながらも、少し耳に留ることであった。それにしても、浅ましくも油断をさせさせして、お入りになって来た時よ。亡くなられた方に無関係で過したことなどお話しになったお心持は、ほんに珍しいことであったが、やはり又打解けるべきではなかったのだ、と益々用心されるにつけても、宮が久しく中絶していられることは、ひどく物怖ろしいことのようにお思えになるので、口へ出しては云わないが、以前よりは、少し纏《まつ》わり様《ざま》にお扱いになられるのを、宮は一段と限りなく哀れにお思いになるにつけ、かの人の移り香の、女君にひどく深く染みているのが、普通の香の香で炷《かた》きしめたのとは違い、著しい匂いなのを、宮はその道の人でいらせられるので、不思議だとお咎め立てになって、何《ど》うした訳だとお糺《ただ》しになるに、まんざら近づかなくはないことはないので、女君は云いようもなく当惑して、ひどく苦しくお思いになっているのを、宮は、案の定だ、必ずこうしたことがあろう、よもや尋常には思っていまいと思い続けていたことである、とお心が騒いだ。しかし女君は、単《ひとえ》の御衣《おんぞ》などはお脱ぎ換えになったのであるが、怪しく案外なまで身に染みていたのだ。宮は、「これ程になっているのでは、最後のことまであったのでしょう」と、様々に聞き憎《にく》くお云い続けになるので、女君は辛くて、身の置きどころもないことである。宮は、「私のお思い申していることは格別ですのに、『我こそ先に』▼25などと、いうように背く者は、身分が異《ちが》っているのです。又隔てをお附けになる程御無沙汰したというのでしょうか。案外辛いお心だったのですね」と、すべて真似《まね》のしようもないまでに、ひどくお可哀そうに申されるが、女君の何うこう御返事をなさらないのまでも、ひどく妬ましくて、宮、

異人《またひと》に馴れける袖の移り香を我が身に染めて恨みつるかな▼26

女君は、浅ましくも仰《おっ》しゃり続けるのに、云うべき言葉もないので、「何うしよう」とお思いになって、女君、

み馴れぬる中の衣と頼みしをかばかりにてやかけ離れなむ▼27

と云ってお泣きになる様子が、限りなく可愛ゆいのを見るにつけても、これだからのことだと、一

段と気が揉めて、宮は御自分もほろほろと涙をおこぼしになるのは、色めかしいお心であるよ。ほんに、何《ど》んな過ちがあろうとも、一途に疎《うと》みきってはしまえそうもない、可愛ゆらしくお気の毒な様をしていられるので、怨《うら》みきることはお出来にならず、お云いさしにしつつ、一方では機嫌をお取りになる。

　その翌日も宮は、ゆるりとお目覚めになって、お手水《ちょうず》や御粥《おかゆ》なども対《たい》でなされる。居間の御装飾なども、あのように耀《かがや》くまでに高麗唐土《もろこし》の錦綾《にしきあや》を裁《た》ち重ねているのの目移しには、此方《こちら》は世間並の目馴れている物の気がして、女房の姿も、萎《な》えた物なども混じっていて、ひどく落《おち》ついた物に見まわされる。女君は柔《やわら》かな薄紫の御衣《おんぞ》どもに、瞿麦《なでしこ》色の細長《ほそなが》を襲《かさ》ねて、取繕《とりつくろ》わずにいられる御様を、何事もひどく立派に仰々しいまでな、あの盛んなお人の装いや何かにお思い較《くら》べになるが、劣っているとは思われず、懐かしく可愛ゆらしいのは、お心の浅くはないので、劣っては見えないのであろう。まるまると可愛ゆく肥えていらした人が、少し痩せて来たので、色はいよいよ白くなって、上品にお可愛ゆらしい。ああしたお移香《うつりが》のそれと際立っていない折でさえも、愛嬌がって愛らしいところは、やはり人よりは遥《はるか》に勝《まさ》っているとお思えになるままに、こうした方を、兄弟などではない人が、身近く物を云い交わして、事に触れつつ自然声や様子を聞いたり見馴れしたならば、何《ど》うして平気でいられようか、必ずそのように心が起って来そうなことであると、御自分のひどくぬかりのないお心癖から察しられるので、絶えず注意をして、身近な御厨子《みずし》や小唐櫃《こからびつ》のような物を、さりげなく御覧になるが、それらしい御文《おんふみ》もない。唯ひどく真面目に言葉少なく、平凡な物ばかりが、特に蔵《しま》ってではなく、他の物にまじりなどしてあるので、変だ、やはりこうした物ばかりではあるまいと、疑われている心には、一段と今日は不安にお思いになられるのも、尤《もっと》もである。あの君の様子も、物の分った女であれば、哀れに思うことだろうから、挑まれたならば、何で無下に突っ放せよう、まことに似合いな間であるから、互《たがい》に思い交していると思いやると、宮は侘しく腹立たしく妬ましくお思いになることであった。やはりひどく不安だったので、その日もお出ましになれない。六条院へは、御文を二度も三度もお遣《つかわ》しになるので、「何時《いつ》の間に積《つも》るお思いでしょう」と呟《つぶや》く老女房共もあった。

中納言の君は、宮がそのように籠《こも》っていらっしゃると聞くにも、気が揉めるのであるが、了簡ちがいなことだ、我が心が愚かしく悪いのである、安心が出来るようにとだけ思っていた方に対して、こんなことを思うべきであろうか、と無理に思い返して、それにしても宮はお思い捨てにはならないようだと、嬉しくも思った。女房達の服装が、なつかしい程に著《き》ふるしていたようだとお思いやりになって、母宮の御方に参られて、「悪くない御用意の品がございましょうか。使いたいことがございまして」と申されると、宮は、「例の来月の法事の料にと思った、白い物などがございましょうか。染めた物は今は特別用意していませんが、急いでさせましょう」と仰しゃるので、君は、「かまいません、事々しい用ではございません。あり従《したが》いで」と云って、君は又御匣殿《みくしげどの》にお尋ねにもなって、女の装束の幾領かに、清げな細長《ほそなが》などと、唯有り随いに、染めない絹や綾などをお取揃えになる。女君の御料と思われる物は、御自分の御料としてあった、紅《くれない》の擣目《うちめ》の一とおりでない物に、白い綾などを、幾巻かお重ねになったが、女の袴の揃いは無かったのに、何《ど》うした訳か、女袴の腰の引紐《ひきひも》が一筋あったので、それに結び添えて、

結びける契《ちぎり》異《ことな》る下紐をただ一すぢに恨みやはする▼28

大輔《たいふ》の君と云って、大人大人《おとなおとな》しい女房で、睦《むつ》ましくしている者の許《もと》に遣わされる。君は「取敢《とりあ》えずの品で見苦しい物ですが、宜《よろ》しいように取繕われまして」と仰しゃって、女君の御料の品は、それとはないが箱に入れて包みも別にしてあった。大輔は女君にはお目には懸けないが、前々も、このようなお心附けはふだんの事で、目馴れているので、様子振ってお返しするなど、面倒をするべきではないので、何うしようなど屈託もしないで、女房達に分けて遣ったので、各縫いなどする。若女房で御《み》前《まえ》近くお仕えしている者は、取り分けて繕い立てているべきである。下仕《しもづか》えなどで、ひどく萎えた姿

をしている者などには、戴《いただ》いた白い袷《あわせ》などで、目立たないのが却《かえ》って目安いことである。中納言の他に誰が何事でもお後見《うしろみ》を申す人があろうか。宮は、浅からぬお志で、万事を何うかよくお思いになってはいらっしゃるが、細かい内々の事までは、何でお思い寄りになろう。限りもなく人に冊《かしず》かれる事にばかりお馴れになっているので、世の中の思うに任せず心寂しい事などは、何《ど》んなものとも御存じないのは尤もなことである。花《はな》やかにぞっとするように、花の露を玩《もてあそ》んで世の中は過してゆくべきものだとお思いになっている割りには、お思いになる人の為《ため》だと、自然折につけつつ、暮し向きのことまでもお構いになられるのは、出来難い珍しいことなので、「さあ何んなものでしょうか」と謗りがましく申す御乳母《おめのと》などもあることだった。女童《めわらわ》などの身なりの綺麗でないのの混じっているのも、女君はひどく極りわるくて、此処《ここ》は却って暮しにくい住まいであると、人知れずお思いになることがないではないに、ましてこの頃は、世に響いたお有様の花やかなのにお較べなされ、又宮の御内の人の見較べする事も思って、さぞ見すぼらしい事であろうと、お思い乱れになることも添って歎かわしいのを、中納言の君はひどくよく推量なされるので、親しくない辺りだと見苦しいごたごたした物になりそうなような心づかいをした品も、女君をも、侮るのではないが、かまう物が、事々しい取立てたような物であったら、却って意外なことにして見咎める人もあろうかとお思いになってのことなのである。女君には別に、例《いつも》の見よい様の物をお拵《こしら》えになって、御小袿《こうちぎ》を織らせ綾の織料を贈られたことである。この君も、宮にもお劣りにならず、格別に冊《かしず》き立てられて、余りなまでに心傲《こころおご》りをし、世の中を思い澄まして、貴い様はこの上もないのであるが、故親王《こみこ》の御山住みをお見初《みそ》めになった時から、貧しい所の哀れさは格別なものであると、お気の毒にお思いになり、広い世間をも思いめぐらして、深い情をお覚えになられたことである。いじらしい故宮のお躾《しつ》けであることよ。

　このような様で、中納言は、やはり何《ど》うか安心の出来る老成した人で終ろうと思うにも任せず、女君のことが、心に懸って苦しいので、御文を、以前よりは細やかにして、ともすると怺《こら》え余る気分を見せつつお贈りになるので、女君はひどく当惑なことが添って来た身だとお歎きになる。まるきり知らない人であったら、まあ狂気じみたことをと、窘《たしな》めて突っ放すのも何でもなかろうが、昔から格別な頼み人と仕馴れて来て、今更《いまさら》仲が悪くなるのは、却って人目に変であろう、流石《さすが》に浅はかではないお心持やお有様で、哀れに思わないのではないが、そうかと云って、心を交《かわ》し顔なお扱いするのも、ひどく遠慮で、何《ど》うしたらよかろうとお思い乱れになるが、お附きしている女房達も、少しは相談相手になりそうな若い者は、みんな新参の気がして、見馴れていられる者と云っては、あの山里の年寄りばかりである。思う事を同じ心で、懐かしく話し合《あわ》せられる人のない儘《まま》に、故姫君をお思い出しにならない折とてはない。御存世であったならば、あの人がこのような心がお起りなろうかと、ひどく悲しくて、宮の辛くおなりになった歎きよりも、この事の方がひどく苦しく思われる。

男君は何うにも思い侘びて、例《いつも》のようにしめやかな夕暮にお越しになった。すぐに端近な所にお褥《しとね》を差出させて、女君は、「ひどく悩ましくしておりますす折で、お話も申せませぬ」と、女房に取次がせてお云いになられるのを聞くと、男君はひどく辛くて、涙がこぼれそうであるが、人目を憚《はばか》るので、強いて紛らして、「お悩みになります折は、知らない僧などでもお側へ参り寄りますので、医師《くすし》などの列《つら》ででも、御簾《みす》の内へ伺えないでしょうか。このように人伝《ひとづて》のお言葉は、甲斐《かい》のない気がいたしますす」と申上げられて、ひどく気まずい御様子なので、一夜《ひとよ》の様子を見た女房共は、「ほんにひどく見かねますようでございます」と云って、母屋《おもや》の方の御簾を下して、夜居の僧のいる座にお入れ申すので、女君は本当にお気持がひどく苦しくはあるが、人のこのように云うのに、悪く角立たせるのも、又何うであろうかと慎ましいので、もの憂いながら少し居ざり出して、対面をなされた。女君のひどく仄《ほの》かに、時々物を仰しゃる御様子に、君は亡くなられた方の病み初められた頃が、先《ま》ず思い出されるのも、縁起わるく悲しくて、心が暗くなる気がされるので、直《す》ぐには物も云えず、躊躇《ためら》いつつお云いになる。女君の余りにも奥まっていられるのもひどく辛くて、御簾の下から几帳《きちょう》を少し押し入れて、例の馴れ馴れしそうにお近づきになるのが、ひどく苦しいので、困ったことだとお思いになって、少将の君という女房を近く召し寄せて、「胸が痛むことです。暫《しばら》く押えて」と仰しゃるのをお聞きになって、君は、「胸は押えていると苦しいものですのに」と、歎いて居ずまいを直されるのも、ほんに内心は穏やかならぬことである。そして、「何《ど》ういう訳で、そのように何時《いつ》も悩ましくお思いになるのでしょう。人に尋ねましたら、当座だけは心持の悪いものですが、それでも又少しはよい時もあるなどと教えました。余り若々しくお扱いになるのでしょう」と仰しゃるので、女君はひどく極りがわるくて、「胸は何時《いつ》からということもなくこんなでございます。亡くなられました方もこんなでいらっしゃいました。命の長くない人のすることだとか、人が云っておりますようです」と仰しゃる。ほんに誰も千年の松ではない世でと思うと、ひどくお気の毒で哀れなので、その召し寄せた人の聞くのも憚かれず、工合《ぐあい》の悪い筋の事だけは、略《はぶ》いて止《や》めたが、昔からお思い申している様を、女君のお耳一つにはそれと分らせながら、他の人は又変には聞かない様に、体裁よく見よくお云い做《な》しになるのを、少将はほんに珍しいお心持で聞いていた。君は何事につけても、故君の御事を限りなくお思いになっている。「幼なかった頃から、世の中を離れてしまうべき心づかいばかりいたし続けておりましたのに、そうなるべき御縁だったでしょうか、辛いお扱いながら深くお思い初《そ》めいたしました一節の為に、その本意にしました聖心《ひじりごころ》は違ってしまったのでしょうか。慰めだけに、そちら此方《こちら》に関係を附けまして、女の有様を見るにつけて紛れることもあろうかと、思附く折々がございましたが、全く外《ほか》の人には気が移りそうでもございませんでした。詮方《せんかた》ないところから、以前心引かれますことが強くなかったので好色《すき》がましいようにお思いになられようかと極りが悪うございますが、有るまじき心が少しでもありましては不埒でございましょうが、唯これ程の有様にしまして、時々思う事を申上げ承りなどいたしまして、隔てなくお話を申すのを、誰が咎め立てをいたしましょうか。世の人に似ない心は、誰からも非難されなかろうと思いますので、やはり安心できるとお思い做し下さい」と、怨んだり泣いたりして申される。女君は、「不安心にお思い申しましたら、このように怪しく人の思いそうなまでに、お話も申上げましょうか。年頃それこれにつけつつ、お心持をよく存じ上げておりましたので、格別な頼み人にいたしまして、今では此方《こちら》からさえ物も申上げておりますのです」と仰しやると、君は、「そのような折があるとも思いませんのに、ひどくたいした事にお思いになって仰しやることですね。あの山里へお出懸けの用意に、辛くもお使い下さるのでしょう。それもほんにお解り下さるところがあってのことと、疎《おろそ》かにお思い申しません」など仰しゃって、やはりひどく怨めしそうではあるが、聞いている人があるので、思うままには何《ど》うしてお云い続けになれよう。外の方を眺めやると、次第に暗くなって来たのに、虫の音だけがはっきりして、築山の方は小暗くなって、何のけじめも見えないのに、君はひどくしめやかな風をして物に凭《よ》っていらっしゃるので、煩《うるさ》くばかり御簾の内ではお思いになる。君は、『限りだにある』▼29と忍びやかにお誦《ず》しになって、「嘆き疲れております。『音なしの里』▼30を捜したいと思いますので、あの山里の辺りに、改まった寺という程ではなくても、亡くなった方の思い出せます人形《ひとがた》を作って、絵にも画《か》き留めまして、行《おこない》をしようかと思うようになったことです」と仰しゃるので、女君は、「あわれな御願《おねが》いですが、又いやな御手洗川《みたらしがわ》に縁の近い気のいたします人形は、思いやりもお可哀そうなことです。▼31黄金《こがね》次第といいます絵師▼32も、気がかりなところがございます」と仰しゃると、君は、「それですよ。その工匠《たくみ》も絵師も、何うして心に叶うように作れましょうか。近い頃花を降らせた工匠《たくみ》もございましたが、そうした通力《つりりき》の人をほしいものです」など、何《ど》の道忘れる方法のないことをお歎きになる様子の、ひどくお心深いようなのもお気の毒で、女君は少し居ざり寄って、「人形の序《ついで》に、ひどく変なことで思い寄りそうもないことを思出《おもいだ》しましたことです」と仰しゃる御様子の少し懐かしいのも、君はひどく嬉しく哀れで、「何《ど》んな事ですか」と仰しゃるままに、几帳の下から手を捉えられるので、女君は、ひどくお煩《うるさ》くお思いになって来られたが、何うにかしてこうした心を止《や》めて、穏《おだや》かにしていたいとお思いになるので、近くいる女房の思わくの工合悪いのも、さりげなくしていらした。女君、「年頃を世に生きているか何うかも知れずにおりました人が、この夏頃遠い所から上《のぼ》ってまいりまして、疎《うと》く思うべきではありませんが、又突然にそのように、親しくするでもないと思っておりましたのに、先頃来ました時には、不思議なくらいお亡くなりになった方の御様子に似ておりましたので、あわれに思うようになったのでございました。私を形見などと、そう思召《おぼしめ》し仰しゃいますようですが、何《ど》うしまして何所《どこ》もまるきり異《ちが》っているとみんなの人が云っておりましたのに、何もそれ程まではないはずの人が、何うしてそんなでございましょうか」と仰しゃるのを、君は夢の話かとまで聞く。君は、「然《しか》るべき訳があるので、そのようにお睦び申上げるのでございましょう。何だって今まで、それ程のことでもお仄めかしにならなかったのでしょうか」と仰しゃると、女君は、「さあ、その訳も、何ういうことであったのか分りませんのです、物果敢《ものはか》ない有様の者共になって、後に落ちぶれ残っていてさ迷うことであろうと、そればかりお心懸《こころがか》りなさいました事を、唯一人に掻き集めまして、思い知らされていることでございますのに、又つまらない事までが添って来まして、人も聞き伝えますことだろうと、ひどくお気の毒なことになりましょう」と仰しゃる御様子を見ると、故宮が内々に物など仰しゃった人が、形見の者を持っていたのであろうと君は見知った。大君に似ていると仰しゃる縁《ゆかり》で君は耳に留まって、「それだけのお話では何うも。出来ますならばすっかりお話し下さいましよ」と、訝《いぶ》かしがられるが、流石《さすが》に側《はた》の手前があって、女君は委《くわ》しくは仰しゃれない。そして、「尋ねて見ようという思召《おぼしめし》がございましたら、その辺りにいるとは申上げられますが、委しいことは存じておりません。又余り申上げますと、お見下げになりそうなことでございます」と仰しゃると、君は、「海の中へでも、魂の在家《ありか》を尋ねます為には▼33、心の限り進みもしましょうが、何もそれ程までその人を思うべきではありませんが、ひどくこのように慰めようもなくているよりはと思い寄るのでございます、人形《ひとがた》の代りにしますだけには、何で山里の本当にでもと思わないことがございましょう、もっと確かに仰しゃって下さいましよ」と、率直にお責めになられる。女君は、「さあ、故宮のお認めになっておりませんでしたことを、これ程でもお漏らし申しますのは、一方ではひどく口の軽いことでございますが、通力のある工匠《たくみ》をお需《もと》めになりますおいとしさに、それではこれ程だけでも」と云って、「ひどく遠い所に年頃過しておりましたが、母であります人がひどく情ないことに思いまして、達《た》って尋ね寄って来ましたので、素気《すげ》ない挨拶も出来ませんでしたので、上《のぼ》って来たのでございます。仄かなせいだったのでございましょうか、何事も思っておりましたより見苦しくなく見えました。母であります人が、この方を何《ど》のようにお扱い申したものだろうかと歎いておりましたようでしたが、仏になりますのはまことにこの上もないことでございましょう。それ程までには如何《いかが》でしょうか」と申される。角《かど》立《だ》たないようにして、このような煩《うるさ》い心を何《ど》うか打切る方法がほしいものだと女君のお思いになっているのを見るのは辛いことであるが、さすがに哀れでもある。有るまじき事だと深くお思いになっているものの、あらわに恥ずかしめるようにはお扱いになれないのは、我が心持をお分りになっているからのことだと思う心ときめきの中《うち》に、夜もひどく更《ふ》けてゆくので、御簾《みす》の内では側《はた》の人目のひどく悪いことだとお思いになって、油断をさせてお入りになってしまわれたので、男君は、尤もなことだとは返す返す思うが、やはりひどく怨めしく口惜《くや》しくて、思い鎮める方法もない気がして、涙のこぼれるのも様が悪いので、様々に思い乱れるが、無闇な浅はかな振舞をしては、やはり女君にひどく悪く自分の為にも埒もないことになるべきなので、我慢をして、何時《いつ》もよりは歎きがちにしてお帰りになった。

　このようにばかり思っていては何《ど》うしたら好いのであろうか、苦しくもあるべきである、大方の世間から非難のなさそうな形にして、流石に思いの叶うことをすべきであろうなど、君は実地に恋の修行をした心ではないせいであろうか、我が為人の為気安くはいられなさそうなことを、一心に案じ明かしている。似ていると仰しゃった人を、何うしたなら本当か何うかを見定められよう、低い身分の者なので、思い寄るには困難はないにしても、その人が思いどおりの者でなかったならば、煩《うるさ》いことになることであろう、などと思って、やはり其方《そちら》へは心が進まない。

　宇治の宮を久しく御覧にならない時は、一段と昔が遠くなるような気がして、そぞろに心細いので、君は九月の二十日余りの頃に宇治にお越しになった。一段と風ばかりが吹き払って、心凄《こころすご》く荒い水の音だけが宿守《やどもり》になっていて、人影も格別見えない。君は御覧になると共にお心が暗くなって、悲しさが限りもないことである。弁の尼をお召出《めしだ》しになると、襖口《ふすまぐち》に青鈍《あおにび》の几帳をさし出して置いて参った。君は、「まことに恐れ多うございますが、以前にも増してひどく恐ろしげでございますので、御遠慮がいたされまして」と、まともには出て来ない。君は、「何《ど》んなに歎いていられるだろうと思いやるにつけまして、同じ心の者は他にはないお話をしようと思いましてのことです。果敢《はか》なく積って行く月日ですね」と仰しゃって、涙を目に一ぱい溜めていらっしゃるので、年寄は一段と涙が止められない。尼は、「中の君の事でひどく物をお思いになっていらしった頃の空だと、お思い出しいたしますと、何時《いつ》ということもない中《うち》にも、秋の風は身にしみて辛く思われますのに、ほんに大君のお歎きになりました通りの御仲《おんなか》のお有様だと仄かに承りますにも、様々に悲しゅうございます」と申上げると、君は、「何《ど》うあれこうあれ、生きていれば直ることもありますのに、味気ないお嘆き込みになりましたのは、私の過ちからのようで、なお悲しいことです。この頃のお有様は、何てことはない、あれは世間普通のことです。だが気懸りのようには見えも聞えもしません。云っても云っても、空《むな》しい空に昇った煙の方は、誰も遁《のが》れないことながら、残っている身には、やはりひどく甲斐ないことです」と仰しゃって又お泣きになった。

　君は阿闍梨《あざり》を召して、例の大君の一周忌の経仏《きょうほとけ》のことを仰せになる。そして、「さて此処《ここ》へかように時々来るにつけましても、甲斐ないことで心を動かしますのは、ひどく益のないことなので、この寝殿をくずして、あの山寺の側《そば》に、堂を建てようと思いますが、する位なら早く始めましょう」と仰しゃって、堂を幾《いく》つ、廊、僧房など、造りになるべき物を書き出して仰せになると、阿闍梨は、「まことに尊い事です」とお教え申す。君は、「故宮が趣《おもむき》あるお住まいに占めてお造りになりました所を、取崩《とりくず》しますのは、情ないようですが、あのお志も、功徳の方にお傾きになっていらしたようですが、お残りになる方々をお思いやりになって、そのような御指図もお出来になれなかったのでしょうか。今は兵部卿の宮の北の方の御領となっていることですから、あの宮の御料というべきものになっています。ですから、この儘《まま》寺にすることは不都合でしょう。心任せにそのようにも出来ますまい。所の様も余り川岸に近く、露《あら》わでもありますから、やはり寝殿を崩して、異《かわ》った形に造り替えようと思うのです」と仰しゃると阿闍梨は、「いずれもいずれも、まことに有難《ありがた》く尊いお心です。昔、別れを悲しんで、屍《しかばね》を包んで何年も頸《くび》に懸けておりました人も、仏の御方便からのことで、その屍の嚢《ふくろ》を捨てまして、遂《つい》に聖《ひじり》の道にお入りになったことです▼34。この寝殿を御覧になるにつけて、御心のお動きになっていらっしゃいますのは、偏《ひとえ》に行き届かぬ御事です。又後世の御為《おんため》にもなることです。急いでいたさせましょう。暦の博士の申します日を承り、その事を知っている工匠《たくみ》の二三人賜《たまわ》りまして、細かい事は仏の御教《みおしえ》に随《したが》っていたさせましょう」と申す。君はそれこれの事をお定めになって、御荘園の人々を召して、普請中の事どもは、阿闍梨の申附け通りにするべきことなどを仰しゃっている中《うち》にはかなく暮れたので、その夜はお泊りになった。

君は寝殿を見るのも今度だけだとお思いになって、廻《めぐ》り歩きつつ御覧になると、仏はすべてかの寺へ移してしまったので、尼君の勤行の器があるのみである。ひどく果敢なげに住まっているので、可哀そうに何《ど》んなにして過してゆくことだろうと御覧になる。君は尼に、「この寝殿は建て替えるべき訳があります。普請の出来るまでは、あの廊でお過しなさい。京の宮に渡されるべき物がありましたら、御庭《みにわ》の人を召して、然るべきようになさいまし」など、用向きのことをお話しになる。君以外にはこれ程までに年寄った人を、何かと世話をなさる筈《はず》もないが、君は夜は近く臥《ね》させて、昔話などをおさせになる。故権大納言の君のお有様も、聞く人のないので気安くて、ひどく細々と申上げる。

「今はとおなりになりました時に、珍しくもいらっしゃいますお有様を、御覧になりたかったらしい御様子だったことを思い出しますと、このように思いも寄りません年寄になりまして、このようにしてお見上げいたしますのは、その御代《みよ》に睦まじくお仕え申しておりました験《しるし》が、自然報いて来たことだと、嬉しくも悲しくも思い知られることでございます。辛い長生きをいたしまして、このように様々のことをお見上げ申し、思い知りますことは、まことに極りわるくも心憂いことでございます。宮の君▼35からも、時々は参ってお見上げなさい、様子も知れなく籠りきりにしているのは、ひどく隔てを附けたのであろうなどと、仰しゃる折々がございますが、尼の身になっておりますので、阿弥陀仏の外《ほか》には、お見上げ申したい人もなくなっております」など申上げる。亡き姫君の御事も又、限りもなく、年頃のお有様を話して、何《ど》の折は何と仰しゃってた、花紅葉の色を見て、かりそめにお詠《よ》みになった歌話なども、不似合いではなく、慄《ふる》え声で話すのを聞くと、幼なげであって、言葉少なではあるものの、可愛ゆいお心持であったことだとばかり、一段と君はお聞き加えになる。宮の北の方は、今少しく当世風ではいらっしゃるものの、心を許さない人のことだと、恥をお掻かせになることもなさりそうでいらっしゃるのに、私にはひどく心深く情久しいように見せて、何《ど》うかそれで過したいと思っていらしたのだなと、お心の中でお思い較べになる。さて話の序《ついで》に、君はあの形代《かたしろ》の事をお云い出しになった。尼は、「京にこの頃いられることは存じません。御娘のことは人伝《ひとづ》てに聞いた事でございます。故宮が、まだこうした山里のお住いをなされず、故北の方がお亡くなりになりまして程近かった頃に、中将の君といってお仕え申していました上﨟で、心持なども悪くはなかった人に、ひどく忍んで、かりそめに物を仰しゃっていらっしゃいましたのを、知る者もございませんでしたが、女の子をお産み申しますと、お子であろうとお思いになる所がございましたので、ひどく煩《わずら》わしく厭《い》やなものだと思召すようになりまして、それきりその人を御覧になることもなかったのでございます。

ひどくその事にお懲《こ》りになりまして、続いて聖《ひじり》のようなお暮しにおなりになりましたので、その人は工合悪く思いまして、お仕え申せなくなりましたが、陸奥守《みちのくのかみ》の妻となって下《くだ》っておりましたのに、或年上《あるとしのぼ》って来まして、そのお子が御無事にお生長《せいちょう》になっております由《よし》を、この辺りに仄めかして申しましたのを、故宮はお聞きつけになりまして、決してそのような消息《たより》をするべき事ではないと、お刎《は》ねつけになりましたので、その人は甲斐なくて歎いたことでございました。さてその後常陸守《ひたちのかみ》になって下っておりましたが、この年頃噂にも聞きませんでしたが、この春上《のぼ》って来まして、あの宮をお尋ね申上げたということを仄かに聞きました。その姫君の年は、二十《はたち》程におなりでございましょうか。ひどくお美しく御成人になられるのが悲しいことでなど、中頃は文にも書き続けてございました」と申上げる。委しくお聞き明《あか》らめになって、それでは似ていられるというのは本当であろう、見たいものだという心が出て来た。君は、「昔の方の御様子に少しでも似てる人だと、知らない国までも尋ねて知りたい心がありますので、お子にはお入れにならなかったのだが、お近い間柄の人です。態々《わざわざ》ではなくても、此《こ》の辺りに尋ねて来る折のあった序《ついで》に、このように云っていたと伝えて下さい」とだけお云い置きになる。尼は、「その母君は、故北の方には御姪でございます。弁も離れない間柄ではございますが、その頃は別々な所にお仕えしておりまして、よくはお見馴れいたしませんでした。先頃京の、大輔の許《もと》から云って来ましたことは、その姫君は、何《ど》うぞ故宮の御墓にだけでも参りたいと仰しゃいます、その積りでいるよとございましたが、まだ此方《こちら》へは、態々《わざわざ》とはお出《い》でがないようでございます。追って、それではそのような序《ついで》に、そうした仰言《おおせごと》を伝えましょう」と申上げる。明けたので、お帰りになろうとして、昨夜《ゆうべ》後れて持って参った絹や綿などのようなものを、阿闍梨にお贈りになる。尼君にも下され、法師ども尼君の下衆《げす》などの料にと云って、布などのような物まで召して下さる。心細い住まいではあるが、こうしたお心附《こころづけ》が怠《おこた》らずあるので、その身分としてはひどく見よく、しめやかに勤行をしていたことである。木枯《こがらし》が堪え難いまで吹き通しているので、残る梢《こずえ》もないまで

に散り敷いている紅葉《もみじ》の、踏み分けた跡もないのを、君は見渡して、直《す》ぐにはお立ちになれない。ひどく趣のある深山木《みやまぎ》に宿っている蔦《つた》がまだ色が残っている。「此《こ》れなりとも」と少し引いてお取りにならせて、宮の北の方にとお思いになるらしく、お持たせになる。君、

宿りきと思ひ出でずば木《こ》の下《もと》の旅寝もいかにさびしからまし▼36

と独言《ひとりごと》にお云いになるのを聞いて、尼君、

荒れ果つる朽木《くちき》のもとを宿りきと思ひ置きける程の悲しさ▼37

飽《あ》くまでも古風な歌であるが、故《ゆえ》のなくはないのを、君は聊《いささ》か慰めにお思いになったことである。

君は宮に紅葉をお上げになられると、男宮がいらせられる時なのであった。「南の殿から」と申して、女房が何心なく持って来たので、女君は例の面倒なことが書いてなかろうかと、苦しくお思いになるが、お取隠しが出来ようか。宮は、「面白い蔦ですね」と、意味ありげに仰せになって、召寄せて御覧になる。添えてある御文には、

「日頃は如何《いか》にいらせられましょうか。山里へ行きまして、一段と峰の朝霧に惑いましたことでございます。お話は御目に懸《かか》ります折に。彼処《あすこ》の寝殿を、堂に変えますことは、阿闍梨に申附けましてございます。御許しがありました上で、他へ移すことにいたしましょう。弁の尼君にまで、然るべく御指図を御申《おもう》し遣《つかわ》し下さい」

とある。宮は、「よくもしらじらしくお書きになった文ですね。私がいることを聞いてのことでしょう」と仰しゃるのも、少しはほんにそうでもあったろうか。女君は何事もなかったのを嬉しくお思いになると、宮の強いてそのように仰しゃるのをひどいとお思いになって、怨めしくしていらせられる御様は、何《ど》んな罪でも許せそうにお可愛ゆい。宮は、「返事をお書きなさい。見ますまい」と仰しやって、彼方《あちら》へお向きになった。甘えて書かないのも変なので、

「山里のお歩きは、お羨ましいことでございます。彼処《あすこ》はほんに、そのようにした方が好かろうと思

っておりましたので、殊更に籠るべき巌の中を捜しますよりは、あれを荒し切ってしまわない方がと思っておりますので、何《ど》のようになりとも然るべき様にお扱い下さったならば、「忝《かたじけな》く存じます」と申上げる。宮はこのように憎い様子のない御睦びであろうとお思いになりながらも、御自分のお心癖から尋常《ただ》ではなかろうとお思いになるので、御不安なのであろう。

枯れ枯れになっている前栽《せんざい》の中に、尾花が、他の物よりは際立って、手をさし伸ばして招くのが、面白く見えるが、まだ穂の出かかっているのも、露を貫き留める玉の緒になって、頼りなげに靡《なび》いているのなども、例《いつも》のことではあるが、夕風にやはり哀れに見える頃である。宮、

穂に出でぬ物思ふらししのすすき招く袂《たもと》の露しげくして▼38

なつかしい程に萎《な》え気味になった御衣《おんぞ》に、直衣《なおし》だけをお召しになって、琵琶を弾いていらした。黄《おう》鐘調《じきじょう》の掻き合せを、ひどく哀れにお弾きなしになっているので、女君も嗜《たしな》みのこととて、物怨みもしてはいきれずに、小さい几帳の端から、脇息に凭《よ》りかかって、ほのかにお体をさし出していられるのが、ひどくお可愛ゆい。

秋果つる野べのけしきもしの薄《すすき》ほのめく風につけてこそ知れ▼39

「『我が身一つの』」と云って、涙ぐまれて来るのが、流石に極りがわるいので、扇で紛らし隠していられるお心の中《うち》も、宮はお可愛ゆく察しられるが、このようであればこそ、人も諦めえずにいるのであろうと、疑わしい方も尋常ではなくて、怨めしいのであろう。菊が、まだよくは衰えきらなくて、態《わざ》と手入れをしてあるのは、却って後れているのに、何《ど》うした一本《ひともと》であろうか、ひどく面白く衰えているのを、宮は取り分けてお折らせになって、『花の中《うち》に偏《ひとえ》に▼40』とお誦《ず》しになって、「某《なにがし》の御子《みこ》が、この花を愛でていた夕方のことでした、昔天人《てんにん》が天翔《あまかけ》って来て、琵琶の手をお教えになったのは▼41。何事も心浅くなっている世は物憂《ものう》いことです」と云って、お琴をお止《や》めになるのを、女君は残念にお思いになって、「心は浅くもなりましたろうが、昔を伝えています事までが、何でそんなに」と云って、

御存じにならない曲をお聞きになりたくお思いになったので、宮は、「それでは相手無しではさみしいので、合奏をなさいまし」と云って、人を召して箏の琴を取寄せて、お弾かせになるが、女君は、「昔は教える人もございましたが、身にしみて覚えずにしまいましたので」と云って、気がひけるようにして手もお着けにならないので、宮は、「これ程の事さえ、隔てをお附けになっているのは心憂いことです。この頃逢っています辺りは、まだそう打解けられる程ではありませんが、整わない未熟なことでも隠さずにしています。すべて女は、物柔《ものやわら》かで心の素直なのがいい事だと、あの中納言も定めているようでした。あの君には又、このようにはお慎しみになりますまい、親しい御仲でしょうから」など、本気になって怨まれるので、母君は溜息《ためいき》をついて少しお調べになる。緒が弛《ゆる》んでいたので、盤渉調《ばんじきじょう》でお合せになる。合奏の爪音が面白く聞える。宮の「伊勢の海」をお謡《うた》いになるお声が上品にお美しいので、女房共は物の蔭に近づいて参って、にこにこし合っていた。「老女房は、二心《ふたごころ》のおありになりますのは、辛いことですが、それも御尤もなことなので、やはり御前《おまえ》は幸せな人と申すべきでございます。このようなお有様にはお混じりになれそうにもなかった年頃のお住まいですのに、又帰りたいようにお思いになって、仰せになりますのはひどく心憂いことです」など、直ぐにそれを唯云うので、若い女房共は、「まあやかましいことを」と制す。宮は琴をお教え申しなどしつつ、三四日お籠《こもり》になっていて、お物忌《ものいみ》に託《かこつ》けていらっしゃるのを、彼方《あちら》の殿では怨めしくお思いになって、大臣《おとど》は内裏《うち》より御退出になられたままに、ここにお参りになられたので、宮は、「事々しい様をして、何に入らしたのであろうか」とおむずかりになったが、御自分の間へお渡りになって対面をなされる。大臣《おとど》は、「用のない間は、この院を見ないのも久しくなりまして哀れなことでございます」など、昔のお話を少し申されて、やがてお引連れになってお出ましになった。御子達の殿原《とのばら》、それならぬ上達《かんだち》部《め》殿上人など、ひどく大勢引続いていらせられる御勢いの盛んなのを見ると、立ち並ぶべくもないのはうんざりすることである。女房共は覗いてお見上げして、「何とも清らにいらせられる大臣《おとど》ですこと。あれ程に、何方《どなた》ということもなく若く盛りで清げにいらせられる御子方も、お似申せそうにもないことです。まあ結構な」と云う者もある。又、「あのように貴げな御様をして、態々《わざわざ》お迎いに入らしたのは憎いことです。楽ではない御仲ですよ」など歎く者もあることだろう。御自分でも、過ぎ去った方をお思い出しになるのを初めに、あの花やかな御間柄には、立ちまじれそうもない、幽《かす》かな覚えであるのにと、いよいよ心細いので、やはり気安く籠っているのが、見よいことであろうと、一段とお思いになる。はかない様でその年も暮れた。

正月の下旬から、女君は何時《いつ》にない様でお悩みになるので、宮はまだ御覧になったことのない事で、何《ど》うなることだろうとお歎きになって、御修法《みずほう》など、諸所で多くおさせになっているのに、又々新たに添えておさせになられる。まことにひどくお煩《わずら》いになるので、后の宮からも御見舞がある。御一緒になって二年におなりになるが、宮お一方《ひとかた》のお志こそは疎《おろそ》かではないが、大方の世間では重々しくお扱い申さなかったのに、この折には、何処《どこ》でも何処《どこ》でもお聞き驚きになって、お見舞を申されたことである。中納言の君は、宮の案じてお騒ぎになるのにも劣らず、何《ど》んなでいらっしゃろうかと歎いて、心苦しく気懸りにお思いになるが、一通りの御見舞だけはなさるが、余りにはお参り出来なくて、内々で御禱《おいのり》などもおさせになったことであった。それは、女二の宮の御裳着《おんもぎ》が、直ぐ近くになっていて、世間でひどく営み騒いでいる。万事、帝が御心一つでなさる事のように御準備なさるので、御《おん》後見《うしろみ》のないのが、却って結構なように見えることであった。女御の仕《し》てお置きになったことは勿論《もちろん》で、作物所《つくもどころ》や、然るべき受領《ずりょう》などが、それぞれにお仕え申すが、まことに限りもない。続いてその頃に、男君も参り初めるべき仰せであったので、男方《おとこがた》でもその用意をするべき頃であったが、君は例のお心癖なので、その方にはお心が入らなくて、宮の女君のことばかりお可哀そうにお思い歎きになられる。

二月の朔日《ついたち》頃、直物《なおしもの》▼42とか云う事で、中納言の君は権大納言になり、右大将をお兼ねになることになった。右大臣殿《みぎのおおいどの》が左大将でいられたが、お辞しになられたからの地位なのである。歓び申しに諸所をお歩きになって、この宮にもお参りになった。女君がひどく苦しくていらせられるので、宮は此方《こなた》にいらせられる折だったので、直ぐにお参りになった。宮は、「僧などが詰めていて、ひどく不都合な所に」とお驚きになって、あざやかな御直衣《おんなおし》や御下襲《したがさね》などにお召しになり、取繕われて、階下に下りて答《とう》の拝《はい》をなされるお有様など、それぞれにひどくお立派である。君は「続いて今夜は近衛《このえ》司《づかさ》の人に禄を遣わします席へ」と、御招き申上げるが、お悩みになる方の為に御躊躇なされるようである。左の大殿《おおいどの》のなされた通りにと、六条院でなされることであった。相伴役の親王《みこ》達上達部《かんだちめ》は、大饗の折に劣らず、余りに騒がしいまでにお集りになったことである。この宮も入らせられて落着けないので、まだ宴の終らない中《うち》に急いでお帰りになったのを、大殿《おおいどの》の御方の人は、「まことに飽《あ》つけない呆れたことで」と仰しゃる。女君も六の君に劣るべくもない御身分であるのに、さし当っての覚えの華やかさにお心が傲《おご》って、気位高くお振舞になるのであろう。

ようようの事でその明方に、男の子がお生れになったので、宮もひどく甲斐があって嬉しくお思いになった。大将殿も御自分の喜びに添えて、嬉しくお思いになる。昨夜《よべ》お越し下さった御礼に、やがてそのお喜びも添えて、立ちながらの御挨拶にお参りになった。宮がこのように籠っていらせられるので、お参りしない人とてはない。御産養《おんうぶやしない》は、三日は唯宮の御私事《わたくしごと》で、五日の夜は、大将殿から屯《とん》食《じき》を五十具、碁の賭銭《かけぜに》、椀飯《わんはん》▼43などは、世間並みにして、子持の御前《みまえ》の物として衝重《ついがさね》三十、児《ちご》の御衣《おんぞ》は五重襲《いつえがさね》で、お襁褓《むつき》などは、仰々しくなく、目立たなくお拵えになっているが、よく見ると、ひどく態《わざ》と珍しいお心持の見える物であった。宮の御前《みまえ》にも、浅香《せんこう》の折敷《おしき》が十二あって、高杯《たかつき》で粉熟《ふずく》▼44を差上げられた。女房の御前《みまえ》には、衝重《ついがさね》はもとよりで、檜破籠《ひわりご》を三十などで、様々な手を尽した料理が多くある。人目に仰々しいようには、態《わざ》となさらない。七日の夜は、后の宮からの御産養なので、お参りになる人々が多くあった。宮の大夫を初めとして、殿上人上達部が、数知らずお参りになった。内《う》裏《ち》でも聞《きこ》し召されて、「宮が初めて大人《おとな》びられるについては、何《ど》うして祝わずには」と仰せられて、御佩刀《みはかし》を下された。九日も、大殿《おおいどの》から差上げられる。快からずお思いになる辺りではあるが、宮のお思いになる所があるので、御子の君達《きんだち》が大勢参られて、すべて何のわだかまりもなさそうに親しくなさるので、女君御自身も、月頃歎かわしく御気分の悩ましいにつけても、心細くお思い続けになっていたのに、このように面目のある賑わしいことが続くので、少しはお慰みにもなることであろう。大将殿は、女君がこのように大人びておしまいになったので、一段と御自分の方のことは物遠くもなろうか、又宮のお心もひどく疎《おろそ》かなことはあるまい、と思う心は残念であるが、又初めからのお志をお思いになる上では、ひどく嬉しくもあった。

かくてその月の二十日余りの頃に、薄壺の宮の御裳着《おんもぎ》の儀式があって、その翌日から大将殿は宮の御方にお参りになられたことである。その夜の儀式は内々の様であった。「天の下に響いてお立派にお冊《かしず》きになっていると見えた御方に、常人《ただびと》のお添い申すことは、やはり飽き足らずお気の毒に見えることです。そうした御許しがあったにしても、さし迫ってこのようにまでお急ぎになるには及ばないことです」と、謗《そし》るがように思い仰しゃる人もあったが、帝にはお思い立ちになった事は、はきはきと遊ばされる御心で、昔に例のないまでに、同じ事ならば扱おうと、思召《おぼしめ》しての事なのであろう。帝の御婿になる人は、昔も今も多いことではあるが、このように御在位の中《うち》に、尋常人《ただびと》のように婿取りをお急ぎになる例は、少《すくな》いことであったろうか。左の大臣《おとど》も、「珍しい御覚え御運です。故六条院でさえも、朱雀院《すざくいん》の御代《みよ》が末におなりになって、今はとお姿をお窶《やつ》しになられた際に、あの人の母宮を得られたのでした。私はまして、その人も許されないのに、拾ったのでしたよ」とお云い出しになったので、北の方はほんにとお思いになるので、極りがわるくて御返事もお出来になれない。

三日の夜は、姫君の御伯父の大蔵卿を始めとして、この女二の宮がお心寄せになさられる方々が、大納言の家司《けいし》に相談をして、内々の様ではあるが、大将殿の御前駆、随身、舎人《とねり》などにまで御祝いの禄を下される。その儀式は私事《わたくしごと》のようであったことだ。この事があって後は、大将殿は忍び忍びに御参りになられる。お心の中《うち》では、やはり忘れ難い昔の人の事ばかりが思われて、昼は御自分の殿に起き臥《ふ》して眺め暮され、暮れると心進まぬながらも急いで御参りになられるのをも、馴れないお心持には、ひどく物憂く苦しいので、姫宮を御退出申させようと御計画になったことである。母宮はそれをひどく嬉しいことにお思いになって、お住みになっていられる寝殿を女二の宮にお譲り申そうと仰しゃるが、大納言は、「余りに勿体《もったい》ないことでしょう」と云って、寝殿と御念誦堂《ごねんずどう》との間に、廊を続けてお造りになられる。女二の宮は西面にお移りになるのであろう。東の対なども火事で焼けた後は、立派に新しく申す所のないものであるのに、いよいよ磨き添えつつ、細かに御装飾をなされる。そうした大納言の御用意を、内裏《うち》でも聞し召して、まだ程もないのに打解けてお移りになられることは、如何《いかが》であろうかとお思いになった。帝とは申上げるが、心の闇は同じでいらせられることである。母宮の御許《おんもと》へ、帝より御便りあっての御文にも、唯その事をばかり仰せになられたことである。故朱雀院が、取分けて、この尼宮の御事をばお申し遺《のこ》しになられたので、このように御出家になられたが、衰えずに、何事も以前のままで、尼宮の奏せられることなどは、必ず御聞き入れになられて、御用意の深いことであった。このように貴い御方々に、孰《いず》れも限りなく大切に冊《かしず》き騒がれていられる面目も、大納言は何《ど》ういう訳であろうか、心の中では格別嬉しくも思えず、やはりともすると、眺めをしつつ、宇治の寺を造ることをお急がせになっていられる。

宮の若君の五十日におなりになる日をお数えになって、大納言はその祝餅の用意にお心を入れて、籠物檜破籠《こものひわりご》の世話をおやきになりつつ、又世間並みの大凡《おおよそ》の物にはしまいとお志《こころざ》しになって、沈《じん》、紫《し》檀《たん》、銀、金など、その道々の職人を多くお召しになって命じられるので、孰《いず》れもわれ劣らじと、様々の物を拵え出すようである。御自分でも、例《いつも》のように宮のいらせられない隙にお越しになった。思い做しであろうか大納言は以前よりも少し重々しく貴げな御様子が添ったように見える。女君は、今はそれにしても、あの面倒だった慢《そぞ》ろごとなどは、お紛れになったことであろうと思うので、安心して対面をなされた。しかし、以前の通りの御様子で、先《ま》ず涙ぐんで、「心にもないお交《まじ》らいは、一段と案外なものだと思いまして、世を思い乱れますことが勝《まさ》ったことです」と、にべなくお訴えになる。女君は、「まことにとんでもない事で。人が自然仄《ほの》かに漏れ聞きましょう」など仰しゃるが、このように結構なことの重なるのにも慰《なぐさ》まず、忘れ難く思っていらっしゃるお心深さよと、哀れにお思いになるので、疎《おろそ》かならずお思い知りになる。大君が御在世であったならばと、残念にお思い出しになるが、それだと、我が有様と同様に、羨みなく身を怨むことであろう、何事も、その数でない者は、世の人らしくは出来ないものである、とお思いになると、一段と亡き者が、打解けきらずに終ろうと、お思いになられたお覚悟は、やはりひどく重々しいことだとお思い出しになられる。大納言は若君を切にゆかしがられるので、女君は極りはわるいが、何で隔て顔にはしよう、御無理な事一つにつけて怨まれるより外《ほか》には、何《ど》うかこの方のお心に違《たが》うまいと思っているので、御自分ではとやかく御返事を申さないで、乳母《めのと》に云いつけてお差出し申させた。云うまでもないことで、憎げでなどあろうか。気味わるいまで色白で可愛ゆらしく、声高に物を云ったり笑ったりなどなさる顔を見ると、我が物にして見《み》たく羨ましいのも、この世の捨て難くなられたのであろうか。しかしそれは、云う甲斐なくおなりになった人が、世の常の有様でいて、このような人までもお残しになられたのであったらとお思いになるばかりであって、この頃御面目にしていられる御辺りに、早くこのようになどと思い寄りになられないのは、余りにも仕様《しよう》のないお心というべきであろう。このように女々しくひねくれたことを書くのは、お気の毒なことである。そのように悪く尋常でない人を、帝が取り分けて深くお近づけになり、お睦《むつ》びになるべきではないので、政務の方面の御器量などは、十分でいらせられたことであろうと推し量るべきである。ほんにこのように幼い方をお見せになったのも哀れなので、大納言は何《い》時《つ》もよりはお話を細々《こまごま》となさる中《うち》に、暮れてしまったので、気楽には夜さえ更かせそうにないのを、苦しく思われて、歎き歎きお帰りになった。「好い御匂いですね。『折りつれば』[45]とかいうように、鶯《うぐいす》も尋ねて来そうなことです」など、煩《うるさ》くいう若い女房もあった。

夏に入ると、三条の宮は内裏《うち》からは塞がる方角になるよと定めて、四月の上旬、節分とかいう事の来ない前に、女二の宮をお移し申すという日が明日という日に、藤壺へ主上はお渡りになられて、藤の花の宴をおさせになられる。南の廂《ひさし》の間の御簾を上げて、帝《みかど》の御倚子を立てた。公事《おおやけごと》であって、主《あるじ》の宮のなされる事ではない。上達部《かんだちめ》殿上人の饗応などは、内蔵司《くらづかさ》から差上げる。左の大臣《おとど》、按察《あぜち》の大納言、藤中納言、左兵衛督《さひょうえのかみ》、親王《みこ》達は、三の宮、常陸宮などがお侍《さぶら》いになる。南の庭の藤の花の下に、殿上人の座は設けた。後涼殿の東に、楽所《がくそ》の人々を召して、暮れてゆく頃に、双調《そうじょう》を吹いて、殿上の御遊びには、宮の御方から琴笛など多くお出しになったので、大臣《おとど》を初めとして、御前に一つ一つ参らせられる。故六条院の御自身お書きになって、入道宮にお上げになられた琴の譜二巻《ふたまき》の、五葉の松の枝に附けたのを、大臣《おとど》はお取次ぎになって献上なさる。次《つ》ぎ次《つ》ぎに参らせた、琴《きん》、箏の御琴、琵琶、和琴などは、朱雀院の御物どもなのであった。笛は、あの夢に伝えた昔の人の形見の物であるが、主上が又と無い音《ね》であると、お愛《め》でになられたので、この折の晴れ以上には、又何時《いつ》といってはえばえしい機会があろうとお思いになって、大将はお取出しになったのであろう。大臣《おとど》には和琴、三の宮には琵琶を、それぞれお命じになる。大将の御笛は、今日世にない音《ね》の限りをお吹き立てになったことであった。殿上人の中でも、唱歌の拙《つたな》くはない者どもをお召出しになりつつ、ひどく面白く遊ぶ。宮の御方から、粉熟《ふずく》をお上げになった。沈の木の折敷《おしき》が四つ、紫檀の高杯《たかつき》で、藤色のぼかし染《ぞめ》の敷布《しきぬの》に、藤の枝が模様に縫ってあった。銀の盤、琉璃《るり》の御盃、瓶子《へいし》は紺琉璃《こんるり》である。兵衛督が賄《まかな》いをお仕え申す。天盃《てんぱい》を戴くにつけ、大臣《おとど》は、自分の皿に重ねて戴いては不都合であろう、宮達の御中《おんうち》には、他にお廻《まわ》し申すべき方もいらせられないので、大将にお譲りになられると、大将は辞退をなされるが、主上の御気色《みけしき》も何《ど》のようであったろうか、大将は御盃を捧げて、「おし」[46]を仰しゃる声遣《こわづか》い身の振舞《ふるまい》までも、例の定まった事ではあるが、人には異《ちが》って見えるのは、今日は一段と見做しまでが添っている為であろうか。移しの土器《かわらけ》で戴いて、階下へ下りて舞踏をなされるのも、まことに類《たぐ》いがない。天盃は上位の親王達《みこ》や大臣《おとど》の賜わるのでさえめでたいことであるのに、これはまして御婿であって、おもてはやしになられる御覚えが、疎かではなく珍しいのに、御身分に限りがあるので、下《くだ》った座に帰ってお着きになられるのは、お気の毒なまでに見えることであった。按察の大納言は、自分こそこうした目を見ようと思っていたのに、妬ましいことであると思っていられた。大納言は、この宮の御母女御を、昔お心懸けになられたので、入内《じゅだい》なされた後も、猶《な》お忘れない様で、文を通わしなどなされて、最後には宮を戴きたいという心が起ったので、御後見《おんうしろみ》を望む心持を漏らして申したが、女御は主上にお伝えさえもしなかったので、ひどく気まずく思って、「大将の人柄はほんに生れつきが異《ちが》っていようが、何《ど》うして時の帝が、あのように仰々しいまでに婿冊《むこかしず》きをなさるべきであろうか。こんな事は他にはなかろう、九重《ここのえ》の内の主上のいらせられる御殿近い所へ、尋常人《ただびと》が打解けて侍《さぶら》って、終《しま》いには宴だ何だと、お騒ぎになられるという事は」と、ひどく謗《そし》ってつぶやき言《ごと》をしていられたが、さすがに御宴がゆかしかったので、参って、心の中《うち》で腹を立てていたことである。紙燭を点《とも》して歌どもを献じる。文台《ぶんだい》の下《もと》に寄りつつ置く時の様子は、各々得意顔であったが、例《いつも》の何《ど》んなにか変な古風なものであったろうと思うので達《た》って皆は尋ねて書かない。上流の上臈だといっても、御詠口《よみくち》は格別のことも見えないようであるが、印《しるし》だけでもと思って、一つ二つだけは聞いて書いた。これは、大将の君が、階下に下りて主上の御挿頭《かざし》の藤を折って参った時のものだとか。

すべらぎの挿頭《かざし》に折ると藤の花及ばぬ枝に袖懸けてけり▼47

得意になっているのが憎いことである。御製、

万代《よろづよ》をかけてにほはむ花なれど今日をも飽かぬ色とこそ見れ▼48

又誰のものであるとか、

君がため折れる挿頭《かざし》は紫の雲に劣らぬ花のけしきか▼49
世の常の色とも見えず雲居まで立ちのぼりたる藤浪の花▼50

これはあの腹立っている大納言の歌だろうかと見えることである。少しは聞き違えもあったろうか。このように、格別面白くもない物ばかりだったことである。夜が更けるにつれて、御遊びはひどく面白い。大将の君の、「あな尊《とうと》」をお謡いになられる声は、限りなく愛《め》でたいことであった。按察も、昔は声が好かった名残なので、今もひどく物々しく、合唱をなさった。左の大殿《おおいどの》の七郎君が、童で笙の笛を吹く。ひどく可愛ゆかったので、主上は御衣《おんぞ》を下される。大将は階下へ下りて舞踏をなされる。暁近くなってお帰りになったことである。禄は、上達部、親王《みこ》達のは、主上より下される。殿上人楽所《がくそ》の人々には、宮の御方から品々を下さった。

その夜、宮は内裏を御退出になられたことである。儀式はひどく格別であった。主上附きの女房は全部御送りをおさせになった。宮は廂《ひさし》のある御車▼51で、廂の無い糸毛《いとげ》が三つ、檳榔毛《びろうげ》の金の飾りのあるのが六つ、普通の檳榔毛が二十、網代《あじろ》が二つで、女房は三十人、童や下仕えは八人ずつお附き申しているのに、又御迎えのお供の車が十二で、男方の人々を乗せていたことである。御送りの上達部殿上人の禄など、云いきれないまでに清らをお尽しになった。

このようにして大将殿は心安く打解けてお見上げ申すと、姫宮はひどくお可愛ゆらしげでいらせられる。お体はお小さく上品にお静かで、ここがと見える悪い所もなくていらせられるので、御縁は残念なものではなかったことだと、お心傲《こころおご》りがされるものの、亡くなられた方のことが忘れられればよいが、やはり紛れる時がなく、恋しくばかり思われるので、この世では慰められないことであろう、仏になった時に、不思議にも辛かった御縁を、何の報いであったかと明らかにして忘れようと思いつつ、宇治の寺の準備にばかり心を入れていらした。

賀茂の祭などの騒がしい程を過して、二十日余りの頃に、大将は例《いつも》の宇治へお越しになった。お造りになっている寺を御覧になって、するべき事のお指図をして、さて例《いつも》の朽木《くちき》の蔭を素通りになるのもやはり哀れなので、そちらの方へお出《い》でになると、女車の仰々しくはないのが一つ、荒々しい東《あずま》男《おとこ》の、腰に物の具を着けている者を大勢引連れて、下人《しもびと》も大勢で頼もしげな様子をして、橋を今渡ってこちらへ来るのが見える。田舎《いなか》びた者どもであるよと御覧になりつつ、殿は先ずお入りになったが、御前駆などはまだ立騒いでいる中に、その車もこの宮を目指して来るのであると見える。殿は御随身《みずいしん》どもががやがやいうのをお制しになって、「何方《どなた》ですか」とお聞かせになると、言葉の訛《なま》っている者が、「常陸の前司《ぜんじ》殿の姫君が、初瀬の御寺へお詣《まい》りになってお帰りになるところです。前にもここへお泊りになりました」と申すので、おおそうか、聞いていた人なのだとお思い出しになって、御供の者どもを異《ちが》う方へお隠しになって、「早くお車を入れなさい。此処《ここ》に他の人も泊っていますが、北面《きたおもて》の方です」とお云わせになる。殿のお供は皆狩衣《かりぎぬ》姿で、仰々しくはない姿であるが、やはり様子が異《ちが》っているのであろうか、遠慮がいるらしく思って、みんな馬を引下げつつ、畏《かしこ》まりつついる。女車は引入れて、廊の西の端に寄せる。この寝殿はまだ露出《むきだ》しで、簾《すだれ》も懸けてはない。格子を下して締め切ってある中の二間《ふたま》の、隔てに立ててある襖《ふすま》の穴から、殿は覗いて御覧になる。御衣《おんぞ》が鳴るので、脱いで置いて、直衣指貫《なおしさしぬき》だけを著《き》ていらっしゃる。女客は直ぐに車から下りずに、尼君に消息《たより》をして、あのようにひどく貴そうな人がいらせられるが、何方《どなた》だなど尋ねているのであろう。君は、車がその人ののだとお聞きになったので、「決して、その人に私がいるとは仰しゃいますな」と、先ず口止めをしてお置きになったので、皆そのように心得て、「早くお下りなさいまし。客人《まろうど》はいらっしゃいますが、別の方です」と返事をした。若い女の乗っているのが、先ず下りて、簾を上げるようである。御前駆などの様子よりは、この女房は物馴れていて見よい。又大人《おとな》びた女が今一人下りて、「早く」というと、内から、「ひどく顕《あら》わな気がするのです」という声が、仄かではあるがひどく上品に聞える。老女は、「何時《いつ》ものお癖で。此方《こなた》は前々も下し籠めてばかりいるようでございます。何で又、顕《あら》わなことがございましょう」と、いい気になって云う。女君の慎ましげにして下りるのを見ると、先ず頭《かしら》つきの様態《ようだい》の細《ほっそ》りしていて上品なことは、ひどくよく亡き御方が思い出されることである。扇でつと隠したので、顔の見えない程見たくなって、はっとしつつ御覧になる。車は高く、下りる所は低いので、あの女共は楽に下りたのだが、女君はひどく困ったように躊躇して、長くかかって下りて部屋の内へ居ざり入る。濃い紅《くれない》の袿《うちぎ》に、瞿麦色《なでしこいろ》と思われる細長《ほそなが》、若苗色の小袿を著ていた。四尺の屏風を、此方《こちら》の襖に添えて立ててあるが、上の方から見る穴なので、残る所もない。女君は此方《こちら》をば気懸りに思うらしく、彼方向《あちらむ》きになって、物に凭り臥している。侍女は、「何ともお苦しそうでいらしたことでしたね。泉河の船渡りは、今日はひどく恐しゅうございました。この二月の時には、水が少なかったので好かったのでしたね。さあ、出歩きは、東路《あずまじ》のことを思いますと、何処《どこ》に恐ろしいところがございましょう」など、二人で苦しいとも思っていないらしく云っているが、主は物も云わずに俯向き臥していた。腕をさし出しているが、丸々としていて可愛ゆらしいところも、常陸殿の娘などとはいうべき様には見えず、まことに上品である。君は次第に腰の痛くなるまで立ち竦《すく》んでいらしたが、人のいる様子はさせまいと思って、なお動かないで見ていられると、若い女房が、「まあいい匂いですこと。結構な香のにおいがします。尼君がお焚《た》きになるのでしょうか」と驚く。年した方は、「ほんに何て好い匂《い》いでしょう。京の人はやはりひどく雅《みや》びやかで当世風なことですよ。北の方は天が下の上手だとお思いになっていましたが、東《あずま》ではこんな薫物《たきもの》の香は、お合せになれませんでしたね。この尼君のお住まいは、このように幽《かす》かでいらっしゃいますが、装束も申分《もうしぶん》なく、鈍色青鈍《にびいろあおにび》といいますが、ひどく清らかなことですよ」と誉めていた。彼方《あちら》の簀子《すのこ》から、女童《おんなわらべ》が来て、「お湯でも召上りませ」といって、折敷《おしき》どもを続けて差入れる。菓子《くだもの》を引寄せて、侍女は女君に、「もしもし。これなりと」と起すが、起きないので、二人で、栗などのような物でもあろうか、ぽりぽりと食べるのも、君は聞き知らないお心持には、工合が悪くてお立退きになったが、又ゆかしくなりつつ、猶《な》お立寄り立寄りして御覧になる。これよりは勝《まさ》る人々を、后の宮を初めとして、彼方此方《あちらこちら》で、容貌《かたち》のよい方も貴い方も、数多く飽くまでにお見集めになっているが、よくよくのことでないと、目にも心にもお留まりにならず、余りだと人に非難されるまでにいらせられるお心なのに、唯今は、何《ど》れ程勝《すぐ》れている所もない人であるが、このように立ち去り難く、達《た》って見たくお思いになるのはひどく怪しいお心である。

　尼君は、この殿のお居間にも、その事をお知らせ申したが、「お心持が悩ましいと仰しゃって、今はお臥《やす》みになっていらっしゃいます」と、お供の人々が気を利かして云ったので、尼君は、あの姫君を尋ねたいと仰しゃっていらしたので、こうした序《ついで》に物を云い懸けようとお思いになって、日を暮していらっしゃるのであろうかと思って、そのようにお覗きになっていらっしゃろうとは知らず、例《いつも》の御荘園の御預りの者の差上げた破籠《わりご》や何かを、尼君の方にも差入れたのを、東人《あずまびと》にも食べさせるなどのことをして置いて、身繕いをして、客人《まろうど》の方に来た。誉めていた装束は、ほんにひどくさっぱりして、容貌《かたち》もやはりゆかしく小綺麗なことである。尼君は、「昨日お着きになろうとお待ちしていましたのに、何《ど》うして今日も日が闌《た》けてに」というようだと、その年をした女房は、「何とも変な程に苦しそうにばかりなさいましたので、昨日はあの泉河の渡りに泊りまして、今朝も何時《いつ》までも御気分が悪うございまして」と返事をして、姫君を起すと今は起きていることである。尼君を極りわるくして、側へ向いている横顔が、此方《こちら》からはひどくよく見える。まことにひどく品のある目もとの辺、生え際など、あの大君をも、細かくつくづくとは御覧にならなかったお顔であるが、この顔を見るにつけて、唯そっくりだと思い出されるままに、君は例の涙がこぼれた。尼君に返事をする声や様子は、仄かではあるが、宮の御方にもよく似ていると聞える。哀れな人があったことであるよ、こうした人が居たのに、今まで尋ねて見もせずに過したことであるよ、これよりも低い身分の者で縁ある者であってさえも、これ程似ている人を見ては、疎《おろそ》かには思えない気がするのに、ましてこの人は、お認めにはならなかったけれど、本当の故宮の御子であることだと、お見做しになると、限りなく哀れに嬉しくお思いになる。今直ぐにも這《は》い寄って、世の中に生きていらしたのにと云って慰めたい、蓬萊まで尋ねて行って、簪《かんざし》だけを伝えて来て御覧になった帝は、やはり心の霽《は》れなかったことであろう、これは他人ではあるが慰め所のありそうな様であるとお思いになるのは、この人に御縁のあったのであろうか。尼君は話を少しばかりして早く引下った。人の咎めていた薫《かおり》を、近くで覗いていらっしゃるのであろうと心得たので、打解け話はしなくなったのであろう。

　日が暮れて行ったので、君は静かにそこから離れて、御衣《おんぞ》をお召しになって、何時《いつ》もお召出しになる襖口に、尼君を召し出されて、女君の有様などお問いになる。「折よく嬉しくも来合せたのですが、何《ど》うしましたあのお話しましたことは」と仰しゃると、尼君は、「あのように仰言《おおせごと》のございました後は、然るべき序《ついで》があったらばと待っておりましたのに、去年は過ぎまして、この二月に、初瀬詣での折に初めて姫君に対面いたしました。あの母君に、思召《おぼしめし》の趣《おもむき》を仄めかしますと、ひどくに工合の悪い勿体ない御準《よそ》えでございます、など申しましたが、その頃はお静かではいらせられませぬと承りまして、折が悪いと御遠慮を申して、そうともお知らせ申しませんでしたが、又この月も詣りまして、今日はお帰りのようでございます。行き帰りの中宿《なかやど》りに、このように親しまれますのも唯お亡くなりになりました宮の御様子を尋ねたいからのことでございましょう。その母君は、差支えることがあって、今度は一人で入《い》らっしゃいましたようですから、このようにお越しになっていらっしゃいましても、何もお知らせすることもないと思いまして」と申上げる。君は、「田舎びた人どもに、窶《やつ》しての忍び歩きは見られまいと思って、口止めしましたが、何《ど》んなものでしょうか。下衆《げす》どもは知っていることでしょう。さて何うしたものでしょうか。一人でいられるのは、却って気安いことでしょう。このように縁が深くて来合せていると伝えて下さいまし」と仰せになると、尼君は、「だしぬけに、何《い》時《つ》の間に出来た御縁でしょうか」と、笑って、「それではそのように伝えるでございましょう」と云

って入るので、

かほ鳥の声も聞きしに通ふやと繁木《しげき》を分けて今日ぞ尋ぬる▼52

唯口ずさみのように仰しゃるのを、彼方へ入って姫君にお話しした。

▼1　死の穢（けが）れに触れている者は、宮中へは、普通の期間よりは長い間、立ち入れない定めであったからである。

▼2　普通の家の垣根に咲いている花であるならば、心のままに折って見ましょうものを。「花」を、女二の宮によそえて、尊い御身であることを恐縮した心。

▼3　霜に抵抗がしきれず、枯れてしまった園の菊ではあるが、残っている色は褪せずにいることであるよ。当時は菊は白菊で、衰えて紅色になった時を、最も愛すべき時としていたのである。枯れた菊を母女御に、「菊」を女二の宮に譬えて、御鐘愛の意を仄めかされた意。

▼4　「朝顔は常なき花の色なれや明くる間咲きてうつろひにけり」（花鳥余情）。朝顔は世の無常なのに似て、命短い花であるの意。

▼5　二条院は、三条の宮からは北に当っているからの称。

▼6　今朝の間だけの果敢ない色を愛でることであろうか。置いている露の消えないので、このように咲いている花だと見つつも。朝顔の花の命の短いのに、人の身も同様である心を絡ませたもの。「露」は、人の命の脆い譬喩に慣用している語。「かかる」は、「懸かる」の意で、「露」の縁語。

▼7　その白露になぞらえて見るべきであったことよ。白露が、我が宿ったならば咲けと約束をして置いたであろうところのこの朝顔の花は。「白露」を、亡くなった大君に喩え、「朝顔」を、中の君に喩えて、大君になぞらえて逢うべきであった。大君がそのように約束をして置いたあなたは、の意を絡ませ、それを主にして云ったもの。

▼8　露の消えない間に枯れてしまった花の果敢ないのに、後れて残っている露の方は、猶お果敢なさがま

さっていることであるよ。「花」を、大君に、「露」を、自身に喩えて、生き残っている自身を大君よりも哀れだと思っているとの意。

▼9　光源氏。

▼10　「山里は物の寂しきことこそあれ世の憂きよりは住みよかりけり」（古今集）

▼11　大空の月さえも池水に宿っている我が宿に、お待ちしている宵が過ぎても見えない君であるよ。来るのを促す意を、怨みにして云ったもの。

▼12　「我が心慰めかねつ更科（さらしな）や姨捨山に照る月を見て」（古今集）

▼13　宇治の山里の松の蔭でも、これ程までに身にしみて哀れを感じさせる秋の風はないことであった。

▼14　後朝（きぬぎぬ）の文の使には、女方では禄として装束や裳を贈るのを例としていて、それを頭の上に被いて戴くのが風となっていた。ここは「裳」の美称「玉裳」を、海人のかずいて運ぶ「藻」の美称「玉藻」に懸けたもの。

▼15　女郎花がしおれ増さっていることである。朝露が何（ど）のように置いたからの名残であろうか。「女郎花」は、六の君に、「朝露」は、朝の別れを悲しんでの涙の喩で、母として娘に代っての心のもの。

▼16　宇治にいたならば、一とおりの物として聞くことであろうに。蜩の声の怨めしく聞える秋の暮であることよ。

▼17　渡ることは世に許されていない関という名を持っている川を、窃（ひそ）かに船で渡り初めたところの我が評判は、惜しいことであるよ。人が見許すべくもない身分ちがいの関係を結んで、ないないに苦しい思いをしていることだという嘆きを云ったもので、「関川」は、川の名としてもあるものであるが、ここは越してはならない「関」という意で云っているもの。「水馴れ」は、水馴れ棹即ち船を漕ぐ棹を使っての意で、越す意。「打渡し」は、男女関係を結ぶ意で用いられており、「世」は、男女関係の意でも用いる語。又「水馴れ」は、逢い馴れる意があるので、一首全体が縁語仕立てである。

▼18　深い水ではなく表面は見えるが、この関川の、裏面の水の通いは、深くて、絶える物でなどあろうか、ありはしない。「関川」を、川の名として、忍んで逢う意を持たせ、「上」は、自分の表面に現わしている有

様、「下」に、内心の意を絡ませて、表面はすげないようにしているが、内心思っていることは深くて、絶えなどはしない、と云って、慰めた心。

▼19 雲井雁腹の第一女。

▼20 落葉の宮で、大臣の妻となった人。上に出た。

▼21 「世やは憂き人やはつらき海人（あま）の刈る藻に住む虫のわれからぞ憂き」（河海抄所引）

▼22 「取り返す物にもがなや世の中をありしながらの我が身と思はむ」（伊行釈所引）。以前の関係を取戻したいものである。以前通りの我が身なので、の意。

▼23 妊娠して、産期に近づいた際にする腹帯で、今も行われている物。

▼24 その甲斐もなく分けたところの路の露が繁くて、以前の宇治での事の思われる秋の空であることよ。上三句は、本意を遂げなかった心残りの涙が繁くて、という意を、婉曲に云ったもの。

▼25 「人よりは我こそ先に忘れなめつれなきをしも何か頼まむ」（古今六帖）

▼26 他の人に馴れたからの袖の移り香を、我が身に沁ませて、しみじみと恨んだことであるよ。

▼27 君と逢い馴れて来た我が夜の衣だと頼んでいたのに、これ程のことで懸け離れることでしょうか。「中の衣」は、共寝をする時の衣。「かばかり」の「か」は、「香（か）」を懸けてあって、前の歌に照応させている。

▼28 結んだところの縁のちがっている下紐なので、ただ一向に恨みなどしようか、しはしない。宮と君とは、縁あってのことで、我は縁がちがっているので、一筋に恨むことはしないの意。「下紐」は、夫婦関係の意で云っているもので、男女共寝をして別れる時には、互に下紐を結んでやり合う風に絡ませた語。「一すぢ」は、下紐の縁語。

▼29 「恋しさの限りだにある世なりせば年経てものは思はざらまし」（古今六帖）

▼30 「恋ひわびぬ音をだに泣かむ声立てていづくなるらむ音無しの里」（古今六帖）

▼31 祓いをするには、六月と十二月の定期の時でも、臨時の時でも、人の形をした物を造り、それに罪穢れを移して、神社に関係のある御手洗川に流すのが風であったので、人がたはその流し捨てられる物が聯想

されて、はかない気がする意。

▼32 漢の王昭君の故事で、王昭君が肖像を書く絵師に金を贈らなかった為、醜く書かれて、胡地へ送られた事。

▼33 楊貴妃の死後、術士が、その魂のありかを尋ねて、東海の中にある蓬萊で逢った故事。

▼34 仏説の、観音勢至の二菩薩が、前生で継母に殺され、男親がその骨を頸に懸けて歎いていたが、遂に仏道に入った故事。

▼35 中の君のこと。匂宮の殿にいられるよりの敬称。

▼36 以前に宿ったことがあったと思出さなかったならば、木の下でする旅寝は、何んなに寂しいことであろうか。

▼37 荒れ果てている朽木の下を、宿ったことのあった所とお思い置きになったのは、悲しいことであるよ。「朽木」は、弁の尼自身の喩で、今は尼より外はいない邸だからの語。

▼38 穂すなわち表面には現さない物思いをしていることであろう。薄（すすき）の、手招きをする袂には、露を繁く置いて。「しのすすき」は、薫の喩。「露」は、中の君を思っての涙の喩。宮の邪推よりの怨み。

▼39 秋の果ててゆく野の様子は、ここの薄のほのかにゆれる風につけても知られることである。「秋」に、「飽き」を懸け、「薄」を、宮に喩えて、君が我に飽き果てていることは、仄めかされる仕ぐさでも察しられるの意。

▼40 「朗詠集」の中の物で、「不ズ二此花ノ中ニ編愛レ菊、此花開キテ後更無レ花」

▼41 西宮左大臣高明が菊を賞して、此の句を誦すと、唐土の琵琶の名手廉承武の霊が来て、石上流泉の琵琶の秘曲を教えたという故事。

▼42 除目（じもく）の事の終った後に、追加して行われる任官式。

▼43 椀に飯を堆（うずたか）く盛った物の称。客にすすめる物。

▼44 餅の類で、米の粉と麺粉とで作った物で、点心に用いる。

▼45 「折りつれば袖こそ匂へ梅の花ありとやここに鶯の鳴く」（古今集）

▼46 物音を制す語で、今は天盃を頂戴する際なので、それに対して敬意を表して云うもの。

▼47 帝のかざしに折るとて、藤の花の、手も及ばない高い枝に、我が袖を懸けたことである。「及ばぬ枝」は、帝を尊んでの意よりのこと。

▼48 万年の限りなき年を懸けて咲く花なので、今日も飽くを知らぬ美しい色と見ることである。帝の今日の宴をお祝いになった心。

▼49 君が為と折った挿頭の花の紫は、紫の雲にも劣らない様子であることよ。「紫の雲」は、瑞祥としてある物で、帝の御代を讃えた意の物。

▼50 普通の花とは見えない。雲居までも立ち昇っている藤浪の花は。「藤浪の花」を讃えた形にはなっているが、それを薫大将に絡ませ、「雲居」に、天皇の御聟になったことを絡ませて、極めて婉曲に皮肉を漏らした物。

▼51 四方に廂の附いている車で、高貴の人でないと用いられない物。

▼52 かお鳥の声も、以前聞いたのに似る声が聞かれようかと、繁き木立を分けて、今日は訪ね入ったことであるよ。「かほ鳥」は、美しい鳥で、ここは女君に喩えたもの。「繁木」は、繁き木立即ち林で、宇治を喩えたもの。大君を思わせる女君に懸想の心。

東屋

筑波山▼1を分けて見たいというお心はありながらも、端山の繁みまでも強いてお立ち入りになるということは、ひどく人聞きの軽々しく、側《はた》の見る目も工合《ぐあい》の悪い身分の者なので、大将はお憚《はばか》りになって、御消息《おたより》さえもその女にお伝えさせになることが出来ず、あの尼君の許《もと》から、母北の方まで、大将の仰《おつ》しゃった事などを、度々《たびたび》仄《ほの》めかしておよこしになるのであるが、北の方は本気に御懸想《けそう》になられそうなことも思わないので、唯《ただ》それ程の事をお尋ねになるだろう、面白いことだと思って、君の御身分の、只今《ただいま》の世には並ぶ者のなさそうなので、自分の身がもし相応の身分であったならばなぞ、様々に思ったことである。

守《かみ》の子どもは、母の亡くなったのが何人かと、今の人の腹にも姫君といって冊《かしず》く者があり、まだ幼い者など、次《つ》ぎ次《つ》ぎに五六人もあるので、守はそれぞれその世話をしつつ、姫君は他人だと思って隔《へだ》てを附ける心があったので、北の方は絶えずひどく辛いことだと守を怨《うら》みつつ何《ど》うかして抽《ぬ》け出して勝《すぐ》れた、面目ある身分の者にして見せてやりたいものだと、明暮れその母君は思って扱っていた。様容貌《かたち》が好い加減で、他の子どもに混ぜて置けるようであったならば、ひどくこのように何で苦しいまでには悩もうか、他の者と同じように思わせてもいようが、姫君は水際立って、美しく勿体《もったい》なく御成人になったので、惜しく心苦しいものに思った。娘が多いと聞いて、生君達《なまきんだち》めいた人々も、懸想文をよこされるがひどく大勢ある。初めの腹の娘の二三人は、みなそれぞれに縁附けて、一人前にした。今は我が姫君を、思っているようにしてお見上げしたいと、明暮れ見守って、撫《な》で冊《かしず》くことが限りもない。守も賤《いや》しい身分の人ではなかった。上達部《かんだちめ》の家筋で、親戚も卑しい人はなく、財力もひどく豊かでありなどするので、身分相応に思いあがって、家の内もきらびやかに、綺麗な暮し様にし、物好みをしているのに合せては、変に荒々しく、田舎《いなか》めいた心がついていた。若い時から、ああした東《あずま》の果ての、京遠い世界に埋もれて、年を経て来たせいであろうか、語《ことば》も何だか訛《なま》っていて、物云いも少し濁っているようで、豪家の辺りは怖れて、全体にはひどく行き届いた、抜け目のない心もあった。可笑《おか》しい程に琴笛の道は分らず、弓を上手に引くことであった。身分の低いにも拘《かかわ》らず、勢いに引かされて、都の好い若女房どもが集《つど》って、装束や有様を云いようもなく整えつつ、腰折の歌合《うたあわせ》、物語、庚申待《こうしんまち》▼2をし、けばけばしく見苦しく、遊び勝ちに好き好んでいるので、その懸想している君達《きんだち》は姫君を「可愛《かわ》ゆい人なのであろう、容貌《かたち》はひどく好いことです」など、好い方に云い做《な》して、心を尽している中に、左近の少将と云って、年は二十二三位で、気持の静かな、学問の方は人に許されているが、きらびやかに当世風になどは出来ない為《ため》であろうか、通っていた所とも縁が切れて、ひどく鄭重《ていちょう》に懸想を続けていたことだ。この母君は、大勢のこうしたことを云う人々の中では、この君は人柄も見好いようである、心持も据わっていて物のあわれも分っているらしいのに、身分も貴いことである、これ以上の、仰々しい身分の人は又、こうした辺りへは、そうは云っても尋ね寄らなかろう、と思って、消息《たより》を娘に取次いで、然《しか》るべき折々には、面白い様の返事をお書かせになる。自分の心一つに企《たく》んでいて、守こそ疎《おろそ》かに思っていようとも、自分は命を懸けても冊《かしず》こう、様容貌《さまかたち》の愛《め》でたいのを見たならば、疎かになどは、よもや思う人はあるまい、と思立《おもいた》って、この八月頃に儀式をと約束して、道具を整え、つまらぬ玩《もてあそ》び物を作らせても、形を変え趣《おもむき》を面白くして、蒔絵螺鈿《まきえらでん》などの手のこんだ心持の勝《まさ》った物は、此方《こちら》の御居間に隠して置いて、劣ったのを、「これが好い物です」と云って見せると、守はよくは見分けが附かず、何というでもない、道具という道具は、唯集めに集めて並べ立てつつ、目を僅《わずか》にさし出す程にして、琴や琵琶の師だといって内教坊《ないきょうぼう》▼3から迎えつつ娘に習わせる。手を一つ弾き覚えれば、師を立ったり居たりして有難《ありがた》がり、禄を取らせることも身も埋もる程にして騒ぎ立てる。軽薄な曲などを教えて、師と、趣ある夕暮などに、合奏して遊ぶ時には、涙も抑えず、流石《さすが》にばかばかしいまでに物愛《ものめ》でをした。こうした方面の事を、母君は少しは解っていて、ひどく見苦しいので、格別にはあえしらわないのを「私の子を見貶《みくだ》していられる」と守は常に怨んでいた。

かくてかの少将は、約束した頃を待ちきれないで、「同じ事ならば早い方が」と責めたので、母君は自分の心一つでこのように準備しているがひどく気懸《きがか》りになり、相手の心も知り難いことだと思って、初めから仲立ちをし初《そ》めた人が来たので、近く呼び寄せて相談をする。「いろいろと多く遠慮されることがございますが、月頃あのように仰せになって時も立ちますのに、並々のお方ではいらっしゃいませんので、有難くお気の毒だと思いまして、あのように思い立ちましたが、男親のいらっしゃらない人なので私の一料簡でしている有様で、具合《ぐあ》いの悪い、不行届きのように御覧になるこころもあろうかと、今から案じております。若い娘が大勢ございますが、連合いを持っております者は、自然そちらへ任せまして、この方の御事だけを、案じておりますが、果敢《はか》ない世の中を見るにつけましても、ひどく気に懸るのでございますが、物の哀れのお解りになっているらしいお心様と伺いまして、このように様々な遠慮も忘れそうになっているのでございますが、もし案外なお心持の見えるようなことがありましたら、人笑われで悲しいことでございます」と云ったのを、その人は少将の君に伺って、「これこれで」と話した所が、機嫌が悪くなった。「初めから少しも、守の御娘でないということは聞かなかったことです。同じことですが、人聞きも劣っている気がして、出入りするにも見よくないことでしょう。よくも調べないで、いい加減なことを伝えたことです」と仰しゃるので、お気の毒になって、「私委《くわ》しいことは存じ上げません。女どもが知っていますのを便《たより》にして、仰言《おおせごと》をお取次ぎし初めましたが、何人かの中でも大切にしている娘だとだけ聞きましたので守の娘だと思っていましたのです。他人の娘を持っていられるとも、聞かなかったのでございます。容貌《かたち》も心も勝《すぐ》れていらっしゃいますこと、母上がお可愛がりになって、面目ある気高い身分にしようと、崇めて冊《かしず》いていると伺いましたので、何《ど》うかして彼邸《あすこ》の様子を伝える人がほしいと仰せになりましたので、そうした便宜がございますとお世話申したのでした。決していい加減などという咎《とが》めは受けるべきではございません」と、腹の悪い語《ことば》の多い人で申すので少将もひどく上品でない様になって「ああした辺りへ行き通うのは、人のほとんど許さないことですが、当世のことなので咎はなさそうで、崇めて後見《うしろみ》をしてくれたら、咎は隠れもしましょうが、実子同様な者だと内々では思っていましょうとも、余所《よそ》の思わく、諂《へつら》ってのことだと人は云い做すでしょう。源少納言や讃岐の守などが晴れがましい様子で出入りをするのに、守にもほとんど相手にされない様で、交《まじ》わるのは、ひどく見すぼらしいことでしょう」と仰しゃる。この人は追従《ついしょう》のある、厭《い》やな心もある人で、破談になるのが残念で、此方《こちら》にも彼方《あちら》にも気の毒に思ったので、「本当に守の娘をとお思いになるのでしたら、まだ若過ぎますが、そのようにお伝えいたしましょう。真中《まんなか》に当る方を姫君と呼んで、守はひどく可愛がっていられます」と申す。少将は「さあ、初めからああ言い寄った人を差置いて、別の人に云うのは変なものです。しかし私の本意は、あの守の人柄が物々しくて、分別のある人なので、後見《うしろみ》にしたく、見る所があって思い始めた事です。専ら顔容貌《かおかたち》の勝れている女の願いはありません。身分のよい艶《えん》な女を願うのなら、容易《たやす》く得られましょう。ですが、手許が淋しくて物事の恰度《ちょうど》に出来ない、風雅《みやび》好きの人の果て果ては、品よくゆかず、人にも人らしく思われないのを見ますので、少し人に誹《そし》られようとも、安らかに世の中を過したいと願うのです。守にそのように話して、承知する様子でしたら、達《たっ》て厭《い》やはありません」と仰しゃる。

この人は、妹がその西のお居間に仕えている手蔓《てづる》から、そうした御文《おんふみ》を取次ぎ初めたが、守にはよくは見知られていない者だったのである。いきなりに守の居る前へ行って、「申上《もうしあ》げるべきことがございまして」と取次がせる。守は、「この辺りに時々出入りしているとは聞いたが、これまで逢ったこともない人が、何事を云いに来たのだろうか」と、何だか気むずかしい様子であったが、「左近の少将殿のお使《つかい》としてでございます」と云わせたので逢った。男は話しにくそうな顔をして、近く寄って来て云うには、「この頃奥の御方に、消息《たより》を申上げますと、御許しがございまして、この月の中《うち》にとお約束下さいましたことがございますので、吉日を択《えら》んで、早くとお待ちになっております中《うち》に、或人《あるひと》の申しますには、本当に北の方のお腹ではあるが、守の御娘ではいらせられない、君達《きんだち》がお通いになるのは、世の聞《きこ》えは諂《へつら》ったようであろう、受領《ずりょう》の御婿になられる君達は、唯私の主人のようにお冊《かしず》きになり、手に捧げるように、お扱いになり後見《うしろみ》をなさる為に、そうした振舞《ふるまい》をなされる人々もあるようなので、流石にその御願いは無理なようで、殆《ほとん》ど守に相手にされず、け圧《お》されてお通いになることは具合悪いことであろうと、しんから誹《そし》ります人々が多うございますので、唯今お迷いになっていらっしゃいます。初めから唯、勢いがお盛んで、後見《うしろみ》としてお頼み申すに、お堪えになられる御覚えをお見立てして、お願い申し初めたことです。少しも継娘《ままむすめ》がいらっしゃることは知らなかったので、最初のお志のままに、まだお若い方も大勢いらっしゃることだから、お許し下されば嬉しいことであろう、お心持を見て参れ、と仰しゃいましたので」と云うと、守は、「全くそうした御《お》消息《たより》のあったことは、委しくは聞いていません。誠に実子同様にお思い申すべき方ですが、禄でもない子供が何人かございまして、はかばかしくもない身で、さまざまに思い扱っておりますので、母であります者も、その方を他人だと思って隔てを附けていると、拗《す》ねますこともございまして、とやかく口出しをさせない人のことでございますので、仄かにそのように仰せになる事がございましたとは、聞いておりましたが、手前を取得《とりえ》にお思いになりましたお心は、存じなかったのでございます。それはひどく嬉しいことです。ひどく可愛ゆく思っている女の子がございます。大勢あります中で、その子には命もやろうと思っております。物を仰せになります方々がありますが、今の世の人は、心は定まりのないものだと聞きますので、却《かえ》って胸の痛くなるような目に逢おうかと憚られまして、腹がきまりかねまして、何《ど》うか安心の出来る所を見せて戴《いただ》きたいものだと、明暮《あけく》れ悲しく思っておりますのに、少将殿の御事でしたら、故大将殿にも、手前若い時から参ってお仕え申しました。家の子としてお見上げいたしまして、少将殿はひどく賢くいらして、お仕え申上げたいものだと、心をお寄せ申しましたが、遠い所で打続いて過しております年頃の中《うち》に、御疎遠になりまして、参ってお仕えもいたしませんが、そのようなお志のございましたのは、返す返す有難く存じながら、仰《おおせ》のように致しますのは容易《たやす》うございますが、月頃のお志を変えましたように、あの人の思いますことが、遠慮されます」と、ひどく細々《こまごま》と云う。男は成立《なりた》ちそうだと嬉しく思う。「何で御遠慮になるべきでございましょう。彼方《あちら》のお志は、唯殿お一方《ひとかた》のお許しあることを願いとなされまして、幼くてお年が足りない程でいらっしゃいましょうとも、真実の親の、貴くお思いになっていらっしゃる方でこそ、本意が叶うことでございましょう。決してそのような、除《の》けもの扱いをされるようなことはするべきではないと仰しゃってでございます。お人柄はひどく上品で、人望も奥ゆかしくいらせられる君でございます。若い君《きん》達《だち》と申しても、好色でも風雅《みやび》でもいらっしゃいませず、世間の有様もよく御存じです。御領地もひどく多くございます。まだ此頃《このごろ》のお得分は少《すくな》いようですが、自然に備わりました御様子を拝見しますと、普通人《ただびと》の限りなく富んでいる勢いの人よりは勝《まさ》っていらっしゃいます。来年は四位になられましょう。今度は蔵人頭《くら(ひ)とう》はお疑いのないことで、帝の御みずからの仰言でございます。万事不足のない目やすい朝臣《あそん》が、妻《めき》を定めていないようである、然るべき者を択んで後見《うしろみ》を持ちなさい、上達部《かんだちめ》には、自分がいるので、今日明日ともいう中《うち》に、引立てようとの仰言《おおせごと》でございます。何事も唯この君が、帝には親しくお仕え申していらっしゃることです。お心もまたひどくお賢く、重々しくいらっしゃいますようです。勿体ない御婿で、このように申上げております中《うち》にもお思立ちになります方が宜《よろ》しゅうございましょう。あの殿には、我も我もと婿になさろうとする家々がございますので、此方《こなた》で渋っていらっしゃる御様子でしたら、外《ほか》の方へお心が移るかも知れません。これは唯後々《あとあと》の御安心の為を思って申すのでございます」と、ひどく語《ことば》多く、好さそうに云い続けるので、ひどく呆れるまでに田舎びた守で、にこにこして聞いていた。守は「此頃のお得分の心許ない事などは仰しゃいますな。手前が生きております限りは、頭《かしら》の上にお捧げ申していましょう。心許なく、これが不自由だなどとお思わせ申しましょうか。たとい命が保《も》ちきれず、お仕えさしになりましても、遺《のこ》ります宝物、領しております所々など、外《ほか》に争う者はありません。子どもは多うございますが、それは格別に思っております者でございます。ただ真心からお思い下されお顧み下さいましたら、大臣《おとど》の位をお需《もと》めになろうと思い願って、世にない宝物をもお尽しになろうとなさいましても、無い物はございますまい。当時の帝がそのようにお恵み下さいますのですから、御後見《おんうしろみ》に御不安はさせますまい。これはその方の御為にも、また手前の童の為にも、幸せなことかも知れません」と、成功しそうにいうので、その人はひどく嬉しくなって、妹にもこんなことがあるとも話さず、母北の方《かた》の方《ほう》にも寄りつかずに、少将の許へ参った。

守の云ったことを、まことにまことに好さそうな結構なことだと思って申すと、君は少し田舎びていることだとは聞かれたが、憎くはなく、にこにこして聞いていられた。大臣《おとど》になる贖労《そくろう》▼4を出そうというのは、余りにも仰々しいことだと、耳に留った。「それはそうと、あの北の方にそうとお話ししたか。あの方が格別に思っていらっしゃるのに、引き違えるのは、ひどく間違ったことのように取做す人もあるでしょう。さあ何《ど》うしたものか」と躊躇していると、「何の、北の方もその姫君を、ひどく貴いものにして冊《かしず》いていられるのです。継娘の方は、唯兄弟の中の姉で、年も大人《おとな》びていられますので、気の毒に思って、そちらへ振り向けて申されていたのです」と申す。月頃は、この上もなくて、世間並ならず冊《かし》ずいていると云っていたものを、突然にこのように云うのは何ういう訳だろう、と思ったが、やはり一旦は、北の方に辛い者に思われ、人にも少しは誹《そし》られようとも、末始終頼もしいことの方がと、ひどく抜け目のない賢い君で、そう分別をつけたので、祝言の日さえも取換えずに、約束してあったその暮れから通い始められたことである。

北の方は人知れず準備を急いで、女房共に装束をさせ、部屋の装飾などを趣あるようになされる。姫君にも御髪を洗わせ、装い立てて見ると、少将などいう身分の人に娶《あ》わせるのは、惜しくも勿体ない様なので、お可哀そうに親に認められてお育ちになっていらせられたならば、たとい世にいらせられずなられようとも、大将殿の仰せになる様にも、勿体なくても、何で思立《おもいた》てないことがあろうか、しかし内々でこそこうも思うが、外での聞えは守の子と差別がなく、又実際のことを尋ねて知る人も、却って貶《おと》しめて思いそうなのは悲しいことであるよ、と思い続ける。何《ど》うしようぞ、盛りのお過ぎになるのも工合が悪い、賤しくなく見やすい身分の人が、あのように懇《ねんご》ろに云うようだので、など心一つでお思い定めになるのも、媒《なかだち》があのように口前好く上手を云うので、女はまして賺《すか》されているのであろうか。明日明後日《あすあさて》と思うので、心が慌《あわ》ただしく忙しくて、姫君のお部屋に心のどかにもいられず、そそくさと歩いていると、守が外から入って来て、事情を長々と淀《よど》みもなく云い続けて、「私に隔《へだて》を附けて、あの子の御懸想人を奪おうとなさったのは、不似合な心足りないことです。結構な親王《みこ》の御娘を、ほしいと仰しゃる君達《きんだち》はありますまい。賤しくて様の悪い手前共の娘の方を、賤しくても尋ねて仰しゃるようなのです。利口に企てられたのですが、全く本意ではないと、外の方へお心が向いてしまわれそうなので、出来ることならばと思って、それならばお心通りにとお許し申したのです」と、思いきってあけすけと、人の思わくなどは知らない人で、云い散らしていた。北の方は呆れて物も云えないで、暫《しばら》く考えていると、世の中の心憂さがそれからそれと続いて、涙も落ちそうに思われるので、静かに立った。

此方《こなた》へ来て見ると、姫君はまことに美しく可愛ゆくていらせられるので、それにしても人にはお劣りになられまいと思って慰める。乳母《めのと》と二人で、「辛いものは人心なのです。私は、何《ど》の婿も同じように扱うにしましても、あの方の御縁の人の為なら、命も譲ろうと思っています。親なしだと聞いて貶《おと》しめて、まだ幼くて育ちきらない人を、さし越して、そのように変替《へんが》えなどすべきでしょうか。こんな心憂いことを身近い所で見聞きしまいと思うのですが、守があのように面目な事にして、承諾して騒いでいるようなので、浅ましい似合い同士の有様で、一切ああした事には口を出すまいと思いますので、何《ど》うか此処《ここ》でない所に暫く居たいものですよ」と歎きながら云う。乳母《めのと》もひどく腹立たしくて、我が姫君をそのように貶しめることだと思うので、「何でしょう、これも却ってお幸せになる為の変改かも知れません。そのように口惜しい心の君ですから、勿体ない御様も見分けられないのでしょう。姫君は、お心の深い、物のお分りになる方にお逢わせ申したいものです。大将殿の御様容貌《かたち》を、ほのかにお見上げしましたが、いかにも命の延びるような気のしたことでした。哀れに又仰しゃってでございます。御縁に任せて、仰しゃるようにお思立ちなさいまし」というと、北の方は「まあ怖ろしい。人の云うのを聞きますと、年頃おぼろげな者は見まいと仰しゃって、左の大殿《おおいどの》、按察《あぜち》の大納言、式部卿の宮などが、ひどく懇ろに仰しゃったのでしたが、聞き流して、帝の御冊《おかしず》き女《むすめ》を得られました君が、何《ど》れ程の人を、本気にお思いになりましょう。あの母宮などの御方に居させて、時々は逢おうとはお思いになりもしましょう。それもほんに結構な御辺りですが、ひどく気の揉めそうなことです。宮の上を、あのように仕合せな方だと世間では申していますが、歎かわしそうにしていらっしゃるところを見ますと、何《ど》んなでも何んなでも二心《ふたごころ》の無い人だけが、見好く頼もしいことでしょう。自分の身でも知りました。故宮のお有様は、まことにお情深くて、お美しく風雅でいらっしゃいましたが、人数《ひとかず》にもお思い下さいませんでしたので、何《ど》れ程物憂く辛いことだったでしょう。あの人はまことに云う甲斐《かい》のない、情《なさ》けのない様の悪い人ですが、生一本《きいっぽん》で二心《ふたごころ》のないところを見ると、気安くて年頃をも過して来たのです。折節の心持に、このように愛嬌のなく用意のないのは憎いことですが、歎かわしい怨めしいことはなく、互《たがい》に諍《いさか》いをしては、それで心の合わないことは諦めています。上達部《かんだちめ》や親王《みこ》達で、風雅《みやび》やかで気恥ずかしい方の御辺りといっても、此方《こちら》が人数《ひとかず》でなければ詮のないことでしょう。何事も此方《こちら》の身分次第のものだと思いますので、いろいろに悲しいことだとお見上げしています。何《ど》うしたら人笑われでないようにお身が定められましょうか」と相談する。

守は準備をして、「女房などは此方《こちら》に見よいのが大勢いるので、当分貸して下さい。それに帳《ちょう》なども新しく仕立てられたらしい居間を、事が急になったので、その儘《まま》お借りすることとして、かれこれ直しますまい」と云って、姫君の西の対《たい》のお居間へ来て、立ちつ居つとやかくと装飾に騒ぐ。北の方は見よいようにさっぱりと、そちらこちら然るべき限りをしてある所へ、賢げに屏風どもを持って来、鬱陶《うっとう》しい程に立て並べ、厨子《ずし》、二階▼5など、変に置き足して、得意になって飾り立てるので、北の方は見苦しいとは見るが、口出しはしまいと云ってあるので、黙って見聞きしている。姫君は、北面《きたおもて》の方に居られた。守は北の方に「あなたのお心はよく分りました。やはり自分の子なので、それにしてもひどくこれ程までにお思い捨てにはなるまいと思っていたことです。それにしても世の中に母の無い子がないではありません」と云って、娘を、昼から乳母《めのと》と二人で、撫ぜて繕《つくろ》い立てたので、憎げではない。年は十五六位で、ひどく小柄で丸々としている人で、髪は美しくて小袿《こうちぎ》程の丈があって、先はひどく房《ふっさ》りしている。守はそれをひどく好いと思って、撫ぜ繕っている。「何も、人が外《ほか》の人にと定《き》められていた人をとは思いますが、人柄が立派で、賢くいらせられる君なので、我も我もと、婿に取りたがる人が多いようなので、取られるのも残念ながらのことです」と、あの媒《なこうど》にだまされて云っているのもまことに滑稽である。少将はこの頃の扱いの鄭重なのと、万事不足のなさそうなことを思って、その夜をも改めずに通い初めた。

母君と、姫君の乳母《めのと》とは、ひどく浅ましいことに思う。僻《ひが》んでのようではあるが、とやかく世話をするのも厭《い》やなので、母君の三の宮の北の方の御許《おんもと》に御文《おんふみ》を差上げる。

「何事かございません節は、狎《な》れ狎《な》れしかろうかと御遠慮いたされまして、お思い申すままには申上げませんが、慎むべきことがございまして、暫く所を変えさせようと存じますので、忍んで居られますような、隠れたお部屋がございましたらまことにまことに嬉しいことでございます。つまらぬ私の身一つの影には隠れきれませず、哀れなことばかり多い世の中でございますので、頼もしい方として第一にお願い申上げます」

と、泣きながら書いた文を、宮の北の方は哀れだとは御覧になったが、故宮があのようにお許しにならずじまいになされた人を、自分一人が生き残って、相談相手になるのもひどく遠慮であり、又見苦しい様になって世に落ちぶれるのを、知らん顔をしているのも心苦しいことである、格別な訳もなくて互に離れ離れになるのも、亡き人の御為に見苦しいことになるべきだと、お思い煩《わずら》いになる。母君は女房の大輔《たいふ》の許へも、ひどく当惑しているように書いてやってあったので大輔は北の方に、「何か事情のあることでございましょう。素《す》げなくはしたない御返事は遊ばしますな。そうした劣り腹の者の、御方々の中にまじっていらっしゃるのはありふれたことでございます。余り情けなくは仰しゃるまじきことでございます」などと申上げて、「それでは、あの西の対に、隠れていられる所を拵《こしら》えまして、ひどく汚苦《むさくる》しゅうはございますが、それで御辛抱が出来ましたら、当分の間」と云って、母君に承知の返事をやった。母君はひどく嬉しく思って、人知れず家を出た。姫君も宮の北の方の御辺りに、お睦《むつ》び申したい心だったので、却ってこうした事件の起ったのを嬉しく思う。守は、少将の扱いに、何れ程《ど》でも結構なことをしようと思うが、それにつけての花々《はなばな》しいことを知らない心から、唯織目の荒い東絹《あずまぎぬ》などを押し転がして投げ出した。食物も置き所もないまでに運び込んで来て騒ぐのを、下種《げす》共はそれをひどく忝《かたじけな》い情けだと思っているので、男君も満足して、うまく取入ったことであったと思っていた。北の方は、ここの所を見捨てて逃げ出すのも、意地の悪いことだろうと我慢して、唯守のするままに任せて見て居た。客人《まろうど》のお座敷、お供の部屋と飾り立てて騒ぐので、家は広いけれども、源少納言は東の対に住んでいる、男の子も多くあるので、空いた所はない。姫君の此方《こなた》には客人《まろうど》が住んでいるので、姫君を廊下などの端近い所にお住ませ申すのが、我慢出来ずお可哀そうなので、あちらこちらと思案している中《うち》に、宮の御殿にと思いついたのであった。

姫君のお身寄に、これという人のないので、守はあのように侮《あなど》るのだろうと思うので、母君は格別にはお近づけにならない辺りなのに、達《たつ》てお伺いする。姫君のお供には乳母《めのと》と若い女房二三人程附いて伺うと、西の廂《ひさし》の間で、北に寄って人気《ひとげ》の遠い所にお部屋を設けてあった。年頃はあのようにお出入りはしなかったが、宮の北の方も疎略《そりゃく》にはお思いになるまじき間柄なので、母君は伺う時には卑下はなさらない。宮の北の方はまことに何御不足なく、御様子も格別で、若君のお扱いをしていらっしゃるお有様が、羨《うらや》ましく見えるのも哀れである。自分とて故北の方にはお離れするべき身であろうか。御奉公と云っていたばかりに、人数《ひとかず》にも入れない残念な身にされて、あのように人にも侮られることだ、と思って来ると、このように強いてお睦び申すのも味気ない。ここでは物忌《ものいみ》と云ってあったので、人も出入りしなく、二三日間は母君も居た。今度は心のどかに此方《こなた》の御有様を見る。

宮がお越しになられる。北の方はゆかしくて物の隙間から見ると、まことにお綺麗で、桜の花を折ったような様をしていらせられて、自分が頼みに思って、辛く怨めしくはあるが、その心には違うまいと思っている常陸の守よりも、様容貌《かたち》も身分も、ずっと高く見える五位四位の人どもが、跪《ひざまず》いてお附き申して、この事その事を、おのおの受持《うけもち》のことどもを、家司《けいし》どもも申上げている。又年若い五位どもで、顔も知らない者も多くいる。自分の継子《ままこ》で式部の丞《じょう》で蔵人《くろうど》である者が、内裏《うち》よりの御使で参った。お側近くへも参れない。この上もない貴い御様子を、ああこれは何《ど》ういう人であろうぞ、こうした方のお側にいらせられる果報さよ、余所《よそ》で思う時には、貴い御方々と申そうとも、辛い目をお見せになったならばと、物憂いことに御推量申上げた浅はかさよ、このお有様容貌《かたち》を見ると、七夕《たなばた》程の逢瀬であろうとも、このようにしてお通い下さるのであれば、まことに申分《もうしぶん》のないことであるよ、と思うのに、宮は若君を抱いてお可愛ゆがりになっていらせられる。女君は、低い几帳《きちょう》を隔てておいでになるのを、宮は押除《おしの》けて、物など申される。御容貌《おかたち》どもはひどくお綺麗で似合っていた。故宮のさみしくいらせられたお有様を思い較《くら》べると、宮達とは申すが、まことに云いようもない違うことだと思われる。宮が几帳の内にお入りになったので、若君は若い女房や乳母《めのと》などがお遊び相手を申す。人々が参り集まられたが、宮は悩ましいと仰せになってお休《やす》みになって暮された。御食事も此方《こなた》で差上げる。すべての事が気高く、格別なものに見えるので、自分も栄耀を尽していると思ったが、身分低い者の暮しは残念なものであることよ、と心が変ってきたので、自分の娘のあのようにして並べても、足りないところはなかろう、物の豊かな勢《いきおい》を恃《たの》んで、父の守が、后にも仕立てようと思っている娘共は、同じ我が子でありながらも、様子のひどく劣っていることを思うと、やはり今から後も心は高く持つべきであると、一晩中行く先のことを思い続けていた。

宮は日が高くなってお起きになって、「后の宮が何時《いつ》ものように悩ましくしていらせられますので、参りましょう」と仰せになって、御装束をしていらせられる。ゆかしく思われて覗くと、お立派にお装いになられた様はまた似るものもなく、気高く愛嬌がありお綺麗で、若君をお放しになれずに、あやしていらせられる。御粥強飯《おかゆこわいい》など召上《めしあが》って、此方《こちら》からお出ましになる。今朝から参って、侍所《さぶらいどころ》で休息していた人々は、今は参って物など申上げる中に、洒《しゃ》落れぽくして、何というところもない人で、つまらない顔をして、直衣《なおし》を著《き》て太刀を帯びているのがある。御前《おまえ》では目に着かない男を、女房は、「あれがその常陸の守の婿の少将です。初めはあの御方にと定《き》めたのですが、守の娘を貰《もら》って大事にされようなどといって、痩せかじけた子供を貰ったのです」「さあ此方《こちら》の人はまるきり云いません」。「守《かん》の君の方から、よく聞く便りがあるのです」など、自分同志で云う。聞いている者があるとも知らずに、人がそのように云うにつけても、北の方ははっとして、少将を見やすい身分の人だと思った心も口惜しく、ほんに格別なことはない人だったと思い、一段と侮《あなず》らわしい気になった。若君が這《は》い寄って、御簾《みす》の端から覗いていられるのを、御覧になって、立帰って添っていらした。「御気分が少しお宜しく見えましたら、直《す》ぐに退出しましょう。まだお苦しいようでしたら、今夜は宿直《とのい》です。今では一晩を隔てているのも気懸りなのは、苦しいことです」と仰しゃって、暫く慰めて遊ばせて、お出ましになった様は、返す返すも見ても見飽《みあ》くべくもなく、匂やかにゆかしいので、お出ましになった後はさびしゅうて打眺められることである。

　女君の御前《おまえ》に出て来て、ひどく宮をお褒め申すので、田舎びていると思ってお笑いになる。母君は、「故上《こうえ》のお亡くなりになりました頃は、頑是《がんぜ》ない幼い御時《おんとき》で、何《ど》うおなりになられますことかと、お仕え申す者も故宮もお歎きになりましたが、結構な御運を持っていらっしゃいましたので、ああした山懐の中でも、御成人になられたことでございます。残念にも、故姫宮のいらっしゃらなくなられましたことは、飽き足りないことでございます」と泣きながら申上げる。女君もお泣きになって、「世の中の怨めしくて心細い折々も、又このように生きておりますと、少しは慰められる折もありますが、昔お頼み申上げていました方々にお後れ申しましたのは、却って世の常に思い做されまして、お覚え申上げなかったので、思わずにいられますが、今でもあの御姉君のことは、忘れられず悲しいことです。大将殿が、何事にもお心の移らないことをお歎きになりつづけて、深いお心の様を見るにつけましても、まことに残念なことです」と仰しゃると、「大将殿は、あのように世に例《ためし》のないまでに、帝が大切にお思いになっていらっしゃいますので、お心驕《こころおご》りがしていらっしゃいましょう。故姫君がおいでになりましたら、やはりその事はお堰《せ》きになれないことでございましょう」と申上げる。女君は、「さあ、兄弟同じようにと、人笑われの気がしようかと、却ってお不仕合せなことでしょうか。見果てないので、ゆかしいところもある世の中であろうとは思いますが、あの君は、何《ど》ういうのでしょうか、不思議なくらいに物忘れをなさらず、故宮の御追善までもお思いやりが深く、お世話を下さるようです」と、お心素直に話される。母君は「あのお亡くなりになられました方のお代りに逢おうと、此方《こちら》のつまらない人にまでも、あの弁の尼君に仰しゃってでございます。そうもしようかと思い寄るべきことではございませんが、『一本《ひともと》ゆえに』▼6と思召《おぼしめ》してのことと、畏《おそ》れ多いことですが、哀れにお思い申されるお心深さでございます」など云う序《ついで》に、その姫君をもて悩んでいる事を泣く泣くお話しする。委しくではないが、人も聞いたことだと思うので、少将の侮った様などを仄めかして、「生きて居ります限りは、何の、朝夕の慰め草にして過して行けます。お残し申します後《あと》は、思いも寄らない様で零落なさいますのが悲しいので、尼にしまして、深い山の奥に置きまして、そうした方で世間を離れさせようかと、思案にあぐねましては、思い寄ることでございます」という。女君は「ほんにお気の毒なお有様ですが、何《ど》うでも人に侮られます有様は、このようになった者の定まりです。そうかと云って籠りきってはいられない事なので、一途にその方にとお指図になられました私でさえ、このように心にもなく世の中に留まっていますので、ましてまことに有るまじき御事です。お窶《やつ》しになるのは、お可哀そうな御様です」など、大人《おとな》びて仰しゃるので、母君はひどく嬉しく思った。年更《としふ》けた様ではあるが、人品のなくはない様をしていて、清げである。ひどく肥え過ぎている点が、常陸殿とは見えることである。母君は「故宮が辛く情なくお見捨てになられましたので、一段と見すぼらしく、人にもお侮られになると見ておりますが、このようにお聞きになり▼7御覧下さいますにつけまして、以前の憂さも慰むことでございます」などと云って、年頃の話や、浮島の哀れであったことも云い出す。「『我が身一つの』▼8と思いますばかりで、話し合う人もない、筑波山の有様も、このように明らかにお聞きに入れまして、何時《いつ》までも何時《いつ》までも、まことにこのようにして侍《さぶら》いたいとお思い申すようになりましたが、彼方《あちら》には善《よ》くもない怪しい者共が、何《ど》んなに騒いで捜していることでございましょうか。流石に気忙しく思われますことでございます。これ程の身分に身を落しますのは、残念なものであったと、この身で思い知られますので、この君は唯お任せ申上げまして、私は構わないことにいたしましょう」と縁に縋《すが》りかかるので、ほんに見苦しくなく居させたいと女君もお思いになる。姫君は容貌《かたち》も心持も、憎めないように可愛らしく、物恥じも仰々しくはなく、様が好くて子どもめいてはいるものの、気が利かなくはなく、お側近く仕えている女房達にも、ひどくよく顔を隠していらした。物を云っているところも、亡くなった方の御様に、不思議なまでにお似申していることであるよ、あの人形《ひとがた》を求めていらっしゃる方にお見せ申そう、と思い附いていらっしゃる折柄《おりから》、大将殿がお伺いになられましたと女房が申上げるので、例のように御几帳《みきちょう》を直して、御用意をなされる。この客人《まろうど》の母君は、「どらお見上げ申しましょう。仄かにお見上げしました人が、すばらしい者に申しているようでございますが、宮のお有様にはお並びになることは出来ますまい」と云うと、御前《おまえ》にお附きしている女房達は、「さあ、何方《どちら》ともきめられません」と申し合った。女君は、「向い合っていらっしゃいます様は、宮はひどくやさしさが無くて、見劣りがなさいました。別々ですと、何方《どちら》が何《ど》うか分りません。容貌《かたち》の好い人は、人を消してしまうので憎いことです」と仰しゃると、女房達は笑って、「ですが御前《おまえ》は、人にお圧《お》されになるようなことはございますまい。何《ど》れ程の人が、宮をお消しになれましょうか」など云っている中《うち》に、今車からお下りになると聞きわけられる程、やかましいまでに人払いをする声がして、急にはお見えにならない。待たれている所へ、歩み入っていらっしゃる様を見ると、ほんにああ結構な、お美しいとは見えないながら、艶《なまめ》かしく上品に清らかでいらせられることよ。そぞろに見られるのが苦しく極《きま》り悪くて、額髪を直しなどされるのに、君は気恥ずかしそうに用意深く、際限もなく心深い様をしていらっしゃることである。内裏《うち》から参られたのであろう、御前駆どもの数が多くて、「昨夜《ゆうべ》后の宮のお悩みになる由《よし》を承りまして参りましたのに、宮達がお侍《さぶら》いになりませんので、お気の毒にお見上げ申しまして、宮の御代りに今まで待っておりましたのでございます。今朝もひどく懈怠《けたい》してお参りになられましたので、お可哀そうにあなたの咎だと御推量申上げまして」と申されると、北の方は「ほんに一方《ひとかた》ならぬ、思いやり深い御用意でございまして」とだけ御返事を申される。宮は内裏《うち》にお留《とど》まりになったのを御覧になって置いて、お心あってお越しになったのであろう。例のお話を、ひどく懐しそうに申される。何かの序《ついで》には、唯以前の事が忘れられなくて、世の中のつまらなくなり勝《まさ》ってゆくことを、現《あら》わにはお云いにならなくて、かすめてお嘆きになる。そのようにまで何だって、何時《いつ》までたっても心から離れずにいるということがあろうか、やはり浅くはなく云い初めた事柄なので、名残《なごり》ないようにはしまいとするのであろうか、など見做しもなされたが、人の御様子は明らかなので、見てゆくにつれて、哀れなお心様を、岩木ではないのでお思い知りになられる。北の方をお恨みになることも多いので、途方にくれてお嘆きになって、こうしたお心を止《や》める御禊《みそぎ》をおさせ申したいとお思いになるのであろうか、あの人形《ひとがた》の事をお云い出しになって、「ひどく忍んでこの辺りに」と仄めかしてお聞かせすると、君はその人をも一通りの気持ではなく、見たくおなりになったが、だしぬけにふとそちらへお変りになる気持も又なさらない。「その本尊が私の願いを叶えて下さるのならば尊いことでしょう。時々心が悩むようでしたら、却って聖《ひじり》心《ごころ》も濁りそうなことで」と仰しゃるので、最後には北の方も、「いやな聖心《ひじりごころ》でございますね」と、仄かにお笑いになるのも、可愛ゆく聞《きこ》える。「さあそれならば、その人にお伝え下さいまし。そのお遁《に》げ言葉は、思出しますと縁起の悪いことで」と仰しゃって、又涙ぐんだ。君、

見し人の形代《かたしろ》ならば身に添へて恋しき瀬々《せゞ》の撫で物にせむ▼[9]

と例の冗談に言い做して、涙をお紛らしになる。北の方、

みそぎ河瀬々に出《い》ださむ撫で物を身に添ふ影と誰か頼まむ▼[10]

『引く手数多に』▼[11]とか申します。出過ぎたことですが、可哀そうなことでございます」と仰しゃると、君は「『ついに寄る瀬は』▼[12]無論ございますよ。まことに果敢《はか》ない様の水の泡のような口争いをすることですよ。流されてしまいます撫物《なでもの》は、本当の事です。何《ど》うして慰めたらいいでしょう」など云いつつ、暗くなって行くのも煩《うるさ》いので、北の方は「かりそめに来ております人も、怪しく思おうかと気が置けますので、今夜はやはり早くお帰り下さいまし」とお嫌《すか》しになる。君は「それでは、その客人《まろうど》に、

こうした心の願いの年重なったもので、だしぬけになどと浅くは思いませんように、お知らせを願いまして、附穂《つきほ》ないようではなく願います。ひどく初心にばかりいたしております身は、何事も愚かしい程でございまして」と、お話し置きになってお出になられると、その母君は、「まことに結構な申分のない御様でございます」と感心して、乳母《めのと》がだしぬけに思い附いて、度々《たびたび》云った事を、あり得べくもない事だと云ったが、あのお有様を見ると、天の川を渡っても、ああした彦星の光を待ち受けさせることにしよう、我が娘は、生中《なまなか》の者に逢わせるのは惜しいような様なのに、夷《えびす》めいた人ばかり見習って、少将を有難《ありがた》い者に思ったのを、悔しく思うまでになって来た。君の凭っていらした真木柱《まきばしら》も茵《しとね》も、名残として匂っている移り香が、云うとひどく態《わざ》とらしくなるまでに珍しい。時々にお見上げする人さえ、その度毎《たびごと》にお愛《め》で申す。「経などを読みますと、功徳の勝れたことを云いますにも、香《か》の芳《こう》ばしく尊いことを、仏のお云い置きになられたのも尤《もっと》もですよ。薬王品《やくおうぼん》▼13などに、取り分けて仰しやっている、牛頭栴檀《ごずせんだん》▼14とか、仰々しい名ですが、先《ま》ずあの殿が目の前にお見せになりますので、仏は本当を仰しゃっていることだと思われることです。幼くいらした時から、行《おこな》いを深くなさいましたせいですよ」など云う女房もある。又、「前生がゆかしいお有様です」など、口々に愛《め》でて云っていることを、母君はそぞろにほほ笑んで聞いていた。

女君は大将の仰しゃったことを、ほのめかして母君に仰しゃる。「思い初《そ》めた事は、執《しつ》こいまでに軽々しくはお変えにならないようですが、ほんに唯今のお有様を思いますと、面倒な気もしますが、あの世を背いてもとお思い寄りになりますのと、同じ事に思い做して、試して御覧なさいまし」と仰しゃると、母君は「つらい目に逢わせず、人に侮られまいとの心から、鳥の音も聞えないような住《すま》いまで、考えていたのでございます、ほんにあの方のお有様や御様子をお見上げして思いますと、下仕え程の者になっても、ああした方の御辺りに、御馴れ申すのは甲斐のあることでございましょう。まして若い人は、心をお附け申すことでしょうが、つまらない身に、物思いの種を一段と蒔《ま》かせることでございましょうか。貴い者も卑しい者も、女という者はこういう筋でこそ、現世も、後世までも、苦しい身になるものだと思いますので、お可哀そうに思うことでございます。それも唯お心次第でございます。とにかくに、お見捨てなく願います」と申すので、女君はひどく面倒になって、「さあ、これまでのお心深さに打解けても、行末《ゆくすえ》の有様は分りかねますので」と、お歎きになって、格別に物を仰しゃらなくなった。

夜が明けると、車などを連れて来て、守の消息《たより》は、ひどく腹立たしげで、脅《おび》やかしてあるので、母君は「恐入《おそれい》りますが万事お縋《すが》り申上げます。この上とも暫くおかくまい下さいまして、巌の中へとも如何《いか》ようとも、思案を定《き》めます間を、つまらない者でございましても、お心にお懸け下さいまして、何事もお教え下さいまし」と、泣きながら申上げて置いて帰る、姫君もひどく心細く、旅馴れない心持から、立ち離れ難く思うが、花《はな》やかにゆかしく見える辺りを、暫くでもお見馴れ申すことと思うと、流石《さすが》に嬉しくも思われた。車を引出す頃は少し明るくなったのに、宮は、内裏《うち》より御退出になられる。若君を気懸《きがか》りにお思いになったので、怨んだ様で、御車なども例《いつも》のようでなくて御退出になるのに行き逢って、此方《こちら》は車を留めて立っているので、廊にお車を寄せてお下りになる。宮は「何《ど》の車なのです。暗い中《うち》に急いで出るのは」と、目をお留めになる。こんなにして、忍んでの所からは紛れ出るものだと、お心慣らいから思い寄りになるのも気味が悪い。供人は「常陸殿がお帰りになられるのです」と申す。此方《こなた》の年若い御前駆共は、「殿とは大袈裟なことだ」と、笑い合うのを聞くと、北の方は、ほんに云いようのない身分だと悲しく思う。唯《ただ》あの姫君のことを思うために、自分も人並みになりたいと思ったことである。まして姫君を卑しく身を落《おと》させて見ることは、ひどく勿体《もったい》ないことだという気になった。宮はお入りになって、「常陸殿という人を此所《ここ》にお通わせになるのですか。なつかしい明方に、急いで出て行った車副《くるまぞい》なども、態《わざ》とらしく見えたことです」と猶《なお》お疑いになって仰《おっ》しゃる。北の方は聞きにくく側の人聞きも悪くお思いになって、「大輔《たいふ》が若かった頃、友達だった人は、格別今めかしくも見えないことでしょうに、訳でもあるらしくお云い立てになることです。人の聞き咎《とが》めそうなことばかり、何時《いつ》もお取做《とりな》しになりまして、『無き名は立てて』でございます」と顔をお背けになるのも、可愛らしく美しい。宮は明けるのも知らずにお臥《やす》みになっていたが、人々がお参りになったので、寝殿にお渡りになった。后の宮はたいしたお悩みではなくて、御快復になられたので、お心持よさそうにして、右の大殿《おおいどの》の君達《きんだち》などと、碁を打ち、韻塞《いんふたぎ》をしてお遊びになる。

　夕方宮は女君の方へお渡りになると、女君は御ゆするの時▼15であった。女房もそれぞれ休息をしていなどして、此方《こちら》は人も居ない。宮は小さい女童《めわらわ》のいるのを取次ぎにして、「折り悪い御ゆするで、お逢いしにくいことでしょう。さみしく眺めをしていましょう」と申させると、「ほんにおいでになりませんで暇々に、何時《いつ》もはしていらっしゃいます。怪しく日頃も億劫《おっくう》になさいまして、今日を越しますと、この月は好い日がございません。九月十月は何としてと申上《もうしあ》げまして、おさせ申したのでございます」と大輔はお気の毒がる。若君もお臥《やす》みになっているので、そちらに誰彼もお附きしている間に、宮はぶらぶらとお歩きになって、西の対《たい》に何時《いつ》もいない女童《めわらわ》が見えたので、新参の女房がいるのかとお思いになって、覗いて御覧になる。中程に立っている襖《ふすま》の、細目に開いているところを御覧になると、襖の向うに、一尺ほど引き込ませて屏風が立ててある。その端の方に、几帳《きちょう》が簾《すだれ》に添えて立ててある。几帳には帷子《かたびら》の一重が懸けてあって、紫苑色《しおんいろ》の花やかなのに、女郎花色《おみなえしいろ》の織出し模様と見えるのの重なった袖口が差し出ている。屏風が一折だけ畳まれているので、見るともなく見えるのであろう。新参の悪くはない女房なのであろうとお思いになって、そこの廂《ひさし》の間に通う襖を、ひどくそっとお開けになって、静かに歩み寄って行かれるのをその人は心附かずにいる。此方《こちら》の廊の中の壺前栽《つぼせんざい》が、ひどく面白く色々に咲き乱れているのに、遣水《やりみず》の側の石の高いのなど、ひどく面白いので、端近く物に凭《よ》り臥《ふ》して眺めているのであった。開いている襖を今少し押開けて、屏風の端からお覗きになると、宮とは思いも寄らず、何時《いつ》も此方《こなた》へ来馴れている女房だろうと思って、起上った様態が、ひどく美しく見えるので、宮は例のお心からお見遁《みのが》しにはなれず、衣の裾を捉えて、此方《こちら》の襖はお締めになって、それと屛風の間にお坐りになった。怪しく思って、扇で顔を隠して、見返った様がひどく美しい。宮は扇を持たせたまま、手をお捉えになって、「何方《どなた》です。名を聞きたいものですね」と仰しゃるので、気味悪くなった。屛風の蔭の方へ顔を背けて隠し、ひどく忍んでいらっしゃるので、女はあの一通りならずお心を仄《ほの》めかされる大将ででもあろうか、芳《かん》ばしい香《かおり》もそれかと思いやられるので、ひどく極《きま》りが悪くする術《すべ》もない。乳母《めのと》は、人気《ひとげ》が普通でないので、変だと思って、彼方《あちら》の屛風を押開けて来た。「これは何としたことでございます。飛《と》んでもないことでございますよ」と申上げるが、君は御遠慮なさることでもない。この様に出しぬけなお振舞《ふるまい》ではあるが、口前のお上手な御性分とし、宮は何やかと仰せになって、暮れてしまったが、「誰であるか聞かない中《うち》は許しますまい」と云って、馴れ馴れしく横になっていらせられるので、宮であったとはっきり分ったので、乳母は云いようもなく呆れていた。御灯《おおあかり》は灯籠で、彼方《あちら》では、「すぐに上が入《い》らせられましょう」と女房共は云っている。女君の御前《おまえ》以外の所の格子はみんな下している。こちらは平常は離れた所にしてあって、高い棚厨子《たなずし》一揃だけを立てて、屛風の袋に入れたのが、ところどころに寄せ懸けてあって、どことなく散らし放題にしてあった。このように人がいらっしゃると云うので、通り路《みち》の襖一間だけを開けてあるが、右近という、大輔の娘でお仕え申しているものが来て、格子を次第に下して此所《ここ》まで寄って来るところである。「まあ暗い。まだお灯《あかり》も差上げませんでしたね。御格子《みこうし》を、苦しがって急いで下して来まして、暗くてまごつきますよ」と云って、そこのを引上げるので、宮も生苦《なまぐる》しくお聞きになる。乳母も又ひどく苦しく思って、遠慮のない、性急な気の強い人なので、「もしもし。ここにひどく変なことがございまして、困ってしまいまして、動けずにおります」と云う。「何事です」と右近が探り寄ると、袿姿《うちぎすがた》の男が、ひどく芳《こう》ばしい香《か》をさせて女君に添臥《そいぶし》しているので、例の怪《け》しからぬ御様であると思い寄った。女君の御承引になるまじきことだと推量したので、「ほんに、ひどく見苦しいことでございますこと。右近には何が申上げられましょうか。すぐあちらへ参って、御前《おまえ》に内々申上げましょう」と云って立つので、浅ましい醜いことに誰も誰も思うが、宮はお怖《お》じにもなられない。呆れる程に、上品に美しい人であるよ、やはり何《ど》ういう人であろう、右近の云っている様子でも、そう一とおりの新参者ではないようである、と心得難くお思いになって、とやかく云ってお怨《うら》みになる。嫌っているらしく腹立たしそうにはしないが、唯ひどく極りが悪く、死ぬ程に思っているのが、可哀そうなので、宮は優しくお賺《すか》しになる。右近は上に、「これこれでいらせられます。お可哀そうに何《ど》んな気がしていらっしゃいましょう」と申上げると、上は何時《いつ》もの心憂い御様であるよ。あの母親も、何んなにか疎略《そりやく》な、怪《け》しからぬ扱いだとお思いになることであろう。安心していられるようにと返す返す云い置いたのにと、気の毒にお思いになるが、何とお云いになれよう。お仕えしている女房共も少し若くて悪くない者は、お見捨てにならない、怪しいお癖なので、何うしてあすこがお分りになったろうかと、浅ましさに物もお云いになれない。右近は、「上達部《かんだちめ》が大勢お集りになられます日で、お遊び戯れになって、何時《いつ》もこうした時は遅くお渡りになりますので、何方《どなた》も油断してお休みになっていらっしゃるのです。まあ何うしたら可《い》いでしょう。あの乳母《めのと》はしたたか者ですよ。じっと添って番をして、引きかなぐりもしそうに思っていたのですに」と、少将と二人で可哀そうがっている中《うち》に、内《う》裏《ち》から人が参って、大宮がこの夕暮から御胸をお悩みになって、唯今ひどく重くお悩みになっていらせられる由《よし》を取次がせる。右近は、「気の利かない折の御悩みですこと。申上げましょう」と云って立つ。少将は、「今は無駄らしい事で、つまらなく、余り威《おど》しては申上げますな」と云うと、「いえ、まだそんなではないでしょう」と、小声で云い合っているのを、上は、ひどく聞きにくい御性分ではある、少し物の分った人だと、私までも疎《うと》まれることだとお思いになる。右近は参って、御使《おつかい》の申すよりも、今少し大袈裟に申し做すと、宮はお動きになりそうにもない御様子で、「誰が参ったのですか。例《いつも》のように仰々しく脅かす」と仰しゃるので、「宮の侍《さむらい》で、平の重経《しげつね》と名のりました」と申上げる。お出ましになることがひどく迷惑に残念で、人目もお思いにならないので、右近は出て行って、その御使をこの西面《にしおもて》に連れて来て尋ねると、お取次をした者も一緒に寄って来て、「中務《なかつかさ》の宮も御参りになられました。中宮の大夫《たいふ》も唯今、此方《こなた》へ参ります途中で御車を引出すのを拝見しました」と申すので、ほんに急に時々お悩みになる折々もあるのにと宮もお思いになると、人の思わくも工合《ぐあい》悪くなって、ひどくお恨みになり、後の約束をして置いてお出ましになった。

姫君は恐ろしい夢から覚めたような気がして、汗に浸って臥《ね》て入らした。乳母《めのと》は煽《あお》ぎなどして、「こうしたお住まいは、何かにつけて油断がならず不都合なことです。あのようにお出《い》でになり初《そ》めたので、決してよい事はございますまい。まあ恐ろしい。何《ど》んなに貴い方と申しても、こうしたお間柄では味気ないことでしょう。余所《よそ》の関係のない方に、善いとも悪いともお思われになることです。人聞きも悪いことだと思いまして、降魔《がま》の相をしてじっとお見上げしましたので、ひどく気味の悪い、下衆下衆《げすげす》しい女とお思いになって、手をそれはひどくお抓《つね》りになりましたのは、下々《しもじも》の懸想《けそう》のようで、ひどく可笑《おか》しいことでございました。守《かみ》の殿では、今日もそれはひどく諍《いさか》いをなさいました。殿は、唯お一方《ひとかた》のお上をお世話申されるというので、私の子どもをお思い捨てになりました。客人《まろうど》の入らせられる時の御旅居は見苦しいことだと、荒々しいまでに仰しゃいましたことです。下人《しもびと》までも聞いてお気毒《きのどく》がりました。みんなあの少将の君からで、ひどく憎らしく思われます。あの事さえなかったなら、内々では気安くない面倒な事も折々はございましても、穏やかに、年頃の通りでいらっしゃいますのに」と、歎きつつ云う。姫君は、さし当っては何《ど》うこうとお考えにはなれず、唯云いようもなく恥ずかしい、まだ覚えのない目に逢ったのに加えて、上が何《ど》のようにお思いになろうかと思うと、当惑して、俯伏《うつぶ》しになってお泣きになる。乳母《めのと》はひどく心苦しく思ってお扱いをして、「何《な》んでそんなにお思いになることがありましょう。母のない人こそ、頼りなく悲しいものでございます。余所《よそ》の覚えは、父親のない人はひどく残念でございますが、意地の悪い継母《ままはは》に憎まれますよりは、此方《このほう》がひどく気楽でございます。何とか好いようにお計らい下さいましょう。気をお腐らせなさいますな。それにしても初瀬の観音がいらっしゃいますので、憐れにお思い下さいましょう。馴れない御身で、度々《たびたび》頻《しき》って御参詣になりますのは、人がこのように侮《あなど》りがちにお思い申上げますのを、ああまでおなりになられたことだと思う程の、お幸せにおさせ申そうとばかり念じてのことですから、貴方《あなた》が人笑われになり切られるようなことがございましょうか」と、世の中を気楽そうに云っていた。

宮は急いでお出ましになるのである。内裏《うち》に近い方角なのであろうか、此方《こちら》の御門からお出になるので、物を仰しゃるお声も聞《きこ》える。ひどく限りもないまでに上品に聞えて、心持のある故事などを誦《ず》してお通りになるのが、角姫君にはそぞろに煩《うる》さくわれる。乗替えの馬を引き出して、宿直《とのい》にお仕えする者を十余人余り連れてお参りになられる。

上は、妹君をお可哀そうに厭《い》やな思いをしていることであろうとお思いになって、何も知らぬ様で、「大宮がお悩みになるというのでお参りになられましたので、今夜はお退《さが》りにはなりますまい。ゆするの名残でしょうか気分が悪くて、起きていますから、此方《こちら》へ入らっしゃいまし。退屈でいらっしゃいましょう」と申された。妹君は、「気分がひどく悪うございますので、暫《しばら》くしまして」と、乳母《めのと》を使にして申される。「何《ど》んな御気分ですか」と、折り返してお見舞になるので、「何所《どこ》がと申すのではなく、唯ひどく苦しゅうございます」と申させると、少将と右近とは目まぜをして、「具合《ぐあ》い悪くお思いになるのでしょう」と云うのも、何事もなかったよりはお可哀そうである。ひどく残念な心苦しい事である、大将が心を留めている様で仰しゃっていたのに、何んなにか無分別な事だとお蔑《さげす》みになることであろう、このように乱りがわしくばかりする宮は、聞きにくい事実でもないことまでも曲《くね》って云い、又本当に少しは悪いことがあっても、流石《さすが》に大目に見られるようなところもあるが、あの君は、それと云わないで心憂く思う事を、ほんに気恥ずかしくなる程心深く思っている方なので、妹君は訳もなく歎かわしいことの立ち添って来たことである、年頃見ず知らずにいた人の事ではあるが、心持や容貌《かたち》を見ると、思い捨てることの出来そうもなく、可愛《かわ》ゆく気の毒であるのに、世の中は渡りにくい面倒なものであるよ、我が身の有様は、飽き足りないことの多い気がするが、そのようなつまらない目にも逢いそうな身であったのに、それ程までには零落《おちぶ》れずに済んだので、ほんに体裁も附いているのである、今は唯あの憎い心の添って来ていられる方が、穏やかに思い離れてさえ下されば、それ以上は何事も考えないようにしよう、とお思いになる。ひどく多い御髪《みぐし》なので、急には乾かし切れず、起きていられるのも苦しい。白い御衣《おんぞ》一襲《ひとかさね》だけになっていられるお姿は、細やかでお可愛いことである。

此方《こなた》の君は本当に気分が悪くなったが、乳母《めのと》が、「ひどく側《はた》の見る目が悪うございます。実事があったようにお思いになりましょうから、唯おおようにしてお目にお懸《かか》りなさいまし。右近の君などには、事の有様を初めからお話しましょう」と、強いてそのかし立てて、彼方《あなた》の襖の側で、「右近の君に物を申します」というと、立って出て来たので、「まことに怪しい事のございました後《あと》で、体がお熱くなられまして、本当に苦しそうにお見えになりますのが、お可哀そうにお見上げしております。御前《おまえ》からお慰め下さいますようにと存じまして。過ちもございませんお身ですのに、ひどく御遠慮らしく当惑していらっしゃいますようなのも、少しでも男を御存じの人ですと格別、何《ど》うして当り前ではと、御尤もでございまして、お可哀そうに存じ上げております」と云って、姫君を引き起してお参らせ申させる。姫君は夢中のようで、人の思わくも気恥ずかしくはあるが、まことに素直に、おおよう過ぎていらっしゃる君なので、押出《おしだ》されて坐っていらせられた。額髪などがひどく涙に濡れているのを隠して、灯影《ほかげ》に顔を背けていらせられる様は、上を類《たぐ》いなくお見上げするが、劣っているとは見えず、気高く美しい。こういう方に宮が思い附いたならば、目覚ましいことが起るであろう、ほんにこれ程ではない者でさえも、珍しい人を面白がられるお心だのにと、二人の女房だけは、上の御前《おまえ》のこととて、姫君の隠れきらずにいられるのを見ていたことである。上はお話をひどく懐《なつか》しくなされて、

「馴れない気の置ける所などとは、お思いなさいますな。故姫君がお亡くなりになりまして後は、忘れられる時もなく悲しくて、残されました自分の身が怨めしく、云いようもない気がして暮していますので、本当によくもお似になっていらせられる御様を見ますと、慰められる気がして哀れなことです。思ってくれる人もない私ですから、亡くなられた方のお心のように思って下さったら、ひどく嬉しいことです」とお云いになられるが、姫君はひどく気が置かれる上に、まだ田舎《いなか》じみた心には、御返事の申そうようもなくて、「年頃ひどく隔て多くお思い申していましたのに、このようにお目に懸ることの出来ますので、何事も慰められる気がいたしております」とだけ、ひどく若い声で云う。上は絵などを取出させて、右近に詞を読ませて御覧になると、姫君はそれに向ってお隠しになりきれず、心を入れて見て入られる灯影のお顔は、全くここが悪いというところはなく、一つ一つ皆可愛ゆい。額つきや目もとの辺りが薫っているような気がして、ひどくおっとりとしている気高さは、姉君そっくりであると思出《おもいだ》されるので、上は絵にはさして目をお留めにならず、まことに可愛ゆい御容貌《おかたち》であるよ、何《ど》うしてこのようにまで似ていられるのであろう、故宮にひどくお似申しているのであろう、故姫君は父宮の御方に、私は母上にお似申していると古女房どもは云っていた、ほんに似ている人というものは不思議なものであるよ、とお思い較べになって、涙ぐんで見ていらせられる。姉君は、限りなく上品に気高くいらせられたものの、懐かしく物柔《ものやわら》かで、如何《いかが》かと思われるまでに、なよなよと撓《たお》やかな様をしていらせられたが、この方は、まだ振舞が幼々しげで、万事を控え目にばかり思っているせいであろうか、見どころの多い艶《なまめ》かしさは劣っているが奥ゆかしい様子さえ附けたら、大将がお逢いになられたとしても、決して足りないところなどはあるまいと、姉心にお思い取りになられる。お話をされて、明方近くなってお臥《やす》みになる。側にお寝かしになって、故宮の御事など、年頃の御様子お有様などを、十分にではないがお話しになる。姫君はひどくゆかしく、お見上げ申せなくな《ど》ったことを、ひどく残念に悲しくも思ったことである。昨夜《ゆうべ》の様子を知っている女房共は、「何んなだったでしょうね。ひどくお可愛そうな御様なので、何んなにお思いになりましても、その甲斐《かい》のあることでしょうか。お気の毒に」と云うと、右近は、「そんなことは無かったでしょう。あの乳母《めのと》が、私を引据えまして、そぞろに話したり歎いたりしました様子では、何事もなかったと云いました。宮も、逢っても逢わないような御様子で、嘯《うそぶ》いて口すさびをしていらっしゃいました。さあ、態《わざ》とああなすったのでしょうか。そこは分りません。昨夜《ゆうべ》の灯影でのひどくおっとりしていたところでも、事があったようにはお見えになりませんでしたから」など、小声に云い合って、お可哀そうがる。

乳母は車を拝借して、常陸殿へ行った。北の方にこうこうだと云うと、肝をつぶして騒いで、人も怪《け》しからぬ様に云うことであろう、御方も何《ど》のようにお思いになることであろう、こうした方面での嫉妬《ねたみ》は、貴い人も変りのないものであると、自分の心持から推して、慌て気分になって、夕方お伺いした。宮が入らせられぬので安心して、「怪しく心幼い人を参らせて置きまして、心配なくお頼み申しておりながら、まるで鼬《いたち》の致しますような心持[16]がしておりますので碌《ろく》でもない子どもに憎まれたり怨まれたりしております」と申上げる。上は「何もそれ程幼げではなさそうですのに、お案じになるらしい様子ありげな御目かげをなさる[17]のは煩《わずら》わしいことです」とお笑いになる、極り悪くなるようなお目を見ると、母君は気を廻《まわ》したことが気恥かしく思われる。何のようにお取りになるかと思うと、思って来たことは申せない。「このようにしてお側にいられますのは、年頃の願いの叶う気がいたしまして、人の漏れ聞きますのも体裁よく、面目のことには存じますが、流石《さすが》に御遠慮を申さなくてはならないことでございます。深い山への本意は、後々も安心のことだろうと存じまして」と云って、泣くのも気の毒なので、上は、「ここに入らっしゃるのに、何の御懸念になることがありましょう。何《ど》うあれこうあれ、私が疎略にして構わずにいるのでしたら格別、怪《け》しからぬ癖のある宜《よろ》しくない方が、時々入らっしゃいますが、そのことは皆が心得ていますので、注意をして、お困りになるようにはおさせしまいと思っていますのに、何のように御推量になってのことでしょうか」と仰しゃる。母君は、「決してお心持に隔てがあるなどとはお思い申上げません。側《はた》の手前お認めになりませんでした筋のことは、何で云い前になどいたしましょう。其方《そちら》の関係でなくても、お見捨て下さるまいと思います御縁もございますので、捉え所にしてお縋《すが》り申します」など、疎《おろそ》かではなく申上げて、「あの方は明日明後日《あすあさて》は固い物忌《ものいみ》でございますので、大方でない所で過させまして、またお伺いいたさせましょう」と申上げて姫君を誘う。上は可哀そうな不本意なことだとはお思いになるが、お留めにはなれない。母君は飛んでもない厭《い》やなことに驚いて心騒ぎがしているので、ほとほと物も申さずに出て行った。

　こうした方違《かたたがえ》をする所と思って、小さな家を設けてあった。三条の辺りに、洒《しゃ》落れた造り様ではあるが、まだ造りかけの家なので、しっかりした飾附《かざりつ》けもしなくてあった。「ああ、あなたのお身一つを、いろいろとお扱いに悩んでいることですよ。思うに任せない世の中には、生きているべきではないことです。私だけは唯一途に、身分を落して、卑しくなりまして、そうした者として引籠もって過しましょう。あの御縁家《おんゆかり》は、辛いとお思い申した所ですが、お睦《むつ》び申しまして、不都合なことが起って来ましたなら、人笑いになることでしょう。味気ないことです。変な所でも、ここに人には知らせずに忍んでいらっしゃいましよ。自然何とかよいようにして上げましょう」と云い置いて、自分は帰ろうとする。姫君は泣いて、世に生きているのも窮屈そうな身だと、思いくずおれていられる様がひどくお可哀そうである。親は又まして、勿体なく惜しいので、障《さわ》りなく思うようにお仕立てしようと思って、ああした具合いのわるい事につけて、人に心浅い者に思われ云われるのを心苦しく思うのであった。母君は思慮のない人ではないが、むかっ腹を立て易《やす》く、我儘《わがまま》なところも少しはあることだった。常陸の守の家にも、隠してお置きすべき所はあるが、そのように隠して置くのをお可哀そうに思ってこのように御扱いするので、年頃側を離れず、明暮れ見馴れていて、互《たがい》に心細く遣《や》る瀬《せ》なく思った。「此処《ここ》は、まだこのように荒れていて、無用心な所があるようです。その積《つも》りでいらっしゃい。部屋部屋にいる者も、召出してお使いなさまし。宿直人《とのいびと》の事も云い置いてはありますが、ひどく不安心ですけれど、彼方《あちら》で腹を立てて怨らまれますのがひどく苦しいので」と云って、泣いて帰って行く。

少将の扱いを、守は此《こ》の上なくも準備して、北の方が一緒になって、世話をしないのを、見る目悪いと怨んでいたのである。北の方はひどく心憂く此の人の為にこうした騒ぎがあるのだと、この上なく可愛ゆい人の上がこのようになったので、辛く心憂くて、殆《ほと》んど気をつけて見ない。あの宮の御前《おまえ》でひどく見すぼらしく見えた為に、深く見下《みくだ》してしまったので、自分一人の者にして大切にしようなど、思ったことは止《や》めてしまった。ここでは何《ど》のように見えるであろうか、まだ打解けた様は見ないのでと思って、長閑《のどか》にしている昼頃、其方《そちら》へ渡って物蔭から覗いて見る。少将は白い綾の少し萎《な》えたのに、薄紅《うすくれない》色の擣目《うちめ》の清らかなのを著て、端の方に前栽《せんざい》を見るとているところは、何処《どこ》が可《い》けないのだろうか、ひどく清げのようだと見える。女はまだひどく大人《おとな》づくらなくて、何の心もない様で添い臥していた。宮が上と並んでいらした時の御様どもを思出すと、残念な様どもであるよと見える。前にいる女房達に冗談など云って、打解けているところは、ひどく前《さき》に見た時のように、匂いのない様悪い者にも見えないので、あの宮にいたのは、別の少将なのであったと思う折柄《おりから》云うことよ。「兵部《ひょうぶ》卿《きょう》の宮の萩は、やはり格別にも面白いことですよ。何《ど》うしてああした物があるのでしょうか。同じ枝ざしでもひどく艶《えん》なことです。この間参った時は、お出ましになる折だったので、折ることが出来ませんでした。『事だに惜しき』▼[18]と宮のお誦《ず》しになられましたところを、若い人達に見せることが出来ましたらば」と云って、自分でも歌を詠《よ》んでいた。北の方は「さあ、あの心持の程を思うと、一人前だとも思われない、人前での見すぼらしさは云いようもない物だったのに、何を云っているのか」と呟《つぶや》かれるが、ひどく気分のない様は流石《さすが》にしていないで、何と云うだろうかと、試みに、

標結《しめゆ》ひし小萩《こはぎ》が上もまよはぬにいかなる露に移る下葉ぞ▼[19]

とあるので、少将は気の毒に思われて、

宮城野《みやぎの》の小萩がもとと知らませば露も心を分かずぞあらまし▼20

「何《ど》うぞ直接に申訳《もうしわけ》をいたしたいものです」と云った。故宮の御事を聞いたのだろうと思うと、一段と、何うか姫君を人並みにとばかり思われる。訳もなく大将殿の御様や容貌《かたち》が、恋しく面影に見えて来る。同じく結構だとお思い申したが、宮方は思い離れて、心にも留まらなくなり、侮って押入られたことを思うのも口惜《くや》しい。あの君の方は、流石に尋ねようとお思いになる心はありながらも、だしぬけにはお云い出しにもならず、さりげない様をしていらっしゃるのも素晴らしい。万《よろ》ずにつけて思い出されるので、若い姫君はまして、このようにお思出し申していようか、我が物にしようと、あの憎い少将を思ったことは、見苦しい事になるところであった、などと、唯姫君のことが心に懸って、眺めばかりされて、こうしたら好かろうかああしたら好かろうかと様々に、好い予想ばかり思い続けるが、ひどく難かしいことである。貴い御身分の方やお扱いをお見馴れになっていられる君は、姫君より今少し勝《まさ》った、何《ど》れ程の人であったならば、心をお留めになることであろうか、世間の人の有様を見ると、劣り勝り卑しい貴いの身分に従って、容貌《かたち》も心持も異《ちが》うものなのである、自分の子どもを見ても、我が姫君に似ている者があろうか、少将を、この家の内ではこの上ない者に思っているが、宮にお見較べしたので、ひどく残念になったのでも推し量られる。当帝《とうだい》の御冊き娘《おかしずき》をお貰《もら》い申された人の御目移しには、まことにまことに気恥ずかしい、気の置ける者であることよ、と思うと、そぞろに気分も逆上《のぼ》せて来た。

旅の宿りは徒然《つれづれ》で、庭の草も鬱陶《うっとう》しい気がするのに、怪しい東声《あずまごえ》をした者ばかりが出入りして、慰めに見られそうな前栽の花もない。心荒れて、晴々しくなく明し暮していると、宮の上のお有様が思出されて、若い心に恋しいことであった。厭《い》やらしい事をなされた人の御様子も、流石に思出されて、何《ど》ういう事であったろうか、ひどく多く哀れに仰しゃったことであった、名残りなつかしかった御移り香も、まだ残っているような気がして、恐ろしかったことも思出される。母君は如何《いかが》居られますかと、ひどく哀れな文を書いておよこしになる。懇《ねんご》ろにお気の毒にお世話下さるのに、その甲斐もなくお世話になっている事でと、泣かれて来て、「何《ど》んなに徒然《つれづれ》で、見馴れない気がしていられることでしょうか。暫く我慢してお過し下さい」とある返事に、

「徒然など何でしょう。気安くしております」

ひたぶるに嬉しからまし世の中にあらぬ所と思はましかば▼21

幼《おさ》なげに云ってあるのを見ると共に、母君はほろほろと泣いて、あのように苦労をさせて迷うように扱っていることだと、悲しいので、

憂き世にはあらぬ所を求めても君が盛りを見るよしもがな▼22

と平凡な歌を云い交して心を述べていた。

かの大将殿は、例のように秋の深くなって来る頃は、慣いとなってしまった事なので、寝覚め寝覚めに忘れられず、亡くなられた方を哀れにお思いにばかりなられたので、宇治の御堂を造り終ったとお聞きになるにつけて、自身見にお越しになった。久しく御覧にならなかったので、山の紅葉も珍しく思われる。取崩《とりくず》した寝殿は、この度《たび》はひどく晴れ晴れしい物に造り替えてあった。昔のひどく簡単にした聖《ひじり》めいていたお住いを思出すと、故宮も恋しくお思いになって、様を替えてしまったことも残念に思われるので、何時《いつ》もよりは眺め入っていらせられる。以前あった故宮の御部屋の装飾は、ひどく仏めいていて、今一方は女らしく心細かになど、一様ではなかったのを、網代屏風、その他の素樸《そぼく》な物などは、かの御堂《みどう》の僧坊の具にと殊更《ことさら》におさせになった。山里らしい具などを、今更に新《あらた》にお造らせになって、ひどくは簡素にせず、まことに清らかに趣《おもむき》のある様にお飾りになられた。遣水《やりみず》の側の岩に腰をお懸けになって、急にはお立ちにならない。

絶え果てぬ清水に何《な》どか亡き人の面影だにも留《とど》めざりけむ▼23

涙を拭いつつ、弁の尼君の方に立寄られると、尼はひどく悲しくお見上げして、ただ泣顔《なきがお》になりなりする。君は長押《なげし》にかりそめに腰をお下しになり、簾《すだれ》の端を引き上げてお話をなさる。尼君は几帳に隠れていた。話の序《ついで》に君は、「あの人形《ひとがた》は、先頃宮で聞きましたが、流石に極りの悪い気がして、音ずれもしなくています。やはり此方《こなた》から事をまとめて下さい」と仰しゃる、「この間、あの母君の文がございました。方違《かたたがえ》をするというので、此処彼処《ここかしこ》とさ迷っていられるようです、この頃も、怪しい小家に隠れていらっしゃるようなのも、ひどく心苦しくって、もし今少し近い所だったら、其方《そちら》へ遣《よこ》して安心していられるように、荒い山道で、気安くは思い立てなくて、とございました」と申上げる。殿は、「人々がそのように恐ろしがる道を、私は忘れかねて分けて来ることです。何《ど》れ程の縁のあってのことかと、哀れで」と何時《いつ》ものように涙ぐまれた。「それでは、その気の置けない家へ消息《たより》をして下さい。御自分でそこへはお出《い》でになれませんか」と仰しゃると、「御言を伝えますのは何でもありません。今更京を見ますことは物憂うございまして、宮にさえも参れずにいますので」と申す。「そんな筈《はず》はないでしょう。とやかくと人が聞き伝えたら格別ですが、愛宕《あたご》の聖《ひじり》でさえ、時に依っては出るではありませんか。深い誓《ちかい》を破って、人の願いを叶えてやるのが尊いことでしょう」と仰しゃると、「人を救うことでもございませんので、聞きにくい事も出てまいりましょう」と苦しそうに思っていたが、「やはり好い折のようですから」と、何時《いつ》になく強いて、「明後日頃迎いの車をよこしましょう。その出先の家を突きとめてお置きなさい。決して愚かしい悪いことはしませんから」と、微笑《ほほえ》んで仰しゃるので、面倒で、何《ど》うお思いになってのことだろうかと思うが、思慮のない軽々しくないお心様なので、自然御自分の為にも人聞きなどはお慎しみになることだろうと思って、「それではお受けをいたしました。御殿《おんとの》に近い辺りでございます。御文《おんふみ》をお遣わし置きなさいまし。態々《わざわざ》尼もさし出ますようで、おせっかいに思われまして伊《い》賀姥《がとうめ》▼24のようかと、気がひけまして」と申す。「文は何でもないことですが、人の物云《い》いは厭やなものですから、右大将は、常陸の守の娘に懸想《けそう》をしているなどとも云い做《な》しましょうか。その守の主《ぬし》は、ひどく荒々しい人のようです」と仰しゃるので、尼君は笑って、お気の毒に思う。下草になっている面白い花どもや、紅葉などを折らせて、女宮に御覧に入れられる。女宮は甲斐なくはいらっしゃらないようであるが、殿は御遠慮を申している様で、ひどくは御狎《おな》れ申さないようである。内裏《うち》からは、尋常人《ただびと》の娘の親のようにしてと、入道の宮に仰せられているので、君はひどく貴まれる方は、限りなくしていらした。外部と内部へ御冊《おかしず》き申す宮仕人《みやづかえびと》に加えて、面倒な内々でのお心の加わって来たのは、苦しいことであった。

仰しゃってあった日のまだ早朝に、殿は睦ましくお思いになる下﨟の侍一人と、誰も顔を見知らない牛飼を捜し出して宇治へ遣《つかわ》す。「荘園の者で、田舎びた者を召出して、副《そ》わせよ」と仰しゃる。必ず出懸《でか》けるようにと仰しゃったので、尼君はひどく気がひけて苦しかったが、身じまいをして車に乗った。野山の景色を見るにつけても、昔からの歌などを思出して、眺め暮して志す家へ著《つ》いたことである。ひどく徒然《つれづれ》で人も来ない所なので、気安く車を引き入れて、これこれが参りましたと、案内の男に云わせると、初瀬の供をした若い女房が、出て来て下す。怪しい所に眺めをして暮し明かしているのに、昔話も出来そうな人が来たので、姫君は嬉しく思って、お呼び入れになったのは、親と申した方の御辺りの人と思うので、心親しいのであろう。尼君は、「哀れに人知れずお見上げ申しました後は、お思い出し申さない折はございませんが、世の中をこのように思い捨てました身なので、あの宮の御許《おんもと》にも御参りいたしませんのに、大将殿が不思議なまでに仰しゃいますので、気を引き立てのことでございまして」と申す。姫君も乳母《めのと》も、結構なとお見上げ申した御様の方なので、お忘れにならない様に仰せになるのは有難《ありがた》いことではあるが、俄《にわか》にこのようにお許らいになろうとは思いも寄らない。宵少し過ぎる頃に、「宇治から人が参りました」と云って、門《かど》を忍びやかに叩く者がある。尼殿であろうかと思って、尼君が開けさせると、車を引き入れて来ることである。変だと思うと、「尼君に対面を願います」と云って、彼所《あすこ》に近い御荘園の預りの者の、名告《なの》りをおさせになるので、戸口

に居ざり出した。雨が少し降り濯《そそ》ぐのに、風が冷たく吹き入って、云いようもない薫りがして来るので、殿なのであると、誰も彼も、心ときめきがするような御様子のゆかしさではあるが、そうした用意もなく取乱している上に、まだ合点のゆかないことなので、心騒ぎがして、「何《ど》ういう事なのでしょうか」と云い合った。殿は、「気安い所で、日頃の思い願っていることを申上げようと思いましての事で」と、取次で姫君にお云いになった。何と御挨拶を申上げるべきであろうかと、姫君は苦しそうにしていられるので、乳母《めのと》は見かねて、「このようにお越しになられましたのに、立ちながらお帰し申せましょうか。彼方《あちら》の殿へこれごれだと忍んで申上げましょう、近間のことですから」という。尼君は、「若々しく、何でそんなことをしましょうか。若い御方達がお話をなさるのは、直《す》ぐにお深い仲になることではありませんのに、不思議なまでに、落ちついたお考え深《ぶ》かくいらっしゃる君ですから、よもや姫君のお許しがなくて、お打解けにはなられますまい」など云っている中《うち》に、雨が少し繁くなって来るので、空はひどく暗い。宿直人《とのいびと》の変な声をする者が、夜廻りをして来て、「館の辰巳《たつみ》の隅のくずれが、ひどく不用心です。この人のお車は引入れるのなら、引入れて御門《ごもん》をお締めなさい。こういう人の供人は、届かないことです」と云い合っているのも、殿は無気味に聞き馴れない気がなさる。『佐野の渡りに家もあらなくに』▼25 など口ずさんで、鄙《ひな》びた簀子《すのこ》の端の方にいらした。

さし留むる葎《むぐら》や繁き東屋《あづまや》のあまり程ふる雨《あま》そそぎかな▼26

と雨の繫かるのをお払いになる追風は、まことに怪しいまでに薫って、東《あずま》の里人は驚くことであろう。

とやかくお云い遁《のが》れになる術《すべ》もないので、南の廂《ひさし》の間に御座《おまし》を取繕《とりつくろ》って、お入れ申す。姫君は気安くは対面なさらないので、これ彼《かれ》で押出した。遣戸《やりど》という物を締めて、少し開けてあるので、君は「飛驒《ひだ》の匠《たくみ》も怨めしい隔てですね。こういう物の外には、まだ居馴れません」とお歎きになって、何《ど》のようになされたのであろうか、内へお入りになった。あの人形《ひとがた》の願いもお云いにならなくて、ただ、

「思い懸《が》けない物の隙間からお見懸《みか》けましてから、そぞろに恋しいのは、然るべき御縁があってのことでしょう、怪しいまでにお思い申していることです」などとお話しになることであろう。女君の様はひどくお美しくおっとりしているので、見劣りがしず、ひどく可愛ゆくお思いになった。間もなく夜が明けたような気がするのに、鳥などは鳴かず、大路に近い所で、しまりのない声で、何というのか聞いたことのない物の名前を云って、群れてゆく者の声が聞える。このような朝ぼらけに見ると、頭《かしら》に物を載せている者が、鬼のようだとお聞きになっているのも、こうした蓬生《よもぎう》の宿の丸寝にお馴れにならないお心には、面白いことであった。宿直人《とのいびと》が門を開けて出て行く音がする。各《おのおの》臥所《ふしど》に入って臥《ね》などするのをお聞きになって、殿はお供を召して、車を妻戸にお寄せになる。女君を抱いてお乗せになった。誰も誰も、怪《け》しく、早急な事をなさるのに心が騒いで「九月になっていますのに、心憂いことです▼27。何《ど》うした事でしょうか」と歎くので、尼君もひどくお可哀そうで、案外なことでもあるが、「自然思召《おぼしめ》すことがございましょう。お案じなさいますな。九月は明日が節分だと聞きました」と云い慰める。今日は十三日なのである。尼君は、「今度はお供はいたしますまい。宮の上がお聞きになることもございましょうに、内々で行き帰りをしますのは、ひどく工合が悪うございます」と申上げると、君は最初からこうしたことをお聞きに入れるのは心恥かしいとお思いになって、「それは後からでもお詫びを申せましょう。彼方《あちら》の案内がなくては、頼りない所ですから」と強いて仰せになる。「誰か一人お附きすべきです」と仰しゃるので、女君にお附きしている侍従と尼君とが一緒に乗った。乳母《めのと》や尼君の供をして来た童《わらわ》は残されて、ひどく変な気がしていた。

近い所へかと思ったのに、宇治へお越しになるのであった。牛も換わるべきものを御用意になっていた。鴨河原《かものかわら》を過ぎ法成寺《ほうしょうじ》の辺りへお出でになると、夜は明け放れた。若い女房はひどく仄かに君をお見上げして、お愛《め》で申して、そぞろに恋しくお思い申すので、外聞のことなどは思われない。女君の方は、ひどく浅ましいので物もお思えになれなくて、うつ伏しに臥《ふ》していると、「石の高い辺りは苦しいものですから」と仰しゃって、お抱えになった。羅《うすもの》の細長を天井から垂らして、車の中程に隔てにしているので、花やかにさし出した朝日の光で、尼君はひどく面映《おもは》ゆく思われるにつけて、故姫君の御供をしてこそ、このような様もお見上げするべきであった、長生きをすれば思い懸けないことを見るものであるよ、と悲しく思われて、こらえようとはするが顔を顰《しか》めつつ泣くのを、侍従はひどく憎く、婚姻の初めに、姿の異《ちが》った人の乗っているのでさえも縁起ではないのに、何だってそのように泣顔などするのかと、憎く、以《も》っての外《ほか》のことに思う。年寄った者は、何でもないことにも涙《なみだ》脆《もろ》いものであると、疎《おろそ》かに思うのであった。君も、見ている人は憎くはないが、空の気色《けしき》につけても、過ぎ去った方の恋しさがまさって来て、山深く入ると共に、霧が立ち籠めるような気がなされる。眺め入って凭《よ》りかかっていらせられるので、お袖の重なりながら、長々と車の外に出ていたのが、川霧に湿って、御衣《おんぞ》の紅《くれない》なのに、御直衣《おんなおし》の花色が、ことごとしくも映っているのを、勾配の急な所で見附けて、お引入れになる。

形見ぞと見るにつけても朝霧のところ狭《せ》きまで濡るる袖かな▼28

と心にもあらず独語《ひとりごと》をなされるのを聞いて、一段と絞る程に、尼君が袖を泣き濡らすので、若い女房は、怪しい見かねる御縁であることだ、楽しい道に、ひどく不吉なことの添っている気がする。尼君の怺《こら》えかねるように鼻を啜《すす》るのをお聞きになって、御自分もそっとおかみになって、流石に女君が何《ど》うお思いになろうかとお可哀そうなので、「多くの年頃、この道を往き来することが度重《たびかさ》なっていると思いますので、何ということもなく物哀れなのですよ。少し起き上って、この山の色も御覧なさい。ひどく引込んでいらっしゃることです」と、強いてお起しになられると、程よく顔をお隠しになって、慎ましそうに外をお見やりになる目元などは、ひどくよく亡くなった方が思出《おもいだ》されるが、おおように余りにもおっとりし過ぎているところが、心許《こころもと》ないようである。亡くなった方はひどく子どもぽくはあるものの、用意は浅くなくいらせられたことであった、と思うと、猶《な》お遣《や》りばのない悲しさは、虚《むな》しい空にも満ちることであろう。

　宇治へお著《つ》きになって、あわれ亡き魂《たま》はここにお宿りになって見ていられるであろうか、外《ほか》の人の為で、このようにそぞろに惑い歩くのではないことだのに、とお思い続けになって、車を下りては、少し女君に心遣いして離れていらせられた。女君は、母君のお案じになることがひどく歎かわしいが、君が艶《えん》な様で心深く哀れにお話しになるので、心を慰めて車から下りた。尼君は彼方《あちら》に殊更に下りて、廊に車を寄せるのを、遠慮をするべき住まいではないのに、用意が過ぎることだ、と御覧になる。御荘園から何時《いつ》もの人々が、騒がしいまで参り集まる。女君の御膳部は、尼君の方から差上げる。途中は木立が鬱陶《うっとう》しかったが、ここの有様はひどく晴れ晴れしい。河の様子も山の色も、見ばえする造り様であるのを見て、女君は日頃の鬱陶しさの慰められる気がしたが、君が何《ど》のようなお扱いなさることであろうかと、心落着《おちつ》かず怪しい気がする。殿は京へ御文《おんふみ》をお書きになる。

「まだ整わない仏の御飾りなどを見て置きまして、今日は吉《よ》い日柄なので、急に此方《こちら》へ来ました所、気分がすぐれないのに、物忌《ものいみ》であったことを思出しまして、今日明日は此方《こちら》で慎しみます」

　と母宮にも女宮にも申上げる。

　君の打解けたお有様は今少しお美しくて、此方《こちら》へ入って来られたのも極り悪いが、女君は面隠《おもがく》しをしよう所もなくていらした。女君の御装束などは、乳母《めのと》が色々と好くと思って仕立てて襲《かさ》ねていたが、少し田舎びたところの混《まじ》っているので、亡き君のひどく萎《な》えばんでいたお姿の、上品に艶《なまめ》かしかったことばかり思出されて、髪の裾の美しさは、よく見る程上品である。女宮の御髪《みぐし》の云いようもなく愛《め》でたいのにも劣りそうにもないと御覧になる。それはそうとこの君を何のように扱って置いたものであろうか、さし当って直《す》ぐに、仰々しくしてあの宮に迎えて置くのは、人聞きが好くないことであろう、そうかと云って、これかれいる女房の並《な》みにして、大方に交《まじら》せるのは不本意であろう、暫《しばら》く此所《ここ》に隠して置こうかと思うと、見なければ寂しいことであろうと、哀れにお思いになられるので、懇《ねんご》ろに話をしてお暮しになる。故宮の御事もお云い出しになって、昔のお話を面白く細かく冗談交りになされるが、女君は唯ひどく遠慮らしくして、むやみに極り悪くなされるので、さみしくお思いになる。不足があるとしても、こんなように頼りないのはほんに好い、教えながら見てゆこう、田舎びてお転《てん》婆《ば》な心があって、上品なところがなく、軽率であったならば、形代《かたしろ》の役は出来ないことだろうとお思い直しになる。此処《ここ》に前からあった琴《きん》や箏の琴をお取寄せになって、こうした物は又まして出来ないことであろうと、残念なので、一人で調べて、宮がお亡くなりになって後は、此処《ここ》でこうした物にはひどく久しく手を触れなかったことだ、と珍しく御自分ながら思われて、ひどく懐しくまさぐりつつ眺めていらっしゃると、月が出た。宮の御琴の音《ね》は仰々しくはなくて、ひどく面白く哀れにお弾きになったことであったとお思出しになって、「以前何方《どなた》も何方《どなた》もいらした時に、ここでお育ちになられたのでしたら、今少し哀れが勝《まさ》っていましょう。親王《みこ》のお有様は、他人でさえも哀れに恋しくお思出し申されることです。何だって、ああした遠い所に年頃お過しになったのですか」と仰しゃると、ひどく極りが悪くて、白い扇をまさぐりつつ、添《そ》い臥《ぶ》していらっしゃる横顔は、ひどく曇りなく白くて、艶《なまめ》いた額髪の隙間など、ひどく好く亡い方に似ていられて哀れである。ましてこうした物も、不似合ではないようにお教え込みしよう、とお思いになって、「これは少しはお習いになりましたか。あはれ我がつま▼29という琴は、それにしてもお弾きになったことでしょう」とお尋ねになる。「その大和詞《やまとことば》▼30の方さえよくは習いませんので、ましてそれは」と云う。ひどく不束《ふつつか》に、心が足りないとは見えない。此処《ここ》に置いても思うままには来られないことをお思いになると、今から苦しいのは、浅くはお思いにならないのであろう。琴は押遣《おしや》って、『楚王《そおう》の台《だい》の上の夜の琴の声』▼31とお誦《ず》しになられると、あの弓ばかり引いている辺りに馴れていて、ひどく愛《め》でたく、望んでいた通りの様であると、侍従も聞いていたことである。しかしこれに続いての扇の色というのは、云うを避けるべき閨《ねや》の故事のあることを知らないからで、偏《ひとえ》にお愛《め》で申すのは、心が足りないからのようである。謡《うた》う事もあるものだ、変な事を云ったことであった、と君はお思いになる。尼君の方から菓物《くだもの》を参らせた。箱の蓋に、紅葉や葛《かずら》などを折って敷いて、面白く取り混ぜて、敷いてある紙に、無器用に書いてある物が、隅《くま》もない月の光でふと見えるので、君の目を留めて御覧になっているのは、菓物に心を取られているように見えることであった。

宿木《やどりぎ》は色変りぬる秋なれど昔覚えて澄める月かな▼32

と古風に書いてあるのは、気恥ずかしくも哀れにもお思いになられて、

里の名も昔ながらに見し人の面変《おもがわ》りせる閨《ねや》の月かげ▼33

態《わざ》と返事というのではなく仰しゃったのを、侍従が伝えたと云うことである。

▼1　「筑波山端やま繁やま繁けれど思ひ入るには障らざりけり」（新古今集）に依ったもので、筑波山は端山が多くて、登るにはむずかしいが、思い込んで登れば障りにもならなかったというので、筑波山を思う女に譬えての恋歌である。ここは、筑波山は常陸にある山なので、常陸の守の娘に譬え、端山を、その身分の低い故に障りになる譬えとして云っているもの。

▼2　道家の説にあるもので、人の腹の中には、三戸虫（さんしちゅう）という、人に大害をする虫がいて、庚申の夜、人の眠った間に天に上り、人の悪を天帝に告げて害をなさせる。しかしその夜眠らずにいると、虫はその事が出来ないと云うので、庚申の夜は眠らずにいた。眠らない為に、風流の遊びをするのが風となっていた。

▼3　宮中附属の音楽掛。「末摘花」に既出。

▼4　猟官運動の入費の禄。

▼5　厨子の一種で、普通の厨子は、一段で、戸が附いているが、二段となって、戸の無い物。

▼6　「紫の一本故に武蔵野の草はみながらあはれとぞ見る」（古今集）に依ったもので、縁のつながりのあ

る者はなつかしい意。
▼7　陸奥の松島近くにある名所で、陸奥守時代に見た所。東国の名所は、京でなつかしがられていた。
▼8　「世の中は昔よりやは憂かりけむ我が身一つの為になれるか」（古今集）
▼9　以前見た人（大君）の形代であるならば、身に添えていて、その人が恋しい時々には、我が身を撫ぜる物にしよう。「形代」は、人の身の代りとしての物で、紙で拵えた人形。禊をする時には、それで我が身を撫ぜて、身に持っている罪穢（つみけが）れをその形代に移して、河へ流すのである。ここは、罪穢れではなく、恋しさを移すものにしようとする意。ここは、妹君の譬。「瀬々」は、時々の意であるが、御禊河の縁語として用いているもの。「撫で物」は、形代の一名。罪穢れを祓う神聖な神事を、恋の慰めにするというのは、戯れとして許されることである。
▼10　御禊河の瀬々に流し出してやる撫で物を、身に添えて離れない影になどと、誰が頼みましょうか。「撫で物」を、上の歌と同じく妹君の譬として、その捨てられることを怖れた心のもの。
▼11　「大幣（おほぬさ）の引く手数多になりぬれば思へどえこそ頼まざりけれ」（伊勢物語）。「大幣」は、御禊の時に用いる物で、多くの人の引く物。ここは大将の、心を分けるべき女が他にもあるので、頼みには し難い意で云っているもの。
▼12　「大幣と名にこそ立てれ流れても遂に寄る瀬はありてふものを」（伊勢物語）。前の大幣の歌と贈答になっているもので、大勢の女に関係していると云われているが、最後の頼みとしているのは、御身一人だの意で、ここは、我は結局、御身中の君より外には思う女はないの意で云っているもの。
▼13　法華経二十八品中の一品の名。当時は法華経は常識として知られていた。
▼14　薬王品の中にある香木の名で、牛頭山にある栴檀の意。
▼15　髪洗いの意。当時は髪洗いは、忌みの伴っている事として、それをした後の或る短い期間は、夫にも近附かないこととしていたのである。
▼16　鼬はその路を走りながら、頻りに後を振返って見る習性があるので、後が気懸りになってのことと見なして、気懸りになる譬喩で云っているもの。当時一般に用いられていたと見える。

▼17　目かげは、日光の眩しさを防ぐ為に、目の上を手で遮る意。鼬がそれに似た様をする意で云っているもの。意は、上と同じ。
▼18　「移ろはむ事だに惜しき秋萩に居れるばかりに置ける露かな」（拾遺集）
▼19　標を結って守っている萩の、上葉はまだ様が乱れずにいるのに、何ういう露の為に、色が変った下葉であろうか。萩の葉の紅葉するのは、露に染められる為だとし、又萩は、下葉から紅葉するとするのは、当時の常識であった。その意味では、普通のことで、眼前を捉えて云っているのであるが、ここは、「標結ひし」に、我が娘。「上」に、姉である常陸守の継娘。「下」に、妹娘。「露」に、少将を譬えて、その不信を、訝る形で咎めた意のもの。
▼20　宮城野の萩の木だとも知っていたならば、聊（いささか）も心を分けて、背くようなことはしなかったであろう。「宮城野」は、陸奥にある萩の名所であるが、ここは、「宮」に、よって八の宮を、「萩」に、姉娘を譬え、宮の御娘と知っていたならばの意を現したもの。「露」は、萩の縁語。
▼21　ひたすらに嬉しいことでしょう、ここは世の中ではない所だと思えましたならば。現在いる所が、憂き世の外であるように思えると、喜びの意を云ったもの。
▼22　憂き世ではない所を捜し求めて、あなたの栄えた様を見たいことであるよ。
▼23　絶えきらないこの遣水の清水に、何だって亡い人の、面影だけでも留めていなかったのだろうか。自然の変らないのに対して、人事の変り方を怪しんだ心。
▼24　若い男女の仲介をした姥の名で、当時行われていた物語の中の人物の名と思われる。その物語は伝わらない。
▼25　「苦しくも降り来る雨か三輪が崎佐野の渡りに家もあらなくに」（万葉集）
▼26　雨を中途で留める葎が繁っているのであろうか、余りにも降りかかって来る雨しぶきであることよ。簀子に降りかかる雨しぶきに侘びての心を、催馬楽の「東屋」の詞を踏んで云ったもの。「東屋」は、「東屋のまやのあまりの雨（あま）そそぎ、われ立ち濡れぬ殿戸開かせ」。「葎や繁き」は、葎に降りたまっている雨しぶき、「東屋の」は、「あまり」の枕詞。「あまり程ふる」は、あんまりなまでに降るの意。見馴れない

あばら屋を、「東屋」に聯想させてのもの。
▼27　九月は嫁娶を忌む月となっていた。
▼28　この人を亡き人の形見だと見るにつけても、朝霧で、絞るまでに濡れるところの我が袖であるよ。「朝霧」に、涙を絡ませて、「濡るる袖」に、涙に濡れる袖の意を暗示させて、思出（おもいで）の哀れに誘われる意を云ったもの。「ところ狭き」は、所が狭くて、置き場所もない意で、絞るばかりにというに当る。
▼29　東琴（あずまごと）の「あずま」を、地名伝説の「あわれ我が妻」という詞に云いかえたもの。
▼30　上の「あわれ我が妻」を、大和詞とし、和歌を「大和詞」というのに関係させて、和歌のことを云ったもの。
▼31　漢の成帝に寵せられた班女が、寵が衰えて、自身を秋の扇に譬えたことを詠じた朗詠の詞で、「班女閨中秋扇色、楚王台上夜琴声」の後半。
▼32　宿木は色が変って、ちがった物となっている宿であるが、昔が思われて、変らずに澄んでいる月であるよ。「宿木」は、女君の譬で、「変りぬる」は、大君が今の妹君に変った意を持たせたもの。「宿木」の譬は、前に大将が、「宿木と思ひ出でずば」と詠んだ歌に依ってのもの。
▼33　里の名は、昔のままに変らないが、見た人は面変りして見える閨の月影であるよ。昔が思われて、そちらに心の引かれることを籠らせたもの。

浮舟

宮は今でもあの仄《ほの》かに見かけた夕べをお忘れになる時がない。事々しい身分の者ではないようであったが、人柄が真実らしく可愛《かわ》ゆくもあったことだと、浮気なお心から、残念なさまで終ったことであったと悔しく思われるままに、女君もこうしたつまらない事の為《ため》に、嫉妬からお隠しになることと一概にお憎みになっていた。「案外にもお辛いことです」と、宮の辱《は》ずかしめてお怨《うら》みになる折々は、女君はひどく苦しくて、ありのままを申上《もうしあ》げてしまおうかとお思いになるが、大将の君が、貴い様にはお扱いにはならないが、心浅くはない様で、お心を留めてお隠しになっている人を、口軽く打明けて申したならば、そのままお聞き流しになるお心の宮ではないようである、お仕えしている女房の中でも、かりそめに物をお云い懸けになろうとお思い立ちになった以上、何処《どこ》までもお尋ねになられる、御様の好くない御性分なので、これ程月日が経っても、お忘れにならずにいらっしゃる辺りは、まして必ず見苦しいことをお起しになることであろう、余所《よそ》からお聞きになるのであったら何としよう、何方《どちら》に対してもお気の毒なことであろうとも、お思い止まりになれるお心様ではないので、無関係の人よりは聞き苦しく思われるだけのことであろう、ともかくも私の不用意から事を起すようなことはしまい、とお思い返しになりつつ、宮にはお気の毒であるがお洩らしになれない。異《ちが》った様に尤《もっと》もらしく云い拵《こしら》えることもお出来にならないので、何も云わずに嫉妬をしている、世の常の女になっておいでになられた。

大将の君は、云いようもなく悠長にお構えになって、女君が待ち遠に思っていようと、気の毒にお思いやりになりながら、窮屈な御身分で、然《しか》るべきついでがなくては、たやすくお通いになれる道ではないので、『神の諫《いさ》むる道』▼1よりも術《すべ》がない。しかし、追っつけ然るべき扱いをしようと思っている。今は、あの山里の慰めにしようと、思い構えた心もあるので、少し日数《ひかず》の懸かるべき口実を設けて、心長閑《のどか》に行って逢おう、まあ暫《しば》らくは人の知りそうもない住所《すみどころ》に置いて、次第にそうした方へ、あの人の心も柔らげて置き、自分の為にも人の非難のないように、程よくするのがよかろう、俄《にわか》にしたら、あれは何者だ、何時《いつ》からだなどと、人に聞き咎《とが》められるのも物騒がしい、最初の心にも違うことであろう、又宮の御方のお聞きになりお思いになることも、以前の所から際立てて連れて離れて、昔を忘れたようにするのも、ひどく不本意である、などとお思い鎮めになるのも、例の悠長に過ぎたお心柄というべきであろう。女君を移らすべき所をお考えになって、内々に造らせていられることである。君は少し暇のないようにおなりになったが、宮の御方へは、やはり怠《おこた》りなく心を寄せてお世話を申すことが同じである。お見上げする人も変だとは思うが、女君は世間が次第にお分りになり、人の有様もお見聞きなさるままに、これこそは本当に、以前を忘れない心永さで、その名残までも浅くない例《ためし》であろうと思って、哀れも少《すく》ない。大将殿はお年を召すままに、人柄も世間の覚えも、様が格別でいらせられるので、宮のお心のあまりにも頼りない時々は、思い寄らない御縁であったことだ、故姫君のお思い構えになった通りにはしなくて、何でこのように歎きや気がねをするべき方に関係し初めたことであったろう、とお思いになる折が多いことである。しかし大将殿と対面をなさることは難い。年月も余り以前からは隔たって来て、内々の御事情をよくは知らない女房は、身分の低い尋常《ただ》人《びと》の間でこそ、それ程の縁を辿《たど》っての睦《むつ》びを忘れないのも、似合わしいことであるが、何だってこのように尊い御身分で、世間とは違った事をなさるのであろう、と云ったり思ったりするのも気が置けるので、宮の絶えずお疑いになっているのも、いよいよ苦しく気がねにお思いになりつつ、自然疎《うと》い様になっては行くが、そうなっても絶えず、やはり同じ心がお変りになられないのである。宮は浮気な御性分こそは、見るに辛い時も雑《ま》じるが、若君がひどく可愛ゆく御成長になるにつれて、外《ほか》ではこうした人は出来ないのだろうかと、女君をこの上もないものにお思いになって、打解けた懐かしい方面では、人よりもまさってお扱いになるので、女君も以前よりは少し御歎きも静まって暮していられる。

正月の元日を過ぎた頃宮はお渡りになって、若君のお年のおふえになったのを、あやして可愛ゆがって入《い》らせられる昼頃、小さな女童《めわらわ》が、緑の薄様《うすよう》に包んだ文の大嵩《おおがさ》なのに、小さい鬚籠《ひげこ》の小松に著《つ》けたのと、又飾り気のない立文《たてぶみ》を添えて持って、無考えに走って参る。女君に差上げると、宮は「それは何処《どこ》から来たのです」とお尋ねになるので、女童は「宇治から大輔《たいふ》のおとどにと云ってお渡しかねていましたので、何時《いつ》ものように御前《おまえ》が御覧になるのだと思いまして、受取りました」と云うのも、ひどく慌てた様子で、「この籠は、金《かね》で拵えて、色どりをしたものでございますね。松も本当によく似せて拵えた枝ですこと」とにこにこして云い続けるので、宮もお笑みになって、「どれ、私も賞翫しよう」とお召しになるのを、女君はひどく工合《ぐあい》わるくお思いになって、「文は大輔へお遣《や》りなさい」と仰《おっ》しゃるお顔が赤らんでいるので、宮は、大将がさりげなく取繕《とりつくろ》っての文であろうか、宇治という名のりも似合わしい、とお思附《おもいつ》きになって、その文をお取りになった。流石《さすが》に、それだった時にはとお思いになると、ひどく極《きま》りが悪いので、「開けて見ますよ。お怨みになりますか」と仰しゃるので、女君は、「見苦しい、何だって、あの女房同志の間で書き交します打解け文なぞ、御覧になるのですか」と仰しゃるのが、騒がない御様子なので、「それなら見ますよ。女房の文の書振《かきぶ》りは、何《ど》んなものでしょう」と云ってお開けになると、ひどく若々しい手で、

「御無沙汰をしております間に年も暮れたことでございます、山里の鬱陶《うっとう》しさは、峰の霞《かすみ》と一しょに

絶間《たえま》もございませんで」

　とあって、端の方に、

「これは若君の御前《おまえ》に、怪しいものではございますが」

　と書いてあった。格別勝《すぐ》れた点も見えないが心当りのない物なのでお目を留めて、立文の方を御覧になると、ほんに女の手で、

「年が改まりましたが、如何《いかが》いらせられますか。御自分様にも、何《ど》んなにか頼もしい御喜びが多いことでございましょう。此方《こちら》は、まことに愛《め》でたいお心深いお住まいではございますが、やはり適《ふさ》わしくはなくお見上げ申します。このようにしてばかりつくづくとお眺めになりますよりは、時々はお参りになられまして、お心もお慰めになられたらばと存じ上げますが、気のおけます恐ろしい事にお懲《こ》りになりまして、物憂いこととお歎きのようでございます。若君の御前《おまえ》にと思って、卯槌《うづち》▼2を参らせます。大き御前の御覧になりません時に御覧下さいますようにと存じまして」

　など、細々《こまごま》と、言忌《こといみ》もしきれずに、歎かわしげな様で、あやもなく云っているのを、繰返《くりかえ》し繰返し、変だと御覧になって、「もう仰しゃいまし、誰の文です」と仰しゃるので、「以前あの山里にいました者の娘で、事情がありまして、この頃彼処《あすこ》にいると聞いておりますことです」と申されると、普通の奉公人ではないと見える書き様であるにと、お考えになると、あの煩《わずら》わしい事とあるので、それとお思い合せになった。卯槌は面白く出来ていて、徒然《つれづれ》でいる人の手業《てわざ》だと見えた。松の枝の二股《ふたまた》になった所へ、山橘《やまたちばな》を造って貫き添えてある枝に、

　　まだ古《ふ》りぬ物にはあれど君がため深き心にまつと知らなむ▼3

　と、格別の歌ではないが、あの思い続けている人のものであろうかと思い寄ったので、御目が留って、「御返事をお書きなさい。情《つれ》ないことです。お隠しになる文でもないようですのに、何《ど》うして御機嫌が悪いのですか。退《さが》りましょうよ」と仰しゃってお立ちになった。女君は、少将などに、「お気

の毒なことでしたよ。幼い人の受取ったのを、誰も何《ど》うして見なかったのですか」など、忍んで仰しゃる。「見ましたならば、何だって差上げましょう。大体あの子は、考えなく出過ぎます。生先《おいさき》が思われて、人はおっとりしているのが好いのです」と憎むので、「まあまあ。幼い人をお怒りになりますな」と仰しゃる。去年の冬人が参らせた童で、顔がひどく可愛ゆいので、宮がひどくお可愛ゆがりになっている者なのである。

御自分の御居間へお出《い》でになって、変なことであるよ、宇治へ大将のお通いになることは、年頃絶えないことだと聞いている中でも、忍んで夜お泊りなる時もあると人の云ったので、まことに余《あん》りなまでの形見で、そんな事をするべくもない所に、旅寝をなさることだと思っていたのに、そのような人を隠してお置きになるからであろうと、お悟りになるところもあるので、学問のことについてお使いになっている大内記《だいないき》という人で、大将の殿にも親しい関係のある人をお思出《おもいだし》になって、御前《おまえ》に召される。参った。韻塞《いんふたぎ》をしようから、詩集などを選《え》り出して、此方《こちら》の厨子《ずし》に積むべきことなどを仰せになって、「右大将の宇治へ入《い》らっしゃることは、まだ絶えませんか。寺を、ひどく有難《ありがた》くお造りになったとのことです。何うしたら見られましょうか」と仰しゃると、「ひどく尊く厳《いか》めしくお造りになられまして、不断の三昧堂《さんまいどう》は、まことに尊い物にお指図になられたと伺っております。お通いになりますことは、去年の秋頃からは、以前よりも繁く行らっしゃいます。下の者共の忍んで申しましたことには、女を隠してお置きになって入らっしゃいますのは、憎からずお思いになっている人でしょう。あの辺りの御領の所々の人は、みんな仰せがあって参ってお仕え申していまして、宿直《とのい》に当りなどしつつ、京からもひどく忍んで、然るべきお世話はおさせになっていらっしゃいます、何ういうお仕合せの方が、流石に心細くしておいでになることであろうかと、ついこの十二月《しわす》の頃に申すのを聞きました」と申上げる。宮はひどく嬉しいことを聞いたものだとお思いになって、「はっきり何ういう人だとは云いませんか。あすこに以前からいる尼をお尋ねになるのだと聞いていました」「尼の方は廊に住んで居ります。その人は今度お建てになった方に、悪くはない女房が何人もいて、さみしくはない御様子で居られるのです」と申す。宮、「面白いことですね。何《ど》ういうお心で、何ういう人を、そのように居《す》えてお置きになるのでしょう。やはりひどく様子がちがっていて、大方の人には似ないお心ですね。左の大臣《おとど》などは、あの方が余りに道心が深くなって、山寺に夜さえもともするとお泊りになるのは、軽々しいことだと非難なさると聞いていましたが、ほんに、何だってそのようにまで仏の道で忍び歩きをなさるだろうか、やはりあの故郷《ふるさと》にお心が留まるのだろうと聞いていましたのは、そういう事があったのですね。何うでしょう、人よりは真面目だと賢がっている人が、別《わ》けて人の思い及びそうもないような内証のお工夫で」と仰しゃって、ひどく面白いとお思いになった。この人は大将殿にひどく睦ましくお仕えしている家司《けいし》の聟だったので、お隠しになっていることも聞くのであろう。宮はお心の中《うち》では、何うかして、その人を、前に見た人か何うか見定めたい。あの君がそれ程までにして居《す》えているのは、おしなべてのいい加減な人ではあるまい。此方《そなた》の上には何うして親しいのであろうか。大将と心を合せて隠していられるのも、ひどく妬《ねた》ましくお思いになる。

宮は唯《ただ》この事を、この頃はお思い沁みている。賭弓《のりゆみ》、内宴などが済んで心のどかだのに、司召《つかさめし》など云って人が心を砕くような事は何ともお思いにならないので、宇治へ忍んでお出《い》でになることばかりを御工夫なさる。この内記は、立身の望《のぞみ》を持っていて、夜昼何うかお気に入りたいと思っている頃で、宮も何時《いつ》もよりは懐かしくお使いになっていて、「何《ど》んな面倒な事でも、私の云うことなら計ってくれましょうか」と仰しゃる。畏《かしこ》まってお受けをする。「ひどく不都合なことですが、あの宇治に住んでいるという人は、以前仄かに見た人で、行方が分らなくなっていたのを、大将が捜し出して引取られていると、聞き合せていることがあるのです。確かには知りようのないことなので、唯物蔭から覗き見をして、それか何うかを見定めようと思うのです。少しでも人に知られない工夫は何うしたらいいでしょうか」と仰しゃると内記は、ああ煩《うるさ》いとは思うが、「お越しになりますのは、ひどく荒い山越えではございますが、格別道のりは遠くはございません。夕方お出懸けになりまして亥子《いね》（十時より十二時）の時にはお著《つ》きになりましょう。そして明け方にはお帰りになれます。人に知れますのは、唯お供の者だけで。それも深い事情は何《ど》うして分りましょう」と申す。宮は、「そうですよ。昔も一二度は通《かよ》った路《みち》です。軽々しいと非難を受けそうで、聞《きこ》えを憚《はばか》っているのです」と仰しゃって、返す返すも有るまじき事だと、御自分のお心でもお思いになるが、このようにまで口へ出されたので、お思い止《とど》まりにはなれない。お供には、以前も彼処《あすこ》への御案内をした者が二三人、この内記、外《ほか》には御乳母子《おめのとご》で蔵人《くろうど》から五位に叙爵された若い男で、睦ましい者だけをお選びになって、大将は今日明日はよもや入らっしゃるまいと、内記によく様子をお聞きになって、お出懸けになるにつけても、過ぎ去った時をお思出しになる。不思議なまでに心を合せつつ連れて歩いた人の為に、後暗《うしろぐら》いことであるよと、お思出しになることも様々であるが、京の内でさえも、まるきり人の知らないお歩きは、そうは云ってもお出来にならない御身が、怪しい様の窶《やつ》れ姿になって、お馬でお出でになるお心持は物恐ろしく、悩ましくもあるが、珍らしい物をゆかしむ方はお強いお心なので、山深くなるに連れて、早くも見たく、何《ど》んなであろう、顔を見るとそれではなくて帰るのであったら、さびしく変なことであろう、とお思いになると、心もお騒ぎになる。法性寺の辺まではお車で、それからは御馬にお乗せ申す。

　急いで、宵過ぎる頃にお著きになった。内記は、様子をよく知っている大将殿の人に、尋ねて聞いてあったので、宿直人《とのいびと》のいる方へは寄らないで、葦垣《あしがき》を取繞《とりめぐ》らしている西南《にしおもて》を、そっと少し壊して入った。白身も流石にまだ見たことのない御住まいなど、覚束《おぼつか》ないのであるが、人も多くなどは居ないのに、寝殿の南面《みなみおもて》に、灯影が仄《ほの》暗く見えて、そよそよと衣《きぬ》の鳴る音がする。宮の所へ参って、「まだ人は起きているようでございます。此処《ここ》からお入りなさいまし」と案内してお導きする。宮はそっと上って、格子の隙間のあるのを見附けてお寄りになると、伊《い》予簾《よすだれ》のさらさらと鳴るのも憚られる。

新しく綺麗に造ってはあるが、流石に粗々《あらあら》しくて隙間があったが、誰が来て見ようと油断して、穴も塞《ふさ》がないのであろう。几帳《きちょう》の帷子《かたびら》も上げて押遣ってあった。灯を明るくともして、物を縫う女房が三四人いた。女童《めわらべ》の可愛らしいのが糸を縒《よ》っている。その顔は先《ま》ずあの灯影《ほかげ》で御覧になったそれである。ふと見た目の故《ゆえ》かと、まだ疑わしいのに、右近と名告《なの》った若い女房もいる。女君は肘《かいな》を枕にして、灯影を眺めている目もと、髪のこぼれ懸《かか》っている額つきなどが、ひどく上品に艶《なまめ》かしくて、対《たい》の御方にひどくよく似ている。その右近が、布に折目を附けながら、「こうしてお越しになりましたら、直《す》ぐにはお帰りになれますまいが、殿は、その司召《つかさめし》の間を過して、朔日《ついたち》頃には必ずお越しになりましょうと、昨日のお使《つかい》も申しました。お文には何と申上げてございますか」と云うが、返事もせず、ひどく物思わしい様子である。右近は「そうした折に、お隠れになったようで見苦しいことでございます」というと、向い合っている女房は、「それは、このようにお越しになりますことを、お便り申上げます方が宜《よろ》しゅうございましょう。軽々しく、何だって、お隠れになどなられましょうか。御物《おんもの》詣《もうで》の後は、直ぐにお帰りなさいましよ。こうしていては心細いようでございますが、お気任せな、お楽なお住いに馴れまして、却って其方《そちら》は旅のような気がなさいましょう」という。又一人は、「やはり暫《しばら》くはこのようにしてお待ちになった方が、のどかで恰好が宜しゅうございましょう。京へお迎えになられました後で、気安く親にもお逢いなさいまし。あの乳母《めのと》殿がひどく性急でいらして、俄にこんな事をお勧め申したのでございましょう。昔でも今でも、辛抱づよく落着《おちつ》いている人が幸いを見るものでございます」など云っている。右近は、「何だって、あの乳母《めのと》殿をお留めにならなかったのでございましょう。年を取った人は、むずかしい心のあるもので」と憎むのは、乳母《めのと》ようの人を誹《そし》るのであろう。宮はほんとに憎い者が居たことであったとお思出しになるのも、夢のような心持がなさることである。聞き苦しいまでに、打解けたことを云って、右近は、「宮の上はまことに愛《め》でたいお幸せです。左の大殿《おおいどの》が、あれ程の御勢いで、厳めしくお騒ぎになっていらっしゃいますが、若君がお生れになりましてからは、この上もなくお扱いになっていらっしゃいますことです。あのような出過ぎ者も居なくて、お心のどかに、お上手にお振舞《ふるまい》になっていらっしゃるようでございます」という。「殿さえ真実にお思い下さることが変りませんでしたら、お負けになられるものですか」と云うと、女君は少し起き上って、「まあ聞きづらいことを。余所《よそ》の人になら、負けまいとも何とも思いましょうが、あの御方を引合いにして云ってはいけません。漏れ聞えるようなことがあると工合が悪いでしょう」という。宮は何《ど》れ程の親族であろうか、ひどく好く似通っている様子であることよ、と思って思い較《くら》べると、極り悪く感じられる程上品なところは、彼方はひどく勝《まさ》っており、此方《こちら》は唯なつかしくやさしいところがひどく可愛ゆいことだ。それ程ではなく整わないところを見附けてさえ、あれ程ゆかしくお思いこみになった人をそれと見て、そのままにお止《や》めになるべき御性分ではないので、まして隈《くま》もなく御覧になるにつけ、何《ど》うしたらこれが我が物になろうかと、ひどくお思い惑いになった。物詣でに行くようである、親があるようだ、何うして此処《ここ》でなくて又逢えようか、今夜の中《うち》には又何うしたものであろうか、と夢中におなりになって、猶《な》お見守っていらっしゃると、右近は「ひどく眠くなりました。昨夜《ゆうべ》もそぞろに起き明してしまいました。朝の中にも、これは縫えましょう。お急がせになりましても、お車は日が闌《た》けてのことでしょう」と云って、仕立てかけの物を取纏《とりまと》めて、几帳に懸けなどして、転寝《うたたね》の様で物に凭《よ》りかかって寝た。女君も奥の方へ入って寝た。右近は北面《きたおもて》の方に出て行って、暫くして戻って来ていたことである。女君の裾近い所に寝た。眠いと思ったので、ひどく早く寝入ってしまった様子を御覧になって、外《ほか》に仕様もないので、宮は忍びやかに格子をお叩きになる。右近は聞きつけて、「何方《どなた》です」と尋ねる。声《こわ》づくりをなさると、上品な咳払いを聞き知っていて、殿がお越しになったのかと思って、起きて出て来た。「先ずこれを開けなさい」という。「物詣でに行かれると、「変な思懸《おもいが》けない頃でございますこと。夜はひどく更《ふ》けましたのに」と仰しゃるようだと、仲信《なかのぶ》が云ったので、驚かれたままに出懸けて、ひどい苦労をしました。まず開けなさい」

と仰しゃる声は、ひどくよく大将にお真似《まね》になって、忍び声であるので、他の人とは思いも寄らずに開ける。宮は、「途中で、ほんに途方もなく恐ろしい事があったので、変な姿になっています。灯を暗くなさい」と仰しゃるので、「まあ大変な」と慌て惑って、灯を彼方《あちら》へ遣った。「私の姿を人に見せなさるな。来たからと云って人を起しなさるな」と、ひどく物馴れたお心で、もともと少し似ているお声を、すっかりかの殿の御様子に真似てお入りになる。気味の悪い目にと仰しゃるので、何《ど》んなお姿であろうとお気の毒で、自分も物陰に隠れてお見上げする。ひどく細《ほっそ》りと、なよなよとお装束をなさって、香の芳《かん》ばしいこともお劣りにならない。宮は女君に近く寄って、御衣《おんぞ》を脱ぎ、物馴れた様子でお臥《やす》みになったので、「例《いつも》の御座《おまし》に」と云うけれども、物も仰せにならない。御衾《おふすま》を差上げて、寝ていた女房共を起して、少し引下って皆寝た。お供の人は、何時《いつ》も此方《こちら》ではかまわない慣《なら》いで、「お情深い夜の入らっしゃる方でございますこと。こうしたお心持を姫君はお分りにならないのでございますね」など、賢がる女房もあったが、「静かになさいよ。夜の声は、ひそひそ声が高く聞えるものですよ」など云いつつ寝た。女君は、違った人であることよと思うと、浅ましく云おうようもないが、声をさえ立たせなくなさる、ひどく憚《はばか》りのあった所でさえも、無体であったお心なので、一途に浅ましい。初めから違う人と知っていたならば、聊《いささか》は仕様もあったろうが、夢のような気がしているので、次第に、あの折の辛かったこと、年頃思い続けていたことを仰しゃるので、あの宮だと知った。益々極りが悪くなって、あの上のお思いになることを思うと、今更《いまさら》しようもないので、際限なく泣く。宮も生中《なまなか》のことで、たやすくは逢えないことをお思いになると、お泣きになる。

夜は唯明けに明けてゆく。お供の人が来て、御催促の咳払いをする。右近はそれを聞いて参った。宮はお出懸けになるお気持もなく、飽かずも哀れなのに、又お越しになることはむずかしいので、京ではお行方を捜して騒がれようとも、今日だけはこうして居よう、何事も生きている間の為のことだ、今直ぐに出て行かれることは、ほんとうに死にそうな気がなさるので、あの右近を召寄せて、「ひどく心無いことに思われましょうが、今日は出懸けられそうもないことです。男どもは、この辺りの近い所へ、気を附けて隠れていなさい。時方《ときかた》は京へ行って、山寺に忍んで籠《こも》っていると、尤もなように、返事をなさい」と仰せになるので、ひどく浅ましく呆れて、心の届かなかった前夜の過ちを思うと、気も遠くなるのを鎮めて、今は色々と騒ぎ立てても、甲斐《かい》もなさそうなことで、失礼でもある、あの変なことであった折に、ひどく深くお思込みになったのも、このように遁《のが》れられない御宿縁からのことであったろう、人の仕《し》たことであろうか、と思い慰めて、「今日お迎いがあることになっておりますが、何《ど》うなさろうとする御事でございましょうか。このようにお遁れになれませんでした御宿縁は、まことに申上げようもございません。折がひどく悪うございます。やはり今日はお帰り遊ばしまして、お志がございましたら、御《ご》ゆるりと」と申上げる。宮は、ませた物云いをすることよとお思いになって、「私は月頃物思いをしたので、呆《ぼ》けきってしまいまして、人の悪く云うのも何を云うのもわからず、一途な心になっています。少しでも自分の事を思い憚る心のある人でしたら、こんな出歩きなぞ思い立ちましょうか。御返事には、今日は物忌《ものいみ》だとお云いなさい。人に知られないようには、私の為にもお思いなさい。外《ほか》の事は何も聞きません」と仰しゃって、この女君の又となく可愛ゆくお思いになられるままに、万《よろ》ずの誹《そし》りもお忘れになりそうである。右近は出て行って、その咳払《せきばらい》をする人に、「このように仰せになりますが、やはりまことにお宜しくないことを仰しゃって下さい。浅ましく珍しいお有様は、そのように思召しましょうとも、こうしたお供の方々のお心次第のことでしょう。何だってこのようにお考えもなくお連れ申上げたのですか。失礼なことを申上げます山賤《やまがつ》共が若《も》しございましたら、何うなりましょう」という。内記はひどく面倒なことであると思って立っていた。「時方と仰しゃるのは何方《どなた》ですか、これこれです」と伝える。笑って「お叱りになりますことが恐ろしいので、それでなくても逃げて帰りましょう。本当のことは一通りでない御気色《みけしき》をお見上げしましたので、誰も誰も身を捨ててのことです。ままよ宿直人《とのいびと》も皆起きたようです」と云って、急いで出て行った。右近は、人に知られないようにするには何《ど》う計らったものだろうかと当惑する。女房共が起きて来たので、「殿は御事情があって、ひどくお忍びになっていらっしゃる御様子にお見上げしますのは、途中でひどい事がおありになったらしいのです。御衣《おんぞ》なども、夜になってそっと持って参るようにお云いつけになられたことです」と云う。古女房達は「まあ、気味の悪い。木幡山《こはたやま》はひどく怖ろしい山なのです。例《いつも》のように御前駆《おさき》もお附けなされず、窶《やつ》してお出《い》でになったのですよ。まあ気味の悪い」と云えば、右近は「お静かにお静かに。下衆《げす》などが塵ほどでも聞きましたら、本当に飛《と》んだことになりましょう」と云っているが、心持は恐ろしい。生憎《あいにく》に殿からのお使いでもあった時には何と云おうと思うと、「長谷の観音様今日何事もなく暮させて下さいまし」と大願を立てたことである。

石山寺に今日はお詣りさせようとて、母君が迎えるのであった。この女房共もみんな精進をして、身を清めているので、「それでは、今日はお詣りは出来ないのですね。ひどく残念なことで」という。日が高くなったので、格子を上げて、右近だけが近くお附き申していることである。母屋《もや》の簾はみんな下し続けて、物忌《ものいみ》と書かせて附けた。母君が自身でお出でになろうかと思って、それだと、夢見が悪かったと云い拵えてお逢いにならないことにしていた。お手水《ちょうず》など此方《こちら》へ差上げる様は、何時ものようであるが、宮は器ものを浅ましくお思いになって、「あなたがお洗いになったら」と仰しゃる。女君はひどく様の好い奥ゆかしい人を見馴れているのに、一時の間でも逢わずにいれば、死にそうだと思い焦れる人を、志の深いというのは、こういう方を云うのであろうかと思い知るにつけ、不思議な身であったことよ、何方《どなた》も、この事をお聞きになったら、何うお思いになることであろうかと、先ず宮の上のお心をお思い申上げるが、宮は知らないので、「返す返すひどく心憂いことです。やはり有《あ》りの儘《まま》に仰しゃい。ひどい下衆《げす》であられたにしましても、いよいよお可哀そうに思うだけでしょう」と、達《たつ》てお尋ねになるが、そのお答だけは全く仕《し》ない。他の事は、ひどく可愛ゆく、打解けた様に御返事をして、随《したが》っているので、ひどく限りなくも可愛ゆくばかり御覧になる。日の高くなる頃に、母君の御迎いの人が来た。車が二つ、馬に乗った人々で、何時《いつ》もの荒らそうな人が七八人、それに下《しも》人《びと》どもが多く、下品な様子をして、囀《さえず》りつつ入って来たので、女房共は気の毒がって、「彼方《あちら》へお隠れなさい」と云わせなどする。右近は、何《ど》うしたものだろう、殿が入らせられると云ったのでは、京にあれ程の方の居られると居られないとは、自然に聞き伝えて、隠れないこともあろう、と思って、その女房共には別に相談をせずに返事を書く。

「昨夜より穢《けが》れにお懸りになりまして、ひどく残念なこととお歎きになっていらっしゃいますのに、昨夜は夢見がお悪うございましたので、今日だけはお慎しみなさいませと申して、物忌《ものいみ》でいらっしゃいます。返す返す残念で、物の妨《さまた》げのようでお見上げいたしております」

と書いて、迎いの人々には物を食わせなどした。尼君にも、「今日は物忌で、お出懸けになりません」と云わせた。

女君は何時《いつ》も暮し難くばかりして、霞んでいる山際を眺め侘《わ》びていらせられるのに、暮れてゆくのを侘しくばかり思入《おもいい》っていられる宮にお引かれ申して、ひどく飽気《あっけ》なく暮れた。他に紛れる事もない長閑《のどか》な春の日に、宮は見ても見てもお飽きにならず、何処《どこ》が難点だと思われるところがなく、愛嬌があって懐かしい。しかしかの対の御方には劣っている。大殿《おおいどの》の君の今を盛りに匂っていられるには、遥《はるか》に及ばない程度の人であるのを、比べるものなく今はお思いになっている時なので、外《ほか》にはない可愛ゆい者だとばかり御覧になる。女君もまた、大将殿をひどくお綺麗に、外《ほか》にこのような人があろうかと見ていたが、濃《こ》まやかに匂って、清らかなことは、この上もなくいらっしゃることだと見ている。宮は硯《すずり》を引寄せて手習をなさる。ひどくお上手に書き散らし、絵などを面白くお描《か》きになるので、若い心持は心移りすることであろう。「思いながらも逢えない時は、これを御覧なさいよ」といって、ひどく美しい男と女とが、一緒に添臥《そいぶし》をしている絵をお描きになって、「何時《いつ》もこうして居たいものですね」と仰しゃるにも、涙が落ちた。

長き世を頼めても猶《な》ほ悲しきはただ明日知らぬ命なりけり▼4

まことにこんな気のするのは縁起でもないことです。心に身を少しも任せられませんで、いろいろと工夫をしています時は、本当に死にそうな気がします。情《つれ》ないお有様だったのに、生中《なまなか》に何だってお逢いしたのでしょう」と仰しゃる。女君は、お濡らしになってある筆を取って、

心をば歎かざらまし命のみ定めなき世と思はましかば▼5

と書いたのを、宮は心変りするのを怨めしく思うようであると御覧になられるにも、ひどく可愛ゆい。「何《ど》ういう方の心変りを見覚えたのです」と、微笑《ほほえ》んで、大将のここへお移しになった時のことを、ゆかしがって返す返すお尋ねになるが、女君は苦しがって、「云えませんことをそのように仰しやって」と怨んでいる様も幼なびている。自然それは知れることだろうとお思いになりながら、云わせたいと思うのは、理《ことわり》のないことであるよ。

夜、京へお遣《つかわ》しになった時方が参って、右近に逢った。「后の宮からお使が参りまして、左の大臣《おとど》もおむずかりになられて、人にお知らせにならないお出歩きは、ひどく軽々しいことで無礼《なめ》げな事もあるものなので、すべて内裏《うち》に聞召《きこしめ》される事も、自分の落度《おちど》になって辛いと、強くお云いになりましたことです。東山へ聖《ひじり》にお逢いに入らしたと、人には云って置きましたことです」など話して、「女というものは罪深くいらっしゃることです。何でもないお側の者までもおまごつかせになって、嘘までもお云わせになりますよ」と云うと、「聖《ひじり》の事まで持ち出して仰しゃったのは、ひどく好いことです。あなたの罪はそれでお消えになることでしょう。本当にひどく怪しいお心で、ほんに何《ど》うしてお覚えになられたことでしょう。予《かね》てからこのようにお出ましになりますように承っておりましたら、まことに勿体《もったい》ないことですから、工夫も附けましたでございましょうに、お考《かんがえ》のないお出歩きと申すもので」と、調子をお合《あわ》せする。宮のところへ参ってこれこれと申上げると、ほんに何んなであろうかとお思いやりになって、「窮屈な身は侘しいことです。身分軽い殿上人などで暫く居たいものです

よ。何《ど》うしたらよいだろうか、そのように遠慮をするべき人目も憚ってはいきれないことです。大将も何《ど》のようにお思いになられることでしょうか。そうあるべきことだとは云いながら、怪しいまでに、昔から睦ましい仲だのに、こうした心の隔てが知れた時には、極りの悪いことで、又何《ど》んなものでしょう、世間の譬《たとえ》に云っている事もありますが、待遠《まちどお》にさせている自分の怠《おこた》りの方は分らず、お怨みになられる事までもあろうかと思われます。夢にも人に知られない様にして、此処《ここ》でない所へお連れしてお離し申しましょう」と仰しゃる。今日さえもこうして籠っていらっしゃるべきではないので、お出になろうとなさるにも、女君の『袖の中に』▼6魂をお留めになることであろう。夜の明け切らない中《うち》にお著《つ》きになるようにと、人々は咳払いをして御注意申す。妻戸まで一緒に連れていらして、お出懸《でか》けにはなれない。君、

世に知らず惑ふべきかなさきに立つ涙も道をかきくらしつつ▼7

女も限りなく哀れに思った。

涙をも程なき袖に堰《せ》きかねていかに別れを留《とど》むべき身ぞ▼8

風の音もひどく荒く、霜の深い暁に、『己《おの》が衣々《きぬぎぬ》』▼9も冷たくなったような気持がされて、御馬にお乗りになられても、又引返しそうに取乱されるので、お供の人々は、本気にならなければと思って、唯急ぎに急がせて出るので、宮は我にもなくてお出になった。その五位の二人▼10が御馬の口にお添いしたことである。峻《けわ》しい山を越えてしまって、各《おのおの》馬には乗ったことである。汀《みぎわ》の氷を踏み鳴らす蹄《ひづめ》の音までも、心細く物悲しい。以前もこの路をだけこのような山越えはなさったので、宮は不思議な縁を持った里であるとお思いになる。

二条院へお著きになられて、女君のひどく物憂かったお物隠しが辛かったので、心安いお居間でお臥《やす》みになったが、お眠りにはなれず、ひどく寂しい気がすると、物恋しさが増《まさ》って来るので、気弱くなって対へお渡りになった。女君は何心もなく、ひどく清げにしていらっしゃる。珍しく可愛ゆいと

思ってお逢いになっていた人よりも、又こちらはもっと稀《ま》れな様をしていらしたことだと御覧になるものの、ほんによく似ているとお思出しになると、胸が塞がって来るので、ひどく物思わしい様をして、御帳台《みちょうたい》にお入りになってお臥《やす》みになる。女君も連れてお入りになって、「気分がひどく悪いことです。何《ど》うなることだろうかと、心細いことです。私はあなたを、しんから可愛いいと心を残していたにしましても、お有様はひどく早く変ってゆくことでしょう、人の一念は必ず遂げられるものですから」と仰しゃる。女君は怪《け》しからぬ事を、まじめに仰しゃることだ、と思って、「そのような聞き憎《にく》いことが漏れて聞えましたら、私が何《ど》んな事を申上げたのかと、あの方がお思い寄りになろうかと浅ましいことです。辛い思いをしています身なので、御冗談に仰しゃる事も、ひどく苦しいことで」と云って、彼方《あちら》向きになられた。宮もまじめなようになられて、「本当にあなたを辛いとお思いするようなことがありましたら、何うお思いになることでしょうか。私はあなたの為には縁の浅い者でしょうか。人も珍しい扱い方だと咎め立てをする位なのです。あの人よりはひどく軽くお思いになっているようです。それも然るべき因縁だと諦めもされましょうが、隔てをお附けになるお心の深いのが、ひどく辛いことです」と仰しゃるにつけても、縁が浅くなければこそ、あのようにお尋ね寄りになったのだとお思出しになって、涙ぐまれた。宮のまじめでいらっしゃるのがお気の毒で、何《ど》のような事をお聞きになられたのだろうかと訝《いぶか》しくて、女君は御返事の申しようもない。手軽な様で私にお逢い初《そ》めになったので、何事でも手軽な物に御推量になるのであろう、確《しっか》りしない人を手引きにして、その深切《しんせつ》を思い知り初めた過ちだけで、軽く扱われる身であることだ、とお思い続けになると様々に悲しくなって、一段と可愛ゆらしい御様子である。宮は、あの女を見附けたことは、暫くはお知らせ申すまいと思うので、他の事に思わせてお怨みになるのを、上は唯あの大将の事を本気になって仰しゃっているのだとお思いになるので、人の嘘を確かな事のようにお聞きになったのであろう、とお思いになる。そうした事があったか何うか聞かない間は、顔をお見せするのも極りが悪いと思っている。

内裏《うち》から大宮の御文《おんふみ》があるので、宮はお起きになって、やはり心の解けない御様子で、彼方のお居間へお渡りになった。「昨日もお見えにならないので、悩ましく思召されているようです。少しでも御気分がよかったらお参りなさい。久しくなったことですから」というように仰しゃっていられるので、お騒がせ中すのも苦しいが、本当に御気分もお悪いようなので、その日はお参りになられない。上達部《かんだちめ》など大勢参られたが、御簾の内でお暮しになる。

夕方、右大将が参られた。「此方《こちら》へ」と云って、打解け姿で対面なされた。「悩ましげでいらせられるとのことでございますので、宮もひどく御不安に思召して入らせられることです。何《ど》んなお悩ましさですか」とお尋ねになる。宮は見るからに、お心騒ぎが一段と増《ま》さるので、言葉少なにいらして、聖《ひじり》めいているとは云いながら、云いようもない山伏心《やまぶしごころ》であったことだ、あれ程哀れな人をそのままにして置いて、悠長に、月日を待ち侘びさせていることよ、とお思いになる。例《いつも》は、それ程でもない事の序《ついで》にさえも、自分は実直な者だと自慢して云われるのを口惜《くや》しがって、色々に云い破っているのに、ああした事を見顕《みあら》わしたので、何《ど》のようにでも云えよう。しかし、そうした冗談もお云い出しにならず、ひどく苦しげにお見えになるので、大将は「ひどく好くないことですよ。たいしたお苦しさでなくて、流石《さすが》に日の重なりますのは、ひどく悪いことでございます。お風邪《かぜ》は十分にお治しなさいまし」と本気にお云い置きになってお出になった。極りの悪い人である、あの女は自分の有様を何のように思い較べたことであろう、など様々な事につけて、唯その人を時の間も忘れずにお思出しになる。

彼方《あちら》では石山詣《いしやまもうで》も止《や》めになって、ひどく徒然《つれづれ》である。宮は御文に、まことにたいした事をお書き連ねて遣わされる。それでも宮は安心が出来ず、時方とお召しになっていた大夫の従者で、事情を知らない者を選んでお遣りになったことである。右近は、古くから知っていた人で、殿のお供で来て私を見出して、立ち返って深切がっているのだと、友達には聞《きか》せていた。いろいろと右近が嘘を云っていたことである。月も変った。宮はそのようにお思い込みになっているが、お越しになることはひどく無理である。このようにばかり物を思ったならば、全く生きてはいられない身であろうと、心細さも加わってお歎きになる。

大将殿は、内裏《うち》の行事の少しお暇になった頃に、例のように忍んでお越しになった。寺で仏をお拝みになる。御誦経《みずきょう》をおさせになる僧に、下され物などをして、夕方此方《こちら》へはお忍びになったが、これはひどくはお窶しにならず、烏帽子直衣《えぼしなおし》のお姿が、まことにお立派にお綺麗で、御歩み入りになられるにも、極り悪いまでに御用意が格別である。女君は、何《ど》うしてお目に懸れようかと、空までも極りわるく恐ろしい気がするのに、一途であった方のお有様が思い出されるのに、又この方にもお逢い申すことを思いやると、ひどく心憂いことである。私は年頃逢って来た人も、皆嫌いになったような気がすると仰しゃったが、ほんにその後はお心持が苦しいと云って、何方《どなた》にも何方にも、何時《いつ》ものお有様ではなくて、御修法《みずほう》などと騒いでいると聞くのに、又何《ど》のようにお聞きになりお思いになることだろうか、と思うとひどく苦しい。この君はまた、ひどく御様子が格別でお心が深く、艶《なまめ》かしい様をして、久しく無沙汰をした詫びを仰しゃるにもお言葉が多くはなく、恋しい悲しいと立ち入っては云われないが、絶えず逢っていない恋の苦しさを、程よく仰しゃるのは、事々しく云い立てるのよりは勝《まさ》って、ひどく哀れに人の思いそうな様をしている人柄である。艶《えん》である方は云うまでもなく、行末《ゆくすえ》長く頼みになるべきお心持は、この上なく勝《まさ》っていらせられる。案外な様である心持を、漏れてお聞きになった時は、一方《ひとかた》ならずお歎きになることであろう、怪しくも、正気ではないようにお思い込みになっていられるお方を哀れに思うのは、あれはまことに有るまじき軽率なことである、この君にいやな者と思われて、お忘れになられる心細さは、ほんに深く身に沁みることであろうと、思い乱れている様子を、君はこの月頃にひどく物が分って、大人《おとな》びて来たことである、徒然《つれづれ》な住処《すみか》なので、ものを思い尽したのであろう、と御覧になると、気の毒なので、何時《いつ》もよりは心を籠めてお話しになる。

「造らせている家は、次第に仕上りそうになりました。この間見に行きますと、ここよりも近くに水があって、花も御覧になれましょう。三条の宮も近い所です。明暮れ覚束《おぼつか》ない隔ても自然無くなりましょうから、この春の中《うち》に、都合が宜しかったらばお移し申しましょう」と仰しゃるにつけても、あの方が、気楽に出来る所を用意したと、昨日も仰しゃったが、こうした事も御存じなくて、そのようにお思いになるのだ、とお気の毒に思いながらも、彼方《あちら》へお随《したが》い申すべきではないと思うせいか、お目に懸った時の御様が面影に見えて来るので、我ながらも、何とも心憂い身であるよと、思い続けて泣いた。君は、「お心持がそのようでなく、おおようでいらした方が、気楽で嬉しいことでした。人が何かお聞せしたことがあるのですか。少しでも疎《おろそ》かな心でしたら、こうまでして参り来られる身分でも、道中でもないのですのに」と仰しゃって、朔日《ついたち》ごろの夕月を、少し端近い所に臥《ね》て眺めやっていらした。男君は過ぎた頃の哀れをお思出しになり、女君は新《あらた》に添って来た身の辛さの歎きが加わって、互《たがい》に物思わしくしている。山の方は霞が隔てて、寒い洲崎に立っている鷺《さぎ》の姿も、処《ところ》がらとてひどく面白く見えるのに、宇治橋が遥々《はるばる》と見渡されて、柴を積んだ舟がところどころに行き交しているなど、余所《よそ》では見られない物ばかりを取集めた所なので、御覧になる度毎《たびごと》に、矢張《やはり》以前の事が目の前の事のような気がして、これ程までではない人と見交わしているのであってさえも、珍らしい間柄の哀れさが多く添って来そうな頃である。まして恋しい人に準《よそ》えられるので云いようもなく懐《なつか》しい、次第に物の心が分って来て、京馴れてゆく有様の可愛ゆさも、この上もなく見勝りがする気がなされるのに、女はさまざまの物思いを掻き集めた心の中《うち》から、催されて来る涙が、ともするとこぼれ出すのを、男君はお慰めかねになられつつ、

宇治橋の長き契《ちぎり》は朽ちせじをあやぶむ方に心騒ぐな▼[11]

「その中《うち》にお分りになりましょう」と仰しゃる。

絶間《たえま》のみ世には危き宇治橋を朽ちせぬものと猶《な》ほ頼めとや▼[12]

前々《さきざき》よりはひどく見捨て難くて、暫くでも留《とど》まっていたいとお思いになるが、人の物云いが気安くはないので、今更そうはしまい、気楽な有様になって、などお思い直しになって、暁にお帰りになった。ひどくよく大人《おとな》びて来たことであるよと、可哀そうにお思いになることが、以前よりも勝《まさ》って来た。

二月の十日頃、内裏《うち》に詩を作らせる会をお催しになられるとて、この宮も大将も参り合わされた。季節に合《あわ》せての楽の調《しらべ》に連れて、宮のお声はひどく好くて、『梅が枝』をお謡《うた》いになる。何事も人よりは格別に勝《まさ》っていらせられる御様で、気まぐれな事にお凝《こ》りになるだけが、罪深いことであった。雪が俄《にわか》に降り乱れて、風も烈《はげ》しかったので、御遊は早く止《や》んだ。この宮の御宿直所《とのいどころ》へ、人々がお参りになる。物など召上《めしあが》って、お休みになっていた。大将は、人に物を仰しゃろうとして、少し端近くお出になると、雪は次第に積《つも》って、星の光でおぼろなのに『闇はあやなし』▼13と思われる匂い有様で、『衣《ころも》片敷き今宵もや』▼14とお誦《ず》しになるにも、ちょっとしたことを口ずさまれても、怪しくも哀れな様子の添うお人柄で、まことに心深げである。云う事もあろうにと、宮は眠っている様をしてお心が騒ぐ。疎《おろそ》かには思っていないのであろう、片敷く袖を自分だけが思いやっている気がしたが、同じ心でいるのも哀れである、困ったことであるよ、これ程な以前からの人を差置《さしお》いて、自分の方を一層思う心は何《ど》うして起ろうぞと、妬ましくお思いになる。

翌朝、雪がひどく高く積っているのに、詩を差上げようと、御前《おまえ》に参られる御容貌《おかたち》は、この頃はまことに盛りでお美しい。大将の君も同じ程で、今二つ三つ上の差別《けじめ》であろうか、少し整い勝《まさ》っている様子用意などは、態《わざ》と作り出したようで、上品な男の手本とするべきものにお見えになる。帝の御婿で足りない所はないと、世の人も定めていることであった。学問なども、公《おおやけ》の政務の方も劣ってはいらっしゃらないことであろう。詩を講じ終って、皆々御退出なされる。宮の御詩を、勝れていると誦《ず》し騒いでいるが、宮は何ともお聞き入れにはならない。何の余裕があって、そうした物が作り出されるのだろうかと、お心は上《うわ》の空になって思い耄《ほ》けていらっした。

大将の御様子に、一段とお驚きになられたので、宮は呆れるような工夫をして、お越しになった。京では、仲間ほしげに消え残っている雪が、山深く入るままに、やや降り積っていた。常よりもひどく悪い紛れがちな細路《ほそみち》をお分け入られるので、お供の人々も、泣きそうな程に恐ろしく、厄介な事にさえも思う。案内の内記は、式部少輔《しきぶのしょう》をも兼ねていることである。何方《どちら》も何方《どちら》も、然るべき役であるのに、お供に似合わしく、指貫《さしぬき》の裾を引き挙げている姿も、可笑《おか》しいことである。

宇治では、お越しになろうとはあったが、こうした雪にはと油断をしていたのに、夜更けて右近に消息《たより》があった。呆れる哀れさだと、女君も思った。右近は何《ど》うなり果てるお有様であろうかと、一方では苦しかったが、今夜は遠慮も忘れることであろう。お断りする術《すべ》もないので、右近と同じように女君の睦ましく思っている若い女房で、心持も軽率ではない者と相談して、「何とも仕様のないことです。一つ心になって隠して下さい」と云った。一緒になってお入れ申す。道中でお濡れになった御《おん》衣の香《ぞ》が、一面に匂うのも、厄介なことであるが、殿の御様子に似せて紛らわしたことである。夜の中《うち》にお帰りになるのは生中《なまなか》なことであろうが、ここの人目もひどく気が置けるので、時方に工夫をおさせになって、河の向側にある人の家へ連れてお出《い》でになろうと計画してあったので、前以《も》ってお遣わしになっていたのであった。夜更ける頃に時方は参った。「ひどくよく用意いたしてございます」と取次がせる。これは何うなさることであろうかと、右近もひどく心が慌てるのであるが、寝おびれて起きた気分にわななかれて、賤《いや》しい童が雪遊びをしている時のように、震え上っていた。女君には、「何うしてそんなことが」などと云い切らせもせず、宮は抱きかかえてお出になった。右近は此処《ここ》に後見《うしろみ》に留《とど》まって、侍従がお供を申上げる。ひどく果敢《はか》ない物に明暮れ見やっている、小さい舟にお乗せになって、河をお渡りになる間、遠い岸に向って漕ぎ離れたように、女君は心細く思って、つと宮の身に、著《つ》いて抱かれているのも、ひどく可愛ゆくお思いになる。在明《ありあけ》の月が澄んで登って、水の

面も曇りがないのに、船人《ふなびと》は「これが橘の小島で」と申して、お舟を暫く留めたので御覧になると、大きな岩の形をしていて、物寂びた常磐木《ときわぎ》の影が繁っている。宮は「あれを御覧なさい。ひどく果敢ないのですが、千年も経そうな緑の深さを」と仰しゃって、

年経《ふ》とも変らむものか橘の小島の崎に契る心は▼15

女も、珍しい道のような気がして、

橘の小島は色も変らじをこの浮舟ぞ行方知られぬ▼16

宮はその折柄《おりから》と人の様とで、何事も面白くばかりお思做《おもいな》しになる。彼方の岸に著《つ》けてお下りになるにも、人に抱かせるのは、ひどく心苦しいので、自身お抱きになって、人に助けられつつ家へお入りになるのが、ひどく見苦しくて、何《ど》ういう人をあのようにお騒ぎなさるのだろうとお見上げする。そこは時方の叔父の因幡《いなば》の守《かみ》である者の領している荘園で、はかなく造った家なのである。まだひどく手が届いていないのに、網代《あじろ》屏風など、御覧になったことのない装飾で、風も十分には遮れず、垣の下に雪がむら消えになりつつ、今も空は曇って降っている。

日が出て来て軒の垂氷《つらら》が光り合っているので、女君の容貌《かたち》も勝《まさ》って来た気がする。宮も、人目を忍ぶ道中の為《たゆ》とて、軽やかな御衣《おんぞ》である。女君も上の衣を脱ぎすべらしたので、ほっそりとした姿つきがひどくも好い。引き繕《つくろ》うところのない打解けた様が、ひどく極《きま》りがわるく、眩《まば》ゆいまでに綺麗な方とさし対《むか》いになっていることよと思うが、隠れる所もない。懐かしい程に白い衣《きぬ》ばかり五つ程で、袖々や裾の辺りまで艶《なまめ》かしくて、色々に多くの衣を襲《かさ》ねているよりも、可愛《かわ》ゆく著《き》こなしていた。平常お逢いになっている方でも、こうまで打解けた姿などは御覧にならないので、こうした様までも猶《な》お珍しく面白くお思いになられたことである。侍従もひどく見よい若女房であった。この者にまでもこうした関係を残りなく見ることであるよと、女君は云いようのないことに思う。宮も、「これは又何という者です。私のことは云いなさるなよ」と口固めをなさるのを、侍従はほんに結構な御事であ

るとお思い申した。ここの宿守《やどもり》をして住んでいる男は、時方《ときかた》を我が主《しゅう》と思って大切にしていたので、時方は宮のいらせられる所と遣戸《やりど》を隔《へだ》てて、得意げにしていた。男は声を低くして、畏《かしこま》って話をしているのを、時方は返事も出来ずに可笑《おか》しく思っていた。「ひどく怖ろしいと占った物忌《ものいみ》で、京の内まででも離れて慎んでいるのです。外《ほか》の人を寄せなさるな」と云った。人目も無くて、気楽に語り暮していらせられる。かの人がお出《い》でになった時は、このようにして逢ったことであろうとお思いやりになって、ひどくお怨《うら》みになる。二の宮をまことに貴くしてお持ち申している有様などもお話しになる。あの耳にお留めになった歌のことは、お云い出しにならないのが憎いことである。時方が、お手水《ちょうず》や菓子《くだもの》を、取次いで差上げるのを御覧になり、「ひどく大切にされているらしい客人《まろうど》の主《ぬし》、そんなところはお見せなさいますなよ」と戯《たわむ》れてお戒《いまし》めになる。侍従は色めかしい若い者の心から、ひどく面白いと思って、この大夫と話をして暮していた。雪が降り積《つ》ったので女君は、御自分の住んでいる方を御覧になると、霞《かすみ》が絶え絶えで、木の梢《こずえ》だけが見える。山は鏡を懸けたように、きらきらと夕日に輝いているので、宮は昨夜《ゆうべ》分けて来た道の苦しさを、哀れを多く添えてお話しになる。

峰の雪汀《みぎわ》の氷踏み分けて君にぞ惑ふ道は惑はず▼17

「『木幡《こばた》の里に馬はあれど』▼18」と怪しい硯《すずり》を召し寄せて手習いをなされる。

降り乱れ汀に氷る雪よりも中空《なかぞら》にして我は消《け》ぬべき▼19

と女君は書いて消した。宮はこの中空をお咎《とが》めになる。ほんに憎うも書いたことであったと、女君は極りが悪くて引き破った。宮は、それでなくてさえ美しいお有様を、いよいよ哀れに立派だと、相手の心に沁み込ませようと、心をお尽しになるお言葉や御様子は、云いようもない。

御物忌《おんものいみ》で一日とお誑《たばか》りになってあるので、少し心のどかなままに、互に哀れだとばかり深くお思い増《まさ》りになる。右近は、いろいろと例のように云い紛らして、女君の御衣《おんぞ》をお届け申した。今日は乱れた髪を少し梳《す》かせて、濃い紫の衣《きぬ》に紅梅の織物を、取合せ面白く著《き》かえていらせられた。侍従も、醜い褶《しびら》のようなものを著ていたが、好い衣《きぬ》に著かえたので、その褶を取って、女君にお著せ申して、お手水をお使わせになる。宮は女一の宮にこの人を差上げたならばお気に入りの者になさることであろう、ひどく貴い身分の人が多いが、これ程の様をした人は無いであろう、と御覧になる。見《み》ともないまでに遊び戯れつつお暮しになる。宮は忍んで連れて行って隠そうということを、繰返《くりかえ》し仰せになる。それまでの間は、あの方に逢ってはと、恐ろしいことどもをお誓わせになるが、女君はひどく無理なことと思って、返事もなさらず、涙までもこぼす様子なので、宮は全く目の前に見ている時でさえ心が移らないようであると、胸の痛む程にお思いになる。怨みもし泣きもして、色々と仰《おっ》しゃり続けて夜を明かし、夜深い中《うち》に連れてお帰りになる。前のようにお抱えになる。宮は、「深くお思いになっている人は、こうまではよもやなさらないでしょう。お分りになりますか」と仰しゃると、ほんにと思って、女君の頷いているのが、ひどく可愛ゆらしい。右近は妻戸を開けてお入れ申す。宮は直《す》ぐそこから別れてお出になるのも、飽き足らず悲しくお思いになる。

　こうした時のお帰りは、やはり二条院へ入らせられる。ひどく悩ましくなされて、召上《めしあが》り物も少しも上らず、日が立つと青ざめてお痩せになり、お顔の様子も変って来るので、内裏《うち》でも何所《どこ》でもお歎きになって、一段とお取込《とりこみ》になって、御文《おんふみ》さえも細々《こまごま》とはお書きになれない。彼処《かしこ》でも、あのやかまし屋の乳母《めのと》が、娘が産をする所へ行っていたのが、帰って来たので、気安くは読むことも出来ない。このような落着《おちつ》かない住まいも、唯《ただ》かの殿のこの先のお扱いを張合いにして、母君は慰めていたのに、内々の様ではあるが、近く京にお移しになるお心になったので、まことに見好い嬉しいことになろうと思って、次第に女房を集め、見好い女《め》の童《わらわ》を迎えては此方《こちら》へお遣《よこ》しになる。女君のお心にも、これこそそうあるべき事だと、初めから待ち続けていたことだとは思うものの、一途な人の御事を思い出すと、お恨みになった様、仰せになった言葉が、ありありと目の前に現れて来て、少しうとうとすると夢にお見えになりつつ、ひどくよくない事だとまで思える。

雨が止まなくて、日頃打続いている頃は、一段と山路の往復はお諦めになられて、遣瀬《やるせ》ない気がなされるので、宮は『母の飼う蚕《こ》▼20』は窮屈なものであると、お歎きになるのも勿体《もったい》ない。限りもなくお書きになって、

眺めやるそなたの雲も見えぬまで空さへ暮るる頃の侘《わび》しさ▼21

筆に任せてお書き乱しになったのが、見所があり、趣《おもむき》がある。格別にそう重々しくなどはない若い心持には、ほんにこうした方に思いが傾いて行くのであるが、初めからお約束になった様も、流石《さすが》にあちら方はやはりまことにお心が深く、お人柄の結構なことなども、男を覚えた初めのせいであろうか、こうした憂い事をお聞きつけになって、愛相をお尽かしになられた時には、何《ど》うして生きていられようか、早く身の定まるようにと待ちこがれていられる親にも、案外にも気に入らない者だと厄介がられよう、あのように心焦《こころあせ》りしていられる方も又、ひどく浮気な御性分だとばかり聞いていたので、こうした間こそは格別、京にお隠し置きになり、引続いて思い人の中にお加えになるにつけても、あの上のお思いは何《ど》んなであろうか、何事も隠れのない世なので、変な事のあった夕暮が手がかりになっただけでさえも、あのようにお捜し出しになられたらしい、まして私の有様が何うなりこうなりなっているのを、お聞きにならないということがあろうか、と思い辿《たど》ると、自分の心にも越度《おちど》があって、あの殿に愛相を尽かされることは、やはりひどく悲しいことであろう、と思い乱れている折柄《おりから》、その殿からお使《つかい》があった。そちらこちらの御文を見るのもひどく変なので、やはり事の多くある方を見つつ臥《ね》ていらっしゃると、侍従と右近とは顔を見合せて、やはりお心が移ったことだと、云わない様で云う。「御尤《ごもっと》もですよ。殿の御容貌《おかたち》を類《たぐ》いなくいらせられるとお見上げしましたが、あのお有様は申しようのないものでした。お打解けた時のお愛嬌と申したら。私でしたら、あれ程のお思いを見る見る、こうしてなぞいられましょうか。后の宮にお仕え申して、常にお見上げしましょう」という。右近は、「気懸《きがか》りなお心ですね。殿のお有様よりもいい方なんて何所《どこ》にあるものでしょうか。容貌《かたち》な

どのことは知りません、あのお心持や御様子などは。やはりあの御事は、ひどく見苦しいことですよ。何《ど》うお成りになることでしょうか」と二人で話合《はなしあ》っている。右近は胸一つで屈托《くったく》していた時よりも、嘘をいうにも都合好くなったのである。後の御文には、「思いながら日頃になることです。時々は、其方《そちら》からもお便りを下されたなら、嬉しいことでしょう。疎《おろそ》かになどは決して」などあって、端の方に、

水まさる遠《をち》の里人いかならむ晴れぬながめにかきくらす頃[22]

「平常よりもお思い申すことの深いことです」

と、白い紙の立文《たてぶみ》である。御手も優しく面白くはないが、書き様は奥ゆかしく見える。宮のは言葉の多いのを、小さく結んであるもので、それぞれに面白い。右近は、「先《ま》ず彼方《あちら》への御返事を、人の見ない中《うち》に」と申す。「今日は書けそうもありません」と、極《きま》り悪そうにして、手習いにして、

里の名を我が身に知れば山城の宇治のわたりぞいとど住み憂き[23]

宮のお書きになった絵を、時々見ては、泣けることである。永続は出来そうもないことだと、ああもこうも思って諦めようとするが、外《ほか》の所にかけ離れて籠《こも》って終るのは、ひどく哀れに思われるのであろう。

かきくらし晴れせぬ峰の雨雲に浮きて世をふる身をもなさばや[24]

「『まじりなば』[25]」

と申上げたのを見て、宮はよよとお泣《なき》になる。それにしても恋しく思っていることであろうとお思いやりになると、女君の物思いをしている様ばかりが面影にお見えになる。実直な今お一方《ひとかた》は、暢気《のんき》に御覧になりつつ、ああ何《ど》んなにか歎いているだろうと思いやって、ひどく恋しい。

つれぐと身を知る雨のを止《や》まねば袖さへいとど水嵩《みかさ》まさりて[26]

とあるのを、殿は下にも置かず御覧になる。

女宮にお話をなされての序《ついで》に、「失礼だとお思いになろうかと、遠慮致されながら、流石に古い関係の人がございますが、怪しい所に捨ててありまして、ひどく歎いておりますのが気の毒なので、近い所へ呼び寄せようと思っております。以前から人とは異《ちが》った心持を持っておりました身で、世の中を、すべて世間並《な》みの人のようではなくて、過したいと思っておりましたが、このようにお見上げいたしますにつけましても、一途には捨て難いことでございますので、あるとも人に知らせずにおりました人の上までが、気の毒で罪になりそうな気がいたしますことで」と、申されると、女宮は、「何《ど》ういう事で気まずい思いをするものかとも知っていませんので」と、御返事になられる。殿は、「内《う》裏《ち》などへも、悪し様《ざま》に申上げる人もございましょうか。世間の人の物云いは、ほんに味気ない怪《け》しからぬものでございますよ。ですがこれは、それ程の数にさえ入る者でもございますまい」など申される。

普請をした所に移らせようと思い立つにつけ、「そうした為の物だったのだ」など、騒がしく云い立てる人もあろうかなどと、苦しいので、極《ご》内々で襖《ふすま》を張らせることなど、その人もあろうに、あの内記の妻の親である、大蔵《おおくら》の大夫《たいふ》である者に、睦《むつ》ましくて気安いままに仰付《おおせつ》けになったので、内記は聞き伝えて、宮へは隠すなく申した。「襖絵を描く者なども、御随身《みずいじん》の中にいます睦ましい殿人《とのびと》を選んで、流石に立派にお描《か》かせになっています」と申すので、宮は一段とお慌てになって、御自分の御《お》乳母《めのと》が遠国の受領の妻になっていて下《くだ》ってゆく者の家が、下京の方にあるので、「ひどく内々にしている人を暫《しばら》く隠そうと思っているが」と、御相談になったので、何ういう人であろうかとは思ったが、重大な事にお思いになっているので、勿体なく思って、「それでは」と御返事を申上げた。これが出来になったので、少しお心をお楽になられる。この月の末に下るとのことなので、直《す》ぐその日に移らせようと御計画になる。宮は「これこれに思っています。決して漏れないように」とお申遣《もうしや》りになりつつ、御自身お越しになることはひどく無理であるのに、彼方《あちら》でも乳母《めのと》がひどくやかましいので逢いかねる由《よし》を申上げる。

大将殿は、引移りを四月の十日とお定めになられたことである。女君は『誘ふ水あらば』▼[27]とは思っていず、まことに変なことで、何《ど》う扱うべき身であろうかと、心も身に添わない気分ばかりするので、母の御許《おんもと》に暫く行って、思案する間がほしい、とお思いになるが、少将の妻が子を生むべき時が近づいたと云って、修法《ずほう》読経と暇もなく騒いでいるので、石山へも出懸けにはなれそうもなく、母君の方が此方《こちら》へお越しになられたことである。乳母《めのと》は出て来て、「殿から、女房共の装束も細々《こまごま》とお思いやりでございます。何うか綺麗に何事もとお思い申しますが、乳母の胸一つでは、変なことばかりしましょう」と云い騒ぐのも気持よさそうなのを御覧になるにつけても、女君は、怪《け》しからぬ事が起って来て人笑いになるようであったら、誰も誰も何《ど》のように思うことであろう、生憎《あいにく》に仰しゃる方が又、「八重に重なる山にお籠《こも》りになろうとも、屹度《きっと》尋ねて、私もあなたも徒《いたず》らな身になることでしょう、やはり気安く隠れて暮らすことをお思いなさい」と今日も仰しゃっているので、何うしたものであろうかと、気分が悪くなって臥《ね》ていらせられる。母君は、「何だってそのようにふだんのようではなく、ひどく青くお痩せになっているのですか」とお呆れになる。乳母《めのと》は「日頃変にばかりいらっしゃいます。ちょっとした物も召上らず、悩ましそうにしていらっしゃいます」と云うので、母君は「変なことですね。物《もの》の怪《け》なぞでしょうか」と云って、「御妊娠ではないかと思いますが、石山もお止《や》めになったことですし」と云うのも、聞き苦しいので、女君は伏目になっている。暮れて月がひどく明るい。在明《ありあけ》の月を思出す涙の一段と留め難いのは、まことに怪しからぬ心であるよと思う。母君は昔話をして、彼方《あちら》の尼君を呼出すと、尼君は故姫君のお有様や、心深くいらして、お考えになるべき事々を思っていらっしゃる中《うち》に、目に見る見るお亡くなりになったことなどを話す。そして、「御存命でいらっしゃいましたら、宮の上のようにお便りもなさいまして、心細いお有様も本当に何《ど》んなにお仕合せでございましたろう」と云うにつけて、母君は私の娘とて異《ちが》うことがあろうか、思うような御運がお続きになったならば、お負けにならないのに、など思い続けて、「長い間、この君につきましては、思い乱れてばかりおりました気持が、少し楽になりまして、そのようにお移りになるらしゅうございますので、ここへ参りますことは、必ず態《わざ》と思い立つことは出来なかろうと存じます。このように対面の折々は、昔の事もゆっくりと申上げ承りとうございます」などという。尼君、「縁起の悪い身だと思い沁みておりますので、沁々《しみじみ》とお見上げ申しますことも、何《ど》うしてと御遠慮をして過してまいりましたのに、捨ててお移りになりましたら、まことに心細いことだろうと存じますが、こうしたお住まいは心許《こころもと》ないことだとばかりお見上げしておりますので、お嬉しいことだとのように存じますことです。珍しく重々しくていらせられます殿のお有様で、このようにお尋ねなさいましたのは、一通りのことではなかろうと申しましたが、根のない事でございましたろうか」など云う。母君、「後の事は分りませんが、唯今はこのようにお情深《なさけぶか》い様に仰しゃって下さいますにつけても、唯お仲立《とりもち》の為だと思出《おもいだ》しております。宮の上が、忝《かたじけな》く哀れにお思い下さいましたが、気の置けます事が、自然起りましたので、頼り所のない窮屈な御身だと歎きましたことで」という。尼君は笑って、「あの宮は、人騒がせなまで、色好みでいらっしゃいますので、気の利いた若い女房はお仕え申しにくくしております。大体は、まことに結構なお有様ですが、そうした向きの事で、上が失礼だと思召《おぼしめ》されますのが当惑でと、大輔《たいふ》の娘が話したことがございます」と云うにつけても、そうなのか、まして、と女君は聞いて臥《ね》ていられた。母君は「まあ気味の悪いことでございますよ。帝の御娘をお持ちになられていらっしゃいます方ではございますが、余所余所《よそよそ》で、悪くても善くても女をお持ちになりますことは何うしようと、勿体なくも思做《おもいな》していることでございます。善くない事をお出かしになりましたら、何《ど》んなに自分の身には悲しく辛くお思いしましても、又とお見上げいたしますまい」など、云い交している事どもに、女君は一段と心胆《こころきも》もつぶれた。やはり私の身は亡いものにしよう、しまいには聞きにくい事も起って来よう、と思い続けると、あの水の音が恐ろしく響いて行くので、母君は、「こんなではない流《ながれ》もあります。珍しくも荒い所に、年月《としつき》を過していらっしゃいますのは、哀れだとお思いになられるべきでございます」と、得意げに云って居た。昔からこの河の流れの早く恐ろしい事を云って、「先頃、渡守《わたしもり》の孫の童が、棹をさし損ねて落ち込んだことでございます。大体助からない人の多い水でございます」と女房共は云い合った。女君は、それだと私の身が行方も分らなくなったならば、誰も誰も、飽《あ》っけなく悲しいことだと、暫くの間はお思いになろう、生き永らえていて人笑われの憂いことが起ったならば、何時《いつ》その歎きが絶えるであろうかと、その事に思い及ぼすと、何方《どちら》にも障《さわ》り所がなさそうで、さばさばと総《すべ》てが思做されるが、翻《かえ》ってひどく悲しい。親のさまざまに思い云う有様を寝た振りをしてつくづくと思い乱れている。母君は、悩ましそうに痩せていられることを乳母《めのと》に云って「然るべき御祈《おいのり》もなさい、祭や祓《はらえ》などもするべきように」という。『御手洗川《みたらしがわ》に御禊《みそぎ》』▼28をしたいようなのに、そうとも知らずにいろいろに云い騒いでいる。母君は、人が少《すくな》いようです。よく然るべき辺りを尋ねて、新参は留めてお置きなさい。貴い方の御仲《おんなか》は、御当人は何事も鷹揚《おうよう》にお思いになりましょうが、御方同士が善くない仲となって来ますと、面倒な事もありましょう。内々で、そうしたお心づかいもなさい」など、届かない所なく云い置いて、「彼方《あちら》で煩《わずら》っています人も、気になることです」と云って帰ると、女君はひどく歎かわしく、何事も心細いのに、又逢うことも出来ずにと思うので、「気分の悪いのにつけましても、お逢いしないのがひどく頼りなく思いますので、暫くでも参っていたいことで」と慕う。母君は、「そのように思いますが、彼所《あちら》もひどく騒がしゅうございます。この人々も、引移《ひきうつ》りの雑用もお出来にならず、手狭でございますので、『武生《たけふ》の国府《こふ》』▼29へお移りになりましても、忍んで参りましょうが、卑しい身分の者は、あなたの為にお可哀そうなことです」など、泣きつつ仰しゃる。

殿の御文は今日もある。「悩ましいと云われるが、如何《いかが》ですか」とお尋ねになった。

「自身で見舞にと思いますが、余儀ない差支《さしつかえ》が多くありまして。この頃の日の過し難さは、却《かえ》って苦しくて」

などとある。宮は、昨日の御文に御返事が無かったので、

「何《ど》んな気迷いをされているのですか。風に靡《なび》く方角▼30が気懸りなことです。一段と耄《ほ》け勝《まさ》って眺めをしております」

など、此方《こちら》は言葉多くお書きになっている。雨の降った日に、来合せたことのあった御使《おつかい》どもが、今日も来合せたのであった。殿の御随身《みずいしん》は、あの少輔《しょう》▼31の家で時々見かける男なので、「あなたは、何しに此処《ここ》へ度々《たびたび》参るのですか」と尋ねる。「私事《わたくしごと》で尋ねるべき人があって来るのです」と云う。「御自分の相手に、艶《えん》な文を渡すというのですか。変ったことをする人ですね。隠し立ては何だってするのですか」と云う。「本当はあの守《かみ》▼32の君のお文を、女房に差上げるのです」と云うので、事がちぐはぐで怪しいとは思うが、此所《ここ》で明らかにしようとするのも変なことなので、めいめい参った。随身は気働きのある者なので、供に連れている童に、「あの男に気附かれないようにして目を附けなさい。左衛門《さえもん》の大夫《たいふ》▼33の家に入るか何《ど》うか」と見させると、童は、「宮へ参って、式部の少輔に、御文は渡しましたことです」と云う。それ程までに調べられようとは、劣っている下衆《げす》は思わず、事情も深くは知らなかったので、舎人《とねり》の男に見顕《みあらわ》されてしまったのは残念なことであるよ。御随身は殿へ参って、今お出ましになろうとする時に、御文は差上げる。殿は直衣《なおし》で、六条の院へ、后の宮が御出ましになられている頃なので、参られる折だったのである。仰々しく、御前駆なども多くはない。御文を取次ぐ人にまで、「怪しい事がございましたので、確めましょうと思いまして、今まで懸《かか》りました」と云うのを、殿は仄《ほの》かにお聞きになって、御車に歩み寄りながら、「何ういう事だ」とお尋ねになる。他人の聞くのも如何《いかが》かと思って、畏《かしこ》まっていた。殿もそれとお察しになって、お出ましになった。

后の宮が御不例でいらせられるというので、宮達も皆お参りになった。上達部《かんだちめ》なども多く参って、立て込んだが、さしたる事もおありにならない。かの内記は太政官《だじょうかん》▼34なので、後れて参ったことであ

る。その御文を差上げるのを、宮は、台盤所《だいばんどころ》にいらして、戸口に召寄せてお取りになるのを、大将は、御前《おまえ》の方から此方《こちら》へお出ましになる横目にお見通しになって、深くお思いになっているらしい文の御様子であるよと、ゆかしさにお立ち留《どま》りになった。宮は披《ひら》いてお覧になる。紅《くれない》の薄様に、細々《こまごま》と書いてあるように見える。文に心を入れて、急には見向きもなさらないのに、大臣《おとど》も御前《おまえ》を立って此方《こちら》へ入《い》らせられるので、大将は襖《ふすま》の蔭からお出になろうとして、大臣《おとど》がお出《い》でになられると、咳払いをして御注意を申される。宮がお隠しになるのを、大臣《おとど》はお覗きになることである。宮は驚いて直衣《なおし》の紐をお結びになる。大臣《おとど》もお跪《ひざまず》きになって、「退出いたしましょう。例の邪気が久しくお起《おこ》りになりませんでしたのに、恐ろしいことでございます。山の座主《ざす》を直《す》ぐさま請《しょう》じに遣《つかわ》しましょう」と云って、忙しそうにしてお立ちになった。夜更《ふ》けてに皆御退出になった。大臣《おとど》は、宮を先にお立て申して、大勢の御子の上達部君達《かんだちめきんだち》を引続けて、御自分の殿にお帰りになった。大将殿は後れて御退出になった。随身が様子ありげにしていたのが、怪しいとお思いになったので、御前駆などが下り立って松明《たいまつ》の火をともしている間に、随身を召寄せる。「云っていたことは何事なのです」とお尋ねになる。

「今朝あの宇治で、出雲の権守《ごんのかみ》時方の朝臣《あそん》の所にお仕えいたします男が、紫の薄様で、桜の枝につけた文を、西の妻戸へ寄って女房に渡しておりましたことです、見附けまして、これこれと尋ねますと、事をちぐはぐにいたしまして、嘘のように申しましたので、何《ど》のような事を云うのかと思いまして、童を跟《つ》けて見させますと、兵部卿の宮に参りまして、式部少輔道定の朝臣に、その返事をお渡しいたしましたことです」と申す。君は怪しいとお思いになって、「その返事は何のような物にして出したのでしたか」。「それは見ませんです。私の居りますとは異《ちが》う方から出しましたのでございます。下人《しもびと》の申しましたには、赤い色紙の、ひどく綺麗な物だと申しておりました」と申上げる。お思い合せになると、御覧になったのと違う所がない。それ程までに突き止めさせたのを、心利《こころき》いたこととお思いになるが、他の者が近くいるので、委《くわ》しくは仰しゃらない。道すがら、やはりまことに恐ろしい残す限《くま》もない宮ではあるよ、何《ど》うした機会に、ああいう人がいるとお聞きになったのであろうか、何のように云い寄られたのであろうか、あすこは田舎《いなか》びた所で、こうした向きの間違《まちがい》はあるまいと思ったのは、心の足りないことであった、それにしても、知らない者の辺りにこそ、そうした好き事も仰しゃろう、昔から隔てがなくて、怪しいまでの道案内をして、お連れ申して歩きさえしたこの身に、後暗いことをお思い寄りになるべきであろうか、と思うと、まことに不快である。対《たい》の御方の御事を、深く思いながら、年頃過しているのは、我が心の重さは云いようもないことであるよ、しかし、あれは、新《あら》たに始めた体裁の悪かるべきものではなく、以前からの関係に依《よ》ってのものであるが、唯心の中に疚《やま》しいところのあるのは、自分の為にも苦しいだろうと、思い憚《はばか》っているのは愚かなことなのであった、この頃はあのように悩ましくしていらせられて、例《いつ》よりは人出入りも多い間に、何《ど》うして遥々《はるばる》と書いてお遣りになれるのであろうか、お通い初《そ》めになっているのであろうか、ひどく遠い懸想《けそう》の道であるよ、分らなくて、お出懸け先を捜された日があるとか聞いたことがあった、そうした事で心をお乱しになって、何処《どこ》ということもなくお悩みになるのであろう、昔の事を思出しても、お出でになれなかった時の歎きはひどくお気の毒なものであったと、つくづくと思うにつけ、女がひどく物思いをする様であったのも、一端はお分り初めになって、それこれをお思い合せになるとひどく辛い。得難いものは丁度《ちょうど》な心を持った人であるよ、可愛ゆげで鷹揚であるとは見えるものの、色めいた方の添っている人である、あの宮の持物としては、まことによい間であると思って、譲ってもよく、手を退《ひ》こうかともお思いになるが、嫡妻《むかいめ》にと思い初めた人であれば格別、やはりそうした物として持って居ようとしたのを、これ限りとして見ないのも又、ひどく恋しいことであろうと、体裁悪く様々に心の中《うち》でお思いになる。自分が面白くない者に思い做して捨て置いたならば、必ずあの宮は呼び寄せられることであろう、あの人の為後の可哀そうな事は、格別お考えになられまい、そのように寵愛のさめた女を、一品《いっぽん》の宮の御方に二三人は参らせていることである、そのように奉公させたのを見聞きするのも可哀そうなことでなど、やはり捨て難く、様子を見たくて、御文を遣わされる。例の御随身を人の居ない時に召寄せた。「道定の朝臣は、今でも仲信の家へ通っていますか」。「さようでございます」と申す。「宇治へは、何時《いつ》もその以前からの男を遣るのでしょう。ひっそりと暮している人なので、道定も思いを懸けているのでしょう」と、お呻《うめ》きになって、「人に見られないようにして行きなさい。愚かしいことです」と仰しゃる。随身は畏《かし》こまって、少輔が何時《いつ》もこの殿の御事を尋ね、彼方《あちら》の様子を尋ねたのも思い合せるが、馴々《なれなれ》しくは申し出せない。君も、下衆《げす》には委しくは知られまいとお思いになるので、お尋ねにはならない。彼処《かしこ》では、お使が例《いつも》より繁くあるにつけても、物思いをする事が様々である。殿は唯このように仰しゃってあったことである。

波越ゆる頃とも知らず末の松待つらむとのみ思ひけるかな▼35

「私が人に笑われる事はなさいますな」

とあるのを、女君はひどく変だと思うと、胸も塞《ふさ》がった。御返事を分ったように申上げるのもひどく憚りがあり、附かぬことを申すのも変なので、御文はもとの様にして、

「所違えの物のように見えますので。怪しく悩ましゅうございまして何事も」

と、書添えて差上げさせた。殿は御覧になって、流石《さすが》に巧《うま》く扱ったことだ、今までついぞ見られなかった心持であるよと、おほほ笑みになられるのも、憎いとお思いきりにはならないお心なのであろう。

正面《まとも》にではないがほのめかして仰しゃったお心持に、女君は一しお歎きが加わる。とうとう我が身は、怪《け》しからぬ変なものになってゆくことであろう、と一段と思っている所へ、右近が来て、「殿の御文は、何だってお返し申上げたのでございますか。不吉な嫌うことでございますのに」というので、「間違った事があるように見えたので、届先が間違ったのかと思いまして」と仰しゃる。変だと思ったので、取次ぐ途中で開けて見たのであった。よくない右近の仕方であるよ。見たと云わないで、

「まあお気の毒な。苦しい御事でございます。殿はあの事の様子をお感じになったのでしょう」と云うと、女君はお顔がさっと赤らんで、物も仰しゃらない。文を見たろうとは思わないので、他の方法で、彼《あ》の殿の御様子を見ている人が話したのだろうと思うが、誰がそう云ったのだ、ともお訊きになれない。この人々の見たり思ったりしていることも、ひどく極りが悪い。我が心から仕出かし初めたことではないが、辛い宿縁であるよ、と思い入って臥《ね》ていると、侍従と二人が附いていて、「右近の姉が、常陸で男二人に逢いましたが、これもそれも劣らない心なので、思い迷っておりましたが、女は、新しい方に、今少し心寄せが勝《まさ》っておりましたことです。それを妬《ねた》みまして、とうとう新しい方を殺してしまったことでした。そして自分も姉との縁を切ってしまいました。国府《こう》でもあたら強者《つわもの》を一人無くしました。又その過ちを犯しました者も、よい郎等でしたが、そうした過ちをした者を、何《ど》うして使えようといって、国の内を追い払われました。すべて女の心が善くないからのことだと、館《たち》の内にもお置きになりませんでしたので、東《あずま》の者になりまして、姥《ばば》は今でも恋《こ》い泣きしておりますのは、罪深いことだと見えることでございます。不吉な序話《ついでばなし》のようではございますが、上も下も、こうした向きの事は、お思い乱れになりますのはひどく悪い事でございます。お命までではございませんでも、御身分御身分につけてあることでございます。死ぬにも勝《まさ》る恥になりますことも、高い御身分の方には、却ってある事でございます。何方《どちら》かお一方《ひとかた》にお心をお決めなさいましよ。宮も、お志が増《ま》さりまして、真実にさえ仰せになるのでしたら、そちらへお靡《なび》きになりまして、ひどくお歎きにはなりますな。痩せ衰えていらせられるのはまことに甲斐《かい》ないことです。あのように北の方もお気を使っていらっしゃいますのに、乳母《めのと》がこのお支度《したく》に心を入れまして、まごついて居りますにつけましても、それよりも先にと仰せになります御事は、一段と苦しくお気の毒なことでございます」というと、今一人は、「まあ嫌《いや》な、恐ろしいことまでも申上げなさいますな。何事も御宿縁からのことでしょう。唯お心の中《うち》で、少しでも余分にお思い靡きになります方を、御宿縁のあるのだとお定《き》めなさいまし。

さあ、ほんとうに勿体ない、ひどくお心深い御様子でしたから、殿のあのようにお急ぎになりますような方に心が寄りません。暫くはお身をお隠しになりましても、お心のお増しになる方へお寄りなさいましと思うのでございます」と、宮をひどくお愛《め》で申している心なので一途に云う。右近は「さあ、右近は何《ど》うあれこうあれ、事無くお過しなさいませと、長谷《はっせ》石山などへ願《がん》を立てておりますことでございます。あの大将殿の御荘園の人々という者は、怖ろしい武道《ぶどう》の者共で、一族がこの里に一ぱいに居ります。大体この山城大和で、殿の御領になります所々の人は、みんなあの内舎人《うどねり》という者の一家になっている者でございます。それの聟の右近の大夫《たいふ》という者を頭《かしら》にしまして、殿は万事をお指図になっていらっしゃるのです。貴い方の御仲《おんなか》同士では、情ないことをしろとはお思いになりませんでも、物の分らない田舎者共の宿直人《とのいびと》で、代る代るお仕えしていますので、自分の当り番の時には聊《いささか》の事もあらせまいとして、過ちも仕出かしましょう。この間の夜のお出歩きは、本当に気味悪く思いました。宮はむやみに人目をお包みなさろうとして、お供の者も連れてはいらっしゃらず、ひどく窶《やつ》してばかりいらっしゃいますので、ああした者がお見附け申上げましたら、大変でございます」と云い続けるので、女君は、やはり私を宮に心をお寄せ申している者と思って、この人々は云うのだと、ひどく極りが悪く、心の中では何方《どちら》とも思わず、唯夢のように当惑して、宮がひどく懊《じ》れていらせられるのを、何だってあのようにまでも思っているが、お頼み申して年頃になっている方を、これ限りとお離れ申そうとは思わないので、このようにひどくも心を乱しているのだ、ほんに善くない事も起りそうな時だと、つくづくと思っていた。女君は「私は、何《ど》うか死にたいものです。世間知らずの心憂い身でした。このように憂いことのある例《ためし》は、下衆《げす》の中にさえ多くあるものですか」と云って、俯伏《うつぶ》しに臥《ね》ていられるので、右近は「そのようにはお思いなさいますな。気安くお思いなさいませと思って申上げるのでございます。お歎きになりそうな事でも、何げないように長閑《のどか》にお見せになっていらっしゃいましたのに、あの御事の後は、ひどくお心いられをなさいますので、ひどく変だとお見上げしておりますことでございます」と云って、事情を知っている限りの者は、皆このように心を乱して騒いでいるのに、乳母《めのと》は好い心持になって、物を染める仕事をしていた。新参の女《め》の童《わらわ》の顔の好いのを呼び取りつつ、女君に「このような人でも御覧なさいまし。変な風にばかり臥《ね》ていらっしゃいますのは、物《もの》の怪《け》などがお妨げをしようとしているのでしょう」と云って歎く。

殿からは、あのお返しした御文の御返事さえ下さらないで、日頃が立った。右近が威《おど》して聞《きか》せた内《う》舎人《どねり》という者が来たことである。ほんにひどく荒々しい、無骨な様をした年寄で、声は嗄《か》れて流石《さすが》に貫禄のある者が、「女房に物を申しましょう」と取次がせたので、右近が逢った。「殿へお召しがありましたので、今朝参りまして、唯今罷《まか》り帰ったことです。雑事《ぞうじ》どもを仰せになりました序《ついで》に、このように入らせられます間は、夜中暁の事は、某《なにがし》らがこのように侍《さぶら》っていると思召《おぼしめ》して、宿直人《とのいびと》は態《わざ》とお差向けにならなかったのに、この頃聞召《きこしめ》すと、女房の御許《おんもと》に、知らない所の人々が通うようだと聞召される事がある、怠慢な事である、宿直《とのい》に侍《さぶら》っている者どもは、その事情を問い聞いていることであろう、知らないことは何《ど》うしてあろうか、とお尋ねになりましたが、承っていない事なので、某《なにがし》は身の病いが重うございまして、宿直《とのい》を申上げますことは、日頃怠《おこた》っておりますので、事情は存ぜられずにおります、然るべき男どもを、懈怠《げたい》なく申附けてお仕え申させておりますので、そのような非常な事がございましたならば、何うして承らずにいることがございましょうか、と思上げたことでございます。気を附けて仕えなさい、不都合な事があったら、重く処分なされるべき由《よし》の、仰言《おおせごと》がございましたので、何という仰言《おおせごと》であろうかと、恐縮しております」と云うのを聞くと、梟《ふくろう》の鳴くのを聞くよりも、ひどく怖ろしい。右近は返事もせずに、女君に、「これですよ、申上げましたのに違わない事をお聞きなさいませ。様子をお気《け》どりになったのでしょう。御消息《おたより》もないことですよ」など歎く。乳母《めのと》は仄かに聞いて、「ほんに嬉しい仰せです。盗人の多い辺りですのに、宿直人《とのいびと》も初めのようではなく、みんな代りの者だと云いつつ、怪しい下衆《げす》ばかりを参らせますので、夜巡りさえもいたしませんのに」と喜ぶ。女君は、ほんにさし迫ってひどく悪くなるべき身のようであるとお思いになるのに、宮からは、「何《ど》うです何うです」と『苔《こけ》の乱るる』▼36堪えられなさをお云いになる。ひどく煩《わずら》わしいことである。何うなれこうなれ、何方《どちら》か一方《ひとかた》につけて、ひどく悪い事が起って来よう、我が身一つの亡いものになるのばかりが事を穏やかにしよう、昔は、懸想する男の有様の、何方《どちら》とも定め難いのに悩んでさえも、身投げをした例《ためし》もあったことだ、生き長らえていたら屹度《きっと》憂い事に逢うべき身なので、死ぬのが、何で惜しいことがあろうか、親も暫くの間こそ歎き惑われることであろう、大勢の子どもの扱いに、自然忘れ草も摘まれよう、生きながら身を持ち損《そこな》い、人笑われな様になって漂泊《さすら》うのは、死ぬにも勝る物思いであろう、などお思いが変わる。子どもめいて鷹揚に、弱々しく見えるが、気高く世間の有様を知ることは少《すくな》くてお育ちになった人なので、少し怖ろしいことを、お思い附きになられるのであったろう。面倒の起りそうな文殻《ふみがら》などは破って、仰々しく一度には始末せず、灯台の灯で焼き、水に投げ入れさせなどして、次第に無くして行く。心を知らない老女房連は、他へお移りになるので、徒然《つれづれ》な月日の間に、自然に積って来た手習の反古《ほご》などを、お棄《す》てになるのだろう、と思う。侍従などだけが、見附ける時には、「なぜそんな事をなさるのでございますか。思い合う御仲で、心を尽してお書きかわしになる文は、人にこそお見せにならなくても、物の底にお置きになって御覧になりますのが、身分身分につけて、ひどく哀れなことでございます。このように結構な御料紙に、勿体ないお言葉をお尽しになっていられますのを、そんなに破ってばかりおしまいになりますのは、情ないことで」と云う。「何うせ、こう面倒では、長くは生きていられない身でしょう。残って散らばったら、人のお為にもお気の毒でしょう。賢《かし》こ立《だ》てにこうした物を残して置いたのだなどと、漏れ聞かれますのも極りの悪いことです」と仰しゃる。心細いことを思い続けては、これは又思立ち難い事柄なのである。親を残して死ぬ人は、ひどく罪の深い者だのにと、流石に仄かに聞いていることをも思う。

二十日余りになった。かの家あるじの受領は、二十八日に下るであろう。宮の御文には、「その夜は必ず迎いに行きましょう。下人《しもびと》などに、よく様子を感づかれないように御用心なさい。此方《こちら》から漏れるようなことは、ゆめゆめありますまい。お疑いなさいますな」とお云い遣りになる。さて、有るまじき様にお窶《やつ》しになって、お越しになったとしても、今一度物を申上げることも出来ず、取りとめもなくお返し申すことであろうよ、又暫くの間でも、何《ど》うしてここへお寄せ申すことなどが出来ようか、かいなくお帰りになるであろう様を思いやると、例の面影が目から離れず、怺《こら》えられなく悲しいので、その御文を顔に押当てて、暫くは我慢していたが、とうとうひどくお泣きになる。右近は、「あなたや、そうした御様子は、しまいには人がお見上げしてしまいましょう。次第に変だと思っている者もあるようでございます。そのようにこだわってお考えになりませんで、お思いどおりに御返事をなさいませよ。右近が居りますので、勿体ない事を造り出しましたならば、そんなに小さいお体一つは、空の上でもお連れ申されることでしょう」と云う。女君は暫くためらって、「そのようにばかり云うのが、ひどく辛いのです。そのようにしたいものだと、思っているのでしたら何ですが、有るまじき事だとすべて考えていますのに、無暗《むやみ》に、そのようにばかりしたいとお頼み申しているようにお云いになるので、何《ど》のような事をなさろうとするのだろうかと思うにつけて、我が身がひどく辛いのです」と云って、御返事も申上げなくなった。

　宮は、女君がそのように猶《な》お承引する様子もなくて、返事までも絶え絶えにするのは、あの人が、然るべきように云い聞せて、女君も少し安心の出来る方へと心が定《き》まっているからであろう、尤ものことだ、とお思いになるものの、ひどく残念で妬ましくて、それにしても自分をあわれに思っていたのに、逢わずにいる間に、側《はた》の人々の云い聞せる方へ心が寄るのであろう、とお歎きになると、お心の遣《や》り端《は》がなく、『虚しき空に満ちぬる』▼37 気分がなさされるので、例のように一途にお思立ちになってお越しになった。葦垣《あしがき》の方を御覧になると、何時《いつ》ものようではなく、「あれは誰だ」という声々が、間断なさそうである。時方は立退《たちの》いて、様子を知っている男を遣ると、それまでも咎める。前々の様子とは違って、面倒なので、男は「京から至急の御文なのです」という。右近の召使の名を呼んで逢った。ひどく面倒で、一段の気がする。右近は「今夜は全く駄目です。まことに勿体ないことで」と云わせた。宮は、何《ど》うしてこのように疎《おろそ》かにするのだろうとお思いになると、たまらなくなって、「先《ま》ず時方か入って、侍従に逢って、然るべきように工夫をなさい」と云って遣わす。心の働く人で、とやかくと云い拵《こしら》えて、尋ねて逢った。侍従は、「何ういう訳でございましょうか、あの殿の仰しゃることがあるといって、宿直《とのい》をしている者共が用心深くしています頃で、何うにも仕方がないのでございます。御前《おまえ》も、ひどくお歎きになっていらっしゃいますようなのは、こうした御事の勿体なさをお思い乱れになっていらっしゃるのだろうと、お気の毒にお見上げ申していますことです。その上今夜は、あの者共が御様子を見知りましたならば、却ってひどく悪いことになりましょう。おっつけ、そのように御用意をなさいます夜、此方《こちら》でも内々に用意をいたしまして、それと申上げることにいたします」と云って、乳母《めのと》の用心ぶかい事などを話す。時方は、「お越しになる路《みち》も一通りのものではなく、一途なお気持ですのに、飽《あ》っけない事を申上げますのは不行届のことです。それではあなたも行って下さい。共々に委しく申上げて下さい」と誘う。「ひどく当惑なことです」と云い合っている中《うち》に、夜もひどく更けてゆく。

宮は御馬で、少し遠くの方に立っていらっしゃると、田舎びた声をした犬共が出て来て吠え立てるのも、ひどく怖ろしく、お供少なのひどく窶しての御歩きなので、滅多な者などが走り出して来たら、何《ど》のようにしようかと、お附きの者はすべて心を惑わしていた。時方は「もっと急いで早く参りましょう」と云い騒いで、この侍従を連れて参る。髪を脇の下から前へ廻《まわ》して抱えて、様態のひどく好い女である。馬に乗せようとするが、何うしても聞かないので、時方は衣《きぬ》の裾を持って立添って行く。自分の沓《くつ》を穿《は》かせて、自分は供の者の怪しいのを穿いていた。参ってこれこれでと申上げるが、お話の出来る様でさえもないので、山賤《やまがつ》の垣根の棘《おどろ》や葎《むぐら》の蔭へ、障泥《あおり》▼38という物を敷いてお下し申上げる。宮は御自分のお心にも、怪しい有様であるよ、こうした事で身を損《そこな》って、はかばかしくはなり得ない身であろう、とお思い続けになると、お泣きになることが限りもない。心弱い女は、まして云いようもなく悲しい御様だとお見上げ申す。怨み深い敵《かたき》を鬼に作りかえたとしても、疎かにはお見上げ申せそうもないお有様である。宮は御躊躇になって、「唯の一言も話すことは出来ないのでしょうか。何《ど》うして今更こんなにするのですか。やはり人々が告口《つげぐち》をしたのでしょう」と仰しゃる。侍従は有様を委しく申上げて、「おっつけそのように思召します日を、前以《まえもっ》て然るべくお計らい下さいまし。この様な勿体ない事をお見上げ申しましたので、身を捨てましても此方《こちら》の工夫はいたしましょう」と申上げる。御自分も人目を深くお憚りになるので、一途にお恨みになる訳にもゆかない。夜はひどく更けてゆくのに、その物咎めをする犬の声は絶えず、お供の人々が追立てなどするのに、弦を引鳴らす賤《いや》しい男共の声で、「火の用心」など云うのも、ひどく心慌《こころあわただ》しいので、お帰りになるのに、悲しさは云うまでもない。

何処《いづく》にか身をば捨てむと白雲のかからぬ山も泣く泣くぞ行く▼39

「それでは早く」と云って、その女をお返しになる。御様子が艶《なまめ》かしく哀れで、夜深い露に湿った御香の芳《こう》ばしさなど、たとえようもない。侍従は泣く泣く帰ったことである。

右近は宮をお断りしたことを云っていると、女君はいよいよ思い乱れることが多くて臥《ね》ていらっしゃる所へ、侍従が入って来てあり様をお話すると、返事もなさらないが、枕が次第に涙に濡れて来るのを、一方では何《ど》のように見るだろうかと気が置かれる。夜が明けても、変な目つきだろうと思うので、何時《いつ》までも寝ていた。かりそめに懸帯《かけおび》▼40をして経を読む。親に先立つ罪を消させ給えとばかり思う。以前の絵を取出して見て、お書きになった手つき、顔の匂いなどが、おさし向いになっているように思われるので、昨夜《よべ》一言さえも申上げられずなってしまったのを、猶《な》お今一層増《ま》さって悲しく思う。

あの心長閑《こころのどか》な様で逢おうと、行末の遠いことまでも懸けて仰しゃった方も、何うお思いになるだろうかとお気の毒に、悪い様に云い做《な》す人があろうと、思いやりも気恥ずかしいが、思慮が浅く、怪《け》しからぬ者と人笑いになるのをお聞かせ申すよりは、と思い続けて、

歎き侘び身をば捨つとも亡き影に憂き名流さむことをこそ思へ▼41

親もひどく恋しく、平常は格別思出《おもいだ》さない兄弟の、醜いような顔も恋しく、宮の上をお思い申上げるにつけても、すべて今一度逢いたいと思う人が多くある。女房共は皆めいめい染物に忙しく、何やかやと云っているが、耳にも入らない。夜になると、人に見附けられずに出て行くべき方を思い辿《たど》りつつ、眠れずにいるままに、気分が悪くてすべて平常のようではない。夜が明けると、川の方を見やって、羊の歩んでいる路よりも近い▼42気がする。

宮はお帰りになって、悲しいことを仰せ越された。今更に人が見ようかと思うので、この御返事さえも、思うままには書かない。

骸《から》をだに憂き世の中に留《とど》めずはいづこをはかと君も怨みむ▼43

とだけ書いて渡した。かの殿にも、最後の心持をお見せ申したいのであるが、方々《ほうぼう》に書き遺して、離れない御仲なので、遂《つい》にお聞き合せになることがあったらひどく憂いことであろう、すべて、何《ど》うなったことだろうかと、誰にもはっきりさせなくて終ろう、と思い返す。京から母の御文を持って来た。

「寝ての夜に、ひどく穏やかでない夢がお見えになりましたので、誦経《ずきょう》を方々《ほうぼう》にさせなどいたしましたが、続いてその夢の後、昨夜眠られなかったせいでしょうか、唯今昼寝をしました夢に、人の不吉にする夢を見ましたので、驚いてこれを差上げます。よくよくお慎しみなさいませ。人離れたお住《すま》いなので、時々お越しになられます方の御関係の方もまことに怖ろしく、悩ましくしていらせられます折に、夢がこんななのでいろいろに思われます。参りたいのですが、少将の方が、やはり気懸りな様

で、物《もの》の怪《け》めいて悩んでおりますので、片時でも離れます事を、厳しく止められておりますので。その近い寺でも御《み》誦経《ずきょう》をおさせなさいませ」

とあって、その布施の物、そちらへの文も添えて持って来た。限りと思っている命とも知らずに、このように云い続けられているのを、ひどく悲しく思う。寺へ人を遣っている間に、返事を書く。云いたいと思うことは多いが、云えなくて唯、

後にまた逢ひ見むことを思はなむこの世の夢に心惑はで▼44

誦経の鐘の音の、風につれて聞えて来るのを、つくづくと聞いて臥《ね》ていらした。

鐘のおとの絶ゆる響《ひびき》に音《ね》を添へて我が世尽きぬと君に伝へよ▼45

誦経の巻数《かんじゅ》を記して寺から持って来た紙に書きつけて、使が「今夜は帰れますまい」というので、その木の枝に結わえつけて置いた。乳母《めのと》は、「妙に胸騒ぎのすることでございます。夢も穏やかではないと仰しゃってありました。宿直人《とのいびと》は気を附けて下さい」と云わせるのを、苦しいと思って聞いて臥《ね》ていらした。「物を召上らないのがひどく変です。お湯漬なりとも」と、いろいろに云うのを、賢《さか》しがっているようだが、ひどく醜く年寄になって来て、私が亡くなったら何処《どこ》で過すことだろうかと思いやると、ひどくあわれである。世の中に生きて行かれそうもない様を、ほのめかして云おうとお思いになると、先ず感じさせられて先立って出る涙をお憚りになって、物も云われない。右近はお側近く臥《ね》るとて「そのように物思いばかりなさいますと、物思いをする人の魂は、身を離れるものでございますから、夢も穏やかでないのでしょう。何方《どちら》へなりとお心をお決めになりまして、何《ど》うなりとも何うなりともおなりになすって下さいまし」と歎く。女君は萎《な》えた衣《きぬ》を顔に押当てて臥《ね》ていらせられると云うことである。

▼1　「恋しくば来ても見よかしちはやぶる神の諫むる道ならなくに」（伊勢物語）
▼2　正月初卯の日に贈物とする物。木で造った小さな槌で、邪気をはらう力を持つと信じられていた物。
▼3　まだ古くはならない木ではあるが、若君の為に、深い心をもって千年を待っている物と知っていただきたい。「まだ古りぬ」に、「股ぶり」を懸けてしやれ、「待つ」に「松」を懸けたもので、若君を祝った心のもの。
▼4　行先の長い関係を頼ませても、やはり悲しいのは、ただ明日をも分らないはかない我が命であることよ。
▼5　君のお心を歎かずにいましょう。命だけが定まりのない世だと思えますならば。命よりも心の方があてにならないと、甘えて訴えた心。
▼6　「飽かざりし袖の中にや入りにけむ我が魂のなき心地する」（古今集）
▼7　まだ覚えのないまでに迷うことであるよ、歩くに先立って出る涙までも、行く道を暗くしつついるので。
▼8　我が涙をも、狭い袖とて堰（せ）きとめかねていますので、何うして別れをお留め申すことの出来る身でしょうか。「堰き」と「留む」とは同意語であるから、それを対照させてあやとした歌。
▼9　「しののめのほがらく〳〵と明けゆけばおのがきぬ〴〵なるぞ悲しき」（古今集）
▼10　大内記と時方の二人を、位階で云ったもの。そうした人が馬副（うまぞ）いになるのは、極めて特別なことだからである。
▼11　宇治橋の如く長い契は朽ちないことであろうに、危む方で、君の心を痛めるなよ。「宇治橋の」は、眼前を捉えた比喩で、枕詞としたもの。「朽ち」、「あやぶむ」は、橋の縁語。恋の上の誓言としてのもの。
▼12　絶間ばかりあって、世にも危い宇治橋を、朽ちない物と思って、この上にも頼めと仰しゃるのですか。「絶間」は、橋板の絶えた隙間と、恋の上での通いのと絶えている間を懸けたもの。「世」は、世間の意と、夫婦関係とを懸けたもの。「宇治橋」は、宮の比喩。「朽ちせぬ」は、橋の朽ちないのと、愛情の失せない意とを懸けたもので、形は贈歌の心を承け入れない形で、心はその誓いを強めようとしたもの。

▼13「春の夜の闇はあやなし梅の花色こそ見えね香やは隠るる」（古今集）
▼14「さ筵（むしろ）に衣片敷き今宵もや我を待つらむ宇治の橋姫」（古今集）
▼15 年を経ようとも、心は変ろうものか変りはしない。常磐であるところの橘の名を持っている橘の小島が崎で約束するこの心は。「橘」を、変らないものとして、それにあやかろうとする心を云っているもの。
▼16 橘の小島の色は変らなかろうものを、水に浮んでいる船の方は、その行く所も知られない。「浮舟」は、女が自身を喩えたもので、はかなさを歎く心を托したもの。
▼17 峰の雪や、汀の氷を踏み分けて、惑うべき道ではあるが、君に惑って来る道は惑わない。「惑ふ」は、恋の上で深く思う意と、道を踏み迷う意とに使い分けたもの。苦労してかよって来たことを訴えて、女の愛を求める意のもの。
▼18「山城の木幡の里に馬はあれど徒歩（かち）よりぞ来る君を思へば」（万葉集・古今六帖・拾遺集）
▼19 降り乱れて汀で氷っている雪にはまさって、我は中空で消えてしまうべき身であることよ。「中空」は、雪の降って来る途中の意と、中途半端の意とを懸け、「消ぬ」は、雪の消えるのと、命の死ぬ意とを懸けたもの。女が、何方にもつく事の出来ない身となって、生きていられそうもない歎きを云ったもの。
▼20「たらちねの親の飼ふ蚕の繭籠（まゆごも）りいぶせくもあるか妹（いも）に逢はずして」（拾遺集）
▼21 歎いて眺めやる、そちらの方の雲も見えないまでに、空までも暗くなっているこの頃の侘びしさよ。歎きの涙で、目さえも見えない心を、折柄の五月雨（さみだれ）の為の暗さにして云っているもの。
▼22 河の水嵩の増さる、遠くの里に住んでいる人は、何んな様子であろうか。晴れない長雨で空の暗くなっているこの頃よ。「水まさる」は、宇治河の水が五月雨で増さる意で、「里人」は、宇治の里に住んでいる人で、即ち浮舟。「ながめ」は、長雨と、歎きの意の眺めとを懸けたもの。五月雨の侘しさに刺戟されて、女を思う心のつのる意を云ったもの。
▼23 里の名の宇治の憂（う）を、我が身の上に思い知っているせいであろうか、山城の宇治の辺りは、一段と住み憂いことでございます。本来憂い身が、憂という名を持った宇治に住んでいるので、一段と辛いことでと訴えたもの。

▼24 暗くして、晴れずにいる峰の雨雲のように、我も空に浮いて、この世を過してゆく身になりたいものであるよ。「雨雲」は、眼前を捉えた比喩であって、双方の間に挟まって、つらい心を托したもの。「浮きて」は、つらい世を遁げての意の比喩。

▼25 「行く舟の跡なき方にまじりなば誰かは水の泡とだに見む」(伊行釈所引)。消えて跡もない波に我が身をまじらせて、波の如くになったならば、はかない水の泡とだけにも人は思わなかろう、の意で、上の歌と同意のもの。

▼26 つれづれで居て、我が身の不運を思い知らせる雨が降っているので、涙を拭う袖までが、一段と水嵩が増さりまして。「徒然と身を知る雨」は、五月雨が降って徒然でいるので、我が身の不運が思い辿られて来る意。「袖」は、涙を拭う物として云ったもので、涙は不運を歎いてのもの。「水嵩まさりて」は、五月雨で宇治河の水嵩が増さるのに絡ませて、涙を誇張したもの。

▼27 「侘びぬれば身を浮草の根を絶えて誘ふ水あらば往なむとぞ思ふ」(古今集)

▼28 「恋せじと御手洗川にせし御禊神は受けずぞなりにけるかな」(伊勢物語)

▼29 催馬楽、「道の口武生の国府に我はありと、親には申したべ、心合ひの風や、さきんだちや」

▼30 「須磨のあまの塩焼くけぶり風をいたみ思はぬ方にた靡きにけり」(古今集)

▼31 大内記。式部少輔を兼ねていた故の称。前出。

▼32 時方。出雲権守である故の称。

▼33 時方。出雲権守で、左衛門の大夫を兼ねていた故の称。

▼34 太政官の職員の総称で、極めて多忙な職。

▼35 古今集、東歌の、「君をおきてあだし心を我が持たば末の松山波も越えなむ」を踏んで詠んだもの。歌は、女が男に二心なきを誓ったもので、君に二心を持ったならば、末の松山を海の波が越えようと、絶無なことを云ったもの。波が越える頃とも知らずに、末の松山の松に因みある、我を待っていることとばかり思っていたことであるよ。「波越ゆる」は、本歌に依って、我に背いて、他の男に関係する意。「末の松」は、原歌を取って、波の越える物とすると共に、「待つ」の枕詞としたもの。女の裏切りをした怨みを、哀れな

原歌に絡ませて、美しく強く云ったもの。
▼36「君に逢はむその日をいつと松の木の苔の乱れて物をこそ思へ」（新勅撰集）。恋しさに心の乱れる意の比喩。
▼37「我が恋は虚しき空に満ちぬらし思ひやれども行く方も無し」（古今集）
▼38 馬の腹掛で、はねあがる泥を妨ぐ為の物。
▼39 何処に我が身を投じて死のうかと思って、白雲のかかっていない低い山も、泣く泣く歩いて行く。
▼40 女の軽い礼装。
▼41 歎き佗びて、我が身を捨てたとても、亡い後に、憂い評判の伝わるのが思われることである。
▼42「屠所（としょ）の羊」という成句を踏んだもので、屠所に近づいた羊よりも、もっと死所の近い意。
▼43 亡骸さえも憂き世の中に残さなかったならば、何処を我のあと所として、君も怨みようか、怨みるあても無いの意。
▼44 後の世で又逢い見ることだと思って頂きたい。この世の夢のような有様には心を惑わさなくて。
▼45 鐘の音の絶えてゆく響に、我が泣く声を加えて、我が一生は尽きたと母君に伝えてくれよ。

蜻蛉《かげろう》

宇治では人々が、姫君のいらせられぬのを捜して騒ぐがその甲斐《かい》がない。物語にある姫君が人に盗まれた朝のようであるから、委《くわ》しくは云い続けない。京の母君は、前《さき》に遣った使《つかい》が帰らなくなったので、心許《こころもと》なく思って又使を遣《よこ》した。「まだ鳥の鳴いていたのに、お出しになったのです」と使が云うので、何《ど》う申上《もうしあ》げたものだろうと、乳母《めのと》を始めとして、惑って取乱すことが限りもない。全く思い当ることがなくて、唯《ただ》騒ぎ合っているのに、あの事情を知っている女房同士は、ひどく物を思っていらした様を思い出すと、身をお投げになったのかと思い寄ったことである。泣く泣く母君の御文《おんふみ》を披《ひら》いて見ると、

「ひどく心許《こころもと》なくて、微睡《まどろ》みもしないせいでございましょうか、昨夜《ゆうべ》は夢にさえ打解けてはお見えになりませせず、物にばかりうなされ続けまして、気分までも例《いつも》のようではなく悪うございますので、やはりひどく心許のうございまして、お引移りになりますのは近いことではございますが、それまでの間を此方《こちら》へお迎え申そうと存じます。今日は雨が降りそうですから見合せまして」

などとある。昨夜《ゆうべ》の姫君の御返事をも披いて見て、右近はひどく泣く。それだから、心細いことを仰《おっ》しゃったのです、私に、何だって少しも仰しゃらなかったのでしょう、幼なかった時から、少しも気をお置き申すことがなく、塵程《ちりほど》の隔《へだ》てもなく仕《し》て来ているのに、御最期という時に、私をお残しに

なり、気振《けぶ》りをさえお見せにならなかったのは辛いことで、と思うと、足摺《あしず》りということをして泣く様は、幼い子供のようである。深く物をお思いになっている御様子は、お見上げし続けては来たが、まるきり、そのような並《な》みはずれた怖しい事など、お思い寄りになりそうにも見えなかったお心様であったので、やはり何《ど》うなされたことだろうかと、分らずに悲しい。乳母《めのと》は、却《かえ》って物もわからなくなって、「何うしましょう、何うしましょう」と云えるばかりであった。

宮でも、ひどく例《いつも》のようではない様子の御返事なので、何う思っているのであろうか、自分を、流石《さすが》に思っている様ではあるものの、浮気な心だと、深く疑っていたので、何処《どこ》へか隠れようとしているのだろうかと、お思い騒ぎになってお使を遣った。居る程の者がみんな泣き惑っている時に来て、御文も差上げられない。「何うしたのですか」と下衆女《げすおんな》に訊くと、「上は、昨夜《ゆうべ》急にお亡くなりになりましたので、何方《どなた》も夢中です。何方も頼もしい方はいらっしゃいません折なので、お仕え申していらっしゃる人達は、物に衝《つ》き当って取乱《とりみだ》していらっしゃいます」と云う。事情を深くは知らない男で、委しくも尋ねなくて帰った。これこれでと申上げさせると、宮は夢のような気がしてひどく不思議である。重く煩《わずら》っているとも聞かず、日頃悩ましくしてばかりいたとは聞くが、昨日の返事もそうした様子はなくて、ふだんの物よりも可愛《かわ》ゆかったのにと、お心の遣《や》り端《は》もないので、「時方《ときかた》行って様子を見て、確かな事を聞いて見なさい」とお云いになるが、時方は「あの大将殿が、何ういう事をお聞きになったのでしょうか、宿直《とのい》をする者が怠慢だと、お叱りになられたと云いまして、下人《しもびと》の参りますのまでも見咎《みとが》めて調べておりますので、口実にする事がなくて時方が参りましたのでは、その聞《きこ》えがありますと、お思い合せになることなどもございましょうか。俄《にわか》に人のお亡くなりになりました所は、無論騒がしく、人の出入りも多うございましょう」と申上げる。宮は「それにしても、ひどくあやふやで居られようか。やはり何とか然《しか》るべきように工夫して、例の様子を知っている侍従などに逢って、何ういうことをそのように云うのか尋ねて見《み》なさい。下衆は間違ったことを云うものです」とお云いになるので、お気の毒な御様子も勿体《もったい》なくて、夕方出懸《でか》けて行く。

身分の軽い人は疾《はや》く行き著《つ》いた。雨は少し降り止《や》んだが、ひどい道に窶《やつ》れて、下衆のような様になって来るし、人が大勢立ち騒いでいて、「今夜直《す》ぐにお葬《とむら》いをいたします」と云うのを聞く気持も浅ましく思われる。右近に案内をしたが、逢えない。「唯今《ただいま》は物も思えませず、起き上る気持もしませんことです。ですが今夜だけ、このようにお立寄り下さることでしょうに。お目に懸《かか》れませんで残念なことで」と云わせた。「それにしましても、このように何も分りませんでは、何《ど》うして帰って参れましょうか。今お一人の方にだけでも」と、頻《しき》りに云うので、侍従が逢ったことである。「ひどく浅ましいことで、御自分でもよくはお分りにならない様でお亡くなりになりましたので、飽《あ》っけなく夢のようでございまして、誰も誰も惑っておりますことを申上げて下さいまし。少し心持を落着《おちつ》かせまして、日頃も物をお思いになっておりました様、一晩ひどく心苦しくお思いになっていらっしゃいました有様なども、申上げる事にいたしましょう。この穢《けが》れなど、人の忌みます間を過しまして、今一度お立寄り下さいまし」と云って、泣くのが烈《はげ》しい。奥の方でも泣く声々ばかりして、乳母《めのと》なのであろう、「あなた様や、何方《どちら》へ入《い》らっしゃいましたのですか。お帰り下さいまし。お亡くなりになった骸《から》をさえお見上げ申さないのが、甲斐ない悲しいことでございます。明暮れお見上げ申していましても飽き足らずお思い申し、早く甲斐あるお有様をお見上げ申そうと、朝夕に頼みに申上げておりましたので、命も延びていたのでございます。お捨てになりまして、この様にお行方もお知らせ下さいませんとは。鬼神《おにがみ》でもあなた様を取り切れますまい。人のひどく惜《おし》みます人は、帝釈《たいしゃく》でもお返しになります。あなた様をお取り申したのは、人であっても鬼であっても、お返しなさい。お亡くなりになったお骸《から》でもお見上げ申しましょう」と云い続けているのが、心得難い事も交《まじ》っているので、不思議だと思って、「やはりお云い下さい。ひょっと誰かが隠したのですか。確かにお聞きになろうとして、御自分の代りにお出しになったお使です。今は、何うあれこうあれ甲斐のないことですが、後になってお聞き合せになることがございまして、間違った事がまじっていましては、お使の咎になりましょう。又、それにしてもとお頼みになりまして、あなた方に対面をしろとお云いつけになられましたお心持も、有難《ありがた》いとはお思いになりませんか。女の為《ため》にお迷いになりますことは、異国にも、古い例《ためし》などもありましたが、まだあれ程のお心はこの世にはあるまいとお見上げしている事です」と云うと、ほんにまことに哀れなお使である、隠したからとて、このように当り前ではない事の様は自然に知れよう、と思って、「何で、聊《いささ》かでも、人がお隠し申したのだろうかと、思い寄る事がございましたら、あのようにまで居る程の者が取乱しましょうか。日頃ほんにひどく物をお思い入りになっているようでしたのに、あの殿が煩《わずら》わしいようなまでに、仄《ほの》めかして申される事などもございました、御母でいらっしゃいます人も、あのように騒いでおります乳母《めのと》なども、初めから御関係になっている方へお渡し申そうと急ぎまして、此方《こちら》の御事は、内々にばかりなされ、有難く哀れにお思い申していらっしゃいましたので、お心がお乱れになったのでございましょう。浅ましくて、御自分で身をお亡くしになられました様なので、あのように取乱しまして、変なことを云い続けているようでございます」と、流石に有りようではなく仄めかす。心得難く思って、「それでは、ゆるりと伺いましょう。立ちながらのお話では、ひどく粗略《そりゃく》なことです。追って御自分でも入らっしゃいましょう」と云うと、まあ勿体ない。今更《いまさら》に人のお知り申しますことは、亡い御方の為には、結構な御縁のあったのが見えることではございますが、お隠しになっていた事なので、今更お漏らしにはならずにしまわれるのが、お志であろう、此処《ここ》ではこのように世間並みでなくお亡くなりになった事を人に聞《きか》せまい、といろいろと紛らしているが、自然に事の様子で見えよう、と思うので、とやかくと唆《そそのか》して帰した。

　雨の烈しい中を、母君はお越しになられた。改めて云い様もなく「目の前で死なせたのは、何《ど》んなに悲しくても世の常で、類《たぐ》いのある事です。これは何《ど》うした事なのでしょうか」と取乱す。ああした事の紛れがあって、ひどく物思いをなされたことは知らないので、身をお投げになったろうとは思いも寄らず、鬼が食ったのであろうか、狐の様なものが取って行ったのであろうか、昔物語は怪しい物のする事の譬《たとえ》に、そのような事も云っていたと思い出す。それではあの怖ろしとお思い申上げている女宮の辺りに、心の悪い御乳母《おめのと》というような人が、そのように君がお引取りになろうとしていることを聞いて、呆れた事にして、共謀をしたものがここに居るのだろうか、と下衆女などを疑って、新参者で気心の知れない者がいるかと尋ねるが、女房は、「ひどく世間離れがしていると云いまして、居馴れない人は、ここではちょっとした御用もしていられませず、追って早速参りますと申しつつ、みんなめいめいの引移《ひきうつ》りの支度《したく》の物を取纏《とりまと》めつつ、里へ帰ってしまいました」と云って、以前から居る女房さえも、半分は居なくなって、ひどく人少なな折だったことである。侍従などだけが、日頃の御様子を思い出して、「身を亡い者にしたい」とお泣きになられた折々の有様、お書き置きになった文を見ると、「亡き影に」とお書きすさびになったものが、硯《すずり》の下にあったのを見附けて、河の方を見やりつつ、響き騒いでいる水の音を聞くにも、気味わるく悲しく思いつつ、「お亡くなりになった人を、とやかくと云い騒いで、何処《どこ》でも何処《どこ》でも、何《ど》のようなことにおなりになったろうと、お疑いになっていらっしゃるのは、ひどくお気の毒なことで」と談合して、「忍んでの事であっても、お心から起った事ではありません。親御として、亡くなった後にお聞きになりましても、ひどく恥かしいことではありませんから、有りのままに申上げまして、あのように悲しい上におぼつかなさまで添って、それこれとお思いみだれになっています有様は、少しお諦《あきら》めいたさせましょう。お亡くなりになった人でも、死骸をお残しになってお扱いするのが世間並です、並み外《なみはず》れた様子で日頃を過しましたら、きっと隠れもない事になりましょう。やはり申上げて、この上は世間の聞えだけでも取繕《とりつくろ》いましょう」と相談して、内々過ぎ去った事をお聞きに入れると、云う人も心が消え入って、云い切れない。聞く人の心持も乱れつつ、それでは、あのひどく荒いと思う河に、流れてお死にになったのだ、と思うと、一段と自分も落ち込んでしまいたい気がして、「お出《い》でになった所を捜して、死骸だけでも確かに取収めましょう」とお云いになるが、「全く何の甲斐もございますまい。行方も知れない大海《おおうみ》の上へお出でになったことでございましょう。それにしましてからが、人の聞え伝えます事は、ひどく聞きにくいことでございましょう」と申上げると、ああもこうもお思いになって、胸が塞《せ》きあげる気持がして、何《ど》うにもこうにも為《す》べき事がおわかりにならないので、この人々二人で計って、車を寄せさせて、お敷物、お手近にお使いになったお道具ども、そっくりお脱ぎ置きになった御衾《おふすま》などのような物を車に取り入れて、姫君の乳母《めのと》の子の大徳、それの伯父の阿闍梨《あざり》、その弟子で睦《むつ》まじい者など、以前から知っている老法師などの、御忌《おんいみ》に籠《こも》るべき者すべてで、人の亡くなった様子に真似《まね》て、車を引き出すと、乳母《めのと》や母君などは、ひどく悲しく忌々《ゆゆ》しく思って臥《ふ》し転《まろ》んで泣く。大夫《たいふ》、内舎人《うどねり》など、お威《おど》し申した者どもが参って、「御葬送の事は、殿に事の次第を申上げられまして、日をお定《き》めになって、厳《いか》めしくいたしましょう」と云ったが、女房達は「態《わざ》と今夜は過しますまい、ひどく忍んで、と思う訳があってのことです」と云って、その車を向いの山の前の原に遣って、人を近くも寄せず、その様子を知っている法師だけで焼かせる。ひどく果敢《はか》なくて、煙は尽きた。田舎人《いなかびと》どもは、却ってこうした事は仰々しくして、言忌《こといみ》なども深くする者なので、「ひどく変で、例《いつ》もする儀式で、定まった事もなさらず、下衆下衆《げすげす》しく、つまらなくなされたことです」と謗《そし》ったので、「御兄弟のおありになる人は、態とあのように京の人はなされるのです」など、様々によくなく云ったことである。ああした人どもの云い思う事も気がひけるのに、まして物の噂は隠れもない世の中なので、大将殿の辺りで、死骸もなくお亡くなりになったとお聞きになったならば、必ずお疑いになることであろうが、宮もまた、同じお続き合いの仲なので、そうした人の居られる居られないは、暫《しばら》くの間だけは宮が隠しているともお思いになろう、ついには隠れのないことになろう、又それと定《き》めて宮をお疑いもなさるまい、何うかいう人が連れて行って隠したのだなぞとお思寄《おもいよ》りになることであろう。生きていらした時のお縁は、まことに気高くいらした人が、ほんにお亡くなりになった後には、ひどい疑いをお受けになることであろうかと思うので、ここの内にいる下人《しもびと》どもにも、今朝の慌てていた騒ぎで様子を見聞きしている者には口止めをし、事情を知らない者には聞かせまい、など心配りをしたことである。「時がたったならば、誰にでも、落着いて有った様を申しましょう。さし当っては悲しさも消えるべき事を、ふっと人伝《ひとづ》てにお聞きになるのは、やはりひどくお気の毒なことでしょう」と云って、その二人の人は、深く心に怖《おじ》けが添っているので、もて隠していた。

　大将殿は、入道の宮が御悩みになられたので、石山へ籠っていらした時だったのである。一段と宇治をば覚束《おぼつか》なくお思いになったのであるが、確《しっか》りとこれこれだと申す人もなかったので、宇治ではこうしたたいしたことにも、先《ま》ずお使がないので、人目も悪いことだと思っていると、御荘の人が参って、これこれだと申上げたので、あさましいお心持がなされて、お使がその翌々日の、まだ早い中《うち》に参った。「たいした事で、聞くと直ぐに自身参るべきですが、そのようにお悩みになられる御事なので、謹慎しまして、そのような所に日を限って籠っておりましたので。昨夜の事は、何《ど》ういう訳ですか、此方《こちら》へ消息《たより》をして、日を延ばしても然るべき事をするべきですのに、ひどく軽い様で、急いでなされたことです。何《ど》のようにしましても、同じように云う甲斐のないことですが、最後の事で、山賤《やまがつ》の誇りまで受けますのは、此方《こちら》の為にも辛いことです」と、あの睦ましい大蔵の大夫《たいふ》をお使にしてお云いになった。お使の来たのにつけても、一段と悲しく、申上げようもない事なので、唯涙に溺れているだけを託《かこつ》け言《ごと》にして、しっかりした御返事は申せずにしまった。殿は、やはりひどく飽っけなく悲しいとお聞きになるにつけ、心憂い所であった、鬼などが住んでいるであろうか、何だって今までああした所に置いたのであったろう、思い懸けない向きの間違《まちがい》のあったようなのも、あのように手放して置いたので気安くて、人も云い寄って犯したのであろう、と思うにつけても、自分の間のぬけた初心な心が残念で、胸が痛くお思いになる。母宮でお悩みになっていらせられるところへ、そうした事でお思い乱れになるのも宜《よろ》しくないので、京へお帰りになった。女宮の御方へもお渡りになられず、

「事々しい程ではございませんが、忌々《ゆゆ》しい事を近く聞きましたので、心の乱れておりますことも忌々しゅうございまして」

と申されて、限りなく果敢《はか》なく悲しい世をお歎きになる。世に在《あ》った時の様容貌《かたち》、ひどく愛嬌があって、可愛ゆかった様子などが、ひどく恋しく悲しいので、生きていた時には、何だってこれほどまでには思い入れず、悠長に過していたのであったろう、さし当っては、何《ど》うにも思い鎮める法がないままに、悔しいことが限りもない、こうした向きの事で、ひどく物思いをするべき運命なのである、姿を変えようと志した身が、思いの外《ほか》にも、このように世間並みの人で過しているのを、仏などが憎いと御覧になるのであろうか、人に発心をさせようとして、仏のなされる方便は、慈悲を隠して、このようにするものである、と思いつづけつつ、行《おこない》をばかりしていらっしゃる。

あの宮は又、まして二三日は物もおわかりにならず、正気もない様なので、何ういう物《もの》の怪《け》であろうとお附きの者が騒ぐと、次第に涙をお尽しになって、お思い鎮まりになると、世にあった様が恋しく悲しくお思い出しになられたことである。人には唯《ただ》お病《やま》いが重いようにばかり見せて、このように何の為ともない涙勝ちな様子を見せまいと、上手に隠しているとお思いになったが、自然ひどくはっきりとしていたので、「何ういう事であのようにお思い乱れになって、お命も危いまでお沈みになるのであろうか」と云う人もあったので、あの殿にも、ひどくよくその御様子をお聞きになって、さては、やはり無関係で文通わしをしていただけではなかったのだ。お逢いになったならば必ずそのようにお思いになるべき人であった、生きながらえていたならば、無難にはゆかず、自分のためにもばかげた事が起って来ようと、お思いになるので、焦れる胸も少し醒める気がなされたことである。

宮の御見舞に、日々《にちにち》お参りにならない人はなくて、世間の騒ぎになっている頃に、大将は事々しい程ではない喪に籠っていて、参らないのも間違っていよう、と思ってお参りになる。その頃式部《しきぶ》卿宮《きょうのみや》▼1 と申上げていた方がお亡くなりになられたので、御叔父の喪服で薄鈍色《うすにびいろ》なのも、心の中《うち》では哀れに思い擬《よそ》えられて、似合わしいことに見える。少し顔が痩せて、一段と艶《なまめ》かしさは増《ま》さっていらした。人々は退出して、しめやかな夕暮である。宮は臥《ふ》し沈んでばかりいる御気分ではないので、疎《うと》い人にこそお逢いにならないが、御簾の内にも何時《いつ》もお入りになる人には、対面なさらなくもない。お逢いになるのは何となく気が置け、お逢いになるにつけても、一段と涙の怺《こら》え難いこととお思いになるが、思い鎮めて、「たいした気分ではございませんが、皆の人が、慎しむべき病いのようだと気を附けますので、内裏《うち》でも宮でもお騒ぎになられますのがひどく苦しくて、ほんに世の中の常なさも、心細く思われますことです」と云って、押拭《おしぬぐ》って紛らそうとお思いになる涙が、つづいて滞《とどこお》らずにこぼれ落ちるので、ひどく工合《ぐあい》が悪いが、必ずしも何《ど》うしてそれと分ろうか、唯女々しく心弱いことだと見られようか、とお思いになるのも極《きま》りが悪い。そうなのだ、唯その事ばかりをお思いになっているのだ、何時《いつ》からのことであったろうか、私を何《ど》のように可笑《おか》しく、物笑いをなさる心持で、月頃お思い続けになっていたことだろう、と思うと、この君は悲しさはお忘れになるのを、宮は、ひどく疎くしていることである、物の深く思われる時は、ひどくこれ程の事でなくてさえ、空を飛ぶ鳥の鳴き渡って行くのにも刺戟《しげき》されて悲しいものである、自分がこのようにそぞろに心弱いにつけても、もし実際を知っていたのであったら、それ程物のあわれを知らない人ではない、世の中の無常なことを、深く思っている人は冷淡なものであると、羨《うらや》ましくも心憎くも思うものの、『真木柱』▼2は哀れである。この人に向い合っていた人の様をお思いやりになると、形見であるよとしげしげと御覧になる。次第に世間のお話をなさると、大将はひどく包んでばかりもいまいとお思いになって「昔から心に暫くでも包みまして、申上げない事の残っています中《うち》は、ひどく気がかりにばかり思っておりましたが、今はなかなかの身分にもなってまいりますし、ましてお暇もないお有様で、お気楽にいらっしゃいます折もございませんので、お伺いなども、これという事がなくてはできませんで、何ということもなく過しておりますことでございます。以前御覧になりました山里に、果敢《はか》なくお亡くなりになりました人の同じ御縁の人が、思い懸けない所にいらっしゃると聞きつけまして、時々はそのようにして置いて逢おうかと思いましたが、何となく人の譏《そし》りもありそうな折でございましたので、あの怪しい所にお置きしましたが、殆《ほとん》ど行って逢いますこともなく、又その人も、手前一人を頼みにします心も格別無かったのではないかと見もしましたが、表立った物々しい物にしようと思いますのならば格別、逢いますと又、格別の欠点もないなどいたしまして、気安く可愛ゆく思っておりました人が、ひどく飽《あ》っけなく亡くなりましたことでございますにつけても、思い続けますにつけても悲しいことでございます。お聞入れになりますこともございましょう」と云って、今こそお泣きになる。この方も、ひどくこのようにまではお見せ申すまい、愚かしいとお思いになったが、こぼれ初《そ》めるとひどく留め難い御様子で、聊《いささ》か取乱《とりみだ》したようなのを、宮は怪しくも気の毒にもお思いになるが、冷淡に、「まことに哀れなことで。昨日ほのかに聞きました。御見舞を申上げようと思いながら、態《わざ》と人に聞かせなくしていらっしゃると聞きましたので」と、同情もなさそうにお云いになるが、言葉少なでいらっしゃる。大将は「そのような者として御覧に入れたいと、お思い申した人でございます。自然そのようなこともございましたろうか、宮にも参り通うべき御縁のあった人ですから」など、少し気色《けしき》ばんで、「御気分のお悪くいらっしゃいます時に、取りとめのない世間話を申上げまして、お耳を驚かしますのは宜《よろ》しくない事で。よく御注意をなさいますべきで」など、申上げて置いてお出になった。

深くもお思いになっていたことであった、ひどく果敢ない生涯ではあったが、流石に身分高い人の御縁なのであった、現在の帝《みかど》、后があれ程までに大切に遊ばされる皇子《みこ》で、顔容貌《かたち》からはじめて、さし当っての世には立ち並ぶ人もいらせられないことであろう、お通いになっている人とても、悪い者はなく、様々の点で、限りもない人を差し置いて、あの人に心をお尽しになり、世間の人が立ち騒いで、修法、読経、祭、祓《はらえ》と、その道々で騒いでいるのは、あの人をお思いになる関係で、御気分が衰えていられるからのことである、自分とてもこれ程の身分で、時の帝の御女《おんむすめ》を妻に戴《いただ》いていながら、あの人を可愛ゆく思う上では劣っていたことであったろうか、まして今は亡い人と思うので、心の落着けようもなくていることであるよ、しかし、愚かなことである、このようにはしまい、と思い怺《こら》えるが、様々に思い乱れて、『人木石《ひとぼくせき》にあらざれば皆情あり』▼3と誦《ず》してお臥《やす》みになった。亡い後の世話なども、ひどく手軽にしてしまったのを、宮の上も何《ど》のようにお聞きになるだろうとお気の毒に飽っけなく、母が下衆下衆《げすげす》しくて、兄弟のある人はなどと、そのような人は云っている事があるのを思って、簡略にしたのであったろう、なぞ快からずお思いになる。宇治の様子の覚束なさも限りがないので、その時の様も自身お聞きになりたいと思うが、長籠りをなさるのも不都合である、往《い》くには往っても直ぐ立ち帰るのも心苦しいなど、お思い煩いになる。

月が変って今日は往こうとお思いになる日の夕暮は、ひどく物哀れである。御前《おまえ》近い橘《たちばな》の香りのなつかしいのに、杜鵑《ほととぎす》二声ばかり鳴いて過ぎる。『宿に通わば』▼4と独言《ひとりごと》に云われたが飽き足りないので、宮は二条院にお越しになっている日だったので、橘の枝を折らせて申上げられる。

忍び音《ね》や君もなくらむかひもなき死出《しで》の田長《たをさ》に心通はば▼5

宮は、女君の御様の、ひどく亡い人に似ているのを、哀れにお思いになって、お二方とも眺めをされている時なのであった。気持ある文であるよと御覧になって、

橘のかをるあたりは杜鵑こころしてこそ鳴くべかりけれ▼6

「煩わしいことです」

とお書きになられる。女君はこの事の様子は、みんな見知っていらせられた。あわれに浅ましく果《は》敢《か》なくも、それぞれに心深い方々の中で、自分一人は呑気なので、今まで生きているのであろうか、それも何時《いつ》までであろう、と心細くお思いになる。宮も、隠れもない事であるから隔てを附けてお置きになるのも心苦しいので、過ぎ去った事を少しは取繕いつつお話しになる。「隠していらっしゃる

のが辛《つろ》うございました」など、泣きつ笑いつ申上げられるのも、他人よりは睦ましくて哀れである。事が仰々しく立派で、御病気の御扱いも、驚き惑ってなされる所では、御見舞の人も多く、父大臣《おとど》や兄《しょうと》の君達《きんだち》の御見舞も絶間《たえま》がないので、ひどく煩《うるさ》いのに、此方《こちら》はひどく気安くて、なつかしくお思いになることである。

まことに夢のようでばかりあって、やはり何《ど》うして、ひどく俄《にわか》な事であったろうかとばかり思えて、分らないので、宮は例《いつも》の時方をお召しになって、右近を迎えに遣わされる。母君も、今更その水の音や様子を聞くと、自分も転《まろ》び入ってしまいそうで、悲しく心憂いことが治まりそうにもないので、ひどく侘《わび》しくてお帰りになった。念仏の僧を頼もしい者にしてひどくひっそりしている所へ入って来たので、事々しく、急に立ち巡るようになった宿直人《とのいびと》共も見咎めない。生憎《あいにく》に最後の度《た》びに、お入れ申さなくしたことであったと、思い出すのもお気の毒である。あるまじき事にお思い焦《こが》れになる事だと、見苦しくお見上げ申したが、此処《ここ》へ来ると、お越しになった夜々の有様、お抱かれなされて、船にお乗りになった様子の、上品に可愛ゆかったことなどを思出《おもいだ》すと、心強い人もなくて哀れである。右近が逢って、ひどく泣くのも尤もである。時方は「これこれと仰せになりまして、お迎いに参ったことです」と云うと、右近は「今更に、人が怪しいと云い思いしますのも憚《はばか》られまして、参りましても、はっきりとお聞き分けになります程に、物を申されそうな気もいたしません。この御忌《おんいみ》が終りまして、ちょっと余所《よそ》へと、人に云い拵《こしら》えましても、少し似合いそうな程になりまして、心にもない命がございましたら、少しでも心の落着きました折に、仰言《おおせごと》がございませんでも参りまして、ほんに全く夢のようだったことも、お話し申上げとうございます」と云って、今日は動きそうにもない。大《たい》夫《ふ》も泣いて、「全くこの御仲《おんなか》の事は、細かくは存じ上げません。事情も存じないながら、類《たぐ》いないお志をお見上げ申しておりましたので、あなた方にも、何で急いで御懇意に願おうか、結局お仕え申す辺りでと、思っておりましたのに、云う甲斐のない悲しい御事の後は、手前としてのお志も、却って深さが増《ま》さりまして」と話す。そして「態《わざ》とお車などもお心に懸けられまして、お迎えになりますのに、空《から》で帰りましては、ひどくお気の毒なことでございます。今お一人の方がお参り下さいまし」と云うので、侍従の君を呼び出して、「それではお参りなさい」と云うと、「まして何が申上げられましょう。それにしましてもまだ、この御忌《おんいみ》の間を、何《ど》うしてお忌みにならないのでございましょうか」と云うと、「お悩みになります御騒ぎで、様々の御慎しみなどもなさるようでございますが、お忌みにはなりきれない御様子でございます。又このように深い御仲では、お籠りにもなっても入《い》らっしゃいましょう。残りの日も幾《いく》らでもありません、やはりお一方《ひとかた》はお参りなさいまし」と責めるので、侍従は、お見上げした御様もひどく恋しくお思い申上げるので、何時《いつ》の時にお見上げ申せようか、こうした折に、と思い做《な》して参った。黒い衣《きぬ》を著《き》て、引繕った形はひどく清げである。裳《も》は、さし当っては自分よりも上の人の居ないのに油断して、色も変えずにいたので、薄紫のを持たせて参る。御存命であったならば、この道を忍んでお出になったことであろう、内々心をお寄せ申したのに、など思うのも哀れである。道中も泣く泣く来たことである。

　宮は、この二人が参ったのをお聞きになるのも哀れである。女君には、余りに厭《い》やなことなので申されない。寝殿にお出《い》でになって、渡殿《わたどの》へお下しになられた。あった次第を委しくお尋ねになられると、侍従は日頃お思い歎きになった様、その夜お泣きになった様を申し、「怪しいまでに言葉少なに、おっとりしてばかりいらっしゃいまして、悲しくお思いになります事も、人にお云いになることが出来ませず、物包みばかりしていらっしゃいましたせいでしょうか、お申し置きになることもございません。夢にも、そのような気強いことをお思い寄りになろうとは、思えませんでございました」など、委しく申上げると、宮はまして誠に悲しく、然るべき事で何うにかなったよりも、何《ど》れ程《ほど》物を思い詰めてああした水に溺れたことであったろうとお思いやりになると、それを見附けて引き留めたならばと、湧き返るようなお気がなさるが甲斐がない。侍従は「御文をお焼き捨てになりましたなどに、何だって目を留めなかったのでございましたろうか」と、夜一夜お話しになられるので、申上げ明かす。あの巻数《かんじゅ》にお書きつけになった、母君への御返事も申上げる。何程の者とも御覧にならなかった女房も、睦ましく哀れにお思いになるので、「私の手許に居なさい。彼方《あちら》の方も縁のない人でしょうか」とお云いになるので、「そのようにお仕え申すにいたしましても、悲しくばかりあろうと存じますので、追ってこの御忌明《おんきあけ》を過しまして」と申上げる。「又参れよ」と、この女房をまでも別れともなくお思いになる。暁に帰って行くので、あの君の御料にとお整えになっていた櫛の箱一具《ひとそろい》、衣箱一具を贈物になされる。様々にお拵えになられた物が多かったが、仰々しいようなので、唯この人に似合わしい程にしたのであった。何心もなく参って、こうした戴き物のあるのを、人は何《ど》のように見よう、何となく煩わしいことである、と当惑したが、何《ど》うして御辞退ができよう。右近と二人で忍んで見つつ、徒然《つれづれ》なままに、細々《こまごま》と当世風に、おさせ集めになった物を見ても、ひどく泣く。装束もひどく立派にお拵え集めになった物どもなので、「こうした服喪の時に、これを何のように隠しましょうか」と、扱い悩んだことである。

大将殿も、やはりひどく覚束《おぼつか》ないので、お思い余りになってお越しになった。道の間から、昔の事どもを掻き集めつつ、何《ど》ういう因縁で、あの父親王《みこ》の御許《おんもと》に来初《きそ》めたのであろうか、このような思い懸けない最後までも扱って、あの御血縁につけては、物ばかり思うことであるよ、ひどく尊くいらせられた方に、仏のお手引きで参って、後世の事ばかりを契《ちぎ》っていたのに、心汚《こころきたな》い最後の間違《まちがい》を、思い知らせようと仏のなさるのだろう、と思われる事である。右近を召し出して、「あった次第もよくは聞いていません。やはり限りなくあさましく、飽《あ》っけないので、忌の残りも少くなった、過してとは思いましたが、落ちつききれずに来たのです。何ういうお心持で、俄《にわか》に果敢《はか》なくおなりになったのですか」と、お尋ねになるので、右近は、尼君なども様子を見ていたことなので、遂《つい》にはお聞き合《あわ》せになるであろうから、却《かえ》って隠しても、事が間違って聞《きこ》えて、可《よ》くなかろう、怪《け》しからぬ筋につけてこそは、空言《そらごと》も工夫しつつ云い馴れたのであった、このようにまじめな御様子に差向《さしむか》っては、予《かね》て、ああ云おうこう云おうと思い構えていた言葉も忘れつつ、面倒に思われたので、ありようの事どもを申上《もうしあ》げた。君はあさましく思い懸けない事なので、物も暫《しばら》くは仰《おっ》しゃらない。全く無さそうに思われることだ、大方の人の思い云う事でも、至って言葉少なに、おっとりしていた人が、何《ど》うしてそんな怖ろしいことを思い立とうぞ、何《ど》のような様に、この人々は取繕《とりつくろ》って云っているのであろうか、とお心が乱れ増《ま》さって来るが、宮もお歎きになっている様子はひどく明らかだ、此処《ここ》の有様も、そのように拵《こしら》えての悲しい様子であるならば、自然見えるべきであるのに、このようにお出《い》でになったにつけても、悲しく切ないことと、上下《かみしも》の者が集まって泣き騒いでいるのに、とお聞きになるので、

「お供に連れて居なくなった人がありますか。もっと有った次第を確かに云いなさい。私を疎《おろそ》かだと思って、お背きになることは、よもやあるまいと思っていることです。何のような、急に云い様《よう》もないような事があって、そのような事をなさいましょうか。私には信じられません」と仰しゃるので、右近はまことにお気の毒で、これだからだと面倒になって、「自然お聞きになったことでございましょう。もともとお心ならぬお育ちをなされました人が、この世離れましたお住まいの後は、絶えず物をお思いになります様でございましたが、たまさかにもこのようにお越しになられますのをお待ち申上げますので、もとよりの御身の歎きまでもお慰めになられつつ、心長閑《こころのどか》な様で、時々お見上げ申せますように早くなればとばかり、口に出しては仰せになりませんが、お思い続けになっていらっしゃいますようでしたのに、その御本意の叶うように承ります事もございましたので、こうしてお仕え申しております人共《ひとども》も、嬉しいことに存じて用意をいたし、あの筑波山も、ようよう心の晴れました様子で、お移りになります支度《したく》をいたしておりましたのに、合点のゆかぬ御消息《おたより》がございましたのに、あの宿直《とのい》などいたします者共も、女房共が乱りがましいようであると、戒《いまし》めて仰せられた事があると申しまして、物の分りませぬ荒々しい田舎人《いなかびと》どもが、怪しいように取り做《な》して申上げる事がございま

したのに、その後久しく御消息《おたより》などもございませんでしたので、心憂い身であるとばかり、幼い時から思い知っておりますのに、人並みに何《ど》うか見做したいものだとばかり、様々に思い扱っていらっしゃいます母君が、却ってその事で、人笑われになってしまっては、何《ど》んなにお歎きになろうかと、そちらへ引附けて何時《いつ》も歎いていらっしゃいましたことでございます。その事情より外《ほか》に、何事があろうかと心附くことが出来ませんでございます。鬼などがお隠し申しましょうとも、少しは残る所もございましょうに」と云って、泣く様も烈《はげ》しいので、君も何ういう事であろうかと疑っていたお心も無くなって、涙をお堰《せ》きになれない。「私は心のままに身を扱うことが出来ませず、何事も顕《あら》わな様に扱われている有様なので、覚束なく思います折にも、追って近く、人も気を置かない様な、気安い様に扱って行末《ゆくすえ》長くと、気休めをしつつ過していましたのに、疎《おろそ》かだとお見做しになりましたのは、却ってお心をお分けになる人があったからの事と思われます。今はこれ程の事でも云うまいと思いますが、外《ほか》に聞く者がないから云うのです。宮の御事は、何時《いつ》からあった事ですか。そうした事につけて、ひどく深く人の心をお迷わしになられる宮なので、何時《いつ》もお逢い申せない歎きから、身までもお失いになった事かと思うのです。もっとお云いなさい。私には決してお隠しなさいますな」と仰しゃるので、右近は確かにお聞きになっていると、ひどくお気の毒で、「誠に心憂いことを聞召《きこしめ》したことでございます。右近はお附き申していない折はございませんので」と、考え込んでいて、「自然お聞きになったことでございましょう。あの宮の上の御方に、忍んでお越しになりましたが、あさましく思い懸けません時に、お入りになりましたが、ひどい事を申上げて、お出し申しました。それにお怖じになりまして、あの怪しい家へはお渡りになったのです。その後は、音にもお聞かせしまいと思って済んでおりましたのに、何《ど》うしてお聞きになったのでしょうか、ついこの二月頃から、お便りをなさいました。御文《おんふみ》はひどく度々《たびたび》あったようでございますが、御覧になることもございませんでした。ひどく勿体《もったい》なく、却って宜《よろ》しくないことのようでと、右近などが申しましたので、一二度は御返事をなさいましたろうか。それより外《ほか》の事は拝し上げません」と申上げかけにする。そう云うであろう、強いて尋ねるのも気の毒で、君はつくづくとお眺めになりつつ、宮を珍しく哀れにお思い申しても、私の方も流石《さすが》に疎かには思わなかったので、ひどく何《ど》うしてよいか分らなくなって、果敢《はか》なげだった心から、この水の近いのが便りで、そのように思い寄ったのであったろう、私が此家《ここ》に手離して置かなかったならば、ひどく辛い世を過していようとも、何うして必ず深い谷を捜しなどしようかと、ひどく辛い水との縁であるよと、この川を疎《うと》ましくお思いになることがまことに深い。年頃哀れと思い初《そ》めた事で、荒い山路《やまみち》を往《い》き返りしたのも、今は又心憂くなって、この里の名をさえも聞きたくないような気がなさる。宮の上のお云い初めになって、人形《ひとがた》と附け初《そ》めた名さえも縁起わるく、唯《ただ》私の過ちで失った人であると、思い続けてゆくと、母がやはり軽やかな身分で、亡い後の後見《うしろみ》もひどく粗末で、事を省《はぶ》いてしたのであろうと、快くなく思ったのであったが、委《くわ》しくお聞きになると、何《ど》のように思っているのであろうか、それ程の人の子としては、まことに愛《め》でたい人であったが、娘が内々で仕《し》ていた事は必ずしも知り得ていたのではなくて、私の縁《ゆかり》の人が何のような事をしたのであったろうかと思っているでもあろうと、様々に気の毒にお思いになる。死の穢《けが》れということはあるまいが、お供の人目もあるので、家へはお上りにならなくて、御車の榻《しじ》をお取寄せになって、妻戸の前に腰を掛けていらしたのも御見苦しかったので、ひどく繁った木の下へ、苔《こけ》をお敷物にして、暫くいらした。これからは此処《ここ》へ来て見ることも心憂いであろうとばかりお思いになって、お見廻《みまわ》しになって、

我もまた憂き故里《ふるさと》を散《あ》れ果てば誰《た》れ宿り木の蔭をしのばむ▼7

阿闍梨《あざり》は今は律師《りし》となっていた。召されて、その人の法事のことをお指図になる。念仏の僧の数をお増しになる。罪のひどく深い死に方とお思いになるので、軽くなることをしようと、七日七日に経や仏を供養すべき事を、細かに仰せになって、ひどく暗くなったのでお帰りになるにも、生きていたならば、今夜帰りなどしようか、とばかりお思いになる。尼君に案内をなされたが、「まことにまこ

とに忌々《ゆゆ》しい身だとばかり思い沈みまして、一段と物も分りませず、耄碌《もうろく》いたしまして、俯伏《うつぶ》して臥《ね》てばかりおります」と申上げて、出て来ないので、強いてもお立寄りはなさらない。途中も、早く迎え取らずにしまったことが残念で、水の音の聞える間じゅうは、心が騒がればかりして、死骸さえも尋ねずにしまったことで、あさましくて終ったことである、何《ど》んな様になって、何処《どこ》の水底《みなそこ》のうつせ貝に混《まじ》ったことであろうかと、遣《や》る瀬《せ》なくお思いになる。

あの母君は、京で子を生むべき娘の為に、姫君の忌《いみ》をしているので、例《いつも》の本宅へ行くことが出来ず、とりとめのない旅居《たびい》ばかりして、心を慰める折もなくているのに、又その娘も何《ど》うであろうかと思うが、これは安らかに産んだ。忌々しい身なので近寄れず、残りの子どもの事も思えずに、耄《ほ》け乱れて暮していると、大将殿から御使《おつかい》が内々であった。物も分らない気分にも、ひどく嬉しく哀れである。

「あさましい事は、先《ま》ず申上げようと思いましたが、心も落着《おちつ》きませず、目も暗くなった気がしまして、まして何《ど》のように心の闇にお迷いになっていられることだろうかと思って、喪の中《うち》を過しましたが、果敢《はか》なくその日頃も過ぎましたので、世の無常さが、一段と心を落ちつかせずにばかりすることです、思いの外《ほか》にながらえておりましたなら、亡くなりました人の形見として、必ず然るべき折にお尋ね下さい」

など、懇《ねんご》ろにお書きになって、御使には、あの大蔵の大夫をお遣《つか》わしになったことである。「心《こころ》長閑《のどか》に何事も思い続けまして、年頃にさえなりましたのに、必ずしも志のあるようには御覧にならなかったことでしょう。しかし今から後は、何事につけましても、必ずお忘れ申しますまい。又そのように内々お含み置きなさいまし。幼い人どももおありになるようですが、公《おおやけ》にお仕え申す上では、必ず後見《うしろみ》をいたしましょう」など言葉でも仰せになった。母君は甚《はなはだ》しくは忌むべきでない穢れなので、「深くは触れておりません」と云い做して、達《たっ》て御使を呼び入れた。御返事を泣く泣く書く。

「甚しい事に死なれませせぬ命を、心憂く存じまして歎いておりましたのは、こうした仰言《おおせごと》を拝見する為であったのかと存じられることでございます。年頃は、心細い有様をお見上げ申しながら、これは卑しい身の咎《とが》だと思い做しつつ、勿体ない御一言を、行末長くお頼み申上げておりましたのに、云うかいなく見果てましたので、あの里との縁もひどく心憂く悲しいことでございます。様々な嬉しい仰言に命が延びまして、今暫くながらえておりましたらば、この上ともお頼み申上げるべき事と、思いますにつけても、目の前が涙に暗《く》れまして、申上げかねますことでございます」

など書いた。御使に一とおりの禄などは、見苦しい折である。自分も飽き足らぬ気がするので、殿に差上げようと思って持っていた、よい斑犀《はんさい》▼8の帯に、太刀の面白いのを袋へ入れて、お使の車へお乗りになる時に、「これは昔の人のお志でございます」と云って贈らせた。殿に御覧に入れると、「ひどく漫《そぞ》ろなことですね」と仰しゃる。言葉としては、「御自身お逢いになりまして、ひどく泣き泣きして色々の事を仰しゃいまして、幼い者共のことまで仰せ下さいましたのは、誠に忝《かたじけな》いことで、また物数ではない程で、却ってひどく極《きま》り悪うございます。人に何故《なにゆえ》などとは知らせませず、怪しい者共をすべて差上げまして、お仕えいたさせましょうと仰しゃいましたことです」と申上げる。ほんに格別なこともない縁睦《ゆかりむつ》びというべきであるが、帝さえも、それ程の身分の者の娘をお召しにならないことがあろうか、それが、然るべき者であって、御寵愛になるのをば、人が誹《そし》るべきであろうか、尋《た》常人《だびと》もまた、卑しい女や、再婚の者を持っている類《たぐ》いが多い、あの守《かみ》の娘なのだと、人が云い做すにしても、自分の扱いが、その為に汚《けが》されるように扱い初めたのであればそうもあろう、一人の子を徒《いたず》らにして歎いている親の心に対して、やはりその縁《ゆかり》で面目なことであると、思い知る程の世話は、必ずしてやるべきことだ、とお思いになる。

母君のいる家へ、常陸守が立ちながら来て「折柄《おりから》このようにしていられる事で」と腹を立てる。年頃姫君が何処《どこ》にいらっしゃるなど、有りの儘《まま》には知らせなかったので、果敢ない様でいらっしゃることだろうと思い云っていたので、京にお迎えになった後、面目のあるようになって知らせようと思っていた中《うち》に、このようになったので、今は隠すのもつまらなくなって、あった次第を泣く泣く話す。大将殿の御文を取出して見せると、貴い人を有難《ありがた》がって、田舎びて物愛《ものめ》でをする守なので、驚き臆せて、繰返《くりかえ》し繰返し見て、「ひどく結構なお仕合せを捨てて、お亡くなりになった人ですよ。私も殿の御家来で、参ってお仕えしますが、近くお召しになることもなくて、ひどく気高くいらっしゃる殿です。幼い者共のことを仰しゃったのは、頼もしいことです」など喜ぶのを見るにつけても、まして生きていらしたならばと、母君は伏し転《まろ》んで泣ける。守も今は泣いたことである。しかし、姫君が生きていらした時には、却ってこうした類いの人を、お尋ねになるべき事ではない。自分の過ちで失ったのも気の毒だ、慰めてやろう、とお思いになるに依《よ》って、人の謗りも深くは気にしまいとお思いになってのことである。

四十九日の法事をなされるにつけても、何《ど》うなった事だろうかとお思いになるが、何うあろうとも罪になるべき事ではないので、ひどく忍んで、あの律師《りし》の寺でおさせになったことである。六十僧の供養など、大きくお指図になられた。母君も来ていて、事を加えた。宮からは、右近の許へ、銀の壺へ黄金を入れて下された。人が見咎めるような大きな事はお出来にならない。右近の志としてしたので、事情を知らない人は、「何うしてあのように」など云ったことである。殿の人どもは、睦ましい人だけを大勢お遣《つかわ》しになった。「怪しく聞いたこともない人の果てを、このようにお扱いになることです。誰でしょうか」と、現に不思議がっている人ばかり多いのに、常陸守が来て、心なくも主人《あるじ》振っているのを、怪しいことと人々が見たことであった。少将の子を生ませて、厳《いか》めしい祝いをしようと思い、家の内に無い物とては少《すく》なく、唐土新羅《もろこし》の物の限りをも飾ろうとしているが、身分に限りがあるのでひどく見すぼらしいものであった。この御法事は、内々の様にお思いになってのことであるが、様子のこの上もないのを見ると、もし姫君が生きていらしたら、我が身は並ぶべくもない御運なのであった、と思う。宮の上もお布施をなされて、七僧の前への饗応をなされた。今は、そうした隠し妻を持っていたのだと、帝までも聞召《きこしめ》して、疎かではなかった人を、女宮に御遠慮を申されて、隠してお置きになったことを、気の毒にお思いになられた。

二人のお心の中《うち》は、忘れられず悲しい。宮は生憎《あいにく》にも御寵愛の盛りであった時に打絶えたのは悲しいことであったが、仇《あだ》なお心は、紛れもするかとお試みになる事も次第にあった。あの殿は、そのように引受けて、何やかやとお思いになって、残りの人をお世話なされても、やはり云う甲斐ない事を忘れ難くお思いになっている。后の宮は御軽服《きようぶく》▼9の間は、やはり六条院にいらせられると、二の宮が式部卿《しきぶきよう》におなりになったことである。重々しくて、ふだんには后の宮へもお参りになられない。あの宮は、さみしく物哀れなままに、二十一の宮の御方を慰め所にしていらせられる。貴い宮の好い容貌《かたち》を、まともには御覧になれないのが、残り多いことである。大将殿が、辛うじてひどく内々でお逢いになる、小宰相の君という人は、容貌《かたち》なども清げである。心働きもある方の人だとお思いになっていた。同じ琴を鳴らす爪音も撥《ばち》の音も、人よりは勝《まさ》っており、文を書き物を云うにも、趣《おもむき》ある節を添えていることである。あの宮も、その人を年頃ひどく好いものに思って、例の横取りをしようとなさるが、何でそのように人真似《ひとまね》などしようかと、気強く焦《じ》れたい様であるが、まじめな人の方は、少しは人より異《ちか》っている女だとお思いになっているのであった。君がそのように物思いをしている様も見知っていたので、小宰相は忍び余って申上げた。

あはれ知る心は人に劣らねど数ならぬ身に消えつつぞ経《ふ》る▼10

「身が替えられる物でございましたらば」

と趣ある紙に書いてあった。物哀れな夕暮の、しめやかな時を推し量って云ったのも憎くはない。

常無しとここら世を見る憂き身だに人の知るまで歎きやはする▼11

その礼を、「哀れであった折柄とて、一段でした」など云いにお立寄りになった。ひどく極り悪げに物々しげで、大体そのような事はなさらず、人柄も貴いのに、女はひどく物はかない住まいである。

局など云って、狭く程もない遣戸口《やりどぐち》に君は凭《よ》っていらした。女は工合《ぐあい》わるく思うが、流石《さすが》に余り卑下した様でもなくて、ひどく程よく物を申上げる。亡くなった人よりも、これは心憎い様子が増《ま》さっていることである、何だってこのように宮仕えに出たのであろう。あのような者にして、自分の許に置いたであろうものを、とお思いになる。そのような気分は全くお見せにならない。

中宮は、蓮の花の盛りに、御八講《みはこう》をなされる。六条院の御為《おんため》、紫の上などと、皆お思い分けになりつつ、御経《きょう》仏《ほとけ》を供養をおさせなされて、厳めしく尊いことであった。五巻の日▼12などは、たいした見《み》物《もの》だったので、此方《こなた》かなたに、女房に附いて参って、見物《けんぶつ》をする人が多かった。五日目という日▼13の朝《あさ》座《ざ》で事が終って、御堂の飾りを取除《とりの》け、御飾りを改める為に、北の廂《ひさし》の間も、襖《ふすま》など外《は》ずしてあったので、人々が入り立って繕っている間を、西の渡殿《わたどの》に女一の宮はいらせられた。物を聞きくたびれて、女房もめいめい局に居りつつ、御前《おまえ》にはひどく人少なになっている夕暮に、大将殿は直衣《なおし》に著《き》かえて、▼14今日退出する僧の中に、是非仰しゃるべき事があるので、釣殿の方に入らしたが、皆退出してしまったので、池の方で涼んでいらっしゃると、人少ななので、あの小宰相の君などは、かりそめの几帳《きちょう》などだけを間の隔てにして、休息する上局《うわつぼね》にしていた。其処《そこ》にいるのであろうか、人の衣《きぬ》の音がするとお思いになって、馬道《めどう》の方の襖の細目に開いている隙から、そっと御覧になると、例《いつ》もそうした人のいる所の様子には似ず、晴れ晴れしく装飾してあるので、却って几帳などの立て違えてある間から見通されて、顕《あら》わである。▼15氷を物の蓋に置いて割ろうとして、騒いでいる人々で、大人《おとな》三人ばかりと、童《わらわ》とが居た。唐衣《からきぬ》も汗衫《かざみ》も著《き》ずに、みんな打解けているので、御前《おまえ》だとは御覧にならないのに、白い羅《うすもの》の御衣《おんぞ》を著《き》ていらっしゃる人で、手に氷を持ちながら、そのように騒いでいるのを少し笑んでいらっしゃる顔が、云いようもなく美しげである。ひどく暑さの堪え難い日なので、うるさい御髪《みぐし》が、苦しくお思えになるのであろうか、少し此方《こちら》へ靡《なび》かして引かれているのは、譬《たと》える物もない。多くのよい人を見集めているが、似るべくもないことだと思われる。御前《おまえ》にいる人は、誠に土などのような

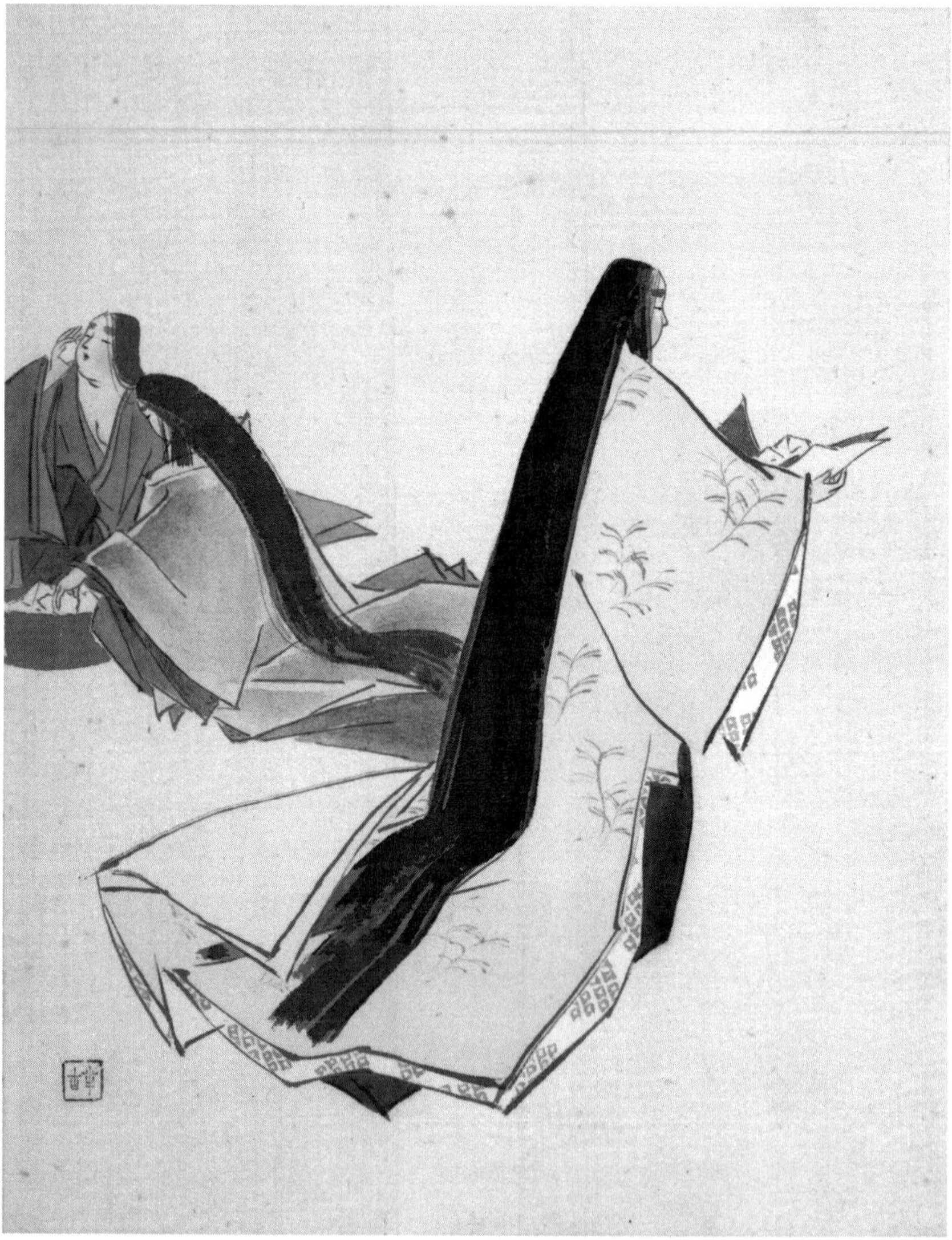

気がするが、心を鎮めて見ると、黄の生絹《すずし》の単衣《ひとえ》に、薄紫色の裳《も》を著《き》た女の、扇を遣《つか》いなどしているのが、嗜《たしな》みがあるようだと、ふと見えて、「却って取扱いでひどく暑そうです。唯その儘で見ていらっしゃい」と云って、笑っている目もとに愛嬌がある。声を聞くと、あの志の女と知られたことである。意地張って割って、手毎《てごと》に持っていた。頭に載せたり胸に当てたりなど、恰好の悪いことをする人もあることだろう。その女は、紙に包んで、御前《おまえ》にもそのようにして参らせると、ひどく美しい手をお伸ばしになって、紙でお拭きになる。女宮は「いや持ちますまい。雫《しずく》が厄介です」と仰しゃる声を、ひどく仄かに聞くのも限りなく嬉しい。まだひどくお小さくていらした頃に、自分も物心も知らなくてお見上げ申した時、愛《め》でたい児《ちご》の御様だとお見上げしたが、その後は絶えて、その御様子さえもお聞きしなかったのに、何《ど》ういう神仏《かみほとけ》がこうした所をお見せになったのであろうか、例《いつも》の安からぬ物思いをさせようとするのであろうかと、一方では落着きごころもなく、見守って立っている中《うち》に、此方《こちら》の対《たい》の北面《きたおもて》で涼みをしていた下臈の女房が、ここの襖は、急な事とて、開けた儘で下りてしまったことを思出《おもいだ》して、人が見つけて騒ぎ立てることであろう、と思ったので、慌てて入って来る。その直衣姿の人を見附けると、誰であろうかと胸騒ぎがして、自分の様を見られることも知らずに、簀子《すのこ》から唯入りに入って来るので、君は突《つ》と立ち去って、誰とも見られまい、好色《り》き好色《ず》きしいようである、と思ってお隠れになった。その御許《みもと》は、飛《と》んでもない事をしたものだ、御几帳《みきちょう》までも見通せるように引き做していたことであるよ、左の大殿《おおいどの》の君達《きんだち》であろう、関係のない人は又、此処《ここ》まで来るはずがない、噂が立ったら、誰が襖を開けたのだと、きっと小言《こごと》が出よう、単衣《ひとえ》も袴《はかま》も生絹《すずし》の様に見えたお姿なので、何方《どなた》もお聞き附けにはならなかったのであろう、と思って困っていた。あの君は、次第に聖《ひじり》になった心であるのに、一度躓《つまず》いてからは、様々な物思いをする者となったことであるよ、以前に世を背いていたのであったら、今は深い山に住んでいて、このように心を乱しなどしようか、などお思い続けになると、心が穏《おだや》かではない。何だって年頃女一の宮をお見上げしたいと思ったことであったろうか、却って苦しく甲斐のなさそうなことであるのに、とお思いになる。

殿は、朝早くお起きになった。女宮の御容貌《おかたち》がひどくお可愛ゆらしいようなので、これより必ず勝《まさ》っていることなどあろうかと見られながらも、全くお似にはなっていないことであった、呆れられるまでに上品に薫って、云いようもない御様であったことだ、一つには思い做しであろうか、場合柄であろうか、とお思いになって、「ひどく暑いことですよ。それより薄い物をお召しなさいまし。女は変った物を著《き》た方が、時々につけて可愛いいものです」と云って、「彼方《あちら》へ参って、大弐《だいに》に、羅の単《うすもの》の御衣《おんぞ》を、縫って参れと云いなさい」と仰しゃる。御前《おまえ》にいる女房は、この御容貌《おかたち》が美しい盛りでいらっしゃるので、御寵愛になるのだと、面白く思った。君は例の念誦《ねんず》をなさる。御自分のお居間にいらっしゃりなどして、昼頃お渡りになると、仰しゃった御衣《おんぞ》は、御几帳に懸けてあった。「何《ど》うしてこれをお召しにならないのですか。人が大勢見る時は、透いた物を著《き》ているのは無作法な気のするものです。唯今はかまわないでしょう」と云って、御自分でお著《き》せ申される。御袴も昨日と同じ紅《くれない》である。御髪《みぐし》の多さ、裾などはお劣りにならないが、やはりさまざまなものであろうか、お似になるべくもない。氷をお召しになって、人々に割らせられる。手に取って一つを女宮にお上げになりなどなさるお心の中《うち》も面白い。絵に描いて、恋しい人を見る人が無かったであろうか、ましてこれは、慰めるには似気《にげ》なくはない御間柄である、と思うが、昨日このようにして自分が混じっていて、心の儘にお見上げ出来たならば、と思われて来ると、心にもなく歎かれた。君が「一品宮《いっぽんのみや》にお文をお上げになりますか」と申されると、女宮は、「内裏《うち》におりました時には、主上《おかみ》がそのように仰せになりましたので、差上げましたが、久しく致しません」と仰しゃる。「尋常人《ただびと》におなりになりましたからとて、彼方《あちら》からもお遣わしにならないのは、心憂いことです。追って大宮の御前《おまえ》で、お恨みになっていらっしゃると啓《けい》しましょう」と仰しゃる。女宮は、「何でお恨み申せましょう。厭《い》やなことを」と仰しゃるので、「下衆《げす》になったと、おさげすみになりますように見ますので、此方《こちら》からも差上げませんと申しましょう」と仰しゃる。

その日は暮して、翌朝大宮にお参りなさる。例の宮もいらした。丁子《ちようじ》で濃く染めた羅《うすもの》の単衣《ひとえ》を、色の濃い直衣《なおし》の下に著《き》ていらせられるのが、ひどく好ましい。女一の宮の御身なりの愛《め》でたかったのにも劣らず、お顔色が白く清らかで、以前よりは面瘦《おもや》せがしていらっして、まことに見る甲斐がある。似ていらせられると見ると先《ま》ず恋しいのを、まことに有るまじき事だとお鎮めになるにも、隙見をしなかった前よりは苦しいことである。宮は絵をひどく多くお持たせになってお参りになっていらした。女房を使にして女一の宮に参らせられて、御自身もお渡りになった。大将は大宮に近くお参り寄りになって、御八講《みはこう》の尊かったこと、昔の御方々の事を少し申上げつつ、残っている絵を御覧になる序《ついで》に、「私の里にいらせられます皇女《みこ》が、雲の上を離れまして、しおれていらっしゃいますのが、お気の毒にお見上げいたされます。姫宮の御方から、御消息《おたより》もございませんのを、あのように身分がお定りになりましたのでお思い捨てになられましたように思って、お心の晴れない御様子ですから、このような物も時々は頂戴が願わしゅうございます。手前が頂戴して持って行きましたのでは、又見る甲斐もないことでございましょう」と申されると、大宮は「怪しいことで、何でお捨て申しましょう。内裏《うち》では、お近かったのにつけて、時々は消息《たより》をなさり合うようでしたが、別々におなりになりました折に、と絶えはじめたのでございましょう。追ってお唆《そその》かし申しましょう。其方《そちら》からも何とか」と申される。「彼方《あなた》からは勿論《もちろん》のことで。もとより数にお入れなさいません者でも、このように親しくお仕え申しますゆ縁《ゆかり》に寄せまして、お数え下さいましたならば、嬉しいことでございます。ましてそのように申上げ馴れておりましたのを、今お捨てになりますのは、辛いことでございます」とお啓しになるのを、好色《す》きめいた心のあってのことかとは、お思い懸けにならなかった。

大将は立ち出て、一夜《ひとよ》の志の人に逢おう、隙見をした渡殿を慰めに見よう、とお思いになって、御《お》前《まえ》を歩み通って、姫宮の御方の方へ入《い》らっしゃるので、御簾の中にいる女房連は格別に用意する。ほんにひどく様がよく、限りないまでの身のもてなしで、渡殿の方には、左の大殿《おおいどの》の君達《きんだち》などがいて、物を云っている様子なので、妻戸の前にお立ち留《どま》りになって、「大方では参って居りながら、此方《こなた》の御方々にはお目に懸《かか》ることがむずかしいので、ひどく頼りなく翁《おきな》めいた者になりきった気がしますので、これからは御懇意にと思い立って参ったのです。似合わないことだと若い方々は思うことでしょう」と、彼の君達《きんだち》の方をお見やりになる。女房は、「今からお習いになりますと、ほんにお若くなられましょう」など、つまらないことを云う女房達の様子も、怪しく雅《みやび》やかで、趣ある御方の有様である。何という事もない世間話などなされつつ、例《いつも》よりはしめやかにいらせられた。

姫宮は、彼方《あなた》にお渡りにならせられた。大宮は、「大将が其方《そちら》へ参られましたが」とお尋ねになられる。御供に参っている大納言の君が、「小宰相の君に、物を仰しゃろうとなされてのことのようでした」と申しあげると、「真実人《まめびと》も流石《さすが》に女房に心を留めて話をするのに、心持の後れた人では苦しいことです。心持の程が見えることでしょう。小宰相などは安心です」と仰しゃって、御兄弟ではあるが、この君をやはりきまりの悪い、女房も用意なくて見られたくはないとお思いになっていた。大納言は、「外《はか》の人よりはお心寄せになりまして、局《つぼね》などにお立寄りになるようです。お話を細々《こまごま》となさいまして、夜更《ふ》けてお出になります折々もございますが、例のありふれた事ではないようでございます。宮をひどく情なくいらっしゃると思いまして、御返事さえもいたさずにおりますようです。勿体ないことで」と云って笑うと、大宮もお笑いになって、「ひどく見苦しい御様を、思い知っているのは面白いことです。何《ど》うかしてあの癖をお止《や》め申したいものです。極りのわるいことですよ、あの人達に」と仰しゃる。大納言は、「ひどく怪しい事を聞きました。大将殿のお亡くしになられました人は、宮の御二条の北の方のお妹なのです。異腹《ことはら》でございましょう。常陸の前《さき》の守の妻は、叔母だとも母だとも云っておりますのは、何ういう訳でしょうか。その女君に、宮がひどく忍んでお通いになった事です。大将殿はお聞き附けになったのでしょうか。急にお迎えになろうとして、番人を増すなど、事々しくなさいましたので、宮はひどく忍んでお出でになりながら、お入りになることが出来ず、怪しい様で、お馬のままでお立ちになりつつ、お帰りになられたことです。女も宮をお思い申上げたのでしょうか、急に消え失せてしまいましたので、身投げをしたのであろうと、乳母《めのと》などようの人共は、泣き惑いましたことです」と申上げる。大宮もひどく浅ましい事にお思いになって、「誰がそのような事は云うのですか。ひどく可哀そうな心憂いことですよ。それ程珍しい事は、自然噂のありそうなものですが、大将はそのようには云いませんで、世の中の果敢《はか》なく悲しいこと、そのように宇治の宮の一族の、命の短かったことを、ひどく悲しく思ってお云いになりました」と仰しゃる。大納言は、「さあ、下衆《げす》は、確かでないことを云うものだと思って聞きましたが、彼方《あちら》にお仕えしていた下童《しもわらべ》で、ついこの頃宰相の里に奉公しました者が、確かな事のように云いましてございます。そのように怪しくてお亡くなりになった事は、人に聞《きか》せまい。仰々しい、気味の悪いことだと云って、ひどく隠している事でございますとか。それで委《くわ》しくはお聞きにならなかったのでしょうか」と申すと、「決してそうした事は外《ほか》の人には云うなとお云わせなさい。そうした事で御身も損《そこな》い、人にも軽く面白くない事にお思われになることでしょう」と、ひどくお歎きになった。

その後姫宮の御方から、女二の宮に御消息《おたより》があった。お手蹟《て》などのひどく美しいのを見るのも、ひどく嬉しくて、こんなだから早く見るべきであった、とお思いになる。色々の面白い絵どもを多く、大宮もお上げになった。大将殿はそれにも勝《まさ》って面白い物どもを集めて、姫宮に参らせられる。芹川《せりがわ》の大将▼16が今上の女一の宮に思いを懸けての秋の夕暮に、遣《や》る瀬《せ》なくて出て行ったところの画の面白く描いたのが、まことによく我が身に思い寄せられる。これ程に思い靡《なび》く人があったならばと、思う身は口惜《くちお》しい事である。

荻の葉に露吹き結ぶ秋風も夕《ゆふべ》ぞわきて身には染みける▼17

と書添《かきそ》えたくお思いになるが、そうした露ほどの様子でも濡れたならば、ひどく面倒そうな世の中なので、ちょっとした事も、仄めかすことは出来そうもなく、そのように様々に何や彼《か》やと、物を思い思いしての揚句《あげく》には、大君が生きていらしたならば、何としても他の方へ心を分けようか、時の帝が御娘を賜わろうとも、戴《いただ》けなかったことであろう、又そのように思っている者があると聞召《きこしめ》したならば、こうした事もなかったろうに、やはり心憂くも我が心をお乱しになった橋姫であるよ、と思い余って来ると、又宮の上に移って来て、恋しくも辛くもあって、無理な事が、愚かしいまでに残念に思えることである。その方を思い侘《わ》びての代りとしては、浅ましくて亡くなった人を、ひどく心幼く思慮の足りなかった軽々しさだとは思いながら、流石に悲しいと物を思い入っていた頃、私の様子が例《いつも》のようではないと、心の鬼から歎き沈んでいた有様をお聞きになったのが、思い出されつつ、重々しい物としてではなく、唯気安く可愛ゆい話し相手として置こうと思ったとしては、ひどく可愛ゆい人であったのに、と思い続けて行くと、宮もお恨みしまい、女をも辛いとは思うまい、唯私の有様の初心な油断からの事であったなど、眺め入られる時々が多くある。

心長閑《こころのどか》で様よくいらせられる人でさえも、こういう方面では身も苦しいことが自然まじって来るのだから、まして宮は慰めかねられつつ、亡い方の形見として、限りない悲《かな》しみを云い出すべき人までもなく、対の御方だけは、哀れになど仰しゃりはするが、深くはお見馴れにならなかった一時の睦びだったので、そう深くお思いになるということは何《ど》うしてであろう。又、お思いになるままに、「恋しいことだ悲しいことだ」など仰しゃるのは、工合《ぐあい》の悪いことなので、彼処《あすこ》にいた侍従を、例のようにお迎えになられたことである。女房共はみんな散って行ったので、乳母《めのと》とあの二人の者だけは、格別に女君のお思いになったのが忘れ難くて、侍従の方は余所《よそ》の者であったが、猶《な》お話し合って暮していたが、世離れした水の音も、嬉しい時節もあろうかと、頼みを懸けていた時は慰めもしたが、今は心憂く悲しく、怖ろしくばかり思われて、京の怪しい所に、この頃は来ていたことであった。宮はお尋ね出しになって、「ここに仕えていなさい」と仰しゃるが、思召《おぼしめ》しは有難いものの、女房達の云う事も、ああした関係の事が絡《から》んでいる所なので、聞き憎《にく》い事も出て来ようと思うので、お受け申さない。大后の宮にお仕え申したいと望んだので、「ひどく好いことです。そのようにして内々私が使いましよう」と仰しゃらせた。心細く頼りない身も慰みもしようかと思って、知っている伝《つて》を捜して参った。汚《きたな》げではなくて悪くない下﨟だと許して、女房も誹《そし》らない。大将殿も常にお参りになるので、見る度《たび》毎《ごと》に侍従は物哀れである。ひどく身分の高い姫君ばかり、大勢参り集まっている宮ではあるが、次第に目を留めて見ると、やはりお仕え申していた姫君に似た人はないことであった、と思っている。

この春お亡くなりになられた式部卿の姫君を、継母《ままはは》の北の方は格別お思いにはならないで、その兄の右馬頭《うまのかみ》で人柄も格別でない人が、心懸けているのを、可哀そうになどは思わなくて、望みのようにしようと約束をしていると、后の宮はお聞きになる伝があって、「お可哀そうに、父宮がひどく大切になさった女君であるのに、棄《す》てるようなお扱いをすることで」と仰せになったので、姫君は、ひどく心細くお歎きになってばかりいる有様で、「懐《なつか》しくそのようにお心に懸けて仰しゃるのに」と御兄の侍従も云って、この頃宮へ迎え取らせられた。姫宮のお相手としてはまことにこの上もない御身分の人なので、貴く格別のお扱いをしてお仕えになっている。定まりのあることなので、宮の君などと云って、裳《も》だけを引き懸けていらっしゃる▼18のはひどく哀れなことである。兵部卿の宮は、この宮だけは、恋しい人に思い準《よそ》えられるような様をしているだろう、父親王《ちちみこ》同士は御兄弟である、など、例のおこころは、人をお恋《こ》いになるにつけても、珍しがりのお癖が止《や》まなくて、早く我が物にとお心をお懸けになった。大将は、もどかしいまでに思われる姫君の御身であるよ、宮のお亡くなりになったのは昨日今日という程のことで、東宮に差上げようかともお思いになり、自分にもそのお心をお見せになったことがあった、このように果敢《はか》ない衰え方を見ると、水の底に身を沈めるのも、もどかしくはないことである、などお思いになりつつ、他人よりは宮の君にお心をお寄せになった。后の宮がこの六条院にいらせられるのを、内裏《うち》よりは広く面白く住みよいことにして、平常お仕えしていない人どもも、みんな打解けて住みつつ、遥々《はるばる》と多く続いている対ども、廊、細殿に一ぱいになっていた。左の大臣殿《おおいどの》は、昔の御父の御様子にも負けず、すべて限りもなく営んでお仕え申上げている。厳めしくなって来た御一族なので、却って昔より当世風の事は勝《まさ》ってまでいることである。あの宮が、例《いつも》のお心であったら、月頃の間に、何《ど》のような好色事《すきごと》をなされていることであろう、ひどくお鎮まりになって、人目には少しお生れかわりになったかに見えているが、この頃は又、宮の君で、本性が現れて拘《かか》ずらっていらっしゃることであった。

　涼しくなったのでと、中宮は内裏《うち》へお参りになろうとするので、「秋の盛りの紅葉の頃を見ないのが」と、若い女房達は残念がって、皆参り集っている頃である。水に親しみ月を愛《め》でて、お遊びが絶えず、平常よりも賑わしいので、あの宮はそうした事はこの上もなくお喜びになっていらっしゃる。人々は朝夕に見馴れても、それでも今見る初花のような様をしていらせられるのに、大将の君の方は、ひどくそれ程までには立ちまじりなどなされないので、気恥かしく油断の出来ないものに皆々思っていた。例《いつも》のようにお二方がお参りになって、中宮の御前《おまえ》にいらっしゃる時に、あの侍従は物蔭から覗いてお見上げすると、何方《どちら》へお靡《なび》きしても、結構な御縁であると見える様なので、生きていらっしゃれば好い、あさましい果敢ない、心憂いお心であったことだと、人には、その辺りの事については知り顔に云わないことにしているので、心一つに飽かず胸の痛くなる思いをする。宮は宇治のお話などを、こまやかになされるので、大将の君はお立ちになられる。侍従は、見附けられは申すまい、暫くの御《ぎょ》忌《き》明《あ》けをも過さずに心浅いことだとはお見せ申すまい、と思ったので隠れた。大将は、東の渡殿で、開け合った戸口に女房が大勢居て、話など小声にしている所へ入らっして、「私をば女房は睦ましくお思いになるべきですよ。女でもこのように気安く出来る者はよもやありますまい。流石に然るべき事をお教え申すことも出来ます。次第にお分り下さるようだから、ひどく嬉しいことです」と仰しゃると、ひどく御返事しにくくばかり思っている中に、弁のお許《もと》と云って、奉公馴れている年嵩《としかさ》の人が、「それにしても睦ましくお思い申すべき訳のない人の臆面のないのは如何《いかが》です、何事も却ってそんなようでございます。必ずその訳があって打解けて御覧になるのではございませんが、このように厚顔《あつかま》しく生れつきました身に似合わないことをいたしますのは、人の見る目も悪うございますので」と申上げると、「恥じるべき所もなさそうだと、お定《き》めになってしまっていられるのは残念なことです」など、お云いになりつつ見ると、唐衣《からぎぬ》は脱ぎすべらして押し遣り、打解けて、手習をしていたのであろう、硯《すずり》の蓋の上に載せて、何だともよく分らない花の末々を折って、玩《もてあそ》んでいたと見える。或者《あるもの》は几帳のあるのに居ざり入って隠れ、或者は彼方向きになり、開けてある戸の方に隠れつついる頭《かしら》つきなども面白いとお見渡しになって、硯を引寄せて、

女郎花《をみなへし》みだるる野べにまじるとも露のあだ名を我に懸けめや▼19

「気安くはお思いにならないで」と書いて、直《す》ぐ側の襖の所に彼方向きになっている人にお見せになると、その人は身動《みじろ》ぎもせず、落ちついてひどく口早く、

花といへば名こそあだなれ女郎花なべての露に乱れやはする▼20

と書いた手蹟《て》は、唯走り書きではあるが、趣があって大体見よいので、誰であろうかと御覧になる。今参り上《のぼ》ろうとする道を立ち塞《ふさ》がれて、動けずにいるのだろうと見える。弁のお許は、「ひどくきっぱりした翁言《おきなごと》で、憎うございます」と云って、

旅寝してなほ試みよ女郎花盛りの色に移り移らず▼21

「その後《あと》に浮名のことはお定《き》め申しましょう」と云うので、大将、

宿借さば一夜《ひとよ》は寝なむ大方の花に移らぬ心なりとも▼22

とあるので、弁は、「何だってお恥ずかしめになるのでございますか。大体の野辺のことを申上げたのでございます」と云う。はかない事を唯少し仰しゃっても、人は後を聞きたいとばかりお思い申した。大将は、「心ないことです。道をお開けしましょうよ。別して、あの云われた御物恥《ものは》じの訳の、

必ずありそうな折です」と云って、お立ちになるので、おしなべてあのように厚顔《あつかま》しい者だろうかと、お思いになるのは心憂いことだ、と思っている人もある。

東の勾欄《こうらん》に凭り懸かって、夕影になってゆくに連れて花が紐解いて来る御前《おまえ》の叢《くさむら》をお見渡しになると、物哀れでばかりあるので、『中について腸《はらわた》を断《た》ゆるは秋の天《そら》』ということを、ひどく忍びやかに誦《ず》していらした。先刻《さっき》の人の衣《きぬ》の音が、はっきりと聞えて、母屋《もや》の御襖《おふすま》の所を通って、彼方の方へ入って行くのである。宮が歩いて入らして、「ここから彼方《あちら》へ参るのは誰ですか」とお尋ねになると、女房は「あの御方の中将の君で」と申上げる。やはり怪《け》しからんことだ、誰であるかと仮初《かりそめ》にも思う人に、直ぐにあのようにゆかしげもなくその名を申すことよ、と気の毒で、あの宮では、誰も皆見馴れた方とばかりお思い申上げているらしいのも残念である。立ち入っての執《しつ》こいお扱いに、女はきっとお負け申すのであろう、自分がひどく残念にも、あの御一家では、口惜《くや》しくも心憂い目にばかり逢っていることであるよ、何《ど》うかして、この辺りででも、珍しい人に、例《いつも》の心入れをして、お騒ぎになるのを奪い取って、自分が思ったように、苦しいとだけでもお思わせ申そう、本当に物の分っている人は、自分の方に頼るだろうか、しかし厄介なものである、人の心というものは、と思うにつけて、対の御方が、今のお有様を、似合わしくないものにお思いになって、ひどく不都合な御仲《おんなか》になってゆく一とおりの御覚えを、苦しいとお思いになりながら、やはり離れられないものとお諦めになっているのは、珍しく哀れなことである、あのような心持の人が、大勢の人の中にはあろうか、立ち入って深く見ないので分らないことだ、寝覚めがちに徒然《つれづれ》にしているので、少しは好色《すき》のことも習おうか、などお思いになるが、今はやはり似合わしくない。

例の西の渡殿へ、前《さき》の日の事が習いとなって、態々《わざわざ》お出《い》でになったのも怪しい。姫宮は夜は后の宮の方へお渡りになるので、女房達は月を見ると云って、その渡殿で打解けて話をしている時なのである。箏の琴をひどく懐しく弾きすさんでいる爪音が、おもしろく聞える。気の附かないのに寄って入らして大将は、「何だって、そのように『妬《ねた》まし顔』[23]にお鳴らしになるのですか」と仰しゃると、みんな驚きそうなもののようだが、少し揚《あ》げてある簾《すだれ》を下しなどもせず、臥《ね》ていたのを起きあがって、「『これに似るような兄《このかみ》がございましょうか』[24]」と返事をする声は、中将のお許《もと》とか云った人なのである。「『私は御母方の叔父《おじ》です』[25]」と、つまらない事を仰しゃって、「例《いつも》のように彼方《あちら》にいらっしゃいますようですね。何《ど》ういう事を、この御里住みの間はなすっていらっしゃいますか」など、つまらなくてお尋ねになる。「何処《どこ》にいらっしゃいましても、何《ど》んな事がございましょうか。唯このようにしていらっしゃいますようです」と云うので、おなつかしい御身であることよと思うと、そぞろな溜息《ためいき》が思わずも出たので、怪しいと気の附く人があろうかとの紛らかしに、そこに出ている和琴を、直ぐに取直しもせずにお搔き鳴らしになられる。律《りち》の調《しらべ》は、不思議に秋に叶うと聞える声なので、聞き憎《にく》くはないが、弾き終っておしまいにならないので、生中《なまなか》なことであると、そうした方に心を入れている人は心も消えるように思う。我が母宮もこの女宮にお劣りになる人であろうか、后腹《きさいばら》と申すだけの違いはあるが、帝々《みかどみかど》がお思い冊《かしず》きになられた様は、同様であったものを、やはりこの御辺りは、ひどく異《ちが》った所のあるのは怪しいことである、明石の浦は心憎い所であったことだ、とお思いつづけになるにつけ、自分の運はまことに貴いものである、ましてここの女宮を並べて我が物にお持ち申せば、と思うのはひどくむずかしいことであるよ。

宮の君は、その西の対にお居間を持っていることであった。若い女房達の様子が大勢であって、月を愛《め》で合っていた。ああ、この方もまた同じ御血筋の人であるよと、お思い出し申上げて、親王《みこ》が昔お心寄せ下さったことだと云い做して、其方《そちら》へ入らした。童《わらわ》の可愛ゆいのが宿直姿《とのいすがた》をして、二三人出て歩きなどしていた。君を見附けて入ってゆく様が恥ずかしげである。これが世間並だと思う。南《みなみ》面《おもて》の隅の問に寄って、声《こわ》づくりをなさると、少し大人《おとな》びた人が出て来た。君は、「内々お心寄せをしてなど申上げますと、却って、皆の人が申上げ古《ふる》していますことを、幼々《ういうい》しい様で、真似《まね》をするようになります。本心から、『事より外《ほか》』▼26が求められておりますと仰しゃると、君にも云い伝えずに、賢こ立って、「まことに思い懸けませんでしたお有様になるにつけましても、故宮のお思い申上げておりました事などを、お思い出しになられまして、このように折々仰せ下さいます、私共までへの仰《おおせ》言《ごと》をもお喜びになっていらっしゃいます様でございます」と云う。並々《なみなみ》の人めいた取次言《とりつぎごと》で心ないことだ、と物憂いので、君は、「もとより思い捨てにはなるべきでないお血筋でありますよりも、今はまして、然るべき事につけても、お親しみになりお尋ね下さいますのが嬉しいことでございます。疎々《うとうと》しく、お取次ぎでのお扱いでございますと、参りかねますことで」と仰しゃると、ほんにと思い騒いで、女君を引き動かすようで、女君は、「『松も昔の』▼27とばかり眺めをされますので、もとよりなど仰しゃって下さいます筋は、しんから頼もしい事でございまして」と、人伝《ひとづ》てというでもなく仰しゃる声が、ひどく若やかで愛嬌があり、優しい所も添っていた。唯《ただ》一とおりのこうした住まいをしている人だと思ったなら、ひどく面白いことであろうが、さし当っては何だってこのようにも、人に声を聞かせるべき者におなりになったろうかと、何だか心もとない気がする。容貌《かたち》もひどく艶《なまめ》かしいことであろうと、見たいような様子をしているが、この人が、又例のあのお心を乱す種になることであろうと、可笑《おか》しくも、十分の人はあり難《がた》い世だとも思って居た。これこそは、限りない人が大切にお育てになられた姫君で、又この程度の人が世間には多いことであろう、不思議だったのは、ああした聖《ひじり》の御辺りの、山懐《やまふところ》から出て来た人々で、悪い人はなかったことである。あの、飽《あ》っけない人であった、軽々しい人であったと思い做す人も、このようにして見る様子はひどく可愛ゆいことであったと、何事につけても、唯あの御一家のことが思い出されることである。怪しくも辛かった御縁どもを、つくづくと思い続けて眺めをしていられる夕暮に、蜻蛉《かげろう》のはかなげに飛び交しているのを、

ありと見て手には取られず見れば又行方も知らず消えし蜻蛉《かげろふ》▼28

「『あるかなきかの』▼29」と、例の独言《ひとりごと》をなされたとかであるよ。

▼1　光源氏の御兄弟。

▼2　「吾妹子（わぎもこ）が来ても寄り立つ真木柱そも睦（むつま）じやゆかりと思へば」（伊行釈所引）。薫大将を、浮舟の形見と思う意。

▼3　白氏文集の中にある句、「人非二木石一皆有レ情、不レ如不レ逢二傾城色一」

▼4　「なき人の宿に通はば杜鵑かけて音（ね）にのみ泣くと告げなむ」（古今集）

▼5　今日の杜鵑のように、君もまた忍び音に鳴くのであろうか。甲斐もなく死ぬということに因みある名の、死出の田おさに心が通ったならば。「死出の田長」は、杜鵑の異名で、杜鵑は冥途へも往復する鳥だという伝説があって附けられている名。「かひもなき」は、「死」の枕詞として添えたもので、「かひもなき死出の田長」は、横死を遂げて冥途にある浮舟を暗示して云ったもの。一首は、杜鵑の音に催されて、浮舟を思い給うかの意。

▼6　その花の香で、昔を思わせるという橘のかおっている辺りは、それだけで既に十分なので、杜鵑は、更に昔を思わせることはしまいと、心して避けて、余所で鳴くべきことである。一首は、広い意味で昔の思われることを云ったもので、浮舟のこととはしていないが、しかし拒みもしない程度のもの。広い哀れを云った形のものである。

▼7　自分もまた、この心憂い故里から離れ去ってしまったならば、誰が又、この宿り木のある木の下を思い出そうか。「宿り木の蔭」は、宿の意で、宇治の邸。前に詠んだ歌にもあった詞。宇治の邸の最後の関係者としての自身の、別れ去る哀れさを云ったもの。

▼8　男が正装した時に用いる石帯の石を、斑紋のある犀角（さいかく）でした物。

▼9　御叔父式部卿の宮の御喪服の間で、忌みに籠っている期間。その期間は、内裏へ帰れないのである。

▼10　女君の死の哀れを知る心は、我は人に劣ってはいないが、数ならぬ身なので遠慮して、その哀れを消しつゝ過していることでございます。

▼11　無常なものであると、多くの人々の死を見ている憂身の私ですら、人が知る程の歎きをしていることでしょうか、してはいませぬ。それを察して下さるのは嬉しい。

▼12　法華経八巻を講ずる中（うち）、第五巻目を講じる日は、その中心になっており、薪の行道の儀式のある日。

▼13　御八講は、五日間、十座で、五日目の夜座で結願となり、事が終るのである。

▼14　八講の間は、束帯であって、事が終ったので、普通の服になられた意。

▼15　この当時は、氷は食用とはせず、身に当てて涼を取る物としたのである。

▼16　「芹川の大将の物語」という物があって、一般に読まれていたことと見えるが、今は伝わらない。

▼17　荻の葉に、露を結ばせるさみしい秋風も、夕暮は別して身にしみてさみしいことであるよ。「荻」は、軒に近く植えてある物で、画中にもあり、眼前にもあった物。表面は、秋の夕暮のさみしさを云ったに過ぎないものであるが、そのさみしさに、人を思う心のさみしさを絡ませた、象徴的な歌で、当時の歌風のもの。

▼18　普通の女房は、儀式として唐衣（からきぬ）と裳を著るのであるが、身分柄差別をつけて、唐衣は略し、裳だけを著る意。

▼19　女郎花の咲き乱れている野辺に立ちまじろうとも、聊（いささか）の浮気心あるものと、人は我を思おうか、思いはしない。「女郎花」は、その文字づらから女の譬喩として慣用していたもの。ここは女房の喩。「露」、「懸け」は、女郎花の縁語。

▼20　花というと、その名は浮気であるが、ここの女郎花は、大凡（おおよそ）の露になど乱れようか、乱れはしない。「花」は、「実」に対させて、浮気の意に用いた詞。「女郎花」は、上の歌と同じく、ここの女房の喩。「露」は、花は露で乱れる物としているので、女を乱れしめる男の譬喩として云ったもの。

▼21　この野に旅寝をして、この上とも試して御覧なさい。女郎花の盛りの色が、その衣に移るか移らないかを。「女郎花」は、上と同じく女房の喩。「色」は、女の美しさ、「移り」は、迷う意を懸けたもので、その方を主意として云ったもの。

▼22　宿を貸すというならば、一夜はその野辺に寝て見ましょう。大凡の花には移らない心であろうとも、

何うなるかを試す為に。「花」、「移る」は、上の歌と同じく、美しさには迷わないの意で、これもそちらが主意。

▼23　当時一般に愛読されていた「遊仙窟」の詞を取って云ったもの。「遊仙窟」の美人十娘の、琴を弾くところを形容して、「狡故《ネタマシガホニ》将《モツテ》二纖手《ホソキテヲ》一、時時《ヨリヨリニ》弄《ツマナラス》二小緒《ホソキヲヲ》一」を取って、なつかしがって云われた詞。

▼24　上を承けて、同じく「遊仙窟」の詞を取って答えたもの。十娘の侍女が、十娘の美しさを説明して、「容貌《カホバセハ》似《ニタリ》レ舅《チヂニ》、藩安仁《ハンアンシンガ》外甥《ハハカタノメヒナレバナリ》、気調《イキザシハ》如《ゴトシ》レ兄《アニノ》、崔季珪《サイキケイ》之《ガ》小妹《イモウトナレバナリ》」の後半を取って、自分達の琴の音を自讃したもの。

▼25　上に引用した詞の前半を取って、自身の美貌を自讃したもの。

▼26　「思ふてふ事より外に又もがな君一人をばわきてしのばむ」（古今六帖）。真ごころの云い現わし方をほしいの意。

▼27　「誰をかも知る人にせむ高砂の松も昔の友ならなくに」（古今集）。頼りになる人がなく、心細い意。

▼28　そこにいると見て、我が手には取れない。見ると又、行方も知れなくなった蜻蛉どもである。「蜻蛉」は、宇治の女君達の譬喩で、「手には取られず」は、大君。「行方も知らず」は、浮舟。

▼29　「世の中と思ひしものをかげろふのあるかなきかの世にこそありけれ」（古今六帖）。「かげろふ」は、陽炎で、はかない譬喩。

手習

その頃叡山の横川《よかわ》に、某《なにがし》僧都《そうず》といって又ひどく尊い人が住んで居た。八十ばかりの母と、五十ばかりの妹とがあった。旧《ふる》い願《がん》があって、初瀬へ参詣をした。僧都は睦《むつ》まじく尊く思っている弟子の阿《あ》闍梨《ざり》を添えて遣《や》って、経や仏の供養を行った。事の多くをして帰る途中で、奈良坂という山を越えた時から、その母の尼君は気分が悪くなったので、こんなでは何《ど》うして、後の道中もしてお著《つ》きになれようかと、もて扱い騒いで、宇治の辺りに知っている人の家のあった所へ留めて、一日お休み申させたが、やはりひどく煩《わずら》うので、横川へ消息《たより》をした。僧都は山籠《やまごも》りの本意が深くて、今年中は出まいと思っていたが、最期の様になっている親が、道中で空《むな》しくなるのであろうかと驚いて、急いで入らした。惜しむべき年でもない人の様であるが、自身も弟子の中でも、験《げん》のある者とで加持をして騒ぐと、家主《いえあるじ》が聞いて、「御岳精進《みたけそうじ》▼1をしておりますので、ひどくお年を召した方の重くお煩いになるのは、如何《いかが》なもので」と気懸りそうに思って云ったので、そうも云うべき事だと、気の毒に思って、ひどく手狭で汚くもあったので、そろそろお連れ申そうとしたが、中神《なかがみ》▼2で塞《ふさ》がっていて、何時《いつ》もお住みになっている方面は忌むべきであったので、故朱雀院《こすざくいん》の御領で、宇治の院といった所はこの辺であろうと思出《おもいだ》して、院守《いんもり》を、僧都はお知りになっていられたので、一日二日お泊りになろうと云ってお遣りになると、「初瀬へ昨日皆で御参詣になりました」と云って、ひどく賤《いや》しげな宿守の爺《じじ》を呼んで連れて来た。「お出《い》でになられますなら直《す》ぐに。空いている院の寝殿のようでございます。参詣の人は何《い》時《つ》もお泊りになりますことです」というので、「ひどく好さそうです。公《おおやけ》の御領ではあるが、人の居ないので気楽で」と云って見せにお遣りになる。この爺は、何《い》時《つ》もこのように泊る人を見馴れているので、ざっと設備などをして来た。

先《ま》ず僧都がお越しになる。いかにもひどく荒れて、恐ろしそうな所である、と御覧になって、「大徳達経をお読みなさい」と仰《おっ》しゃる。あの初瀬へ附添《つきそ》った阿闍梨と、同じ程なのが今一人とは、何事があるというのか、それにふさわしい程の下臈の法師に、松明《たいまつ》をともさせて、人も寄りつかない寝殿の後《うしろ》の方へ行った。森かとも見える木の下を、気味の悪い所であると見入っていると、白い物の広がっているのが見えることである。「あれは何だろうか」と、立ち留《ど》まって、松明の火を明るくして見ると、物のいる姿である。「狐の変化《へんげ》したのか。憎い奴だ。見顕《みあらわ》してやろう」と、一人は今少し歩み寄る。今一人は、「まあ用でもない。よくない物だろう」と云って、そのような物を退けるべき印《いん》を結びつつ、流石《さすが》に矢張《やはり》見守っている。頭に髪があったら逆立ちしそうな気持がするのに、その松明をともしている大徳は、憚《はばか》りも躊《ためら》いもせず、怖ろしくない様で、近く寄ってその様を見ると、髪は長く艶々《つやつや》としていて、大きな木の根のひどく荒々しいのへ寄り添って居て、ひどく泣く。「珍らしいことがあるものですね。僧都の御坊にお目に懸けましょうよ」と云うと、ほんに不思議な事だと思って、今一人は参って、これこれだと申す。僧都は「狐が人に変化《へんげ》するとは昔から聞いているが、まだ見ない物です」と云って、態々《わざわざ》下りてお出でになる。あのお越しになる事について、下衆《げす》どもの、みんな確《しっか》りした者は、御厨子所《みずしどころ》など、然《しか》るべき用意をこうした所では急ぐものなので、そちらへ当っているので、唯《ただ》四五人で、そこにいる物を見ているが、変ることもない。不思議なので、時の移るまでも見ている。早く夜が明けきるとよい、人か何か見顕わそうと、心の中で然るべき真言を読み、印を結んで試みていたが、僧都は見究めが附いたのであろう。「これは人です。決して非常《ひぞう》な怪《け》しからぬ者で

はありません。側へ寄って聞いて見《み》なさい。亡くなった人ではないようです。それとも死んだ人を棄《す》てたのが、蘇《よみかえ》ったのですか」と云う。僧は、「何でそうした人を、この院の内へ棄てましょう。たとい本当の人であっても、狐か木精《こだま》のような物が、たぶらかして淩《さら》って来たのでしょう。ひどく折の悪いことです。ここは穢《けが》れのある所らしゅうございます」といって、前《さき》の宿守の男を呼ぶ。山彦《やまびこ》が答をするのもひどく恐ろしい。賤しい様で、額を撫《な》で上げながら出て来た。僧は「ここには、若い女などが住んでいらっしゃいますか。こうしたことがあるのです」と云って見せると、「狐のする事です。あの木の下では、折々怪しいことをします。一昨年《おととし》の秋も、ここに居ります者の子で、二つばかりになるのを淩いまして、私が来ましたが、驚きもしませんでした。僧、「その子は死んでしまったのですか」というと、「生きて居りました。狐は、そのように人を脅かしますが、たいしたことはしない奴で」という様は、ひどく馴れている。そちらの夜深《よふけ》に御食事を調じる所へ、気を取られているのであろう。僧都は、「それなら、そうした物のしたことなのか。もっと時を見なさい」と云って、あの物怖じをしない僧を寄せたので、僧は「鬼なのか神なのか狐なのか木精《こだま》なのか。これ程の天下の験者《げんざ》がいらっしゃるのでは、お隠し申せまい。名告《なのり》をなさい、名告をなさい」と云って、衣《きぬ》を摑まえて引《ひっ》張《ぱ》ると、顔を襟に引入れていよいよ泣く。僧は「やあ性の悪い木精《こだま》の鬼め。何で隠れられようか」と云いつつ、顔を見ようとするが、昔居たという目も鼻もない女鬼であろうか、と気味が悪いが、頼もしく強い様を人に見せようと思って、衣《きぬ》を引き脱がせようとすると、俯伏《うつぶ》しになって声を立てるばかりに泣く。「何であるにしても、こんな怪しいことは、世になかろう」と云って、見究めようと思うが、雨がひどく降りそうである。「こうして置いては、死んでしまいましょう。垣の所まで出しましょう」という。僧都は、「まことの人の形です。その命の絶えそうなを見る見る捨てるということはひどく悪いことです。池に泳ぐ魚、山に鳴く鹿でさえも、人に捕えられて死のうとしているのを見ながら助けないのは、ひどく悲しいことでしょう。人は命の久しくなさそうな物だが、残る命の一日二日でも惜しまなくてはなりません。鬼か神かに取られ、人に逐《お》われ人に誑《たぶら》かされた者にしましても、この人は非業の死に方をする者のようです。仏の必ずお救いになるべき範囲の者です。やはり試しに暫《しばら》く、薬湯《やくとう》を飲ませなどして、助かるか何《ど》うか試みよう。遂《つい》に死ぬ者ならば、余儀ないことです」と仰しゃって、その大徳に云って抱き入れさせると、弟子どもは、「つまらない事ですよ。ひどくお煩いになっている御辺りに、善くもない者を取入れて、穢れが必ず起りましょう」と非難する者もある。又、「変化《へんげ》であるにしても、目に見る見る、生きている人をこうした雨で死なせるのは、不愍《ふびん》なことですから」など、心々に云う。下衆などはひどく口がうるさく、物を悪く云い做《な》す者なので、人の騒がしくない隠れの方に臥《ね》させたことである。

お車を寄せてお下りになる時、母の尼君はひどくお苦しがりになるといって騒ぐ。少し鎮まって、僧都は、「先刻《さつき》の人は、何うなったか」とお尋ねになる。僧は「なよなよとしていて、物を云いませず、正気にもなりません。何か物に憑《つ》かれた人でございましょう」と云うのを、妹の尼君がお聞きになって、何の事だと尋ねる。「これこれの事で、六十を越しての年に、珍しい物を見ましたことです」と仰しゃる。聞くと共に、「私は寺で見た夢がありました。何《ど》のような人ですか。先ずその様を見ましょう」と泣いて仰しゃる。僧都は「ついそこの東の遣戸《やりど》の所におります。早く御覧なさい」というので、急いで行って見ると、人も寄りつかずに捨てて置いたことであった。ひどく若く美しい女が、白い綾の衣一襲《きぬひとかさね》に、紅《くれない》の袴《はかま》を著《き》ている。薫物《たきもの》の香《か》はひどく芳《こう》ばしくて、貴い様子が限りもない。尼君は、「私の恋《こ》い悲しんでいます娘が、帰って入《い》らしたのであろう」と云って、泣く泣く女房達を呼んで、抱き入れさせる。何のようであったとも、有様を見ない人は、恐ろしがらずに抱き入れた。生きているようではなく、流石に目をほのかに見開いているので、尼君は「物を仰しゃいまし。何ういうお方が、こうしていらっしゃいますのですか」というが、物が分らない様《さま》である。薬湯を取って、自身口へ掬《すく》い入れなどするが、唯《ただ》弱りに弱って絶え入るようなので、却って悲しいことであると思って、「この人はお亡くなりになりましょう。加持をして下さい」と験者《げんざ》の阿闍梨に云う。「それだから申したのです。無益なお扱いですよ」とは云うが、神分けの経を読みつつ祈る。僧都も覗《のぞ》いて見て、「何《ど》んな風です。何の仕業かと、よく調伏して聞いて見なさい」と仰しゃるが、ひどく弱そうで息が絶えてゆくようなので、「助かれますまい。漫《そぞろ》な穢れで籠りまして、迷惑をしそうなことで。流石《さすが》にひどく身分高い人のようでございます。死んでしまいましても、唯お棄てになれましょうか。見苦しいことですよ」と云い合った。僧都は、「お黙りなさい。人に聞かせますな。面倒なことがあります」など口堅めをしつつ、尼君は、親のお煩いになるのよりも、この人の命を取りとめて見たく惜しんで、じっと附き切っていた。知らない人ではあるが、器量が云いようもなく美しいので、死なしはすまいと、見る程の者は皆世話をして騒いだ。流石に時々は目を見開きなどしつつ、涙が尽きず流れるので、尼君は「まあ辛いことで。ひどく悲しく思っています人の代りに、仏がお導き下さったのだとお思い申していますのに、かいなくおなりになりましたら、却《かえ》って悲しい思いをしましょう。然るべき因縁があればこそ、このようにお見上げするのでしょう。やはり少しは物を仰しゃいまし」と云い続けたが、ようようのことで、「生き返りましょうとも、怪しく不用の者です。人に見せないで、夜あの河へ落して下さいまし」と、絶え絶えの声で云う。「たまに物を仰しゃるので嬉しいと思いますと、まあ悲しいことを。何だってそのように仰しゃるのでございますか。何《ど》うしてああした所にいらしたのですか」と聞くが、物も云わなくなった。体にもし疵《きず》でもあろうかと調べて見たが、ここはと見える所もなく美しいので、あさましく悲しく、本当に人の心を惑そうとして現れた化生《けしょう》の者だろうかと疑う。

　二日程籠っていて、二人の人を祈り加持する声が続いて、怪しい人の素性を思い騒ぐ。この辺りにいる下衆で、僧都にお仕え申していた者が、こうしてお出《い》でになるというので、見舞に来て、話などをして云うのを聞くと、「故八の宮の御娘で、右大将殿のお通いになっていた方が、格別のお悩みがなくて、俄《にわか》にお亡くなりになったと云って騒いでおります。そのお葬《とむら》いの雑用をお仕え申しますので、昨日は参ることが出来ませんでした」と云う。そのような人の魂を、鬼が取って来たのであろうか、と思うと、現に目に見る見る在《あ》る物とも思われず、危く恐ろしいものにお思いになる。人々は、「昨《よ》夜《べ》見やられました火は、そのような事々しい様子も見えませんでしたのに」と云う。その男は、「態《わざ》と手軽にしまして厳《いか》めしくはなさいませんでした」という。穢れに触れた人なので、立ちながらで追い返した。「大将殿は、宮の御娘をお持ちになっていましたが、お亡くなりになりまして年頃にもなりますのに、誰の事を云うのでしょうか。姫宮をお差置《さしお》き申して、決して余所心《よそごころ》はお持ちなさいますまい」など云う。

尼君は少し快《よ》くおなりになった。方角も明いたので、こういう善くない所に久しくいらっしゃるのは不便だと云って帰る。「あの人はまだひどく弱そうです。道中も何《ど》うでしょうか。まことに心苦しい事で」と云い合った。車は二つにして、年寄のお乗りになるのは、お仕えしている尼が二人、次《つ》ぎのには、この人を臥《ね》させて、側に今一人附添《つきそ》って、道中も行きもやらずに、車を留めて薬湯を侑《すす》められる。比叡の坂本で、小野という所に住んでいらしたのである。そこへお著《つ》きになるまでは道がひどく遠い。人々は、「中宿《なかやど》の用意をすべきでした」など云って、夜更《ふ》けてお著きになった。僧都は親のお世話をし、娘の尼君はその知らない人を介抱して、それぞれ抱き下して休む。老《おい》の病で何時《いつ》からということのないもので、苦しくお思いになった遠路の名残で、暫くお煩いになったが、次第に快《よ》くおなりになったので、僧都は叡山へお登りになった。

そうした人を連れて来ているということは、法師の身としては善くない事なので、見なかった人には云わない。尼君も皆に口堅めをされつつ、もし捜しに来る人があろうかと思うと、落ちつき心もない。何うして、ああいう田舎人《いなかびと》の住んでいる所に、こうした人が棄てられていたのだろうか、心持が変になっていたので、継母《ままはは》などいうような人が誑《だま》して、置き去りにしたのであろうか、などと思い寄ったことである。「河に流して下さい」と云った一言より外《ほか》には、物も云わないので、ひどく心許《こころもと》なく思って、早く普通にして見たいと思うが、じっとしていて起き上る時もなく、ひどく普通でなくばかりしていらっしゃるので、結局生きられない人であろうかと思いながら、見捨てるのは可哀そうで悲しい。夢の話もし出して、初めから祈《いのり》をさせた阿闍梨にも、内々で護摩《ごま》を焚くことをおさせになる。

引続きそのように介抱する中《うち》に、四五月も経《た》った。ひどく佗《わび》しく甲斐《かい》のないのに思い余って、僧都の御許へ、

「やはり下りて入らして、あの人をお助け下さい。流石に今日まで生きていますのは、死ぬべくもなかった人で、深く取り憑《つ》き食い入っている物が、離れないからのことでしょう。何《ど》うぞ何《ど》うぞ、京に出るのならば如何《いかが》でございますが、此処《ここ》までならお枉《ま》げにもなれましょう」

など、思い入った事を書き続けて、お差上げになったので、僧都は、「まことに怪しいことです。それ程までに生きている人の命を、あの儘《まま》見捨てたならば。然るべき因縁があったので、私が見附けたのだろう。試みに助けきろう。それで取留《とりと》められなかったら、業《ごう》が尽きたのだと思おう」と、山を下りて入らした。尼君は悦《よろこ》び拝んで、月頃の有様を話す。「あのように久しく煩《わずら》っていります人は、汚《むさ》くるしいことも自然あるべきですが、少しも衰えませんで、ひどく清げで取外した事など少しもありませんで、限りだと見えながらも、あのようにして生きているのです」など懇《ねんご》ろに泣く泣く仰しゃるので、僧都は「見附けた時から、珍しいお有様の人です。どら」と云って、覗《のぞ》いて御覧になって、「ほんにひどく見事な御容面《ようめい》ですね。功徳の報《むくい》であああした容貌《かたち》にお生れになったのでしょう。何うした不仕合《ふしあわ》せから、あのようにお傷《そこな》われになったのでしょうか。もしそれではないかとお聞き合せになった事はありませんか」とお尋ねになる。「少しも聞《きこ》える事がありません。何せ、長谷の観音の下さった人です」と仰しゃると、僧都は「何せ、縁に随《したが》ってお導き下さるのでしょう。種の無いことが何うして」など仰しゃる。怪しがられて、修法《ずほう》を始めた。朝廷からの召しにさえも随わずに、深く籠っ

ている山からお出になって、漫《そぞろ》にこうした人の為《ため》に行い騒ぐことだと噂が立ちでもすると、ひどく聞きにくいことであろう、とお思いになり、弟子どもも云って、人に聞《きか》せまいと隠す。僧都は、「まあ静かに。大徳達、私はつまらない法師で、忌む事の中でも、破った戒は多かろうが、女の事につけては、まだ謗《そし》りも受けず、過ったこともありません。六十に余って、今更《いまさら》に人の非難を受けるのは、然るべき因縁のあっての事でしょう」と仰しゃると、弟子達は「善くない人が、不都合な云い做しをする時には、仏法の瑕《きず》になることでございます」と、快くなく思って云う。「この修法で験《しるし》が見えなかったならば」と、たいした事をお誓いになって、夜一夜《よひとよ》加持をなさる明け方に、人に憑《の》り移ったので、何《ど》のような物が、このように人を惑わすのであろうかと、有様だけを云わせたくて、弟子の阿闍梨も、それぞれに加持をなさる。月頃は少しも顕《あらわ》れなかった物《もの》の怪《け》が、調伏されて、「己《おの》れは、此処《ここ》までも参って来て、このように調伏おさせ申す身ではありません。昔は行《おこない》もしました法師で、聊《いささ》かな恨みを世に残しまして、さ迷っておりました中《うち》に、善い女の多勢《おおぜい》お住みになっていました所に住み著《つ》きまして、一部は取り殺しましたが、この人は我と世の中をお恨みになりまして、自分は何《ど》うかして死にたいと夜昼仰しゃいましたので、手がかりを得まして、ひどく暗い夜、一人でいらしたので取り憑《つ》いたのでした。ですが観音が、ああこうとお育《はぐく》みになりましたので、この僧都にお負け申したのです。もう帰りましょう」と騒ぐ。僧都が「そういう者は何物だ」と尋ねるが、取り憑かれた人は、気弱い者のせいか、確かには云わない。当人の気分はさわやかになって、少し物ごころが附いて見廻《みまわ》すと、一人も知っている人の顔はいなくて、みんな老法師の身の屈《かが》み衰えた者ばかり多いので、知らない国へ来たような気がしてひどく悲しい。以前の事を思い出すが、住んでいた所、何といった人であったかさえ、確かにはっきりとは覚えていない。唯、自分は最期だと思って身を投げた者である、何処《どこ》へ来たのであろうか、と強いて思い出すと、ひどく悲しく物を思い歎いて、皆の者が寝ていたので、妻戸を開けて出たが、風が烈《はげ》しく川波の音も荒く聞えたのが、一人で物怖ろしかったので、前後も忘れて、簀子《すのこ》の端に足を下しながら、行くべき方角も迷われて、引返すのも中途半端なので、心強く死んでしまおうと気を張ったが、下手《へた》をして人に見附けられるよりは、鬼でも何でも食って殺してくれよと云いつつ、じっとしていると、ひどく清げな男が寄って来て、入《い》らっしゃい、私の所へ、と云って、抱く気がしたが、宮と申した方のなさるのだと思った時から、心持が変になったようである、知らない所へ据えて置いて、その男は消え失せたと見たが、とうとうこのように本意のようにしなくなったことだ、と思いつつ、ひどく泣くと思ったが、その後のことは、まったく、何《ど》うだったともこうだったとも覚えてはいない、人の云うのを聞くと、多くの日頃の立ったことである、何《ど》んなに辛い様を、知らない人に介抱され見られたことであろうかと極《きま》りわるく、とうとうこうして生き返ってしまったのかと思うのも残念なので、ひどく悲しく思って、却って人心地のなかった日頃は、夢中の様で、物を少しは食べる折もあったが、露ほどの薬湯もあがらない。「何だって、そのように頼もしげなくばかりしていらっしゃるのですか。続いて熱のおありになったのはお醒《さ》めになって、さわやかにお見えになりますので、嬉しくお思い申していますのに」と、泣く泣く離れる時なく附添ってお扱い申す。その家の人々も、勿体《もったい》ない御様容貌《かたち》を見ると、心を尽して惜しみ見守っていることである。姫君は心では、矢張《やはり》死のうと思い続けているが、あれ程であって生き留まった命なので、ひどく粘《ねば》り強くて、次第に頭《かしら》を擡《もた》げられるので、物を召上《めしあが》りなどすると、却って面痩《おもや》せがして来て、早く御全快をと嬉しくお思い申していると、女君は、「尼にして下さいまし。そうしますと生きてゆかれるようです」と仰しゃるので、「お可哀そうな御様なので、何でそんなことが出来ましょう」と云って、唯印《しるし》ばかり剃って、五戒だけをお受け申させる。女君は、気の済まないことであるが、もともと鈍いお心なので、賢《さか》し立って強いてもお云いになれない。僧都は、「今はこれ程にして、御養生をなさいまし」と云い置いて、山へお登りになった。

　夢の中の人をお見上げすることであると、尼君は喜んで、強いて起して坐らせつつ、御髪《みぐし》を自身梳《くしけず》ってお上げになる。あのように浅ましく引き結んで、打遣《うちや》ってあったが、ひどくは乱れていない。解ききると、艶々《つやつや》として清らかである。『一年足《ひととせ》らぬつくも髪▼3』の多い所なので、見る目もまぶしく、たいした天人《てんにん》の天降《あまくだ》ったのを見ているように思って、危ない気がするが、「何だってひどくお辛く、これ程に大切にお思い申上げますのに、お心隔《こころへだ》てをお見せなさいますか。何処《どこ》の何と申上げました方が、ああした所に何《ど》うしていらっしゃいましたのですか」と切に尋ねると、女君はひどく極り悪く思って、「夢中でいました中《うち》に、みんな忘れたのでしょうか、以前の事は少しも覚えていません。唯仄《ほの》かに思い出せます事は、唯何うかしてこの世にはいまいと思いつつ、夕暮毎《ごと》に端近くて眺めておりました中《うち》に、前近く大きな木のありました蔭から、人が出て来まして、連れてゆく気がしましたことです。その外《ほか》の事は、我ながら何ういう者であるかも思い出せないのでございます」と、ひどく可愛《かわ》ゆらしく云い做して、「世の中にまだ生きていたとは、何うかして人に知られまい、聞きつける人があったら、ひどく悲しい事です」と云ってお泣きになる。余り尋ねるのを苦しくお思いになっているので、お尋ねも出来ない。かぐや姫を見附けた竹取の翁《おきな》よりも、珍しい気がするので、何ういう隙《す》きに消え失せることだろうかと、落ちつけなくお思いになった。この家の主人《あるじ》の母尼君は、身分高い人であったのである。娘の尼君は、上達部《かんだちめ》の北の方であったが、その夫がお亡くなりになった後は、ただ娘一人をひどく大切にして、よい君達《きんたち》を聟にして懇《ねんご》ろにお世話をしていたのに、その娘の君もお亡くなりになったので、心憂い悲しいと思い入って、形を変えて、こうした山里に住み始めるようになったのである。何時《いつ》までも恋《こ》いつづけている人の形見に、思い準《よそ》えられそうな人でも見出《みいだ》したいものであると、徒然《つれづれ》で心細いままに、思い歎いていたのに、このように思い懸けない人で、容貌《かたち》様子も勝《まさ》りざまな人を得たので、実際の事とも思えず、怪しい気がしながらも、嬉しく思っている。年寄にはなっているが、ひどく清げで奥ゆかしくて、有様も上品である。姫君の以前の山里よりも、水の音も穏やかである。造り様が趣《おもむき》ある家で木立が面白く、前栽《せんざい》なども面白く趣を尽している。秋になってゆくと、空の様子も哀れであるのに、門田の稲を刈るとて、その所に附けての口真似《くちまね》をしつつ、若い女どもは謡《うた》い興じ合っている。引板《ひた》を引き鳴らす音も面白く、女君は以前見た東路《あずまじ》の事なども思い出されて来る。

あの夕霧の御息所《みやすんどころ》のいらした山里からは、今少し奥へ入って、山に差し懸けた家なので、松の蔭が深く風の音もひどく心細いので、徒然《つれづれ》で行《おこない》ばかりをしつつ、何時《いつ》という差別もなくしめやかである。尼君は、月の明らかな夜などは、琴をお弾きになる。少将の尼君など云っている人は、琵琶を弾きなどしつつ遊ぶ。「こうした事はなさいますか。徒然《つれづれ》なのに」など云う。以前も運の悪かった身であって、心長閑《のどか》に、そうした事をするべき時もなかったので、少しも面白い事もなくて育ったことであったと、このように年寄った人の、心慰みをするような折々につけては思い出す。やはり浅ましく物果《ものは》敢《か》ないことであったと、我ながら残念なので、手習に、

身を投げし涙の河の早き瀬を柵《しがらみ》かけて誰かとどめし▼4

助けられたのは心外で辛いので、行末《ゆくすえ》も気懸りで、疎《うと》ましいまでに思いやられもする。月の明らかな夜々、年寄どもは艶《えん》に歌を詠《よ》み合い、昔を思い出しつつ、いろいろな話をするのに、返事のしようもないので、じっと眺めて、

我かくてうき世の中にめぐるとも誰かは知らむ月の都に▼5

今は最期と思い詰めた時には、恋しい人が多かったが、他の人々の事はそれ程には思い出されずに、唯母親が何《ど》んなにお歎きになったろうか、乳母《めのと》はいろいろと、何《ど》うかして人並にしようと思っていたのに、何んなにか飽《あ》っけない気持がしたことであったろう、何処《どこ》にいるのであろうか、私が世の中に生きているとは何うして知ろうか、一つ心の人はなかったままに、何事も隔てることはなく話し見馴れていた右近なども、折々は思い出される。若い人で、こうした山里に世間を思い切って籠ることは、出来難いことだったので、唯ひどく年寄った尼の七八人が、常住いる人になっていることである。そ

れらの人の娘孫というような者共で、京で宮仕えをしている者も、外の暮しをしている者も、時々に通《かよ》って来ることである。そうした人につけて、お逢いした方々の辺りへも出入りをし、自然世に生きていることだと、誰にも誰にもお聞かれ申すことは、ひどく極りの悪いことであろう。何《ど》んな様で漂泊《さすら》ったことだったろうかなど、思いやりはすべて碌《ろく》でもないことだと思うので、そうした人々には決して見られなくする。唯侍従と、こもきと云って、尼君が自分の召使にしていた二人だけを、この御方に仕えさせていたことである。見た目も心持も、以前見た『都鳥』に似たところもない。何事につけても、『世の中にあらぬ所』と云ったのはここであろうかと、一方では思い做されたことである。このように人に知られまいとばかりしていらっしゃるので、本当に面倒になるべき事情のある人でいらっしゃろうと思って、尼君は委《くわ》しい事はそこにいる人々にも知らせない。

　尼君の以前の聟の君は、今は中将になっていらした。弟の禅師の君で、僧都の御許《おんもと》にいらした方が、山籠りをしているのをお見舞に、兄弟の君達《きんだち》と何時《いつ》もお登りになった。横川《よかわ》へ通う途《みち》の序《ついで》ということにして、中将は此処《ここ》へ入らした。前駈《さき》を追って、品のいい男の入って来るのを見て、姫君は、忍びやかにしてお越しになった人のお有様様子を、はっきりと思い出された。此処《ここ》もひどく心細い住まいで徒然《つれづれ》ではあるが、住み著《つ》いている人々は、物清げに趣のあるようにして、垣根に植えてある瞿麦《なでしこ》も面白く、女郎花《おみなえし》や桔梗《ききよう》などが咲きはじめているのに、色々の狩衣姿《かりぎぬすがた》の男共の若いのが多勢いて、君も同じ装束で、南面《みなみおもて》に請じたので、眺めやって居た。年は二十七八位で、体はねび整って、物の分らなくはない様をしている。尼君は襖《ふすま》の入口に几帳《きちよう》を立てて対面をなさる。先《ま》ず泣いて「年頃が積《つも》りますと、過ぎ去った事は一段と疎《うと》くばかりなりますのに、山里の光にやはりお待ち申上《もうしあ》げますことで、忘れず止《や》めずにおりますのを、且《か》つは怪しく思いまして」と仰しゃると、中将は、「心の中《うち》では哀れに、過ぎ去った事を、お思い申さない折はございませんが、一概に世をお捨てになりましたような有様なので、御無沙汰をつづけております。山籠りも羨《うらや》ましく、何時《いつ》も出懸けますが、何《ど》うせ行くならばと、附き纏《まつ》わります人々に邪魔をされます形でございまして。今日はみんな断って出懸けましたことです」と仰しゃる。尼君、「山籠りのお羨みは、却って当世風めいたお物真似《ものまね》でございます。昔をお忘れになりませんお心持は、世間にお随《したが》いになりませんことと、疎《おろそ》かならずお思い申します折が多うございまして」など云う。人々に水飯《すいはん》などのようの物を振舞《ふるま》い、君にも蓮の実のような物を出したので、馴れた辺りのこととて、そのような事も遠慮のいらない気がして、村雨《むらさめ》の降り出したのに留められて、話をしめやかになされる。尼君は云う甲斐なくなった人よりも、この君のお心持の、ひどく思うようであったのを、余所《よそ》の者に思い做しているのが、ほんに悲しいことだ、何だって忘れ形見だけでも残さなかったことだろうかと、恋《こ》い忍んでいる心なので、たまさかにこのように入らしたにつけても、珍しく哀れに思われるらしいままに、問わず語りも出ることであろう。姫君は、自分は自分で思い出す事が多くて、お眺めになっている様が、まことに美しい。白い単衣《ひとえ》のひどく情ないまでにさっぱりしたのに、袴も檜皮色《ひかわいろ》に倣《なら》ったのであろうか、艶《つや》もない黒いのをお著《き》せ申したので、こうした事も以前とは変って珍しいことであるよ、などと思いつつ、強々《こわごわ》しい手ざわりの荒い物どもを著《き》ていらっしゃるのが、ひどく可愛い姿である。御前《おまえ》にいる人々は、「故姫君のいらっしゃる気ばかりしておりますのに、中将殿までもお見上げしますので、ひどく哀れなことで。出来ますことなら、昔の様でお越し申させたいつもりです。ひどくよいお間でございましょう」と云い合っているのを、姫君は、まあ飛《と》んでもない、世の中に生きていて、人に添うことは、たとい何《ど》のような様でも、それにつけて以前の事が思い出されることであろう、そのような向きの事は、すっかり忘れよう、と思う。

　尼君が奥へお入りになった間に、客人《まろうど》は、雨の様子が見透《みとお》せなくて、少将という人の声を聞き覚えていて、お呼び寄せになった。「以前知っていたお人々は、何方《どなた》もここに居られるだろうかと思いながらも、このように参ることもむずかしくなりましたので、心浅いように、何方《どなた》も何方《どなた》もお取りになりましょうか」など仰しゃる。お仕え馴れた人で、哀れであった昔の事など云い出した序《ついで》に、中将は、

「あの廊の端《つま》を入った時、風の騒がしかった紛れに、御簾の隙から、おおよその様ではなさそうな人で、垂れ髪の人の見えましたのは、世をお背きになった辺りに、何《ど》ういう方だろうかと驚かれたことです」と仰しゃる。姫君のお立ち出でになった後姿を、御覧になったのだろうと思って、まして細かに見せたなら、お心が留まることであろう、以前の方は較《くら》べものにならない程お劣りになっていたのでさえも、まだ忘れ難くしていらっしゃるようだのにと、心一つに思って、「お亡くなりになりました方が忘れ難く、慰めかねていらっしゃいますようでした中《うち》に、思い懸けない方を得られまして、明暮れの見物《みもの》にお思いになっているようですが、打解けていらっしゃいますお有様を、何うして御覧になったのでしょうか」と云う。そうした事があったのかと面白くて、何ういう人であろうか、ほんにひどく好かったと、仄かであったので却って思い出す。中将は細かにお尋ねになるが、ありようには云わない。「自然お聞きになりましょう」とばかり云うので、卒爾に尋ねるのも様の悪い気がして、「雨も止《や》みました。日も暮れましょう」と唆《そそのか》されてお出懸けになる。前近い女郎花を折って、『何匂ふらむ』▼6と口ずさんで、独言《ひとりごと》に云って立っていた。「人の物云いを、流石にお憚《はばか》りになることで」など、古風な人共は物愛《ものめ》でをし合った。「ひどく清げに、申分《もうしぶん》なくもお整い増《ま》さられたことである。出来ることなら昔の様でお見上げ申したいものだ」と思って尼君は、「藤中納言の御辺りへは、絶えずお通いになるようですが、心もお留めにならずに、親の殿がちでいらっしゃるということです」と仰しゃって、姫君に、「心憂くお隔てになってばかりいらっしゃいますが、ひどく辛いことです。今はやはり、こうなるべき縁であったろうとお思い取りになりまして、晴れ晴れしくなさいませ。この五六年、時の間も忘れませず、恋しく悲しく思って来ました人の上も、このようにお見上げ申しましてから後は、すっかり忘れてしまって居ります。お思いになるべき方々が世にいらっしゃいましょうとも、今は世に亡い方だと、次第にお思いになりましたでしょう。何事もその当座のようには、出来かねるものでございます」と云うにつけても、一段と涙ぐんで、「お隔て申上げる心はございませんが、不思議にも生き返りました時に、何事も夢のようにぼんやりしまして、異《ちが》った世に生れた人はこんな気がするだろうかと思われますので、今では私を知っている人が世にいようとも思い出せませず、ひたすらにあなたを睦まじくお思い申しておりますことです」と仰しゃる様も、ほんに他意なく美しくて、尼君は打笑んで見詰めていられる。

中将は山へお著《つ》きになって、僧都も珍しがって世の中の話をなさる。その夜は泊って、声の尊い人々に経など読ませて、夜一夜遊びをなさる。禅師の君が、細かな話などする序《ついで》に、中将は、「小野へ立寄りましたが、物哀れでした。世を捨ててはいますが、やはりあれ程の心持のある人は、稀《ま》れなことです」と仰しゃる序に、「風の吹き上げた隙から、髪のひどく長い美しそうな人が見えました。顕《あら》わだと思ったことでしょうか、立って彼方《あちら》へ入る後姿が、おおよその人には見えませんでした。あした所に、善い女を置くべきではなさそうです。明暮れ見るものは出家です。自然目馴れて似て来ましょう。善くないことです」と仰しゃる。禅師の君は、「この春長谷へ詣って、変な事で見附《ど》けた人だと聞きました」と云って、見ない事なので細かには云わない、中将は「哀れな事ですね。何ういう人なのでしょうか。世の中が憂くて、ああした所に隠れていたのでしょう。昔物語のような気のすることです」と仰しゃる。

翌日お帰りになるにも、中将は、「素通りにしかねまして」と云ってお出でになった。そうあろうと準備していたので、昔を思い出しての饗応で、少将の尼なども、袖口や様子は異《ちが》っているが快い。一段と涙顔で尼君はいらせれる。話の序に、「隠れた様にしていらっしゃるのは、何ういう人ですか」とお尋ねになる。面倒ではあったが、仄かにお見附けになっていたのを隠し顔にするのも変だと思って、尼君は、「亡い人を忘れ佗びまして、一段と罪深くばかり思われます慰めに、この月頃お世話を申す人でございます。何ういう訳ですか、ひどく物思いの多い様で、生きていると人に知られますことを苦しいように思っていらっしゃいますので、こうした谷の底には誰が尋ねて来ようかと思っておりましたのに、何《ど》うしてお聞き顕《あらわ》しになったのでございましょうか」と答える。中将は「だしぬけの懸想《けそう》で参ったとしましても、山深い道の悩みはお訴えすることでしょう。ましてお思い準《よそ》えになります方につけて申しますと、別してお隔てになるべきではございますまい。何《ど》のような事情で世をお恨みになる人ですか。お慰め申したいものです」と、ゆかしそうに仰せになる。お出懸けになろうとして、畳紙《たとうがみ》に、

あだし野の風に靡《なび》くな女郎花われ標結《しめゆ》はむ道遠くとも▼7

と書いて、少将の尼を取次ぎにしてお上げになった。尼君も御覧になり、「このお返歌《かえり》はお書きなさいまし。ひどく心憎い様子のおありになる方なので、お気懸りなことはありますまい」と、唆《そその》かすと、「ひどく怪しい手蹟《て》なので、何うしまして」と云って全くお聞きにならないので、「情《つれ》ないことです」と云って、尼君、

申上げましたように、情《よ》ごころのない人には似ない方でございまして、

移し植ゑて思ひ乱れぬ女郎花うき世を背く草の庵《いほり》▼8**に**

とあった。この度はそうもありそうな事だと、思い許して中将は帰った。

文などを態々《わざわざ》遣るのは流石《さすが》に初心らしく、仄《ほの》かに見た様は忘れられない、物思いをしている事情は何事であるか知れないが、哀れなので、八月十日余りの頃に、小鷹狩《こたかがり》の序《ついで》にお出《い》でになった。例の尼を呼出《よびだ》して、「一目見た時から、落着《おちつ》かなくて」など仰しゃった。御返事の申しようもないので、尼君は、「『待乳《まつち》の山』▼9と見えます」とお云い出しなさる。対面をなさっても、中将は、「お気の毒でいらっしゃるとお聞きしました人の御上が、ゆかしいことでございます。何事も心に叶わない心持ばかりしておりますので、山住みもいたしたい心がありながら、お許しになりそうもない人々が、心妨げになって過しております。陽気にしています女は、このように屈托しております心柄《こころがら》からでしょうか、似合わしくはありません。物思いをしていらっしゃる方に、思っています事を申したいのです」

など、ひどく心を留めている様でお話しになる。尼君「陽気でない御願いには、お話相手に似合わしくなくはない様に見えますが、人並みの人ではあるまいと、ほんに怪《け》しからぬまでに世を恨んでいらっしゃいますが、残り少《すくな》い年の者でさえも、今はと世を背きます時は、ひどく心細く思いましたので、行末長い盛りの方では、結局は如何《いかが》なものであろうかと思われます」と、親がって云う。奥の姫君の所へ入っても、「情のないことです。やはり少しでも物を仰しゃいまし。こうしたお住まいでは、ちょっとした事にも哀れを知るのが当り前のことでございます」など、すかして云うが、「人に物を申すことも存じません、何事も云う甲斐ない者でございまして」と、ひどく情《つれ》なく云って臥《ね》ていらした。客人《まろうど》は、「何《ど》うしました御返事は、ああ心憂いことで。秋をお約束になりましたのは[10]、おすかしになったのでした」など怨《うら》みつつ、

松虫の声を尋ねて来つれどもまた荻原の露に惑ひぬ[11]

「まあお気の毒な。この御返事だけでも」と尼君は責めるが、そのように情《よ》づいた事を云い出すのもひどく心憂く、又云い初《そ》めたならば、このような折々に責められるのも、面倒に思われるので、返事をさえなさらないので、余りに云う甲斐なく思い合った。尼君は若い時には派手な人だったことだ、その名残であろう。

秋の野の露分けきたる狩ごろも葎《むぐら》しげれる宿にかこつな[12]

「と、面倒がっていらっしゃるようです」と云うと、御簾の内でも姫君は、やはりこのように心外にも世に生きていると知られ初めることをひどく苦しくお思いになっている心の中《うち》を知らなくて、男君を何時《いつ》も思い出しつつ、恋いつづけている人々なので、「こうしたかりそめの序《ついで》に、お話をなされたならば、心外な、気懸りになることはなくお見えになる方ですから、世間並の事はお思い懸けになりませんでも、情なくはない程に、御返事だけはなさいまし」と、引き動かしもしそうに云う。流石《さすが》にこうした古風な尼君には似ず、当世めきつつ、腰折れ歌を好ましげに詠み、若やいでいる様子は、ひ

どく心許ないものに思われる。姫君は、限りなく辛い身であると見切った命さえも、浅ましく生きながらえて、何《ど》のような様で流離《さすら》うべきことであろうか、全く世にない物だと人に見聞きされ捨てられて終りたいものだと、思って臥《ね》ていらっしゃると、中将は、大体の歎かわしい事があるのだろうか、ほんにひどく溜息《ためいき》をつきつつ、忍んだ様で笛を吹き鳴らして、『鹿の啼《な》く音《ね》に』▼13と独言《ひとりごと》に云っている様子は、まことに物の分らない人ではなさそうである。「過ぎ去った事を思い出されますのも、却って悲しゅうございますのに、今初めて哀れにお思いする人もまたむずかしいようですから、『見えぬ山路』▼14には思い做せそうもありません」と怨めしそうに出て行こうとするので、尼君は「何だって、惜《あた》ら物の夜を御覧じかけになさるのですか」と居ざり出された。中将は、「何《ど》うしましょう『遠なる里』も試みましたので」と云い捨てて、ひどく好色らしいのも、流石に工合《ぐあい》が悪い、ひどく仄かに見た様が、目に留まったばかりに、徒然《つれづれ》でいる慰めにと思い出したのであるが、余りかけ離れて、引込んでいる様子も、場所柄に不似合で面白くない、と思うので帰ろうとするが、笛の音《ね》まで飽《あ》っけないことに一段と思われるので、

深き夜の月をあはれと見ぬ人や山の端《は》近き宿に留まらぬ▼15

と、碌でもない物を、「このように仰しゃいます」と云うと、中将は心ときめきがして、

山の端に入《い》るまで月は眺め見む閨《ねや》の板間もしるしありやと▼16

など云うと、あの大尼君は、笛の音を仄かに聞きつけたので、流石に愛《め》でて出て来た。そこ此所《ここ》咳《せき》をまじえて、浅ましいふるえ声で、昔のことなどは云い出しもしない。今も中将を誰とも分らないのであろう。「さあ、その琴《きん》の琴をお弾きなさい。横笛は、月にはひどく面白い物です。何処《どこ》ですか。お前たち、琴を持って入らっしゃい」と云うのを、中将はその人であろうと推量して聞くが、何所《どこ》にこうした人が、何うして籠っていたろう、不定《ふじょう》の世だとこれにつけても哀れである。盤渉調《ばんじきじょう》をひどく面白く吹いて、中将は「何うしました。それでは琴を」と仰しゃる。娘の尼君は、これも可《か》なりな

音楽好きで、「昔伺いました時よりも、ひどく上手に思われますのは、山風ばかりを聞き馴れておりました耳のせいでしょうか」と云って、「さあ、これは調子はずれになりましょう」と云いながら弾く。此頃《このごろ》の流行《はやり》としては、琴《きん》の琴は殆《ほとん》ど大方の人が好まなくなっている物なので、却って珍らしくて哀れに聞える。松風もひどくよく調子を合せる。吹き合せている笛の音に、月も感じて澄んでいる気がするので、大尼君はいよいよ感じ入らされて、宵惑《よいまど》いもせずに起きていた。「嫗《ばば》は、昔は吾妻琴《あずまごと》を、上手に弾いたのですが、当節は弾き方が変っているのでしょうか、あの僧都が、聞き憎《にく》い、念仏より外《ほか》のつまらない業《わざ》はするなと、きめつけられましたので、何でと思って弾かないのです。ですが、ひどくよく鳴る琴があります」と云い続けて、ひどく弾きたそうに思っているので、中将はひどく忍びやかに笑って、「ひどく変な事までもお制しになられた僧都ですね。極楽という所では、菩薩達がみんなこうした事をして、天人《てんにん》達も舞って遊ぶのが尊いことです。行《おこない》が紛れて罪を得られる事でなどありましょうか。今夜は伺いたいものですね」と機嫌を取ると、ひどく好い気持になって、「さあ主殿《とのもり》の皆々、吾妻を持って来て」と云うにも、咳は止《や》まない。人々は見苦しいと思うが、僧都をさえ恨めしく思って、愚痴を聞かせるのであるから、尼君は気の毒で心任せにした。大尼君は取寄せて、さし当っての笛の音をも構わず、唯自分の心慰めに、吾妻の調《しらべ》を爪音さやかに調べる。外《ほか》の物はみんな声を止《や》めたのを、吾妻だけを愛《め》でているのだと思って、「たけふちちりちりたりたな」など云って掻き返して、はしゃいで弾いている詞も、云いようもなく古風である。中将は、「ひどく面白く、今の世では聞かれない言葉をお弾きになりました」と誉められると、耳がよく聞えないので、側にいる人に尋ねて聞いて、「当節の若い人は、このような物はお好きにならないことです。此処《ここ》に月頃いらっしゃいます姫君も、容貌《かたち》はひどくお綺麗でいらっしゃいますようですが、まるで、こうした無駄な事はなさらず、引込んでいらっしゃるようです」と、我れ賢さに嘲笑《あざわら》ってお話になるので、尼君などは聞いていいにくくお思いになる。これにみんな興が覚めて、中将のお帰りになる間も、山おろしが吹いて聞えて来る笛の音が、ひどく面白く聞えて、起き明かした。

翌朝早く、中将から、

「昨夜《よべ》は、それやこれやで心が乱れましたので、急いでお暇《いとま》をいたしました」

忘られぬ昔のことも笛竹のつらき節《ふし》にも音《ね》ぞ泣かれける▼17

「やはり少しは哀れをお思い知りになります程にお教えなさいませ。我慢が出来そうでしたら、好色《す》き好色《ず》きしいまでには何で」

とあるのを、一段と思い佗びていらっしゃるのを見ると、尼君は涙も留《と》どめ難いような様子で、お書きになる。

笛の音に昔の事も忍ばれて帰りし程も袖は濡れにし▼18

「怪しくも、物思いも知らないのであろうかと見えます有様は、年寄りの問わず語りでもお聞きになりましたことでしょう」

とあった。珍しくないのも見所のない気がして、下に置かれたことであろう。

荻の葉の風に立てる音にも劣らない程に音ずれを続けるのを、姫君は、ひどく厄介なことである、人の心は一途なものなのであると、以前に見知ったことも次第に思出《おもいだ》して来るままに、「こうした筋の事は、人も思い絶つように、早くお計《はから》い下さいまし」と、経を習ってお読みになる。心の中《うち》でもお念じになった。そのように何事につけても世の中を思い捨てたので、若い人ではあるが面白そうなことも格別にないので、陰気な性分なのであろう、と尼君達は思う。容貌《かたち》の見る甲斐があって美しいので、多くの欠点は見許して、明暮れの見る物にしていた。少しお笑いになる時には、珍しく可愛ゆいことにしていた。

九月になって、その尼君は初瀬へお詣りになる。年頃ひどく心細い身で、恋しい人の上を思い歎《や》むことが出来なかったのに、このように他人とはお思いになれない慰めを得たので、観音の御験《ごげん》は嬉しいことだと、御礼詣りめいて、お詣りになるのであった。「さあ参りましょう。人が知りなどするものですか。同じ仏ではございますが、ああした所で行《おこない》をしますのは、験《げん》があって好い例《ためし》が多いことです」と唆《そその》かし立てるが、昔母君乳母《めのと》などが、そのように云い聞せつつ、度々《たびたび》詣らせたのであるが、甲斐《かい》がなかったのであろう、死ぬ事さえ思うままに出来ず、類《たぐ》いない悲しい目に逢っていることだと思い、ひどく辛い中《うち》にも、知らない人に連れられて、ああした道中をするのは、と空恐ろしい気がする。強情な様には云い做《な》さずに、「心持《こころもち》がひどく悪くばかりいますので、ああした道の中で、何《ど》んなことがあろうかと気がひけまして」と仰《おっ》しゃる。物怖じは如何《いか》にもなさりそうな人であると思って、強いては誘わない。

かひなくて世に経《ふ》る川の憂き瀬には尋ねも行かじ二本《ふたもと》の杉▼19

と手習に書きまぜてあるのを、尼君は見附けて、「二本は、またお逢いしようと思う人がおありになるのでしょう」と、冗談を云い当てたので、姫君は胸がつぶれて、顔を赤らめていらっしゃるのも、ひどく愛嬌があって美しい。尼君、

ふる川の杉の幹立《もとだち》知らねども過ぎにし人によそへてぞ見る▼20

格別なこともない返歌《かえし》を即座に云う。内々でとは云うが、皆が慕いつつ、此処《ここ》は人少なでいらっしゃることだと、尼君は気の毒がって、気働きのある少将の尼と、左衛門《さえもん》と云っている頼もしい人、童だけを残して置いたことである。

みんな出懸《でか》けるのを見送って、姫君は浅ましい身の成行《なりゆ》きを思いながらも、今は何《ど》うしようと、頼もしく思う人の一人いられないのは、心細いことであるよと、ひどく徒然《つれづれ》でいると、中将の御文《おんふみ》があった。「御覧なさいまし」と云うが、お聞き入れにもならない。一段と人も見えず、徒然《つれづれ》と来し方行く先を思い萎《しお》れていられる。少将は「苦しいまでに眺められることですよ。御碁をお打ちなさいまし」と云う。「ひどく覚束《おぼつか》ないものでした」と仰しゃるが、打とうとお思いになるので、盤を取りに

やって、我こそと思って姫君に先《せん》をおさせ申したが、ひどくお強いので、又手直しをして打つ。少将は「尼君が早くお帰りになればよい。この御碁をお見せ申そう。あの御碁はひどくお強いことです。僧都《そうず》の君はお若い時からひどくお好きでいらっしゃいまして、下手ではないとお思いになっていましたので、ひどく碁聖大徳《きせいだいとこ》▼21におなりになりまして、差出《さしで》てこそ打たないが、御碁には負けますまいと申《もうし》上《あ》げられましたが、とうとう二つお負けになりました。碁聖の碁にもお勝ちになりましょう、まあたいしたものです」と興じるので、年寄った尼額《あまびたい》の見《み》ともないのに、物好みをするのを、厄介なことをし初《そ》めたことであったと思って、気分が悪いと云ってお臥《やす》みになった。少将は、「時々は晴れ晴れしい風をしていらっしゃいませ。惜《あたら》御身が、沈んだ風をしていらっしゃいますのが残念で、玉に瑕《きず》のあるような気のすることでございます」と云う。夕暮の風の音が哀れで、思い出される事が多くて、

心には秋の夕べを分かねども眺むる袖に露ぞみだるる▼22

月が出て来て面白い頃に、昼、文のあった中将が入《い》らした。まあ厭《い》やな、これは何《ど》うしたものだろうとお思いになるので、姫君は奥深くお入りになると、少将は、「それは余《あん》まりなことですよ。お志の程も、哀れの増《ま》さる折でございましょう。仄《ほの》かにでも申されることをお聞きなさいませ。染み著《つ》きでもするようにお思いになりますのは」など云うが、ひどく不安に思われる。いらっしゃらない由《よし》を云うと、昼の使《つかい》が、お一方だけはと尋ねて聞いたのであろう、ひどく言葉多くお恨みになって、中将は「お声もお聞きしますまい。唯《ただ》お近い所で申すことを、お厭やだともお定《き》め下さい」と、色々に云い佗《わ》びて、「ひどく心憂いことで、所につけてこそ物の哀れも増さるものです、余りにもこのようになさるのは」と非難をなされて、

山里の秋の夜深きあはれをも物思ふ人は思ひこそ知れ▼23

「自然お心も通うことだろうと思いますのに」など仰しゃるので、「尼君がいらっしゃいませんで、取り做して申上げる人も居りません。ひどく世間見ずの様でございましょう」と責めるので、姫君

憂きものと思ひも知らず過ぐす身を物思ふ身と人は知りけり▼24

態《わざ》と云うでもない歌を、聞き伝えて申上げると、ひどく哀れに思って、やはり唯少しでもお出なさいとお勧めなさい」と、この人々を無理なまでお恨みになる。「不思議なまで、情《つれ》なくお見えになることです」と云って、入って見ると、何時《いつ》もはかりそめにもお覗《のぞ》きにならない大尼君の御方にお入りになっていた。浅ましく思って、これこれだと申上げると、「こうした所に眺めていらっしゃるお心の中《うち》はお気の毒なのに、大体の有様が、物の分らない人で、ほんに余《あんま》りにも情のない人にも勝《まさ》ったあつかいをなされることで。それも物懲《ものご》りをなさったからですか。猶《な》お何《ど》ういう風に世を恨んで、何時《いつ》までいらっしゃる人なのですか」と、有様をお尋ねになって、ひどくゆかしそうにお思いになっているが、細かい事は何でお聞きに入れようか。唯、「お世話申すべき人で、年頃疎々《うとうと》しい様でお過しになっていましたが、初瀬でお詣り逢いになりまして、お連れ申上げたのです」と云う。姫君はひどく汚いとばかり聞いている年寄の側に俯伏《うつぶ》しに臥《ね》て、よくも眠れない。宵惑《よいまど》いは云うまでもなく、怖ろしい鼾《いびき》を続けて、前にも同じ年頃の尼が二人臥《ね》ていて、負けまいと鼾を合《あわ》せていた。ひどく怖ろしくて、今夜この人々に食われるだろうかと思うと、惜しくはない身であるが、例《いつも》の心弱さは、死にに行く途《みち》で、一本橋を危がって帰って来た者のように、侘しく思われる。こもきを供に連れて来たが、色めいていてあの珍しい男の艶《えん》がっていらっしゃる方へ帰って行った。もう来るかもう来るかと待っていらしたが、ひどく果敢《はか》ない頼もし人であるよ。中将は云い煩《わずら》って帰って行ったので、少将は、「ひどく情なく引込んでいらっしゃることですね。勿体《もったい》ないお容貌《かたち》なのに」と譏《そし》ってみんな一つ所に寝た。

夜中頃になったろうかと思う頃に、尼君は咳《せき》に呆《ば》けて起きて来た。火影《ほかげ》で頭《かしら》つきはひどく白いのに、黒い物を被《かず》って、その君の臥《ね》ていられるのを不思議がって、鼬《いたち》とかいう物がそうするように、額に手を当てて、「変です。これは誰ですか」と、執《しつ》こそうな声で云って見よこしているので、まったく今《いま》直《す》ぐに食おうとしているような気がする。鬼が捕えて行った時には、夢中であったので、却《かえ》って気が楽であった、何《ど》のようにするだろうと思われる気味悪さにつけても、悲しい様で生き返って、人に帰って、又以前の色々の憂いことに思い乱れて、気味悪くも恐ろしくも物を思っていることであるよ、死んだならば、これよりも恐ろしげな物の中にいることであろうか、と思いやられる。昔からの事を、微睡《まどろ》みもされないままに、ふだんよりも思い続けると、ひどく心憂くて、親と申される人の御容貌《おかたち》もお見上げせず、遥《はるか》な東《あずま》の国を往き帰って年月を過して、たまさかに尋ね寄って、嬉しい頼もしいとお思い申した御兄弟の辺りも、思い懸けないことで中が絶えて過ぎ、好いようにしてやろうとお思い定めになった人につけて、次第に身の辛さも慰められそうになった間際に、浅ましくもやり損《そこな》った身を、思い続けてゆくと、宮を少しでも哀れだとお思い申上げた心はひどく怪《け》しからぬことである、唯その人との御関係で漂泊《さすら》えたことである、と思うと、小島の色を例《ためし》にしてお約束になったことを、何だって面白くお思い申したことであったろうかと、この上なく厭《い》やになった気がする。初めから情薄《こころうす》いながらも長閑《のどか》にいらした人は、あの折この折など、思い出すとこの上なく恋しいことである。このように生きているということを、お聞き附けになられる極《きま》り悪さは、外《ほか》の人より勝ることであろう、流石《さすが》にこの世では、お見上げした御様を、余所《よそ》ながらでも何時《いつ》見ることなどあろうか、と思う。やはり良くない心であるよ、こんな事さえも思うまい、と我が心を圧《おさ》える。ようようのことで鶏の鳴くのを聞いて、ひどく嬉しい。母のみ声を聞いたらば、まして何《ど》んなであろう、と思い明かして、気分もひどく悪い。供をして自分の居間へ帰るべき人も直ぐには来ないので、やはり臥《ね》ていると、鼾の人はひどく早く起きて、粥《かゆ》などごたごたした物を結構がって、「貴方《あなた》も早く召上《めしあが》れ」と寄って来て云うが、給仕もひどく気にいらなくて、変な物の気がして、「気分が悪うございまして」とさりげなく断るのを、強いて勧めるのもぎごちない。

　下衆下衆《げすげす》しい法師どもが多勢《おおぜい》来て、「僧都は今日お下りになります」と云う、「何で俄《にわか》に」と問うと、「一品《いっぽん》の宮が御物《おんもの》の怪《け》でお悩みになっていらっしゃいまして、山の座主《ざす》が御修法《みずほう》を申上げていますが、やはり僧都がお参りになりませんでは験《げん》がないというので、昨日二度までお召《めし》がございました。左大臣殿の四位の少将が、昨夜《ゆうべ》夜更《ふ》けて上《のぼ》って入らっしゃいまして、后の宮の御文などもございましたので、お下りになるのです」と、ひどく陽気に云い做す。姫君は極り悪くても、逢って尼にして下さいと云おう、差出口をする人も少《すくな》くてよい折である、と思うので、起きて、「気分がひどく悪うございますから、僧都がお下りになりましたら、忌む事をお受けいたしたいと思いますので、そのように申上げて下さい」と大尼君にお話しになると、耄《ほ》け耄《ほ》けしく肯《うなず》く。例《いつも》の居間にお出《い》でになって、髪は尼君だけがお梳《けず》りになっているので、他の人に手を触れさせることは厭やな気がするが、御自分では又出来ないことなので、唯少し解き下《くだ》して、親に今一度このままの様を見せられなくなるのか、我が心がらながらひどく悲しいことである。ひどく煩《わずら》ったせいであろうか、髪も少し脱《ぬ》けて細った気はするが、何れ程《ど》も衰えてはいず、ひどく多くて、六尺ばかりある先の方も、ほんに美しいことである。毛筋も、ひどく細く美しげだ。姫君は、『斯《か》かれとてしも』▼25と、独言《ひとりごと》に云っていられた。

　暮れ方に僧都は入らした。南面《みなみおもて》を掃除し整えて、円い頭《かしら》つきの人どもが、行きちがって騒いでいるのも、例《いつも》とは変ってひどく恐ろしい気がする。母のお居間に参られて、「如何《いかが》ですか月頃は」など仰しゃる。「東の御方は物詣でをなさいましたとか。あのいらっしゃいました人は、まだいらっしゃいますか」とお尋ねになる。母の尼は、「此処《ここ》に留まっています。気分が悪いと仰しゃって、戒《かい》を受けたいと仰しゃいました」と話す。僧都は立って此方《こちら》へ入《い》らして、「此処《ここ》にいらっしゃいますか」と、几帳《きちょう》の下《もと》にお坐りになったので、姫君は気が置けるが、居ざり寄って、御返事をなさる。「不意にお見上げし初めましたのも、然《しか》るべき因縁のあっての事と存じまして、御祈《おいのり》なども懇《ねんご》ろにいたしましたが、法師は、これと云う事がなくては、御文を差上げますのも工合《ぐあい》が悪うございますので、自然御疎遠のようになっておりました。ひどく怪しい様に、世をお背きになっている方の御辺りに、何《ど》うしていらっしゃれるのですか」と仰しゃる。姫君、「世の中に居まいと思い立ちました身が、まことに不思議なことで今まで生きて居りますのを、心憂く思いますものの、いろいろとお世話下さいましたお心持は、一ふう甲斐ない心にも、思い知っておりますが、やはり世間並にはなれませんことばかりで、結局世に留どまってはいられなく思われますので、尼になさって下さいまし。世の中に居りましても、人なみに暮してはゆけそうもない身でございます」と申される。僧都「まだまことに行く先の長そうなお年で、何で、一途にそのようにお思い立ちになれましょう。却って罪になる事です。思い立って、心をお張らせになっています間は気強くお思いになりますが、年月《としつき》が立ちますと、女の御身というものは、ひどく都合の悪いものです」と仰しゃると、姫君は、「幼うございました時から、物思いばかりいたすべき有様で、親なども尼にして世話をしようかなどと仰しゃいました。まして少し物心のつきまして後は世間並の姿ではなくて、後世だけでもと思う心が深うございましたが、亡くなる時が次第に近くなったのでございましょうか、気分がひどく弱くなりますので、やはり何《ど》うぞ」と泣きつつ仰しゃる。僧都は、不思議にも、このような容貌《かたち》有様で、何うして世を厭《いと》わしく思い初めたのであろうか、物《もの》の怪《け》もそのように云っていたことだ、と思い合せると、然るべき事情のあることであろう、今まででも生きているべき人だったろうか、悪い物が見附け初めているので、ひどく恐ろしく危いことである、とお思いになって、「とにかく、思い立って仰しゃることで、仏のひどく有難《ありがた》くもお褒め下さる事です。法師としてお止め申すべき事ではありません。お忌みになります事はまことに容易《たやす》くお授け申すべきですが、急な事があって罷《まか》り出ましたので、今夜はあの宮へ参るべきでございます。明日から御修法《みずほう》が始まるべきでしょうか。七日で果てて退出いたしますので、仕《し》て差上げましょう」と仰しゃるので、あの尼君がいらしたならば、必ず妨げることであろうと、ひどく残念で、病気の悪かった間にしていた様子をして、「ひどく苦しゅうございますので、重くなりましたら、忌む事も甲斐がないでございましょうか。やはり今日は嬉しい折だと思っております」と云って、ひどくお泣きになるので、聖心《ひじりごころ》にもひどく可哀そうに思って、「夜が更けましたでしょう。山より下ります事は、昔は何とも思いませんでしたが、年が寄りますにつれて、堪え難くなりましたので、休息して内裏《うち》へ参ろうと思いますから、そのようにお急ぎになることですから、今日いたして上げましょう」と仰しやるので、ひどく嬉しくなった。鋏《はさみ》を取って、櫛の箱の蓋を差出したので、「何処《どこ》にいます、大徳達《だいとこ》此方《こちら》へ」と呼ぶ。初めお見附け申した、二人とも供になっていたので、呼び入れて、「御髪《みぐし》を下してお上げなさい」と云う。ほんに浅ましかったお有様なので、俗人として世にいらっしゃるのは良くない事であろうと、その阿闍梨《あざり》も尤《もっと》もに思うが、几帳の帷子《かたびら》の綻《ほころ》びから、御髪《みぐし》をお掻き出しになったのが、ひどく勿体なく美しいので、暫《しばら》く鋏を持って休んでいた。

　こうしている間に、少将の尼は、兄の阿闍梨の来ているのに逢って、自分の部屋にいた。左衛門は、その自分としての知合いをもてなそうとして、こうした所のこととて、皆それぞれに馴染《なじみ》の人々の珍しくも山を出て来たのに、聊《いささ》かの振舞事《ふるまいごと》をさせるのの世話をやいていた時で、こもき一人が居て、こういう事がと少将の尼に告げたので、慌てて来て見ると、僧都は御自分の上に著《き》ていた衣や袈裟などを、真似《まね》ばかりに姫君にお著《き》せ申して、「親の御方角をお拝みなさいませ」と云うが、何方《どちら》の方角とも分らない間は、我慢がしきれなくてお泣きになった。少将の尼は、「まあ浅ましいことを。何だってそのような無分別なことをなさるのですか。上がお帰りになりましたら、何《ど》んな事を仰しゃるのでしょうか」と云うが、このようになさり初めたのを、云い乱すのは良くないと思って、僧都がお叱りになるので、側へ寄って妨げも出来ない。「流転三界中《るてんさんがいちゅう》▼26」など僧都の云うにつけても、姫君は断ち果てているのにと思い出すのも、流石に悲しかった。阿闍梨は御髪《みぐし》も削《そ》ぎ煩《わずら》って、「ゆっくりと、尼君達でお直しなさい」と云う。額髪は僧都がお削ぎになる。「このようなお容貌《かたち》をお窶《やつ》しになって後悔なさいますな」と、僧都は尊い事を説き聞せられる。尼君が急にはおさせになりそうにもなく、皆もお云い知らせになっていた事を、嬉しくも仕《し》たことであると、姫君はこれだけを生きている甲斐のあることにお思いになったことである。

人々は皆出て行って静かになった。夜の風の音に、此処《ここ》の人々は、「心細いお住まいも、暫くのことで、今にひどく結構におなりになろうと、頼みにしていました御身ですのに、このようにおさせになりまして、残り多い御生涯の末を、何《ど》うなさろうとするのでしょうか。老い衰えました者でさえ、今は限りだと思い切らせられまして、ひどく悲しいことなのでございます」と云い聞《きか》せるが、姫君は矢張《やはり》さし当っては気安くて嬉しい。人並の世過ぎをすることは心懸けなくなったことは、ひどく結構なことだと、胸を開いたような気がしていられることである。翌朝は、流石に人の許さなかったことなので、変った様を見られるのも極りが悪く、髪の裾が俄に乱れたようで、しどけなく削がれさえしたのを、叱言《こごと》などを云わずに、繕《つくろ》ってくれる人をほしいものだと、何事につけても控え目にしていて、暗い心になっていらっしゃる。思うことを人に云いつづける言葉は、以前でさえもはかばかしくなかった身で、まして懐《なつか》しく打明ける人までもないので、唯硯《すずり》に向って、思い余る折には、手習するだけを出来ることにしてお書きになる。

なきものに身をも人をも思ひつつ捨てにし世をぞ更《さら》に捨てつる▼27

「今はこうして世を終ったのです」と書いて、やはり自身にもひどく哀れだと御覧になる。

限りぞと思ひなりにし世の中をかへすがへすも背きぬるかな▼28

同じ筋の事を、ああこうと書きすさんでいられると、中将の御文があった。人々は物騒がしく呆れた気のし合っている時で、こうした事がと云った。中将はひどく飽《あ》っけなく思って、そうした心の深くあった人なので、ちょっとした返事もし初めまいとかけ離れていたのであった、それにしても飽っけないことであるよ、ひどく美しく見えた髪のことを、確かに見せてくれよと一夜《ひとよ》少将の尼に話したので、然るべき折にと云ったのにと、ひどく残念で、折り返して、

「申上げようもない事につきましては」

岸遠く漕ぎ離るらむあま舟に乗りおくれじと急がるるかな▼29

例になく手に取って御覧になる。姫君は物哀れな折に、中将が今は限りと思うのも哀れなものなので、何《ど》うお思いになるのだろう、ちょっとした紙の端に、

　心こそうき世の岸を離るれど行方も知らぬあまの浮木《うきぎ》を▼30

と例の手習になさったのを、少将の尼は物に包んで差上げる。「せめて書き写して」と仰しゃるが、尼は「却って書き損《そこな》いましょう」と云って遣った。中将は珍しいにつけても、云いようもなく悲しくお思いになった。

物詣での人がお帰りになって、お歎き騒ぎになることが限りもない。尼君は「こうした身でございますので、お勧め申上げますべきだとは思い做しましたが、残り多い御身を、何《ど》うしてお過しなさろうとするのでしょうか。私は生きておりますことも今日明日とも分りかねますので、何うか安心の出来ますようにお見残し申したいと、いろいろに思いますればこそ、仏にもお祈り申すことです」と、伏し転《まろ》びつつ、ひどく悲しそうにお歎きになるにつけても、姫君は、実の親が、そのまま死骸もない物とお歎き乱れになったことだろうと推し量るのが、先《ま》ずひどく悲しいことであった。姫君は例《いつも》のように返事もせず彼方向《あちらむ》きになっていられる様が、ひどく若く美しげなので、「ほんに可愛《かわ》ゆくいらっしゃることです。辛いお心ですが」と云って、泣く泣く法衣の事などを御用意なさる。鈍色《にびいろ》の物は手馴れている事なので、小袿《こうちぎ》袈裟《けさ》などを拵《こしら》えた。そこの人々も、そうした色の物を縫ってお著《き》せ申すにつけても、「ひどく思い懸けなく、山里の光だと明暮れお見上げ申していましたのに、残念なことです」と、勿体ながりつつ、僧都を恨んで譏《そし》った。

一品の宮の御悩みは、ほんにあの弟子の云った通りに、それと著《いちじる》しい験があって、お治りになられたので、僧都をばいよいよひどく尊いものにし云い騒いでいる。名残が恐ろしいと云って、御修法《みずほう》をお延ばしになられたので、僧都は直《す》ぐには山へ帰れずにお附き申していると、雨が降ってしめやかな夜に、召して、夜居《よい》としてお附き申させる。日頃ひどくお附添《つきそ》い疲れをしている女房は、みんな休ん

で、御前《おまえ》は人少なで、お側近く起きている人は少《すくな》い折に、中宮は姫宮と同じ御帳台《みちょうだい》にいらせられて、「昔からお頼ませになられています中にも、今度の事でいよいよ後世の事もこのようであろうと、頼もしさの増《ま》さったことです」と仰しゃる。僧都は、「世の中に久しく居りません様《さま》に、仏のお教え下さる事のございます中《うち》に、今年来年の過し難いような事がございましたので、仏を紛れなく念じ勤めようと存じまして、深く籠っておりますが、かような仰言《おおせごと》で、罷《まか》り出ましたことでございました」と啓《けい》される。姫宮の御物《おんもの》の怪《け》の執《しつ》こい物である事、様々に名告《なの》る物の恐ろしい事などを仰せになる序《ついで》に、僧都は、「ひどく怪しい稀有な事を見ましたことでございました。この三月に、年寄っております母が、願《がん》があって初瀬に詣りまして、帰り途の中宿りに、宇治の院と云っております所に罷って宿りましたが、そのように、人が住まなくて年を経た大きい所には、善くない物が必ず通《かよ》って住んで、重い病人の為《ため》に悪い事があろうかと思いました通りで」と云って、あの見附けた事を申上げる。中宮は、「ほんにひどく珍しい事です」と云って、近くお附きしている人々がみんな寝入っているので、恐ろしくお思いになって、お起しになられる。大将の御関係になっている宰相の君も、その事を聞いた。お起しになられた人々は、何をも聞かない。僧都は、中宮のお怖じになられた御様子を見て、心ない事を啓してしまったと思って、委《くわ》しくはその時の事を云いきらなかった。僧都は、「その女人《にょにん》が、今度罷り出ました序《ついで》に、小野に居ります尼どもを見舞おうとして、立寄りますと、泣く泣く、出家の志の深い由《よし》を懇《ねんご》ろに話しましたので、頭《かしら》を下しましてございます。手前の妹で、故衛門の督《かみ》の妻でございました尼が、亡くなりました女の子の代りにと思って、喜んでおりまして、随分に労《いたわ》り冊《かしず》いておりましたのを、そのように致しましたので、怨んでおりますことでございます。ほんに、容貌《かたち》はひどく立派で清らかで、行《おこない》窶《やつ》れをしますのは可哀そうなようでございます。何《ど》ういう人でございましょうか」と、話を巧みに云う僧都で、話しつづけて申されるので、「何うしてそうした所へ良い人を取って行ったのでしょうか。それにしても今は誰と分ったでしょう」と、その宰相の君は尋ねる。僧都は「存じません。もう話したかも知れません。誠に貴い人でしたら、何で隠れがございましょう。田舎人《いなかびと》の娘でも、ああした様をした者もございましょう。龍の中から、仏がお生れになる▼31こともございますから。尋常人《ただびと》としますと、ひどく罪の軽い様の人▼32でございました」と申される。中宮は、その頃あの辺りで消え失せた人をお思い出しになる。その御前《おまえ》にいる人も、姉君▼33の話で、怪しい様で消え失せた人があるとは聞いていたので、その人ではないかと思ったが、確かな事ではない、僧都も、「その人が、世に生きているとも知られまいと、よくもない敵《かたき》のような人でもあるようにしまして、隠し忍んでおりますので、事の様が不思議なので、啓しますことです」と、何だか隠す様子なので、宰相は人にも話さない。中宮は、「その人のようです。大将に聞せたいものです」と、小宰相には仰しゃったが、何方《どなた》でも隠しているような事で、はっきりそれだろうとも分らないので、気の置けるような人に、口へ出して仰しゃるのも遠慮に思召《おぼしめ》して、そのままになった。

姫宮が御全快になられたので、僧都も山へお上《のぼ》りになった。小野へお寄りになられたので、尼君はひどく恨んで、「却ってこうしたお有様になって、罪も得られそうな事ですのに、御相談にもならなかったのは、ほんに怪《け》しからぬことです」など仰しゃるが甲斐もない。僧都は姫君に、「今は唯行《おこない》をなさいまし。老いた者も若い者も、定めのない世です。果敢《はか》ないものにお思い取りになりましたのも、御尤《ごもっと》もな御身ですから」と仰しゃるにつけても、姫君はその折がひどく極り悪く思われた。僧都は「御法服《ごほうぶく》を新しくなさいまし」と云って、綾羅絹《あやうすもの》などいう物をお上げ置きになる。そして「手前が生きております限りは、お仕え申しましょう。何をお案じになることがありましょう。無常な世に生れて来て、世間の栄花を願い纏《まつ》わっています限りは、窮屈な捨て難いものに我も人も思うことでしょう。こうした林の中で行い勤めています身は、何も怨めしくも極り悪くお思いになるべきではありません。この生きています命は、葉の薄い如く▼34です」と云い知らせて、『松門《しょうもん》に暁いたりて月徘徊《はいかい》す▼35』と、法師ではあるが、まことに趣深《おもむきぶか》く極りわるく思われるような様で仰しゃる事どもを姫君は、自身も思っている通りにお云い聞せになることだと聞いていた。今日は一日中吹き通している風の音もひどく心細いので、入《い》らした人も、「ああ山伏《やまぶし》の身は、こういう日には泣かされるものです」と云うのを聞いて、自分も今は山伏である、道理で止まらずに涙が出たことであったと思いつつ、端の方に出て見ると、遥かな谷の家の軒端《のきば》から、狩衣姿《かりぎぬすがた》のいろいろの立まじっているのが見える。山へ上《のぼ》る人であっても、此方《こちら》の道は、通る人がひどく稀《ま》れである。黒谷とかいう所から来る法師の姿だけが、稀に稀に見えるが、普通の人の姿の見えるのは、ひどく珍しいのであるが、あの恨み侘びた中将なのであった。今は甲斐のないことも云おうと思って来たのであるが、紅葉がひどく面白く、外《ほか》の山の紅《くれない》よりも染め増さっている色なので、ここは入って来ると共に物哀れであった。こんな処《ところ》にひどく得意そうな人を見附けるのは怪しい気がすることであろうと思って、中将は、「暇があって徒然《つれづれ》な気がしますので、紅葉も何《ど》うであろうかと思いまして。やはり立ち返って旅寝もしたいような木蔭です」と云って、外を見やっていらした。尼君は例のように涙脆《なみだもろ》くて、

木《こ》がらしの吹きにし山の麓《ふもと》には立ち隠るべき蔭だにぞ無き▼36

と仰しゃると、

待つ人もあらじと思ふ山里の梢《こずえ》を見つつ猶《なお》ぞ過ぎ憂き▼37

云う甲斐もない人の御事を、やはり何時《いつ》までも仰しゃって、「様の変った様を、ちょっとお見せなさいよ」と、少将の尼に仰しゃる。「それだけでも、約束をなさった験《しるし》になさい」とお責めになるので、尼は入って見ると、態《わざ》とでも人に見せたいような様をしていらっしゃることである。薄鈍色《うすにびいろ》の綾に、中には萱草《かんぞう》など、澄んだ色の物を著て、ひどく小柄で、様態が可愛ゆく、賑やかな容貌《かたち》で、髪は五重《いつえ》の扇を広げたように、うるさいまでに末広がりになっている。肌理《きめ》が細かく美しい顔立ちが、化《け》粧《そう》を上手にしたように、紅《あか》く艶《つや》がよい。行《おこない》をなさるが、まだ珠数《ずず》は側の几帳に懸けて、経に心を入れて読んでいらっしゃる様は、絵にも描《か》きたいようである。見る度毎《たびごと》に、涙の留められないような気が

するので、まして心をお懸けになっている男は、何《ど》のようにお見上げするのだろうかと思って、然るべき折であったのだろうか、襖《ふすま》のかけがねの下に穴の開いていることを教えて、邪魔になるべき几帳などを引き遣《や》った。中将は、本当にこれ程までとは思わなかった、ひどく申分《もうしぶん》のない人であるよと、自分が出家でもさせたように、惜しく口惜《くや》しく悲しいので、我慢がしきれず、物狂わしい様子が聞えそうなので、立ち退《の》いた。これ程の人を失って、尋ねる人があったろうか。又、この人その人の娘で、行方が分らずに隠れているとか、もしくは物怨みをして、世を背いてしまった者とかは、自然隠れもないことであろうに、など怪しいことと返す返す思う。尼であろうとも、こうした様をした人は厭《い》やには思われないだろうなど、却って見所が増さって心苦しくなるようなので、内々の様にして、やはり我が物にしよう、と思うので、本気になって尼君にお話しになる。「普通の関係になりますは、御遠慮になる所もありましたろうが、こういう様におなりになりましたので、気安くお話も申せることです。そのようにお教え下さいまし」過ぎ去りました事が忘れ難くて、かように参って来ますのに、又今一つの志を加えまして」など仰しゃる。尼君は「ほんに行末《ゆくすえ》が心細くて、気懸りな有様でございますのに、真実な様でお忘れになりませずお尋ね下さいましたら、ひどく嬉しいことに思ってお残し申せましょう」と云って、お泣きになるので、この尼君も離れられない関係の人であろう、誰であろうか、と中将は心得難い。中将は「行末のお後見《うしろみ》は、命の程も分りかねますし頼もしげない身でございますが、このように申し初めましたので、決して変りはいたしますまい。尋ねて入らっしゃるべきお人は、本当にないのですか。そのような事がはっきりいたしませんのは、遠慮するべきことではありませんが、やはり隔てのあるような気のすることです」と仰しゃるので、尼君は「人に知られるような様でお過しになっていましたら、仰しゃるように尋ね出すお人もございましょう。今はこうしたお暮しをとお諦めになった有様です。お心持もそのようだとばかりお見えになります」とお話になる。

中将は姫君にも消息《たより》をなさった。

大方の世を背きける君なれど厭《いと》ふに寄せて身こそつらけれ▼38

懇《ねんご》ろに深くお思い申上げている事を多く取次がせる。「兄弟とお思い做し下さい。はかない世のお話なども中上げて慰めにしましょう」などと云い続ける。姫君は「心深いお話などは、お聞き分け出来そうもないのが残念です」と御返事して、その「厭ふにつけて」の御返事はなさらない。

思いも寄らず浅ましい過ちのあった身なので、姫君はひどく疎《うと》ましい。すべて朽木《くちき》などのように、人に捨てられて終ろう、と思っていらっしゃる。そのせいで月頃は何時《いつ》も心が結ぼれて、歎きばかりしていたのに、その本望通りになさった後は、少し晴れ晴れしくなって、尼君ともはかない戯れをし合い、碁を打ちなどして明し暮していられる。行《おこない》もひどくよくして、法華経は云うまでもなく、他の法文《ほうもん》もひどく多くお読みになる。雪が深く降り積《つも》って、人目の絶えた頃は、ほんに気の紛らしようもなかったことである。

年が変った。春のしるしも見えず、氷《こお》り渡っている水の音のしないのまでも心細くて、『君にぞ惑ふ』と仰しゃった人は、心憂い人と思いきってはいるが、やはりその折の事は忘れない。

かきくらす野山の雪を眺めても古《ふ》りにし事ぞ今日も悲しき▼39

など、例の慰めの手習を、行《おこない》の隙《す》きにはしていらっしゃる。自分が世に亡くて年も隔《へだた》ったので、思い出す人もあることだろうなど、思い出す時も多かった。若菜を粗末な籠《かご》に入れて、人の持って来たのを、尼君が見て、

山里の雪間《ゆきま》の若菜摘みはやしなほ生《お》ひ先の頼まるるかな▼40

と云って、姫君へ差上げられたので、姫君、

雪深き野べの若菜も今よりは君が為にぞ年も積むべき▼41

とあるのを見て尼君は、そのようにお思いになろうと哀れなのにつけても、「縁附ける御様であったならば」と、思ってしんからお泣きになる。閨《ねや》の端近い紅梅が、色も香も変らないのを見て、『春

や昔の』▼42と、外《ほか》の花よりもそれに心の引かれるのは、姫君はあの飽かなかった匂《におい》が身に沁みているのであろうか。後夜《ごや》の閼伽《あか》をお供えになられる。下﨟の尼で少し若いのがいるのに、花を折らせると、仰山《ぎょうさん》らしく散って、一段と匂って来るので、姫君、

袖触れし人こそ見えね花の香のそれかと匂ふ春のあけぼの▼43

大尼君の孫で紀伊守《きいのかみ》であった人が、この頃京へ上《のぼ》って来た。三十程で、容貌《かたち》が清げで得意そうな様をしていた。何事がありましたか去年一昨年《おとどし》はなぞと母尼に尋ねると、耄《ほ》け耄《ほ》けしい様なので、此方《こちら》へ来て、尼君に、「ほんにひどく耄《ほ》けてしまわれました。哀れなことです。残りのない御様だのに、お見上げすることも出来なくて、遠い所に年月《としつき》を過していることですよ。父親がお亡くなりになりました後は、お一方を御代りにお思い申していたことでした。常陸の北の方はお見舞なさいますか」と云うは、妹なのであろう。尼君は、「年月《としつき》につれて、徒然《つれづれ》で哀れな事ばかり増えて来ることです。常陸はひどく久しくお見舞を申上げないようです。待てずじまいになりそうなようにお見えになります」と仰しゃるのを、姫君は、我が親の名だと、訳もなく耳に留まると、守《かみ》はまた云うことに、「罷《まか》り上《のぼ》りましてから日頃になりましたが、公事《おおやけごと》がひどく多く面倒でばかりありますので、拘《かか》ずらっておりまして。昨日もお伺いいたそうと思いましたが、右大将殿が宇治へ入らっしゃいましたお供をいたしまして、故八宮のお住みになりました所へ入らっしゃいまして、日をお暮しになりました。故宮の御娘にお通いになりましたが、先《ま》ずお一方は先年お亡くなりになりました。その御妹を、又内々でお置き申上げましたが、去年の春又お亡くなりになりましたので、その一周忌の御法事をなさいます事を、あの寺の律師《りし》に、然るべく仰せになりまして、手前もその女の装束を一領《ひとくだり》作るべきでございますが、お作り下さるでしょうか。織らせるべき物は急いでさせましょう」と云うのを聞くと、姫君は何で哀れでなかろう。人が怪しいと見ようかと憚《はばか》られて、奥の方へ向いていらした。尼君は、「あの聖《ひじり》の親王《みこ》の御娘は、二人と聞きましたが、兵部卿の宮の北の方は、何方《どちら》ですか」と仰しゃると、守

は、「あの大将殿の御後《あと》の方は、劣り腹なのでしょう。重くお扱いにならなかったことを、ひどく悲しんでいらっしゃいます。初めの方も又、ひどくお悲《かなし》みでした。殆《ほとん》ど出家もなさりそうでした」など話す。姫君はあの辺りに親しい人であると見るにつけても、流石《さすが》に恐ろしい。守は「怪しく、揃いも揃って、彼処《あすこ》でお亡くなりになったことです。昨日もひどくおつかえしにくいことでした。川の近い所で、水をお覗《のぞ》きになりまして、ひどくお泣きになりました。殿へお上《のぼ》りになりまして、柱へお書き附けになりました」

見し人は影もとまらぬ水の上に落ち添ふ涙いとど堰《せ》きあへず▼44

「と云うのでした。口に出して仰しゃいます事は少《すくな》いのですが、唯御様子ではひどく哀れな御様に見えました。女だとひどくお愛《め》で申上げることでしょう。手前は若かった時から、優にいらっしゃることだと身に沁みてお見上げ申しましたので、世の中の第一の位も、何とも思いませず、唯あの殿をお頼み申上げて、過して来たことでございます」と話すので、格別深い心もなさそうなあのような人でさえ、お有様は見知っていることだ、とお思いになる。尼君は、「光る君と申上げた故院のお有様には、お並びにはなれまいと思いますが、唯今の世では、この御一族が愛《め》でられていらっしゃることです。左の大殿《おおいどの》は」と仰しゃると、「あの方は、容貌《かたち》もひどくお立派で、清らかで、故老でいらして、格別な御身分の様をしていらっしゃることです。兵部卿の宮はまことにひどくお美しいことですよ。女であってお狎《な》れ申上げたいと思われることとです」など、教えられているように云い続ける。哀れにも面白くも聞くにつけ、姫君は我が身の上はこの世の者だとも思われない。守は滞る所もなく話して置いて出て行った。

お忘れにはならないことだと哀れに思うにつけ、一段と母君のお心の中《うち》が推し量られるが、却って云う甲斐ない様をお目に懸けるのは、猶《な》おひどく遠慮のされることであった。あの人の云いつけたものを、染め急いでいるのを見るにつけても、怪しく珍しい気がするが、触れては云い出しもされない。

裁ち縫いなどするにつけ、「これをお縫い下さいまし。切地《きれじ》をひどく可愛ゆがってお捻《ひね》りになりますので」と云って、小袿《こうちぎ》の単衣《ひとえ》を差上げると、いやな気がするので、気分が悪いと云って手も触れずにお臥《やす》みになった。尼君は、急ぐ事も捨てて、「何《ど》んな気分がなさいますか」とひどくお案じになる。紅《くれない》に桜の織物の袿《うちぎ》を襲《かさ》ねて、「御前《おまえ》にはこういう物をこそお著《き》せ申すべきです。浅ましい墨染ですよ」と云う人もあった。姫君、

あま衣《ごろも》変れる身にやありし世の形見の袖を懸けてしのばむ▼45

と書いて、尼君がお気の毒に、私が亡くなった後に、何事も隠れのない世なので、素性を聞き合せなどして、疎《うと》ましいまでに隠していたことであったとお思いになろうか、など様々のことを思いつつ、「過ぎ去った時の事は、すっかり忘れましたが、このような事をお急ぎになるにつけまして、ほのかに哀れでございます」とおおように仰しゃる。尼君は、「それにしましても、思い出すことは多うございましょうに、何時《いつ》までもお隔てになっていらっしゃいますのは心憂いことです。此処《ここ》では、このような世間並の色合いなど、久しく忘れておりますので、品良く出来ないにつけましても、昔の人が居たならばと思い出すことでございます。同じようにお扱いになられました方が、世にいらっしゃいましょうか。そのように亡くなりましたのを見届けておりましてさえ、猶《なお》何処《どこ》にいるだろうか、其《そ》処《こ》とだけでも尋ねて聞きたいと思いますのに、行方が分らなくてお歎きになっている人々がございましょう」と仰しゃるので、姫君は「お目に懸りました頃までは一人はいらっしゃいました。この月頃にお亡くなりになりましたろうか」と、涙の落ちるのを紛らして、「却って思い出しますのが厭《い》やでございますので、お聞かせ申せないのです。隔ては何事も残しておりましょうか」と、言葉少なに云い做した。

大将は、その一周忌の法事をなさって、果敢《はか》ない様で終ったことであると哀れにお思いになる。あの常陸の子どもは、叙爵していたのは蔵人《くろうど》にして、御自分の役所の将監《ぞう》にするなど、お労《いたわ》りになった。

童でいるのは、その中でも清げなので、身近く使い馴らそうとお思いになっていた。雨が降ってしめやかな夜、大将は后の宮にお参りになった。御前《おまえ》が静かな日で、お話など申上げる序《ついで》に、「賤《いや》しい山里へ、年頃通《かよ》って逢っていた人がありまして、人が誹《そし》りましたが、然るべき因縁があってのことであろう、誰も好きな事には、心の片寄るものだ、と思い做しながら、やはり時々逢っておりましたが、所が悪いのではないかと、心憂く思うようになりまして後は、道も遠い気がいたしまして、久しく行きませんでしたが、先頃用事の序《ついで》で行きまして、はかない世の有様を重ねて思いますと、殊更《ことさら》に道心を起すようにとお作りになってあった、聖《ひじり》の住処《すみか》だと思いました」と啓されるので、中宮はあのお聞きになっている事をお思い出しになって、ひどく気の毒なので、「其処《そこ》には恐ろしい物が住んでいるのでしょうか。何《ど》んな風でその人はお亡くなりになりました」とお尋ねになるので、やはり打続《うちつづ》いて亡くなっている事をお思い寄りになられてのことかと思って、「さようでございましょう。あのような人離れのしました所は、善くない物が必ず住みつきますので、亡くなりました様もひどく怪しいのでございます」と、委《くわ》しくは申上げない。中宮は、やはりこのようにお隠しになっている事を、聞き知っているとお思いになられるのは、気の毒だと思召《おぼしめ》され、宮が、物思いばかりなされて、その頃は病気におなりになったことをお思い合せになると、流石に心苦しくて、それこれにつけて口出しし難い人の上だとお思い止《と》どめになった。

小宰相に、内々で、「大将が、あの人の事を、ひどく哀れに思って仰しゃったので、気の毒で云い出そうかと思いましたが、それとはっきりしていないことですから、遠慮されまして。あなたは、よく聞き合せていることとです。いけない所は隠して、こうした事があったと、世間話の序に、僧都の云った事をお話しなさい」と仰しゃる。宰相は「御前《おまえ》でさえ御遠慮になられます事を、まして外《ほか》の者が何《ど》ういたしまして」と申上げるが、中宮は「人次第事次第です。又私はお気の毒な事もあるのですよ」と仰しゃるので、お心持が分って可笑《おか》しく思ってお見上げする。大将が立ち寄ってお話をなさる序《ついで》に、小宰相は云い出した。珍しく怪しいことだと、何でお驚きにならなかろう。中宮のお尋ねになられたのも、そうした事を仄かにお思い寄りになってのことなのである。何だってお云い尽しにならないことであろうと辛く思うが、自分も又、初めからの有様《ありよう》をお聞きに入れなかったことで、今聞いての後もやはり厭《いと》わしい気がして、人にはすべて話さないのであるが、却って世間には伝わっていることでもあろう、確《しっか》りした人々の間で隠している事でさえも、隠して置ける世間であろうか、など思い入って、この人にも、このようであったと打明けることは、口の重い気がして、「やはり怪しいと思った人の事に似ている有様ですよ、その人はまだ生きているのでしょうか」と仰しゃるので、宰相は「あの僧都が山から出ました日に、尼にしました、ひどく煩《わずら》いました頃にも、人がみんなで惜しんでさせなかったのに、当人が本意の深い由《よし》を云ってなったと云うことでした」と云う。所も変らず、その頃の有様などを思い合せると、違う所もないので、正《まさ》しくその人であると尋ね出したならば、浅ましい気がすることであろうよ、何《ど》うしたら確かに聞くことが出来ようか、立ち入って穿鑿《せんさく》をしたならば、拘《かか》ずらい過ぎるなどと人が云い做しもしようか、又あの宮がお聞き附けになったならば、かならず思い出して、思い入っての道もお妨げになることであろう、それと仰しゃいますなと宮が中宮に申上げてあったので、私には、こういう事を聞いたと、そうした珍しい事をお聞きになっていらっしゃりながら、仰しゃらなかったのであろうか、宮が御関係になっているのでは、ひどく哀れだとは思いながらも、改めてあのまま死んだものと思い做して止《や》めよう、この世の人となって後の世には、又黄泉《よみ》のほとりでだけは、自然めぐり合う紛れもあろう、我が物に取返そうという心は又持つまい、などと思い乱れて、やはり中宮は宮には仰しゃるまいとは思うが、御様子が知りたいので、大宮に、然るべき序《ついで》を設けてお啓しになる。「浅ましくて亡くならせたと思っておりました人が、世に落ちぶれて生きているように人が噂しますので、何でそんな事があろうかとは思いますが、自分から恐ろしい、懸け離れたことは出来なかろうと、思われればかりする有様の人でございますから、人の話しました所では、そのような事もあろうかと、似合わしく思われます」と云って、今少しお云い出しになる。宮の御事を、ひどく極り悪げに、流石《さすが》に恨んでいるようにはお云い做しにならずに、「この事を又これだとお聞き附けになりましたら、かたいりな好き好きしい事だとお思いになりましょう。全くそうした事があったとは、知らない振りをして過しましょう」とお啓しになると、中宮は「僧都の話しましたのは、ひどく物怖ろしい夜で、耳にも留めなかったことでした。宮は何でお聞きになりましょう。申しようもなかったお心持であったと聞いていますので、ましてお聞き附けになりますことはひどく心苦しいことです。そうした向きの事で、ひどく軽く困ったものにばかり世間に知られていらっしゃいますようで、辛いことです」と仰せになる。まことに重々しいお心なので、決して、打解けての世間話にでも、人の内々に啓した事は、お漏らしになるまい、と大将はお思いになる。

住んでいる山里は何処《どこ》なのであろうか、何《ど》のようにして体裁悪くなく尋ね寄ろうか、僧都に逢って、確かな事も聞き合せなどして、とにかく物は云うべきであろう、など、大将は唯この事を起き臥しお思いになる。毎月八日には必ず尊い仏事をなさるので、薬師仏に寄進をなさる事の為に、山の中堂《ちゅうどう》に時々お参りになっていた。そこから直ぐに横川《よかわ》にお出でになろうとお思いになって、その人の弟の童を連れて入らっしゃる。その家の人々には、急には知らせまい、有様次第にしよう、とお思いになるが、逢い見る夢のような心持に、哀れを加えようとお連れになったのであろうか。流石にその人とは突き止めながらも、怪しい様で、姿の異っている人々の中で通わせている男のある事など聞きつけでもしたらひどく辛いことであろう、と様々に途中でお思い乱れになったとかいうことである。

▼1 大和の金峰山（きんぷせん）を百夜遥拝することで、精進をして行う。死人の穢れがあると精進が穢れるのである。ここは家あるじが行っているのである。

▼2　天一神と云い、遊行する神で、その神の留まっていられる方角へ向って移ることを忌んだ。陰陽道で云うこと。

▼3　「百年（ももとせ）に一年足らぬつくも髪我を恋ふらし面影に見ゆ」（伊勢物語）。ここは老女の意で云っている。

▼4　身を投げた我が涙の河の早い瀬に、柵《しがらみ》を掛けて、誰が留めたのであるか。助けられたのが恨めしい、の意。悲（かなし）みの為の覚悟の投身に、死ななかった愚痴。

▼5　自分がこのようにして、憂き世の中に経めぐっていようとも、誰がそれと知ろうか、知る者はない。あの月の都で。「月の都」は、月の中に、広寒宮という宮があるというので云っているもので、「都」に「京」の意を持たせて、月に対しての心として云ったもの。「めぐる」と「月」は縁語。

▼6　「ここにしも何匂ふらむ女郎花人の物云ひさが憎き世に」（拾遺集）。ここは、上三句だけの意で云っているもの。

▼7　あだし野の風には靡くなよ、女郎花よ。我は、わが物のしるしの標を結いめぐらそう。ここへ来るまでの道は遠かろうとも。「あだし野」は、地名の形で云っているが、「他人」（あだし人）の意の譬。「女郎花」は、女君の譬で、他人には随うな、我が物としようの意。

▼8　移して来て植えて、思い乱れています、この女郎花に。憂き世を背いているこの草の庵で。「女郎花」は、上と同じく女君の譬。女君をここへ連れて来て、思うようにならずに、気を揉んでいますの意で、中将の意に、早速は随いかねると断ったもの。「乱れ」、「草」は、「女郎花」の縁語。

▼9　「誰をかも待乳の山の女郎花秋と契れる人ぞあるらし」（新古今集）。女君は、誰か約束をして、待っている人があるようです、の意で云っているもの。

▼10　「誰をかも待乳の山の女郎花秋と契れる人ぞあるらし」と、尼君の云ったのを、その「秋と契れる」は、中将を対象にして、秋になったらと約束したと解しての言葉。

▼11　松虫の声を尋ねて来たのであるが、又荻原の露に迷って、その声のする所に行かれぬ。「松虫」は、上の歌の「待乳の山」を、我を待つの意として、女君に譬えたもの。「荻原」は、尼君や、周囲の人々を譬

えたもの。

▼12　秋の野の露を分けて濡れたところの狩衣よ、それをこの葎の繁っている宿の露にかこつけて恨み給うとは。女君に代っての尼君の歌。

▼13「山里は秋こそ殊にわびしけれ鹿の鳴く音に目を覚ましつつ」（古今集）

▼14「世の憂き目見えぬ山路へ入らむには思ふ人こそほだしなりけれ」（古今集）

▼15　更けて来た夜の、月の哀れを見ない人なので、山の端近いこの宿にも留まらないのであろうか。哀れを知らないのは恥とするので、それを云って引留めた歌。「山の端近き」は、月の縁語。

▼16　山の端に入るまで月を眺めて試みよう。閨の屋根の板の間を漏って、さし入る月を見るしるしがあろうかと思って。「閨の板間」は、女君に近づく意を絡ませたもの。

▼17　忘れられない、昔の亡き妻の事でも、目の前のつらいことでも、烈しく泣かれることです。「昔のこと」の「こと」は、「琴」の意で、眼前のもの。「笛竹の」は、「節」の枕詞で、同じく眼前の物で、女君の譬にしたもの。「節」、「音」は、楽器に関係のある詞で、眼前の物を捉えて、縁語で組立てた歌。

▼18　あなたの笛の音に誘われて、昔の事も思われまして、お帰りになった時も、涙で袖が濡れたことでした。

▼19　生き甲斐もなく世を経る身は、ふる川の心憂い瀬は尋ねて行きますまい。そこにある二本の杉は。「二本の杉」は、「初瀬川ふる河のべに二本ある杉、年を経て又も逢ひ見む二本ある杉」（古今集）に依ったもの。「ふる川の憂き瀬」は、憂き身はの意を、初瀬に関係させて云ったもの。

▼20　ふる川にある杉の、そのもとだちは知りませんが、亡くなった娘になぞらえて見ていることです。「杉」は、女君の譬。「幹立」は、懸詞で、幹の意に、素性の意を懸けて、素性を主として云っているもの。

▼21　宇多上皇時代の人で、俗名橘良利、出家して寛蓮と云った。碁の名手であった故の称。

▼22　心では、秋の夕べの哀れも知っているのではないが、眺めている我が袖には、涙が露と乱れて置くことである。

▼23　山里の秋の夜更けての哀れは、物思いをしている人は、思い知るべきことです。恋と哀れとを一つ物

としているので、恋の訴えとして云ったもの。

▼24 憂いものだと思い知らずに過しています我が身なのに、物思いをしている身だと人は知っていることです。迷惑なことです、の意で云ったもの。

▼25 「たらちめは斯かれとてしもぬばたまの我が黒髪を撫でずやありけむ」（後撰集）

▼26 授戒の時に誦する文句で、「流ニ転シテ三界ノ中ヲ一、恩愛不レ能ハレ断ツ。棄テヽレ恩ヲ入ルニ無為ニ一、真実報恩ナル者」

▼27 世に亡き者だと、我が身をも思う人をも思いつつ、捨ててしまった世を、更に捨てて出家となったことである。

▼28 今日限りであると諦めてしまった世の中を、繰返しても出家したことであるよ。

▼29 岸を遠く漕ぎ離れてゆくだろう海上の舟に、我も乗りおくれまいと急がれることであるよ。「岸遠く」は、現世の岸を遠くの意を持たせて、出家して悟りの世に向う意。「あま舟」は、尼の意を持たせたもの。

▼30 心だけはこの世の岸を離れたが、悟りの上では、行くべき方角も分らない、海士（あま）の舟である。出家の身を羨んで、我も慕われると云って、祝いの意を示したもの。「浮木」は、舟。

▼31 龍女が成仏したという故事。

▼32 前世で罪の軽かったものが、その報いとして、現世に美貌を持って生れるという、仏説よりのこと。

▼33 匂の宮の北の方、中の君。

▼34 「白氏文集」の「陵園妾」にある句。陵園妾は、唐時代、帝王が崩ずると、官女をしてその陵を守らしめた者の称。「顔色如ク花ノ命如レ葉」を踏んだもの。

▼35 上の詩の続きの句。「松門」は、松の中にある家。「徘徊」は、めぐる意。

▼36 こがらしの風の吹き下ろして来た山の麓には、今は立ち隠れるべき蔭さえもないことです。「蔭」は、女君の譬で、出家をされたので、君に繋がるべき何物もないとの意を、すべて暗喩で云ったもの。

▼37 待つ人もあるまいと思うこの山里の、蔭もないという梢を見つつ、やはり前よりの関係で、通り過ぎ

にくい事です。「あらじ」に、「嵐」を絡ませている。
▼38　大方の世の中を厭って出家した君ではあるが、厭うというにつけて、我が身が厭われてのことかと、つらく思われることです。
▼39　空を暗くして降る野山の雪を眺めても、過ぎ去った事が今日もまた悲しいことである。「古り」は、「降り」の意で、雪の縁語。
▼40　山里の雪の消えた所の若菜を、摘んで祝って、やはりあなたの先々の、これのように愛《め》でたくあれよと頼まれることです。若菜に寄せて、女君を祝った意。
▼41　雪の深い中に生えている野の若菜も、今からは、あなたの若くいらせられる為に年々に摘んで、年を積むべきです。「摘む」と「積む」と懸けている。若菜に寄せて、尼君の長命を祝った意。
▼42　「月やあらぬ春や昔の春ならぬ我が身一つはもとの身にして」（古今集）。「春や昔の春ならぬ」の意だけを取ったもの。
▼43　袖を触れて、その薫りを移した人は見えないが、花の香は、それであるかと思うように匂っている春の曙であるよ。
▼44　この水を見た人の、その影さえも留どまってはいない水の上に、我の落し添える涙は、一段と堰きとめきれない。
▼45　尼の衣に変っている我が身の上に、過ぎ去った世の形見のこの袖を懸けて以前を偲ぼうか。

夢浮橋《ゆめのうきはし》

大将は山へ入《い》らして、何時《いつ》もなさるように、経仏《きようほとけ》の供養をおさせになる。翌日は横川《よかわ》へ入らしたので、僧都《そうず》は驚いて恐縮の由《よし》を申される。年頃も御祈りなどにつけて、お話合いになっていたが、格別そう親しいことはなかったのに、今度一品《いっぽん》の宮《みや》の御悩みの時に御加持を申したのに、勝《すぐ》れた験《げん》があったと御覧になってから、この上なく御尊敬になって、今少し深い関係をお加えになったので、重々しくいらっしゃる殿が、このように態々《わざわざ》入らせられたことだと、騒いでお取持ち申上げる。お話など細やかにしていらっしゃるので、お湯漬など差上げる。少し人々が鎮まってに、「小野の辺りに、御関係の家がございますか」とお尋ねになるので、僧都は「ございます。ひどくつまらない所でございます。手前の母の朽尼《くちあま》がございますが、京に然《しか》るべき住所《すみか》もございません上に、このように籠《こも》っております間は、夜中暁でも見舞えるようにと思ってのことでございます」と申される。大将「あの辺りは、つい近頃までは、人が多く住んでいましたが、今はひどく幽《かす》かになってゆくようです」と仰《おっ》しゃって、今少し近くお寄りになって、お声を低められて、「ひどく浮いた気もいたし、又お尋ね申すにつけましては、何《ど》ういう事であったのかと、お分りにならないことだろうと思いまして、かたがた憚《はばか》られますが、その山里に、世話をするべき人が隠れておりますように聞きましたので、確かにそれと突き止めまして、何《ど》んな様子かを伺おうと思っています中《うち》に、御弟子になりまして、忌む事などお授けになったとお聞きしましたのは本当ですか。まだ年も若く、親などもありました人なので、私が亡い物にしたように、恨みを懸けている人もありますので」と仰しゃる。僧都は、そうだったのか、尋《た》常人《だびと》とは見えなかった様《さま》である、これ程までに仰しゃるのは、軽々しくはお思いにならなかった人であろう、と思うと、法師だとは云いながら、思いやりもなく、早速にも容貌《かたち》を窶《やつ》してしまったことだったと胸を打たれて、何と御返事したものかと思い廻《まわ》される。確かにお聞きになったことであろう、これ程お判りになっていて、お尋ねになるのだから、隠れない事であろう、却ってお争い申すのはつまらないことであろうなど、すぐに分別して、「何《ど》ういう次第であられたろうかと、この月頃内々不思議がっておりますお人のことでございましょうか」と云って、「あすこに居ります尼共が、初瀬に願《がん》がございまして、詣って帰って来ます途《みち》で、宇治の院と申します所へ留まりましたが、母の尼の病気が俄《にわか》に起りましてひどく煩《わずら》っていると、告げに参った者がありますので、罷《まか》り向いましたところ、先《ま》ず怪しい事が」と小声になって、「親の死にそうにしているのを差置《さしお》きまして、介抱をして歎きましたことでした。その人も、お亡くなりになった様ながら、流石《さすが》に息は通《かよ》っておりましたので、昔物語の魂殿《たまどの》▼1に置いてあった人の例《ためし》を思い出しまして、そのような事もあろうかと珍しがりまして、弟子ばらの中で験《げん》のある者を呼び寄せつつ、代る代るに加持をおさせなどしたことでした。手前は、惜しい年ではございませんが、母が旅の空で病いの重いのを助けまして、念仏も一心不乱にさせようと、仏を念じ申し心配しておりましたので、その人の有様を、よくもお見上げしなかったことでした。事情を推量しますと、天狗とか木霊《こだま》とかいうようなものが、欺いてお連れ申したのだろうと思いました。助けて京へお連れ申した後も、三月程は亡くなった人になっていらっしゃいましたが、手前の妹で、故衛門の督《かみ》の北の方でございました者で、尼になっております者が、一人持っていた娘を失《なく》しました後、月日は多く隔《へだ》たりましたが、悲みに堪えず歎き思っておりましたのに、同じ年頃に見えます人で、あのように容貌《かたち》のひどくお立派で清らかな方をお見出《みいだ》し申しまして、観音が賜《たまわ》ったのだと喜びまして、このお人を徒《いたず》らにはおさせ申すまいと深く心配されて、泣く泣くたいした事を申されましたので、その後、あの坂本に自身下って行きまして、護身《ごしん》などいたしましたので、次第に息が出て人とおなりになりましたが、まだその憑《つ》いた物が、身を離れない気がする、この悪い物の妨げから逃れて、後世の事を思おう、など悲しげに仰しゃる事がございましたので、法師としてはお勧め申すべき事だと思いまして、誠に出家をおさせ申しましたのでございます。全く御関係になっていらっしゃいます事とは、何《ど》うして空に存じましょう。珍しい事の様《さま》でもございますので、世間話にもすべきでございましたが、噂に立っては面倒な事もあろうかと、その年寄共がとやかく申しまして、この月頃噂も立たずにおりましたのでございます」と申されると、そのような事だと仄《ほの》かに聞いて、こうまでお問いになった事ではあるが、全く亡い人と思い果てていた人が、それではほんとうに生きているのだとお思いになると、夢のような気がして呆れられるので、包みきれずに涙ぐまれて来られたが、やはり僧都に気恥ずかしいので、それ程までに見られるべき事であろうか、と思い返して、平気にしていらせられるが、僧都は、このようにお思いになっていた人を、この世では亡いと同じ様《よう》に変えたことだと、過ちをした心持がして、罪が深いので、「悪い物にお憑かれになられましたのも、然《しか》るべき前世の因縁でございます。察するに高い家のお子でございましたろう。何ういう過ちで、あれ程まで御零落になられたのでしょうか」とお聞き申上げると、大将は、「生王家流《なまわかんどおり》▼2ともいうべきお家筋でいらっしゃいましたろうか。私はもともと格別大切にした人ではありません。はかない様でいられるのを見附け初《そ》めはいたしましたが、又ひどくこのようにまで零落なさるべき身分だとは思い申さなかったのでしたのに、珍しく跡もなく消え失せてしまいましたので、身を投げたのであろうかなどと、いろいろと疑いが多くて、確かなことは聞かれなかったのでございます。罪を軽くしていますので、まことに善いことだと気安く、私は思い做《な》しておりますが、母である人が云いようもなく恋《こ》い悲しんでおりますので、これこれだと聞き出したと告げてやりたく思いますが、月頃お隠しになっていらした本意に違うように、物騒がしくなることでございましょうか。親子の思いが断えませず、悲しみに怺《こら》えられなくなって、お訪ねなどいたしますことでしょう」など仰しゃって、さて、「ひどく不都合なことだとお思いになりましょうとも、その坂本までお下り下さいませ。このように聞きまして好い加減に思い過すべきでない人でございますから、夢のような事を、今でも話し合いたいと思います」と仰しゃる御様子が、ひどく哀れにお思いになっているので、僧都は容貌《かたち》を変えて世を背いたとは思われているが、髪や鬚《ひげ》を剃っている法師でさえも、好色の心は失せない者があることだ、まして女の身は何《ど》うであろうか、可哀そうに罪を得そうな事であるよと、味気なくて心が乱れた。「罷り下ります事は、今日明日は差《さし》支《つかえ》がございます。月が変った頃、御案内を申上げましょう」と申される。大将はひどく心許《こころもと》ないことであるが、それでもそれでもと強いて心焦《こころい》られされるのも、体裁が悪いので、それではとお帰りになられる。あの弟の童は、お供に連れていらしていた。他の兄弟どもよりは、容貌《かたち》の清げなのをお呼出しになって、「これはその人の近い縁《ゆかり》の者ですが、これをとにかく遣《つかわ》しましょう。御文《おんふみ》を一行下さいませ。誰からとはお書きにならず、唯お尋ね申す人があるとだけの事を、お知らせ下さい」と仰しゃると、僧都は、「手前この御案内では、必ず罪を得ましょう。事の有様は、委《くわ》しくお聞きに入れました。今は唯御自身お立寄りになられまして、然るべきようになさいますのに、何の咎《とが》がございましょう」と申されると、大将はお笑いになって、「罪を得るべき事の案内と、お思い做しになりますのは極《きま》りの悪いことです。私は、俗の形で今まで過していますのがひどく不思議なのです。幼かった時から、出家の志が深うございましたが、三条の宮が心細そうにして、頼もしげのない身一つを頼りにお思いになりますのが、遁《のが》れ難い絆《ほだし》に思われまして、拘《かか》ずらって居ります中《うち》に、自然位などいう物も高くなり、身の扱いも思うに任せられなくなりなどしまして、思いながら過しておりますと、又遁れられない事の、数が加わりなどしてばかり過しておりますが、公《おおやけわたくし》私の、遁れられないことにつけてはそういたすものの、それでなければ仏のお制しになります方の事は、僅《わず》かでも聞き及んでおります事は、何《ど》うか過つまいと慎しみまして、心の中《うち》は聖《ひじり》にも劣りませんので、ましてひどくつまらない事につけまして、重い罪を得るような事は、何で思いましょう。決して有るまじき事です。お疑いなさいますな。ただ可哀そうな親の歎きを、事情を聞いて明らかにしてやれますだけが、嬉しく気安くなることなのです」など、昔から深かったお心構えをお話しになる。僧都も、如何《いか》にもと頷いて、「まことに尊い事で」など申上げている中《うち》に、日も暮れたので、小野を中宿りにするのもほんに善さそうだが、突然に尋ねてゆくのは、やはり不都合であろうと思い煩ってお帰りになると、その弟の童に、僧都は目を留めてお褒めになる。大将は「この者につけて先ず仄めかして下さい」と申されると、文を書いてお遣《や》りになる。そして、「時々は山へも入らしてお遊びなさいよ。何でもない所とはお思いになるまじき訳もありますまい」と、お話しになる。この子はその心は判らないが、文を取って御供に立つ。坂本に懸かると、御前駆の人々が少し散らばっていて、大将は「物静かに」と仰せになる。

小野ではひどく深く繁った青葉の山に向って、心の紛れる事もなく、遣水《やりみず》の蛍だけを、以前の宇治を思わせる慰めにして、眺めていらっしゃると、例の遥《はる》かに見やられる谷の家の軒端《のきば》から、前駆を格別にも追って、ひどく多く灯した松明《たいまつ》の火の、その乱れている光を見ようと、尼君達も端に出ていた。尼君は「何方《どなた》が入らっしゃるのでしょうか。御前駆がひどく多く見えます。昼彼方《あちら》へひきぼし▼3を差上げました返事に、大将殿が入らして、御饗応の事を俄にするので、ひどく好い折だとありました」というと、「大将殿というのは、あの女二の宮の御夫《おんおとこ》でしたろうか」など云うのも、ひどくこの世に遠い、田舎《いなか》びたことであるよ。姫君は、本当にそうなのだろう、時々こうした山路《やまみち》を分けて入らした時、ひどくはっきりと覚えていた随身の声が、だしぬけに交《まじ》って聞《きこ》える。月日の過ぎてゆくのに、以前の事をこのように忘れないのも、今は何になる事であろうか、と心憂いので、阿弥陀仏《あみだほとけ》に思いを紛らして、一段と物も云わずにいた。横川《よかわ》に通う人だけが、この辺りには関係のあることだったのである。

あの殿は、その子を此処《ここ》から直《す》ぐに使《つかい》に遣ろうとお思いになったが、人目が多くて工合《ぐあい》が悪いので、御殿にお帰りになって、翌日態《わざ》とお差立てになる。睦《むつ》まじくお思いになる人で事々しくない人を二三人ほど送りに附けて、以前も何時《いつ》もお遣わしになった随身をお添えになった。人の聞かない間へお呼び寄せになって、「お前の亡くなった姉の顔は覚えていますか。今は世に亡い人だと思い切っていたのに、確かに生きていらっしゃるのです。親しゅうない人には聞かせまいと思っているので、お前が往ってお逢いなさい。母には早くから云いますな。却って驚いて騒ぐので、知らせたくない人にも知れましょう。その親の歎きが可哀そうなので、このように訪ねるのです」と、早くから堅く口止めをなさるのを、幼い心持にも、兄弟は多くあるが、その君の容貌《かたち》を、他に似るものもないと身に沁みて思っていたので、お亡くなりになったと聞いて、ひどく悲しく思い続けているのに、このように仰しゃるので、ひどく嬉しいにつけても涙の落ちるのを、極りわるく思って、紛らしに、「はいはい」と荒《あら》らかに云っていた。

彼処《あちら》にはまだ早朝に、僧都の御許《おんもと》から、

「昨夜《よべ》大将殿のお使で、小君《こぎみ》がお伺いいたしましたか。事情を承りますと、味気ない事をいたして、却って気がひけて居ります事でと、姫君に申上げて下さい。自身申上げるべき事も多くありますが、今日明日を過して伺いましょう」

とお書きになってあった。これは何《ど》ういう事であろうかと尼君は驚いて、此方《こちら》へ持って渡ってお見せ申すと、姫君は面《おもて》が赤くなって、世間へ伝わっているだろうかと心苦しく、物隠しをしていたと恨みられようと思い続けると、返事の仕様もなくいらっしゃると、尼君は「やはり仰しゃいましよ。心憂くお隔てになっていた事で」と、ひどく恨んで、事情を知らないので慌てたようにまで思っているところへ、取次ぎで「山から、僧都の御手紙を持って、参った人です」と云い入れた。不思議ではあるが、「そちらこそ、それでは確かな御手紙であろう」と思って、「此方へ」と云わせると、ひどく清げで物静かな童で、云いようもなく装束したのが、歩んで来る。円座を差出すと、簾《すだれ》の下《もと》に坐って、童は「このようなお扱いではないように、僧都は仰せになりました」と云うので、尼君が代って御返事などをなさる。文を取り入れて御覧になると、「入道の姫君の御方に、山より」として名をお書きになっていた。人違いだなぞと争うべき所もない。姫君はひどく間の悪い気がして、いよいよ奥の方へ引込んで、人と顔をお見合せにならない。尼君は「何時《いつ》も誇らしくなくなさるお人柄ですが、ほんに余りなことで困ります」と云って、僧都の御文を見ると、

「今朝こゝへ大将殿が入らっしゃいまして、お有様をお尋ねなさいますので、初めからあった様を委しく申上《もうしあ》げました。お志の深かった御中《おんなか》をお背きになりまして、賤《いや》しい山賤《やまがつ》の中で、出家をなさいました事で。却って、仏の責めの添うべき事であると、承って驚いております。何《ど》ういたしましょう。以前の御契をお過ちになりませず、愛執《あいしゅう》の罪をお晴らしになりまして、一日の出家の功徳は、限りのないものでございますから、やはり殿をお頼みなさいませ。委しくは自身伺って申上げましょう。何うやらこの小君《こぎみ》が申上げることでしょう」

と書いてあった。紛れるべくもなくお書きあらわしになっているが、他の人には訳が解らない。「この君は何ういう方でしょう。やはりひどく辛いことです。今になってもそのように達《た》ってお隔てになります」と責められて、姫君は少し外の方へ向いて御覧になると、その子は、今はと世を諦めた夕暮にも、ひどく恋しく思った人である。一緒にいて見た間は、ひどく性《たち》が悪く小僧らしい腕白《わんぱく》をして憎かったが、母がひどく可愛《かわ》ゆがって、宇治へも折々連れて来たので、少し大きくなるにつれて、互《たがい》に思い合った幼心を、思い出すと夢のようである。先ず母の有様はと尋ねたく、外《ほか》の人々の上は、自然に次第に聞いているが、親の御様子は仄かにも聞かないことだと、却ってその人を見ると、ひどく悲しくて、ほろほろと泣かれた。童はひどく美しくて、少し似ている気がされるので、尼君は、「御兄弟でいらっしゃるのでしょう。話したくお思いになることがありましょう。内へお入れ申しましょう」と云うが、何でそんな事を、今は世にある者とも思っていなかろうに、怪しい様に面変《おもかわ》りし

てふと見られるのは極りが悪い、と思うので、暫《しばら》く躊躇して、「本当に隔てをつけているとお思い做しになりますのが心苦しくて、物も申せないのです。夢中でおりました頃の有様は、珍しい事だと御覧になりましたろうが、その時から正気が無くなり、魂というような物も、以前とは異《ちが》った様《さま》になったのでしょうか、何《ど》うにも何うにも、過ぎ去りました時の事は、我ながら全く思い出せませんのに、紀伊守《きいのかみ》とか云いました人が、世間ばなしをなさいます中に、以前見た辺りのことなのかと、仄かに思い出すことのあるような気がしました。その後、ああこうと思い続けますが、全くはっきりとは致しませんが、唯一人いらっしゃいました人が、私を何うかして良くと深く思っていましたので、まだ世にいらっしゃるのだろうかと、その方だけが心を離れませんで悲しい折々がございますのに、今日見ますと、その童の顔は、小さい時に見た気がしますのも、ひどく怺《こら》えかねる気がしますが、今更《いまさら》こういう人にも生きていると知られなくて終《しま》いたいと思うことでございます。あの方が若《も》し世に生きていらっしゃいましたら、その方一人《かたひとり》に対面したいと思うのでございます。あの僧都の仰しゃった人などには、全く生きているとお知られ申したくないものだと思うのです。お計《はから》いになって人違いだったとお云い做し申上げてお返し下さい」と仰しゃるので、尼君は、「それは仕難いことですよ。僧都のお心は、聖《ひじり》という中でも、余りに正直でいらっしゃいますので、何で庇《かば》って申上げなどしましょうか。後には隠れないことでしょう。殿も好い加減な軽々しい御身分ではいらっしゃいません」など云い騒いで、人々も「申し様もなく強情でいらっしゃることです」と云って、皆で云い合せて、母屋《もや》の入口に几帳《きちょう》を立てて、小君を簾の内に入れた。その子も、姉君がいるとは聞いたが、幼いので、だしぬけに物を云い寄るのは遠慮されたが、「まだございます御文を、何うしてお上げいたしましょうか。僧都の御案内では、確かでいらっしゃいますのに、このように心許のうございますので」と、伏目になって云うので、尼君は、「それですそれです。まあお可愛ゆい」など云って、「御文を御覧になるべき方は、ここにいらっしゃいます。お側の者は、何ういう事であるか、解りかねますので、もっと仰し

やいましょ。幼いお年ではございますが、こうした御用をおさせになられますのは訳がございましょう」と云うが、童は、「お隔てになりまして、覚束《おぼつか》ない様をお見せになりますので、何事が申上げられましょう。疎《うと》くお思いになりましたので、申上げる事もございません。唯この御文を、取次ぎではなくて差上げろと仰しゃいましたので、何うか差上げたいのです」と云うので、尼君は、「ほんに御《ご》尤《もっと》もです。猶《な》おひどくそのような厭《い》やなお仕向けはなさいますな。流石《さすが》に気味悪いお心でございます」と御意見をして、几帳の側へ押し寄せておやりになると、ぼんやりとしていらっしゃる御様子が、他の人ではない気がするので、童は側へ寄って差上げた。「御返事を早く戴《いただ》いて参りましょう」と、童はそのように疎々《うとうと》しいのを辛く思って急ぐ。尼君は御文を解いてお見せ申す。以前の通りの御手蹟で、紙の香など、例の世にないまでに深く沁みていた。仄かに見て、例《いつも》の物愛《ものめ》でをする出過ぎ人は、ひどく珍しく面白く思うことであろう。

「全く申上げようもない、様々に咎の多いお心は、僧都に免じてお許し申上げまして、今は何《ど》うかして、浅ましかった頃の夢のような話をでもと、急がれます心が、我ながらもどかしく思われることです。まして人の見る目は何《ど》のようでしょうか」

とあって、書き続けもなされず、

法《のり》の師と尋ぬる道をしるべにて思はぬ山に踏み惑ふかな▼4

「この子は、お見忘れになったことでしょうか。此方《こちら》では行方の分らなくなった人の形見と思って世話をしている者です」

など、ひどく細やかなものであった。このように具《つぶ》さにお書きになっているので、言い紛らしようもないが、そうかと云って、前の自分でもない様を、心にもなくお見附けになられる時の、恥ずかしさなどに思い乱れて、一段と晴れ晴れしくない心は、何と申上げようもない。流石に泣いて平伏《ひれふ》していらっしゃるので、ひどく初心《うぶ》なお有様であるよと持て余した。尼君に「何う申上げましょうか」と責められて、姫君は、「気分が掻き乱れるようになっています間を休んで、追って申上げましょう。昔の事を思い出しますが、全く覚えている事がありませんので、不思議な何《ど》ういう夢だったろうかと、訳が分からないのです。少し静まりましたら、この御文なども解る所もございましょう。今日はやはり持って帰って下さい。所違いででもあったら、ひどく工合の悪いことでしょう」と云って、広げたままで、尼君におさし遣りになったので、「まことに見苦しい御事ですよ。余り怪《け》しからぬ事をなさいますと、お世話を申しています者の咎も遁れられないことでしょう」など云い騒ぐのも、ひどく厭《い》やで聞き憎《にく》い気がするので、顔を衣《きぬ》に引き入れてお臥《やす》みになった。尼君は、その童にお話を少しして、「物《もの》の怪《け》でいらっしゃいましょうか、当り前のようにお見えになる時がなく、お悩み続けになりまして、お容貌《かたち》もお変りになりましたので、お尋ね下さるお人がありましたらひどく厄介な御事だろうと、お見上げして歎いておりました通りで、このようにまことにあわれな心苦しい御事がございましたので、今はまことに恐入《おそれい》ったことにお思い申上げます。日頃も御気分が続いてお悪いようですが、一段とこうしたことでお思い乱れになるのですか、ふだんよりは正気ではいらっしゃらないようでございます」と申す。所につけての洒落《しゃ》れた饗応などをしたが、幼い心は、何となく落着《おちつ》かない気がして、「態々《わざわざ》お遣わしになりましたしるしに、何事を申上げさせようとなさるのでしょう。唯一言でも仰しやいまし」と云うので、尼君は「ほんに」と云って、このようにと姫君に取次いで云うが、物も仰しやらないので、詮がなくて、「唯、このように覚束ないお有様をお申上げなさるべきでしょう。空遠く離れている程でもございませんから、山は深うございましても、又きっとお立寄り下さいまし」と云うと、何という事もなくて日を暮すのも変なので、童は帰ろうとする。内々ゆかしく思っている姉君のお有様も見られなくなったので、心許なく残念で、不満足ながらも参った。

　大将は、早く帰ればと待っていらしたのに、このように埒があかずに帰って来たので、面白くなく生中《なまなか》なことであったと、お思いになる事が様々で、人が隠して据えているのではなかろうかと、御自分のお心の思い寄らぬ所のないのと、ああした所に捨ててお置きになった習いから、お思いになったと云うことである。

▼1　殯殿（ひんでん）の称で、死者を或る期間葬らずに据えて置く所。死者が殯殿で生き返った事を書いた物語があったと見えるが、伝わらない。
▼2　王家流は、皇統の意で、それとして身分のお高くない家。
▼3　食用にする海草の、干した物。
▼4　法の師に頼むべき人を、こうした事の案内にして、思い寄らぬことで惑っていることであるよ。「尋ぬる道」、「山に踏み」は、「法の師」の縁語で、僧都を案外な事で頼む悩みに逢ったことだと、愚痴を云って訴えた心。

【訳者略歴】

窪田空穂（くぼた・うつぼ）

1877年長野県生まれ。歌人・国文学者。本名は通治（つうじ）。東京専門学校（現在の早稲田大学）文学科卒業。太田水穂、与謝野鉄幹、高村光太郎、水野葉舟らと親交を持つ。その短歌は、ありのままの日常生活の周辺を歌いながら、自らの心の動きを巧みにとらえ、人生の喜びとともに内面の苦しみと悩みをにじませて、「境涯詠」と呼ばれる。1920年から朝日歌壇の選者、早稲田大学国文科講師を務める。のちに同大教授となり、精力的に古典研究を行なう。1943年、芸術院会員、1958年、文化功労者。1967年逝去。全28巻＋別冊1の全集（角川書店、1965～68）がある。長男は歌人の窪田章一郎。

現代語訳　源氏物語　四

2023年9月25日初版第1刷印刷
2023年9月30日初版第1刷発行

著　者　紫式部
訳　者　窪田空穂

発行者　青木誠也
発行所　株式会社作品社
〒102-0072 東京都千代田区飯田橋2-7-4
TEL.03-3262-9753　FAX.03-3262-9757
https://www.sakuhinsha.com
振替口座00160-3-27183

装画・挿画　梶田半古「源氏物語図屛風」（横浜美術館蔵）
装　幀　小川惟久
本文組版　前田奈々
編集担当　青木誠也
印刷・製本　中央精版印刷株式会社

ISBN978-4-86182-966-6 C0093

【作品社の本】

小説集　黒田官兵衛

菊池寛、鷲尾雨工、坂口安吾、海音寺潮五郎、武者小路実篤、池波正太郎　末國善己編

信長・秀吉の参謀として中国攻めに随身。謀叛した荒木村重の説得にあたり、約一年の幽閉。そして関ヶ原の戦いの中、第三極として九州・豊前から天下取りを画策。稀代の軍師の波瀾の生涯を、超豪華作家陣の傑作歴史小説で描き出す！

ISBN978-4-86182-448-7

小説集　竹中半兵衛

海音寺潮五郎、津本陽、八尋舜右、谷口純、火坂雅志、柴田錬三郎、山田風太郎　末國善己編

わずか十七名の手勢で主君・斎藤龍興より稲葉山城を奪取。羽柴秀吉に迎えられ、その参謀として浅井攻略、中国地方侵出に随身。黒田官兵衛とともに秀吉を支えながら、三十六歳の若さで病に斃れた天才軍師の生涯を、超豪華作家陣の傑作歴史小説で描き出す！

ISBN978-4-86182-474-6

小説集　明智光秀

菊池寛、八切止夫、新田次郎、岡本綺堂、滝口康彦、篠田達明、南條範夫、柴田錬三郎、小林恭二、正宗白鳥、山田風太郎、山岡荘八　末國善己解説

謎に満ちた前半生はいかなるものだったのか。なぜ謀叛を起こし、信長を葬り去ったのか。そして本能寺の変後は……。超豪華作家陣の想像力が炸裂する、傑作歴史小説アンソロジー！

ISBN978-4-86182-771-6

小説集　真田幸村

南原幹雄、海音寺潮五郎、山田風太郎、柴田錬三郎、菊池寛、五味康祐、井上靖、池波正太郎　末國善己編

信玄に臣従して真田家の祖となった祖父・幸隆、その智謀を秀吉に讃えられた父・昌幸、そして大坂の陣に“真田丸”を死守して家康の心胆寒からしめた幸村。戦国末期、真田三代と彼らに仕えた異能の者たちの戦いを、超豪華作家陣の傑作歴史小説で描き出す！

ISBN978-4-86182-556-9

【作品社の本】

小説集　徳川家康

鷲尾雨工、岡本綺堂、近松秋江、坂口安吾　三田誠広解説

東の大国・今川の脅威にさらされつつ、西の新興勢力・織田の人質となって成長した少年時代。秀吉の命によって関八州に移封されながら、関ヶ原の戦いを経て征夷大将軍の座に就いた苦労人の天下人。その生涯と権謀術数を、名手たちの作品で明らかにする。

ISBN978-4-86182-931-4

小説集　北条義時

海音寺潮五郎、高橋直樹、岡本綺堂、近松秋江、永井路子　三田誠広解説

承久の乱に勝利し、治天の君と称された後鳥羽院らを流罪とした「逆臣」でありながら、たった一枚の肖像画さえ存在しない「顔のない権力者」。謎に包まれた鎌倉幕府二代執権の姿と彼の生きた動乱の時代を、超豪華作家陣が描き出す。

ISBN978-4-86182-862-1

聖徳太子と蘇我入鹿

海音寺潮五郎

稀代の歴史小説作家の遺作となった全集未収録長篇小説『聖徳太子』に、“悪人列伝”シリーズの劈頭を飾る「蘇我入鹿」を併録。海音寺古代史のオリジナル編集版。聖徳太子千四百年遠忌記念出版！

ISBN978-4-86182-856-0

光と陰の紫式部

三田誠広

『源氏物語』に託された宿望！　幼くして安倍晴明の弟子となり卓抜な能力を身に着けた香子＝紫式部。皇后彰子と呼応して親政の回復と荘園整理を目指し、四人の娘を四代の天皇の中宮とし皇子を天皇に据えて権勢を極める藤原道長と繰り広げられる宿縁の確執。書き下ろし長篇小説。2024年NHK大河ドラマ『光る君へ』関連本！

ISBN978-4-86182-975-8

【作品社の本】

出帆

竹久夢二

「画（か）くよ、画くよ。素晴しいものを」

大正ロマンの旗手が、その恋愛関係を赤裸々に綴った自伝的小説。評伝や研究の基礎資料にもなっている重要作を、夢二自身が手掛けた134枚の挿絵も完全収録して半世紀ぶりに復刻。ファン待望の一冊。解説：末國善己

ISBN978-4-86182-920-8

岬　附・東京災難画信

竹久夢二

「どうぞ心配しないで下さい、私はもう心を決めましたから」

天才と呼ばれた美術学校生と、そのモデルを務めた少女の悲恋。大正ロマンの旗手による長編小説を、表題作の連載中断期に綴った関東大震災の貴重な記録とあわせ、初単行本化。挿絵97枚収録。解説：末國善己

ISBN978-4-86182-933-8

秘薬紫雪／風のように

竹久夢二

「矢崎忠一は、最愛の妻を殺しました」

陸軍中尉はなぜ、親友の幼馴染である美しき妻・雪野を殺したのか。問わず語りに語られる、舞台女優・沢子の流転の半生と異常な愛情。大正ロマンの旗手による、謎に満ちた中編二作品。挿絵106枚収録。解説：末國善己

ISBN978-4-86182-942-0